Joël Tan

Das Vermächtnis des Ratsherrn

Historischer Roman

blanvalet

Verlagsgruppe Random House FSC® N001967
Das FSC®-zertifizierte Papier *Holmen Book Cream* für dieses Buch
liefert Holmen Paper, Hallstavik, Schweden.

1. Auflage
Originalausgabe Dezember 2013 bei Blanvalet Verlag,
einem Unternehmen der
Verlagsgruppe Random House GmbH, München
Copyright © by Verlagsgruppe Random House GmbH, München
Dieses Werk wurde vermittelt durch die Literarische Agentur
Thomas Schlück GmbH, 30827 Garbsen
Umschlaggestaltung: © Johannes Wiebel | punchdesign,
unter Verwendung von Motiven von Bridgeman Art Library und
Richard Jenkins Photography
Druck und Bindung: GGP Media GmbH, Pößneck
Satz: Uhl + Massopust, Aalen
LH · Herstellung: sam
Printed in Germany
ISBN: 978-3-442-38198-2

www.blanvalet.de

Für Amber

Kinder sind das lieblichste Pfand in der Ehe,
sie binden und erhalten das Band der Liebe.

MARTIN LUTHER

DRAMATIS PERSONAE

*Es folgt eine Aufstellung der wichtigsten Figuren, wobei die historisch verbürgten Personen mit einem * gekennzeichnet sind.*

Adolf V.*	Schauenburger Graf von Segeberg
Adolf VI.*	Schauenburger Graf von Pinneberg
Agnes	Magd im Hause von Sandstedt
Albert von Holdenstede*	Truchsess auf Burg Kiel, Ehemann Ragnhilds, Vater von Runa, Godeke, Johannes und Margareta
Albrecht von Schauenburg*	Dompropst von Hamburg von 1284 bis 1299, Bruder von Adolf V. und Johann II.
Alusch	Großtante von Ritter Eccard
Anna*	Dienerin von Johann Schinkel, Mutter von Beke und Tybbe
Ava von Holdenstede*	Witwe Thiderichs, Ehefrau von Christian Godonis, Mutter von Ehler
Beke	Tochter der Diener Werner und Anna
Christian Godonis*	Ratsherr, Ehemann von Ava von Holdenstede, Freund von Godeke
Christin	Magd auf der Burg Kiel
Dagmarus Nannonis*	Ratsherr

Eccard Ribe*	Ehemann von Margareta von Holdenstede, Gefolgsmann von Graf Gerhard II.
Ehler Schifkneht	Sohn von Thiderich Schifkneht und Ava Godonis, Domherr, Nikolait
Everard	Geistlicher, Ziehvater von Walther von Sandstedt, Beichtvater Graf Gerhards II.
Freyja von Sandstedt	Tochter von Walther und Runa, Schwester von Thymmo und Thido
Giselbert von Brunkhorst*	Erzbischof von Hamburg-Bremen von 1273 bis 1306
Godeke von Holdenstede	Ratsherr, Ehemann von Oda, Sohn von Ragnhild und Albert von Holdenstede
Gerhard II.*	Schauenburger Graf von Plön
Hannah	Magd im Hause Godonis
Hartwic von Erteneborg*	Ratsherr, Bürgermeister von 1293 bis 1305
Heinrich I.*	Schauenburger Graf von Rendsburg
Heinrich Bars*	Kantor am Hamburger Dom von 1289 bis 1305
Heseke vom Berge*	Ehefrau von Johannes vom Berge, Lehrmutter im Kloster Buxtehude
Jons	Page von Eccard Ribe
Johann II.*	Schauenburger Graf von Kiel, Ehemann von Margarete von Dänemark
Johann Schinkel*	Domherr, Hamburger Ratsnotar von 1269 bis 1299, Vater von Thymmo

Johannes vom Berge*	Ratsherr, Ehemann Hesekes
Johannes von Hamme*	Scholastikus von Hamburg von 1277 bis 1307
Johannes von Holdenstede	Sohn von Ragnhild und Albert von Holdenstede
Johannes I.*	Graf von Stotel
Kethe Mugghele	Begine, Freundin von Runa
Kuno	Dieb, Verbündeter von Everard
Ludolph Scarpenbergh*	Raubritter, Bruder von Marquardus Scarpenbergh
Margareta von Holdenstede	Ehefrau von Eccard Ribe, Tochter von Albert von Holdenstede
Margarete von Dänemark*	Ehefrau von Graf Johann II., Gräfin von Kiel
Marquardus Scarpenbergh*	Raubritter, Gefolgsmann von Graf Gerhard II.
Oda von Holdenstede*	Ehefrau Godekes
Othmar Nannonis	Sohn von Dagmarus, Nikolait
Ragnhild von Holdenstede	Ehefrau Alberts, Mutter von Runa, Godeke und Johannes
Runa von Holdenstede	Ehefrau Walthers, Mutter von Freyja, Thymmo und Thido, Tochter Ragnhilds und Alberts
Thymmo von Sandstedt	Sohn von Runa von Sandstedt und Johann Schinkel, Bruder von Freyja und Thido, Marianer
Walther von Sandstedt	Ehemann Runas, Vater von Freyja und Thido, Spielmann von Graf Johann II.
Werner*	Diener von Johann Schinkel, Ehemann von Anna, Vater von Beke und Tybbe

STAMMBAUM DER SCHAUENBURGER GRAFEN

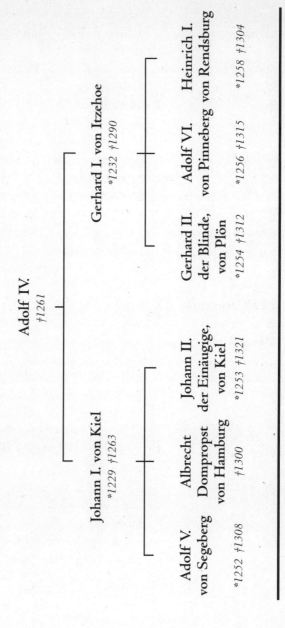

Adolf IV.
†1261

Johann I. von Kiel
*1229 †1263

Gerhard I. von Itzehoe
*1232 †1290

Adolf V. von Segeberg
*1252 †1308

Albrecht Dompropst von Hamburg
†1300

Johann II. der Einäugige, von Kiel
*1253 †1321

Gerhard II. der Blinde, von Plön
*1254 †1312

Adolf VI. von Pinneberg
*1256 †1315

Heinrich I. von Rendsburg
*1258 †1304

TEIL I

Hamburg und Kiel
Herbst, im Jahre des Herrn 1291

PROLOG

Zwei Jahre zuvor

Die Männer schwiegen, als sie sich vor dem Mariendom versammelten. Freundlich nickten sie einander zu, doch ihre Lippen blieben versiegelt. Ihr Schweigen hatte etwas Andächtiges, aber die Antwort darauf, ob sie es aus Ehrfurcht vor der vor ihnen liegenden Aufgabe taten oder aus purer Anspannung, konnte nur ein jeder für sich beantworten.

Schaulustige waren aus allen Teilen der Stadt herbeigeeilt und standen in gebührendem Abstand um das Westportal des Doms herum, nur um einen kurzen Blick auf die Männer zu werfen, die gleich darin verschwinden würden.

Der heutige Tag war ein wichtiger für die Stadt Hamburg, und zu diesem Zweck waren sie alle zusammengekommen: hohe Bürger der Kirchspiele St. Nikolai und St. Petri, alle dreißig Ratsherren mit ihrem Ratsnotar Johann Schinkel und Willekin Aios, einem der beiden Bürgermeister Hamburgs. Auch alle dreizehn Domherren, unter ihnen der Propst, der Dekan sowie der Scholastikus, waren hier. Und natürlich der Erzbischof von Hamburg-Bremen, Giselbert von Brunkhorst, der schlussendlich darüber entscheiden würde, ob die nun bereits achtjährigen Streitigkeiten zwischen den beiden Lagern heute ein Ende fanden.

Nachdem sich der vorletzte der erwarteten Männer vor dem Dom eingefunden hatte, wurde das Portal von zwei Chorschülern geöffnet. Gemeinsam betraten die hohen Herren das Langhaus, wo ihre Schritte laut von den Wänden des mächtigen Sakralbaus widerhallten. Das Mittelschiff des Doms war über und über mit hölzernen Baugerüsten vollgestellt. Bereits seit drei Jahren wurde daran gearbeitet, die dreischiffige Emporenbasilika in eine Hallenkirche umzubauen. Dazu mussten die niedrigen Abgrenzungen der Seitenschiffe entfernt und die Fenster dahinter vergrößert werden, um so das Licht ungestört hineinzulassen. Heute jedoch schenkte keiner der Herren den gewaltigen Bauarbeiten Beachtung. Festen Schrittes hielten sie auf das Querhaus zu, wo es zwei Geschosse gab. Den Chorraum in nicht ganz zwei Mannslängen Höhe und die nur mäßig abgesenkte Krypta darunter – das Ziel der Edlen Hamburgs.

Die Männer schritten durch die oben spitz zulaufenden Steinbögen und betraten die sechsjochige Kryptaanlage. Hier stellten sie sich um die Säulen auf. Alle warteten, noch immer schweigend, darauf, dass das langerwartete Ereignis endlich begann, indem der Erzbischof ein Gebet sprach, auf dass sie Gottes Segen für die Versammlung danach bekamen.

Als Letzter trat Giselbert von Brunkhorst in die Krypta. Es war nicht zu übersehen, dass er übermäßig festlich gekleidet war, was die Wichtigkeit dieses Tages noch deutlicher machte. Sein eben noch gehetzter Gang wurde deutlich andächtiger, als er die wenigen Stufen hinabstieg. Das unruhige Flattern seines bodenlangen liturgischen Gewandes ließ nach. Während er durch die Männer schritt, griff er sich ans Haupt und rückte seine Mitra zurecht, bis dessen Vorder- und Hinterschild richtig saßen und auch die zwei Bänder, Vittae genannt, gleichmäßig auf seinen Schultern lagen. Danach strich er sich noch über sein Pallium. Das breite wollene Band mit seinen schwarzen Seidenkreuzen darauf lag ringförmig um seine Schultern. Vor der Brust hing das lange Ende des bedeutungsschweren Stoffs bis fast zum Boden. Es war des Bischofs ganzer Stolz, denn es war ihm von Papst Gregor X. selbst in Lyon bei seiner Weihe verliehen worden. Eigentlich trug man es bloß zu hohen christlichen Festen, doch der heutige Tag schien Giselbert wichtig genug. Nun hatte er die Ostwand der Krypta erreicht. Hier, vor den drei rechteckigen Fenstern, die nur spärliches Licht hineinließen, blieb er stehen und wandte sich den Männern zu. Endlich wurde das erste Wort gesprochen.

»Ihr Edlen Hamburgs!«, begann der Erzbischof und breitete seine Arme aus, auf dass sein Messgewand gleich doppelt so breit wurde. »Heute ist ein entscheidender Tag. Die Bürger der Neu- und Altstadt, die seit einigen Jahren durch Uneinigkeit gespalten sind, sollen sich endlich in Frieden die Hände reichen. Drum lasset uns gemeinsam beten und hier, in Gegenwart der Gebeine der Männer, die sich Hamburgs einst ebenso verdient gemacht haben, um den Beistand unseres Herrn bitten.« Dann hob er die Arme noch höher und drehte die Handflächen zu seinen Zuhörern. »Oremus«, forderte der Kirchenmann die Anwesenden nun zum Beten auf.

Alle falteten ihre Hände und senkten die Häupter.

»Misereatur vestri omnipotens Deus, et dimissis peccatis vestris, perducat vos ad vitam aeternam. Indulgentiam, absolutionem et remissionem peccatorum nostrorum tribuat nobis omnipotens et misericors Dominus...«

Die Worte des Erzbischofs klangen so eindringlich, dass ein jeder zu spüren meinte, wie schwer er an der heutigen Last zu tragen hatte. Niemand beneidete den Geistlichen darum, zwischen den zerstrittenen Lagern schlichten zu müssen. Wohl auch aus diesem Grunde öffnete keiner der Männer die Augen. Jeder strebte Frieden an, und jeder wollte Gott mit aller Inbrunst um Beistand bitten.

Erst als die Stimme des Erzbischofs nach dem segenspendenden Gebet und einem anschließenden Paternoster verklungen war, begaben sich die Männer wieder hinauf in das Mittelschiff des Doms, um dann den Chorbereich zu betreten. Hier, auf dem verzierten hölzernen Gestühl der Kanoniker, gab es normalerweise eine klare hierarchische Sitzordnung, was schon der treppenartige Aufbau andeutete. Im Osten, auf dem höchsten Platz, hatte eigentlich der Propst als ranghöchster Domherr seinen Sitz. Heute jedoch gebührte dieser Stuhl dem Erzbischof. Ihm gegenüber saß der Domdekan im *stallum in choro*, der sich diesen Platz an diesem Tage mit dem Domdekan teilte. Das übrige sich gegenüberstehende Chorgestühl wurde sonst den Kapitelmitgliedern entsprechend ihrer Würden zugeteilt, was heute allerdings wenig ratsam gewesen wäre. So ließ man die Männer der zerstrittenen Parteien gegenüber Platz nehmen – die Ratsherren und Bürger des Kirchspiels St. Nikolai auf der einen und die Domherren und Bürger des Kirchspiels St. Petri auf der anderen Seite.

Giselbert von Brunkhorst ließ seinen Blick über die Männer schweifen. Jetzt war es soweit – es gab kein Zurück mehr, und er wusste, dass nicht alle mit seiner Entscheidung einverstanden sein würden. »Ihr guten Männer, Bürger, Domherren und Ratsherren, lasst nun, da wir Gottes Segen haben, die Versammlung beginnen. Ich möchte anfangen, indem ich die Umstände noch einmal von beiden Parteien erläutern lasse.« Der Erzbischof räusperte sich und erteilte dann Dagmarus Nannonis als Sprecher der Nikolaiten das Wort. »Bitte, Ratsherr. Sagt uns noch einmal, wie sich die Sache aus Sicht der Nikolai-Bewohner darstellt.«

»Das werde ich, habt Dank, Erzbischof.« Nannonis wandte seinen Blick nach vorn zur gegnerischen Seite und begann laut und deutlich zu sprechen: »Vor acht Lenzen, im Jahre des Herrn 1281, wurde der Wunsch von Seiten der Bewohner des Kirchspiels St. Nikolai nach einer eigenen Schule laut. Die Bürger der Neustadt beanstandeten, dass das Marianum in der Altstadt seit einigen Jahren dem Verfall preisgegeben werde und unter den Missständen leide, hervorgerufen unter anderem durch schlechte Simonie. Außerdem war die Neustadt zu diesem Zeitpunkt bereits stark angewachsen, sodass eine eigene Schule durchaus gerechtfertigt gewesen wäre. Wir, die Bewohner des Nikolai-Kirchspiels, wendeten uns also an den ehrenwerten Erzbischof, um eine Concession zur Eröffnung einer Schule in unserem Kirchspiel zu erlangen. Nachdem Ihr, Erzbischof Giselbert, uns Euer Wohlwollen mitteiltet, ließen wir eine Deputation der Nikolai-Bewohner durch den hier anwesenden Johannes von Lüneburg zum Papst aussenden. Papst Martin IV. erlaubte uns, eine Schule der Grammatik zu eröffnen, was er in seiner Bulle vom siebten Juli 1281 niederschrieb. Laut dieser Bulle sind wir außerdem dazu berechtigt, eigene Lehrer einzusetzen.« Nach einer bedeutungsschweren Pause erhob sich Dagmarus Nannonis von seinem Platz und gab seiner Stimme etwas Drohendes. »Diese Bestimmungen sind eindeutig – sie wurden uns vom Heiligen Vater, dem Vertreter Gottes auf Erden, selbst erteilt! Und dennoch trotzt der Scholastikus des Marianums uns wieder und wieder auf das Dreisteste. Es wird Zeit, dass diese Schmach ein Ende hat. Die Bürger des Kirchspiels St. Nikolai und ebenso wir, die Herren des Rates der Stadt, denen diese Schule unterstellt ist, fordern endlich Gerechtigkeit!«

Giselbert von Brunkhorst nickte Dagmarus Nannonis zu und sagte, »Habt Dank, Ratsherr. Ich bitte Euch, setzt Euch wieder.« Dann legte er den Blick auf den Scholastikus Johannes von Hamme, dessen Ausdruck wie immer etwas Selbstsicheres ausstrahlte. Es war nicht zu übersehen, dass ihn die wütende Ausführung des Ratsherrn nicht im Geringsten verunsichert hatte. »Magister Scholarum, wollt Ihr uns nun die Ansichten der Kapitelmitglieder und natürlich die des Marianums erläutern?«

Johannes von Hamme blickte auf die gegenüberliegende Seite des Chores; er schaute den Männern eine quälende Zeit lang in die Gesichter. Dann sprach er, ohne sich zu erheben: »Das Recht bedarf nicht vieler Worte! Drum halte ich mich kurz. Die Oberaufsicht der einzigen Schule Hamburgs liegt nun schon seit Jahrhunderten in der Hand des Scholastikus', der die Rektoren schon immer in Absprache mit dem Domkapitel ernannte und sie auch entlohnte. Seit nunmehr zwölf Jahren ist dieses Amt in meiner

Hand. Eure Schule mögt Ihr Leute ja vielleicht durch die päpstliche Bulle bekommen haben, doch die Befehligung aller Schulen der Stadt gebührt nach wie vor mir, dem Magister Scholarum, allein! Ich werde auf mein gottgegebenes Amt nicht verzichten – es sei denn, es ist des Erzbischofs ausdrücklicher Wunsch.« Der Scholastikus hatte seine Forderung erläutert, ohne auch nur einen neuen Grund für sein vermeintliches Recht genannt zu haben. Seine einzige Begründung bestand darin, dass alles so zu bleiben hatte, wie es immer schon gewesen war. Stoisch beharrte er seit acht Jahren darauf, was die Nikolai-Bewohner und Ratsherren zur schieren Verzweiflung brachte.

Der Erzbischof hatte alles regungslos mit angehört. Doch die eben noch einmal aufgeführte Erklärung des Scholastikus war nicht entscheidend gewesen für seinen Entschluss, den er gleich zu verkünden gedachte. Schon auf seiner Reise von seinem Sitz auf der Burg Hagen, wo er die letzten Wochen verbracht hatte, bis nach Hamburg, war ihm die Lösung klar geworden. Und schon jetzt wusste er, dass seine Entscheidung für viele kaum nachzuvollziehen sein würde. Dennoch, er blieb dabei, und er hatte gute Gründe. Selbst wenn er das Oberhaupt des Bistums Bremen war, welches auch die Gewalt über das Domkapitel Hamburg beinhaltete, und er niemandem außer Papst und Kaiser Rechenschaft schuldig war, wusste Giselbert gleichwohl, dass einige Männer Macht über ihn besaßen. Macht durch Geld, oder Macht, dargestellt durch das bloße Erheben eines Fingers. So war der Scholastikus ebenso stimmberechtigt bei der Wahl des Erzbischofs wie der Propst und der Dekan. Jene Männer sollte er sich besser nicht zum Feind machen – jedenfalls dann nicht, wenn er nach sich seinen Brudersohn Florenz von Brunkhorst auf dem Bischofsstuhl und seinen Brudersohn Ludwig von Brunkhorst auf dem Stuhl des Propstes sehen wollte. Der Geistliche gab sich einen Ruck und atmete noch einmal tief ein und aus. Dann ließ er seinen Beschluss verlauten.

»Acht Jahre sind nun vergangen, werte Herren. Acht Jahre voller Uneinigkeit. Ich empfinde es als meine Christenpflicht, Euch von dieser Marter zu erlösen. Meine Entscheidung habe ich mir nicht leichtgemacht, dennoch ist sie wohlüberlegt. Obwohl ich im Jahre des Herrn 1281 selbst einer Concession zum Erlangen einer neuen Schule im Kirchspiel St. Nikolai, mit allen Rechten ausgestattet, zugestimmt habe, entscheide ich heute, Johannes von Hamme auch die Aufsicht über die Schule der Neustadt zu übertragen. Er soll nach freiem Belieben die geeigneten Magister zum Unterrichten der Jungen einstellen und diese auch besolden. Sollte das jährlich zu zahlende Schulgeld der Nikolaiten nicht ausreichen, um die Magister zu entlohnen, wird der Rat der Stadt die nötigen Summen zur Verfügung stellen. Was die Schüler betrifft, so verfüge ich heute, dass die Nikolaiten, wenn sie das Singen der Dur-Tonart beherrschen und demnach ausreichend gebildet sind, zur Marienschule zu wechseln haben, wo sie weiter unterrichtet werden sollen.«

Schon während der Erzbischof sprach, kannte die Empörung der Neustädter und Ratsherren keine Grenzen. Wütend sprangen sie von ihren Plätzen auf und brüllten die Männer der gegenüberliegenden Seite an. Das eben Vernommene war einfach unglaublich. Erst nach einigen Versuchen drang die Stimme des Erzbischofs wieder durch das Gebrüll hindurch.

»Mein Entschluss mag Euch Herren heute aufwühlen, doch in der Zukunft – dessen bin ich mir sicher – wird sich dieser Euch als weise zeigen. Bedenkt, ihr Brüder in Christo: So, wie der Heilige Vater allein auf seinem Stuhle und ich allein auf dem meinen sitze, so soll auch der Herr über unsere Schulen auf einem Stuhle allein sitzen. Denn wie wir im Johannesevangelium lesen können, sagt Jesus uns: *Der Sohn kann nichts von sich aus tun, sondern nur, was er den Vater tun sieht; denn was dieser tut, das tut gleicherweise auch der Sohn.* Ich bin Euer Vater, Ihr seid meine Söhne. So sei es.«

Die Worte Giselberts, welche eigentlich beruhigend auf die

übervorteilten Männer hatten wirken sollen, verfehlten großartig ihren Zweck. Trotz päpstlicher Bulle und ungeachtet dessen, dass der Erzbischof noch wenige Jahre zuvor auf der Seite der Nikolaiten gewesen war, hatte er heute anders entschieden und die Schule der Neustadt kurzerhand zu einer unwichtigen Lehranstalt gemacht, die bloß noch dazu gut sein würde, Schüler für das Marianum vorzubereiten. Und als wäre dieser Umstand nicht schon schmählich genug, ward jetzt auch noch entschieden, dass Johannes von Hamme den Rat der Stadt beliebig auffordern konnte, Zahlungen an ihn zu leisten. Die Empörung der Nikolai-Bewohner und der Ratsherren erreichte ihren Höhepunkt, als die Versammlung von Giselbert von Brunkhorst mit einem letzten und sichtlich halbherzig ausgesprochenen Segen beendet wurde.

Es blieb nichts mehr zu sagen. Als Erstes erhoben sich die zufriedenen Geistlichen und die Bürger des Kirchspiels St. Petri und ließen ihre schimpfenden Gegner unbeachtet zurück. Kurz darauf verließen auch die wutentbrannten Männer auf der Gegenseite ihre Plätze und schritten vor den Augen des Erzbischofs, der noch immer auf dem Platz des Propstes weilte, die Treppe des Chors hinunter ins Mittelschiff.

Giselbert von Brunkhorst blieb bewusst noch sitzen, bis auch der letzte Mann den Dom durch das Portal verlassen hatte. Erst dann ging auch er die Stufen hinab. Langsam, nachdenklich, und froh darüber, dass diese Sitzung vorbei war. Nun konnte er sich wieder jenen weltlichen Dingen widmen, die ihm mehr am Herzen lagen, als das Ausführen des apostolischen Auftrags. Es war kein Geheimnis, dass er am liebsten kriegerische Edelleute im Zaum hielt, Streitigkeiten zwischen Bremen und Hamburg schlichtete oder die weltlichen Güter des Bistums zusammenhielt, etwas, das er auch als bischöflichen Dienst betrachtete, denn schließlich war der Verlust von Kirchenbesitz gleichzusetzen mit dem Verlust von Gottes Eigentum selbst. Die Abhaltung des Gottesdienstes, das Besuchen von christlichen Festen oder das Weihen von Kirchen, gehörten wahrlich nicht zu seinen bevorzugten Aufgaben. Am liebsten hätte er all jene Dinge einem anderen Mann überlassen, so wie er die Verwaltung der Distrikte des Bistums auch seinen Archidiakonen überließ.

Seine Gedanken galten nicht mehr lang den Ratsherren, sondern schweiften ab zu seinem immer wiederkehrenden Problem mit den Kehdingern und den Grafen von Stotel, die ihre Besitzungen in seinem Bistum hatten, und dennoch von Zeit zu Zeit aufbegehrten. Gerade hatte er seine Hände auf seinem Rücken verschränkt, um in dieser Haltung durch den menschenleeren Dom zu schreiten und nachzudenken, als er ein reißendes Geräusch vernahm und zurückgezogen wurde. Noch bevor er hinsah, wusste er Bescheid. Er hatte sich sein festliches Messgewand an einem der groben Baugerüste zerrissen. Ärgerlich machte er den Stoff los. Der Riss war an einer gut sichtbaren Stelle. Selbst wenn der beste Schneider der Stadt sich daran versuchte, würde man das geflickte Stück immer an der Unregelmäßigkeit des aufwändigen Stoffmusters erkennen. Wirklich schade um dieses Gewand, schloss der Erzbischof und merkte nicht, dass sich ihm eine Person näherte.

»Ehrwürdiger Vater, bitte hört mich an.«

Giselbert drehte sich um. Seine Gedanken waren noch ganz bei seinem zerrissenen Gewand. Vor ihm stand eine alte Frau. Sie war klein und dünn. Wirklich überaus unscheinbar. Etwas verwundert fragte er: »Was willst du von mir, Mütterchen?«

Die Frau hielt einen verschlossenen Brief in der Hand und wies darauf.

»Was ist das?«

»Das ist ein Ablass, den ich zugunsten des Umbaus dieses heiligen Doms erworben habe.«

Wieder schaute Giselbert an seinem Mantel herunter und strich verärgert über den Riss. Seine Worte kamen, ohne dass er groß darüber nachdachte. »Das ist sehr großzügig von dir, Mütterchen. Gott betrachtet solcherlei Tun mit Wohlwollen. Nun muss ich aber weiter..." Er wollte sich an ihr vorbeischieben, doch die Alte war noch nicht fertig. Erneut stellte sie sich ihm in den Weg.

»Der Ablass ist verbunden mit einem Beichtbrief. Bitte...«

Giselbert schaute auf die Fremde hinab, die nun keine Handbreit mehr von ihm entfernt stand. Erst jetzt fiel ihm auf, dass ihrer Aussprache etwas Fremdartiges anhaftete. Er kannte diese Art zu sprechen. Sie bereitete ihm Unbehagen. »Dann wurden dir deine Sünden doch schon von einem Geistlichen erlassen. Was willst du noch von mir? Ich bin...«

»Ich weiß, wer Ihr seid, Erzbischof!«, sagte die Frau plötzlich mit einer unerwartet starken Stimme.

Erstaunt schwieg Giselbert und hörte zu.

»Die Sünde in meinem Herzen ist so groß, dass ich Euch, den höchsten Kirchenfürsten im Lande, zusätzlich aufsuchen wollte. Meine Zeit auf Erden ist bald zu Ende, und ich bin von weit hergereist, um meinen vollkommenen Ablass und meine Beichte bei Euch zu hinterlassen. Wenn ich sterbe, soll meine bescheidene Habe in den Besitz der Kirche übergehen. Es steht alles hier geschrieben.«

»Gut, gut!«, gab sich Giselbert nun geschlagen. »Gebt den Brief schon her.« Der Erzbischof rang sich ein Lächeln ab. Er wollte endlich wieder allein sein, und wenn es die alte Frau glücklich machte, dass er ihren Ablass zu all den anderen legte, die sich im Dom stapelten, dann bitte. Gerade wollte er sich wieder abwenden, als sie ihn am Arm festhielt.

»Was ist mit meiner Beichte? Bin ich jetzt frei von meinen Sünden? Ich muss es wissen, bevor ich diese Welt verlasse.«

Seiner Verwunderung zum Trotz, schlug der Kirchenmann ein großzügiges Kreuz vor der hartnäckigen Frau und sagte, »Dein Ablass ist Beichte genug. Hiermit bist du befreit von deinen Sünden und ebenso rein wie jede Jungfrau und jedes Kind.«

Erst jetzt schien die Alte zufrieden zu sein. Ihre Schultern entspannten sich. Sie atmete lange aus, faltete ihre Hände, schloss ihre

Augen und lächelte so breit, dass ihre eigentlich runzligen Lippen für kurze Zeit wieder glatt waren. »Habt Dank, Erzbischof!«, sagte sie erleichtert und strahlte ihn an, so, als wenn eine schwere Last von ihr genommen worden war. »Jetzt kann ich meinem Schöpfer gegenübertreten.«

Die Fremde war bereits dabei, den Dom zu verlassen, als der Erzbischof ihr hinterher rief. »Warte!«

»Ja?«

»Du sagtest, du bist von weit her. Von wo genau?«

»Wisst Ihr das nicht schon längst?«

Er zögerte. Ja, er wusste es. »Warte...!«, rief er ihr erneut zu, doch die Frau lief einfach davon.

Giselberts Verwunderung über ihr Verhalten und wohl auch die verräterische Auffälligkeit in ihrer Aussprache, ließ ihn den eben noch uninteressanten Beichtbrief öffnen. Seine Augen überflogen die ersten Zeilen, in denen es um die zahlreichen, aber zugegeben nichtigen, Sünden einer alten Frau ging. Üble Nachrede, Zorn, eine Lüge... Dann aber kam er zur letzten und scheinbar wichtigsten Sache. Der Schriftkundige, der das Papier verfasst hatte, schrieb nun größer als zuvor.

... vor vielen Jahren kannte ich diesen Mann aus dem Norden. Ich war jung, und obwohl alles gegen unsere Liebe sprach, sein Alter, sein Stand, seine Gesinnung, ja sogar seine Ehe mit der Tochter eines meiner ärgsten Feinde, zeugten wir ein Kind. Jenes Kind der Liebe durfte ich nicht behalten. Es wurde an einen mir fremden Ort gebracht, und ich weiß nicht, ob der Junge noch lebt. Der Mann meines Herzens musste mir entsagen – unserem Kind zuliebe, welches in Gefahr vor seinen Söhnen war. Ich habe ihn nie wieder gesehen, nur von ihm gehört, wie man eben von derlei Männern hört. Das ist meine schlimmste Sünde. Ich habe gebeichtet – Gott, vergib mir! Mein Tod ist nah, aber endlich bin ich frei. Lever tod as Sklav!

Was hier geschrieben stand, erschien ihm wirr. Es waren keine Namen genannt worden, und doch haftete dieser Beichte etwas so

Geheimnisvolles an, dass Giselbert weiterhin darüber nachdachte. Die Zeilen waren ihm noch vor Augen, obwohl er das Blatt schon hatte sinken lassen. Ein *Mann aus dem Norden*, stand dort geschrieben. Norden konnte überall sein, je nachdem, wo man sich befand. Ebenso undurchsichtig waren die Andeutungen über dessen Eheweib.

Je länger der Erzbischof darüber nachdachte, desto weniger schlau wurde er aus dem Beichtbrief. Wahrscheinlich bedeutete das alles gar nichts. Das Mütterchen war einst jung gewesen und hatte Unzucht mit einem verheirateten Mann getrieben. Da war sie sicher nicht die Einzige. Sie hatte bloß ihr Gewissen erleichtern wollen, genauso stand es ja auch da: *Lever tod as Sklav!* waren die erklärenden Worte, die auch Giselberts Vermutung über ihre Herkunft bestätigten.

Alle Stedinger lebten nach dieser Gesinnung, und sie starben offenbar auch danach. Eher riskierten sie alles, als dass sie Sklaven waren – Sklaven des Fleisches oder der bloßen Gedanken. Doch warum war die Frau ausgerechnet zu ihm gekommen? Der Erzbischof wunderte sich zu Recht – schließlich verband ihn und die Stedinger eine jahrelange Feindschaft.

1

Die dreckige Holzschüssel wurde achtlos durch einen Spalt zwischen Tür und Rahmen geschubst und rutschte dem Geistlichen direkt vor die Füße. Schon der bloße Blick auf den betagten Kanten Brot genügte um festzustellen, dass seine Mahlzeit auch heute wieder die Beschaffenheit eines Steins besaß. Sein sonst so quälender Hunger war bei diesem Anblick wie fortgeblasen.

Es war zermürbend, belastend, beängstigend. Wie lange würde das noch so weitergehen? Zehn Wochen waren nun schon vergangen, das wusste Everard, da er kleine Linien für jeden Tag in die Gemäuer geritzt hatte. Zehn Wochen im Woltboten-Haus ohne jede Veränderung! Täglich gab es eine Schüssel Brot und dazu nur Wasser. Was es nicht gab, waren Antworten.

Stumm und unbewegt zählte er bis zwölf, denn das war genau jene Zeit, die der Woltbote brauchte, um zum Brunnen und wieder zurück zu laufen. Die Zahl Zwölf erschien in seinen Gedanken, da öffnete sich die Tür. Ein kleiner Krug mit abgeplatztem Rand wurde auf dem Boden abgestellt. Dann wurde die Tür wieder geschlossen.

Everard blickte nicht auf. Das stinkende Wasser interessierte ihn ebenso wenig wie das harte Brot – und dennoch würde er es später essen, nur um nicht zu verrecken. Was hätte er jetzt für einen Wein, etwas Käse, Fleisch oder Bier gegeben? Ziemlich viel!

Nach den ersten zwei Wochen war er schon bereit gewesen, das achte Gebot dafür zu brechen, heute liebäugelte er erschreckenderweise schon mit dem sechsten. Doch weder zur einen noch zur anderen Tat bekam er die Gelegenheit. Hier gab es nämlich weder etwas zum Stehlen, noch jemanden zum Töten, den er hinterher um sein Essen hätte erleichtern können.

Abermals fragte er sich, wie es nur so weit hatte kommen können? Vorbei waren die Zeiten, da er in dem behaglichen Kaufmannshaus seines Ziehsohnes Walther gewohnt hatte, vergangen jede Zeit der Anerkennung. Noch vor wenigen Wochen war er ein geachteter Mann in Hamburg gewesen – ein Hexenbezwinger, Held der Bürger und noch dazu ein angesehener Geistlicher. Damals sah es sogar so aus, als ob man ihm das Haus seines aus der Stadt geflohenen Ziehsohns Walther, als Dank für die Dienste an der Stadt, zusprechen würde. Doch diese Tage gehörten der Vergangenheit an. Heute war er weiter entfernt von einem eigenen Haus, als er es wohl jemals zuvor gewesen war. Everard schalt sich einen dummen Narren. Wie hatte er auch nur glauben können, dass das Leben ihn derart beschenkte? Er wusste nun, dass er sich dem Hochmut hingegeben hatte, und dafür wollte Gott ihn jetzt bestrafen! Am St. Veitsmarkt im Juni war sein Glück zu einem jähen Ende gekommen, und sein Schicksal war mehr als ungewiss.

Wieder und wieder spielte er in Gedanken den Tag des Jahrmarktes durch, an dem er zusammen mit dem Ratsherrn Johannes vom Berge festgenommen worden war. Die durch ihn dingfest gemachte Hexe Runa von Sandstedt sei zu Unrecht ins Verlies gesperrt worden, hieß es plötzlich, und er sei ein Betrüger. Daraufhin hatten der Vater der Hexe, Albert von Holdenstede, ihr Gemahl, Walther von Sandstedt, und sogar der Ratsnotar Johann Schinkel Beweise für ihre Unschuld und seine Schuld vorgebracht. Schlussendlich nahm man ihn fest und sperrte ihn ins Woltboten-Haus, in dem er noch immer einsaß.

Ja, es stimmte, dass er bei einem von drei Beweisen für Runas Schuld etwas nachgeholfen hatte, doch nur, um die schwachgläubigen Hamburger endlich aufzurütteln! Runa von Sandstedt war eine Hexe – davon war Everard nach wie vor überzeugt –, auch wenn das Wunder, welches Gott an der Magd Johanna auf der Trostbrücke getan hatte, im Nachhinein angezweifelt wurde. Everard erinnerte sich noch genau. Inbrünstig, fast flehend, war sein Gebet um ein Wunder als Beweis für Runas Schuld zum Herrn im Himmel gewesen, und Gott hatte die stumme Magd plötzlich sprechen lassen. Ein jeder der damals Anwesenden hatte es mitbekommen, und viele waren ehrfürchtig auf die Knie gesunken. Dass jene Magd aber tatsächlich ein Mann und gar nicht stumm war, hatte niemand, auch nicht Everard, wissen können. Dennoch hielt ihn der Rat bis heute hier gefangen, wo er in Einsamkeit und Elend darbte.

Vielleicht war es ein Fehler gewesen, überhaupt nach Hamburg zu kommen, schoss es Everard wieder einmal durch den Kopf. Sein bescheidenes Leben als Pfarrer in einem friesischen Dorf war manches Mal schwer gewesen, doch hatte er seine Freiheit gehabt! Die bloße Gier hatte ihn nach Hamburg zu seinem Ziehsohn reisen lassen, nicht die Liebe, die Fürsorge, oder der Wunsch, wieder zueinander zu finden.

Dabei stünde ihm tatsächlich etwas von Walthers Reichtum zu, wie Everard fand. Ohne ihn wäre er schließlich gar nicht mehr am Leben. Schon kurz nach seiner Geburt hätte das Dasein des Jungen ein unschönes Ende gefunden, doch das wusste weder sein Ziehsohn noch sonst irgendwer aus dessen Familie. Everard hatte vor fünfunddreißig Jahren versprechen müssen, den Mund zu halten, als damals das winzige Bündel zu ihm gebracht worden war. Und mit diesem Versprechen war eine ansehnliche Belohnung einhergegangen, die Everard einige Jahre lang ein nettes Leben beschert hatte. Heute war von all dem nichts mehr übrig – außer dieser einen großen Lüge, die er sehr wahrscheinlich mit ins Grab nehmen würde.

Plötzlich wurde Everard aus seinen Gedanken gerissen. Hinter der schweren Tür, die ihn seit Wochen in seiner Freiheit beschnitt, erklangen klimpernde Geräusche. Schlüssel! Sofort war der Geistliche hellwach. Wie konnte das sein? Wasser und Brot hatte er doch schon bekommen. Es musste einen anderen Grund geben. Hoffnung keimte in ihm auf.

Der Woltbote stieß die Tür ganz auf und sah Everard von oben bis unten an. Er schmatzte ekelerregend und mit offenem Mund. Scheinbar hatte auch er gerade etwas gegessen, doch Everard war sich bitter bewusst, dass es kein hartes Brot und brackiges Wasser gewesen war. In seinen Händen hielt er ein Seil.

»Los, doch. Bewegt Euch, Mann. Ich habe nicht den ganzen Tag Zeit.«

Everard war verwirrt. »Bin ... ich frei?«

Der Woltbote lachte dröhnend auf und hielt sich den Bauch. »Frei? Euch ist das Wasser wohl nicht bekommen! Ich soll Euch die Hände fesseln und Euch ins Rathaus bringen. Und nun macht schon, Gesicht Richtung Wand, und Hände auf den Rücken. Und macht mir ja keine Scherereien, ich habe nämlich auch keine Probleme damit, Euch ohnmächtig ans Ziel zu schaffen.«

Everard verstand sofort und stellte sich umgehend mit dem Gesicht zur Wand. Danach wurde er wie ein Verbrecher von dem Woltboten durch die Stadt gestoßen, bis sie das Rathaus erreichten.

Der prächtige Bau, an dem vor Kurzem noch fleißig gearbeitet worden war, war endlich fertiggestellt, und alle störenden hölzernen Gerüste entfernt. Zu Recht stellte dieses großartige Bauwerk den ganzen Stolz der Hamburger dar. Die wie an einer Perlenkette aufgereihten Zwillingsfenster waren verziert mit Bögen, auf denen ein kleeblattförmiges Steinmuster thronte. Die Außenwände schimmerten durch eine spezielle Behandlung der Steine bläulich und fesselten den Blick jedes Betrachters.

Als Everard sich nur einen Moment lang dem Staunen hingab und seinen Schritt verlangsamte, war die Folge ein grober Stoß in den Rücken, der ihn fast zu Fall brachte. Jeder Protest erstarb, als er das grimmige Gesicht des Mannes sah. So riss er seinen Blick los und durchschritt gemeinsam mit dem Woltboten das links angeordnete Steinportal. Nur wenig später standen sie vor dem hölzernen Gehege, ein mit niedrigen Holzwänden abgetrennter Bereich, der ausschließlich den Herren des Rates zustand. Hier, um den mächtigen Tisch, saßen sie nach der Dauer ihrer Ratszugehörigkeit aufgereiht. An den Kopfenden hatten der Ratsnotar und die beiden Bürgermeister Platz genommen, von denen einer nun das Wort ergriff.

»Lass den Gefangenen eintreten, Woltbote. Du kannst jetzt gehen, deine Dienste werden heute nicht mehr gebraucht.«

Der Woltbote schaute einen Moment lang in Richtung des Bürgermeisters und fragte sich, was genau das heißen sollte, *deine Dienste werden heute nicht mehr gebraucht*? Musste der Gefangene denn nicht später wieder abgeholt werden? Er traute sich nicht zu fragen, verbeugte sich schließlich und verließ das Rathaus.

Everard war angespannt. Er blickte in die Gesichter jener Männer, die ihm vor Kurzem noch ihre Bewunderung und Glückwünsche zur Ergreifung der vermeintlichen Hexe ausgesprochen hatten. Henric Longhe, Folpert Krempe, Bertram von Hemechude, Hartwic von Erteneborg… Nun, nach seiner Verhaftung, schauten sie ihn anders an. Nahezu verachtend! Was würde nun mit ihm geschehen? Würde man ihn vielleicht freilassen oder doch vor das Blutgericht des Rates stellen? Er sollte es gleich erfahren.

»Vater Everard«, begann Willekin Aios mit seiner tiefen Stimme zu sprechen. »Tretet näher!«

Everard tat, was ihm aufgetragen wurde.

»Es hat eine Entscheidung über Euer Schicksal gegeben. Nach reiflichen Überlegungen des Rates und einer Entscheidung Graf Gerhards II., die uns heute per Bote erreicht hat, steht nun fest, wie wir mit Euch verfahren werden.«

Der Geistliche trat von einem Bein auf das andere. Er zitterte vor Aufregung und Angst, doch er wollte sich seine Gefühle nicht anmerken lassen. Schließlich war sein Anblick schon schmählich genug.

»Zwar habt Ihr die Dame Runa von Sandstedt zu Unrecht beschuldigt, eine Hexe zu sein, worauf sie festgenommen und in ein Verlies gesperrt wurde, wo sie bei der Geburt ihres Kindes fast starb, doch wir gestehen Euch Folgendes zu: Das vermeintliche Wunder der plötzlich sprechenden stummen Magd, welches schlussendlich als Zustimmung Gottes im Hinblick auf die Verurteilung der Dame gegolten hat, stellte sich als Betrug heraus, der auch Euch nicht bekannt gewesen zu sein scheint. Folglich seid Ihr dieser Betrügerei selbst aufgesessen, was schließlich den Anstoß zu unserer Entscheidung gab.«

Everard hielt die Luft an. Die Worte des Bürgermeisters ließen ihn tatsächlich etwas Hoffnung schöpfen.

Willekin Aios nahm noch einmal den gräflichen Brief zur Hand, überflog die Zeilen und erzeugte dadurch eine furchtbar quälende Pause. Erst nach einer Weile legte er das Pergament wieder vor sich hin und sagte: »Der Graf und der Rat kommen damit überein, dass Ihr freigelassen werdet.«

Nach diesen Worten atmete Everard geräuschvoll aus – viel lauter, als er es gewollt hatte. Doch der Bürgermeister war noch nicht fertig.

»Da Ihr aber dennoch und ohne Zweifel Schändliches getan habt, werdet Ihr die Freiheit nur erlangen, wenn Ihr Euch auf eine Pilgerreise begebt...«

»Eine Pilgerreise...?«, fragte der Geistliche verwundert.

»Unterbrecht mich nicht!«, fuhr ihn der Bürgermeister an.

Everard hielt den Mund und hörte weiter zu.

»Diese Pilgerreise wird mit strengen Auflagen verbunden sein. Wir verlangen, dass Ihr Euch einer besonders beschwerlichen Reise zu widmen habt. Euer Ziel wird Rom sein, und Ihr habt auf dem Weg dorthin so viele Reliquien und heilige Orte zu besuchen, wie es möglich ist. Über Euren tatsächlichen Besuch dieser Stätten habt Ihr die üblichen Nachweise zu erbringen. Habt Ihr verstanden?«

»Ja, Bürgermeister«, gab Everard laut und kraftvoll zurück.

»Gut. Das war allerdings noch nicht alles«, ließ Aios verlauten. »Die vielleicht schwierigste Auflage wird Euch von Graf Gerhard II. selbst aufgetragen.« Der Bürgermeister schwieg einen Moment. Er hatte zwar kein Mitleid mit dem Geistlichen, doch er kam nicht umhin sich einzugestehen, dass diese Auflage tatsächlich sehr unbehaglich war. Die Gerissenheit des Grafen war seiner Meinung nach gleichermaßen zu bewundern und gering zu schätzen, denn der schlaue Fürst hatte die einmalige Möglichkeit genutzt, mit der Buß-Pilgerreise Everards auch seine Sünden abtragen zu können, ohne jedoch selbst pilgern zu müssen. Darum hatte er etwas angefordert, das dem Geistlichen äußerst viel abverlangen würde. »Ihr werdet einen Eid ablegen, durch den Ihr versprecht, an jedem heiligen Ort und vor jeder Reliquie Gebete für Graf Gerhard II. zu sprechen. Diese Gebete beginnen jeweils an der Stadtmauer und enden erst bei Erreichen des Ziels in der Stadt. Und sie sind in demütigster Haltung auszuführen – auf Euren Knien, egal wie weit der zurückzulegende Weg auch sein mag. Nehmt Ihr diese Buße an, Vater Everard, auf dass Ihr nach Eurer Rückkehr wieder ein freier Mann seid?«

Everard dachte nicht lang nach. Er hätte jedem Eid und jeder Buße zugestimmt, um nur nicht wieder ins Woltboten-Haus zu müssen. Dass er sich die finstere Kammer, in der es bloß Wasser und Brot gab, eines Tages regelrecht herbeisehnen würde, konnte er jetzt noch nicht ahnen. »Ja, ich werde den Eid ablegen, und ich werde die Reise antreten.«

Runa trat aus dem Palas der Burg Kiel. Sie war spät dran, und das Spektakel hatte bereits seit einer Stunde begonnen, dennoch wollte sie sich nicht beeilen. Nicht heute, wo sich doch alles um Heiterkeit und Frohsinn drehte. Sie sah sich um. Der Burghof war nicht wiederzuerkennen. Schrangen und Stände drängten sich an die Burgmauern, und überall sah man Menschen und Tiere. Es roch nach Pferden und ihrem Kot, nach Leder und den Feuern der Frauen, die darüber in dicken Kesseln das Essen für die vielen Besucher des Turniers köchelten und immer wieder volle Wassereimer aus dem Brunnen hochzogen. Weit mehr Schaulustige und Kämpfer als jeder vermutet hatte, waren gekommen. Kiel platzte aus allen Nähten.

Runa gefiel der Trubel. Schon immer hatte sie Märkte gemocht, Feste und alle Anlässe, an denen sich die Menschen drängten und es etwas zu gucken gab. Sie lächelte, als sie das Treiben beobachtete und zog sich dabei ihren Mantel enger um die Schultern, denn es war diesig und kühl an diesem Morgen. Tau benetzte alles und jeden, doch spätestens zur Mittagsstunde würde die Sonne wieder herauskommen und die Feuchtigkeit verdrängen – so war es die letzten Tage immer gewesen.

Erst als sie hinter sich ein gehetztes »Aus dem Weg« vernahm, sprang sie zur Seite und gab den Ausgang frei. Aus der Burg kamen zwei Mägde, die gemeinsam einen riesigen Kessel an seinen Henkeln trugen. Ihre Gesichter glänzten vor Schweiß und waren stark gerötet. Sie hatten sichtlich alle Hände voll zu tun, denn die Speisen mussten nicht bloß zubereitet, sondern auch noch zu dem Platz außerhalb der Stadtmauern gebracht werden, wo die Turnei-, Buhurt- und Tjost-Kämpfe stattfanden.

Runa blickte ihnen kurz nach. Die Frauen waren um ihre schwere Arbeit nicht zu beneiden. Umso glücklicher konnte sie selbst sich schätzen, dass dieses Schicksal so gar nichts mehr mit ihrem gemein hatte – auch wenn es ihr manches Mal schwerfiel, keinen Finger mehr krumm zu machen, seit sie auf der Burg wohnten. Das Gebrüll einiger Männer, die lautstark all ihre Kraft aufwendeten, um ein paar offensichtlich schwere Fässer zu stapeln, holte sie aus ihren Gedanken. Sie entschied, endlich Walther aufzusuchen. Sicher wartete er schon. So raffte sie ihre Röcke und bahnte sich einen Weg durch die geschäftige Masse. Dabei ließ sie ihren Blick schweifen. Wenn sie sich nicht täuschte, müsste er noch irgendwo hier auf dem Burghof sein. In der Regel schaffte er es nämlich nie besonders weit, ohne dass man ihn aufhielt. Und auch Runa musste ein ums andere Mal stehenbleiben. Immer wieder ertönte neben ihr ein höflicher Gruß, den sie ebenso höflich erwiderte, wie jenen der Magd Christin.

»Genießt den Tag, Dame Runa!«, rief das grünäugige Mädchen, knickste vor ihr und ging darauf wieder ihres Weges.

»Das werde ich gewiss!«, antwortete Runa lächelnd. Mittlerweile waren ihr die Gesichter der Burgbewohner vertraut, und auch die Kieler hatten sich an die Fremden gewöhnt. Niemand schien sich an ihrem schnellen gesellschaftlichen Aufstieg zu stören – oder sie zeigten es nicht. Vielleicht lag es daran, dass sie Günstlinge des Grafenpaares waren, vielleicht aber waren die Kieler auch einfach weniger missgünstig als die Hamburger. Runa spürte zwar stets die Blicke der Menschen um sich herum, doch meinte sie, in ihnen vor allem Neugier zu erkennen. Anders als noch vor ein paar Wochen in Hamburg, hegte hier keiner offenkundig Groll gegen sie und Walther, eher das Gegenteil war der Fall. Schließlich hatte er doch den Frohmut zurück auf die Burg gebracht. Schon oft in den letzten Wochen hatte Runa versucht sich zu erinnern, wann sie sich das letzte Mal so geborgen und erwünscht gefühlt hatte – es war lange her. Viel klarer hingegen waren die Erinnerungen an die Zeit, da sie von den Hamburgern geächtet und schlussendlich sogar in das Verlies geworfen worden war. Noch immer übermannten sie die damaligen Bilder von Zeit zu Zeit.

Runa schritt über den Boden, der eigentlich der Burghof war, doch das ließ sich nur noch erahnen. Die vielen Feuerstellen hinterließen einen dichten Rauchschleier, der sich nur langsam lichtete und dann auch gleich wieder aufzog. Das ununterbrochene Geplauder der Menschen um sie herum machte es unmöglich, Walthers Stimme herauszuhören. Kinder jagten hintereinander her und schrien dabei mit ihren hohen Stimmen. Irgendwo bellte ein Hund. Runa blieb stehen und sah sich um. Es dauerte einen Moment, doch dann, neben einem mächtigen Gestell, das dem Aufhängen und Trocknen von Stockfisch diente, entdeckte sie endlich ihren Gemahl. Er stand inmitten einiger Männer. Sie unterhielten sich angeregt, und ihren Gesten nach zu urteilen, redeten sie über den Schwertkampf zu Pferd, was wahrlich nicht verwunderlich war. Welches andere Thema sollte es heute auch geben?

Als Walther seine Frau erblickte, entschuldigte er sich bei den Männern und ließ sie stehen. Die Augen auf die Dame seines Herzens gerichtet, kam er lächelnd auf Runa zu.

Sie sah es sofort: Er hatte diesen bestimmten Blick, der nur dann sein Gesicht zierte, wenn er gerade als Spielmann diente. In jenen Momenten war er ein anderer Mensch. »Seid gegrüßt, teuerste und edelste aller anwesenden Damen.«

Runa ließ sich die Hand küssen und sagte grinsend: »Lass das nicht die Gräfin hören.«

»Ich bitte Euch, ein Blinder könnte sehen, dass Ihr bezaubernd wie der heutige Tau auf den morgendlichen Wiesen seid und Euer Antlitz so strahlend wie das der Sonne«, schmeichelte er übertrieben, wie er es von Zeit zu Zeit gerne tat. Dann kam er näher, so nah, dass nur Runa zu hören vermochte, was er sagte. »Ihr seid heute besonders schön, geliebte Gemahlin. Die Ritter müssen mich beneiden.«

Runas Grinsen verschwand – doch nur, um einem schmachtenden Ausdruck Platz zu machen. Sie versank in seinen Augen und merkte kaum, wie Walther ihre Hand nahm. Er legte sie sich auf seine Brust, wo sie sein Herz spüren konnte. Um sie herum wurde alles für einen Moment lang still. Sie hatte nur noch Augen und Ohren für ihn, wollte etwas erwidern, aber er brachte sie mit einem leisen »Scht!« zum Schweigen.

»Sagt nichts, Teuerste. Ich bin es, der immerzu reden sollte, um Euren Liebreiz zu preisen.«

Runa schmolz unter seinen übertriebenen Worten förmlich dahin. Sie konnte selbst kaum glauben, welch heftige Wirkung allein seine Stimme mittlerweile auf sie hatte. Nachdem die letzten Jahre geprägt waren von ihrer inneren Zerrissenheit zwischen der Liebe des einen Mannes und der ehelichen Verpflichtung gegenüber dem anderen, war ihr Blick heute wieder geschärft und ihr Herz gegenüber Walther rein. Johann Schinkel würde als Vater ihres Erstgeborenen zwar für alle Zeit einen Platz in ihren Gedanken haben, doch die brennende Liebe, die sie einst für ihn empfunden hatte, war endlich erloschen und die Bürde, die dadurch entstanden war, endlich abgeschüttelt. Heute liebte sie Walther, und er liebte sie – wie er es ohnehin seit eh und je getan hatte.

Noch immer ruhten Walthers Augen auf Runa, doch an seinem sich langsam verändernden Ausdruck konnte sie erkennen, dass nun der schmeichelnde Minnesänger verschwand und wieder ihr Gemahl vor ihr stand. Weniger süßredend, aber nicht weniger liebevoll fragte er sie: »Wo bist du gewesen, Liebste? Die Kämpfe haben längst begonnen.«

»Ich muss wohl die Zeit vergessen haben...«, log sie, ohne rot zu werden. Die Wahrheit allerdings war, dass sie sich einfach nicht hatte entscheiden können, welches ihrer Kleider sie heute tragen wollte. Immer wieder musste die Magd ihr die Schnüre festziehen, nur um sie dann wieder zu öffnen und ihr aus dem Kleid zu helfen. Erst nach dem dritten Versuch war sie endlich mit ihrer Wahl zufrieden gewesen. Die Entscheidung war auf ein hellblaues Untergewand mit einer dunkelblauen verzierten Cotte darüber gefallen, die in der Taille von einem überlangen Gürtel gehalten wurde. Da es an diesem Morgen noch kühl war, hatte sie sich außerdem einen roten pelzgefütterten Surkot über die Schultern gelegt, dessen großzügig bemessenes Ende auf dem Boden schleifte. Ihr Haar war geflochten und unter einem Schleier mit kunstvollem Gebende versteckt. Runa fühlte sich wunderschön und begehrenswert, doch war sie sich gerade selbst nicht mehr sicher, ob dies der feinen Kleidung oder den Worten ihres Gemahls geschuldet war.

»Lass uns gehen, Runa, den ersten Buhurt haben wir schon verpasst, aber das Tjosten müssen wir sehen.« Walther bot seiner Frau den Arm, und sie hakte sich unter. In diesem Moment ertönten auch schon laut die Trommeln und Trompeten vom Festplatz her, die das nächste Spiel ankündigten. Jubel war zu hören. Die Kieler konnten es nicht erwarten, den teils sehr weitgereisten Rittern beim Kräftemessen zuzusehen.

Seite an Seite verließen sie die Enge des Burghofs, doch sie kamen nicht weit. Als hätten sie sich abgesprochen, hielten beide bei dem Anblick, der sich ihnen von der nordöstlichen Erhebung aus bot, auf der die Burg stand, inne. Kiel lag nun vor ihnen. Es wirkte verschlafen, doch waren bloß die meisten Bürger schon beim Turnier.

Walther schaute die Burgstraße hinab, die geradewegs durch bis hin zum Marktplatz zur erhöhten Nikolaikirche führte. An normalen Tagen ging es hier zu dieser frühen Stunde schon sehr geschäftig zu – nicht so heute. Er sah das Rathaus, das Franziskanerkloster, den Hafen und natürlich das alles umgebende glitzernde Wasser, welches die fast runde Halbinsel so gut wie gänzlich umschloss. Als seine Augen aber Runa erfassten, verlor der Anblick der morgendlich schönen Stadt ihren Glanz.

Wie sehr er seine Gemahlin doch begehrte. Nichts hatte sich seit dem Tage ihrer Vermählung daran geändert. Nur einen einzigen Unterschied gab es heute – dass sie seine Liebe nun endlich auch erwiderte. Johann Schinkel gehörte der Vergangenheit an, und auch wenn ein kleiner unschuldiger Junge nun darunter leiden musste, dass sie beide jetzt glücklich waren, Walther war es das wert gewesen!

Entschlossen zog er Runa nun weiter – der Weg zum Festplatz war nicht weit. Sie wandten sich einmal nach rechts auf die Dänische Straße und noch ein zweites Mal, bis sie auf dem einzigen Zugang Kiels auf dem Landwege waren, wo die Feierlichkeiten stattfanden. Schon von hier waren die Ausmaße des Spektakels sichtbar. Dicht an dicht standen die weißen Getelde, die Zelte der Ritter, geschmückt mit farbenfrohen Bannern davor, auf denen die Wappen der Sippen zu erkennen waren. Seit einer Woche schon reisten die Kämpfer mit ihren Gefolgen an. Sie waren den Ankündigungen der Boten Graf Johanns II. gefolgt, die vor vier Wochen durchs Land geritten waren, um von dem Turnier zu verkünden. Mit der Versicherung des freien Geleits bis nach Kiel waren so viele gekommen, dass manche von ihnen gar auf die Wiesen weit außerhalb hatten ausweichen müssen. Nun war auch der letzte Platz belegt, und soweit das Auge reichte, sah man Knappen und Pagen in den Farben ihrer Herrschaft, die hastig umherliefen, um ihre Ritter und Grafen zufriedenzustellen. Edelste Rösser in bunten Gewändern wurden schnaubend und wiehernd umhergeführt, und immer wieder ertönten die lauten Hammerschläge der Schmiedemeister, die noch letzte Änderungen an den Rüstungen vornahmen oder ein loses Hufeisen befestigten. Doch nicht nur die Fremden waren geschmückt – auch die Kieler hatten ihre besten Kleider hervorgeholt. Jeder wollte zeigen was er besaß. Überall leuchtete es geradezu in den verschiedensten Rot-, Grün, Blau- und Gelbtönen, die nur den glänzenden Rüstungen der Turnierteilnehmer in ihrer Pracht nachstanden.

In der Mitte des Trubels waren zwei Kampfplätze mit Pfosten und Latten abgesteckt. Der rechte war eine freie Fläche für die Buhurt-Kämpfe, von denen gerade einer ausgetragen wurde. Die linke Fläche hatte der Länge nach eine hölzerne Abtrennung in der Mitte. Hier würden sich die Edlen später beim Tjost messen.

Schon von der Burg aus hatten Runa und Walther die unverwechselbaren Laute des Buhurts gehört, und hier, in unmittelbarer Nähe der Kämpfenden, war der Lärm ohrenbetäubend. Das Geräusch von Metall, das auf Metall trifft, erfüllte die Luft. Es waren unzählige Schwerter, die aufeinanderprallten, Hiebe, die pariert wurden, Klingen, die aneinander schliffen. Immer wieder ertönten die Laute der teils erschöpften Schwertführer – sie gingen jedoch fast unter im Lärm, den die Waffen erzeugten. Doch so bedrohlich der Kampf auch auf den ersten Blick wirkte, es bestand nicht wirklich Gefahr. Der Buhurt diente vielen Männern eher als Übung. Die Lanzen und Schwerter waren stumpf, die Kämpfe blieben unblutig und fanden nach klaren Regeln statt, was unter anderem darin begründet lag, dass auf dem zweiten und dritten Laterankonzil festgelegt worden war, dass im Turnier gefallene Ritter nicht auf geweihtem Boden begraben werden durften. Erst später, beim Tjosten, wurde es gefährlicher.

Runa und Walther stellten sich hinter die dicht gedrängte Menge um den Kampfplatz und sahen eine Weile lang zu, doch sie waren zu spät gekommen und bekamen nur noch das Ende des Kampfes mit.

Als Graf Johann II., der mit seiner Gemahlin und der höfischen Gefolgschaft in einem hölzernen Aufbau mit zeltartigem Dach saß, die Hand hob, strichen Ritter und Knechte gleichermaßen die Waffen und nickten einander zu. Jubel brach aus. Wieder war eine Runde des Buhurts zu Ende. Die Kieler um den Kampfplatz waren begeistert, winkten übermütig und riefen laut die Namen der Edlen, die sie so königlich unterhielten.

»Hast du ihn schon gesehen?«, fragte Runa und reckte den Hals, um die Männer in den Rüstungen genauer beäugen zu können.

»Nein, noch nicht«, gab Walther zurück, der ebenso versuchte, an den Köpfen vor sich vorbeizuschauen.

»Nicht verwunderlich«, sagte Runa. »Für mich sehen die Männer in ihren Rüstungen alle gleich aus. Wie soll man da einen bestimmten ausmachen?«

»Du musst auf die Schilde schauen. Sein Wappen ... such nach dem Fisch ...«

In diesem Moment verließen die Ritter den Platz. Gleichzeitig betraten neue Kämpfer das Feld. Das Gedränge wurde größer und noch unübersichtlicher.

»Jetzt hat es erst recht keinen Sinn mehr«, schloss Walther und wandte sich Runa zu. »Lass uns besser zu den Getelden rübergehen. Wenn er noch dort ist, finden wir ihn sicher.«

Runa nickte und hakte sich bei ihrem Mann unter. Gemeinsam schafften sie es durch die Menge und über den mittlerweile vollkommen zertrampelten Boden, der durch den Morgentau auch noch immer feucht war. Kurz bedauerte Runa, ihren guten Surkot übergestreift zu haben, der jetzt immer wieder im Matsch hing, da sie ihre Hände brauchte, um sich an Walther festzuhalten. Dann aber wischte sie jeden Gedanken an ihre Kleidung fort und lenkte ihre Aufmerksamkeit auf die Suche nach ihrem Freund. Sie waren jetzt im Zeltlager der Ritter angekommen und schauten sich um. Soweit man sehen konnte, ragten die farbenprächtigen vorübergehenden Behausungen der Fremden in den Himmel – nur von den davor aufgerichteten Wappen an Höhe übertroffen. Dazwischen stieg Rauch aus kleinen Feuerstellen empor, die überall brannten. Schilde und Lanzen lehnten an den Wänden der Getelde, Knappen putzten eifrig die Rüstungen und ledernen Stiefel ihrer Herren. Es roch nach verbranntem Holz, nach dem modrigen Boden und nach den muffigen Fellen, mit denen die Zelte ausgelegt waren.

»Unglaublich, wie viele Leute gekommen sind. Mir war nicht klar, dass das Land so viele Ritter hat. Die meisten der Wappen habe ich noch nie in meinem Leben gesehen.«

Walther lachte über Runas kindliche Worte. »Man merkt, dass du noch nicht lange auf einer Burg lebst, Liebste. Du klingst wie eine Bäuerin.«

Gerade wollte Runa eine entrüstete Antwort geben, da unterbrach sie Walther mit einem lauten Ausruf.

»Da!«

Runa schaute in die Richtung, in die er zeigte. »Ich sehe nichts. Hast du sein Wappen gesehen?«

»Nein«, stieß Walther mit erschrockenem Blick aus. »Ich sehe unsere Tochter!«

»Was sagst du? Wo?«

»Schau zur Wiese, wo die Pferde stehen.«

Runa blickte in die Richtung, in die Walther gewiesen hatte, und sah Freyja sofort. Sie war gerade dabei, unter dem Zaun hindurch zu kriechen, um zu den von ihr so geliebten Pferden zu kommen. »Großer Gott! Walther, schnell!«

In diesem Augenblick war er auch schon losgerannt. Wenig später erreichte er die Sechsjährige und nahm sie hoch. »Freyja, bist du des Wahnsinns? Du kannst doch nicht einfach zu den Schlachtrössern auf die Wiese gehen!«

Mittlerweile war auch Runa bei den beiden angelangt. Überglücklich, noch rechtzeitig gekommen zu sein, schloss sie ihr Kind in die Arme. Nicht auszudenken, was alles hätte passieren können! Das Mädchen war einfach nicht mehr zu halten, wann immer es Pferde sah. »Wo ist deine Kinderfrau?«

Freyja senkte den Blick. »Ich bin fortgelaufen.«

»Schon wieder? Kannst du nicht mal einen Tag lang fügsam sein?«, tadelte Runa das Kind und hob den Zeigefinger. »Was wolltest du denn bloß auf der Wiese?«

»Ich wollte zu Kylion.«

Runa und Walther schauten gleichzeitig zu den Pferden und sahen weit hinten, in einem extra abgetrennten Stück Wiese, den auffällig gezeichneten Hengst Eccards.

Gegen seinen Willen musste Walther lachen. »Wir hätten vielleicht gleich unseren Pferde-Spürhund mitnehmen sollen, um Eccard zu finden.«

»Das ist nicht witzig...«, gab Runa halbherzig zurück, musste aber selbst lachen.

»Wo sein Hengst ist, kann dein Schwager ja nicht weit sein. Komm, wir suchen weiter.« Walther hob die überrascht quietschende Freyja mit einer schnellen Bewegung auf seine Schultern. Dann gingen sie in Richtung des Apfelschimmels. Nur wenige Mannslängen von dessen Auslauf entfernt, stand des Ritters Zelt.

Eccard saß in dem weit geöffneten Eingang und wischte bedächtig mit einem Tuch über sein glänzendes Schwert. Als er seine Freunde sah, erhob er sich lächelnd.

»Einen weiter entfernten Platz hast du wohl nicht gefunden, was?«, scherzte Walther und ergriff die Schulter Eccards, bevor sie sich umarmten.

»Wenn mir jemand gesagt hätte, dass sich hier das gesamte Land trifft, wäre ich schon eine Woche früher gekommen.«

In diesem Moment trat Margareta aus dem Geteld. Ihr feuerrotes Haar neuerdings unter einer Haube versteckt, sah sie ungewohnt herangereift aus.

»Margareta! Ich staune. Du wirst von Mal zu Mal schöner«, ließ Walther verlauten.

Runa stürmte auf sie zu. »Du bist mitgekommen? Das wusste ich ja gar nicht...!«

»Machst du Scherze, Schwester?«, fragte Margareta zwinkernd. »Ich bin nun eine Rittersgemahlin, da lasse ich mir doch ein Turnier nicht entgehen.«

»Warum hast du nichts gesagt?«

»Ich wollte dich überraschen.«

»Das ist dir gelungen!«

Die Halbschwestern umarmten sich so fest und innig, als hätten sie sich ewig nicht gesehen. Dabei war die Hochzeit von Eccard und Margareta erst sechs Wochen her.

Jetzt machte sich Freyja wieder bemerkbar und streckte die Arme nach ihrer Tante aus, die das Mädchen sogleich entgegennahm und herzte.

»Sie ist der Kinderfrau wieder einmal fortgerannt«, erklärte Runa mit einem tadelnden Blick in Freyjas Richtung. »Sobald sie Pferde sieht, ist sie nicht mehr zu halten. Von wem sie das hat, weiß ich nicht. Auf keinen Fall von mir.«

»Ha, ich verstehe dich. Der Ritt von der Riepenburg hierher kam mir ewig vor. Jeder Knochen tut mir weh, auch wenn mein

Zelter schon so bequem ist, wie nur irgend möglich. Ich bin wahrlich nicht die geborene Reiterin.«

Eccard, der die Unterhaltung der Frauen mitbekommen hatte, rief nach seinem Pagen. »Jons!«

Der Junge kam sogleich angelaufen. »Ja, Herr?«

»Geh mit Freyja zu den Pferden. Aber lass sie nicht aus den Augen. Das heißt, wenn die Eltern es erlauben.«

Der Page nickte.

Sofort richtete das Mädchen den Blick auf seinen Vater. »Darf ich? Oh bitte, bitte, bitte, Vater!«

»Nun gut, geh nur.«

Gerade wollte die begeisterte Freyja losstürmen, da hielt Runa sie zurück. »Du gehst an der Hand, oder du gehst gar nicht!«

Das Mädchen verstand sofort, dass es keine Wahl hatte, und ergriff die Hand von Jons.

Als die vier allein waren, richtete Walther das Wort an Eccard. »Wann bist du dran, und gegen wen reitest du?«

»Ich reite gleich als Erster, sobald die Buhurt-Kämpfe vorbei sind, gegen einen Ritter der Grafen von Stotel. Seinen Namen kenne ich noch nicht.«

»Und was ist der Preis?«

»Das Schwert des anderen.«

Walther verzog das Gesicht und sog scharf die Luft ein. »Sieh zu, dass du gewinnst und den Burschen aus dem Sattel hebst.«

»Ich werde mir Mühe geben. Ansonsten wird mein alter Herr wohl nie wieder ein Wort mit mir sprechen – das Schwert war ein Geschenk von ihm.«

Plötzlich ertönte ohrenbetäubender Jubel von Kampfplatz her. Der Buhurt war zu Ende.

»Ich muss mich bereitmachen«, sagte Eccard. »Es gibt jetzt noch eine Pause, und danach muss ich antreten.«

»Dann wünsche ich dir viel Glück, mein Freund.«

»Auch ich wünsche dir alles Gute«, sagte Runa.

»Habt Dank, liebe Freunde.«

Margareta umarmte ihre Schwester ein letztes Mal und sagte: »Lass Freyja nur hier bei mir. Ich gebe auf sie Acht.«

»Aber, willst du den Tjost denn gar nicht sehen?«, fragte Runa verwundert.

»Auf keinen Fall. Das überstehe ich nicht.«

Eccard lächelte seine Frau an und nahm ihre Hand, um sie zu küssen. »Ich werde dir einen Sieg schenken, liebste Gemahlin. Und dann wirst du sehen, dass deine Bedenken umsonst waren.«

»Das werden wir noch sehen, Ritter Eccard«, ertönte es plötzlich hinter ihnen.

Die Freunde drehten sich um. Vor ihnen stand ein Knappe mit einem überheblichen Gesichtsausdruck.

»Wer bist du?«, fragte Eccard.

Ohne sich vorzustellen, fuhr er fort. »Mein Herr, der Graf von Stotel, lässt ausrichten, dass er selbst gegen Euch kämpfen wird und nicht sein Gefolgsmann Hildebrand von Leenhorst.«

»Und warum ist Euer Herr nicht Manns genug, mir das selbst zu sagen?«

Der Knappe zuckte mit den Schultern. »Das weiß ich nicht, aber er ist sicher Manns genug, um Euch zu schlagen.«

Eccard war kurzzeitig zu verdutzt ob der frechen Antwort. Dann aber stürmte er auf den Knappen zu und drohte: »Na warte, wenn ich dich in die Finger bekomme ...!«

Flink machte der vorlaute Bursche kehrt und verschwand zwischen den Zelten. Zurück blieben vier fragende Gesichter.

»Was hat das zu bedeuten?«, fragte Walther.

»Ist das überhaupt rechtens?«, gab Runa zu bedenken.

»Tja, das werden wir wohl nicht mehr erfahren – jedenfalls nicht vor dem Kampf«, antwortete Eccard zerknirscht. »Ich werde mich nämlich nicht wie ein Mädchen bei Graf Johann II. beschweren gehen und mir nachsagen lassen, ich sei ein Feigling, der vor einem Grafen kneift.«

Sichtlich aufgewühlt sagte Margareta: »Aber ... es können doch nicht einfach so die Regeln geändert werden.«

»Nun, der Graf wird wahrscheinlich kaum um Erlaubnis bitten, Liebste«, erwiderte Eccard mit Blick auf seine besorgte Frau und setzte entschlossen nach: »Mir soll's recht sein. Ob mir nun ein Bauer, ein Ritter oder ein Graf gegenübersteht, ich trete an. Außerdem kann es meinem Ruf nur guttun, wenn ich einen Grafen schlage.«

»Ja, *wenn* du ihn schlägst«, gab Walther zu bedenken.

»Herzlichen Dank für dein Vertrauen in meine Kampfkunst.«

»Das meine ich nicht«, wiegelte Walther ab. »Eine solche Tat lässt nicht gerade auf einen ehrenhaften Mann schließen. Aber für diese Überlegungen ist es jetzt wohl zu spät.«

In jenem Moment kam einer von Eccards Gefolgsleuten mit dem gesattelten Kylion um die Ecke. »Soll ich ihn warmreiten, Herr?«

»Ja, mach das. Und schick mir zwei Knappen ins Zelt, die mir beim Anlegen der Rüstung helfen.«

»Sehr wohl, Herr.«

Runa und Walther verabschiedeten sich vorerst von ihrem Freund und ließen Freyja beruhigten Herzens bei Margareta zurück. Niemand war so gut als Aufpasserin geeignet wie sie, denn sie liebte das Mädchen, als wäre es ihre eigene Tochter.

»Die Kinderfrau kann was erleben, wenn ich zur Burg zurückkehre«, murmelte Runa vor sich hin, während sie neben Walther durch den Matsch watete. Gemeinsam schritten sie in Richtung des Grafenpaars.

Die Augen der Umstehenden folgten ihnen, und das aus gutem Grund. Waren die Kieler auch an ihren Anblick gewöhnt, gaben sie besonders heute, da sie sich so herausgeputzt hatten, dennoch ein wahrlich seltsames Bild ab: sie, das Antlitz einer Edelfrau, er, eindeutig das eines Spielmanns. Diese Mischung war überaus ungewöhnlich und passte eigentlich nicht zusammen, doch vielleicht mochte man sie gerade wegen ihrer Andersartigkeit.

Als sie den hölzernen Aufbau fast erreicht hatten, drehte die Gräfin den Kopf in ihre Richtung. Sie erblickte Runa und lächelte.

Auch Graf Johann II. bemerkte die beiden jetzt und sagte: »Da seid Ihr ja endlich, Spielmann. Fast habe ich befürchtet, der Gräfin und mir selbst ein Lied zur Erheiterung zwischen den Kämpfen singen zu müssen.«

Walther verbeugte sich tief und antwortete. »Dass ich Euch habe warten lassen, ist unverzeihlich. Umso schöner werde ich gleich für Euch singen – wenn Ihr es wünscht, bis zum Abendrot.« Dann wandte er sich der Gräfin zu. »Herrin, Ihr seht heute wunderschön aus. Dichter werden noch in hundert Jahren von Eurem Antlitz berichten und die Ritter heute mit Freuden ihr Leben riskieren, nur um Euch nach ihrem Sieg die Hand küssen zu dürfen!«

»Ihr seid ein unverbesserlicher Schmeichler, Spielmann, und versteht es, mich immer wieder zu besänftigen. Drum sei Euch verziehen.«

Walther, der diese Art der Unterhaltung perfekt beherrschte, erwiderte: »Die Erleichterung über Eure Absolution ist mir sicherlich im Gesicht abzulesen, edelste aller Damen. Aber nun erlaubt, dass ich tue, worum Euer Gemahl mich bat.« Sein Blick kehrte zu Graf Johann II. zurück. »Was wünscht Ihr zu hören, Herr?«

Der Graf zögerte nicht mit seiner Antwort. Ausschweifend ließ er den rechten Arm über die Umstehenden gleiten und sagte: »Bei der Anwesenheit so vieler holder Damen wünsche ich mir ein Lied aus dem *Frauendienst* von Ulrich von Liechtenstein.«

»Das sollt Ihr bekommen, Herr.« Walther verbeugte sich erneut und machte sich dann mit flinken Schritten auf zum Kampfplatz. Behände sprang er über den hölzernen Zaun und stellte sich in der Mitte der Fläche vor der hölzernen Abtrennung auf. Dort räusperte er sich übertrieben laut. Alle, die bisher noch nicht zu ihm gesehen hatten, schenkten ihm nun ihre Aufmerksamkeit. Nur kurz musste er seine Gedanken ordnen. Die Entscheidung, was er singen wollte, war schnell gefallen. Er kannte einige der siebenundfünfzig Lieder des *Frauendienst*, doch dieses war ihm das liebste. Mit geübtem Griff legte er sich seine Laute zurecht und setzte zu ein paar erklärenden Worten an. »Auch ich habe schon oft gefühlt, was in diesem Lied besungen ward«, begann Walther blumig. »Manche Frau ist von solcher Schönheit, dass ein Mann nicht aufhören kann, sie durch seine Minne zu ehren – so lang, dass sein Mund gar *minnewund* wird. Und so heißt auch das Lied, welches ich nun zum Besten geben werde.« Dann erklangen zunächst leise, liebliche Töne. Sie gaben den Anfang des Stücks, bevor der Gesang hinzukam.

> Sommerklar wunderbar
> Liegt der Wald und das Feld.
> Weiß, rot, blau strahlt die Au,
> Feurigbunt lockt die Welt.
> Wonnengleich, freudenreich,
> Welch ein Quell dem Licht entspringt.
> Der wird froh, der nun so
> Dient, dass die, für die er singt,
> Ihm Hoffnung bringt.

Walther sang die ersten Worte mit geschlossenen Augen. Erst als er sich durch die ihn plötzlich umgebende Stille der Aufmerksamkeit aller gewiss war, schaute er zur Gräfin. Wie immer genoss sie seine Kunst – auch wenn sie sich das kaum anmerken ließ. Nur ein leichtes Heben ihrer Mundwinkel verriet ihre wahren Gefühle. Nach einer Weile wendete er sich Runa und den anderen Frauen, die um sie herumstanden, zu. Nun wurde sein Gesang noch leidenschaftlicher und inniger. Seine Worte waren so voller Melodie, dass jede der Frauen, die von ihm dabei angesehen wurde, für einen kurzen Moment das Gefühl hatte, dass er ausschließlich *sie* meinte.

> Wem Gott gibt, dass er liebt,
> Der darf nun fröhlich sein,
> Frei von Leid, ganz bereit
> Für noch mehr Maienschein.
> Dem wird gut, der voll Mut
> Spielt der Liebe Freudenspiel.
> Helles Leben wird es geben
> An der edlen Minne Ziel,
> Sie schenkt so viel.
>
>
> Wenn ein Mann spüren kann,
> Dass die Frau, die er liebt,
> Ihn umfängt, zu ihm drängt –
> Ob es noch Schön'res gibt?
> Glück entsteht, Trauer geht,
> Wer einst fror, dem wird jetzt warm.
> Echtes Glück bleibt zurück,
> Wenn ein zarter weißer Arm
> Die Schwermut nahm.

Auch Runa war, wie immer wenn Walther sang, gefangen von seinem Anblick. Hatte es je einen Mann auf der Welt gegeben, der besser zum Spielmann und Minnesänger geeignet war? Nichts erinnerte in diesem Moment an sein früheres Leben, bevor er sich der Dichtkunst, seiner Laute und dem Gesang hingegeben hatte. Mit Leib und Seele, mit Haut und Haar war ihr Gemahl bei dem, was er tat – so sehr, dass er völlig darin versank. Betörend schön klangen seine Worte in ihren Ohren. Oft schon hatte er dieses Lied für sie selbst gesungen.

Glückes Hort schenkt ein Wort
Und ein Kuss ihm allein.
Wenn ihr Spiel Minne will,
Wird's schon bald Liebe sein!
Sucht ihr Blick seinen Blick?
Seh'n sich beide fragend an?
Jetzt ist's klar! Hier wird ja
Minniglichen wohlgetan,
So fängt man's an!

Minne Sold wird gezollt
Voll und ganz, wenn ein Mann
Und ein Weib ihren Leib
Sich zum Glück bieten an.
Decke fort! Freudenort
Soll dies Bett für beide sein.
Mehr geschieht, als man sieht,
Ein vielhitzeroter Mund
Wird minnewund…

… und dann gesund!

Nachdem das letzte Wort und der letzte Ton verklungen waren, klatschte der Fürst laut in die Hände. Erst dann taten es ihm die anderen Männer und Frauen gleich, denn erst jetzt war klar, dass die Darbietung dem Herrscher gefallen hatte. »Wunderbar, ganz wunderbar!«, lobte er und heizte so die Menge zu noch lauterem Jubel an.

Walther ließ die Laute sinken und neigte den Kopf in alle Richtungen. Er wollte den Moment genießen – wenigstens kurz. Dieser Applaus war wie das Salz in seinem Essen und die Seide auf seiner Haut. Niemals hätte er glücklicher sein können als in diesem Augenblick. Erst nachdem es wieder ruhiger wurde, ging er langsam zurück. Normalerweise verlangte der Graf immer nach einer Zugabe, doch die Zeit der süßen Gesänge war nun vorbei – gleich sollte das Tjosten beginnen. Die Wiese, auf der er eben noch so lieblich gesungen hatte, würde bald von den handtellergroßen beschlagenen Hufen der Schlachtrösser durchpflügt werden.

Als Walther das Zelt des Grafenpaares erreichte, stand seine Gemahlin schon neben Margarete von Dänemark. Die Frauen sprachen leise miteinander. Runa sah fröhlich und gelöst aus. Sie hatte ihren Platz gefunden, denn trotz ihrer allzu unterschiedlichen Herkunft waren Gräfin Margarete und sie so etwas wie Freundinnen geworden. Dieser Umstand war wohl zwei Tatsachen geschuldet: Zum einen floss in beiden dänisches Blut, und zum anderen waren beide Frauen fern ihrer Heimat und dementsprechend einsam.

Walther hatte sich kaum zu ihnen gesellt, da wurden auch schon die Pferde zweier Ritter an die Enden des Kampfplatzes geführt. Sie trugen glänzende Rüstungen und farbige Gewänder, die sie noch prächtiger aussehen ließen, als sie ohnehin schon waren. Die jungen Knappen hatten sichtlich Mühe, die Hengste zu bändigen. Fast schien es, als ob die Pferde wussten, was nun kam, und sie es kaum erwarten konnten, im Galopp aufeinander zuzupreschen. Kräftig stampften sie mit ihren Vorderhufen auf, schüttelten ihre Köpfe, dass die Schilde, die sie schützen sollten, klapperten, und schlugen mit ihren Schweifen. Die Rösser wurden zu einem mächtigen, hölzernen Tritt geführt, wo sie nur unter einiger Anstrengung ihrer Führer stehenblieben. Jetzt erst kamen die Ritter mit steifen Bewegungen hinzu. Sie konnten sich in ihren Rüstungen kaum rühren.

Walther und Runa erkannten Eccard sofort, obwohl kein Haar von ihm hervorlugte. Seine Erscheinung verriet ihn. Er war um einiges schlanker als sein Gegner, und seine Bewegungen waren wendiger. Auch wenn Eccards Rüstung weniger verziert und edel war, so machte er doch einen imposanteren Eindruck.

»Er sieht gut aus«, sagte Runa und hakte sich bei Walther unter, um noch dichter bei ihm stehen zu können.

Walther schaute seine Frau belustigt von der Seite an. »Das allein wird ihm allerdings nichts nutzen, mein Herz.«

»Das weiß ich, aber ich bin eine Frau. Seinen starken rechten Arm lobend zu besingen, überlasse ich dann dir. Ich erfreue mich derweil einfach an seinem Anblick.«

In diesem Moment ertönten die Trompeten. Die Reiter begannen, die hölzernen Stiegen zu erklimmen. Nur mit Hilfe einiger Pagen und Knappen schafften sie es überhaupt auf den Rücken ihrer Pferde. Man steckte ihre Füße in die Steigbügel und reichte ihnen die Lanzen. In die andere Hand legte man ihnen die Zügel. Nun endlich waren sie zum Kampf bereit.

Ein Sprecher sprang über den Zaun auf den Turnierplatz und rannte in die Mitte, damit ihn jeder sehen konnte. Während er sich in alle Richtungen drehte und verbeugte, sprach er laut: »Bi den lieden wart geriten, manic tjost nach ritters siten. Diu liet man vil gerne sanc, da fiwer uz tjost von helme spranc.« Nach diesen willkürlich gewählten Worten aus einem Lied über Ritter und den Tjost, hatte er auch die Aufmerksamkeit des Letzten sicher. Erst jetzt begann er, die Gegner vorzustellen: »Ihr weit Gereisten und Bürger der Stadt. Endlich beginnt der Tjost, auf den wir alle schon so lange gewartet haben. Ich habe die Ehre zu verkünden, mit großer Freude und Untertänigkeit, …«, nun verbeugte er sich vor den Grafen, »… wer heute als Erste die Lanzen zu kreuzen beliebten.«

Die Zuschauer jubelten und klatschten nun so laut, dass seine nächsten Worte fast untergingen.

»Folgende mutige Männer stehen sich gegenüber: zu meiner Linken, weit gereist, aus dem Westen von der Weser kommend, die Gaue Wigmodi, Waltsati, Heilanga und das Alte Land durchstreifend, über etliche Flüsse und weites Land zu uns gekommen ist der edle Ritter Hildebrand von Leenhorst, Gefolgsmann des Grafen Johannes I. von Stotel!«

Der Sprecher streckte seinen linken Arm aus, und der sowieso immer leicht zu vernehmende unterschwellige Jubel erscholl erneut in voller Lautstärke. Als der vorgestellte Reiter dann auch noch den Arm zum Gruß hob, begann die Menge augenblicklich zu toben. Dass unter der Rüstung nicht der eben genannte Ritter und Gefolgsmann des Grafen von Stotel war, sondern der Graf höchstpersönlich, bemerkte augenscheinlich niemand. Nur Runa, Walther und Eccard kannten die Wahrheit. Übergangslos wandte der Sprecher sich zur anderen Seite, denn er hatte ja noch einen Mann vorzustellen.

»Zu meiner Rechten befindet sich der Gefolgsmann des Grafen Gerhard II. von Plön und Sohn des Hermann Ribe, gekommen aus dem Südosten des Landes von seiner Burg, die, gut geschützt von undurchdringlichen Wäldern und umgeben von den Gewässern der Elbe und ihrer Nebenflüsse, liegt. Der edle Ritter Eccard Ribe!«

Auch diese Ankündigung ließ die Menge applaudieren, jedoch verhaltener. Schließlich war dieser Ritter ein Anhänger des ungeliebten Vetters ihres Grafen Johann II. von Kiel. Doch heute sollte es nicht um alte Zwistigkeiten der Edlen gehen. Das Turnier diente nur der Erheiterung – Streitigkeiten hatten hier keinen Platz. Es war deutlich zu spüren, dass die Männer und Frauen sich an diesem Tage dem Frohsinn verschrieben hatten, und die übertrieben prunkhafte Vorstellung des Sprechers tat ihr Übriges. So wurde es den Schaulustigen gestattet, die Ritter bloß als das zu sehen, was sie eigentlich auch sein sollten: als ehrenhafte Helden!

Flüsternd sagte Runa zu Walther: »Hoffentlich erringt er den Sieg. Hier, unter den Anhängern Johanns II., hat er es sowieso schon nicht leicht.«

»Das stimmt. Aber auch wenn ich dich nicht beunruhigen möchte, wir sollten uns lieber wünschen, dass er den Kampf heil übersteht. Ich wollte es mir vorhin ja nicht anmerken lassen, doch der Graf ist ein gefährlicher Gegner. Er hat sicher zehn Jahre mehr Kampferfahrung und gilt als skrupellos.«

Runa blickte ihren Mann erschrocken an. »Du sagst es, als wäre es ernst. Dabei ist es doch nur ein Spiel!«

»Ja, ein Spiel unter Männern!«, war Walthers vielsagende Antwort, die von Runa aber nicht mehr hinterfragt werden konnte.

»Möge der Tjost beginnen!«

Der Sprecher konnte sich gerade noch vom Kampfplatz retten, als die Gegner ihren Rössern die Hacken gaben, und diese sofort in ihre schnellste Gangart fielen. Mit jedem Galoppsprung in die Richtung des Widersachers neigten sich die eben noch aufrechten Lanzen weiter nach vorn. Als sie kurz voreinander waren, hatten die Waffen die Waagerechte erreicht. Die Spitzen waren so ausgerichtet, dass sie direkt auf den gegenüberliegenden Mann zeigten. Beide Ritter hatten nur ein Ziel: den anderen aus dem Sattel zu heben oder zumindest einen Treffer am Schild zu landen. Doch keinem von beiden gelang Ersteres. Mit einem lauten Knallen krachte Holz auf Metall.

Eccard wurde hart getroffen. Sein Oberkörper neigte sich gefährlich nach hinten, doch er blieb auf seinem Pferd.

Die Menge tobte. Nach diesem Treffer gab es kein Halten mehr. Jetzt wollten sie mehr – und vorzugsweise wollten sie einen Mann fallen sehen!

Runa drehte ihren Kopf kurz weg und klammerte sich mit verzerrtem Gesicht an Walthers Arm. Dann wagte sie wieder hinzusehen.

Eccard hatte sich gefangen und saß wieder aufrecht auf Kylion. Seinen Gegner hatte er nur gestreift, und so saß auch dieser noch im Sattel. Es gab eine zweite Runde. Abermals brachten die Männer ihre Pferde in Position, Knappen eilten heran, um ihren Herren die Lanzen wieder zurechtzurücken.

Runa hielt die Luft an. Sie konnte gar nicht ausdrücken, wie froh sie jetzt war, dass Margareta dem Tjost nicht beiwohnte.

Auf ein Zeichen des Sprechers hin preschten beide Pferde erneut los. Die Galoppsprünge der Rösser wurden kürzer und kamen schneller hintereinander, je näher sie dem gegnerischen Pferd kamen. Es schien fast so, als ob auch sie wussten, worum es ging.

Diesmal war der Aufprall noch heftiger. Beide Ritter trafen. Beide Lanzen zerbarsten in unzählige kleine Splitter. Die Männer wurden von der Wucht des Schlages so sehr zur Seite geworfen, dass ein Raunen durch die Menge ging und viele die Hälse reckten, um besser sehen zu können. Eccard hatte seine Zügel verloren, und der Graf war mit den Füßen aus den Steigbügeln gerutscht, doch auch dieses Mal stürzte keiner der beiden. Die schweren Rösser fielen von selbst in einen gemächlichen Trab und ließen sich von den heranlaufenden Knappen an den Zügeln ergreifen. So schafften es die Kämpfer bis zum Ende des Kampfplatzes, wo man ihnen dabei half, sich wieder aufzurappeln. Auch wenn es fast verrückt schien, es kam zu einer dritten Runde.

Runas Herz schlug heftig. Sie hätte sich selbst nicht für so weich gehalten, doch der Anblick ihres Schwagers, wie er so zusammengesunken auf Kylion saß, erschütterte sie. Seine Rüstung hatte eine sichtbare Delle am Brustschild. Besorgt fragte sie sich, ob es ihm wirklich gut ginge. Sein Gegner schien ihm tatsächlich überlegen.

Dennoch, der Tjost nahm seinen Lauf. Schon hatten die Männer sich neue Lanzen geben lassen und waren wieder bereit. Abermals galoppierten die Schlachtrösser an. Genauso furchtlos und schnell wie zuvor. Und endlich bekam die Menge, wonach sie verlangte.

Eccard zielte schlecht und verfehlte seinen Gegner, doch der Graf von Stotel traf dafür umso besser. Seine Lanzenspitze hielt genau auf den gegnerischen Schild zu, wo sie krachend auftraf und diesmal nicht in unzählige Stücke zersplitterte. Eccard wurde so heftig aus dem Sattel gehoben, dass er sich, trotz seiner schweren Rüstung, noch zweimal überschlug. Danach blieb er bewegungslos liegen.

Runa stieß ungewollt einen Schrei aus. Sie hatte die Hände vor den Mund geschlagen.

Die Zuschauer hingegen tobten und klatschten vor Begeisterung.

»Komm schon... Beweg dich...«, murmelte Walther vor sich hin, die Augen starr auf seinen Freund gerichtet, doch er regte sich nicht. Da hielt er es nicht länger aus und lief los. Walther rannte von dem hölzernen Aufbau in Richtung Absperrung am Kampfplatz. Nur mit Mühe konnte er sich durch die Menge drängen. Immer wieder blickte er dabei zu seinem Freund – in der Hoffnung, dass er gleich einen Arm bewegen oder ein anderes Zeichen geben würde. Wo blieben denn nur die verdammten Knappen?

Die Kieler schrien ohne Unterlass. Das war es, was sie hatten sehen wollten. Mitleid war beim Tjosten fehl am Platze. Eher interessiert als mitfühlend beobachteten sie, wie das Pferd des gefallenen Ritters von dessen Knappen eingefangen wurde und ihn gleichzeitig ein paar seiner Männer erreichten.

Walther kletterte über die Absperrung, erreichte endlich seinen Freund und kniete bei ihm nieder. »Eccard, Eccard. Kannst du sprechen?«

»Ja«, ertönte es unter dem Topfhelm.

»Bist du verletzt?«

»Körperlich nicht. Aber mein Stolz ist es allemal.«

Walther fuhr die beiden Männer neben sich an: »So nehmt ihm doch endlich den Helm ab.«

»Geht nicht«, antwortete einer von ihnen. »Der ist verbogen und klemmt.«

»Dann helft mir, ihn vom Platz zu schaffen«, befahl Walther und griff beherzt nach Eccards Arm. Während er seinem Freund aufhalf, ritt der Sieger im Schritt an den Männern vorbei. Walther blickte auf. Er konnte durch den Schlitz des Topfhelms bloß die Augen von Eccards Gegner sehen, und diese schauten plötzlich in ihre Richtung. Es war ein seltsam durchdringender Blick, der trotz seiner Kürze Unbehagen bereitete. Der Geharnischte hatte sie schon fast passiert, da bemerkte Walther, wie sich die Augen hinter dem Sehschlitz verengten, um schärfer sehen zu können. Nun verflog sein letzter Zweifel darüber, wen der Mann musterte: Sein Interesse galt nicht Eccard, sondern ihm! Walther wich dem Blick aus, indem er sich verbeugte. Da er wusste, wer sich unter der Rüstung befand, sagte er: »Gut geritten, Graf von Stotel. Ich gratuliere zu Eurem Sieg.«

Darauf zügelte der Angesprochene sein Pferd und wendete es mit einer Hand. Eben noch hatte er es als einen verrückten Zufall abtun wollen – eine Laune der Natur vielleicht –, doch konnte es auch sein, dass die Wahrheit eine andere war? Abermals schaute er dem Mann eindringlich ins Gesicht.

Walther, der gut verstehen konnte, dass der Graf sich wunderte, erklärte sich, ohne dass der Mann nachfragte. »Ich war dabei, als Euer Knappe die Nachricht überbrachte, dass Ihr selbst gegen Eccard Ribe anzutreten wünscht.«

»Gehört Ihr zu seinem Gefolge?«

»Gewissermaßen«, antwortete Walther, den das Verhalten des Mannes erstaunte, vage.

Plötzlich wurde es unruhig, denn Johann II. und Margarete von Dänemark hatten sich erhoben.

Nun war es Eccard, der sich zu Wort meldete und zu seinem Gegner sagte: »Verzeiht, wenn ich Euch bevormunde, Graf, doch die Schauenburger, die ich kenne, sind nicht gerade für ihre Geduld bekannt. Wenn der Vetter meines Herrn von vergleichbarem Wesen ist, solltet Ihr besser keine Zeit verlieren und Eure Ehren jetzt entgegennehmen.«

Der Blick des Stotelers fuhr herum zum Grafenpaar. Dann schaute er ein letztes Mal auf Walther, bevor er davongaloppierte und vor der Gräfin zum Stehen kam.

Walther starrte ihm hinterher; er sah noch, wie Margarete von Dänemark ein buntes Band von einer ihrer Hofdamen entgegennahm und den Sieger des Tjosts aufforderte, die Waffe zu senken. Mit einem Knoten befestigte sie die Seide an der Spitze der Lanze, die bloß eine Handbreit von ihren zarten Fingern entfernt war. Der Graf verbeugte sich ein letztes Mal vor den Gastgebern, hob dann die Waffe und ließ das Band im lauen Wind wehen. Dann nickte er ein letztes Mal und galoppierte davon.

»Sag mal, bist du gekommen, um mir zu meinem Zelt zu helfen, oder willst du mich vielleicht an der Absperrung in der Mitte des Platzes festbinden, damit ich noch länger das Gespött der Menge bin?«, fragte Eccard seinen Freund, der unverändert seinen Arm festhielt und auf dem Kampfplatz stand wie ein Baum, mit grantiger Stimme.

»Natürlich bin ich gekommen um dir zu helfen. Kannst du laufen?«

»Ja, wenn du mich nicht festhältst schon.«

Gemeinsam verschwanden sie aus dem Sichtfeld der Zuschauer und machten sich auf zum Geteld Eccards, wo Margareta sicher schon fast vor Sorge umkam. Doch der Blick des Grafen von Stotel ging Walther den ganzen Tag nicht mehr aus dem Kopf.

2

Thymmo war schon früh am Morgen in den Garten der Domkurie gegangen. Dort verbrachte er viel Zeit, denn hier war er ungestört. Er war ein nachdenklicher kleiner Junge von sieben Lenzen, der seines Alters voraus war und gerne allein blieb; doch das war nicht immer so gewesen.

Seit seine Eltern ihn bei dem Domherrn zurückgelassen hatten und mit den Geschwistern nach Kiel gezogen waren, fragte er sich täglich, was er falsch gemacht haben könnte. Immerzu suchte er nach Antworten, dachte nach und spielte den Tag des Abschieds wieder und wieder in seinem Kopf durch. Mutter hatte ihn lange umarmt und viel geweint. Sie sagte, dass er in der Domschule fleißig lernen sollte, damit sie stolz auf ihn sein konnte. Vater hatte ihm Lebewohl gesagt und zum Abschied eine Kette um den Hals gehängt. Sie bestand aus einem ledernen Band mit einer kleinen Flöte daran, die einen hellen Ton ausstieß, wenn man hineinblies. Diese Kette trug Thymmo fortan jeden Tag unter seiner Kleidung. Es war das Einzige, was ihm von seinen Eltern geblieben war.

Nun lebte er bei Johann Schinkel in der Domkurie nahe dem Dom, wo er auch zur Schule ging. Hier hatte er eigentlich ein gutes Leben. Der Domherr und Ratsnotar war überaus freundlich zu ihm – ebenso seine Diener, Werner und Anna, und deren sieben- und sechsjährige Töchter Beke und Tybbe. Die Kurie bestand aus einem zweistöckigen Steinhaus mit richtigen Butzenscheiben, zwei Nebengebäuden, in denen ein paar Tiere und die Dienerschaft wohnten, und ebenjenem wundervollen kleinen Garten, der gerade in den schönsten Herbstfarben leuchtete.

Thymmo mochte diese Jahreszeit – brachte sie doch herrlich bunte Blätter hervor, die er nur allzu gerne sammelte. Schon eine ganze Handvoll besonders farbenprächtiger hatte er ausgewählt, die er später zwischen die Seiten der dicken, schweren Bücher von Johann Schinkel legen würde, um sie zu trocknen und zu pressen. Auch wenn er wusste, dass der Geistliche dies eigentlich nicht wünschte, da Bücher kostbar waren und Blätter schmutzig, konnte Thymmo es einfach nicht lassen. Zu schön war das gepresste Laub, wenn man sich nur lange genug geduldete. Zudem war Johann Schinkel niemals wirklich böse auf ihn, und sein Tadel fiel meistens recht lau aus.

Mehrere laute, klappende Flügelschläge ließen den Siebenjährigen von seinem Laubhaufen aufschauen. Zwei Tauben waren von irgendetwas aufgeschreckt worden und erhoben sich nun mit diesem eigentümlichen Geräusch, welches nur diese Vögel beim Aufflattern erzeugten, von ihrem Platz auf dem Ast der Linde. Als sie nach oben stiegen, rieselte ein wunderschöner Regen aus runden, gelben Blättern hinab. Thymmo lief unter die Linde und versuchte, die Blätter in der Luft zu fangen. Er merkte nicht, dass er heimlich dabei beobachtet wurde.

»Nun sieh dir das an, Werner. Der Junge ist schon wieder im Garten und sammelt Blätter. Ich ahne, dass ich diese wieder zwischen den Seiten meiner Bücher finden werde.« Die Worte des Domherrn klangen nicht erbost, vielmehr hatten sie etwas Liebevolles. Johann Schinkel lächelte, als er durch die geöffnete Luke nach unten zu Thymmo schaute.

»Vielleicht solltet Ihr … etwas strenger in der Erziehung des Jungen sein, Herr.« Der Diener schaute mit fragendem Blick zu Johann Schinkel hinüber. Die Männer kannten einander schon viele Jahre, und Werner wusste, was er wagen durfte. Ebenso wusste er, dass seine Worte wohl abermals im Nichts verhallen würden.

Wenn es um den Jungen ging, der seit vier Monaten bei ihnen in der Domkurie wohnte, war es um den gestandenen Ratsnotar und Domherrn schlicht geschehen. Zwar wusste Werner nicht, woher der Junge kam oder warum er hier war, doch eines war offensichtlich: Johann Schinkel liebte dieses Kind!

»Ja, ja, du hast recht, Werner«, versicherte Johann mit einem breiten Lächeln. »Glaube mir, ich versuche es jeden Tag, aber es will mir einfach nicht gelingen.«

»Na, das ist mir noch gar nicht aufgefallen«, spottete der Diener ebenfalls lächelnd, während er die unzähligen Bücher und Papiere auf dem Schreibpult seines Herrn zu ordnen versuchte. Als er das *Registrum civitatis* zur Hand nahm, um es vom Pult in ein Regal zu stellen, fielen zig bunte Blätter zwischen den Seiten heraus.

Beide Männer schauten wortlos auf das Häufchen Laub, das sich vor Werners Füßen gebildet hatte.

Johann wusste, dass er in diesem Moment keinen klar ersichtlichen Grund mehr hatte, den Jungen weiterhin in Schutz zu nehmen, darum löste er geschwind seinen Blick von der Unordnung und rauschte schulterzuckend und grinsend an Werner vorbei. Dabei sagte er noch: »Herrje, es wird Zeit für Thymmo, in die Domschule zu gehen. Ich werde ihn hinbringen.«

Johann verließ seine Schreibstube mit dem Wissen, dass Werner gerade verständnislos den Kopf schüttelte. Es war ihm gleich. Er lief die Stiegen hinunter und trat nach draußen in den Garten seiner Domkurie, wo er, wie erwartet, Thymmo fand. Er sah, wie der Junge dabei war, seine Beine unter einem beachtlichen Haufen Blätter zu begraben. Augenblicklich wurde Johann warm ums Herz. Wie sehr hatte sein Leben sich doch verändert, seit dieses Kind bei ihm wohnte! Zwar waren die Umstände, die dazu geführt hatten, wahrlich unglücklich gewesen, doch das versuchte Johann stets zu verdrängen – was ihm nicht immer gelang.

Ohne Vorwarnung waren Runa und Walther von Sandstedt nach der letzten St.-Veitsmarkts-Versammlung im vergangenen

Juni mit Thymmo in seiner Domkurie erschienen. Zu diesem Zeitpunkt hatte Johann den Jungen erst ein paar wenige Male gesehen. Dennoch hatte er keinen Wimpernschlag lang gezögert, als die Eltern ihn fragten, ob er das Kind bei sich aufnehmen und es erziehen würde. Es war klar gewesen, dass diese Veränderung im Leben des Ratsnotars viele Fragen aufwerfen würde, doch Johann hatte sich entschlossen, sie einfach zu ignorieren.

Auch wenn er weder Thymmo noch sonst jemandem jemals würde sagen können, dass der Junge in Wahrheit sein Sohn war, sollte es ihm dennoch an nichts fehlen. Seit diesem Tag überschüttete er das Kind mit all seiner Liebe – der Liebe, die eigentlich Runa, der Mutter des Kindes, gebührte, gepaart mit der Liebe, die er neu in sich entdeckt hatte, seit er den Jungen kannte.

»Thymmo«, rief Johann, während er auf ihn zuging.

Der Junge schaute auf, und als er sah, wer ihn gerufen hatte, sprang er hoch und lief auf Johann zu.

Dieser streckte wie von selbst die Arme aus und schloss das Kind darin ein. In einem Anflug von Freude über diesen Liebesbeweis wirbelte er den Siebenjährigen übermütig herum, bis dieser jauchzte.

Thymmos helles Kinderlachen war für Johann wie das lieblichste Lautenspiel und der Gesang der Amseln zugleich. Nichts vernahm er lieber und nichts vermisste er mehr, wenn es nicht erklang. Nachdem er ihn wieder abgesetzt hatte, sagte er mit erhobenem Zeigefinger: »Du weißt, warum ich zu dir komme, nicht wahr?«

Das Kind nickte und presste die Lippen zusammen. »Müssen wir wirklich schon zur Domschule?«, fragte er mit einem gequälten Gesicht.

»Schon? Wir sind bereits spät dran.«

»Wie schade, ich hätte so gerne noch weitergespielt.«

»Das kannst du auch später noch tun. Zuerst wird Latein gelernt. Hast du auch brav lesen geübt, so, wie ich es dir aufgetragen habe?«

»Ja, habe ich. Aber es hat keinen Spaß gemacht. Ich mag nicht lesen«, gestand der Junge allzu ehrlich.

»Das weiß ich, Thymmo, aber du musst dich anstrengen, damit du mir bald eine Hilfe bist und später ein Domherr werden kannst. Du willst mir doch helfen, oder?« Johann wusste, dass Thymmo sich mit Latein schwertat, aber es führte kein Weg daran vorbei, wenn er ein Geistlicher werden sollte.

»Ja, ich möchte Euch schon helfen, aber...«

»Was aber?«

»Sie ärgern mich in der Domschule. Alle Jungen sind besser als ich, und deshalb lachen sie mich aus.«

Johann zerriss es fast das Herz, doch vor dieser einen Sache konnte er seinen Sohn nicht beschützen. Er würde lernen müssen, sich zur Wehr zu setzen. Mit einem ernsten Gesicht ging Johann vor dem Jungen in die Knie. Er fasste ihn an den Schultern und sagte: »Sieh mich an.«

Der Junge gehorchte.

»Noch bist du vielleicht schlecht in Latein, doch es liegt an dir, das zu ändern. Du musst immerzu lernen und darfst niemals aufgeben. Dann wirst du eines Tages der Beste sein und mich und deine Eltern stolz machen, hast du das verstanden?«

Thymmo senkte den Blick. »Mutter und Vater ist es doch sowieso gleich, ob ich gut oder schlecht in Latein bin. Sie sind fortgegangen und haben mich vergessen.«

Johann erschrak. Zwar hatte er seinen Sohn schon häufiger traurig gesehen, doch er war überzeugt davon gewesen, dass seine Trauer über den Verlust seiner Familie vorbeigehen würde. Die Ehrlichkeit, mit der Thymmo seine wahren Gedanken nun aussprach, traf den Geistlichen hart. »Das darfst du nicht einmal denken, hörst du? Sie haben dich nicht vergessen. Denk an die Briefe, die dir deine Mutter regelmäßig schickt. Und was ist mit der Flöte, die dein Vater dir geschenkt hat? Sie mussten gehen, und sie haben dich hiergelassen, damit du eines Tages ein Domherr wirst.« Noch eine ganze Weile lang schaute Johann in das Gesicht des Jungen. Wie gerne hätte er ihm in diesem Moment alles erzählt. Dass seine Mutter mehr unter der Trennung litt, als er sich vorstellen konnte, und dass Thymmo bloß hier war, da sein vermeintlicher Vater es nicht mehr geschafft hatte, den Anblick Thymmos und somit die Erinnerung an die frühere Liebschaft seiner Gemahlin zu ertragen. So gesehen war diese Lösung tatsächlich eine aus Liebe gewesen – doch wie sollte dieses kleine Kind das jemals verstehen? Ein letztes Mal strich er dem Jungen über die strohblonden Haare, die er von seiner dänischen Großmutter hatte, und sagte: »Glaube mir, eines Tages wirst du verstehen, warum du jetzt hier bist. Gott hat noch Großes mit dir vor!«

Thymmo war zwar noch klein, doch er spürte, wenn der Geistliche etwas ernst meinte. So nickte er bloß und versuchte, tapfer zu sein.

»So ist es brav. Und nun lass uns gehen. Wir wollen den Scholastikus doch nicht warten lassen.«

Die beiden verließen Hand in Hand den Garten der Kurie. Bis zur Domschule waren es bloß ein paar Schritte. Normalerweise hätten sie einfach den Dom zu ihrer Rechten umrunden können, um von außen zur Domschule zu gelangen, die sich auf der östlichen Seite des Sakralbaus befand. Doch Johann bevorzugte es stets, mit Thymmo durch den Mariendom zu gehen.

Sie durchschritten das Portal unter dem viereckigen Turm und gelangten so in das Innere der mächtigen Basilika, an dessen Umbau zur dreischiffigen Hallenkirche noch immer gearbeitet wurde. Vor ihnen offenbarte sich das gewohnte Bild aus unzähligen Stangen und Leitern. Zu Gerüsten zusammengebaut, reichten sie bis zum Gewölbe. Schon jetzt fiel das Sonnenlicht beinahe ungehindert ins Langhaus, denn wo einst bloß niedrige Arkaden in die Seitenschiffe geführt hatten, standen heute hohe, schlanke Säulen. Bald schon würde die Sicht auf die neuen, großzügigen Fenster frei sein und das einheitliche Dach fertiggestellt. Dann würde nichts den Blick der Gläubigen mehr stören, und jeder Gedanke an die vielen dazu nötig gewesenen Münzen verblassen. Zahlreiche Ablässe waren erteilt worden, um den Mariendom in jenen Zustand zu bringen, und weitere würden nötig sein, um die Hallenkirche zu beenden, die sich jetzt schon erahnen ließ.

Für den Dom war der Brand zunächst ein Fluch gewesen – hatte dieses Ereignis doch jede Bautätigkeit gestoppt. Heute aber, dachte Johann und war sich gleichzeitig der Ungehörigkeit dieses Gedankens bewusst, schien genau jener Brand ein Segen für das Gotteshaus gewesen zu sein, denn nur dadurch war es zu dieser atemberaubenden Veränderung gekommen. Trotz der vielen Gerüste, die noch immer das Innere des Doms verschandelten, wirkte der Mariendom schon jetzt fast doppelt so groß und doppelt so hoch wie zuvor.

Johann verlangsamte seinen Schritt, denn er spürte, dass Thymmo sich umschauen wollte. Es war wahrlich nicht das erste Mal, dass er seinen Sohn in den Dom führte, und dennoch schien der Kirchenbau den Jungen jedes Mal aufs Neue zu verzaubern. Johann freute sich, denn sein Plan ging auf. Immer dann, wenn er merkte, dass Thymmo mit sich und seinen Lateinfähigkeiten haderte, versuchte er ihm aufzuzeigen, was stetiges Lernen erbringen konnte: einen Platz unter den Geistlichen der Stadt, die hier ihren Lebensmittelpunkt hatten!

Thymmo riss sich von Johanns Hand los und lief auf den Stephanus-Altar zu. Vorbei an den Säulen, die die Enden des Kreuzgewölbes des Mittelschiffs trugen und direkt zum Eingang der Krypta, deren Gewölbe gleichzeitig der Boden des erhöhten Chors darstellte. Der Altar des Heiligen war heute ganz besonders prachtvoll geschmückt und weckte deshalb Thymmos Interesse. Doch auch die anderen Altäre waren reich verziert, und so lief der Junge von einem zum anderen und bestaunte die teuren Gaben.

»Vater Johann, warum stehen hier so viele Sachen? Wer hat sie dort hingestellt und warum?«

Obwohl Johann ahnte, dass Thymmo vielleicht bloß Zeit schinden wollte, um ja nicht zum Unterricht zu müssen, beantwortete er seine Fragen. »Nun«, begann Johann geduldig und fuhr mit den Fingern über eines der liturgischen Gewänder, die auf einem Altar neben ihm lagen. »Dies hier sind *Kaseln*. Sie werden von Priestern zum Gottesdienst getragen. Diese Weiße hier ist zum Beispiel für eine Totenmesse. Für jeden Anlass gibt es eine bestimmte Farbe, die es dann zu tragen gilt.«

»Und was ist das hier für ein Tuch?«

»Dies ist eine *Palle*, die den Altartisch bedecken soll. Siehst du, wie schön sie verziert ist? Mit Rosen und dem Wappen der Familie des Stifters. Auch hier, auf dem Kelch, siehst du das Wappen der Stifter?«

»Ja. Und was ist das?«

»Das ist eine Messkanne für Wasser und Wein. Und dies hier neben dem goldenen Leuchter ...«, sprach Johann weiter, während er zum Altar des Apostels Thomas ging, »... ist ein Reliquienbehälter, in dem etwas Heiliges aufbewahrt wird.«

»Was denn?«, fragte Thymmo neugierig.

»Das kann alles sein. Ein Knochen oder ein Stück Leinen. Du kannst es nicht sehen, weil der Behälter fest verschlossen ist. Nur der Vikar, der für diesen Altar zuständig ist, hat einen Schlüssel.«

Auf diese Worte hin fingen Thymmos Augen an zu leuchten. Es war sehr deutlich, dass der Junge nur zu gerne in den Reliquienbehälter hineingeschaut hätte.

»Ich verrate dir ein Geheimnis«, sagte Johann verschwörerisch. »Dort drüben, im Marienschrein auf dem Hauptaltar, dort sind die Gebeine von König Sigismund drinnen.«

»Wirklich?«

»Ja. Du kannst mir glauben.«

Der Junge war sichtlich beeindruckt. »Ich möchte auch ein Vikar sein und einen Schlüssel für einen Reliquienbehälter haben.«

Johann lachte auf. »Wenn das so ist, mein Junge, dann wirst du erst recht fleißig Latein lernen müssen.«

Sofort ließ Thymmo den Kopf wieder hängen. Das Letzte, was er gewollt hatte, war, den Geistlichen wieder daran zu erinnern.

»Und nun komm, ab mit dir in die Schule.«

Gemeinsam durchquerten sie das Mittelschiff des Doms bis zur Höhe des Querhauses. Dann gingen sie in das nördliche Seitenschiff und dort durch eine Tür. Von hier aus gelangten sie in eines der kürzlich fertiggestellten Klausurgebäude, durch das sie zu den Wohnungen der Chorschüler und schließlich zur Domschule kamen. Sie liefen die Treppe hinauf zum oberen Stockwerk, in dem sich die Schulräume befanden. Vor der dicken, oben spitz zulaufenden Flügeltür wurde es Thymmo mulmig im Bauch. Sie waren tatsächlich zu spät – ausgerechnet heute, wo Johannes von Hamme selbst den Unterricht führte, was er nur noch selten tat. Der Scholastikus würde nicht erfreut sein.

»Intrate«, ertönte es von drinnen, nachdem Johann Schinkel zweimal angeklopft hatte.

»Magister Scholarum, ich bringe Euch noch einen Eurer Schüler; allerdings mit der Bitte, ihn nicht zu tadeln. Seine Verspätung sei mir anzulasten.«

Johannes von Hamme blickte unbewegt in das Gesicht des Ratsherrn. »Ehrenwerter Ratsnotar, auch wenn Ihr es seid, der meinen Schüler entschuldigt, kann ich von einer Strafe dennoch nicht absehen – selbst nicht bei Eurem Mündel. Bei mir werden alle Schüler gleich behandelt.«

Johann hatte nichts anderes erwartet. Seit er von Hamme kannte, konnte er sich nicht an ein einziges Mal erinnern, da der überstrenge Schulmeister Gnade vor Recht hatte walten lassen. »Nun gut, wenn Ihr es denn für nötig erachtet...«, sagte Johann, ohne in seinem Tonfall zu verbergen, was er davon hielt.

»Conside te, Thymmo«, befahl der Scholastikus streng, worauf der Junge sich sofort setzte.

Johann konnte erkennen, wie unwohl sich der Junge fühlte, und am liebsten hätte er ihn wieder mit sich genommen, um ihn zu beschützen. Doch das wäre falsch gewesen. So riss er sich von dem traurigen Anblick los und schloss die Tür. Er hörte noch, wie der Scholastikus seinem Sohn auftrug, das Buch des Aelius Donatus über lateinische Grammatik aufzuschlagen, um daraus vorzulesen. Es war kein gutes Zeichen, wenn einer der Schüler etwas aus den wenigen, kostbaren Büchern des Scholastikus' vorzulesen hatte, die nur überaus selten für den Unterricht benutzt wurden. Von Thymmo wusste Johann, dass die Schüler in jenen Momenten aufzustehen hatten, während der Schulmeister das geöffnete Buch in der einen Hand und die Rute in der anderen Hand hielt. Machte der Junge einen Fehler, setzte es Schläge.

Nur mühsam konnte Johannes dem Drang widerstehen, an der Tür zu lauschen. Stattdessen drehte er sich um und lenkte seine Schritte wieder Richtung Ausgang. Er verließ die Domimmunität und kam auf einen abschüssigen kleinen Pfad mit langgezogenen Treppenstufen namens Kattrepel. Bis er sein Ziel, das Rathaus, erreichte, waren seine Gedanken bei Thymmo. Doch als die blau glasierten Steine vor seinen Augen erschienen, richtete er seine Sinne auf seine heutigen Aufgaben. Hier würde er den Rest des Tages verbringen, denn sein Amt als Ratsnotar war mindestens so zeitaufwändig wie das des Domherrn. Kurz vor dem steinernen Portal allerdings erregte ein polterndes Geräusch seine Aufmerksamkeit.

Es war ein hölzerner Wagen, dessen grobe Räder sich laut über die unebenen Wege der Stadt quälten. Der obere Teil des Gefährts war ein Käfig, und in ihm saß ein Mann, den alle Hamburger kannten. Es handelte sich um Johannes vom Berge. Genau wie Vater Everard hatte man ihn schon bei der letzten St.-Veitsmarkt-Sitzung am fünfzehnten Juni festgenommen. Seither war sein Schicksal ungewiss – die Hamburger Ratsherren machten es sich mit seiner Strafe nicht leicht, schließlich war er noch vor wenigen Wochen einer von ihnen gewesen. Doch er konnte nicht ewig in seinem Verließ darben, darum sollte heute entschieden werden, was mit ihm geschehen würde.

Der Wagen war vor dem Rathaus zum Stehen gekommen, und man zerrte den gefesselten Mann aus seinem Käfig.

Johann konnte seinen Blick nicht abwenden, geschweige denn sich dazu überwinden, ins Innere zu gehen. Deshalb blieb er einfach, wo er war, und blickte auf die verlotterte Gestalt des einstigen Ratsherrn. Johannes vom Berge sah zum Fürchten aus. Blass, dünn, dreckig und mit tiefliegenden Augen.

»Ein schlimmer Anblick, nicht wahr, Ratsnotar?«, fragte plötzlich eine Stimme hinter ihm.

Johann Schinkel drehte sich nur kurz um und ließ seine Augen bestätigen, was seine Ohren schon hatten hören können. Es war Albrecht von Schauenburg, der Propst von Hamburg. »Ihr sagt es. Ein schlimmer Anblick. Doch noch mehr als jenes Antlitz erschreckt mich, dass ein Mann aus unseren Reihen uns so sehr hat täuschen können.«

»Dafür wird er gleich seine Strafe erhalten – wie auch immer sie ausfallen wird.«

»Auch ich bin gespannt; wenn es nach mir geht, wird dies kein Freudentag für Johannes vom Berge. Ebenso wenig, wie es kürzlich auch kein Freudentag für Vater Everard gewesen ist.«

»Ja, es wird aufgeräumt in Hamburg, das gefällt mir. Vielleicht ist das auch der Grund, warum die hohe Geistlichkeit des Landes sich derweil in unserer Stadt niederlässt.«

»Was meint Ihr damit?«

»Der Erzbischof hat beschlossen, bis zum Kinderbischofsspiel in der Stadt zu bleiben und seinen Aufenthalt in meiner Kurie zu verlängern. Ich werde also weiterhin mit dem Kunzenhof vorliebnehmen müssen, doch wenn es der Ordnung Hamburgs dienlich ist, soll es mir recht sein.«

»Interessant«, murmelte Johann Schinkel vor sich hin, der wie alle Hamburger wusste, dass der Erzbischof Hamburg nur selten Bremen oder seiner Burg Hagen vorzog.

»Das ist es. Aber lasst Euch nicht weiter von mir aufhalten, Ratsnotar.«

In diesem Moment wurde Johannes vom Berge an den beiden Männern vorbeigeführt. Er zog eine Wolke furchtbaren Gestanks hinter sich her, die Albrecht von Schauenburg angewidert das Gesicht verziehen ließ.

Johann Schinkel hingegen schaute dem Mann, der Runa und ihrer Familie viele Jahre lang schreckliches Leid zugefügt hatte, direkt in die dunkel geränderten Augen. *Heute wirst du büßen*, dachte er bei sich und nahm sich vor, keine Gnade walten zu lassen, wenn seine Stimme gefragt sein würde.

»Du wirst sie mögen, liebe Schwester. Die Gräfin hat ein gutes Herz.«

»Und sie will mich wirklich kennenlernen? Ich bin so aufgeregt, Runa. Wie soll ich mich verhalten? Sie ist nicht nur eine Gräfin, sondern auch eine Königstochter.«

»Mach es mir einfach nach, dann kann nichts passieren.«

In diesem Augenblick kam Margarete von Dänemark aus dem Palas – dicht gefolgt von sechs sündig schönen Hofdamen mit nicht minder schönen Kleidern. »Ah, das muss Eure Schwester sein, nicht wahr?«, fragte sie Runa mit ihrer angenehm ruhigen Stimme.

»Richtig, Gräfin. Das ist Margareta Ribe.«

Margareta knickste so tief, dass ihr Knie fast den Boden berührte. Sie wagte es nicht, ihr Gegenüber anzusehen.

»Bitte, lasst uns ein Stück gehen. Wir wollen uns unterhalten.«

Die Frauen setzten sich langsam in Bewegung und schlenderten gemächlich über den Burghof, während die Fürstin ein Gespräch begann.

»Und? Wie gefällt Euch das Leben einer Rittersfrau?«, fragte sie

Margareta. »Ich hörte bereits von Eurer Schwester, dass Eure Vermählung noch nicht lang zurückliegt.«

»Das ist wahr, Gräfin. Genau genommen sind es erst sechs Wochen«, antwortete sie, um einen ruhigen Ton bemüht. Noch immer hatte Margareta sich nicht daran gewöhnt, mit hochrangigen Herren und Damen zu sprechen, die ihr vor der Hochzeit mit Eccard niemals Beachtung geschenkt hätten. »Ich muss noch viel lernen, was die Führung einer Burg angeht. Schließlich war mir eher das Leben als Frau eines Ratsherrn bestimmt. Zu meinem großen Glück sind meine Eltern mit mir auf die Riepenburg gezogen, sodass ich meine Pflichten kurzweilig vernachlässigen und meinen Gemahl auf das Turnier hier in Kiel begleiten konnte.«

Die Gräfin blieb stehen und lächelte. »Auch das gehört zu den Aufgaben einer Rittersfrau. Ihr müsst Eurem Gemahl zur Seite stehen. Und, unter uns gesprochen: vor allem, wenn sie im Turnier verlieren.«

Margareta senkte den Blick und nickte. »Ihr sagt es, Gräfin. Doch mein Zuspruch prallt an ihm ab. Er ist nach wie vor verstimmt.«

»Meine Liebe, sorgt Euch nicht um die Stimmung Eures Gemahls. Alle Männer benehmen sich nach einer Niederlage gleich.«

Jetzt war es Runa, die antwortete. »Ja, verletzter Stolz heilt oft weniger schnell als so manche Fleischwunde.«

»Wohl war«, stimmte die Fürstin ihr zu, die sich an den Verlust des Auges von Johann II. erinnert sah. Dann wollte sie von Margareta wissen: »Wie geht es dem Bein Eures Gemahls?«

»Nun, es schmerzt wohl, doch es ist schwer zu sagen, ob es seine alte Verwundung ist, die ihn von Zeit zu Zeit plagt, oder die neue Prellung, die dem Tjost zuzusprechen ist. Doch ganz gleich, welcher Natur seine Verletzung ist, sie hindert ihn mehr am Lachen denn am Laufen.«

Die Frauen mussten über Margaretas nette Umschreibung für Eccards Eitelkeit lächeln.

»Wie lange werdet Ihr noch unsere Gäste sein?«

»Wir reisen morgen ab.«

Margarete von Dänemark nickte. Nur einen Augenblick darauf wurde die Aufmerksamkeit der Gräfin Richtung Tor gelenkt. Denn wie schon den ganzen Morgen befand sich ein Gefolge nach dem nächsten auf der Abreise.

Ein Diener der Burg kam herbeigeeilt und verbeugte sich tief. »Ritter von Wersabe ist dabei, die Burg zu verlassen und würde sich über einen letzten Gruß freuen.

»Ich komme«, versprach Margarete, die ja nur deshalb auf dem Hof war, um den abreisenden Gästen des Turniers noch eine gute Heimreise zu wünschen. Während sie ihr Kleid glatt strich, fragte sie: »Wo ist mein Gemahl?«

»Er ist bereits am Tor, Herrin«, sprach der Diener und hielt der Gräfin ein Bündel aus edelstem Tuch entgegen.

»Was ist das?«

»Das ist ein Geschenk des Grafen von Stotel an Euch. Dringliche Angelegenheiten zwangen ihn zur übereilten Abreise im Morgengrauen.«

»Der Graf von Stotel ist schon fort?«

»Ja, bedauerlicherweise war es ihm nicht möglich, sich selbst bei Euch zu bedanken, darum gab er mir das hier.«

»Was ist es? Zeigt es mir.«

Der Diener hob mit den Fingerspitzen die Enden des goldverbrämten Tuchs an. Zum Vorschein kam eine wunderschöne Halskette mit funkelnden Steinen.

Die Gräfin trat näher und fuhr mit den Fingern über die Steine. Es war ihrem Blick zu entnehmen, dass sie einen kurzen Moment von der Schönheit des Schmuckstücks gefangen war. Jedoch nur kurz. »Schick sie ihm zurück.«

Der Mann hob ruckartig den Kopf. »Was habt Ihr gesagt, Herrin?«

»Du hast mich schon richtig verstanden. Schick sie ihm zurück.

Nicht ein einziges Mal in der Woche des Turniers hat er sich uns gezeigt. Nun will ich auch seine Geschenke nicht.«

»Sehr wohl, Herrin«, sagte der Diener kleinlaut und schlug die edle Kette wieder in das Tuch ein. Dann verschwand er.

Die Gräfin drehte sich zu Runa und Margareta um. »Später, in meiner Kemenate, führen wir unsere Unterhaltung fort.« Dann schritt die Fürstin davon.

Wieder einmal bewunderte Runa die Fähigkeit Margaretes, von einem zum anderen Moment von einer Herrscherin zu einer Freundin und zurück wechseln zu können.

»Sie ist wunderbar«, schwärmte Margareta mit einem sehnsuchtsvollen Blick. »So schön und würdevoll. Und sie hat mit *mir* gesprochen!«

»Ja, so sieht es aus, kleine Schwester«, lachte Runa. Sie selbst hatte sich mittlerweile daran gewöhnt, mit der Gräfin zu reden.

»Ich meine, sie hat mich sogar etwas gefragt! Über *meine* Hochzeit.«

»Ich stand neben dir, meine Liebe, und habe es laut und deutlich gehört«, spottete Runa belustigt, während sie in das vor Aufregung leicht gerötete Gesicht blickte. Doch schon im nächsten Moment schweiften ihre Gedanken ab zu den Ereignissen vor einigen Wochen. Die Hochzeit! Viel hatte sich seitdem verändert: Die Familie war weit voneinander entfernt. Godeke war als Einziger in Hamburg geblieben, während ihre Eltern, sie selbst und Margareta der alten Heimat den Rücken gekehrt hatten. Wenn Runa jetzt an Hamburg dachte, waren ihre Gefühle gemischt. Sie hatte viel Gutes dort erlebt, aber auch sehr viel Schlechtes. Gerne würde sie damit abschließen und Kiel als ihre neue Heimat annehmen, aber auch wenn Runa es sich nicht erklären konnte, etwas in ihr ließ sie wissen, dass Hamburg sie nicht freigeben würde.

Als Margareta den abwesenden Blick ihrer Schwester bemerkte, fragte sie: »Was ist mit dir?«

Runa schaute Margareta an. Sie wollte sie nicht mit ihren düsteren Gedanken belasten und sagte: »Ich habe mich gerade an deine Hochzeit erinnert. Du hast so wunderschön ausgesehen in deinem weißen Kleid, mit deinen langen roten, geflochtenen Zöpfen, in denen diese leuchtenden blauen Kornblumen steckten.«

»Zu schade, dass ich mein Haar ab jetzt verbergen muss.«

Runa stieß ihrer Schwester in die Seite und tadelte sie im Scherz: »Lass das keinen Geistlichen hören, du ziersüchtige Dirne.«

Margareta kicherte, wurde jedoch dann wieder ernst. Die Gedanken an ihre Hochzeit waren stets verbunden mit dem Schmerz, der ihr in der Vergangenheit widerfahren war. Es würde noch einige Zeit dauern, bis dieser gänzlich verblasste. »Ich kann dir gar nicht sagen, wie schlecht es mir damals ergangen ist.«

Die Ältere wusste sofort, wovon ihre Schwester sprach. »Ja, wer hätte gedacht, dass diese Geschichte jemals ein so gutes Ende nehmen würde?«

»*Ich* bestimmt nicht. Nachdem Hereward von Rokesberghe die Verlobung mit mir gelöst hatte, war ich wirklich der Überzeugung, dass kein Mann mich – eine verschmähte Braut – je wieder wollen könnte. Ich war sicher, ich müsste in ein Kloster gehen und würde niemals heiraten und Kinder bekommen.«

Runa nickte kaum erkennbar. Fast meinte sie, Margaretas Schmerz von damals zu fühlen. Nicht dass sie nicht vorher schon einmal über diese Ereignisse gesprochen hätte, doch auch jetzt, Wochen nach ihrer glücklichen Hochzeit, schien die schwere Vergangenheit Margaretas Blick kurzweilig zu trüben. Ganz plötzlich hatte Runa das Bedürfnis, ihre Schwester fest in die Arme zu nehmen, und gab dem nach.

»Huch, wofür war das denn?«, fragte diese erstaunt.

»Das war, um deine traurigen Gedanken zu vertreiben. Es gibt keinen Hereward mehr. Du bist nun die Braut eines Ritters.«

»Wie gut sich das anhört!«

»Ja, das finde ich auch. Aber eine Sache wüsste ich gern.«

»Nur zu«, ermunterte Margareta sie.

»Warum trägst du es noch immer?« Runa deutete auf das bunte Brusttuch, welches Hereward ihr einstmals aus dem fernen Nowgorod mitgebracht hatte. Heute, da sie die Frau eines anderen war, kam es der Älteren komisch vor, dass Margareta es noch besaß.

Die Jüngere lachte auf. »Das fragst ausgerechnet du? Weißt du denn nicht mehr, was du mir damals gesagt hast, Runa?« Sie ließ ihre Schwester gar nicht zu Wort kommen, sondern begann sofort, deren Worte zu wiederholen: »Ich solle es behalten, weil es ein Geschenk von einem Mann sei, der mich einst wollte und mich dennoch niemals bekommen werde, weil ich viel zu gut für ihn sei.«

Runas Miene klarte auf. »Stimmt! Das weißt du noch?«

»Aber natürlich, diese Worte haben mich immer wieder aufgebaut. Offenbar ist dir das gar nicht bewusst gewesen. Doch Eccard sollte besser nichts von alldem wissen. Es würde ihm nicht gefallen.«

Wieder blickte Runa auf das Tuch. Es war wirklich außergewöhnlich schön und leuchtete in den verschiedensten Farben von Gelb zu Blau. Mit einem verschmitzten Lächeln trat Runa näher an ihre Schwester heran. »Weißt du, so schön ist es eigentlich gar nicht.«

»Wie meinst du das?«, fragte diese etwas verwirrt.

»Ach, diese vielen Farben, dieses Muster...!« Ohne eine weitere Reaktion abzuwarten, umschloss sie einen Zipfel des Tuchs mit ihren Fingerspitzen und zog langsam daran, bis es Margareta vom Körper glitt. Dann verstand die Schwester.

»Jetzt sehe ich es auch. Es ist das Muster einer alten Vettel. Einer Rittersgemahlin einfach nicht würdig«, stimmte sie gespielt angewidert mit ein.

Die Schwestern lachten.

Dann drehte sich Runa um und schaute auf den Burghof. Viele Menschen waren zu sehen. Die Mägde und Knechte hatten ordentlich zu tun, um die Spuren des Turniers zu beseitigen. Dann erblickte sie Christin. Die grünäugige Magd hatte sie von Anfang an gemocht. »Christin«, rief sie laut.

Das Mädchen drehte sich um und kam sogleich herbeigeeilt. »Was kann ich für Euch tun, Dame Runa?«

»Nichts weiter. Ich möchte nur, dass du nächsten Sonntag in unserer immerkalten Nikolaikirche nicht frierst.« Während sie sprach, legte Runa ihr das Tuch um. »Findest du nicht auch, dass es immer besonders kalt in der Kirche ist? Man kann sich gar nicht warm genug anziehen.«

Das Mädchen war sprachlos. Mit langsamen Bewegungen hielt sie sich das Ende des Tuchs vor ihr Gesicht. »Was... Warum...«, stammelte sie überfordert.

»Nun geh schnell wieder an die Arbeit. Sonst bekommst du womöglich noch Ärger. Und das wollen wir ja nicht.«

Die Magd knickste so tief und so lange, wie sie noch nie geknickst hatte. Dann entfernte sie sich wie befohlen.

Als sie wieder allein waren, stieß Margareta ihrer Schwester leicht in die Seite. »Wenn Hereward das wüsste...«

»... dann würde seine vor Stolz hocherhobene Nase vielleicht endlich mal ein Stückchen sinken, sodass es nicht mehr hineinregnen kann.«

Laut lachend hakte sich Margareta bei ihrer Schwester unter und zog sie langsam Richtung Burgturm. Dabei sagte sie auffordernd: »Komm, lass uns hinauf in die Kemenate gehen. Da kannst du mir deine Handarbeiten zeigen. Außerdem sollten wir die Gräfin nicht warten lassen.«

In diesem ausgelassenen Moment stürmte plötzlich eine Frau aus dem Burgturm. Mit hektischen Bewegungen schaute sie sich um. Dann erblickte sie Runa und raffte die Röcke, um schneller bei ihr zu sein. Es war Freyjas Kinderfrau.

Runa ahnte schon, um was es ging, und ihr Herz krampfte sich zusammen. Die Kinderfrau hatte sie noch nicht ganz erreicht, da rief sie schon forsch: »Sag mir nur wo?«

»In Eurer Kammer. Ich kann sie einfach nicht beruhigen.«

Schon war Runa an ihr vorbei und auf dem Weg in den Palas.

Schnellen Schrittes ließ sie die überdachte Freitreppe und düsteren Gänge hinter sich, und erreichte so rasch die großzügige Kammer, die man ihr und Walther zugesprochen hatte. Als die Kinderfrau hinter Margareta und ihr eintreten wollte, hielt Runa sie zurück. »Du kannst gehen. Ich kümmere mich allein um sie.«

Die Zurückgewiesene schaute etwas zerknirscht, knickste aber wohlerzogen und machte kehrt.

Als die Schwestern die Tür hinter sich schlossen, war es mit mal ganz still in der Kammer. Nur ein leises Schluchzen war zu vernehmen. In der Mitte der Bettstatt war ein Hügel unter weißen Laken auszumachen, der sich immer dann bewegte, wenn ein Schluchzer erklang. Runa bedeutete Margareta, sich leise auf die Kante der Bettstatt zu setzen, während sie selbst auf der anderen Seite neben dem weißen Hügel Platz nahm. Dann erst fragte sie mit sanfter Stimme: »Hat dich wieder mal ein böser Traum heimgesucht?«

Der Hügel nickte.

»Möchtest du vielleicht unter den Laken hervorkommen?«

Eine schüttelnde Bewegung war die Antwort.

Runa kannte dieses Verhalten von Freyja schon. Ihr kleines Mädchen wurde regelmäßig von schlimmen Träumen gequält, die dem Kind stets so lebhaft vor Augen waren, dass sie sich noch Stunden danach fürchtete. Oft versteckte sie sich dann. Entweder unter einem Laken, oder sie ging in den Pferdestall. Die Träume unterschieden sich, doch immer kamen zwei Dinge darin vor: zum einen das Feuer, vor dem sie sich zu retten versuchte, und zum anderen die Pferde, die ihre steten Helfer waren. Es war also nicht verwunderlich, dass Freyja auch zu Wachzeiten immerzu im Stall sein wollte. Pferde gaben ihr ein Gefühl der Geborgenheit.

Die Mutter hob die Hand, um dem Mädchen den Kopf zu streicheln, doch dieses zog sich nach der ersten Berührung zurück. Es war noch nicht soweit. Auch das kannte Runa, denn Freyja brauchte oft einen Moment, um sich zu beruhigen. »Willst du mir vielleicht von dem Traum erzählen?«

Freyja sagte nichts.

»Tante Margareta ist auch hier. Willst du ihr vielleicht von deinem Traum erzählen.«

Nach einem kurzen Zögern sprach das Mädchen doch.

»Tante Margareta kam auch in meinem Traum vor. Mit ihr bin ich durch die Straßen gelaufen. Hinter uns war ein Feuer, und wir wollten weglaufen, aber plötzlich waren die Flammen überall.«

Runa bekam eine Gänsehaut. Sofort kamen ihr Bilder von dem großen Brand vor sieben Jahren in den Kopf. Damals war es fast so gewesen, wie Freyja es gerade beschrieb. Hamburg war zu großen Teilen niedergebrannt, und unzählige Menschen ließen in den Flammen ihr Leben. Manchmal fragte sie sich, ob sie Freyja ihre seither verstärkte Angst vor Feuer weitergegeben hatte, ohne es zu merken.

»Was ist dann passiert?«, fragte nun Margareta.

»Dann war ich allein. Du warst fort!« Das Mädchen begann erneut zu schluchzen. Doch diesmal ließ es sich streicheln.

»Und dann, mein Herz?«

»Plötzlich war neben mir ein Pferd, auf das ich mich raufgesetzt habe. Ich ritt durch die Flammen, und dann war ich an einem Ort, wo ich niemanden kannte.«

»Aber wo waren denn alle? Wo waren Vater und ich?«

»Ihr wart nicht da. Ich war allein auf der Burg mit den vielen Mauern.«

»Haben wir dich denn gesucht?«

»Nur am Anfang, und dann habt ihr aufgehört, mich zu suchen und mich vergessen.« In der Stimme der Sechsjährigen schwang Verzweiflung, aber vor allem ein nicht zu überhörender Vorwurf mit.

»Wir haben aufgehört, dich zu suchen?«

»Ja«

»Aber das war doch nur ein Traum, mein Liebling.«

»Nein.«

Runa war einen Moment lang sprachlos. Warum nur träumte das Kind immer solch schlimme Sachen, wo sie doch sonst immer so fröhlich war. Runa kannte niemanden außer ihrer Tochter, der so träumte.

Plötzlich zog das Mädchen sich das Laken vom Kopf. »Mutter, du darfst nie aufhören, mich zu suchen!«, beschwor Freyja Runa mit einem Blick, der sie gefrieren ließ. »Du musst immer weitersuchen! Bis du mich findest.«

Zitternd zog sie das Kind an sich und versprach: »Natürlich, mein Kind. Ich werde nie aufhören, dich zu suchen. Ich verspreche es!«

3

Eccard und Margareta waren die letzten Gäste des Turniers auf der Burg Kiel. Man hatte sie gut behandelt, doch jetzt wurde es Zeit zu gehen.

Ihr kleines Gefolge hatte sich bereits im Hof versammelt und zurrte die letzten Gurte fest. Die nächtliche Dunkelheit kämpfte noch mit dem aufkommenden Tageslicht, so früh war es am Morgen.

Runa zitterte vor Kälte, trotz des dicken Wolltuchs, in das sie gehüllt war, und trotz Walthers Arm, den er um ihre Schultern gelegt hatte. Sie hatte kaum geschlafen, weil Freyja zwischen ihr und Walther so unruhig gewesen war. »Ich weiß jetzt schon, wer Kylion ganz schrecklich vermissen wird«, sagte sie lächelnd zu Margareta und Eccard, die beide dabei waren aufzusitzen.

»Vielleicht solltest du Freyja eine Zeit lang zu uns auf die Riepenburg schicken. Dort, in der Abgeschiedenheit, kann sie reiten so viel sie will. Margareta und eure Eltern würden sich sicher freuen«, schlug Eccard vor.

»O ja, was für eine wundervolle Idee«, stimmte Margareta begeistert zu.

»Wenn du mir versprichst, dass sie bei euch nicht nur reitet, sondern auch ein wenig Benehmen lernt, dann überlege ich es mir vielleicht«, gab Runa lachend zurück.

»Auch als Dame ist es von Vorteil, reiten zu können, Schwester. Wenn ich an unsere Heimreise denke, graut es mir jetzt schon.«

Eccard warf einen belustigten Blick zu seiner Frau, die wie die anderen Edeldamen seitlich auf ihrem bequemen Zelter saß. Selbst ein Pferdewagen war fast weniger behaglich.

Mittlerweile schien das Tageslicht hell. Der morgendliche Nebel hatte sich verzogen und gab den Blick auf die Stadt und das Wasser dahinter frei. Das Wetter würde gut werden heute. Sonnig und mild.

»Wir müssen jetzt aufbrechen. Vor uns liegen zwei Tagesritte, wenn alles gut läuft.«

Plötzlich ertönte eine laute Stimme hinter ihnen. »Hattet Ihr etwa vor, uns ohne einen letzten Gruß zu verlassen, Ritter Eccard?« Es war die Stimme der Gräfin, die hoch erhobenen Hauptes aus der Burg schritt und auf die Freunde zuhielt.

Eccard senkte kurz seinen Kopf und sagte: »Niemals, Gräfin, aber wir haben Eure Gastfreundschaft schon viel zu lange in Anspruch genommen. Es wird Zeit zu gehen. Habt Dank für alles.«

»Schön, dass Ihr nach Kiel gekommen seid. So schnell wird sich diese Gelegenheit sicher nicht mehr ergeben. Die Zeit des Turniers ist keine Zeit der Staatsführung. Es tat gut, dieser Tage einmal alle Zwistigkeiten ruhen zu lassen.«

»Ebenso habe ich es empfunden, Gräfin. Man könnte es bedauerlich nennen, dass diese Tage voller Freundschaft und Einigkeit nun ein Ende gefunden haben und ein jeder nun wieder zurückkehren muss, zu seinen Pflichten und seiner Herrschaft.«

»Was in unserem Falle die entgegengesetzte Seite ist«, sprach Margarete von Dänemark aus, was allen schwer auf dem Herzen lag. Eccard gehörte zum Gefolge Gerhards II., und um die Freundschaft der beiden Grafen war es nicht weit her. Schließlich schwelte seit einigen Monaten ein Streit zwischen den Fürsten, der noch immer nicht zu einem Ende gekommen war. Johann II., der durch einen ungeschickten Narren von Gerhards Hof ein Auge verloren hatte, bezichtigte seinen Vetter nach wie vor, diesen Narren mit Absicht auf ihn angesetzt zu haben. Gerhard II. stritt dies bis heute ab und drohte stattdessen immer wieder mit einer Fehde.

Selbst der Hamburger Rat ließ seit Wochen nichts unversucht, zwischen den Grafen zu schlichten, bislang jedoch ohne Erfolg.

Dann machte die Fürstin einen Schritt auf Kylion zu und blickte Eccard dabei unvermindert auffordernd in die Augen. Es war wahrlich der Blick einer Herrscherin. »Es gibt Dinge, die unterliegen der gottgewollten Ordnung, und es gibt Dinge, die sich ändern lassen, Ritter Eccard. Ihr wisst, was ich damit meine. Denkt darüber nach.«

Der Angesprochene wusste kurzzeitig nicht, wie er sich verhalten sollte. Er hatte natürlich sofort verstanden, was die Gräfin damit meinte. Bevor er angemessen reagieren konnte, betrat Graf Johann II. die Runde, und Margarete von Dänemark trat einen Schritt zurück, als ob es den kurzen Moment der Heimlichkeit gar nicht gegeben hätte.

»Euer Gefolge scheint bereit zu sein. Dann ist jetzt wohl die Zeit des Abschieds gekommen.«

»So ist es, Graf. Habt Dank für all Eure Freundlichkeit.«

»Habt Dank, dass Ihr unsere Gäste wart. Eine gute und sichere Reise für Euch. Vielleicht sieht man sich eines Tages wieder; in aller Freundschaft.«

»Das wäre auch mein Wunsch«, ließ Eccard glaubhaft verlauten. Daraufhin wendeten er und Margareta ihre Pferde. Das Gefolge setzte sich lärmend in Bewegung und hielt auf das Burgtor zu.

Runa wischte sich eine Träne von der Wange, als sie ihre Schwester fortreiten sah. Mit mühsam kontrollierter Stimme rief sie noch: »Sag unseren Eltern einen lieben Gruß, kleine Schwester!«

Margareta wollte etwas erwidern, doch in diesem Moment schoss ein Reiter genau vor ihr in vollem Galopp durch das Tor. Es war ein Bote, der offensichtlich wichtige Kunde bei sich trug und diese schnell ans Ziel bringen wollte. Der Zelter Margaretas war mindestens ebenso erschrocken wie sie selbst, und so warf er ängstlich seinen Kopf nach hinten und hob mit den Vorderbeinen ab. Normalerweise war das Tier friedfertig, so ein Verhalten hatte es noch nie zuvor gezeigt. Doch diese unerwartete Bewegung genügte der unsicheren Reiterin. Sie fiel vom Pferd auf den harten Boden.

»Margareta!«, stieß Eccard erschrocken aus und sprang von Kylion.

Auch Walther und Runa waren sofort zu ihr geeilt. Bei ihr angekommen, bestürmten sie sie mit Fragen.

»Geht es dir gut?«

»Hast du dir was getan?«

Margareta war ganz blass vor Schreck, doch es ging ihr gut. »Sorgt euch nicht. Ich bin unverletzt«, erklang es leise.

Dann sprang Eccard auf. Mit der Hand am Schwertknauf stapfte er auf den Boten zu, der erschrocken auf das Schauspiel starrte. Als er den Ritter auf sich zukommen sah, begann er rückwärts zu gehen und schlug ein Kreuz. Er war sich sicher, nun seinen letzten Moment zu erleben. Doch bevor Eccard den Boten erreichte, war die Gräfin zur Stelle.

»Halt!«, sprach sie und hob die rechte Hand. »Dieser Mann hat sich ohne Frage rücksichtslos verhalten, doch Eurem Weib geht es gut. Bevor Ihr ihm also den Kopf abschlagt, wüsste ich gern, ob er wichtige Kunde mit sich trägt.«

Eccard hielt inne.

Die Gräfin richtete das Wort an den Boten, der sichtlich zitterte. »Warum bist du hier? Was bringst du für Neuigkeiten?«

Mittlerweile war auch der Graf hinzugekommen. »Nun sprich endlich, Bursche!«

Der Bote holte mit fahrigen Bewegungen ein Pergament hervor. Kurz erwog er, es vorzulesen, wie er es eigentlich immer tat, aber der Schreck saß ihm noch in den Gliedern. Darum übergab er das Schreiben einfach dem Grafen und sagte: »Der Rat hat kürzlich eine Entscheidung über das Schicksal des ehemaligen Ratsmanns Johannes vom Berge gefällt. Er wird gerädert. Am Tage des Martinifestes.«

Johann II. nahm das Schriftstück zur Hand und fragte: »Wer schickt uns diese Nachricht?«

»Euer Bruder, der Dompropst Albrecht von Schauenburg, Herr.«

Erst jetzt überflog er die Zeilen. Es war ihm nicht anzusehen, was er dachte, doch eines stand fest: Die Nachricht über Johannes vom Berges Hinrichtung schockierte die Grafen mit Sicherheit kein bisschen mehr, als dass sie Runa, Walther und Margareta aufwühlte, die alle unter dem furchtbaren Ratsherrn hatten leiden müssen. Endlich würde er sterben und mit ihm hoffentlich all die schlimmen Erinnerungen.

Margareta hatte sich in der Zwischenzeit mit Hilfe von Runa wieder aufgerappelt, doch war sie noch immer sehr blass. Alles in ihr weigerte sich, sich wieder auf ihr Pferd zu setzten.

Eccard ging zu ihr und ergriff ihre Hände. Dabei schaute er sie zweifelnd an. »Geht es dir wirklich gut?«

Sie nickte.

»Ich muss sofort zu Graf Gerhard nach Plön. Es ist meine Pflicht, ihm von dieser Nachricht zu berichten.«

Margareta nickte erneut.

Mit diesen Worten rief er allen Anwesenden wieder ins Gedächtnis, was sie nur zu gern verdrängten. Er war ein Gefolgsmann des Plöner Herrschers.

»Lass sie hier bei mir, Eccard«, warf Runa ein. »So kann sie nicht reisen.«

Der Ritter blickte seine Schwägerin an. Dann schaute er zum Grafenpaar. Er hatte ihre Gastfreundlichkeit schon sehr beansprucht, doch auch er sah keinen anderen Weg. »Gräfin...«

Diese fiel ihm ins Wort: »Sprecht nicht weiter, Ritter. Euer Weib ist mir willkommen. Wir werden alle zusammen nach Hamburg zum Kunzenhof reisen – in einem Pferdewagen.« Die letzten Worte sagte sie mit einem Zwinkern im Augenwinkel.

»Ihr seid zu gütig, Herrin. Ich danke Euch sehr.«

»Nun geht. Gerhard II. erwartet Euch sicher schon.«

Nach diesen Worten schwang Eccard sich auf Kylion und gab

seinem Gefolge den Befehl, allein zur Riepenburg zurückzukehren.

Graf Johann II. streckte ihm das Schreiben seines geistlichen Bruders entgegen und sagte: »Nehmt das hier als Beweis mit, und geht mit Gott. Möget Ihr sicher in Plön ankommen.«

Eccard steckte sich das Pergament unter den Mantel, nickte respektvoll in Richtung der Gräfin und warf noch einen letzten Blick auf Runa und Margareta, die einander im Arm hielten. Dann wendete er Kylion und galoppierte mit donnernden Hufen davon.

Ritter Eccard war zunächst von Kiel zum Sitz seines Grafen Gerhard dem Blinden nach Plön geritten. Hier hatte er seinem Herrn, der tatsächlich bis dahin ahnungslos gewesen war, von der anstehenden Hinrichtung berichtet. Der Graf hatte furchtbar zornig reagiert, war aufgesprungen und hatte wild mit den Armen gefuchtelt, während er immer wieder fragte, wer diese Hinrichtung beschlossen hatte und wie es sein konnte, dass er als Letzter davon erfuhr. Eccard wusste auf diese Fragen natürlich keine Antwort, was seinen Herrn nur noch wütender machte. Dabei war der Schauenburger noch nicht einmal wütend über das Urteil, traf es doch keinen seiner Freunde. Im Gegenteil! Johannes vom Berge hatte ihn hintergangen und verdiente den Tod, doch der Ratsherr war ihm über die letzten Jahre ein nicht enden wollender Quell glänzender Münzen gewesen. Sein Tod würde unweigerlich auch das Versiegen dieser Quelle zur Folge haben, hier lag der Grund seines Zorns.

Schlussendlich befahl der Graf seinem Gefolgsmann, sich umgehend wieder auf den Weg zu machen, jedoch nicht nach Hamburg und auch nicht zur heimischen Riepenburg. Nein, er sollte zu den Scarpenberghs reiten, zur Burg Linau, um diesen Bescheid zu geben und die Ritter dann mit nach Hamburg zum Kunzenhof zu nehmen.

Eccard war also, ohne eine Nacht in Plön zu verbringen, um

die Mittagszeit weitergezogen – und das, obwohl er wusste, dass er die Burg der Scarpenberghs nicht mehr bei Tage erreichen konnte. Darum verbrachte er eine Nacht in Lübeck und ritt dann in den frühen Morgenstunden weiter. Nun befand er sich auf dem Weg zu der gut gesicherten Raubburg. Doch er war nicht mehr allein unterwegs. Eccard hatte sich einer Gruppe von Lübecker Kaufleuten angeschlossen, die auf dem Weg nach Hamburg waren, um dort Handel zu treiben. Normalerweise bevorzugte er es, alleine zu reisen, doch mit mehreren Männern war der Weg weit weniger gefährlich – selbst für einen Ritter. Fast schon belustigt dachte Eccard daran, dass er sonst vielleicht sogar Gefahr laufen würde, von den Rittern Scarpenbergh selbst überfallen zu werden, obwohl er gerade auf dem Weg zu ihnen war. Das wäre wirklich zu absonderlich gewesen.

Unter anderen Umständen hätte ihn nichts zu den groben Plackern getrieben, die er mit den Jahren aus vielerlei Gründen mehr und mehr zu verachten begonnen hatte. Doch der Graf, dem sie alle verpflichtet waren, wusste weder etwas von seiner Abneigung, noch würde es ihn überhaupt scheren. Und so bediente er sich Eccards und nutzte ihn als Boten zum Überbringen der Kunde. Missmutig dachte der Ritter daran, dass er wohl nicht umhin kommen würde, wenigstens eine Nacht auf der Burg Linau zu verbringen.

Die Kaufleute waren Eccard gegenüber skeptisch – Ritter waren in diesen Tagen, wo es häufig zu Überfällen kam, stets verdächtig. Dennoch hätten sie ihm niemals eine Abfuhr erteilt, schließlich war selbst der schlechteste Schwertkämpfer besser als gar keiner, und dieser schien den Gebrauchsspuren seiner Rüstung nach sogar ein Geübter zu sein. Zu ihrer aller Glück waren jegliche Kampfkünste auf dieser Reise jedoch nicht vonnöten, denn einen halben Tagesritt, nachdem sie Lübeck verlassen hatten, erspähten die Männer auch schon die gut befestigte Burg, die auf einer leichten Anhöhe stand.

Sie hat wahrhaft einen gesegneten Platz, schoss es Eccard durch den Kopf – jedenfalls für jene, die sich Raubritter nannten. Hier, genau an der Straße zwischen Hamburg und Lübeck, kamen unentwegt Kaufmänner, Händler, Geistliche und Spielleute vorbei, die allerlei Waren und natürlich Gold und Silber bei sich trugen. Die Scarpenberghs, von denen jeder wusste, dass sie raubten und mordeten, hatten hier täglich ein leichtes Spiel. Sie brauchten bloß aus der Türe zu treten und zuzugreifen.

»Gehabt Euch wohl, werte Kaufleute, und viel Glück auf Euren Wegen«, verabschiedete sich Eccard freundlich.

»Auch Euch einen guten Weg«, war die verhaltene aber freundliche Antwort. Auch wenn dieser Ritter offensichtlich kein Placker war, blieben die Mienen der Kaufmänner verschlossen.

Eccard nickte ihnen noch ein letztes Mal zu und wendete dann seinen Hengst. Er ritt gradewegs auf eine Zugbrücke der Burg zu, die ihn auf die erste von drei Inseln brachte, aus der die Burganlage bestand. Hier sah er sich umringt von hölzernen Palisadenzäunen. Er ritt weiter und überquerte eine nächste Brücke. Gleich danach musste er durch einen hölzernen Turmbogen reiten. Erst jetzt befand er sich auf der mittleren Insel, der Hauptburg, die ebenfalls von einem Palisadenzaun umgeben wurde. Hier stand ein länglicher Ziegelbau, in dem die Stallungen und Wirtschaftsgebäude untergebracht waren, und ein mächtiger, alles dominierender Wohnturm, der bloß durch einen Eingang im zweiten Stock über angelehnte Stiegen betreten werden konnte. Die Mauern des Turms waren dick und hoch. Der Bau aus riesigen Findlingen wurde durch den festen Segeberger Kalk vom Kalkberg zusammengehalten und war gekrönt durch einen Oberbau aus Ziegelsteinen. Alle drei Inseln der Burg waren von einem tiefen Graben umgeben, der aus der Bille gespeist wurde, die nur wenige Schritte entfernt ihren Ursprung hatte. Die Burg war so gut wie uneinnehmbar.

Eccard lenkte Kylion auf den Innenhof der Hauptburg. Dort stieg er ab. Es herrschte ein geschäftiges Treiben von Mägden mit

Körben und Knechten mit Pferden, in dem niemand den neu angekommenen Ritter so recht zu beachten schien. In einer Ecke hämmerte ein Schmied lärmend auf einem glühenden Hufeisen herum, während ein Mädchen ein paar Hühner vor sich her trieb. Zwischen all dem Gewirr lagen zwei große, schwarze Hunde, die das alles nicht zu stören schien. Eccard entschied, einem Knaben sein Pferd zu überlassen. »He, du da. Komm her zu mir.«

Der Junge gehorchte und lief geschwind zu Eccard. »Was kann ich für Euch tun, Herr?«

»Nimm mein Pferd, und versorge es. Aber sei vorsichtig, der Hengst tritt.«

»Jawohl, Herr«, antwortete der Bursche unterwürfig und griff sogleich nach den Zügeln. Als der Junge gerade gehen wollte, rief der Ritter ihn zurück.

»Sag mir, Knecht, sind die Herren Scarpenbergh im Turm?«

»Nein, Herr. Sie sind ... auf der Jagd.«

Eccard schaute den Jungen verwundert an, der daraufhin den Blick senkte. Dann verstand er. Das Wort *Jagd* war in diesem Fall mehrdeutig. Die Placker gingen also wieder ihrer zweifelhaften Arbeit nach. »Verstehe.«

In diesem Moment wurde es laut auf dem Burghof. Eine Gruppe von sechs Rittern kam im vollen Galopp durch den Torbogen des hölzernen Turms gepresscht. Laut grölend und lachend ritten sie rücksichtslos in die Menge, die daraufhin panisch auseinanderstob.

Eccards Apfelschimmelhengst, den der Junge gerade zu den Stallungen führen wollte, erschrak so sehr, dass er nervös zu tänzeln begann. Der Knecht hatte sichtlich Probleme damit, das aufgeschreckte Tier zu bändigen. Immer wieder umrundete das Pferd federfüßig den Jungen und schüttelte dabei wild den Kopf.

Gerade wollte der Ritter dem Jungen zu Hilfe eilen, als sein Pferd sich vorne aufbäumte und den Knecht mit dem Vorderhuf am Arm erwischte. Die Zügel glitten ihm aus den Fingern, und der Hengst riss sich los. Bloß durch einen beherzten Sprung schaffte

Eccard es, Kylion im letzten Moment daran zu hindern durchzugehen. Er ergriff die Zügel und beruhigte den verängstigten Hengst, so gut es ging.

»Junge, ist mit dir alles in Ordnung?«, rief Eccard dem Knecht zu, der zusammengekauert auf dem Boden lag und stöhnte.

Nur langsam richtete dieser sich wieder auf. Dabei hielt er sich den Arm, der in einem seltsamen Winkel nach hinten geknickt war. Jetzt wurden auch die anderen Burgbewohner auf den Verletzten aufmerksam und kamen herbeigeeilt, um dem Jungen aufzuhelfen.

Noch ehe Eccard sich versah, war der Verletzte auch schon fortgebracht worden. Er starrte dem Kind noch hinterher, als von irgendwo ein rußverschmierter Kerl angelaufen kam und ihm sein Pferd abnahm. Dankbar ließ Eccard den Mann gewähren und wandte sich dann schließlich den Rittern zu, die ebenfalls ihre Pferde einem Knecht übergaben.

Marquardus Scarpenbergh bemerkte Eccard als Erster. »Sieh an, sieh an, was der Wind uns heute auf die Burg geweht hat«, stieß er mit einer Mischung aus Interesse und Belustigung aus. Die Männer kannten sich schon lange, doch die letzten Jahre hatten deutlich gemacht, wie sehr ihre Ansichten sich unterschieden. Entsprechend verwundert waren die Ritter über ihren Besucher.

»Seid gegrüßt, Marquardus. Seid gegrüßt, Ludolph«, sprach Eccard höflich, aber mit einiger Zurückhaltung zu den beiden Brüdern.

»Wir haben uns lang nicht mehr gesehen, Ribe.«

»Richtig«, gab Eccard einsilbig zurück und ließ seinen Blick unbewegt auf dem Gesicht des Plackers ruhen.

»Genau genommen seit der St.-Veitsmarkts-Versammlung nicht mehr...«

»Schon wieder richtig. Euer Gedächtnis ist ja fabelhaft.«

»Spottet Ihr über mich?«

»Ganz und gar nicht«, log Eccard mit starrer Miene.

»Dann frage ich mich, was Ihr mir damit zu sagen versucht?«

»Ich habe bloß Euren wachen Geist lobend erwähnt. Verzeiht, wenn meine Worte ihr Ziel verfehlten.«

»Nun, vielleicht sollte ich, der ich tatsächlich ein fabelhaftes Gedächtnis in mancherlei Hinsicht habe, Euch daran erinnern, dass Ihr Euch damals auf der Versammlung für einen gewissen Mann eingesetzt habt. Ein Mann, der seiner Pflicht gegenüber unserem Lehnsherrn nicht nachgekommen ist und der aus dem Rat ausgestoßen wurde...«

»... und das fälschlicherweise, wie ja herausgekommen ist«, unterbrach Eccard sein Gegenüber. Er hatte geahnt, dass ihm sein Einsatz für Albert von Holdenstede, der einige Zeit auf seiner Riepenburg im Einlager gewesen war, weil er Graf Gerhard II. betrogen haben sollte, eines Tages noch einholen würde. Doch er hatte sich nichts vorzuwerfen. Albert von Holdenstede war damals zu Unrecht jener Verbrechen beschuldigt worden, wie hinterher im Beisein von Grafen und Ratsherrn auf dem Kunzenhof herausgekommen war. Johannes vom Berge war es gewesen, der alle getäuscht hatte, und dafür erhielt er nun seine Strafe. Dass die anderen Ritter seines Herrn Gerhard II. allerdings skeptisch waren, nachdem Eccard jetzt auch noch Alberts Tochter geheiratet hatte, ließ sich wohl nicht vermeiden.

Noch immer starrten beide Männer einander an, bis der Bruder des Raubritters sie unterbrach. »Was treibt Euch zu uns auf die Burg, Ribe?«, fragte Ludolph ohne Umschweife. Er wusste, dass Eccards Riepenburg gerade mal einen knappen Tagesritt entfernt lag, und konnte sich also denken, dass dessen Besuch einen Grund haben musste – ansonsten wäre er wohl vorbeigeritten.

Nur ungern war Eccard der Erste, der den Blick abwandte. Doch sah er auch ein, dass ein Streit hier und jetzt schlimme Folgen für ihn haben würde – möglicherweise sogar tödliche Folgen. »Ich bringe Euch einen Brief von Graf Gerhard und erbitte die Möglichkeit, auf Burg Linau nächtigen zu dürfen. Es ist bereits zu spät für eine Weiterreise.«

Ludolph trat einen Schritt beiseite und öffnete Eccard so den Gang zum Turm. »Gewiss könnt Ihr bleiben, nicht wahr, Bruder? Schließlich dienen wir ein und demselben Herrn.«

Marquardus nickte kaum erkennbar und versicherte mit einem frostigen Unterton: »Seid uns willkommen.«

Ludolph scherte sich nicht um die Haltung seines Bruders. Er hatte sich schon längst an das kämpferische Wesen des Älteren gewöhnt. »Kommt, lasst uns hineingehen. Dort könnt Ihr Euch aufwärmen und einen ordentlichen Becher Würzwein trinken.«

Marquardus folgte den Männern und merkte dabei boshaft lachend an: »Bruder, überlege dir gut, was du unserem Gast zu trinken gibst. Das letzte Mal, als ich mit Eccard, Lüder, Ulrich und den anderen Rittern zusammen gesoffen habe, hat er am nächsten Tag sein Pferd vollgekotzt.«

Ludolph schaute seinen lachenden Bruder fragend an, ging dann aber weiter in Richtung Turm.

Auch Eccard versuchte, Marquardus zu ignorieren, obwohl er sich noch lebhaft an den eben erwähnten Tag erinnern konnte. Was hätte er auch erwidern sollen? Es stimmte ja, er vertrug keinen Wein – jedenfalls nicht in rauen Mengen. Doch wie jeder Mann in seiner Lage hasste er es natürlich, darauf angesprochen zu werden.

Nur wenig später saßen alle Ritter zusammen an einem mächtigen Holztisch, der einen erheblichen Teil des runden Innenraums einnahm. Die Wände des Turms waren rau und unbehauen, und die wenigen Luken in ihnen zeigten deutlich, dass die Mauern eine Mannslänge bei weitem überschritten. Der Raum war verschwenderisch mit Fackeln und Leuchtern erhellt, und überall erkannte man kostbare Gegenstände, die so gar nicht zusammenpassen wollten, was unweigerlich die Frage ihrer Herkunft aufwarf.

Hätte Eccard es nicht besser gewusst, dann hätte er spätestens jetzt eine Antwort auf diese Frage bekommen: Diebesgut!

Unter lautem Gegröle kam einer der Ritter herein, die mit den Scarpenbergh-Brüdern auf die Burg geritten gekommen waren. Er hatte einen großen und prall gefüllten Sack geschultert, welchen er mit einem lauten Krachen auf den Holztisch warf. Diese Geste verstärkte das Brüllen der Männer nur noch.

Eccard, der am anderen Ende der Tafel saß, kannte den Ritter nicht, und er hatte auch keine Ahnung, was in dem Sack war, doch beschlich ihn bereits eine üble Vorahnung.

»Los, schüttet den Sack aus!«, rief einer der Männer und hob feierlich seinen Becher in die Höhe.

»Genau, lass uns sehen, was die heutige *Jagd* uns als Lohn eingebracht hat«, scherzte Marquardus ungeniert.

Im nächsten Moment griff der Neuankömmling nach den unteren beiden Zipfeln des Sacks und schüttete den gesamten Inhalt über den Tisch. Eine Flut von gold- und silberglänzenden Devotionalien, Geschmeide, Kelchen und anderem kostbaren Hab und Gut breitete sich auf dem Tisch aus, von dem einiges sogar über den Rand fiel und klimpernd über den Boden tanzte. Niemand scherte sich darum.

Beherzt griffen die Ritter in die Beute und hielten sie sich gegenseitig lachend unter die Nasen. Niemand schenkte Eccard Beachtung, der, fassungslos über diese Skrupellosigkeit, auf den Tisch starrte und sichtlich um Beherrschung rang.

Vor seine Finger war ein Kruzifix gerutscht, welches wohl noch vor Kurzem den Hals eines Geistlichen geziert hatte. Die Kette war zerrissen, so als ob man ihm das Schmuckstück mit Gewalt abgenommen hätte. Es war bloß ein ganz kleines Kreuz, doch es war aus Gold und an seinen Enden mit wunderschönen Ranken verziert. Eccard nahm die Kette zur Hand und starrte sie an. Er konnte einfach nicht glauben, dass die Scarpenberghs tatsächlich derart hemmungslos mit ihrem Placker-Dasein prahlten, dass es sie noch nicht einmal interessierte, dass er sie gerade dabei beobachtete. Eines war klar, sie fühlten sich sicher – und vor ihm hatten sie ganz gewiss keine Angst!

Plötzlich legte sich eine schwere Hand auf Eccards Schulter, die ihn brüsk herumdrehte. »Habt Ihr etwa noch niemals ein Kruzifix gesehen, Ribe?« Es war Marquardus.

Eccard verengte seine Augen und ballte die Faust um das Kreuz. Er blickte dem Ritter direkt in das höhnisch grinsende Gesicht. Wut stieg in ihm hoch. »Ihr bestehlt Geistliche?«, fragte er schließlich mit einem angewiderten Ton in der Stimme.

Eine Weile lang sagte keiner einen Ton. Das Gelächter der Männer erstarb, und selbst die Dienerschaft sah zu, dass sie wegkam. Abermals wurde Eccard klar, dass seine Lage im Streitfall alles andere als gut war und er besser zweimal hätte nachdenken sollen, bevor er sprach. Aber für solche Gedanken war es nun zu spät.

Marquardus ließ die Hand von Eccards Schulter gleiten und nahm einen tiefen Schluck aus seinem Becher. Er leerte den gesamten Inhalt mit nur einem Schluck und spuckte den Wein daraufhin in einem weit gestreuten Strahl auf das Kruzifix und Eccards Hand.

Angesichts dieser ungeheuerlichen Frechheit sprang Eccard auf und schleuderte die Kette achtlos über den Tisch. »Was erlaubt Ihr Euch, Scarpenbergh?«

»Falsch, was erlaubt *Ihr* Euch? Dies hier ist meine Burg, und der Abschaum, der den Weg an meiner Burg passiert, hat Wegezoll an mich zu entrichten. Ganz gleich, ob es ein Pfeffersack, eine Metze oder ein Pfaffe ist. Wollt Ihr mir dieses Recht etwa absprechen? Nur zu…!«

Die Männer standen sich Nase an Nase gegenüber. Beide in Lauerstellung; keiner bereit nachzugeben – bis jetzt. Denn es war eigentlich keine Frage, was nun geschehen musste. Bloß ein Mann, der des Lebens müde war, hätte im Angesicht so vieler Gegner weiter aufbegehrt.

»Nein«, log Eccard. »Alles was ich mich gefragt habe ist, ob sich die Mühe, einen Geistlichen zu überfallen, denn überhaupt lohnt. Schließlich ist es eher selten, dass sie Kreuze aus purem Gold mit sich tragen, so geizig wie sie sind.«

Noch immer war es still im Saal, als Ludolph Scarpenbergh plötzlich zu lachen begann. »Wo er recht hat, hat er recht, Bruder. Die Pfaffen sind meist nicht einmal ihre Kutte wert!«

Fast schon erleichtert über die Wendung des Gesprächs, fielen nun auch die anderen Ritter mit in das Gelächter ein. Und langsam, sehr langsam, entspannten sich auch Marquardus' Gesichtszüge.

»Scharf beobachtet, Ribe. Aus Euch könnte noch ein guter Placker werden.«

Eccard nickte bloß und sagte nichts. Er konnte froh sein, noch mal mit dem Leben davon gekommen zu sein, und er nahm sich vor, den Rest des Abends besser schweigend zu verbringen.

»Setzt Euch wieder«, sagte Marquardus mit einem Ton, der eher nach einem Befehl denn nach einer Bitte klang. »Ihr seid heute unser Gast, und unsere Gäste pflegen mit uns zu speisen.« Dann rief er nach dem Gesinde. »Wo bleibt meine verdammte Dienerschaft mit dem verdammten Essen? Soll ich etwa selbst zur Küche laufen und es mir holen?«

Nur kurze Zeit darauf kamen drei Mägde und ein Mundschenk herein und servierten köstlich duftende Speisen und mehr Wein.

Auch jetzt wurde Eccard wieder deutlich, dass die Scarpenberghs bei weitem keinen Hunger zu leiden hatten. Ihr Diebesgut ließ sie fürstlich leben, und ein schlechtes Gewissen, da sie dafür raubten und mordeten, schien keiner der Ritter zu haben.

Als das Mahl schon fast beendet war, erinnerte sich Ludolph des eigentlichen Grundes von Eccards Besuch. »Sagt, Ribe. Ihr spracht vorhin von einer Nachricht, die Ihr uns im Namen des Grafen überbringen solltet. Wie lautet sie?«

»Richtig«, fiel es nun auch Eccard wieder ein. Er griff unter seinen Mantel und übergab Ludolph den Brief, in dem Albrecht von Schauenburg über das Schicksal des allseits bekannten Kaufmanns berichtete. »Johannes vom Berge wird am Martinitag hingerichtet.

Graf Gerhard wünscht unsere Anwesenheit am Kunzenhof. Hier könnt Ihr nachlesen, was ich sage.«

Der Ritter überflog die Zeilen und übergab das Schreiben dann an seinen Bruder. Der las es gründlicher, hob danach seinen Blick und entschied unbeeindruckt: »Gut, wir reiten morgen in aller Früh los.«

Danach war der Abend schnell beendet.

Eccard hatte die ganze Nacht kein Auge zugetan. Auch wenn man ihm sogar eine eigene winzige Kammer mit einem Strohsack als Bettstatt zugestanden hatte, lag er über Stunden wach und grübelte. Seine Gedanken waren zunächst erfüllt von den jüngsten Ereignissen, dem Buhurt, seinem Weib und der anstehenden Hinrichtung. Zugegebenermaßen geriet Johannes vom Berge aber recht schnell aus seinem Gedächtnis, und von da an galten seine Gedanken ausschließlich seiner eigenen Zukunft.

Auch wenn er es sich erst nicht eingestehen wollte, die Begebenheiten des vergangenen Abends hatten ihn sehr nachdenklich gemacht. Immer wieder fragte er sich, ob er wirklich weiterhin unter einem Grafen dienen konnte, der ein solches Verhalten seiner Ritter billigte. Natürlich hatte er schon vorher gewusst, dass die Scarpenberghs keine Chorschüler waren, doch das kürzlich Erlebte hatte ihm noch einmal vor Augen geführt, wie unfassbar die Taten dieser Männer waren. Ihretwegen waren die Straßen um Hamburg herum nicht mehr sicher, und der Einzige, der etwas daran ändern konnte, tat nichts!

Schon vor einigen Monaten hatte Eccard mit dem Gedanken gespielt, den er jetzt hier auf dem Strohsack vervollständigte. Sehr wahrscheinlich hatte er seine Entscheidung schon gefällt, als Gräfin Margarete von Dänemark ihm diesen einen Satz gesagt hatte, der ihn einfach nicht mehr losließ. *Es gibt Dinge, die unterliegen der gottgewollten Ordnung, und es gibt Dinge, die sich ändern lassen, Ritter Eccard.* Als der Morgen endlich anbrach und der erste zarte

Lichtstrahl durch die Ritzen seiner Fensterluke fiel, stand sein Entschluss fest.

Ohne jedes Wort des Abschieds verließ er den Burgturm und ging zu den Stallungen hinüber. Er wollte bloß auf seinen Hengst steigen und diesen Ort endlich verlassen. Vor allem aber wollte er die Scarpenberghs verlassen – möglichst für immer.

Im Stall standen einige Pferde, und viele davon sahen äußerst kostbar aus. Kylion aber hob sich von allen anderen ab. Noch nie hatte er ein Pferd mit einer solch auffälligen Zeichnung gesehen. Fast schwarze Beine gingen in einen weißen Körper über, der am Hinterteil mit dem typischen gräulichen Apfelschimmelmuster überzogen war. Auch am Hals war das weiße Fell des Körpers durch vereinzelnde Stichelhaare grauer, bis es am Ende des Kopfes in kleinen, dunklen Punkten endete. Die Mähne und der Schweif seines Hengstes erstrahlten wie immer in einem makellosen Weiß. Ja, Kylion war eine Schönheit, und sein stets hoch aufgerichteter Kopf mit den allzeit gespitzten Ohren, ließ ihn wie immer riesig erscheinen.

»Guten Morgen, mein Bester. Offenbar hast du die Nacht gut überstanden. Es tut mir leid, heute wird es für dich kein morgendliches Mahl geben, wir müssen los.« Während er mit dem Hengst redete, führte er ihn aus der Box. Eccard rechnete nicht damit, dass sich um diese Zeit schon jemand fand, der sein Pferd für ihn sattelte, deshalb griff er selbst zum Leder. Nur wenig später saß er auf, unter ihm ertönte das hohle Geräusch von beschlagenen Hufen auf einer hölzernen Zugbrücke.

Als die vom Nebel verschleierte Oktobersonne am höchsten stand, erreichte Eccard endlich die Mühle seiner Burg. Vor der Mühle lag wie immer der alte Hund, der bereits zu dem Gebäude gehörte wie der Mühlstein. Doch wo war Erich? Normalerweise kam er immer aus seiner windschiefen Hütte, wenn jemand den Weg passierte, oder man hörte ihn arbeiten. Doch dieses Mal war alles still.

Auch sonst war niemand zu sehen. Seltsam. Eccard brachte Kylion zum Stehen und rief: »Erich?« Nichts rührte sich. Selbst der Hund öffnete bloß kurz die Augen. Langsam beschlich Eccard die übliche Sorge, die er immer dann empfand, wenn er den Müller nicht gleich zu Gesicht bekam. Erich war bereits alt wie ein Baum, und jeder auf der Burg rechnete stets mit dem Schlimmsten, doch der betagte Kerl ließ sich nicht von der schweren Arbeit in der Mühle abhalten. Eccard war nun drauf und dran, von seinem Pferd zu steigen und in der Hütte und der Mühle nachzusehen, als er plötzlich etwas hörte. Knarzend öffnete sich die schiefe Holztür der ärmlichen Behausung. Heraus kam Erich – mit zerzaustem Haar und roten Augen.

»Herr, Ihr habt nach mir gerufen? Bitte verzeiht mir, ich... ich bin tatsächlich eingeschlafen.«

»Du bist eingeschlafen? Um diese Zeit? Das kenne ich gar nicht von dir. Ist dir nicht wohl?«

Ein breites Grinsen legte sich auf Erichs Gesicht, während er langsam näherkam. »Oh doch, mir geht es ganz ausgezeichnet. Ich muss gestehen, dass ich gestern zu tief in den Becher geschaut habe. Meine Enkelin hat ihr erstes Kind geboren – einen gesunden Jungen –, und daraufhin erschien ihr Gemahl bei mir in der Hütte, um mit mir anzustoßen. Ganz offensichtlich vertrage ich nicht mehr viel, Herr.«

Nickend pflichtete Eccard ihm bei. »Es sieht ganz so aus, mein alter Freund.«

Mittlerweile stand der Müller vor Kylion und klopfte ihm den Hals. Wie immer holte er eine Hand voll staubiger Körner aus seiner noch staubigeren Tasche und fütterte sie dem Hengst, der ihn bereits frech nach etwas Essbarem zu durchsuchen begonnen hatte.

»Er braucht neue Eisen«, stellte Erich kritisch fest.

Eccards Blick glitt an den Beinen des Hengstes hinab. »Ja, da hast du recht. Aber ich bin mir sicher, bis zur Burg wird er es noch schaffen«, erwiderte er zwinkernd. Der alte Erich war ein Pferdenarr, und der edle Kylion hatte es ihm ganz besonders angetan. Es geschah nie, dass Eccard an der Riepenburger Mühle vorbeiritt und Erich nichts zum Zustand des Pferdes sagte. Entweder war er zu dünn, oder sein Fell stumpf oder eben seine Eisen abgenutzt. Eccard wusste, wie er damit umzugehen hatte – schließlich meinte der Müller es nur gut. Mit sanftem Schenkeldruck forderte der Ritter seinen Hengst zum Weiterlaufen auf und verabschiedete sich freundlich von dem Müller: »Leg dich wieder hin, alter Mann, und schlaf dich aus. Ich brauche dich noch länger, als dir lieb sein wird.«

»Das höre ich gerne«, entgegnete Erich lächelnd.

Nur kurze Zeit später sah Eccard die Burg. Zu Hause. Endlich zu Hause. Auch wenn er sich auf der Riepenburg immer schon wohl gefühlt hatte, waren seine Gefühle bei der Heimkehr seit einigen Wochen intensiver als zuvor. Anders als noch vor zwei Monaten, warteten seit der Hochzeit nicht mehr bloß seine Tante Alusch, seine treuen Gefolgsleute und Jons, der Pferdejunge auf ihn, sondern auch Albert und Ragnhild sowie normalerweise seine wunderschöne Ehefrau. Schon bevor er auf den Burghof ritt, bedauerte er, dass sie noch in Kiel und nicht hier bei ihm war, und er freute sich schon darauf, sie bald in Hamburg wiederzusehen.

Schließlich passierte Eccard auf Kylion den ersten Ringwall und grüßte den Wachmann, der am Eingang stand, freundlich. Er ritt über eine Grünfläche, auf der weiter hinten ein paar Fachwerkgebäude standen. Ein Stall, ein Wohnhaus, ein Schuppen, eine Küche. Dann erreichte er den zweiten Ringwall, der die Abgrenzung des breiten Wassergrabens darstellte, und der nur auf einem einzigen Wege zu überqueren war. Auf der Brücke blieb er kurz stehen, denn gerade war sein Gesicht von einem warmen Luftzug gestreift worden, und die Sonne kam hinter den leichten Wolken hervor.

Die Erinnerungen holten ihn ein. Seine ganze Aufmerksamkeit galt nun dem Burghof, wo er Margareta geehelicht hatte. Fast fühlte er sich an jenen Tag zurückversetzt. Sie waren eine kleine Hochzeitsgesellschaft gewesen, doch dafür eine, die sich eng verbunden fühlte. Nur die Burgbewohner, Runa und Godeke mit ihren Familien, die Witwe Ava Schifkneht, die Begine Kethe Mugghele und Ragnhilds einstige Nachbarin und Freundin aus Eppendorf, Hildegard von Horborg, waren zugegen gewesen. Musik von ihrem Freund Sibot, dem Spielmann, und von Walther hatte die Luft erfüllt, als wäre sie ein Teil davon. Warm hatte die spätsommerliche Sonne herab geschienen – so wie jetzt – und die kleine Hochzeitsgesellschaft zu Fröhlichkeit und Völlerei aufgefordert. Der Burghof diente als Festsaal und glänzte im Schmuck allerlei Beerensträucher, Maiskolben und bunter Blumen. Es wurde bis spät in die Nacht gelacht und getanzt. Kein Sittenwächter oder überstrenger Kirchenmann, wie Vater Everard, hatte ihrem Treiben Einhalt geboten. Nicht einmal, als Eccard seine Braut aufforderte, ihm ins Schlafgemach zu folgen, um den letzten Akt der Ehe zu vollziehen, hatte das Fest ein Ende gefunden.

Was für ein Tag! Was für ein Glück! Margareta war sein Glück! Sie hatte ihn vervollständigt. Ihr warmherziges Wesen und ihr schüchternes Lachen ließen mehr und mehr die Sonne in die Riepenburg einziehen. Mit ihr wollte Eccard viele Kinder zeugen, auf dass die Burg erfüllt sein würde mit deren Lärm.

Eccard erinnerte sich noch genau an den Tag, an dem er sie das erste Mal gesehen hatte. Ihre roten Haare und ihre Sommersprossen brachten ihn damals wie heute um den Verstand. Im Hause Alberts hatten sie sich am Tage des St. Veitsmarktes in Hamburg unvermittelt gegenübergesessen und den ganzen Abend lang verstohlen Blicke ausgetauscht. Sie mochten sich auf Anhieb, ja, fast augenblicklich war es um beide geschehen gewesen. Schon einen Tag später war es in ihn gefahren wie ein Blitz – dies war seine zukünftige Ehefrau! Und so gab es keinen Grund mehr, länger zu warten! Nur zwei Wochen später führte Ritter Eccard seine Verlobte heim.

Es war ihm auch heute noch unbegreiflich, wie Hereward von Rokesberghe diese wunderschöne Jungfrau damals hatte ziehen lassen können. Sein Glück, dass sie durch die aufgelöste Verlobung frei geworden war. Viele andere Männer hätte die Tatsache, dass sie bereits einmal verlobt gewesen war, sicher abgeschreckt, ihm aber war das gleich. Obwohl er der Sohn eines Ritters und demnach mit Rang und Namen geboren war, hatte ihn nie interessiert, welcher Schicht seine Braut angehörte. Alles, was er wollte, war, eine liebevolle Frau zu ehelichen, die ihm Wärme und das Gefühl von Heimat gab.

Eccard schnallzte und Kylion setzte sich langsam in Bewegung. Mit jedem Schritt, den sein Apfelschimmel auf die Burg zu tat, wurde sein Grinsen breiter. Schon jetzt wusste er, dass seine Ankunft nur eine kurze Weile lang unentdeckt bleiben würde. Bald schon wären alle im Hof versammelt, um ihn zu begrüßen.

Dieses Mal war es Alusch, die gerade zufällig aus einer Luke des Turms spähte, als ihr Blick die Gestalt ihres Neffen streifte. Ungewollt stieß sie einen spitzen Freudenschrei aus. Ihre rechte Hand kam zu spät, um ihren Mund zu verschließen. Schon hatten es alle auf der Burg gehört.

Eccard musste lachen. Kaum war er von Kylion gestiegen, da kam seine Tante auch schon aus dem Burgturm geeilt.

»Mein lieber Junge, du bist zurück. Die vier Wochen ohne dich kamen uns allen lang vor.«

»So wie mir, meine liebste Tante«, gab Eccard wahrheitsgemäß zurück und ließ sich von ihr herzen.

Hinter Alusch trat nun auch Ragnhild aus dem Turm, und von der Brücke aus kam Jons, der ihm gleich das Pferd abnahm.

Herzlich fiel auch die Begrüßung mit Ragnhild aus.

»Liebste Schwiegermutter. Es tut mir leid, dass ich deine Tochter nicht mitgebracht habe.«

»Wir haben es schon von Jons und den Männern gehört. Hauptsache, es geht ihr gut.«

»Ich habe keinen Zweifel, dass sie bei Walther und Runa in den besten Händen ist.« Das nächste Wort richtete der Ritter an

Alusch. »Tante, auf dem Weg hierher habe ich kurz bei Erich angehalten. Ihm ist nicht ganz wohl. Bitte sorge dafür, dass er eine warme Suppe bekommt, ja?«

Alusch nickte. »Und was ist mit dir? Bist du nicht hungrig?«

»Ich sterbe vor Hunger. Aber zuerst will ich mit meinem Truchsess sprechen.« Er wandte sich Ragnhild zu. »Wo treibt sich Albert herum? Ich muss...«

»Kommt gar nicht in Frage«, protestierte Alusch und stemmte die Hände in die Hüften. »Du kannst beim Mahl ausgiebig mit Albert sprechen. Jetzt kommst du erst einmal mit und trinkst einen Becher Wein, wie es sich bei einer Heimkehr gehört.«

Eccard schaute seine Tante zunächst verblüfft an. Dann jedoch brach das Lachen aus ihm heraus. »Sieh mal einer an. Kaum bin zu Hause, kann ich nicht einmal mehr entscheiden, wann ich mit wem auf meiner eigenen Burg zu sprechen gedenke.« Während er das sagte, ließ er sich jedoch willenlos von Alusch mitziehen.

Der Abend war bereits angebrochen, und die Dunkelheit bahnte sich mehr und mehr ihren Weg, als sie endlich alle beisammensaßen.

Die Frauen hatten sichtlich ihr Bestes getan, um dem Anlass mit ihrem Mahl Genüge zu tun. Sie waren nicht auf ein festliches Essen eingestellt gewesen, und dennoch duftete es nach kürzester Zeit ganz wunderbar im Burgturm.

»Wie war es in Kiel?«, fragte Albert mit vollem Mund.

»Du meinst, außer dem Spott der Ritter, den ich ertragen musste, weil ich mich im Tjost habe schlagen lassen?«

Albert grinste. »Nimm es nicht so schwer. Einer muss verlieren, und nächstes Jahr gibt es wieder ein Turnier in Kiel. Ich hörte, dass du gegen einen Grafen angetreten bist. Wie hieß er doch gleich?«

»Es war Graf Johannes I. von Stotel.«

»Diesen Namen habe ich noch nie gehört. Ist er ein Ehrenmann?«

»Das kann ich dir nicht beantworten. Er kämpft jedenfalls wie einer. Doch er ist abgereist, bevor ich oder die Grafen von Kiel mit ihm haben sprechen oder ihm gratulieren können.«

»Das klingt weniger ehrenhaft und ist überaus unüblich. Aber genug vom Spektakel. Was gibt es Neues aus Plön?«

»Ich war nicht einmal einen Tag lang dort. Graf Gerhard hat mich umgehend weiter zur Burg Linau geschickt.«

»Zu den Scarpenberghs?«

»Ja, doch auch dort war ich nicht lang. Mit dem ersten Tageslicht bin ich von der Burg geritten – ohne mich zu verabschieden.«

Albert zog eine Augenbraue hoch. »Hast du dir dieses unhöfliche Verhalten etwa bei dem Grafen von Stotel abgesehen? Die Ritter werden nicht darüber hinwegsehen.«

»Das weiß ich, und es ist mir gleich. Wenn es nach mir geht, muss ich diesen gottlosen Haufen nie wieder sehen.«

Unter diesen Umständen gab es für Albert noch eine wichtige Frage: »Sag, mein Freund. Wirst du Gerhard II. die Treue halten?«

Eccard nahm einen Schluck Wein bevor er antwortete. »Nein«, war seine knappe Erwiderung.

Alle am Tisch nickten erleichtert, denn jeder wusste, was das bedeutete. Sein Vorhaben war zwar gefährlich, doch deswegen war es nicht weniger richtig.

Endlich sprach Eccard das Offensichtliche aus. »Ich habe mich entschieden überzulaufen, das heißt, wenn Graf Johann II. mich überhaupt als seinen Gefolgsmann will.« Eccard erzählte von dem Erlebten auf der Raubburg Linau, das ihn letztendlich überzeugt hatte. Er haderte ja schon lange mit seiner Verbundenheit zu Gerhard II., und das, obwohl er sich seiner eigenen Missetaten in der Vergangenheit durchaus bewusst war. Aber er hatte sich verändert. »Ich kann keinem Herrn mehr dienen, der solche Taten billigt. Auch ich habe mich zwar in der Vergangenheit einiger Überfälle schuldig gemacht, aber diese Zeit ist nun vorbei. Lang genug bin ich mit den anderen Plackern im Auftrag Gerhards II. durch die Lande gezogen, bloß um dessen Truhen zu füllen. Ich bin es leid.«

»Und ich bin froh, dass du das so siehst«, ließ Albert ehrlich verlauten. »Wie du weißt, ist auch mein Verhältnis zu Graf Gerhard mehr als angespannt. Ein Überlauf scheint auch mir das einzig Sinnvolle zu sein.«

Nun meldete sich auch Ragnhild zu Wort. »Ich bin ebenso erleichtert, Eccard, und habe gehofft, dass du dich irgendwann so entscheidest. Zumal Runa und Walther auf der Burg Kiel bei Johann II. leben und ihm ebenso wie Gräfin Margarete treu ergeben sind. Es wäre mir schleierhaft gewesen, wie unsere Familie in Zukunft zwei Herren hätte dienen sollen, ohne dass es eines Tages zu Problemen gekommen wäre.«

Eccard nickte seiner Schwiegermutter zu, als wäre es selbstverständlich, dass sich Frauen an derartigen Gesprächen beteiligten. Er hatte sich längst daran gewöhnt, dass in seinem Haus so einiges anders lief, als bei anderen Rittern, wo die Weiber stets hinausgeschickt wurden, wenn die Männer sich derartigen Themen widmeten. Hier auf der Riepenburg besprach man alles stets gemeinsam.

Selbst Margareta, die früher eher still und zurückhaltend gewesen war, beteiligte sich normalerweise am Geschehen. Nun wurde Aluschs Stimme laut. »Sag, Eccard, wann ist der richtige Zeitpunkt, um mit Graf Johann zu sprechen?«

»Das ist eine gute Frage und zugleich eine gute Gelegenheit, euch von einer weiteren Neuigkeit zu berichten, die ich auf der Burg Kiel erfahren habe, und die vielleicht eine Antwort auf diese Frage sein wird.«

»Eine weitere Neuigkeit?«, fragte Alusch.

»Wir werden wohl alsbald nach Hamburg reisen.«

»Was sagst du? Wann? Und warum?«, fragte Albert erstaunt. Nachdem er die Stadt mit seiner Familie verlassen hatte, gab es wahrlich nicht mehr viel Grund, nach Hamburg zurückzukehren.

»Weil der Rat endlich eine Entscheidung über das Schicksal von Johannes vom Berge gefällt hat. Er wird am Martinifest, am elften

November hingerichtet. Die klugen Köpfe im Rathaus haben nicht vor, Gnade walten zu lassen – er wird gerädert!«

Die Frauen der Familie wandten erschrocken den Blick ab und schlugen die Hände vor die Münder. Ein geflüstertes »Heilige Mutter Gottes« war zu hören. Dann war es kurzzeitig still. Zwar hegten sie kein Mitleid mit dem Verurteilten, doch das Entsetzen über die Strafe war verständlich. Rädern war mit Sicherheit die schrecklichste aller Methoden, um jemanden hinzurichten. Dennoch, Johannes vom Berge hatte wahrlich Strafe verdient!

Albert war der Einzige, dem keine Regung zu entlocken war. Er fühlte weder Anteilnahme noch Genugtuung, wenn er an die Hinrichtung seines Feindes dachte. Denn kein noch so qualvoller Tod konnte ihm zurückbringen, was Johannes vom Berge ihm in den letzten Jahren genommen hatte: Ragnhild und er waren fünfzehn Jahre lang getrennt gewesen, seine Kinder ihm entrissen worden, man hatte ihn des Rats verbannt und seines Kaufmannshauses entledigt, und schlussendlich war selbst der Tod seines besten Freundes Thiderich dem Ratsherrn anzulasten. Nein, Albert war froh, dass Johannes nun sterben würde – auf welche Weise, war ihm gleich. Schließlich sagte er: »Nun, dann sollten wir Godeke einen Brief zukommen lassen, damit er Platz in seinem Hause schafft. All der Schrecken hat wenigstens auch etwas Gutes, nämlich, dass wir uns alle wiedersehen werden.« Dann richtete er das Wort noch einmal an Eccard. »Wie steht es um Runa, Walther und Margareta?«

»Sie werden das Grafenpaar nach Hamburg begleiten.«

»Dann ist die Familie endlich wieder beisammen.« Albert legte Eccard die Hand auf die Schulter. »Und mit etwas Glück wird es tatsächlich eine Möglichkeit für dich geben, in diesen Tagen mit Graf Johann II. zu sprechen. Wir werden sehen….«

4

Everard schleppte sich schwerfällig über die aufgeweichten Wege. Der Geistliche war schon lange darüber hinaus, einfach nur schlechte Laune zu haben. Nein, er war wütend, entmutigt und erschöpft zugleich –, und er schämte sich – was eindeutig das schlimmste all seiner Gefühle war.

Was für einen lausigen Pilger er doch abgab! Seit er Hamburg vor sechs Wochen verlassen hatte, verfolgte ihn das Pech wie eine dunkle Wolke.

Everards Erleichterung darüber, einer viel grausameren Strafe entkommen zu sein, war zunächst so groß gewesen, dass er dem Rat einfach alles versprochen hatte. *Ja, ich werde den Eid ablegen, und ich werde die Reise antreten,* klangen ihm seine eigenen Worte noch im Ohr. Weder das weite Ziel noch die Auflage von Graf Gerhard hatten ihn abschrecken können. Erst viel später, des Nachts, in einem stillen Moment, in dem er nachdenken konnte, war ihm klar geworden, was sein Versprechen bedeutete. Sein Weg zur Grabesstätte der Apostel Petrus und Paulus würde ihn ganz bis über die Alpen zur Via Francigena führen. Er wäre Wochen unterwegs – vielleicht Monate –, doch es gab kein Zurück mehr.

Als er kurz darauf Hamburg verlassen hatte, war er noch frohen Mutes gewesen und hatte seine Strafe fast als Geschenk empfunden; schließlich sollte jeder gute Christenmann einmal in seinem Leben auf Pilgerreise gehen! Heute jedoch bereute er seine großspurigen Versprechen, denn seine Reise war schon jetzt sehr viel kräftezehrender, als er es je für möglich gehalten hatte.

Zuerst war er nach Paderborn zu den Gebeinen des heiligen Liborius gepilgert, die seit über vierhundertfünfzig Jahren in der Krypta des Doms lagen. Bis zur Stadtmauer lief er noch beschwingten Schrittes. Ab hier aber hatte er das Versprechen an Graf Gerhard zu erfüllen. So begab er sich auf die Knie, um die heilige Stätte auf ebendiesen zu erreichen. Jene Pflicht sollte seinen Untergang bedeuten: Anders als in Hamburg, wo viele Straßen aus Lehm und Sand waren, war der Boden der vor zwei Jahren abgebrannten Stadt nun zu großen Teilen mit Steinen gepflastert worden. Schon nach wenigen Mannslängen spürte Everard, wie die Haut an seinen Gelenken schmerzhaft aufgescheuert wurde, bis sie schließlich blutig war. In seiner Not versuchte er, seinen langen Pilgermantel unter die Knie zu schieben, was seine Pein auch für kurze Zeit linderte. Doch endlich beim Dom angekommen, dessen weit in den Himmel reichenden Turm er zum Glück nicht hatte übersehen können, zeigte sich der untere Teil seines Mantels komplett zerschlissen. Diese Methode schien also auch keine Lösung zu sein – schließlich war es bereits Oktober, und er würde seinen Mantel die nächsten Wochen wahrlich noch brauchen.

Auf dem Weg von Paderborn nach Köln hatten sich seine Knie kaum erholen können, denn durch das stundenlange Gehen rissen die Wunden immer wieder auf. Schon bevor die Stadt überhaupt in Sichtweite war, fürchtete er sich vor dem Moment, da er wieder auf die Knie musste. Zu Recht, schließlich wusste er, dass Köln derzeit als größte Stadt des Reiches galt und hier somit die kriechend zurückzulegende Fläche jene in Paderborn bei weitem übertreffen würde.

Und tatsächlich, als Everard den Rhein mit einer Fähre überquert und die Stadt auf Knien betreten hatte, war schon die erste Berührung mit dem Boden eine grausame Marter gewesen; jede weitere Elle, die er daraufhin auf seinen geschundenen Gliedern zum Kölner Dom zurücklegen musste, kostete ihn größte Überwindung. Selbst die überwältigende Schönheit der mächtigen

Stadtmauer mit ihren zwölf Torburgen und über fünfzig Wehrtürmen konnte ihn nicht trösten.

In seiner Verzweiflung versuchte Everard sich mit dem Beobachten von Menschen abzulenken, um nicht verrückt vor Schmerzen zu werden. So bemerkte er die Vielfalt um sich herum, welche sich hier in den Gassen vereinte, und zerstreute auf diese Weise tatsächlich kurzzeitig seine Gedanken. Einiges davon kannte er schon aus Hamburg, wo ebenso viele fremdartig aussehende Menschen Handel trieben, doch manches versetzte ihn in Staunen. Erstmals sah er Menschen mit fast schwarzer Haut. Andere hatten eigenartige Hakennasen. Es gab auch sehr große Frauen und Männer mit seltsam geschlitzten Augen. Jeder Zweite schien etwas Bemerkenswertes an sich zu haben, doch nicht bloß in ihrem Aussehen, auch in ihrer Sprache unterschieden sie sich. Everard hörte außer Latein, dessen auch er mächtig war, noch andere, sehr fremdartige Laute. Manche Sätze klangen weich, fast so, als bestünden sie nur aus wenigen langgezogenen Worten. Andere wiederum klangen streng und abgehackt, sodass man kaum unterscheiden konnte, ob die Menschen miteinander stritten oder sich bloß unterhielten.

Irgendwann jedoch verlor auch diese Beobachtung ihren Reiz, und der Schmerz nahm wieder überhand. Alle Versuche, sich mit inbrünstigen Gebeten abzulenken, endeten unweigerlich in schmerzerfüllten Flüchen, um dessen Vergebung er später ersuchen würde müssen. Irgendwann jedoch hörte er auf zu beten und schwieg – denn sonst wäre die Anzahl seiner Sünden beim Kölner Dom so hoch gewesen, dass er ein zweites Leben benötigt hätte, um sie abzutragen.

Everard war kurz davor aufzugeben, da erblickte er endlich den westlichen Arkadenhof, der dem Dom vorgelagert war, und hielt inne. Einen Moment zuvor war er noch so erschöpft und schmerzgepeinigt gewesen, dass er am liebsten dort, wo er war, liegen geblieben wäre, um sich auszuruhen, doch der Anblick des Doms verursachte bei ihm eine Gänsehaut am ganzen Körper. Ehrfürchtig hielt er inne und starrte auf das Gotteshaus. Seine Hände falteten sich wie von selbst vor seiner Brust. Solch ein Bauwerk hatte er in seinem ganzen Leben noch nicht gesehen!

Er kroch weiter und nahm seine Schmerzen bloß noch gedämpft wahr. Auf dem arkadengesäumten Hof angekommen, bahnte er sich seinen Weg zu einem Brunnen, der genau in dessen Mitte stand. Hier wollte er rasten. Schweißgebadet nahm er seinen Pilgerhut ab und legte auch Tasche und Stab beiseite. Unverändert dümmlich staunend, blickte er nach oben. Erst eine Stimme, die eindeutig an ihn gerichtet war, holte ihn aus seiner Starre.

»Ihr seid wohl das erste Mal in Köln, oder, Vater?«

Everard drehte sich um und schaute in das Gesicht eines staubbedeckten jungen Mannes mit einer eigenartig schiefen Nase. Ein Steinmetzlehrling, wie er vermutete, denn Steinmetze gab es hier zu Hauf. »Ja, das bin ich. Ist das so offensichtlich, Bursche?«

»Vergebt mir«, erwiderte der Fremde lachend. »Das ist es in der Tat! Jeder, der den Dom zum ersten Mal sieht, schaut so wie Ihr gerade. Ich kann es verstehen, er ist wundervoll, dabei ist er noch nicht einmal fertig, doch schon jetzt kann man erahnen, wie prächtig er eines Tages aussehen wird.«

»Du scheinst etwas davon zu verstehen. Arbeitest du hier auf der Baustelle?«

»Ja... ganz recht, so ist es, Vater«, gab er etwas zögerlich zur Antwort.

Everard bemerkte das Zaudern seines Gegenübers nicht. Stattdessen sagte er: »Nun, wenn das so ist, dann erzähle mir etwas über den Dom. Ich bin auf Pilgerreise, und mich dürstet es danach, mehr über dieses Gotteshaus zu erfahren.« Der Geistliche hob den Zeigefinger und erinnerte: »Vergiss nicht, Gott wird dir dieses Werk der Barmherzigkeit vergüten, indem er dir einen Anteil meines Wallfahrtssegens zukommen lässt.«

Diese Worte vernahm man oft aus dem Munde eines Pilgers, der etwas begehrte – hieß es doch, dass Gott jenen wohlgesinnt sei, die

Pilgern helfen. Der junge Mann kannte diese Regel anscheinend auch und wollte sich die Gelegenheit eines so leicht erworbenen Segens offensichtlich nicht entgehen lassen. So setzte er sich dicht neben Everard, der mit dem Rücken gegen den Brunnen gelehnt saß, und begann, die Augen ebenso auf den Dom gerichtet, zu erzählen.

»Der Arkadenhof, welcher uns hier umgibt, und der niedrigere Bau mit den zwei runden Türmen, den Ihr jetzt genau vor Euch seht, Vater, ist der noch erhaltene Westteil des alten Doms.«

»Was ist mit dem Rest geschehen?«

»Den kompletten Ostteil dahinter hat man vor dreiundvierzig Jahren abgerissen, um an dessen Stelle den Chor des neuen, gotischen Doms zu errichten, den Ihr rückseitig vom alten Dom sehen könnt.«

»Was für ein Wunderwerk!«, bemerkte Everard mit ehrlichen Worten und blickte zunächst auf die provisorische Zwischenwand, die in mindestens doppelter Höhe über den Teil des alten Doms aufragte. Noch war der Chor nicht fertiggestellt, doch schon jetzt raubten einem die riesigen Aussparungen für die bald kommenden spitz zulaufenden Fenster und die gespenstisch aufragenden Außenstützpfeiler des halbrunden Baus den Atem. Wahrlich, dies war ein Haus Gottes!

Erst nach einer ganzen Weile erinnerte er sich wieder seiner eigentlichen Pflicht. Er wandte sich dem jungen Mann zu und fragte: »Wo finde ich den goldenen Dreikönigenschrein, in dessen Inneren die Gebeine der Heiligen Drei Könige liegen?«

»Im alten Dom, Vater. Erst nach der Fertigstellung des Chors soll der Schrein in den gotischen Dom überführt werden.«

»Hab Dank, Junge.« Everard rappelte sich auf die schmerzenden Knie und schlug ein Kreuz über den Lehrling. »Gott segne dich und behüte dich. Und nun gehe in Frieden.«

Das ließ sich der Bursche nicht zweimal sagen. Wie vom Teufel gejagt, sprang er auf die Füße und schoss grußlos davon.

Everard schüttelte verwundert den Kopf, achtete dann aber nicht mehr auf ihn. Sein Ziel war nah, und er konnte es nicht mehr erwarten, endlich wieder aufrecht gehen zu dürfen. Schon jetzt nahm er sich vor, die Nacht in einer ordentlichen Herberge zu verbringen und sich vorher in einer Schenke den Bauch vollzuschlagen. Die Münzen, die er von Graf Gerhard II. für die Erfüllung der Pilgerreise in dessen Namen bekommen hatte, reichten allemal aus, um sich ab und zu eine dicke Suppe mit Fleisch darin zu gönnen.

Gerade griff er nach seinem Hut und dem Stab, als es ihn durchfuhr wie ein Blitz. Wo war seine Tasche? Eben noch hatte sie unter seinem Hut gelegen, nun konnte er sie nirgends mehr entdecken.

»Nein, bitte nicht. O nein, das darf einfach nicht wahr sein …«, murmelte Everard verzweifelt vor sich hin, während er wie ein Verrückter jeden verscheuchte, der um den Brunnen stand. Auf allen vieren kroch er um die Borne herum, seinen Blick stets hektisch suchend auf den Boden gerichtet. Dann wurde es ihm klar: Der vermeintliche Steinmetzlehrling war in Wirklichkeit ein Dieb gewesen, zu dessen Vorgehen es gehörte, Pilger mit Geschichten über den Dom abzulenken!

»Verdammter Hurensohn!«, entfuhr es ihm etwas zu laut, worauf sich viele Pilger zu ihm umdrehten und ihn auf den heiligen Platz hinwiesen, auf dem er sich befand.

»Was erlaubt Ihr Euch!«

»Also bitte, dies ist ein Ort der Andacht!«

»Schscht …!«

Everard jedoch erwiderte nichts. Mutlos ließ er sich gegen den Brunnen sinken und schloss die Augen. Wie sollte er jetzt die Reise nach Rom bewältigen? Ohne Münzen!

5

Eine Gruppe von Jungen zwischen zehn und fünfzehn Jahren schlich die abschüssige Straße Kattrepel östlich des Doms entlang. Sie gingen gebückt und schauten sich nervös um. Immer wieder stießen aus kleinen Seitenstraßen lautlos neue Jungen hinzu, bis sie zweiundzwanzig an der Zahl waren. Eigentlich müssten sie alle noch in ihren Betten liegen, doch hatte es ein jeder von ihnen geschafft, sich lautlos und unbemerkt hinauszuschleichen.

Die Sonne war noch nicht über die Dächer der Fachwerkhäuser gestiegen, und es war so kalt, dass kleine weiße Rauchwolken aus ihren Mündern aufstiegen. Gemeinsam traten sie durch das Hopfentor auf die Reichenstraße. Hier war der Ort des Geschehens – der Ort der Rache. Hier wollten sie ihnen ein für alle Mal die Mäuler stopfen. Nach diesem Morgen, dessen waren sich die Jungen sicher, würde diesen großtuerischen Nacheiferern das Lachen gründlich vergehen!

Dann war es soweit. Sie konnten ihre Feinde hören. Die Marianer hielten inne.

Zeitgleich, in der ehemaligen Neustadt, versammelten sich die Herausforderer. Von der Cremon- und der Grimm-Insel her strömte die Gruppe der Nikolaiten zusammen, bis sie vollzählig waren. Im Verbund überschritten sie danach die Trostbrücke, gingen am Rathaus vorbei und bogen rechts in den Ness ein. Keiner sagte etwas; sie alle wussten um ihr heutiges Ziel, Worte waren nicht mehr nötig. Es wäre nicht der erste Kampf, doch es sollte der entscheidende sein, damit die Frechheiten der Petri-Kirchspiel-Bewohner endlich ein Ende nahmen. Es wurde Zeit, dass sie die Marianer Respekt lehrten, schließlich war selbst der Papst auf ihrer Seite! Gott konnte eine Niederlage also gar nicht wollen.

Sie hatten erst wenige Schritte auf der Reichenstraße zurückgelegt, als sie ihre Gegner am Ende der langen Straße erblickten.

Auge in Auge mit dem Feind tat jeder der Jungen einen Moment lang das Gleiche. Stumm zählten sie die Köpfe ihrer Gegner, um kurz danach festzustellen, dass die Marianer in der Überzahl waren. Zweiundzwanzig gegen siebzehn.

»Sie haben fünf mehr, Othmar«, bemerkte ein Vierzehnjähriger und schaute etwas unsicher zu dem ungekrönten Anführer.

»Machst du dir jetzt etwa in die Hose? Dann geh wieder nach Hause ins Bett, du Mädchen«, erwiderte dieser grimmig.

Der Getadelte wurde rot. »Ich bin kein Mädchen. Ich will kämpfen.«

»Dann reiß dich zusammen, Mann«, sprach ein anderer aus, was sonst alle dachten.

»Seid ihr bereit?«, fragte Othmar entschlossen und schaute in die Runde. Er selbst verspürte keine Angst. Um keinen Preis wäre er umgekehrt, selbst dann nicht, wenn dort drüben doppelt so viele Jungen gestanden hätten wie auf seiner Seite. Ein letzter Blick in die Augen der Übrigen genügte, um sicherzugehen, dass sie ebenso dachten wie er. »Na, dann wollen wir die Marianer mal nicht warten lassen und ihnen eine Lektion erteilen.« Ein lauter Ruf aus seiner Kehle war das Zeichen. »Angriff!«

Nach diesen Worten stürmten die Jungen los.

Auch die Burschen am östlichen Ende der Reichenstraße setzten sich jetzt in Bewegung. Wild brüllend und mit beherzten Schritten ließen sie die ersten der prächtigen Kaufmannshäuser der Reichenstraße hinter sich. Dann, kurz vor dem Aufeinanderprallen, spannten sie ihre Steinschleudern und zielten erbarmungslos auf ihre Gegner. Die ersten Schreie der Getroffenen wurden laut, danach rannten sie ineinander.

Jeder Junge schnappte sich den Gegner, der ihm am nächsten stand – ungeachtet dessen, ob die eigenen Kräfte auch wirklich mit denen des Gegenübers messbar waren, schlugen sie mit geballten Fäusten zu. Schnell trug der Erste von ihnen eine Platzwunde davon. Der Hass auf die Schüler des anderen Kirchspiels war einfach zu groß und schwelte schon zu lange, als dass sie diese Gelegenheit zur Rache jetzt ungenutzt verstreichen lassen konnten. Jedes Mitleid war ihnen fremd, hatten ihre Gegner doch nicht weniger verdient, als dass ihnen gehörig das freche Maul gestopft wurde.

Es dauerte nicht lang, da machte es sich bemerkbar, dass die Marianer in der Überzahl waren. Nachdem die ersten Nikolaiten in die Flucht geschlagen waren, nahmen sich immer zwei der Domschüler einen gegnerischen Jungen vor. Doch da die Nikolaiten älter waren und mehr Kraft besaßen, flüchteten auch bald ein paar Marianer.

Der Kampf währte erst wenige Momente, da öffneten sich die ersten Luken der Häuser in der Reichenstraße. Verärgerte Bürger, die unsanft aus dem Schlaf gerissen worden waren, brüllten hinaus.

»Was ist denn das für ein Lärm?«

»Sofort auseinander, ihr seid wohl nicht mehr ganz bei Sinnen!«

»Was treibt ihr Burschen da in aller Herrgottsfrühe?«

Doch die prügelnden Schüler ließen sich nicht beirren. Natürlich hatten sie schon vorher gewusst, dass ihr Kampf hier nicht lange unbemerkt bleiben würde; genau das war es ja auch, was sie gewollt hatten. Seit Jahren schon spalteten die Zwistigkeiten um Hamburgs Schulen die Bürger. Die Erwachsenen schienen unfähig, sich zu einigen. Darum kam es, dass die Jungen die Sache selbst in die Hand nahmen und mit Kämpfen in möglichst dicht bewohnten Straßen die Aufmerksamkeit auf das Problem zu lenken versuchten.

Dennoch, nicht jeder Hamburger Bürger konnte oder wollte diese Nachricht verstehen – schon gar nicht zu dieser frühen Stunde. Als die kämpfenden Schüler auch nach einigem Brüllen nicht voneinander abließen, griff einer der Geweckten zu anderen Mitteln.

Als der randvolle Nachttopf über vier kämpfende Burschen geleert wurde, stoben diese auseinander. Nass und stinkend, wie sie nun waren, brüllten sie wüste Beschimpfungen nach oben, ließen sich aber schlussendlich vertreiben.

Ein kleiner aber harter Kern von Unverbesserlichen blieb jedoch, wo er war. Unerbittlich schlugen sie aufeinander ein, zogen sich an der Kleidung und rauften sich gegenseitig die Haare. Eng ineinander verschlungen, wälzten sie sich im Staub der Straßen und achteten auch nicht auf die Pissepfütze.

Es handelte sich nur noch um vier Marianer, die gegen drei Nikolaiten kämpften, doch machten diese sieben Jungen Lärm für zwanzig.

»Du Bastard, du Hundsfott, dir werde ich es zeigen!«, brüllte der am Boden liegende Lukas den Anführer der Nikolaiten an, nachdem er ihn endlich von sich heruntergestoßen hatte.

Othmar Nannonis sprang augenblicklich wieder auf die Beine und machte auffordernde Bewegungen mit den Händen. »Komm schon, wenn du dich traust. Ich warte nur darauf, dir eine Lehre zu erteilen.«

Ohne zu zögern, sprang Lukas gleich wieder auf seinen Feind zu, um ihm erneut einen Kinnhaken zu verpassen, doch Othmar wich geschickt aus und versetzte seinem Gegner stattdessen einen kräftigen Schlag. Lukas ließ sich jedoch nicht so leicht abschütteln, er war wütend und ging wieder auf Othmar los. Nur einen Augenblick später waren die beiden Jungen wieder eng ineinander verkeilt.

Neben Othmar und Lukas kämpften auch noch zwei weitere Paare miteinander. Der siebte und letzte Schüler, ein Marianer, konnte bloß dastehen und zusehen. Fast schien es, dass die Schüler des Neustadt-Kirchspiels gewinnen würden, als der noch übriggebliebene Junge eine achtlos weggeworfene Steinschleuder aufhob. In dem Wissen, dass sehr bald die ersten Erwachsenen aus den

Häusern stürmen würden, um die raufenden Schüler auseinanderzuzerren und sie ihren Eltern zu überbringen, nahm der Marianer einen Stein von der Straße und spannte das Leder. Seine Hand zitterte, als er zielte. Vielleicht war es Glück, vielleicht auch Können, auf jeden Fall war es ein Treffer!

Mit einem eindeutigen Geräusch ging der Anvisierte zu Boden. An seiner Schläfe war eine klaffende Wunde auszumachen, die sofort stark zu bluten begann.

In diesem Moment hielten die übrigen fünf Jungen inne. Wortlos blickten sie auf den regungslos am Boden liegenden Nikolai-Schüler. Sie alle hatten kleinere Blessuren, denen sie keine weitere Beachtung schenkten, doch dies hier war etwas anderes!

»Verdammt, Ribo! Was hast du getan?«, entfuhr es Lukas erschrocken.

Gleich darauf stürmten die Nikolaiten zu ihrem ohnmächtigen Freund. »Ehler!«, rief einer von ihnen, doch der Junge antwortete nicht.

Nun bekamen es die vier Marianer mit der Angst zu tun, so streitlustig sie auch eben noch gebrüllt hatten.

»Ist ... ist er ... tot?«, fragte der Schütze stotternd.

Keiner gab ihm Antwort. Stattdessen versuchten die Freunde des Jungen wieder und wieder zu ihm durchzudringen. »Ehler, Ehler. Sag etwas!«

Ribo, der eben noch so geschickt die Steinschleuder geführt hatte, schaute atemlos auf sein Opfer. »Das habe ich nicht gewollt! Das habe ich nicht gewollt!«, stammelte er immer wieder. Sicher, er hasste die einfältigen Nikolaiten, doch dass einer von ihnen starb, war bestimmt nicht sein Ziel gewesen. Mit einer hastigen Bewegung, fast so, als hätte er sich daran verbrannt, warf er die Schleuder von sich. Dann rannte er ängstlich davon.

Auch seine Freunde suchten schnell das Weite.

Nur einen Atemzug später waren die zwei Nikolai-Schüler mit dem Verletzten allein.

»Ehler, mach die Augen auf«, versuchte Othmar seinen Freund zu erreichen und schüttelte ihn an den Schultern, doch nichts geschah.

»Komm schon. Wach auf«, rief der zweite und verpasste dem Jungen flugs eine Ohrfeige.

»Sag mal, bist du noch ganz bei Trost?«, fuhr Othmar ihn an, wendete den Blick jedoch gleich wieder in Richtung des Besinnungslosen. »Wir müssen ihn schnell von hier wegbringen. Kommt, schaffen wir ihn erst einmal in den Hühnerstall hinter unserem Kaufmannshaus«, schlug er vor.

In diesem Moment riss ein wütend dreinschauender Mann seine Haustür auf. Gleich danach noch einer auf der anderen Straßenseite. Das unsanfte Wecken durch die kämpfenden Jungen hatte deren Stimmung ohne Frage beeinflusst. Ein Blick auf die Straße genügte, um die drei übrigen Übeltäter zu erfassen.

»Na wartet, ihr Burschen. Euch werde ich zeigen, was es heißt, mich aus meinem Schlaf zu reißen«, rief der eine.

»Ihr kommt mir nicht davon«, drohte der andere, der im gleichen Moment auch schon losstapfte – in seiner Rechten einen ledernen Gürtel schwingend.

»Los, verschwinden wir!«, rief Othmar seinem Freund zu, worauf dieser Ehlers Arme und er selbst dessen Beine packte. So schnell sie konnten, trugen sie den Verletzten davon.

Es war Glück, dass ihr Verfolger in seiner Wut ohne Schuhe unterwegs war und von den kleinen spitzen Steinen unter seinen Fußsohlen daran gehindert wurde, ernsthaft die Verfolgung aufzunehmen.

Das Brüllen hinter ihnen wurde leiser und leiser, als sie in die verwinkelten Gassen flohen, die sie zu ihrem Ziel auf der Grimm-Insel brachten.

Laut hallten Godekes Schritte auf den gemusterten Tonfliesen des Rathauses wider. Seine Füße trugen ihn geschwind zum hölzernen

Gehege, in dessen Innerem der Rat tagte. Als er eintrat und sein Blick mal wieder auf die kostbaren, hölzernen Schnitzereien der Bänke und die leuchtenden Farben der Fenster fiel, begann sein Herz abermals wie wild zu klopfen. Nur mit Mühe konnte er sich dazu zwingen, sich zu beruhigen. Er wollte nicht aufgeregt sein, und er wollte schon gar keinen roten Kopf bekommen, doch die Unglaublichkeit der Wende seines Schicksals übermannte ihn noch immer von Zeit zu Zeit. Sie war auch der Grund, warum er zu jeder Ratssitzung einige Minuten zu früh erschien.

Er musste sich erst an sein neues Amt gewöhnen. Noch kam es ihm unwirklich vor, dass er nun tatsächlich ein Ratsmann war – hatte er dieses Amt doch erst seit wenigen Wochen inne. Gewissermaßen war es ja auch ungewöhnlich, dass man ihm diese Würde schon jetzt zugesprochen hatte, und die Umstände, welche dazu geführt hatten, waren es allemal!

Nachdem die Ränke Johannes' vom Berge aufgeflogen waren, und die Ehre von seiner zu Unrecht in Ungnade gefallenen Familie durch ein paar glückliche Zufälle auf der letzten St.-Veitsmarkt-Versammlung wieder hergestellt worden war, hatte sich alles zum Guten gewandt. Der Bürgermeister Willekin Aios wollte seinen Fehler wieder bereinigen und hatte Godekes Vater seinen zuvor abgesprochenen Platz im Rathaus erneut angeboten. Doch dieser hatte abgelehnt und war stattdessen auf die Riepenburg gezogen, um das Angebot Eccard Ribes anzunehmen.

Der Rat hatte daraufhin jenen Entschluss gefasst, der Godekes Leben verändern sollte: Weil den von Holdenstedes so unsagbares Unrecht angetan worden war und Albert seinen Platz auf dem Ratsgestühl ablehnte, bot man seinem erst zweiundzwanzigjährigen Sohn die Möglichkeit, Mitglied des Rates zu werden. Auch wenn Godeke noch drei Jahre zum Mindesteintrittsalter fehlten und auch wenn die Wahlen der Ratsherren eigentlich immer am zweiundzwanzigsten Februar stattfanden und nicht mitten im Jahr, waren alle Ratsherren einstimmig dafür gewesen.

Godeke hatte eingewilligt und wurde feierlich in der Mitte der Edlen aufgenommen. Nun war er das jüngste Mitglied der Electi, das es jemals gegeben hatte, und seine anfängliche Amtszeit sollte sogleich von wichtigen Entscheidungen gekrönt sein.

»Guten Morgen, junger Ratsherr«, begrüßte ihn sein Sitznachbar wie üblich mit einer übertriebenen Verbeugung.

Godeke störte sich weder an der Anrede noch an der albernen Verbeugung. Schließlich war beides viel eher als Kompliment gemeint, denn als Beleidigung. »Guten Morgen, Christian. Was machst du denn schon so früh hier?«

»Das frage ich mich ehrlich gesagt auch. Eigentlich wollte ich bis zum letzten Moment in meiner Bettstatt bleiben…!« Der acht Jahre ältere Ratsherr ließ sich neben Godeke auf die Bank fallen und gähnte. Er sah übernächtigt aus und gab sich keine Mühe, das zu verbergen. Nachdem er sich ausgiebig gestreckt hatte, rieb er sich das Gesicht und schüttelte daraufhin den Kopf. Seine Augen blieben jedoch rot unterlaufen – ein gewohntes Bild für alle Herren des Rates.

»Was ist schon wieder mit dir? Du kannst dich ja fast nicht auf der Bank halten. Vielleicht solltest du Wein und Weib nicht jeden Abend zusprechen, dann würdest du mal eine ganz neue Erfahrung machen – nämlich wie es ist, ausgeschlafen zu sein«, bemerkte Godeke fast nebenbei und ohne Christian Godonis dabei anzusehen. Er kannte seinen Freund recht gut und wusste, dass er sich gern in den Hurenhäusern und den Schenken der Stadt herumtrieb. Dass er trotz seines ausschweifenden und wenig rühmlichen Lebens im Rat der Stadt saß, hatte er vor allem seinem guten Familiennamen zu verdanken.

»Du irrst dich, mein Freund. Auch wenn Hannah mich doch recht lang wachgehalten hat…«, sagte er spöttisch grinsend.

»Wer ist Hannah?«

»Meine Magd«, ließ Christian ihn wissen und erntete ein Kopfschütteln, bevor er wieder ansetzte. »… Dieses eine Mal tragen weder der Wein noch die Weiber Schuld an meiner Müdigkeit.«

Nun wurde Godeke hellhörig. »Jetzt bin ich aber gespannt. Besteht denn tatsächlich die Möglichkeit, dass es außer diesen beiden Sachen noch etwas in deinem Leben gibt, was dir den Schlaf raubt? Die Arbeit kann es ja wohl nicht sein«, spottete er mit einem Augenzwinkern. So sehr sich Godeke manchmal auch bemühte, er konnte sein Gegenüber oft nicht ganz ernst nehmen. Sie waren einfach zu unterschiedlich. Und dennoch waren sie befreundet.

Christian Godonis war nicht im Geringsten beleidigt. Er wusste, dass er seinen Reichtum seinem Vater zu verdanken hatte, und damit hatte er kein Problem. Zwar war er keinesfalls untätig, doch arbeitete er nur dann, wenn ihm der Sinn danach stand. »Ja, leider gibt es noch etwas, das mir den Schlaf raubt. Und zwar die Marianer und die Nikolaiten. Ich sage dir, trauere bloß nicht um die Häuser deiner Familie in der Reichenstraße, die Graf Gerhard II. und Hereward von Rokesberghe sich einverleibt haben. Derzeit ist es kein Geschenk, dort zu wohnen. Ausgerechnet vor meinem Haus müssen sich diese kleinen Bälger ständig ihre Schlachten liefern. Heute Morgen, bei Sonnenaufgang, schon wieder.«

»Wieder eine dieser Schuljungenschlachten, sagst du? Unglaublich, welche Ausmaße das schon annimmt. Ich frage mich, ob es nicht reicht, wenn sich die Grafen, der Klerus und die Ratsherrn streiten. Es ist nicht gut, wenn schon die Kinder unserer Stadt die Fäuste gegeneinander erheben. Gab es Verletzte?«

»Woher soll ich das wissen?«, fragte Christian zerschlagen. »Ich bin sicher nicht zum Aufräumen auf die Straße gegangen.«

Godeke zog eine Augenbraue nach oben und schaute seinen Freund verstimmt an. Er hätte die Antwort kennen müssen. So sehr er ihn auch mochte, Fremde interessierten den vorlauten Kaufmannssohn nicht – selbst dann nicht, wenn es Kinder waren.

Stattdessen begann er nun, sich missgelaunt zu beschweren – zum Glück im Flüsterton, so viel Anstand besaß er dann doch in Gegenwart der langsam eintreffenden Ratsherren. »Herrgott nochmal, wann geht denn diese Sitzung endlich los? Ich habe nicht den ganzen Tag Zeit hier zu warten.«

Kopfschüttelnd und ebenso leise tadelte ihn sein Freund. »Nun reiß dich mal zusammen, Mann. Dein Benehmen ist schlimmer als das eines besoffenen Hafenarbeiters. Es wundert mich nicht, dass die meisten der Ratsherren auf deine Gegenwart verzichten könnten.«

Christian lachte amüsiert und flegelte sich gleichzeitig mit dem Rücken gegen die geschnitzte Banklehne. »Du bist zu gut erzogen, mein Bester. Merke dir eines, die Pisse aller Männer ist gelb – auch die der Ratsherren. Wir sind alle gleich.«

Godeke verdrehte die Augen und wandte sich ab. Mit einer gehörigen Menge Entrüstung flehte er leise gen Himmel: »Gütiger Gott, lass diese Sitzung endlich beginnen, damit diesem Rüpel neben mir endlich das Maul gestopft wird ...!«

Godekes Wunsch wurde erhört.

»Guten Morgen, meine Herren«, sprach Willekin Aios in die Runde, als er das Gehege betrat. Die Ratsherren waren fast vollständig versammelt. Bloß wenige Herren fehlten, da diese auf geschäftlichen Reisen waren. Aios begab sich auf seinen Platz und begann: »Die heutige Sitzung würde ich gerne der Besprechung des beständigen Vorantreibens der Unabhängigkeit unserer Stadt widmen. Zum einen ist ein weiterer Schritt in unserem Bestreben, das Recht der freien Kore zu erhalten, getan, von dem ich berichten werde. Zum anderen wurde mir eine Idee von unserem ehrenwerten Hartwic von Erteneborg angetragen, die ich heute gerne besprechen würde. Doch zunächst die übliche Frage an alle Ratsherren: Gibt es etwas, das nach Eurem Erachten Vorrang hat? So sprecht es jetzt an.«

Godeke schaute jeden der Ratsherrn nacheinander an, um festzustellen, ob einer von ihnen etwas zu sagen hatte. Als er neben sich ein Flüstern vernahm, das sich verdächtig anhörte wie »Ja, es gibt etwas, das Vorrang hat. Mein Schlaf!«, versetzte er Christian einen Tritt, der ihn augenblicklich zum Schweigen brachte.

Plötzlich erhob sich der Ratsnotar Johann Schinkel. »Bürgermeister Aios, ich muss etwas zur Sprache bringen, was mir erst auf dem Weg ins Rathaus angetragen wurde. In den heutigen Morgenstunden soll es wieder zu einem Schuljungenkampf zwischen den Marianern und den Nikolaiten gekommen sein. Soweit man mir berichtet hat, ist einer der Jungen durch eine Steinschleuder sogar schwer verwundet worden.«

Willekin Aios schaute einen Moment lang verwirrt. »Ist das wahr? Warum weiß ich nichts davon? Wo hat der Kampf stattgefunden?«

»In der Reichenstraße, direkt vor meinem Haus«, antwortete Christian Godonis anstelle von Johann Schinkel, der schon angesetzt hatte, etwas zu sagen.

»Wisst Ihr etwas über den verletzten Jungen?«, fragte Johann Schinkel den Ratsherrn.

Godeke schaute sofort mit einem scharfen Blick zu Christian, worauf dieser sich seine sonstigen Frechheiten verkniff und bloß erwiderte: »Nein, Ratsnotar, ich kann Euch leider nichts darüber sagen.«

Johann Schinkel wandte sich wieder an den Bürgermeister. »Wir können nicht mehr wegsehen und so tun, als würde uns die ganze Sache nichts angehen. Wir müssen etwas unternehmen.«

»So? Was wollt Ihr denn unternehmen?«, fragte Hinric von Cosvelde mit einem angriffslustigen Unterton.

Der Angesprochene drehte sich um. Als er den hochmütigen Blick des Neustädter Ratsherrn auffing, verengten sich seine Augen zu kleinen Schlitzen. »Habt Ihr mir etwas zu sagen, von Cosvelde? Sprecht ruhig offen!«

»Wenn Ihr es wünscht, dann sage ich nochmal, was Ihr in der Vergangenheit schon mehrfach aus meinem Munde vernommen habt. Ich klage Euch und die Anhänger des Domkapitels der Scheinheiligkeit an! Ihr, genau wie alle anderen Domherren, versteckt Euch doch hinter dem Scholastikus und lasst ihn gewähren. Somit seid *Ihr* es auch, der die Probleme erst hervorgerufen habt.«

Nun war es um jede Ruhe geschehen. Der alte Streit um die zwei Schulen drohte wie so oft zum Hauptthema der Sitzung zu werden. Fast schien es aussichtslos, diesen Zwist jemals gänzlich beizulegen – und schon gar nicht heute!

»Was für eine Unverschämtheit von Euch!«, wetterte Johann Schinkel zurück. »Wenn die aufständischen Bewohner der Neustadt nicht so überheblich wären, das Alleinrecht des Domkapitels zur Errichtung von Schulen anzufechten, dann gäbe es dieses Problem doch gar nicht.«

»Pah, Ihr meint wohl, wenn das Domkapitel anerkennen würde, dass selbst der Heilige Vater in Rom eine Schule der Grammatik im Nikolaikirchspiel billigt, *dann* hätten wir das Problem nicht …!«

»Meine Herren, meine Herren …«, ging der Bürgermeister plötzlich dazwischen. »Ich denke, dass wir diese Debatte schon mehrfach ausführlich geführt haben, ist es nicht so? Viel wichtiger erscheint es mir herauszubekommen, wie es dem verletzten Jungen geht und welche Umstände zu diesem erneuten Kampf geführt haben.«

»Recht habt Ihr, Bürgermeister«, pflichtete Hartwic von Erteneborg ihm bei. »Außerdem haben wir heute Dringlicheres zu besprechen und sollten vorankommen.«

»So ist es«, stimmte auch Olric Amedas den Männern zu.

Aios nickte den Schlichtern dankbar zu. »Ich würde vorschlagen, dass einer von uns Ratsherren die Einholung dieser Erkundigungen übernimmt und uns allen bei der nächsten Ratssitzung davon berichtet. Mein Gefühl sagt mir, dass unser neuestes Mitglied genau der Richtige für diese Aufgabe ist. Was meint Ihr, Godeke von Holdenstede? Kann ich Euch mit diesem Auftrag betrauen?«

Godeke fühlte sich, als hätte ihm einer mit der flachen Hand auf die Stirn geschlagen. Einen kurzen Moment lang konnte er nichts sagen. Dann aber schoss es nur so aus ihm heraus: »Natürlich dürft Ihr mir diese Aufgabe übertragen … also, mir diesen Auftrag geben ... es ist mir eine Ehre ... Ihr könnt Euch darauf verlassen, dass ich ...«

Nun war es Christian, der seinem Freund einen Tritt verpasste. Er verfehlte seine Wirkung nicht; Godeke hörte auf zu plappern.

»Gut«, sagte Willekin Aios lächelnd, dem die Aufregung Godekes über seinen ersten Auftrag im Namen des Rates nicht entgangen war. »Bitte sucht Euch einen Gehilfen aus unseren Reihen aus.«

»Ich wähle ...«

Alle Ratsherren schauten Godeke wohlwollend an. Ein jeder hätte ihm geholfen, sein erstes Amt zufriedenstellend zu meistern, doch Godeke wollte einen ganz bestimmten Mann. »... Christian Godonis.«

Sein Freund schaute ihn an, als hätte man ihm einen Pferdeapfel in den Mund gesteckt. »Ich?«

»Ja, genau.« Godeke musste sich stark zusammenreißen, um nicht loszulachen. Er hatte sich denken können, dass Christian keineswegs versuchte, seine Abneigung angesichts dieser zusätzlichen Arbeit zu verbergen. Doch niemand ging darauf ein.

»Nun, wenn es Eure Wahl ist, dann sei es so. Sprechen wir nun, wie angekündigt, über unsere Absicht, möglichst bald das Recht der freien Kore zu erhalten.«

Der Bürgermeister musste zu diesem Gesprächsthema nichts mehr erklären. Jeder der Anwesenden war genauestens über das Bestreben des Rates informiert, mit dem ein weiterer großer Schritt zur Unabhängigkeit der Stadt gegenüber den Landesherren getan wäre, welches zu einem der wichtigsten Ziele der Ratsherren geworden war.

Zahlreiche Kriege und Fehden hatten die Schauenburger in der Vergangenheit finanziell geschwächt, sodass sie immer wieder auf Zahlungen oder Unterstützung in Form von Streitkräften und Schiffen der Hamburger angewiesen waren. Diese Schwäche machten sich die Ratsherren zunutze, um immer neue Ländereien,

Einkünfte, Titel oder Einrichtungen von den Grafen zu erwerben. Schon seit vielen Jahren wurde so beständig an der vollständigen Unabhängigkeit der Stadt gearbeitet, und immer wieder gelang dem Rat ein Streich, der sie diesem Ziel noch näher brachte: Vor einigen Jahren erhielt der Rat das Recht, zwei Beisitzer im gräflichen Vogtgericht zu platzieren, was die bislang unangefochtene Macht des Vogtes schwächte. Später übernahmen die Städter die Obermühle, dann die Niedermühle. Als schlussendlich auch noch das Einsetzen zweier weiterer gräflicher Vögte, neben dem bereits bestehenden Vogt, verhindert wurde, war die Landesherrschaft der Schauenburger Grafen in Hamburg ernstlich in Gefahr. Nun wurde das neuste Ziel des Rates unerbittlich vorangetrieben, nämlich das uneingeschränkte Recht, neue Gesetze zu erlassen und widerrufen zu können – das Recht der freien Kore.

Der Bürgermeister sprach weiter. »Am Martinitage, dem Tage, der von uns kürzlich beschlossenen Hinrichtung, werden unsere Landesherren das nächste Mal in der Stadt versammelt sein. Diese Gelegenheit sollten wir nutzen, um unsere Forderung erneut und mit Nachdruck vor die Grafen zu bringen. Aus diesem Grunde haben unser ehrenwerter Ratsnotar und ich ein Schreiben verfasst, in dem wir nochmals auflisten, mit welcher Begründung wir das Recht der freien Kore fordern, und in dem wir die Grafen um eine Versammlung im Rathaus am elften November bitten. Aber höret später selbst; das Schreiben wird Euch am Ende der Sitzung von einem Ratssekretär verlesen. Wenn die Worte Euer Einverständnis finden, wird der Brief verfünffacht, auf dass wir einen Boten nach Plön zu Gerhard II., einen nach Kiel zu Johann II., einen nach Segeberg zu Adolf V., einen nach Pinneberg zu Adolf VI. und einen nach Rendsburg zu Heinrich I. schicken können. Gibt es hierzu Fragen?«

Die Ratsherren verneinten allesamt.

»In Ordnung, dann kommen wir jetzt zu der Idee, die Hartwic von Erteneborg mir angetragen hat. Sie betrifft die gräfliche

Münze unserer Stadt. Bevor ich anfange, Euch von Hartwics Idee zu erzählen, möchte ich Euch eine Frage stellen.« Willekin Aios begann, schelmisch zu lächeln, und verriet damit die Absicht seiner Frage. Er wollte den Ratsherren aufzeigen, wie selbstverständlich er die Antwort seiner Frage fand, und ja, er wollte die Herren auf diese Weise auch ein wenig beeinflussen. »Fällt einem unter Euch ein Grund ein, warum die gräfliche Münze eigentlich weiterhin gräflich sein sollte?«

»Ehler ist verschwunden!«, platzte es nur so aus Ava heraus, die ohne anzuklopfen einfach durch die geöffnete Hintertür hereingekommen war, und Oda und Godeke beim morgendlichen Mahl unterbrach.

Sofort sprang Oda auf und schloss die Nachbarin und Freundin in die Arme. »Nur ruhig, Ava. Seit wann ist er fort?«

»Ich weiß es nicht genau«, gab sie leicht verwirrt wieder. »Ich ... also ...«

Godeke kam hinzu. Er fasste Ava bei den Schultern und sagte: »Nun setz dich erst einmal, und erzähle der Reihe nach.«

Ava tat wie ihr geheißen und begann zu reden. »Gestern hat er schon früh das Haus verlassen. Er sagte, dass er nach der Schule noch Lateinübungen machen muss und später kommen wird. Als ich nach der Mittagsstunde vom Markt kam, habe ich Veyt gefragt, ob Ehler schon da sei. Er sagte, er schliefe in seiner Kammer, doch er hat bloß für ihn gelogen. Veyt hat keine Ahnung wo er ist, oder er sagt es mir nicht.« Dann sah sie Godeke eindringlich in die Augen. »Finde ihn!«

»Sei unbesorgt, Ava. Ich mache mich gleich auf den Weg.« Godeke verließ die Küche, nahm seinen Mantel zur Hand und trat auf die Straße. Er hatte keine Ahnung, wo er mit der Suche beginnen sollte, doch er musste Ehler finden. Seit dem Tode dessen Vaters vor einigen Monaten, hatte Godeke sich Ehlers, seines Bruders Veyt und seiner Mutter Ava angenommen. Und je mehr Zeit verging, desto mehr empfand er es als seine Pflicht, den Jungen den Vater zu ersetzen. Godeke ging kurz in sich und entschied dann, in die Reichenstraße zu eilen. Er hatte nämlich eine Vermutung, was mit Ehler geschehen war, und wenn er richtig lag, konnte er die Suche nach dem Jungen gleich mit seiner neuen Aufgabe als Ratsherr verbinden.

Als er in die Straße einbog, in der sein Elternhaus stand, überkam ihn wie immer ein Gefühl der Wehmut. Es war noch nicht lange her, da hatte er genau hier stets seine Familie besucht. Nun gehörte das dreigeschossige Steinhaus Graf Gerhard II., der nicht oft in der Stadt war, und der es selbst dann kaum aufsuchte. Daher stand es fast immer leer. Godeke ging daran vorbei und warf einen kurzen Blick durch den steinernen Torbogen, der direkt in den Innenhof zum Reichenstraßenfleet führte, dann richtete er seine Aufmerksamkeit wieder nach vorne. Nur zwei Häuser weiter kam er zu Runas und Walthers ehemaligem Kaufmannshaus, das zwar ein wenig kleiner war, jedoch auch aus Sandstein und ebenso durch einen abschließenden Treppengiebel geschmückt. Auch dieses Haus gehörte nun nicht mehr zum Familienbesitz, nachdem es Hereward von Rokesberghe zum Ausgleich der bereits gezahlten Brautgabe überschrieben worden war.

Godeke riss seinen Blick los und ermahnte sich selbst: Erinnere dich deiner Aufgabe! Danach richtete er seine Augen auf den Boden. Auch wenn er sich nicht viel Hoffnung machte, etwas zu entdecken, was ihm dabei half, Ehler zu finden, suchte er dennoch die schmutzigen Straßen ab. Nach kurzer Zeit jedoch fragte er sich, was er geglaubt hatte zu entdecken. Seit dem Morgen waren so viele Füße, Hufe und Klauen über den Boden getrampelt, dass hier bloß noch Schlieren und Abdrücke zu erkennen waren. Nichts erinnerte mehr an einen Kampf. Als er gerade wieder gehen wollte, öffnete sich die Tür eines der Kaufmannshäuser, die ihn umgaben. Heraus kam ein Mann, der ihm aus der Zeit, da er selbst noch in der Reichenstraße gewohnt hatte, bekannt war. »Dominus von Holdenstede. Gut, dass Ihr hier seid ...!«

»Albus Ecgo, wie erfreulich, Euch einmal wiederzusehen. Was gibt es?«

»Mir ist zu Ohren gekommen, dass man Euch mit der Erforschung der Umstände der Schülerstreitigkeiten betraut hat.«

»So ist es«, bejahte Godeke mit unterschwellig zu hörendem Stolz. »Habt Ihr mir etwas zu sagen, was mir bei meiner Arbeit behilflich sein könnte?«

»Vielleicht, Ratsherr«, erwiderte der frühere Nachbar mit einer abwägenden Handbewegung und streckte Godeke eine Steinschleuder entgegen. »Ich wurde gestern Morgen von der Prügelei geweckt. Als ich nach unten kam, um mir die Jungen vorzunehmen, flitzten sie davon. Die Schleuder fand ich vor meiner Tür.«

»Ihr habt also keinen der Burschen erwischen können? Wie bedauerlich«, gab Godeke enttäuscht zurück.

»Das stimmt zwar, allerdings konnte ich noch erkennen, dass dieser Othmar Nannonis wieder dabei war. Er hat am lautesten geschrien. Vielleicht solltet Ihr Euch den mal vornehmen, Dominus.«

Godekes Gesicht hellte sich wieder auf. »Habt Dank für Eure Mithilfe, Albus. Ich werde diesem Hinweis umgehend nachgehen.«

Mit diesen Worten machte er sich auf den Weg ins Nikolai-Kirchspiel. Er kannte den genannten Jungen Othmar, ebenso wie dessen Vater Dagmarus, der selbst ein Mitglied des Rates war. Genau hier würde er seine Suche fortsetzen. Doch zuvor würde er Christian abholen, der ihm behilflich sein sollte – ob er nun wollte oder nicht.

Er ging die Reichenstraße Richtung Westen entlang, bis sie zum Ness wurde. Hier hielt er sich links, passierte das Rathaus und überquerte die Trostbrücke. Wenige Schritte später stand er auch schon vor dem Hause Godonis.

Wie alle der fünfzig Grundstücke an der Straße Neue Burg,

wies auch dieses eine dreieckige Form auf, das am Anfang spitz zulief und am Ende zum Nikolaifleet hin breiter wurde. Die Häuser standen erhöht, waren auf dem Ringwall der früheren Burg errichtet, die es schon lange nicht mehr gab und von der die Straße ihren Namen hatte. Hier waren sie geschützt vor Hochwasser und Gezeiten und thronten geradezu über der Stadt.

Godeke war sich sicher, dass Christian noch immer schlief und seine Kammer bisher nicht einmal verlassen hatte. Mit genau jener Erwartung klopfte er an.

Die Magd musste quasi neben der Tür gestanden haben, denn sie öffnete sofort. »Was kann ich für Euch ... oh, verzeiht Dominus. Ihr seid es.«

»Schon gut, Marie«, sagte Godeke und trat ein. Während er seinen Mantel ablegte, forderte er sie auf: »Bitte wirf deinen Herrn aus der Bettstatt. Ich muss mit ihm sprechen. Ich warte in der Stube.«

Die Magd ließ dem jungen Ratsherrn gegenüber keine Widerrede verlauten. Sie wusste, dass er ihren Herrn gut kannte. Beiden war klar, dass es noch einen Moment lang dauern würde, bis Christian Godonis seinen Besuch empfangen konnte. »Ihr kennt ja den Weg, Dominus. Ich gehe meinen Herrn jetzt gleich wecken.«

»Danke.«

Marie ließ Godeke zurück und ging ins obere Stockwerk des großzügigen Kaufmannshauses zur Tür des Schlafgemachs ihres Herrn. Sie klopfte – zunächst leise, dann lauter. »Herr, Herr, könnt Ihr mich hören?« Nichts. Innerhalb der Kammer war es totenstill. Die Magd schüttelte den Kopf. Es war bereits spät am Tage, und Christian Godonis lag noch immer im Bett. Wie konnte ein Mann seines Standes nur derart nachlässig leben?, fragte sich die Magd nicht zum ersten Mal. Schon bevor sie den Entschluss gefasst hatte, einfach in die Kammer zu treten, wusste sie, was sie dort drinnen erwarten würde.

Vorsichtig drückte sie die Klinke herunter und versuchte, die

Tür aufzuschieben. Wenn nicht ein Berg voller Kleider genau davorgelegen hätte, wäre ihr das sicher auch geräuschlos gelungen, doch so musste sie sich ächzend dagegenstemmen. Erst nach einiger Anstrengung konnte sie eintreten. Der unverwechselbare Geruch von Wein und einer Liebesnacht schlug der Magd entgegen und wurde schlimmer, je näher sie dem Bett kam. In der Kammer war es dunkel, doch das Licht reichte aus, um zu sehen, dass überall auf dem Boden Sachen herumlagen – die ihres Herrn und die einer Frau.

Und da lagen sie: Dominus Christian und die zweite Magd des Hauses, Hannah. Nackt und schlafend.

Marie trat an die Seite ihres Herrn und versuchte es zunächst mit Worten. »Herr, wacht auf. Es ist jemand für Euch gekommen.« Als sich wieder nichts regte, überwand sie ihre Scheu und berührte ihn am Arm. »Herr, so wacht doch auf!«

Christian schreckte hoch und blickte verwirrt umher. Dann drangen die Worte der Magd zu ihm durch. »Wer ist da, Marie?«

»Es ist Dominus Godeke, Herr.«

Ohne ein weiteres Wort stand Christian auf, nackt wie er war, und griff sich die Kleidung vom Boden.

Die junge Magd stieß einen kurzen Schrei der Entrüstung aus, hinsichtlich der nun entblößten und umherschwingenden Mitte ihres Herrn, und wandte sich abrupt ab. Dieser schien sich an ihrer Scham nicht im Geringsten zu stören, nur einen Wimpernschlag später war er auch schon aus der Kammer verschwunden.

Marie fing sich schnell wieder. Es gab schließlich viel zu tun, wie jeden Tag. Entschlossen riss sie die hölzernen Luken auf und ließ auf diese Weise frische Luft in die Kammer – sehr frische Luft!

»Bist du verrückt geworden, Marie?«, meldete sich Hannah aus dem Bett zu Wort. »Es ist fast Winter, falls es dir noch nicht aufgefallen ist. Warum lässt du die Kälte rein? Schließ sofort die Luke!«

»Ich denke überhaupt nicht daran«, erwiderte Marie trotzig, die die zweite Magd des Hauses schon häufiger aus dem Bett ihres Herrn geschmissen hatte, und warf einen Haufen soeben aufgesammelter Kleider nach ihr. »Steh gefälligst auf, Hannah! Was denkst du dir eigentlich? Dass du bis mittags hier im Bett liegen kannst, während ich die ganze Arbeit mache?«

Hannah schob die Kleidung achtlos vom Bett, setzte ein schiefes Lächeln auf und wickelte sich in die zerknitterten Laken der Bettstatt. In aller Ruhe begann sie ihr Haar zu entwirren und sagte stichelnd: »Worüber regst du dich bitte auf? Darüber, dass Christian mich bevorzugt? Nicht doch, der Neid lässt dich hässlich aussehen, mein liebstes Mariechen!«

Die beiden Mägde hatten sich noch nie gemocht. Seit sie zusammen im Hause Godonis ihren Dienst taten, kam es regelmäßig zum Streit zwischen ihnen.

Marie wurde es nun zu viel. Mit einem wütenden Funkeln in den Augen spie sie Hannah entgegen: »Du glaubst, dass er dich wirklich mag, dabei bist du nur seine Hure. Ich spare mir meine Jungfräulichkeit für meinen zukünftigen Ehemann auf. Wir werden noch sehen, wer zuletzt lacht. Spätestens dann, wenn unser Herr deiner überdrüssig ist oder er ein neues Weib ehelicht, wird dir dein Grinsen vergehen. Und nun steh endlich auf, und mach dich nützlich!« Mit einem Ruck riss sie an den Laken, in die Hannah sich eingerollt hatte. Diese verlor darauf das Gleichgewicht und plumpste ohne jede Anmut mit einem dumpfen Laut zu Boden.

Godeke bekam in der Wohnstube des Hauses nichts von dem Streit der Frauen mit. Bloß ein lautes Poltern ließ ihn kurz aufhorchen. Gleich darauf betrat der nur spärlich bekleidete Christian die Stube und schaute müde auf seinen Freund.

»Kannst du mir mal sagen, was du so früh hier willst?«

»Großer Gott, du siehst furchtbar aus und riechst auch nicht viel besser. Hast du schon einmal rausgesehen? Es ist hell, für die meisten Bürger Hamburgs bedeutet das, dass sie ihrer Arbeit nachkommen müssen.«

»Bitte, Godeke. Nicht jetzt, nicht heute!«, wehrte Christian ab und ließ sich gähnend auf einen Schemel fallen. »Mein Kopf fühlt sich an, als würde er jeden Moment zerbersten«, beklagte er sich und rief darauf: »Marie!«

Mehr Anweisungen brauchte die Magd nicht. Brav kam sie mit zwei Bechern und einem Krug Wein herein, schenkte den Männern ein und verließ die Stube genauso wortlos, wie sie gekommen war.

Christian leerte seinen Becher in großer Eile und schenkte sich nach, war er doch überzeugt davon, dass Wein am Morgen die Kopfschmerzen vertrieb, die er noch am Abend zuvor hervorgerufen hatte. »Nun sag schon, warum bist du hier? Doch nicht etwa, um mir Vorhaltungen wegen meines Aussehens zu machen, oder?«

»Nein, mein Freund. Ich bin gekommen, um mit dir den Schuljungenkämpfen auf den Grund zu gehen.« Mit diesen Worten stand er auf, nahm Christians Becher und trat mit einer gezielten Bewegung den Schemel unter ihm weg. Der übernächtigte Ratsherr fiel zu Boden und bekam sogleich einen Becher Wein ins Gesicht. »Zieh dich endlich an. Ich warte draußen auf dich.«

Godeke musste tatsächlich gar nicht so lange vor der Tür warten, da trat Christian, in feinste Stoffe gehüllt, heraus. Anerkennend nickend sagte Godeke: »Nun siehst du wieder aus wie ein Ratsherr.«

»Wo gehen wir eigentlich hin?«

»Zu Dagmarus Nannonis.«

»Nur drei Häuser weiter? Und dafür sollte ich mich anziehen?«, scherzte Christian und folgte seinem Freund.

Kurz darauf wurden die beiden Männer von einer Magd in ein großzügiges Kontor mit einem atemberaubenden Blick auf den Hafen geführt.

»Mein Herr wird gleich bei Euch sein«, versicherte sie und reichte den Gästen einen Becher Wein, bevor sie verschwand.

Christian stürzte ihn regelrecht hinunter, doch Godeke widmete dem Wein keinen Blick. Wie von einem unsichtbaren Seil gezogen, schritt er auf die weit geöffneten Fenster des Kontors zu, die sich, umrahmt von dicken roten Vorhängen, hinter einem mächtigen Schreibpult befanden. Gebannt von dem unerwarteten Ausblick, der sich vor ihm erstreckte, ließ er seinen Blick schweifen.

»Nicht schlecht, das Gesöff. Willst du deinen etwa nicht?«

»Schau dir das bitte an«, murmelte Godeke in sich gekehrt.

Es war ein klirrendkalter Novembertag, dessen blassgelbe Sonne das Wasser glitzern und die Dächer leuchten ließ. Die Luft war erfüllt von allerlei Geräuschen, die aus Richtung der Stadt herübergeweht wurden; am blauen Himmel zog eine Schar Gänse in spitzer Formation gen Süden. Das Wasser des Nikolaifleets vor ihm war so weit unten, dass es Godeke schwindelte. Einige Schiffe hatten bereits zur Winterlage festgemacht. Hinter ihren Masten erkannte er den Hafen mit seinem stets geschäftigen Kran und der Kaimauer voll mit jenen Koggen, die es noch zu löschen galt. Zu seiner Rechten sah er die Spitze der Katharinenkirche und weiter links den Westturm des Doms sowie die Kirche St. Petri.

Godeke war beeindruckt. Ein solches Kontor ließ keinen Zweifel daran, dass man es in Hamburg zu etwas gebracht hatte. Er fragte sich, wie oft Dagmarus wohl hier am Fenster stand und die Stadt betrachtete, genau wie er es gerade tat.

»Auch mich fesselt der Anblick noch von Zeit zu Zeit, Dominus«, ertönte es plötzlich hinter ihm.

»Dominus Dagmarus, ich habe Euch gar nicht kommen hören.«

»Das wundert mich nicht. Die weite Sicht kann einen regelrecht gefangen nehmen«, gab der gealterte Ratsherr zu verstehen, während er gemütlichen Schrittes zu Godeke ans Fenster trat. »Findet Ihr es zu kühn, wenn ich behaupte, die schönste Aussicht der ganzen Stadt genießen zu dürfen?«

»Im Gegenteil. Es wäre töricht, dies nicht zu behaupten«, schmeichelte Godeke ernst gemeint. »Ohne alle Aussichten Hamburgs zu kennen, meine ich doch, dass man Euch als einen überaus glücklichen Mann bezeichnen kann, Nannonis.«

Christian begann sich übermäßig laut zu räuspern, auf dass Dagmarus Nannonis sich umwandte. »Verzeiht, Dominus. Ich habe Euch gar nicht bemerkt.«

»Es sei Euch verziehen«, antwortete Christian kühl.

Einen kurzen Moment drohte die Stimmung zu kippen. Es war nicht zu leugnen, dass der alte Ratsmann nicht viel von Christian hielt. Doch Nannonis lenkte das Gespräch in eine andere Richtung.

»Ich hatte noch keine Gelegenheit, Euch zu Eurer Ernennung als Mitglied der Electi zu beglückwünschen.«

»Habt Dank«, antwortete Godeke. »Hoffentlich kann ich dem guten Namen meines Vaters Ehre machen.«

»Davon bin ich überzeugt! Bei der Gelegenheit, wie geht es ihm, fern des städtischen Geschehens?«

»Ganz ausgezeichnet. Seine Aufgabe als Truchsess der Riepenburg erfüllt ihn, und das Leben auf dem Land bekommt ihm gut.«

»Also gibt es keine Hoffnung, dass er je ins Rathaus zurückkehrt? Ihr sollt nämlich wissen, dass er dort vermisst wird.«

»Eure Worte werden ihn freuen, Nannonis, dennoch gibt es kein Zurück mehr, da bin ich sicher. Auf eine Generation folgt unweigerlich die nächste, ist es nicht so? Auch mir kommt es vor, als wäre mein geschätzter Vater gerade gestern noch im Rat gewesen, heute jedoch bin ich es, der den Namen der Familie von Holdenstede in der Stadt vertritt.«

Dagmarus machte eine abwehrende Handbewegung und sagte: »Ich wollte Euch nicht zu nahe treten, junger Ratsherr. Selbstverständlich ist es, wie Ihr sagt. Auf eine Generation folgt die nächste. So war es, und so wird es immer sein. Auch bei mir; hege ich doch die Hoffnung, dass Othmar mir eines Tages nachfolgen wird.«

Die Vertreibung Alberts von Holdenstede war nach wie vor eine sensible Angelegenheit für alle Ratsherrn und Angehörigen. Godeke wusste den Versuch Nannonis', seine tiefe Verbundenheit mit Albert kundzutun, zwar zu schätzen, doch ließ ihn das eines nicht vergessen: Als man Albert des Rates verwiesen und aus der Stadt ins Einlager gebracht hatte, war kein Mutiger unter den Ratsherren gewesen, der sich für seinen Vater ausgesprochen hatte oder auch nur bereit gewesen wäre, ein Mitglied der Familie zu empfangen.

Dagmarus lächelte das kurze Schweigen weg und fragte: »Noch Wein?«

»Nein, vielen Dank. Ich habe noch«, antwortete Godeke und schaute in seinen Becher, den er bislang nicht ein einziges Mal zu seinen Lippen geführt hatte. Er nahm einen großzügigen Schluck, obwohl ihm nicht danach war, doch alles andere wäre unhöflich gewesen – vor allem deshalb, da der Kaufmann dafür bekannt war, ein Weinkenner zu sein, der niemals mit seinen Schätzen geizte. Godeke konnte davon ausgehen, dass er gerade einen edlen Tropfen in seinem Becher hatte, und tatsächlich: Der dunkelrote Trank floss ihm wie Seide über die Zunge. Lobend sagte er: »Wahrhaft vorzüglich, Nannonis. Wie immer verwöhnt Ihr Eure Gäste nur mit dem Besten aus Eurem Weinkeller. Woher kommt er? Der Geschmack ist ... fremdartig!«

Dagmarus begann übers ganze Gesicht zu strahlen. Wenn es um seine Weine ging, gab es für ihn kein Halten mehr. »Es handelt sich um einen Bacharacher vom Rhein. Eigentlich bevorzuge ich den Malvasier, doch von Zeit zu Zeit ist er mir zu süß.«

»Ich stimme Euch zu. Dieser Bacharacher ist eine gelungene Abwechslung. Euer Wissen ist beeindruckend. Ich kann mir nicht vorstellen, dass es einen Mann in der Stadt gibt, der es hinsichtlich dieses Gebiets mit Euch aufnehmen kann.«

Nannonis lächelte sichtlich geschmeichelt, als sein Gegenüber auch schon fortfuhr.

»Doch will ich Euch nicht mit Dingen langweilen, die Ihr ohnehin schon wisst.« Godeke hoffte, dass dieser Übergang nicht zu schroff war, aber er wollte nun endlich zur Sache kommen.

Der ehemalige Ratsherr verstand und wandte sich von der schönen Aussicht ab. Langsam umrundete er sein Schreibpult und bot Godeke und Christian einen Sessel an. Nachdem alle Platz genommen hatten, forderte er Godeke auf: »Nun, dann erzählt mir etwas, das ich noch nicht weiß, Dominus. Ich bin überaus gespannt, was der Grund eures Besuchs ist.«

»Der Grund ist leider ein unerfreulicher. Habt Ihr schon gehört, dass es wieder einen Schuljungenstreit gegeben hat?«

Dagmarus' Miene wurde ernst. »Nein, das habe ich nicht. In der Tat ist das ein unerfreulicher Umstand. Ich gehe allerdings davon aus, dass meine eigene Meinung zur Sache der zweiten Schule nicht weiter von Belang ist. Ihr werdet wohl kaum gekommen sein, um ein und dieselbe müßige Debatte über jenes Thema mit mir zu führen, oder? Darum sagt mir, wie kann ich Euch helfen?«

Godeke brauchte tatsächlich nicht nach der Meinung des alternden Kaufmanns zu fragen. Selbstverständlich war er, als Bewohner des Nikolai-Kirchspiels, auf der Seite der Nikolaiten. »Lasst mich offen mit Euch sprechen, Nannonis. Bei der gestrigen Auseinandersetzung hat es angeblich einen Verletzten gegeben, und Ehler Schifkneht ist seither verschwunden. Ich vermute einen Zusammenhang. Euer Sohn Othmar wurde von Albus Ecgo inmitten des Schülerkampfes gesehen – deshalb sind wir im Namen des Rates hier. Können wir mit Othmar sprechen?«

Nach diesen Worten bildete sich eine steile Falte zwischen des Grauen Augen. »Othmar wurde von Albus Ecgo während des Straßenkampfes gesehen?«, wiederholte er ernst. »Überaus interessant. Bis jetzt bin ich nämlich davon ausgegangen, dass er sich in der Nikolaischule befindet, wie jeden Tag. Aber das war offensichtlich ein Irrglaube.« Der ehemalige Ratsherr wirkte verärgert. »Was soll ich sagen? Wie Ihr selbst seht, habe ich gerade keine Antwort auf die Frage, wo sich mein Sohn befindet. Aber seid gewiss, meine Herren, dass ich das herausfinden werde und dass der Junge seine Strafe bekommen wird!«

Natürlich war das nicht die Antwort, die sich Godeke und Christian erhofft hatten, doch sie konnten ja schlecht von Dagmarus verlangen, dass er sie bewirtete, bis Othmar sich hier blicken ließ.

Christian erhob sich als Erster. Er konnte es anscheinend kaum erwarten, das Haus zu verlassen. »Habt Dank, Nannonis.«

Godeke erhob sich ebenfalls. »Und solltet Ihr etwas über den verletzten Jungen erfahren, lasst es mich bitte wissen.«

»Selbstverständlich, Dominus.«

Die drei Männer gingen gemeinsam hinunter und verabschiedeten sich voneinander. Nachdem die Tür geräuschvoll ins Schloss gefallen war, standen Godeke und Christian eine Weile lang ratlos vor dem Kaufmannshaus herum. Der Besuch bei der Familie Nannonis war weniger erfolgreich gewesen als erhofft. Nun wussten sie nicht, wie sie weiter vorgehen sollten. Die Freunde fanden es gleichermaßen unbefriedigend, unverrichteter Dinge nach Hause gehen zu müssen, aber was blieb ihnen für eine Wahl?

Als sie sich gerade aufmachen wollten, bemerkte Christian plötzlich eine Bewegung im Augenwinkel. Er ergriff Godekes Arm und legte den Zeigefinger auf die Lippen. Auf Zehenspitzen schlichen die Männer um einen Baum herum und rissen ruckartig einen Ast zur Seite. Vollkommen unerwartet blickten sie in das nicht minder erstaunte Gesicht von Othmar Nannonis, der nur drei Mannslängen von ihnen entfernt aus einem kleinen Hühnerstall trat.

Beim Anblick der Ratsherren froren Othmars Bewegungen ein. Anscheinend hatte er die Unterredung der beiden Männer durch das geöffnete Fenster belauscht, sich nach der Verabschiedung in Sicherheit gewähnt und daraufhin beschlossen, aus dem Bretterverschlag zu treten. Nun starrten sie einander an. Alle wussten, was der jeweils andere dachte. Lange Umschweife waren also überflüssig.

»Wo ist Ehler?«, fragte Godeke streng, obwohl er natürlich schon eine Ahnung hatte.

Nach einem weiteren Moment des Zögerns zeigte der Angesprochene mit seinem sichtlich lädierten Kinn auf den Schuppen. »Er ist hier.« Jeder Widerstand war in diesem Moment gebrochen.

Mit flinken Schritten erreichte Godeke die Hütte und trat ein. Was er dort sah, hatte er nicht erwartet.

Sein elfjähriges Mündel saß blutverkrustet aber wach in einer Ecke. Neben ihm hockte ein anderer Junge, den Godeke nicht kannte und der ebenso einige Schürfwunden aufwies.

»Wusste ich es doch! Was habt ihr euch nur dabei gedacht, ihr dummen Burschen? Wolltet ihr euch etwa solange hier verstecken, bis eure Wunden verheilt sind?«

Keiner der Jungen erwiderte etwas. Die Wahrheit war, dass sie keinen Plan gehabt hatten. Sie waren nach dem Kampf einfach in den Stall geflüchtet – ohne jede weitere Überlegung. Nur kurze Zeit später war Ehler zum Glück wieder erwacht, dann kam der Hunger! Trotzdem hatte sich bislang keiner von ihnen herausgetraut.

Mittlerweile hatte auch Christian seinen Kopf in den Stall gesteckt. Zu dem dritten Jungen sagte er: »Los, hau ab nach Hause. Aber schnell!« Dann ließ er Godeke wissen: »Den Fall hätten wir ja wohl geklärt. Ich übergebe Othmar seinem Vater. Bring du Ehler nach Hause.«

Godeke nickte nur und fragte Ehler mehr ruppig als besorgt: »Kannst du gehen?« Gleichzeitig griff er nach dessen Arm. »Ich werde dich jetzt zu deiner Mutter bringen, und auf dem Weg dahin stehst du mir Rede und Antwort, hast du verstanden?«

»Ja«, war die einsilbige Antwort.

Bevor Godeke mit Ehler ganz vom Grundstück verschwunden war, drehte er sich noch einmal zu Othmar um, der von Christian schon gepackt wurde. »Glaube ja nicht, dass das kein Nachspiel haben wird. Und wage es ja nicht, Ehler noch einmal mit zu diesen Kämpfen zu nehmen!« Dann rauschte er davon – den humpelnden Ehler grob hinter sich herziehend. »Du sagst mir jetzt besser sofort, wie das passiert ist! Und erzähle lieber gleich alles, ich werde kein zweites Mal fragen!«

Ehler gab sich augenblicklich geschlagen. »Die Marianer haben uns herausgefordert. Sie haben behauptet, wir wären wie Unfreie dem Domkapitel gegenüber. Das konnten wir uns doch nicht gefallen lassen!«

»Und was habt ihr gesagt?«

Die Stimme des Jungen wurde jetzt leiser. »Wir haben ihre Väter als Hunde von Johannes vom Hamme bezeichnet.«

»Na toll, und dann habt ihr beschlossen, euch zu prügeln, ja? Sag mir, was hat das jetzt geändert, Ehler? Gar nichts!«

Nach ein paar Gassen hatte sich Godekes Zorn etwas gelegt. Vor seinem Mündel konnte er es ja schlecht zugeben, aber auch ihn ärgerten die Anschuldigungen der Marianer, in denen sogar ein Fünkchen Wahrheit steckte. Der Scholastikus war mächtig und vermögend, beide Vorzüge trug er mit unverhohlenem Stolz vor sich her, was ihn noch unbeliebter bei den Nikolaiten machte. Doch all das wollte er sicher nicht mit Ehler besprechen. Stattdessen fragte er ihn: »Hast du eigentlich eine Ahnung davon, welchen Aufruhr eure Schlägerei wieder einmal verursacht hat? Selbst der Rat hat heute Morgen darüber gesprochen! Und deine Mutter! Sie ist krank vor Sorge um dich. Was ist nur in euch gefahren? Mir scheint, ihr Jungen habt zu viel Zeit, um euch die Köpfe einzuhauen, aber damit ist nun Schluss – jedenfalls bei dir –, das verspreche ich!«

Ehler sagte kein Wort mehr. Es gab nichts, was er Gescheites darauf hätte erwidern können.

Sie waren bereits über die Trostbrücke gegangen, vorbei am Kran und dem Zoll, hatten die Zollenbrücke überquert, und hielten direkt auf die Grimm-Insel zu, als sie ihr Ziel, die Gröningerstraße, schon sahen. Godekes und Odas Haus stand neben dem von Thiderich und Ava. Hier hielten sie an.

»Mach dich auf was gefasst, Junge. Wenn deine Mutter dich so sieht, kannst du mit Sicherheit was erleben.«

»Ich weiß.« Ehler verstand sofort. Seit dem Tod seines Vaters waren er und sein Bruder seiner Mutter wertvollster Schatz. Der bloße Gedanke daran, dass ihnen etwas zustoßen könnte, brachte sie manches Mal schier um den Verstand.

Nach einem kurzen Klopfen öffnete Ava die Tür. Ihre großen dunklen Augen weiteten sich, und ihre blasse, ebenmäßige Haut wurde schlagartig aschfahl. »Großer Gott, was ist geschehen?«, fragte sie mit einem erschrockenen Blick auf ihr Kind. Als sie jedoch sah, dass Ehler nicht in Lebensgefahr schwebte, schlug ihr Schrecken in Wut um. Urplötzlich holte sie aus und verpasste dem Jungen eine Ohrfeige. »Sofort reinkommen. Wasch dir das Blut aus dem Gesicht, und dann komm in die Küche!«

Ehler hielt sich die schmerzende Wange, schlich aber wortlos an ihr vorbei, um das Aufgetragene zu erledigen.

»Darf ich reinkommen?«, fragte Godeke vorsichtig.

»Aber natürlich! Bitte entschuldige mein Betragen«, sagte Ava halbherzig. Noch immer war ihr die Wut ins schöne Gesicht geschrieben.

In der Küche begann Godeke zu erzählen. »Es gab eine Schlägerei zwischen Marianern und Nikolaiten. Ich fand ihn bei Othmar Nannonis im Hühnerstall.«

Ava schüttelte langsam den Kopf. »Wie kann es nur immer so weit kommen? Er entgleitet mir, Godeke. Seit Thiderichs Tod ist er ungehorsam und verschlossen. Was kann ich nur tun?«

»Mach dir nicht zu viele Sorgen, Ava. Alle Jungen in seinem Alter prügeln sich. Wenn ich ihn mir häufiger zur Brust nehme, wird er keine Zeit mehr für solch dumme Einfälle haben. Ich werde mich mehr um ihn kümmern, jedenfalls solange, bis du einen neuen Gemahl hast.«

Avas Kopf ruckte hoch. »Ich bin noch in Trauer und denke nicht daran, jetzt schon wieder zu heiraten. Thiderich ist erst wenige Monate tot. Du wirst ja wohl nicht etwa schon...«

Godeke erkannte die Besorgnis in ihrem Blick, was ihn ein wenig enttäuschte. Zwar war er mit Avas Einverständnis zu ihrem Muntwalt ernannt worden, was auch bedeutete, dass es somit an ihm war, ihr einen neuen Ehemann zu suchen, doch hatte er nicht vor, dies ohne ihre Zustimmung zu tun. »Bitte, Ava, ich werde dir ganz sicher keinen neuen Gemahl vor die Nase setzen, ohne mit dir darüber zu sprechen. Was denkst du bloß von mir?«

»Verzeih. Ich habe es nicht so gemeint. Aber manchmal glaube ich, die Trauer um Thiderich nie überwinden zu können. Ich weiß natürlich, dass ich wieder heiraten sollte – die Kinder brauchen einen Vater, und auch meine Familie drängt mich dazu. Aber noch kann ich es nicht. Noch nicht!«

Es machte Godeke ernsthaft betroffen, Ava so zu sehen. Ihre Trauer war aufrichtig, sie hatte ihren Gemahl sehr geliebt. Und doch sah er keinen anderen Weg, als sie möglichst bald wieder zu verheiraten. Es galt, einen Verwalter für ihr beträchtliches Erbe zu finden und natürlich einen Vater für ihre Söhne – auch wenn Godeke letztere Aufgabe nur schweren Herzens würde abgeben können –, und das hatte auch einen Grund.

Obwohl Godeke bereits seit über zwei Jahren mit Oda verheiratet war, trug sie noch immer kein Kind unter dem Herzen. Er machte ihr keine Vorwürfe deswegen, sah er doch, wie sehr sie selbst darunter litt. Doch die Kinder Thiderichs hatten ihm das Fehlen eigener Nachkommen noch einmal deutlich vor Augen geführt.

Eigentlich hatte Godeke Thiderich nie näher gestanden als Walther oder Albert, weshalb viele sich zunächst über die ihm übertragene Muntwaltschaft gewundert hatten. Doch es gab auch dafür einen Grund: Godeke war in Hamburg, und Walther und Albert nicht! Die nächstmöglichen Männer, die für diese Aufgabe infrage gekommen wären, waren Avas Bruder Helprad und ihr Vater Fridericus von Staden. Doch Ava hatte seit der fälschlichen Anprangerung Runas und dem Ausschluss Alberts aus dem Rat kein gutes Verhältnis mehr zu ihnen, und so hatte sie Godeke regelrecht angefleht, dass er dieses Amt übernahm.

Das zaghafte Öffnen der Küchentür holte beide aus ihren Gedanken. Es war Ehler, der frisch gewaschen und mit hängendem Kopf eintrat.

Ava musterte ihren Sohn. Dann fiel ihr Blick auf seine Schläfe. »Komm her zu mir«, befahl sie ihm mit nun weicherer Stimme und strich ihm dann die Haare aus dem Gesicht. Darauf sog sie hörbar die Luft ein und verzog das Gesicht. Die eben noch von Staub und Blut verdeckte Verletzung stach nun deutlich hervor und bereitete ihr Sorge. Sofort fragte sie sich, welche seiner Gesichtshälften sie eben geschlagen hatte, um sich kurz darauf erleichtert daran zu erinnern, dass es die andere Seite gewesen war. Mit einem rührigen Blick in Godekes Gesicht sagte sie: »Die Wunde ist doch schlimmer, als ich eben noch angenommen habe. Ich glaube, das sollte sich Kethe mal besser ansehen.«

6

»Meine Damen, ich bitte Euch. Geht alle rüber in den Handarbeitsraum, und lasst mich mit meiner Gemahlin allein«, sagte Johann II. mit freundlicher Stimme in Richtung der eben sich noch eifrig unterhaltenden Hofdamen.

Alle erhoben sich sofort, auch die Ammen der Kinder. Eine jede ließ stehen und liegen, womit sie gerade beschäftigt war, und verließ nach einem Knicks die Kemenate.

Runa und Margareta folgten den Damen, die sich, wie immer fröhlich plappernd, auf den Weg in die zweite Kammer der Gräfin machten, wo eines der noch überaus selten aufzufindenden Spinnräder und ein ebenso seltener Tuchwebstuhl standen. Kurz bevor sie durch die Türe traten, sprach Runa die Amme ihres Sohns an. »Gib ihn mir, ich nehme ihn mit hinaus.«

»Hinaus? In die Kälte?«, brach es unüberlegt aus der Amme, die sich ihrer Widerworte sofort bewusst wurde. »Verzeiht, aber ...«

»Aber was?«, unterbrach Runa die Amme freundlich und nahm ihr Thido ab. »Hat Gott in seiner unendlichen Weisheit nicht auch die kalte Luft geschaffen, ebenso wie den Regen und alles andere auf der Welt? Wie könnte es dann schlecht für ein Kind sein?«

Darauf wusste die Amme nichts mehr zu sagen. Stumm starrte sie auf das eingewickelte Kleinkind, das sie betreute, seitdem der Spielmann und sein Weib auf der Burg Kiel wohnten.

Runa ließ sie einfach stehen und sagte zu Freyja: »Komm, wir gehen zu Vater.«

»Nehmt ihr mich mit?«, fragte Margareta mit einem Blick, der etwas Flehendes hatte. Ohne eine Antwort abzuwarten, schloss sie zu ihnen auf und flüsterte: »Ich brauche dringend eine Ruhepause. Reden alle Hofdamen so viel und so schnell? Ich frage mich, wie die Gräfin das den ganzen Tag erträgt.«

Ein helles Lachen ertönte. »Daran kann ich mich auch nicht gewöhnen. Aber da wo wir jetzt hingehen, wirst du auch keine Ruhe bekommen. Ich bin mir sicher, dass Walther mal wieder die Mägde und Knechte in der Küche mit seinem Flötenspiel unterhält. Und ich sage dir, *die* sind noch lauter als die Damen der Gräfin.«

Runa sollte recht behalten. Als sie die Küche betraten, hörten sie ein fröhliches Lied, zu dem einige klatschten und zwei Kinder tanzten. Fast wie im Wirtshaus ging es hier manches Mal zu – natürlich nur dann, wenn die Herrschaft weit genug entfernt war.

Als Walther seine Familie sah, hörte er zum Verdruss des Gesindes auf zu spielen, und nur wenig später saßen Runa, Margareta und Walther an einem der groben Holztische.

Der kleine Thido hatte von all dem nichts mitbekommen und schlief friedlich auf Margaretas Arm, die weder von ihm noch von Freyja jemals genug bekam. Das Mädchen rannte wie immer umher. Es war einfach unmöglich, sie lange auf einer Bank zu halten.

»Was hat euch aus der warmen Kemenate getrieben?«, fragte Walther, während er Thido betrachtete.

»Wir wollten dich sehen. Des Tages bekommt man dich ja kaum mehr zu Gesicht. Irgendwann wissen deine Kinder nicht mehr, wie du aussiehst, und nennen dich auch *Spielmann*«, spöttelte Runa mit einem Lächeln.

Walther nahm schmunzelnd ihre Hand. »So weit wird es nicht kommen, Liebste. Heute Morgen noch hat Freyja mich Vater genannt.« Trotz aller Heiterkeit, er wusste, seine Frau beschwerte sich zu Recht. Wenn nicht das Grafenpaar nach ihm verlangte, so waren es die Männer aus dem Gefolge oder eben das Gesinde. Sie alle schätzten seine Künste, ebenso wie seine bloße Gegenwart. Mehr und mehr Zeit des Tages verbrachte er deshalb ohne Runa und die

Kinder, was auch ihm manches Mal nicht gefiel. Dennoch boten sich ihm dadurch auch einmalige Gelegenheiten. Gestern hatte der Graf ihm sogar einen der teuren Falken für die Beizjagd auf den Arm gesetzt und ihm erklärt, wie man mit ihm jagte. Heute jedoch hatte er den Grafen noch gar nicht zu Gesicht bekommen, und Runa gab ihm just die Erklärung.

»Die Wahrheit ist, Graf Johann kam plötzlich in die Kemenate und schickte alle Hofdamen hinaus. Er wollte mit der Gräfin allein sprechen.«

»Das klingt ja nach ernsten Angelegenheiten. Hast du eine Ahnung, worum es geht?«

»Ich habe nur eine Vermutung...« Runa brach im Satz ab und fragte Walther: »Hast du Freyja gesehen?«

Walther reckte den Hals, um zu schauen, ob sie Unfug trieb, denn seine Tochter krabbelte gerade unter den Tisch. Er wusste, sie liebte es, heimlich die Röcke der Mägde miteinander zu verknoten oder die Füße der Knechte mit Lumpen an die Tischbeine zu binden. Gerade vorgestern war einer von ihnen übel gestürzt. Um Freyja vor schlimmen Bestrafungen zu bewahren, hatte Walther nichts gesagt, doch er hatte sie in der Abgeschiedenheit ihrer Kammer streng getadelt und ihr verboten, am nächsten Tag in den Stall zu gehen.

»Ich gehe nach ihr sehen«, sagte Walther und verließ den Tisch mit den Frauen, die gleich darauf ein Gespräch anfingen. Walthers Blick heftete sich an jene Stelle unter dem Tisch, wo eben zwei kleine Kinderfüße verschwunden waren. Jetzt schaute ein Kopf heraus, und es reichte ein strenger Blick des Vaters, um Freyja wieder unter dem Tisch hervorzuholen. Schuldbewusst schaute sie ihn an, doch Walther konnte nicht weiter böse dreinschauen und schenkte ihr ein Lächeln. Das Mädchen erwiderte es mit jener wundersam kindlichen Art, die eine so starke Wirkung auf ihn hatte, und warf sich in seinen Arm.

»Nicht böse sein, Vater. Ich krabbele auch nicht mehr unter den Tisch. Versprochen.«

Wie fast immer schmolz er auch jetzt wieder dahin. Was war es doch für ein schönes Gefühl, von diesem Kind so bedingungslos geliebt zu werden – ein Gefühl, das Walther selbst so nie gekannt hatte. Seine Kindheit in Friesland bei dem Dorfpfarrer Everard in Sandstedt war geprägt gewesen von Armut und Gebet. Er wollte sich nicht beschweren, hatte es ihm doch eigentlich an nichts gefehlt; das heißt, an nichts außer der Wahrheit! Schon früh erfuhr er, dass er ein Findelkind war. Ein Verstoßener. Ein Ungewollter. Bereits kurz nach seiner Geburt hatte der Pfarrer ihn bei sich aufgenommen. Woher er wirklich kam, erfuhr er niemals. Immer dann, wenn er seinen Ziehvater darauf ansprach, erwiderte dieser bloß: *Gott hat dich eines Tages zu mir geführt! Das ist alles, was es dazu zu sagen gibt.* Irgendwann hatte Walther aufgehört zu fragen, doch von Zeit zu Zeit hallte der Gedanke über seine Herkunft in seinem Kopf wider. Heute war er sich sicher, dass er niemals Antwort auf diese Frage erhalten würde, und eigentlich war es ja auch ganz gleich, woher er kam. Bloß die Neugier quälte ihn nach wie vor und ließ sich einfach nicht abschütteln. Doch tief in sich wusste er, dass er aufhören sollte darüber nachzudenken. Was hatte das noch für einen Sinn? Sein Leben war jetzt ein anderes, und darüber war er froh.

Walther ging zurück zu Runa und Margareta. Seine verworrenen Gedanken lichteten sich, und er warf einen letzten Blick auf Freyja. Das Mädchen hatte eine Katze entdeckt, die sie jetzt hingebungsvoll streichelte. Stolz blickte der Spielmann auf seine Tochter, deren Wesen dem seiner geliebten Frau so ähnlich war, obwohl sie äußerlich weder ihm noch ihr glich. Dann wandte sich Walther den beiden Frauen zu, die sich schon eine Weile angeregt unterhielten. Seit Eccard die Burg verlassen hatte, gab es zwischen ihnen nur noch ein Thema: die Hinrichtung.

»Ich kann es immer noch nicht glauben, dass Johannes vom Berge endlich in die Hölle geschickt wird. Wenn es nach mir geht, könnte es heute schon so weit sein.«

Runa griff nach der kleinen geschwungenen Muschel, die mit einem ledernen Band locker um Thidos Hals gebunden war. Sie gehörte einst Thiderich, dem er seinen Namen zu verdanken hatte.

Auch Walthers Blick fiel nun auf die Muschel. »Ich war dabei, als Thiderich sie an den endlosen Stränden Butjadingens, auf der Suche nach Albert, gefunden und eingesteckt hat. Kaum zu glauben, dass das schon zweiundzwanzig Jahre her ist.«

»Ja, es ist schon lange her«, sagte Runa mit trauriger Stimme, während ihr Bilder von Zeiten in den Sinn kamen, da sie alle noch vereint gewesen waren.

Margareta legte Runa eine Hand auf den Arm. »Nach der Hinrichtung werden wir mit all dem abschließen können.«

»Es möge so sein, wie du es sagst, liebe Schwester. Ich hoffe es so sehr!«

Mit einem Mal zog Margareta ihre Hand wieder zurück. Sie bekam einen seltsamen Gesichtsausdruck – irgendwie in sich gekehrt und seltsam abwesend.

Runa bemerkt es sofort. »Was ist mit dir?«

Margareta schluckte schwer. »Ich weiß nicht. Seit gestern vertrage ich morgens kein Bier mehr. Wahrscheinlich bekümmern mich die Ereignisse doch mehr, als ich es zugeben mag.« Dann reichte sie Runa ihren Sohn und sagte: »Bitte entschuldigt mich.« Schon war sie hinausgestürmt.

Die Eheleute blieben allein zurück. »Du lieber Himmel. Das kam aber plötzlich.«

Walther, der im Gegensatz zu Runa angesichts der jüngsten Geschehnisse nichts seltsam am unruhigen Magen Margaretas fand, zuckte mit den Schultern.

In diesem Moment begann Thido zu schreien. Ohne leises Quäken oder Meckern, das seinen Unmut angekündigt hätte, riss er das kleine Mündchen auf und schrie aus vollem Halse.

Runa war nicht überrascht. Sie kannte dieses Verhalten schon, ihr Sohn hatte einen starken Willen. »Ich glaube, er braucht seine Amme«, sagte sie und erhob sich.

»Ja«, lachte Walther. »Jedenfalls Teile von ihr.«

»Walther!«, tadelte Runa ihren Gemahl wegen dieser abfälligen Bemerkung, fragte jedoch gleich hinterher in netterem Ton: »Kommst du später in die Kemenate und singst für uns, Liebster?«

Er nickte.

Als Runa sich zum Gehen wandte, betrat die Magd Christin die Küche. Ihr Blick fuhr herum, dann sah sie Runa. Sie ging auf sie zu und sagte: »Die Herrin verlangt nach Euch und Eurer Schwester.«

»Ich komme. Hast du meine Schwester auf dem Hof gesehen?«

»Ja, sie wartet schon am Brunnen auf Euch.«

»Gut, bring bitte Thido und Freyja zur Amme und zur Kinderfrau.«

»Natürlich, gebt ihn mir nur.«

Runa überreichte vorsichtig das schreiende Bündel und wies ihre Tochter an: »Freyja, geh mit Christin mit.« Zu ihrem Erstaunen gehorchte das Mädchen auf Anhieb. Nur Augenblicke nach Christin verließ auch Runa das Wirtschaftsgebäude. Sie überquerte den Hof und fand Margareta am Brunnen.

»Geht es dir besser?«

»Ja, ja, es war nichts«, sagte ihre Schwester, die wieder frischer aussah. »Die Luft hat mir gutgetan.«

Runa ging nicht weiter darauf ein und behielt ihre Gedanken für sich.

Wenig später schritten sie die überdachte Freitreppe zur Kemenate hinauf und gingen durch die Gänge bis zu den gräflichen Kammern. Schon von hier aus war das Rattern und Klappern der Gerätschaften zum Herstellen und Verarbeiten von Garn ebenso wie das allgegenwärtige Geplapper und Gekicher der blutjungen adeligen Frauen deutlich zu hören.

Ein Blick in Margaretas Gesicht, die wissend mit den Augen rollte, verriet Runa, dass sie beide die schrillen Stimmen nicht vermisst hatten.

Nach einem kurzen Klopfen an der Tür ertönte ein »Herein!«

Die Schwestern traten ein und knicksten vor der Gräfin, die an ihrem Schreibpult saß und etwas schrieb. Hier, in der kleineren der zwei gräflichen Kammern, war es angenehm still. Selbst das Kratzen der Schreibfeder stoppte nun. Trotz der kühlen Luft draußen waren beide Fensterluken weit geöffnet.

»Nehmt ruhig Platz.«

»Habt Dank, Gräfin«, sagten beide Frauen nahezu gleichzeitig und setzten sich auf zwei brokatbespannte Lehnstühle.

Dann war es wieder einen Moment still. Margarete von Dänemark nahm das Siegelwachs zur Hand und erwärmte es mit einer Kerze. Dann tropfte sie etwas davon auf das gefaltete Papier und drückte ihr Siegel hinein. Ein Diener, der die ganze Zeit über neben ihr gestanden hatte, nahm den Brief entgegen.

»Bring ihn geschwind zum Hamburger Dompropst. Sag ihm, er kann uns in fünf Tagen erwarten.«

»Sehr wohl, Herrin!«

Als die Tür ins Schloss fiel, richtete die Gräfin ihr Wort an Runa. »Der Graf und ich haben beschlossen, schon morgen nach Hamburg zu ziehen. Der Rat hat wegen verschiedener Belange der Stadt um unsere Anwesenheit auch über die Hinrichtung hinaus gebeten. Wir werden eine Weile auf dem Kunzenhof wohnen – auf jeden Fall bis zum Kinderbischofsspiel –, und wir wünschen, dass ihr uns begleitet.«

Runa schossen zig Gedanken durch den Kopf. Der erste galt ihrem Sohn Thymmo. Sie würde ihn wiedersehen! Das war ein Grund großer Freude. Und auch Godeke, Oda und Ava wollte sie endlich wieder in die Arme schließen. Doch ihre weiteren Gedanken waren gemischt. Zwar war ihr klar gewesen, dass sie der Hinrichtung in Hamburg beiwohnen würde, doch hatte sie gedacht, gleich danach wieder nach Kiel zu ziehen – fort von allen schlimmen Erinnerungen, die sie mit Hamburg verband.

»Was ist mit Euch?«

Runa wurde aus ihren Gedanken gerissen und bemerkte, dass ihr Verhalten ungebührlich war. »Oh, bitte verzeiht meine Zerstreutheit...«

Die Gräfin lächelte milde. Sie war weise genug um zu ahnen, was Runa beschäftigte. »Fürchtet Euch nicht vor den ollen Kaufmannsweibern und den Ratsherren. Niemand wird es wagen, Euch auch nur schräg anzuschauen. Ihr steht nun unter unserem Schutz.«

Ein warmes Gefühl überkam Runa und ihr Blick wurde weicher. »Das zu wissen, lässt all meine Bedenken verfliegen.«

»Sehr gut! Und nun möchte ich mich wieder den Dingen widmen, die mir Freude machen.« Während sie das sagte, erhob sie sich.

Schnell taten Runa und Margareta es ihr gleich.

»Lasst uns in den Handarbeitsraum gehen. Ich möchte Euch eine Stickerei zeigen, bei der ich Rat gebrauchen könnte.«

Die Frauen gingen hinüber zur zweiten Kammer der Gräfin, wo zwei Wachen vor der Flügeltür standen. Ohne ein Wort öffneten sie diese und ließen die Frauen ein.

Dahinter zeigte sich eine Pracht, die von außen nicht zu erwarten gewesen wäre. In einem kunstvoll gestalteten Kamin loderte ein Feuer. Große Fenster ließen viel Licht hinein, und überall lagen dicke Kissen. In jeder Ecke saßen wunderschöne Frauen mit kostbaren Gewändern und verzierten Hauben, die sich bislang vor der Welt versteckt zu haben schienen. Eine jede von ihnen war in eine Handarbeit vertieft. Sie alle hätten Gräfinnen sein können, nur im direkten Vergleich erkannte man den wahren Unterschied: Margarete von Dänemark hatte etwas an sich, das keiner anderen Dame in der Kemenate anzuhaften schien. Es war nicht so, dass sie die Schönste war, viel eher die Edelste und die mit der reinsten Anmut und der erhabensten Haltung.

Die drei Frauen schritten zum Kamin, dessen Wärme ihnen wohlige Schauer über den Rücken jagte. Hier ließen sie sich nieder. Die auf diese Weise wortlos vertriebenen Damen blickten etwas verstimmt, da es den einzigen beiden nichtadeligen Frauen erlaubt wurde, sich zur Gräfin zu setzen.

Diese jedoch ignorierte die Blicke und holte ein fast fertiges hellblaues Kleidchen aus einer Truhe hervor. Es war eindeutig für die gräfliche Tochter Mechthild gemacht, die genauso alt war wie Freyja. Mit kritischem Blick beäugte Margarete von Dänemark eine Stelle am Ausschnitt, an der der Anfang einer besonders komplizierten Stickerei zu erkennen war, und sagte zu Runa: »Das ist die Handarbeit, die ich meine. Ich komme an dieser Stelle einfach nicht weiter. Schon fünfmal habe ich sie wieder geöffnet und von vorne angefangen. Ihr seid so viel besser mit feinen Handarbeiten, schaut es Euch bitte einmal an.«

Runa nahm das Kleid entgegen und hielt es dichter ans Feuer, um besser sehen zu können. Sie fand den Fehler sofort und sagte: »Genau dieses Muster habe auch ich gerade für ein Kleidchen verwendet. Ich zeige es Euch, dann könnt Ihr sehen, wie diese Stelle zu lösen ist.« Runa verließ kurz den Raum, lief zu ihrer und Walthers Kammer und kam zurück mit einem roten Kleid, das Freyja bald tragen sollte. Als sie es zeigte, machten die Frauen große Augen, so vollkommen war es. Kein Wunder. Runa liebte Handarbeiten und wagte sich mit den Jahren an immer schwierigere Muster. Freyjas Kleid stand dem für Mechthild somit in nichts nach. »Seht Ihr, so müsst Ihr den Faden führen«, sagte sie zur Gräfin und wies mit ihrem kleinen Finger auf eine bestimmte Stelle.

Nach einer Weile stieß die Fürstin aus: »Ha, jetzt erkenne ich meinen Fehler«, und fingerte sofort an ihrem eigenen Stickmuster herum. Dann hielt sie das unfertige Werk mit ausgestreckten Armen weit von sich weg und betrachtete es. »Nun bleibt noch eine Frage offen...«

»Was meint Ihr?«

Statt zu antworten, rief die Gräfin: »Freyja, Mechthild, kommt zu mir!«

Folgsam ließen die Mädchen, die in der Mitte der Kammer auf dem Boden mit hölzernen Pferden spielten, davon ab und taten, was ihnen aufgetragen wurde. Mit einem Knicks stellten sie sich vor Margarete auf, die ohne weitere Worte erst der einen und dann der anderen das fast schon leuchtend hellblaue Kleid anhielt. Sie legte den Kopf schief und überlegte, nahm Freyjas dicke, kastanienbraune Zöpfe und legte sie dem Mädchen über die Schulter. Das Gleiche tat sie mit den helleren Haaren ihrer eigenen Tochter. Jetzt wandte sie sich wieder an Runa, die ihr aufmerksam zugeschaut hatte. »Was meint Ihr? Ich finde Mechthild sieht blass in dieser Farbe aus. Freyja steht sie besser, oder?«

»Hmm«, raunte Runa mit gerunzelter Stirn. Auch wenn es unüblich war, Kritik an einer Gräfin zu üben, wusste sie, dass diese genau das an ihr schätzte – ihre Ehrlichkeit. Drum sagte Runa: »Ja, das stimmt. Freyjas Haar- und Augenfarbe passt besser zu diesem Blau.«

»Dann ist dieses Kleidchen wohl eher was für Eure Freyja. Mechthild soll ja schließlich nicht kränklich aussehen«, stellte die Gräfin nachdenklich fest. »Ich hätte es wissen müssen. Vor einem Jahr habe ich ihr schon einmal etwas Hellblaues genäht, und da ist es mir bereits aufgefallen. Aber ich liebe diese Farbe nun einmal...«

Auf diese Worte Margaretes machte die kleine Mechthild ein trauriges Gesicht. »Aber das ist doch mein Kleid, Mutter. Ihr habt es doch für mich gemacht.«

»Aber Liebes, wenn es dir nun mal nicht gut zu Gesichte steht?«

Auch Runa versuchte das Kind zu beruhigen, deren unglücklicher Blick ihr Herz erweichte. »Oh, Mechthild, sei nicht traurig. Gott hat uns eben alle unterschiedlich erschaffen. Jeder hat andere Haare, andere Augen, andere Haut. Komm mal her zu mir.«

Artig kam das Mädchen herüber.

»Schau mal, was hältst du denn von einem roten Kleid?« Während sie das fragte, hielt sie dem Mädchen das fast fertige Kleid an. »Es ist zwar noch nicht ganz vollendet, aber ich denke, in zwei oder drei Tagen kannst du es tragen.«

Mechthilds Augen strahlten wieder.

»Aber Mutter...«, protestierte Freyja plötzlich.

Runa schaute vielsagend zu ihrer Tochter hinüber. »Meine liebes Kind, sollst du etwa zwei Kleider bekommen und Mechthild keines?« Der tadelnde Ton in Runas Stimme ließ Freyja umgehend den Kopf schütteln. Das Mädchen wusste, wann ihre Mutter keine Widerrede duldete.

»Ja, Mutter. Natürlich.«

»Geht wieder spielen, Kinder«, befahl die Gräfin den Mädchen, die sogleich davonstoben. Jede Enttäuschung über Kleider und Farbe war sofort wieder vergessen, als sie ihre Holzpferde zur Hand nahmen.

»Sind sie nicht entzückend, die beiden?«, fragte Margarete etwas in sich gekehrt. Dann legte sie ihren Blick auf Runa und sagte: »Ich bin so froh, dass Euer Gemahl zurück auf die Burg gekommen ist, und noch viel glücklicher bin ich darüber, dass er Euch und die Kinder mitgebracht hat. Mechthilds Einsamkeit hat seither ein Ende...« Die nächsten Worte flüsterte sie nur, damit die Damen sie nicht hörten. »Und die meine auch!«

Runa wusste so vieles darauf zu sagen. Sie wollte am liebsten aufspringen, die Gräfin an sich drücken und ihr danken, dass sie so freundlich und warmherzig war, doch in Gegenwart der Hofdamen wusste sie oft nicht, wie viel sie wagen durfte. Darum versuchte sie all diese Gefühle in einen vielsagenden Blick zu tun und lächelte liebevoll. »Habt tausend Dank, Gräfin. Ich genieße jeden Tag hier in Kiel, und noch viel mehr genieße ich die Zeit mit Euch. Seid Euch gewiss, das ist die Wahrheit.«

Margarete schien zu verstehen, wie viel mehr noch auf Runas Lippen lag, und nahm deren Hand in ihre. Sie drückte die Finger ihrer Freundin und lächelte zurück.

Runa erwiderte den Druck der Hand.

Gewiss war es unüblich, dass eine Gräfin sich mit einer Dame so weit unter ihrem Rang abgab – schließlich waren fast alle der Hofdamen von Standes her besser als Freundinnen geeignet – doch diese Frauen langweilten die Gräfin. Ihr höfisches Benehmen und ihr speichelleckendes Verhalten waren ihr regelrecht zuwider. Ebenso war es unüblich, dass eine Gräfin sich in so großem Maße selbst um ihre Kinder kümmerte, doch auch das scherte Margarete nicht. Was sonst hätte sie den ganzen Tag auf der kalten, zugigen und vor allem langweiligen Burg tun sollen?

Plötzlich erhoben sich die beiden Ammen. Sie hatten Thido und Adolf gefüttert, gesäubert und fest in weiche Tücher gewickelt. Nun fielen den kleinen Jungen langsam die Augen zu. Mit sanften Bewegungen übergaben sie die Bündel deren Müttern, die sie freudestrahlend entgegennahmen.

»Thido hatte mal wieder einen gesunden Appetit«, ließ die Amme Runa wissen. »Wenn er so weiter isst, wird er sehr bald groß und kräftig sein.«

»Na, das will ich auch stark hoffen«, ertönte es plötzlich am anderen Ende der Kemenate. Es war Walther, der es endlich geschafft hatte, sich aus der Küche loszureißen, um Runas Wunsch nachzukommen.

Als Freyja ihren Vater sah, sprang sie geschwind auf und rannte ihm entgegen.

Gerade wollte Runa sie ihres unsittlichen Benehmens wegen tadeln, als Margarete ihr die Hand auf den Arm legte.

»Lasst nur, meine Liebe. Heute wollen wir mal nicht so sein.« Dann richtete sie ihr Wort an Walther. »Spielmann, wo sind Eure Manieren? Ihr habt Euer Kommen nicht angekündigt, und nun sehen wir nicht entsprechend zurechtgemacht aus«, maßregelte sie Walther halbherzig im Spaß.

Walther machte eine tiefe Verbeugung vor den Damen und sagte: »Gräfin, verzeiht mir mein ungebührliches Verhalten. Die

Tür stand offen, und die Freude darüber, Euch und die hier anwesenden engelsgleichen Damen zu sehen, hat mein Herz über meinen Verstand siegen lassen. Außerdem ist das Bild, welches sich mir hier bietet, der Augen von Königen wert. Eure Bedenken sind also vollkommen umsonst, schönste aller Gräfinnen im Lande.«

Margarete von Dänemark errötete, ohne dass sie es wollte oder etwas dagegen tun konnte. Es war ihr einfach unverständlich, wie dieser Mann es immer wieder schaffte, ihr ein Lächeln zu entlocken. »Nun gut, Euer unangekündigtes Eindringen sei Euch noch einmal verziehen.«

»Darf ich das Vermissen meiner Manieren vielleicht wieder gutmachen, und Euch mit einer Minne beglücken?«

»Ihr dürft, Spielmann. Ich würde gern etwas Langsames hören.«

»Natürlich, Fürstin.«

Während die Gräfin und Runa ihre Säuglinge in den Schlaf wiegten, stimmte Walther eine sanftklingende Minne mit einem Text über die unerfüllte Liebe eines Ritters zu einer blonden Schönheit an. Eigentlich war es ein trauriges Lied, voller Schmerz und Tränen, und doch war es schön.

Runa kannte es noch nicht und fragte sich insgeheim, woher ihr Gemahl nur all diese Zeilen nahm. Hatte er sie gelesen oder sich eben selbst erdacht? Beides war möglich, denn Walther war in der Lage, zu jeder Gelegenheit das Passende vorzutragen. Abermals konnte sie nicht umhin, beim Lauschen seines Gesangs ins Schwärmen zu geraten. Fast war ihr, als verliebe sie sich jedes Mal ein bisschen mehr in ihren Gemahl, sobald er sang.

Walthers Augen indes ruhten fortwährend auf Runa, die seinen ersten Sohn in den Armen hielt. Er empfand so viel Liebe bei diesem Anblick, dass er meinte, die Minne verließe seine Lippen wie von selbst. Es gab nur eine Sache, die die Einhelligkeit dieses Augenblicks störte: der Gedanke daran, bald wieder in Hamburg zu sein, wo Johann Schinkel und Thymmo waren. Der bedauernswerte Junge konnte nichts dafür. Natürlich begriff er nicht, warum es notwendig gewesen war, ihn in Hamburg zurückzulassen. Wie sollte er auch? Schließlich war er noch ein Kind. Doch es war die einzige Möglichkeit für ihn und Runa gewesen, wieder zueinander zu finden, was auch gelungen war. Dennoch fühlte Walther Unbehagen bei dem Gedanken, dem einstigen Geliebten seiner Frau und deren Sohn wieder so nah zu sein. Es würde das erste Mal sein, seit sie Hamburg verlassen hatten, und es würde zeigen, ob der Plan für ihre Zukunft funktionierte.

Zwei Tage später war es dann soweit. Das beachtliche Gefolge hatte sich schon lange im Voraus vorbereitet. Seit dem Morgengrauen wurden die letzten Maßnahmen getroffen, Pferde angeschirrt, Kisten, Truhen und Fässer aufgeladen und allerhand Viehzeug in Käfige gesperrt. Von außen machte es den Anschein, als würde eine ganze Stadt umziehen.

Erst im letzten Moment, als Mägde und Knechte alles getan hatten, kamen die Edlen hinzu, und als Walther gerade in den Pferdewagen der Gräfin steigen wollte, um sie, seine Frau und Margareta, die beiden Ammen und die Kinder während der Fahrt nach Hamburg mit seinem Lautenspiel zu unterhalten, hielt ihn ein energischer Ruf davon ab.

»Spielmann!«

Walther drehte sich um und blickte in die Augen von Graf Johann II., der auf seinem edlen Schimmel angetrabt kam.

»Eure Laute kann gerne in dem Pferdewagen mitfahren, doch Ihr nicht.«

»Verzeiht, ich verstehe nicht ganz...«, entgegnete Walther sichtlich verwirrt über die Anweisung und den strengen Ton des Grafen.

Dieser winkte ihn mit einer knappen Handbewegung näher zu sich ran.

Dann, ganz plötzlich, machte Walther ein Lächeln auf des Fürsten Gesicht aus.

»Bleibt hier stehen«, bedeutete Johann II. ihm zu warten, bevor er sich auf seinem Pferd nach hinten drehte und nach jemandem pfiff. Herbei kam ein Diener mit einem Pferd am Zügel. Es war ein schönes Tier, mit kastanienfarbenem Fell und schwarz glänzendem Langhaar. Auf seiner Stirn war ein großer, weißer Stern auszumachen und auf der Nasenspitze eine kleine weiße Schnippe. »Ihr werdet deshalb nicht im Wagen mitfahren, weil Ihr dieses Mal reiten werdet, Spielmann. Und zwar auf eurem eigenen Pferd!«

Walther blickte wortlos vom Grafen zum Pferd, dann wieder zum Grafen. Keine Regung war seinem Gesicht zu entnehmen. Er war einfach sprachlos. Hatte er tatsächlich richtig gehört?

»Die Stute ist ein Geschenk von mir.« Der Graf gab dem Diener ein Zeichen, auf dass dieser die Zügel in Walthers Hand legte. »Was sagt Ihr dazu? Gefällt sie Euch?«, fragte der Schauenburger sichtlich zufrieden und mit einem Grinsen bis über beide Ohren. Seine eigene Freude über das Beschenken seines Spielmanns wirkte fast schon kindlich.

Walther fing sich nur langsam. Er bemerkte nicht, dass Runa ihn seit einer Weile aus dem Pferdewagen heraus beobachtete.

Im Flüsterton drängte sie: »Nun sag doch endlich etwas!«

Schließlich erwachte Walther aus seiner Starre. »Herr, ich bin überwältigt. Noch nie in meinem Leben habe ich ein eigenes Pferd besessen…!«

»Na, dann wird es ja Zeit«, sprach der Fürst. »Und nun probiert Euer Geschenk aus. Sitzt auf.«

»Ja, natürlich!«, schoss es jetzt aus ihm heraus, während er seine Laute zu Runa in den Wagen reichte und sich darauf dem Pferd zuwandte. Tief blickte er der Stute in die Augen. Dann fuhr er mit seiner Hand über ihren Stern und ihre Nüstern. Sie waren samtweich. Walther bildete sich sogar ein, niemals eine weichere Pferdenase gefühlt zu haben. »Wirf mich nicht ab, meine Schöne. Es ist lange her, dass ich auf dem Rücken eines Pferdes saß.« Dann nahm er die Zügel in die linke Hand und stieg erstaunlich geschickt in den Sattel, wo er die Lederriemen vorsichtig aufnahm. Die Stute begann leicht zu tänzeln, jedoch auf eine angenehme Art. Glücklich sah er den Grafen an. »Herr, wie kann ich Euch nur danken? Dieses Geschenk ist viel zu großzügig für einen einfachen Mann wie mich.«

»Das entscheide immer noch ich«, entgegnete der Graf augenzwinkernd. »Und nun zeigt mal, ob Ihr diese Frau zu bändigen wisst.« Unvermittelt gab der Fürst seinem Hengst die Sporen und galoppierte an den Anfang seines Gefolges. Im Gegensatz zu Walther war er ein geübter Reiter. Scheinbar mühelos und bloß mit einer Hand, führte er sein edles Pferd über die Wege.

Walther hielt angesichts der großen Kluft zwischen seinen Reitkünsten und denen des Schauenburgers den Atem an. Sein Herz klopfte wild, und das Blut schoss ihm in den Kopf. Er wusste, dass ihm am Ende des Tages jeder Knochen wehtun würde. Dennoch lächelte er, als er seiner Stute die Zügel vorgab und die Waden leicht in ihre Seiten drückte. Mehr war nicht nötig, um sie in einen leichtfüßigen Galopp zu treiben. Problemlos brachte er sich so an die Seite seines Herrn; es fühlte sich beinahe an wie Schweben. Walther hatte vergessen, wie gern er immer geritten war – wenn auch noch niemals auf einem solchen Pferd!

Runa schaute Walther hinterher, bis er nicht mehr zu sehen war. Vor Anspannung hielt sie seine Laute mit beiden Händen fest umschlossen. Es war wohl ihr Blick, der sie verriet.

»Es wird schon nichts passieren. Männer reiten, und Männer fallen. So ist das eben, meine Liebe«, sagte die Gräfin.

»Das ist wahr. Und trotzdem kann ich mich kaum daran erinnern, wann ich ihn das letzte Mal auf einem Pferd gesehen habe. Es ist so ... ungewohnt.«

»Ich finde, er hat richtig gut auf der Stute ausgesehen«, erwiderte Margarete mit einem Grinsen. »Fast wie ein Edelmann.«

Nun musste auch Runa grinsen. Ein Spielmann und ein Edelmann waren ungefähr so weit auseinander wie Kiel und Santiago de Compostela.

In diesem Moment ging ein so mächtiger Ruck durch den Wagen, der ein tiefes Schlagloch durchfahren hatte, dass alle vier Frauen einen spitzen Schrei ausstießen. Thido und Adolf erschraken und wurden unsanft aus ihrem Schlaf gerissen. Augenblicklich begannen beide, lauthals zu schreien. Jetzt war es um jede Ruhe geschehen. Bis vor die Tore der Stadt Segeberg, wo Adolf V. dem Tross seines Bruders ein Nachtlager auf seiner Siegesburg gewährte, gelang es keiner der Damen, die Kinder zu beruhigen. Weder Singen, noch Schaukeln oder der Versuch, sie zu füttern, zeigte irgendeine Wirkung.

Am nächsten Tag war es ähnlich schlimm. Sobald einer der Jungen im Begriff war einzuschlafen, begann der andere zu brüllen. So ging es stundenlang. Erst kurz bevor sie das Steintor im Osten Hamburgs durchfuhren, fielen den Kindern endlich gleichzeitig die Augen zu, und es kehrte Stille ein – jedenfalls so viel Stille, wie es innerhalb eines riesigen Trosses möglich war.

Einen Moment lang genoss eine jede den Frieden und schwieg. Die Frauen lauschten dem Klirren der Geschirre, dem Rufen der Männer und schauten hinaus, wo einige Kinder dem Tross lachend und schreiend folgten. Der Wagen bog ein letztes Mal ab und polterte über die Altstädter Fuhlentwiete, die abschüssig durch den aus mehreren Häusern und Buden bestehenden Kunzenhof führte. Beide Seiten der kleinen Straße waren von Hamburger Bürgern gesäumt, die die Grafen und ihr Gefolge begrüßen und sich das prächtige Ereignis nicht entgehen lassen wollten. So viel Prunk und Protz bekam man schließlich nicht alle Tage zu sehen.

Runa schaute in die vielen Gesichter, von denen sie einige kannte, und es wurde ihr kurzzeitig schwer ums Herz. Sie war wieder hier; in Hamburg. Dann aber sah sie etwas, das alles veränderte. Es waren die Blicke der Bürger und Bürgerinnen, die so anders waren, als noch vor ein paar Monaten. Unwillkürlich musste sie an die Worte der Gräfin denken: *Fürchtet Euch nicht… Ihr steht nun unter unserem Schutz.* Genau so war es und ebenso wollte sie sich nun verhalten. Vorbei war die Zeit des gesenkten Hauptes und des schamvollen Blickes. Bewusst straffte Runa ihren Rücken. Jetzt würde sie den Kaufmannsweibern zeigen, wen sie einst verhöhnt hatten!

Der Pferdewagen kam im Inneren des Hofes, wo die Schaulustigen keinen Zutritt hatten, zum Stehen, und sofort eilte ein Diener herbei, der einen hölzernen Tritt vor den Schlag stellte. Gerade war der Mann im Begriff, der Gräfin aus dem Gefährt zu helfen, als Graf Johann II. und Walther auf ihren Pferden angeritten kamen.

»Das übernehme ich!«, ertönte es aus Johanns Mund, der sich galant von seinem Pferd schwang und die Zügel seines Hengstes einem Pagen übergab. Dann ergriff er die Hand seiner Gemahlin, küsste sie und half ihr die Stufen hinunter. »Habt Ihr die Fahrt gut überstanden, Teuerste?«

»Ja, das habe ich. Auch wenn Euer Sohn den ganzen Weg über die Kraft seiner Lungen unter Beweis gestellt und mein Gehör damit zermürbt hat.« Margarete lächelte, während sie das sagte, wusste sie doch, dass es ihren Gemahl freute zu hören, dass der Nachkomme offenbar bei guter Gesundheit war.

»Na dann haben Eure Ohren ja erst recht einen Grund, sich auf den abendlichen Gesang unseres Spielmanns zu freuen.«

Margarete, deren zarte Hand noch immer in der ihres Mannes ruhte, sprach aus, was sie sich auf der Fahrt überlegt hatte. »Wenn es Euch recht ist, mein Gemahl, dann würde ich den Spielmann gern für die Tage bis zur Hinrichtung am Martinitag von seinen Diensten befreien, damit er eine Weile im Kreise seiner Lieben verbringen kann.«

»Nun«, ließ der Graf erstaunt verlauten, »wenn es Euer Wunsch ist, meine Teuerste, und Ihr bereit seid, auf sein Lautenspiel zu verzichten, dann soll es so sein.«

Walther, der noch immer auf seiner Stute saß und sich gerade den Schweiß vom Gesicht wischte, sagte: »Gräfin, habt Dank. Ihr habt ein Herz aus Gold und Edelsteinen.« Dann fügte er mit einem verschmitzten Blick hinzu: »Erlaubt mir bitte, meine Frau sogleich zu Pferd zu unserem Ziel zu bringen, bevor Ihr es Euch doch noch anders überlegt.«

Margarete schaute zu Walther auf, den der Ritt deutlich gezeichnet hatte. Dennoch schien er äußerst glücklich, drum lachte sie hell auf und sagte: »Nur zu, ich dachte zwar, Ihr könntet es nicht erwarten, aus dem Sattel zu kommen, doch da habe ich mich anscheinend geirrt.«

Runa war währenddessen aus dem Wagen gestiegen. Ihre Augen leuchteten. Auch wenn es sonst nicht ihre Art war, zog sie es gerade eindeutig vor, gesehen zu werden. Würdevoll schritt sie auf das Grafenpaar zu. Ihr kostbares, viel zu langes Kleid schleifte über dem Boden hinter ihr her. Es war kein Zufall, dass sie heute ganz besonders edel gekleidet war. »Auch ich danke Euch für Eure Großzügigkeit, Herrin.« Dann schritt sie auf Walther zu und griff nach dem starken Arm, den er ihr darbot.

Unter den bewundernden und höchst erstaunten Blicken der Schaulustigen, schaffte Walther es mit nur einem Schwung, seine Frau seitlich sitzend vor sich zu platzieren.

Runa lächelte ihn an, in dem Wissen, welch ein beeindruckendes Bild sie abgaben. Sie fühlte, wie ein wohliger Schauer ihren Rücken entlanglief, so sehr genoss sie die bewundernden Blicke und ihre verächtlichen Gedanken. Es wäre gelogen gewesen zu behaupten, dass es auch nur annähernd bequem war so zu sitzen, doch das hätte sie sich niemals anmerken lassen.

»Nun reitet schon fort«, verscheuchte die Gräfin die zwei. »Ich schicke den Wagen zur Grimm-Insel.«

Walther und Runa nickten ehrerbietig.

»Wohldann, Spielmann. Ich erwarte Euch nach der Hinrichtung auf dem Kunzenhof.«

»Gehabt Euch wohl«, war seine Antwort, bevor er den Griff um die Taille seiner Frau noch verstärkte.

Runa umfasste ein Büschel der glänzenden Mähne, und im gleichen Augenblick brachte Walther seine Stute in einen leichten Trab.

Sie ritten einfach auf die Menge der Schaulustigen vor dem Kunzenhof zu und machten keine Anstalten anzuhalten, sodass die Bürger und Bürgerinnen nahezu zur Seite springen mussten, um nicht überritten zu werden.

Von oben herab schaute Runa in die Gesichter der Cruses, der Salsnaks und in die weiterer lästerlicher Nachbarn von früher. Dann ließen sie sie einfach hinter sich. All die missgünstigen Gesichter der Weiber, deren Augen gehässig auf ihr Seidenkleid stierten, und all die neidisch geschüttelten Köpfe der Kaufmänner, die sich fragten, wie Walther zu einem solch edlen Pferd gekommen war.

Erst als die braune Stute in eine Gasse einbog, in der keine Menschenseele mehr zu sehen war, zügelte Walther das Pferd und fiel regelrecht in sich zusammen. Stöhnend sagte er: »Großer Gott, lass uns bloß im Schritt zur Grimm-Insel reiten, ansonsten bringen mich meine Seitenstiche und meine wunden Schenkel um.«

Runa blickte ihren Gemahl vielsagend an, der soeben zugegeben hatte, ebenso niederträchtige Gedanken zu haben, wie sie selbst. Obwohl er Schmerzen litt, hatte er sich der Pein ausgesetzt, im Trab durch die Menge zu reiten, bloß um Eindruck zu schinden. Nun konnte auch sie gestehen: »Liebend gern. Ich kann mir auch etwas Besseres vorstellen, als halb auf dem Pferdehals und halb auf dem Sattel zu sitzen. Aber die Blicke war es allemal wert gewesen!«

Einen Moment später prusteten sie beide lauthals los. Bis sie vor Godekes und Odas Haus standen, bekamen sie ihr Lachen nicht in den Griff. Erst ein lauter Freudenschrei unterbrach sie.

»Sie sind da! Godeke, Ava, Ehler, Veit, kommt alle raus, sie sind da!« Es war Oda, die leichtfüßig auf das Ehepaar zugerannt kam und Runa, die mit Walthers Hilfe zuerst vom Pferd glitt, fest in die Arme schloss.

Gleich darauf kamen auch alle anderen herbeigeeilt und bestürmten die beiden mit Fragen.

»Wo sind die Kinder?«

»Wem gehört das Pferd?«

Das Poltern des gräflichen Pferdewagens beantwortete zumindest die erste Frage, denn Freyja streckte bereits beide Arme heraus und winkte. Dahinter schaute Margareta hervor, was wiederum neue Fragen aufwarf. Während die Frauen den Rest der Familie in Empfang nahmen, führte Walther unter Godekes wortreicher Bewunderung das Pferd in den Stall hinterm Haus.

Später zog es alle in die Küche, wo Oda sich daranmachte, einen Becher für jeden zu füllen.

Godeke erzählte währenddessen von Eccards Brief. »Mutter, Vater und Eccard müssten jeden Tag in Hamburg eintreffen. Ich habe einen Brief von ihnen erhalten.« Dann wandte er sich an Margareta. »In dem Brief stand, dass du vom Pferd gefallen bist. Ist das wahr?«

Trotz dessen, dass es damals ein Schock gewesen war, begann Margareta zu lachen. Fröhlich plauderte sie los: »Oh, ja, das bin ich. Mein Hintern ist immer noch blau und grün. Ich sage euch, wenn es nicht sein muss, werde ich nie wieder auf ein Pferd steigen.«

Alle stimmten in ihr Lachen ein.

Margareta hob den Becher und sagte im Scherz: »Auf dass ich nie wieder reiten muss!«

Runa, die ebenso wenig vom Reiten hielt wie ihre Halbschwester, stimmte in den Spaß mit ein und rief: »Auf den behaglichen Pferdewagen der Gräfin!«

Während sie alle lachten, betrat die Amme mit Thido auf dem Arm die Küche.

Oda blickte sich um und legte die Handflächen auf ihre Wangen. »Nein, ich kann es kaum glauben, wie groß er in der kurzen Zeit geworden ist«, bemerkte sie und sprach damit aus, was auch Ava und Godeke dachten, als sie Runas schlafenden Jüngsten sahen. »Das letzte Mal, als wir alle zusammensaßen, war Thido gerade erst geboren. Jetzt ist er bald vier Monate alt!«

Runa betrachtete Oda von der Seite und grinste, als diese sich plötzlich verstohlen eine Träne von der Wange wischte. »Nun weine doch nicht, liebste Schwägerin. Jetzt sind wir doch wieder zusammen, nur das zählt.«

Oda ließ sich von Runa umarmen und lachte über ihr eigenes Verhalten. »Es ist mir selbst unbegreiflich, warum ich jetzt weinen muss. Ich glaube, je älter ich werde, umso weicher wird mein Herz – besonders, wenn es um die Kinder geht. Aber das wisst ihr ja.«

Runa strich Oda über den Rücken. Es war selten, dass ihre kinderlose Schwägerin so offen darüber sprach, was die schlimmste Pein für sie war. »Eines Tages wirst auch du Mutter sein, da bin ich mir sicher.« Sie legte ihre verbliebene Hand auf den Rücken ihrer Halbschwester und sagte: »Vertraue einfach auf Gott, dann wird er dir und unserer lieben Margareta sicher gleichzeitig ein Kind schenken.«

Margareta lächelte schief und senkte etwas beschämt den Blick.

Godeke, der selbstverständlich so gut wie kein Zweiter um Odas Ängste wusste, lenkte die Unterhaltung schnell in eine andere Richtung. »Wo wir schon bei *Kindern* sind: Habt ihr schon gehört, dass es abermals eine Schuljungenschlacht gegeben hat?«

Der Rest des Abends war mit diesem Thema ausgefüllt.

7

Heute! Heute zum letzten Mal! Das versprach sich Everard selbst, als er, wie jeden Tag der letzten zwei Wochen, in aller Herrgottsfrühe auf die Straße trat, um den verdammten Dieb zu suchen, der ihm seine Tasche gestohlen hatte. Der Kirchenmann hätte nicht beschwören können, dass er dieses Mal seinen eigenen Worten Taten folgen lassen würde. Sein Vorhaben, die Stadt endlich zu verlassen, scheiterte nämlich täglich an nichts anderem als an seiner Angst.

Nachdem er bestohlen worden war, hatte jede Buße, jedes Gebet und jeder Schwur dem Rat oder Grafen gegenüber zunächst einmal alle Wichtigkeit verloren. Er hatte eine Unterkunft finden müssen, und da er nichts mehr besaß, war für ihn bloß noch eine Möglichkeit geblieben: ein Hospital, das Bedürftigen Unterschlupf gewährte. Zu seinem Glück fand er einen Platz, was in dem vollgestopften Köln nur mit Glück zu begründen war. Von hier aus hatte er sich bereits so oft auf die Suche begeben, dass er die Stadt mittlerweile recht gut kannte – war er doch jeden Tag mindestens einmal zum Dom gegangen und danach durch sämtliche Stadtviertel gestreift. Alle Straßen hatte er sich auf diese Weise angesehen, war von Norden nach Süden und von Osten nach Westen gewandert, jedoch immer ohne Erfolg.

An diesem Tage wandte er sich auf den überfüllten Straßen nach Süden, bis er vor der Stadtmauer stand. Hier hielt er sich links und erreichte die mächtige Severinstorburg, wo sich unzählige Leute in beide Richtungen hindurchquetschten. Der Dieb allerdings war nicht dabei.

Langsam ging Everard weiter, die Stadtmauer immer rechts von sich, bis er den Bayenturm am Ufer des Rheins erreichte, der mehr einer Burganlage glich, denn einem Stadttor. Von hier aus wanderte Everard nach Norden, entlang des Rheins, wo er zahlreiche Schiffe auf dem Wasser sah und Händler am Ufer. Plötzlich stand er auf dem Fischmarkt, der mittig der östlichen Stadtbefestigung am Rhein lag. Hier war das Gedränge fast unerträglich. Everard suchte sich einen Platz am Rande und tastete mit seinem Blick die Menge ab, als sein Herz einen Schlag lang auszusetzen schien.

Nicht weit von ihm entfernt stand ein Mann, dessen Haarfarbe und Größe zu der des Gesuchten passte. Konnte das sein? Hatte er wirklich jenen Dieb unter den vielen Menschen am Hafen ausgemacht? Everard stellte sich auf die Zehenspitzen, um besser sehen zu können, was allerdings nicht viel brachte. Der Mann stand mit dem Rücken zu ihm. Was sollte er jetzt tun? Schreien und andere auf ihn aufmerksam machen oder ihm heimlich folgen? Er entschied sich, erst einmal unbemerkt näher an ihn heranzukommen und dann zu handeln, und so folgte er dem Unbekannten, der beim Stapelhaus in die Stadt einbog, mit zittrigen Knien. Immer wieder musste sich Everard recken, um den ausgemachten Hinterkopf nicht aus den Augen zu verlieren. Um an dem Mann dranzubleiben, schlängelte er sich durch die Menschen, die sperrige Lasten bei sich trugen und achtlos ihres Weges gingen, selbst wenn sie einander anrempelten. Er wich Ochsen- und Pferdewagen aus und versuchte dabei, nicht wadentief im Matsch zu versinken. Auf diese Weise passierte er das Rathaus, vor dem sich endlich ein weiter Platz erstreckte, der Everard die Möglichkeit gab, aufzuholen. Erst war er nur gegangen, jetzt lief er. Der Abstand zu dem vermeintlichen Langfinger verkleinerte sich mehr und mehr, und dann, als sie nur noch eine Armlänge trennte, packte Everard den Mann ohne groß zu überlegen am Kragen und riss ihn herum.

»Bleib gefälligst stehen, du gottloser Dieb!«

Es war ein peinlicher Moment, denn der Mann war nicht der

Gesuchte, und er war dementsprechend verärgert über den Angriff.

»Was fällt Euch ein, mich einen Dieb zu nennen? Wer seid Ihr überhaupt? Nehmt Eure Worte auf der Stelle zurück, oder ...!«

»... Verzeiht, Herr! Bitte, vergebt mir. Ich habe Euch verwechselt....«

»Das will ich auch meinen! Mich nennt niemand einen Dieb, habt Ihr verstanden?«

»Jawohl. Es tut mir aufrichtig leid. Gott schütze Euch ...«

Noch mit seiner wortreichen Entschuldigung auf den Lippen, schritt Everard langsam rückwärts. Sein Gegenüber schüttelte nur noch den Kopf und verschwand. Zum Glück hatte er den Mann besänftigen können. Noch mehr Ärger konnte er wahrlich nicht gebrauchen. Doch nun war er genauso weit wie vorher – dieser Gedanke ließ ihn mutlos und niedergeschlagen nach Norden zum Dom weiterlaufen. Hier wollte er die Steinmetze befragen, denn vielleicht war der Dieb ja doch ein Lehrling gewesen. Viel Hoffnung machte er sich allerdings nicht. Ein Lehrling, der ein Dieb war, wäre doch etwas auffällig gewesen. Schon längst schwante ihm, dass sein Handeln sinnlos war, doch es hatte die pure Verzweiflung zum Anlass. Er traute sich ganz einfach nicht, die Stadt ohne Münzen zu verlassen.

Ein letztes Mal ging er in den Arkadenhof vor dem Dom und lehnte sich an den Brunnen, wo er den Dieb das erste Mal gesehen hatte. Wie jeden Tag war der Hof voll mit Pilgern aus aller Welt. Everard schenkte ihnen nicht viel Beachtung – auch nicht dem Dom, der ihn anfangs noch so sehr fasziniert hatte. Sein ganzes Denken war beherrscht davon, den Dieb aufzuspüren, um wenigstens einen Teil seiner geklauten Münzen zurückzuerhalten. Eine so große Summe wie die, die sich in der Tasche befunden hatte, würde schließlich kein Mann in so kurzer Zeit ausgeben können.

Everards Blick glitt über die Menschenmenge. Haupt für Haupt, Gesicht für Gesicht. Das Antlitz des Diebes hatte sich so tief in sein Gedächtnis gebrannt, dass er ihn aus Tausenden heraus erkannt hätte. In seinem Kopf glich er dieses Bild mit den Gesichtern vor seinen Augen ab: zu kleine Nase, zu helles Haar, zu rund, zu schmal, keine Narbe im Gesicht …! Nichts. Der Mann, der eher ein Junge gewesen war, blieb verschwunden.

Was tat er hier eigentlich? Warum sollte der Kerl auch ausgerechnet hierher zurückkommen, jetzt, da er genug Münzen hatte, um sich bis zum nächsten Winter ein angenehmes Leben zu gönnen?

Als Everard sich gerade auf zum Hospital machen wollte, stockte ihm plötzlich der Atem. Da! Am anderen Ende des Hofs, zwischen zwei Säulen des nördlichen, überdachten Arkadengangs. Da stand er! Vertieft in eine Unterhaltung mit einem Pilger, der andächtig auf den Dom starrte, blickte der Langfinger immer wieder auf dessen Tasche. Diesmal hatte Everard keinen Zweifel!

Er dachte nicht lang nach; wog nicht seine Möglichkeiten ab, wie zuvor am Hafen, da er bloß vermutet hatte, den Dieb entdeckt zu haben, noch versuchte er sich unauffällig zu verhalten. Sein Plan war schlicht, und er lautete: *Schnapp ihn dir!* Wutschnaubend stürmte er los.

Erst im letzten Moment sah der Dieb Everard kommen. Statt sich aber sofort aus dem Staub zu machen, griff der dreiste Kerl zunächst nach der Pilgertasche seines Gegenübers, und rannte mitsamt seiner Beute davon. Der Bestohlene war zu überrascht, um rechtzeitig zu reagieren.

Everard nahm die Verfolgung auf. Wild schreiend, getrieben von unbändiger Wut, fühlte er sich fast, als könne er ganze Bäume ausreißen. Die drei Wochen der Tatenlosigkeit hatten seine wunden Glieder heilen lassen, und die Verzweiflung, die er mit jedem Tag mehr gespürt hatte, verlieh ihm ungeahnte Kräfte. Sein Blick heftete sich an den Hinterkopf des Jungen, der mit aller List versuchte, seinen Verfolger abzuschütteln.

Immer wieder bog der Kerl in enge Gassen ein. Schlug Haken

und versuchte den Mann hinter sich zu überlisten, indem er schnell hintereinander die Richtung wechselte und immer verschlungenere Wege wählte. Erst nach einiger Zeit wagte er es, sich an einer Häuserecke festzuhalten, um sich erstmals umzusehen. Er war schon vollkommen außer Atem, doch der Geistliche war ihm noch immer dicht auf den Fersen und hatte einen Ausdruck im Gesicht, der ihm das Blut in den Adern gefrieren ließ. Also lief er weiter, doch der nasskalte Matsch unter seinen Füßen ließ ihn immer wieder straucheln. Drei oder vier Gassen später, blieb er erneut stehen, noch immer sah er sich verfolgt. Der Dieb bekam es jetzt wahrlich mit der Angst zu tun, denn der Kirchenmann kam immer näher. Er musste seinen Plan ändern und ab jetzt kleine Gassen meiden. Stattdessen bog er in eine große Straße ein, auf der sich unzählige Menschen, Tiere, Wagen, Waren und natürlich der allseits gegenwärtige Schlamm befanden. Mit flinken Schritten schlängelte er sich durch die Hindernisse und hoffte und flehte, dass der unermüdliche Pilger ihn auf diese Weise aus den Augen verlor. Er irrte sich.

Everard schnaubte und atmete laut, doch um nichts in der Welt hätte er angehalten. Seine Beine schmerzten, und die kalte Novemberluft tat beim Einatmen weh, sein Wille jedoch war ungebrochen. Ohne Rücksicht stieß er alte Frauen und Kinder um und bahnte sich so brutal seinen Weg.

Mittlerweile war das Atmen des Jungen bloß noch ein heiseres Japsen. Schmerzhafte Stiche machten sich in seinen Seiten bemerkbar, seine rechte Wade kündigte an, ihm bald den Dienst zu versagen. Als sein Blick auf eine abschüssige Gasse zwischen zwei schiefen Häusern fiel, welche sich an den Dächern bereits berührten, dachte er nicht lang nach und bog ab. Die überfüllte Straße hatte nicht den gewünschten Erfolg gebracht, nun musste er wieder auf seine alte Vorgehensweise zurückgreifen. Außerdem ging es hier in das ärmliche Viertel, aus dem er kam; hier kannte er sich aus. Mit zwei beherzten Sprüngen umrundete er ein paar Weiber, die zusammenstanden und sich unterhielten, dann sprang er zwischen die Häuser. Er war nur einen Moment lang unachtsam – sein Tritt nicht fest genug –, da geschah es. Sein Bein glitt aus und hob ab in die Luft, wohin sein zweites gleich folgte. Mit voller Wucht fiel er auf sein Hinterteil und den darüberliegenden Knochen. Er schrie auf. Dann rutschte er die menschenleere Gasse hinab.

Everard hatte den Dieb fast aus den Augen verloren, als er einen Schrei vernahm. Sein Blick fuhr herum, daraufhin bog auch er in die kleine Gasse ab. Mit einem teuflischen Lächeln rannte er den abschüssigen Weg hinab. Kurz bevor er ihn einholte, stieß er sich vom Boden ab und sprang mit nach vorne gestreckten Armen auf sein Opfer, auf dass sie sich mehrfach überschlugen. Als sie endlich zum Stehen kamen, packte Everard den Dieb am Kragen, setzte sich auf ihn, und schrie ihm atemlos ins Gesicht: »Wo ist meine Tasche, du elender Bastard einer hässlichen Hure!«

Der Junge verzog qualvoll das Gesicht, als der Geistliche sich auf ihn setzte und sein schmerzendes Hinterteil so gegen den harten Boden drückte. Anfangs versuchte er sich zu wehren, drehte und wand sich, soweit es möglich war, doch der Mann schaffte es, seine Knie so zu platzieren, dass seine Arme bewegungsunfähig wurden. »Ich habe Eure Tasche nicht mehr«, gestand er ebenso atemlos.

Das hatte Everard nicht hören wollen, außerdem glaubte er dem Dieb kein Wort. Wütend riss er sein Opfer am Kragen hoch und ließ dessen Kopf wieder auf den Boden fallen. »Sag mir sofort, wo meine Habe ist, sonst schwöre ich dir, prügel ich dich so lange, bis du wegen deiner unchristlichen Tat noch heute dem Teufel im Fegefeuer in die Augen sehen wirst.«

»Ich schwöre es«, rief dieser so glaubhaft er konnte. »Eure Münzen sind fort!«

Jetzt hatte Everard genug. Er holte aus und schlug dem Jungen zweimal ins Gesicht. Als er ein drittes Mal ausholen wollte, gelang es dem Kerl, seine Arme zu befreien. Sofort wehrte er den nächsten Schlag ab und stieß den Pilger von sich runter.

Everard fiel auf die Seite und sah den Jungen aufspringen, doch seine Reaktion war schnell. Er packte den Flüchtenden im letzten Moment am Fuß und brachte ihn wieder zu Fall. Nur einen Augenblick später hatte der Geistliche dessen rechten Arm umfasst und drehte ihn auf seinen Rücken. Er kannte keine Gnade und bog die Knochen des Diebes so weit, bis dieser aufschrie.

»Aufhören! Bitte ... aufhören! Ihr brecht mir noch den Arm!«, brüllte er.

»Was sagst du? Ich kann dich nicht hören«, spottete der Kirchenmann mit einem boshaften Grinsen. »Jetzt bist du plötzlich nicht mehr so frech, was? Sag mir sofort, wo meine Münzen sind, sonst dreh ich dir deinen Arm bis zu den Ohren. Vielleicht wäre das ohnehin das Beste, dann könntest du arglose Pilger nicht mehr bestehlen!« Während er das sagte, fiel sein Blick auf die Tasche, die um den Körper des Diebes hing und die noch kurz zuvor im Besitz eines Pilgers gewesen war. In seinem Zorn bog er den Arm noch weiter nach oben.

»Ahhh ... nicht, o Gott, bitte ...«, schrie er nun verzweifelt. Der junge Mann wusste, dass er jetzt etwas sagen musste, was seinen wutschnaubenden Gegner dazu brachte, seinen Arm loszulassen. Er hatte absolut keine Zweifel, dass dieser tatsächlich bereit war, ihm seine Glieder zu brechen. »Ich bitte Euch, lasst mich los, und ich werde Euch ewig dankbar sein. Nur bitte lasst endlich los!«

»Ewige Dankbarkeit? Darauf pfeife ich! Ich will nur, was mir sowieso gehört!« Trotz seiner Worte ließ er den Jungen nach einem letzten wütenden Ruck los.

Stöhnend setzte sich der Dieb auf und lehnte sich an eine Häuserwand.

Beide Männer atmeten schwer. Ihre Kleider waren vom Schlamm durchnässt, und ihnen war kalt. Aus ihren Mündern stieben kleine weiße Wölkchen.

Der Langfinger fand seine Stimme als Erster wieder. »Ich danke Euch!« Während er sich die schmerzende Schulter rieb, sagte er: »Ich weiß, Ihr haltet mich für einen miesen Betrüger, aber glaubt mir, ich wünschte, ich könnte anders überleben, als durchs Stehlen.«

»Was soll das heißen?«, fragte Everard noch immer zornig.

»Was soll das schon heißen? Ich bin arm geboren und werde arm sterben. Doch glücklicherweise lebe ich in einer Stadt, die von Fremden nur so wimmelt. Ich brauche nur zuzugreifen. Nach spätestens ein paar Tagen sind die Bestohlenen wieder fort – und zwar für immer. Das heißt, normalerweise!«

Everard wusste, dass der Junge ihn damit meinte.

Der Dieb lachte bitter auf. »Es ist schon grotesk, dass ausgerechnet der Dom und die Geschichten über ihn mir dabei helfen, die Pilger um ihre Habe zu erleichtern, nicht wahr?«

»Unglaublich, was für ein loses Mundwerk du hast. Glaubst du etwa, durch solch ketzerische Reden kommst du ins ewige Himmelreich? Weißt du dummer Bengel denn nicht, dass die Zeit auf Erden endlich ist, die danach aber nicht?«

»Ach...«, winkte der Dieb ab. »Gott hat mich schon lange verlassen. Wahrscheinlich war er niemals bei mir. Warum sonst ist es um mich bestellt, wie es eben ist? Und bitte sagt mir jetzt nicht, Ihr würdet in meiner Situation nicht stehlen gehen. Sehr wahrscheinlich hattet Ihr auch noch niemals solchen Hunger, dass Ihr dachtet, Euer Bauchknurren müsste noch weit bis hinter die Stadtmauern zu hören sein. Dieser Hunger treibt einen in den Wahnsinn, Vater. Und er bringt Kerle wie mich zum Stehlen. Seid versichert, ich wünsche mir auch ein anderes Leben, aber Gott hat eben seine Lieblinge!«

»Das ist Blasphemie!«

»Das ist die Wahrheit!«, konterte der Dieb.

Everard und der Junge schauten sich einen Moment an. Dann fragte der Geistliche: »Du hast nicht wirklich alle meine Münzen ausgegeben, oder?«

»Doch, alle!«

»Was im Himmel hast du dir davon gekauft? Das Rathaus?«

»Nein, schön wäre es. Es mag Euch komisch vorkommen, aber selbst unter uns Dieben und Räubern gibt es eine Art Schwur. Kommt einer von uns zu einer großen Beute, wird sie geteilt. Natürlich hätte ich gern alles für mich allein behalten, doch dann säße ich wahrscheinlich jetzt nicht mehr hier.«

»Klingt ja nach wahrer Freundschaft...«, lästerte Vater Everard und fuhr sich mit der Hand über den Kopf. Was sollte er jetzt nur tun? Zwar saß der Dieb vor ihm, seine Münzen jedoch waren fort. Er war ratlos!

»Ich weiß, es ist ein schwacher Trost, doch irgendwie habt Ihr mit Euren Münzen doch etwas Gutes getan. Zig Mäuler der Armen Kölns werden sicher die nächsten Wochen volle Backen haben. Da Ihr so viel Wert auf Nächstenliebe legt, könnt Ihr Euch doch glücklich schätzen! Und wer so viele Münzen besitzt, der hat auch noch mehr davon...«

Everard sah den jungen Kerl fassungslos an und schüttelte den Kopf. »Du bist wahrlich ein Dummkopf und hast keine Ahnung, was du sagst. Du denkst, ich habe es so einfach? Mein Leben ist leicht, ja?«

»Genau das denke ich. Euer Leben ist im Gegensatz zu meinem sorglos. Ich würde liebend gern mit Euch tauschen.«

»Was für ein Geschwätz...«, winkte Everard ab, während er sich langsam erhob. »Du bist viel zu weich und zu schwach. Keine Woche würdest du an meiner Seite aushalten, du Großmaul. Und nun gib mir wenigstens die Pilgertasche, die du dem armen Wicht vorhin geklaut hast. Das bist du mir schuldig.«

Der Mann blickte auf die Tasche und dann wieder auf Everard. Keine sonstige Regung war ihm zu entnehmen. Stattdessen sagte er nach einem kurzen Augenblick: »Dann nehmt mich doch mit, und ich beweise es Euch!«

»Pah«, sagte Everard kopfschüttelnd. »Stiehl mir nicht länger meine Zeit, und gib mir endlich die Tasche.«

»Ich meine es ernst. Nehmt mich mit auf Eure Reise, und wenn es nötig ist, werde ich solange an Eurer Seite bleiben, bis ich Euch Eure Münzen entweder durch Arbeit oder durchs Stehlen wieder zusammengetragen habe.«

Everard schüttelte erneut den Kopf und wollte gerade erwidern, dass er noch nicht einmal wusste, wie es weitergehen sollte, als der Junge ihm die Tasche reichte.

»Ich habe zwar noch nicht reingeschaut, aber meine Erfahrung sagt mir, da ist nicht viel drin. Ich erkenne das schon am Antlitz der Pilger.«

Ein flüchtiger Blick in die Tasche genügte, um bestätigt zu bekommen, was der Junge behauptete. Gleich darauf plapperte er weiter.

»Ich wüsste einen trockenen Ort, wo wir ein Feuer machen können.«

Noch immer zögerte Everard. Konnte er diesem Dieb wirklich trauen?

Der Junge schien seine Gedanken zu lesen und sagte lächelnd: »Vertraut mir, jetzt, da Ihr arm seid wie ich, habe ich keinen Grund mehr, Euch die Kehle aufzuschlitzen.«

»Na, das ist ja überaus beruhigend!«, erwiderte der Geistliche. »Gut, zeige mir diesen Ort und zwar schnell. Die Kälte kriecht mir nämlich schon in alle Glieder.«

»Heißt das, Ihr nehmt mich mit, wenn Ihr die Stadt wieder verlasst?«

»Von mir aus kannst du mitkommen, doch nur unter einer Bedingung: Du wirst mir einen Teil meiner Habe zurückgeben – egal wie! Was auch immer du stiehlst, ich bekomme davon die Hälfte.«

»Einverstanden! Ihr habt mein Wort«, versicherte er. »Ich bin übrigens Kuno.«

»Ich bin Vater Everard.«

»Sagt mir noch eines, Vater. Wo ist das Ziel Eurer Reise? Ist es Aachen oder vielleicht Würzburg?«

»Nein, mein Junge. Da wirst du wohl etwas weitergehen müssen. Es ist Rom!«

Die fünf Grafen waren schon seit dem Morgengrauen im Saal des Kunzenhofs versammelt. Niemand sollte sie stören, nicht einmal der Rat und auch nicht der Klerus, was zu einigem Unmut unter den Ausgeschlossenen führte.

Doch eigentlich konnten die Domherren und Ratsherren sich nicht beschweren, denn die Schauenburger hatten alles getan, um es den Wartenden so angenehm wie möglich zu machen. Ein jeder saß auf gepolstertem Gestühl, zwischen denen immerzu eifrige Diener umherliefen, um ein paar Leckereien zu reichen und die Becher zu füllen. Auf diese Weise verharrten die Männer allerdings schon einige Stunden, und so langsam verließ auch den Gleichmütigsten die Geduld. Doch die wütenden Stimmen der Grafen ließen die Männer wissen, dass das Schreiben der Ratsherren, welches die Fürsten kürzlich erreicht hatte, und in dem um das Recht der freien Kore gebeten worden war, noch immer für mächtige Unstimmigkeiten sorgte. Nur allmählich wurden die Stimmen ruhiger, was darauf hinwies, dass wohl endlich eine Lösung gefunden war.

»Eine Frechheit, dass man uns hier warten lässt wie Chorschüler, die etwas ausgefressen haben und die ihrer Bestrafung entgegensehen«, schimpfte der Erzbischof Giselbert von Brunkhorst erbost und biss einen Happen von dem dargereichten Käse ab. Seine Wut ließ ihn weder schmecken noch riechen. Zornig kaute er darauf herum und trommelte dabei mit den Fingern auf seiner Lehne.

»Ich gebe Euch recht, Erzbischof. Mir schläft schon der Arsch ein«, sagte Christian Godonis ein wenig zu laut, verschränkte dabei die Arme hinter dem Kopf und legte seine Füße auf einem Tisch ab.

Godeke starrte seinen Freund ungläubig an und schüttelte kaum merklich mit dem Kopf. Woher nahm dieser abgestumpfte Kerl nur immer den Mut, Derartiges zu sagen? »Du bist unmöglich«, flüsterte er Christian zu und stieß dessen Stiefel grob vom Tisch.

Die anderen Herren hatten offenbar nicht die Muße, etwas zu den schon üblichen Frechheiten Godonis' zu sagen, und widmeten sich wieder ihren leisen Gesprächen, als sich plötzlich die Flügeltüren zum Saal öffneten. Ein Diener trat heraus und verbeugte sich.

»Die Grafen sind nun bereit, Euch Herren zu empfangen.«
»Na endlich.«
»Das wurde auch Zeit.«

Aus der Gruppe der Rats- und Domherren ertönten gemurmelte Unmutsbekundungen, dennoch erhoben sie sich alle gleichzeitig und betraten den Saal.

Hier waren neben den fünf Schauenburgern nur noch dessen Ritter zugegen. Die Männer waren in zwei Lager gespalten, die drei Söhne Gerhards I. auf der einen Seite und die beiden Söhne Johanns I. auf der anderen. Der Hass zwischen den Vettern war in den letzten Wochen auf ein nicht mehr steigerbares Maß angewachsen. Besonders schlimm war es zwischen Gerhard II. und Johann II., und damit es am Ende des Tages nicht zu einem getöteten Grafen kam, war die Anwesenheit der Ritter unvermeidlich.

Als alle Herren den großen Saal betreten hatten, dessen Wände geschmückt waren mit den Gemälden der Vorfahren der Schauenburger, die auf sie alle herabsahen, als würden sie darüber wachen wollen, dass ihren Erben auch ja kein Unrecht geschah, wurde die Flügeltür geräuschvoll geschlossen. Die Domherren traten ohne Aufforderung in die eine der zwei verbliebenen Ecken, die Ratsherren in die andere. Dann begann die Martinifest-Sitzung.

Der kleine aber dennoch nicht zu übersehende Bürgermeister Willekin Aios nahm den Platz in der Mitte des Saals ein – genau zwischen den Grafen und den eben eingetretenen Dom- und Ratsherren. Er, dem sie alle vertrauten, hatte wie schon so oft auch heute die Führung der Sitzung zugesprochen bekommen, und so war er es auch, der die einleitenden Worte sprach.

»Meine verehrten Landesherren, Domherren und Ratsherren. Habt vielen Dank für den Vorsitz dieser Zusammenkunft. Ich habe dafür gebetet, dass ich mich dieser Aufgabe als würdig erweisen werde.«

Die Männer hingen an Aios' Lippen. Keiner sagte ein Wort. Die Stimmung war angespannt.

»Die heutige Sitzung ist eine wichtige für Hamburg. Zu viele Belange, die Stadt betreffend, warten schon zu lange darauf, endlich geregelt zu werden. Gott gebe, dass wir in allem eine Lösung finden.«

Jetzt erst nahm Aios ein Papier zur Hand. Davon las er ab, was er sich des Morgens erdacht hatte.

»Ich werde zunächst die Reihenfolge der zu klärenden Punkte ausführen. Dann erteile ich nacheinander das Wort.«

Ein letzter Blick auf die Männer um sich ließ ihn wissen, dass niemand sich an seiner Vorgehensweise störte. Darum fuhr er fort.

»Da Gott dem Herrn die größte Ehre gebührt, halte ich es für selbstverständlich, dass wir mit den Belangen, die die Kirche betreffen, beginnen. Die kürzlich geschehene Schuljungenschlacht, aus der sogar ein Verletzter hervorgegangen ist, zwingt uns zu handeln. Wir hoffen auf eine Entscheidung durch unseren ehrenwerten Erzbischof, der in Hamburg weilt, um uns beizustehen. Danach erteile ich den Landesherren das Wort, auf dass sie uns mitteilen, wie sie in der Sache des Rechts der freien Kore übereingekommen sind, welches der Rat kürzlich durch Botenbriefe erbeten hatte. Zum Schluss wird den Herren des Rates gewährt hervorzubringen, was sie noch zu sagen wünschen.«

Auch jetzt blickte der Bürgermeister wieder in die Runde, in der Hoffnung, dass sich niemand an der Wahl seiner Worte stieß. Mit Absicht hatte er nämlich offen gelassen, was der Rat später noch zu sagen hatte – schon jetzt wusste er, dass es heikel werden würde. Schnell fuhr er deshalb fort und blickte auf seine Aufzeichnungen.

»Erzbischof, ich werde nun den Mann aufrufen, der vom Rat dazu auserkoren wurde, Erkundigungen in der Sache des jüngsten Schuljungenkampfes einzuholen.«

Giselbert von Brunkhorst nickte dem Bürgermeister von seinem gepolsterten Lehnstuhl aus zu. »Bitte, tut das.«

»Godeke von Holdenstede«, ertönte Aios' tiefe Stimme auffordernd, woraufhin der Ratsmann vortrat. Es war ihm nicht anzusehen, dass es ihn aufwühlte, vor den ehrenwerten Herren zu sprechen.

»Ratsherr, sagt uns, wie geht es Eurem Mündel Ehler Schifkneht, der das besagte Opfer des letzten Schuljungenkampfes war? Welcher Art war seine Verletzung?«

Godeke wusste nicht, wem der edlen Herren er sich zuwenden sollte, ohne einen der anderen zu beleidigen, darum blickte er einfach weiter in die Augen des Bürgermeisters. »Er zog sich eine offene Wunde am Kopf zu. Doch er befindet sich schon auf dem Wege der Besserung – jedenfalls körperlich!«

»Was meint Ihr damit, von Holdenstede?«

»Ich meine, dass ich leider keine Besserung in seinem Verhalten feststellen kann. Noch immer ist sein Zorn auf die Marianer ebenso ungebrochen wie sein übermäßiger Stolz auf die Nikolaiten. Er ist sehr ... uneinsichtig, und ich meine den Grund dafür auch zu kennen.«

»So? Dann sprecht ihn aus!«, forderte Aios mit einer kreisenden Handbewegung.

»Nun, ich mag etwas sehr streng klingen, doch was ihm meiner Meinung nach fehlt, ist eine Strafe. Natürlich habe *ich* den Jungen bestraft, doch ich wage zu bezweifeln, dass das ausreicht, um ihn zum Umdenken zu bewegen.«

Nun war es der Erzbischof, der sich an Godeke wandte. »Was schwebt Euch vor, Ratsherr?«

»Ich frage mich, ob nicht angebracht wäre, dass der Rat und der

Klerus, denen die Schüler unterstellt sind, sich angemessene Bestrafungen für derartige Streitigkeiten erdenken sollten. Vielleicht würde das die Jungen von den Kämpfen abhalten?«

Diese Aussage brachte die Menge in Bewegung. Dagmarus Nannonis stieß aus: »Recht so! Die Jungen brauchen eine härtere Hand. Und zwar nicht nur von Seiten der Familienoberhäupter. Ich bin dafür, dass sie Rutenhiebe erhalten – und zwar auf die Hände, mit denen sie sich geschlagen haben!«

»Das erscheint mir doch etwas sehr hart«, warf Hinric von Cosvelde ein. »Einige der Burschen sind schließlich noch sehr jung.«

»Hart?«, fragte Nannonis erstaunt. »Wartet ab, bis Eure Jungen das Alter meines Othmars erreicht haben. Da kommt man ohne Prügel nicht mehr weit. Ich habe meinem Sohn eine gehörige Tracht verpasst, nach dem letzten Kampf.«

»Mit Verlaub«, sagte Hartwic von Erteneborg, »auch wenn ich es schätze, dass Ihr derlei Verhalten nicht ungesühnt lasst, kann ich mir nicht vorstellen, dass Euer Othmar jetzt von den Schlachten ablässt. Wie ich hörte, ist er sogar der Anführer der Nikolaiten. Ich bin dafür, dass wir eine Strafe aussprechen, die den Burschen ins Mark geht; sie dort trifft, wo es ihnen wehtut. Wir sollten das diesjährige Kinderbischofsspiel streichen! Alle Jungen lieben es und spätestens dann, wenn man es ihnen nimmt, werden sie ihre Taten bitter bereuen.«

Die Ratsherren begannen sich lautstark zu unterhalten. Einige unter ihnen schienen den Vorschlag tatsächlich in Betracht zu ziehen, andere wiederum waren strikt dagegen. Schlussendlich war es die Stimme des Erzbischofs, die sich durchsetzte.

»Ich halte das für keinen guten Vorschlag. Das Kinderbischofsspiel ist ein heiliges Fest zu Ehren Gottes. Wir können doch nicht unsere weltlichen Belange über die der Kirche stellen. Das Fest muss bleiben!«

Wieder wurde das Gemurmel lauter. Auch jetzt stimmten einige zu und einige blieben dagegen.

»Wer hat einen anderen Vorschlag?«, fragte Olric Amedas interessiert. »Einen, der weniger blasphemisch ist, als der von Hartwic von Erteneborg.«

Auf diese Worte sprang der angesprochene Ratsmann auf und reckte wütend die Faust. »Was wollt Ihr damit sagen?«

Bevor es zum erneuten Ausbruch der immer gleichen Streitigkeiten kam, trat Johann Schinkel vor, der ebenso wie Olric Amedas dagegen war, das Kinderbischofsspiel zu streichen. »Vielleicht sollten wir nicht die Kinder bestrafen, sondern dafür sorgen, dass die Eltern und Vormünder zu rechten Mitteln greifen. Wie wäre es, wenn wir das Schulgeld all jener Jungen erhöhen, die sich nachweislich an den Kämpfen beteiligen? So würden die Kämpfe den Schulen sogar noch zugutekommen.«

Abermals redeten alle durcheinander – solange, bis erneut die Stimme des Erzbischofs erklang.

»Das wiederum halte ich für eine gute Idee, Ratsnotar. Ich bin gegen das Prügeln der Jungen. Wie sollen sie lernen, dass es falsch ist, sich zu schlagen, wenn sie von uns geschlagen werden? Ebenso denke ich, dass das Absagen eines Kirchenfestes nur zu noch mehr Unfrieden zwischen dem Rat und dem Domkapitel führen würde. Und Unfriede herrscht in diesen Zeiten doch bereits genug, nicht wahr?« Seine Worte waren an niemanden bestimmtes gewandt. Dennoch blickte er zunächst in die Gesichter der Ratsherren, schwenkte dann den Blick hinüber zu den Domherren und endete darauf bei den Grafen, die die Debatte bislang unbeteiligt beobachtet hatten. Ihre Zeit würde gleich kommen; die Schuljungenkämpfe brachten ihnen weder Vor- noch Nachteile und konnten sie deshalb kaum weniger interessieren. Der einzige Schauenburger, der hochinteressiert zuhörte, war Propst Albrecht, der nun auch das Wort an sich riss.

»Lasst uns abstimmen. Wer ist dafür, dass das Schulgeld jener Jungen sich erhöht, die sich in Zukunft an den Kämpfen beteiligen?«

Johann Schinkel schaute nacheinander in die Gesichter der Männer. Fast alle machten beipflichtende Gesten und blickten zustimmend, während sie ihre Hände hoben. Nur der Blick eines Mannes überraschte ihn – es war jener von Johannes von Hamme. Der Scholastikus hatte einen Ausdruck im Gesicht, den Johann nicht so recht deuten konnte. Eine Weile lang hielt der stechende Blick des Magisters ihn gefangen, dann, als auch dieser sein Handzeichen gab, riss er sich davon los.

»Wie ich es sehe, bedarf es keiner Auszählung – das Ergebnis ist deutlich zu sehen. Die Mehrheit stimmt dafür«, schloss der Propst und nickte dem Bürgermeister zu.

»Somit sei es beschlossen!«, verkündete die sonore Stimme des Willekin Aios. »Schreiber!«

Ein Mann eilte herbei. Seine Finger waren schwarz von Tinte, und seine zusammengekniffenen Augen schienen von der vielen Schreibarbeit in zu dunklen Kammern schlecht geworden zu sein. »Fertige ein Papier an, welches das Beschlossene festhält, und halte es zum Ende der Sitzung zum Unterzeichnen bereit.«

Schon war der Mann wieder verschwunden.

Der Bürgermeister wandte sich nun den Grafen zu. »Verehrte Landesherren. Mit Spannung erwarten wir, was Ihr zu verkünden habt. Seid Ihr zu einer Übereinkunft bezüglich der Bitte des Rates gekommen?«

Die Mienen der Grafen waren versteinert – schienen die Worte des Bürgermeisters sie doch zu verhöhnen. Schließlich hatten die Fürsten in Wahrheit keine Wahl. Ihre kriegerische Vergangenheit hatte sie ausgebeutet, auf dass sie schon in den letzten Jahren gezwungen waren, der Stadt immer mehr ertragreiche Ländereien und Einrichtungen zu überlassen. Das jüngste Einfordern des Rechts der freien Kore trieb diesen Missstand auf die Spitze – der Rat hatte es in seinem Schreiben bloß in nette Worte verpackt. Es war eigentlich klar, was nun geschehen musste, wenn die Grafen Hamburg als unermüdlichen Quell des Geldes nicht einbüßen wollten.

Der gräfliche Notar, der Kirchrektor aus Luttekenborg, trat vor. Er sollte als Sprecher für alle Schauenburger dienen, die bereits schriftlich festgehalten hatten, worauf sie sich geeinigt hatten. Die Verkündung dessen sollte ein kurzer Akt werden. Jede unnötige Ausdehnung hätte die Schmach der Fürsten nur verlängert.

»*Adolfus, Gherardus, Johannes, Adolfus et Hinricus, Dei gratia comites Holsacie & in Scowenburg, omnibus presentia visuris constare volumus & notum esse, nos omnes libertates et indulta a diuis imperatoribus, verum et nostris progenitoribus dilectis nobis consulibus ac uniuersitati ciuitatis nostre Hamburgensis factas et donatas, ratas & gratas habentes, presentibus confirmare…*«

Mit jedem Wort, das der Geistliche verlas, wurde das Grinsen in den Gesichtern der Ratsherren breiter. Nach und nach wurde ihnen gewährt, was sie schon so lange begehrten: Gesetze anzuordnen und widerrufen zu dürfen, sooft und wann immer es ihnen nützlich zu sein schien, und Verordnungen zum Nutzen und Bedarf der Stadt nach ihrem Belieben veröffentlichen zu dürfen. Außerdem wurde dem Rat gestattet, Rechtssprüche und Urteile durch den Rat selbst und ausschließlich im Rathaus zu fällen, und, falls das von den Grafen anerkannte Ordeelbook kein passendes Recht enthielt, ein neues Recht nach freiem Ermessen zu schaffen.

»*Datum per manus notarii nostri, domini Johannis, in Luttekenborg ecclesie rectoris.*« Der Kirchenmann ließ das Blatt, an dem bereits alle der gräflichen, wächsernen Siegel mit schmucken Bändern befestigt worden waren, sinken. Es war seinem Blick anzusehen, wie schwer es ihm gefallen war, diese Zeilen zu verlesen.

Dann gab es kein Halten mehr. Alle Ratsherren sprangen von ihren Plätzen auf und gaben sich ihrer unbändigen Freude hin. Hartwig von Erteneborg, Hinric von Cosvelde und Olric Amedas legten sich die Hände auf die Schultern und konnten ein lautes Auflachen nicht mehr unterdrücken. Johann Schinkel und Dagmarus Nannonis, die wegen der Schulstreitigkeiten oft uneins gewesen waren, reichten sich die Hand, und Christian Godonis und

Godeke von Holdenstede fielen sich in die Arme. Sie alle beglückwünschten sich und konnten kaum glauben, dass sie Teil dieses denkwürdigen Moments waren.

Was für ein Sieg! Sie hatten es endlich geschafft. Nach so vielen Jahren waren sie frei. Frei, über die Stadt zu entscheiden, und dadurch auch frei von der Macht des gräflichen Vogtes, der bei Verbrechen nun auch vor das Ratsgericht gestellt werden konnte; möglicherweise die größte Errungenschaft. Demnach war es ihnen gleich, was die Grafen dafür im Gegenzug forderten, denn nichts konnte aufwiegen, dass sie sich nun dem mächtigsten aller gräflichen Amtmänner entledigt hatten!

»Ruhe, bitte. Ich bitte um Aufmerksamkeit…!« Der Kirchrektor von Luttekenborg hatte schon einen ganz roten Kopf vom Rufen. Immer wieder versuchte er, die Männer zu übertönen: »Meine Herren! Meine Herren, ich bitte um Ruhe. Ruhe bitte!« Dann verließ ihn die Geduld. »Ruhe, verdammt noch mal!«, schrie er jetzt.

Trotz seiner viel zu barschen Worte bekam er nur langsam, was er verlangte. Dann führte er die Forderungen der Grafen aus, diesmal frei und ohne sie abzulesen. »Die Grafen Adolf V., Gerhard II., Johann II., Adolf VI. und Heinrich I., von Gottes Gnaden Grafen von Holstein und in Schauenburg, erhalten im Gegenzug zu diesen Privilegien die Hälfte aller bisher allein der Stadt Hamburg zustehenden Strafgelder aus Vergehen gegen die Markt- und Münzgerechtigkeit sowie gegen den Stadtfrieden zugesprochen.«

Mit einem breiten Grinsen ging der Bürgermeister auf den Kirchenmann zu und hieb ihm die Hand auf die Schulter. Diese Geste war so dermaßen ungebührlich, dass der Geistliche nichts zu erwidern wusste. »Natürlich, natürlich. Der Rat stimmt allem zu, was gefordert wird«, sagte Aios überaus fröhlich. »Und wenn Ihr nichts dagegen habt, würde ich nun gern noch den Herren des Rates die Möglichkeit gewähren, ihre Forderung hervorzubringen.« Ohne abzuwarten, was der Kirchrektor darauf zu sagen hatte, sprach Willekin Aios weiter. »Meine Herren, sprechen wir nun über das letzte Thema dieser Sitzung, bevor es zur Hinrichtung von Johannes vom Berge kommen wird. Ich erteile hiermit Hartwic von Erteneborg das Wort.«

Der genannte Ratsmann trat vor, und alle verstummten. Nur die anderen Herren aus seiner Ecke des Saals konnten erahnen, wie es ihm gerade ergehen musste, denn sie waren die Einzigen, die sein Anliegen kannten. Auch wenn der eben erlebte Erfolg den Ratsmann gestärkt hatte, wusste er, dass das, was er zu fordern gedachte, gewagt genug war, als dass es einen Mann den Kopf kosten konnte – gerade jetzt! Ein Räuspern gab den Anfang seiner kurzen Rede, dann verließ die Forderung, die seinen Gedanken einst entsprungen war, ohne ein Zögern oder ein Stocken seine Lippen.

»Wir, der Rat der Stadt Hamburg, fordern heute, nachdem wir im Jahre des Herrn 1239 bereits ein Prüfungsrecht und im Jahre des Herrn 1255 ein Aufsichtsrecht erhalten haben, nun von den drei der fünf Landesherren Gerhard II., Adolf IV. und Heinrich I., eine alsbaldige Pacht der gräflichen Münze, sodass die Stadt mehr Einfluss auf die Prägung der Brakteaten, unseren silbernen Hohlpfennigen, nehmen kann.«

Die Gesichter der drei Söhne Gerhards I. entglitten geradezu. Es war sofort klar, was der Rat beabsichtigte: Nachdem schon der Zöllner, die Müller und ab heute auch der Vogt entmachtet worden waren, wollte sich der Rat auch noch des letzten der gräflichen Amtmänner in der Stadt entledigen, des Münzers. Doch so einfach würden sie es ihnen nicht machen.

Gerhard II., der wegen seines fehlenden Augenlichts den Beinahmen *der Blinde* trug, erhob sich ruckartig von seinem Sessel. Die Wut über die dreiste Forderung des Rates war seinem Gesicht abzulesen. Am liebsten hätte er diesen nimmersatten, blutsaugenden Hurensöhnen gesagt, was er von ihnen hielt, doch mehr denn je wurde ihm jetzt bewusst, wie abhängig er von ihnen war. Wenn es je zu einer Fehde zwischen ihm und seinem Vetter Johann II. kommen sollte – und er wartete nur noch auf einen Grund –, würde er die Münzen der Pfeffersäcke brauchen! »Ich habe verstanden, meine Herren, und gedenke noch eine Weile darüber nachzudenken. Und nun würde ich es vorziehen, die Hinrichtung beginnen zu lassen, bevor es womöglich dunkel wird. Es wäre zu schade, wenn der Mann, der mich um mein Geld ebenso wie um mein Vertrauen betrogen hat, auch nur einen Tag länger am Leben bliebe.« Dann ballte er wütend die Faust und sagte: »Auch wenn ich die Hinrichtung meines Feindes nicht mit meinen eigenen Augen werde sehen können, möchte ich mich dennoch an seinen Schmerzensschreien laben.«

Die Worte des Grafen klangen wie eine Drohung.

Noch einmal verlas der Vogt Thidericus von Heste die Stellen aus dem Ordeelbook, welche schlussendlich zum Urteil geführt hatten. »... Eneme mordere unde eneme kerkenbrekere scal men sine lede to stoten mit eneme rade, unde thar up setten ...«

Obwohl die Umherstehenden das Urteil bereits kannten, löste es abermals hörbares Entsetzen in ihnen aus – war es doch eine der schlimmsten Strafen, die einen Verurteilten überhaupt ereilen konnte: Das Zerstoßen von Gliedern mit einem Wagenrad stellte schon eine unsagbare Quälerei dar, doch das anschließende Daraufflechten krönte jede bislang durchgestandene Marter. Der Schuldige konnte nur auf einen schnellen Tod hoffen, doch im Falle von Johannes vom Berge war selbst diese Hoffnung umsonst.

Die besten unter den Scharfrichtern kannten ihr Handwerk wohl, und da es sich heute um einen ehemaligen Ratsherrn handelte, war einer der Besten bestellt worden. Dieser Mann würde dafür sorgen, dass sein Opfer das Bewusstsein so lange wie möglich nicht verlor. Er war ein Mann, der stets eine Maske auf dem Kopf und ein scharfes Richtschwert an seinem Gürtel trug und den jedermann bloß unter seinem falschen Namen Vromold kannte. Still stand er auf der Richtfläche und wartete unbewegt. Fast so, als wäre er nicht aus Fleisch und Blut.

Walther und Runa drängten sich im letzten Moment durch die Menge, um zu Godeke, Oda, Ava, Ragnhild, Albert und Margareta zu gelangen, die schon seit einer ganzen Weile unweit des Richtplatzes darauf warteten, dass das grausige Schauspiel begann. Es hatte Walther einige Überzeugung gekostet, Runa bis hierher zu bekommen, denn noch am Morgen war sie sich sicher gewesen, dass sie der Hinrichtung auf keinen Fall beiwohnen wollte. Walther jedoch, der seiner Frau sonst ihren Willen ließ, war in dieser Sache stur geblieben und hatte sie beharrlich überredet. Schließlich hatte Johannes vom Berge ihr, genauso wie allen anderen von Holdenstedes, großes Leid zugefügt. Seit nunmehr über zwanzig Jahren hatten sie alle unter ihm und seinen Gehilfen gelitten. Heute sollte diese Zeit für immer ein Ende haben, und um damit abschließen zu können, sollte sie seinem Tod beiwohnen. Nach langem Reden hatte Runa schlussendlich nachgegeben.

»Da seid ihr ja endlich«, begrüßte Ragnhild ihre Tochter und Walther ohne die sonstige Heiterkeit. Sie, Albert und Eccard waren erst gestern in Hamburg angekommen.

»Mutter«, entwich es Runa bloß kummervoll, während sie Ragnhild um den Hals fiel. Sie wollte so vieles sagen, doch seit dem Morgen war ihr Hals wie zugeschnürt.

Wortlos hielt Ragnhild der festen Umarmung eine Weile lang stand, dann löste sie sich sanft und strich ihrer Tochter über die Wange.

Auch Oda, Ava und Margareta drückten Runa, und Runa drückte sie. Ihnen allen saß der Schreck heute so tief in den Gliedern, dass sie sich daraufhin nur gebannt an den Händen fassten und kaum weitere Worte verloren.

Die Männer hingegen hielten sich weniger zurück.

»Ich kann es kaum erwarten, dass sie beginnen«, gestand Walther mit einem bösen Gesichtsausdruck. »Ich wünsche diesem Hundsfott einen langsamen Tod.«

»Walther, versündige dich nicht«, tadelte Ragnhild ihren Schwiegersohn halbherzig, auch wenn sie seinen Wunsch insgeheim teilte.

»Pah, wie kann man sich versündigen, indem man dem Schlimmsten aller Sünder das wünscht, was er verdient?«, fügte Albert hinzu.

Darauf sagte Ragnhild nichts mehr. Wie jeder der Anwesenden wusste auch sie, was es mit diesem Satz auf sich hatte. Walther und Albert sannen auf Rache – Rache für Thiderich Schifkneht, ihren besten Freund, dessen Verlust für sie beide heute noch genauso schmerzlich spürbar war, wie vor wenigen Wochen, als er durch die Ränke des Johannes vom Berge den Tod gefunden hatte.

Sie alle hatten bisher gar nicht auf die Worte des Vogtes gehört, doch während er die Punkte der Anklage und die dazugehörigen Strafen verlas, wurde es plötzlich unruhig, und ihrer aller Aufmerksamkeit richtete sich über die vielen Köpfe vor sich hinweg auf einen Punkt nahe des hölzernen Aufbaus. Ein Wagen rollte an. Es war ohne Zweifel das Gefährt des Angeklagten.

Nun waren die Hamburger kaum mehr zu halten. Alles schob und drängte nach vorn, und ein jeder stellte sich auf seine Zehenspitzen und reckte den Kopf, um besser sehen zu können.

Der Platz vor dem Rathaus war bis auf das letzte Fleckchen gefüllt. Genau an der Richtstätte, wo man am besten sehen konnte, quetschten sich die ärmeren und einfacheren Leute Hamburgs Schulter an Schulter zusammen. So war es immer schon, und niemand machte ihnen diesen Platz streitig. Dahinter standen die wohlhabenderen Bürger der Stadt, die sich weniger gierig und zügellos verhielten. Die Ratsherren und die fünf Schauenburger hingegen wohnten dem Schauspiel mit erhabenen Blicken von den weit geöffneten Fenstern des Rathauses bei.

Wie schon auf der morgendlichen Sitzung, war auch jetzt wieder jeder Fürst von seinen schwer bewaffneten Gefolgsleuten umringt – immer bereit, einen möglichen Angriff des verhassten Vetters neben sich abzuwehren. Unter anderen Umständen hätten die fünf Schauenburger es wohl vermieden, einen ganzen Tag lang so dicht beieinander zu stehen. Doch der Verurteilte Johannes vom Berge trug eine gehörige Mitschuld an den Zwistigkeiten, die die Grafen in der Vergangenheit entzweit hatten, weshalb es sich keiner von ihnen hatte entgehen lassen wollen, ihn sterben zu sehen.

Am Fenster des Grafen Gerhards II. stand auch Eccard, der sich nicht unwohler hätte fühlen können. Schon während der Sitzung war er den vernichtenden Blicken von Marquardus Scarpenbergh ausgeliefert gewesen, den er kürzlich durch seine unangekündigte Abreise von dessen Burg schwer beleidigt hatte. Und nun würde er sich die gesamte Hinrichtung lang in der schlechten Gesellschaft der von ihm nicht minder verachteten Ritter Lüder von Bockwolde, Heinrich von Borstel, Ulrich von Hummersbüttel und Giselbert von Revele befinden, mit denen er den Platz hinter seinem mittlerweile verhassten Herrn Graf Gerhard II. teilte. Sein Blick glitt zum benachbarten Fenster zu Graf Johann II. Zum wiederholten Male, seitdem er gestern in Hamburg angekommen war, trennte ihn und den Grafen bloß eine Mannslänge, und dennoch war es unmöglich, mit ihm allein zu sprechen. Zu viele Männer, zu viele Ohren. Die Unterhaltung über einen möglichen Überlauf musste wann anders stattfinden. Doch wann? Die Gelegenheiten waren rar.

Mit einem Mal war ein mehrstimmiges »Es geht los« von allen Seiten zu vernehmen, und schon im nächsten Moment nickte der Vogt dem Vermummten zu. Schlagartig schwiegen all die geschwätzigen Hamburger still. Sie wollten die Worte des Vogtes hören. »Vromold, tu, was deine Aufgabe ist. Und tu sie gut!«

Daraufhin nickte der Scharfrichter und legte dabei eine Hand auf sein Herz und die andere auf den Knauf seines Schwertes. Dann gab er zweien seiner vier Gehilfen ein Zeichen, auf dass sie losliefen, um Johannes vom Berge zu holen.

Voller Ehrfurcht vor dem, was sich gleich ereignen würde, gaben die Gaffenden eine Gasse für die Männer frei, welche den Unglücklichen aus seinem hölzernen Käfig auf dem Pferdewagen hin zu der Stätte seiner Hinrichtung führen sollten. Einige unter den Zuschauenden fragten sich, was ein Mann im Angesicht seines Todes wohl dachte, andere wiederum empfanden scheinbar Mitleid und blickten betreten.

Über eine Planke führte man den in Ketten liegenden Johannes vom Berge aus seinem Gitterwagen durch die Menge. Sein Antlitz war blass und seine Gestalt dünn und schmutzig, doch noch wies sein Äußeres keinerlei Spuren von Folter auf. Keine blauen Flecken, kein Blut. Nichts ließ vermuten, dass dies der Tag seines Todes sein sollte – nichts, außer seinem Blick: weit aufgerissene Augen, schmal der Mund. Er war von Angst gezeichnet. Auf seiner Stirn waren trotz des kalten und bewölkten Tages, der fast schon zum Winter zählte, kleine Schweißtropfen zu erkennen. So schritt er den schmalen Pfad entlang, der sein letzter sein sollte.

Noch immer war es totenstill auf dem Platz vor dem Rathaus. Fast hätte man den Eindruck gewinnen können, dass Mitgefühl die Münder verschloss. Doch die grausame Wahrheit war, dass der größte Teil der Anwesenden nur darauf wartete, dass einer die erste Schmähung ausstieß. Sie sollte nicht lange auf sich warten lassen!

Mit einem ekelerregenden Geräusch sammelte ein Jüngling etwas Spucke in seinem Mund und rotzte diese kurz entschlossen ins Gesicht des Verurteilten, der ihn gerade passierte.

Johannes vom Berge war darauf vorbereitet gewesen und versuchte Haltung zu bewahren, doch auf das, was jetzt kam, hatte er sich nicht vorbereiten können. Die eben noch stumm gaffende Meute kannte plötzlich kein Erbarmen mehr. Jene Skrupel, die die meisten unter ihnen eben noch davon abgehalten hatten, den ersten Stein zu werfen, waren wie fortgeblasen. Jetzt wollten sie Blut sehen – sein Blut!

Gefolgt von Flüchen und wüsten Beschimpfungen, warfen sie altes Obst und Gemüse zusammen mit Steinen und dem Kot der Tiere und Menschen von den Straßen nach dem Schuldigen, der wenig später vor Ekel und unter Schmerzen zuckte.

»Abschaum bist du, du Verräter!«

»Gleich wirst du Höllenqualen leiden, wie du es verdient hast!«

»Hier, friss dich noch ein letztes Mal richtig voll, bevor du zum Teufel fährst!«, schrie eine zahnlose Alte, bevor sie ein grünlich pelziges Brot nach dem Verurteilten warf.

Johannes vom Berge hatte die hölzerne Anhöhe vor dem Rathaus nun fast erreicht. Er rang mittlerweile so deutlich nach Atem, dass er bloß noch keuchte. Überall an seinem Körper klebte eine stinkende Masse aus dem, was man auf ihn geworfen hatte. Die beiden Gehilfen des Scharfrichters, die ihn links und rechts festhielten, und die ebenso einiges abbekommen hatten, mussten ihn beinahe tragen. Wieder und wieder versagten ihm seine Füße den Dienst. Die offensichtliche Tatsache, dass es nicht einen einzigen Hamburger gab, der um ihn trauern würde, ließ Johannes starr vor Schreck werden und mehrte seine Angst vor dem, was gleich kommen würde. Es war nun um jede Beherrschung geschehen – für wen lohnte es auch noch, diese aufrechtzuerhalten? Nicht einmal sein Weib war hier, denn seit dem Tage seiner Festnahme hatte man sie ins Kloster Buxtehude zu den Benediktinerinnen im Bistum Verden geschickt, welches sie bis zu ihrem Tode nie wieder würde verlassen dürfen.

Kaum hatten die Männer den ersten Fuß auf die hölzerne Richtstätte gesetzt, gab Vromold seinen beiden übrigen Gehilfen den Befehl: »Packt ihn, und fesselt ihn gut, damit er nicht zappelt, während ich meine Arbeit tue.«

Die Männer gehorchten sofort. Sie ergriffen Johannes' gefesselte Arme und Beine und schleppten ihn wie ein Stück Vieh zum Platz seines Todes.

In diesem Moment begann er zu schreien. Es waren wilde und unkontrollierte Schreie, die keine wirklichen Worte enthielten. Vielmehr versuchte er, durch sein Schreien Kraft zu sammeln, um sich aus dem Griff der Schergen zu lösen, doch es war hoffnungslos. Jedes Zerren und Winden waren vergeblich. Mit unglaublicher

Brutalität wurde er von den vier Männern rücklings auf die Planken gelegt und an den Gliedmaßen festgebunden, sodass er mit von sich gestreckten Gliedern vor dem Scharfrichter lag. Johannes schrie nun aus voller Kehle. Die Gewissheit darum, was ihm gleich widerfahren würde, brachte ihn fast um den Verstand. Wild warf er seinen Kopf nach links und rechts und bäumte seinen Körper auf. Panisch zog er an den Fesseln, bis seine Gelenke blutig gescheuert waren, doch die Seile waren am hölzernen Boden befestigt worden. Er wusste, sein Schicksal würde sich nun unweigerlich erfüllen, und es gab nichts, das es aufhalten würde. Dennoch verließ eine Flut von Versprechen und flehentlichen Gebeten seinen Mund, über die er selbst keine Kontrolle mehr zu haben schien. »Bitte, ich ... ich werde die Stadt für immer verlassen. Ich gehe weit fort ... und vermache all meine Habe ... den Kirchen. Beim Blute Christi, habt Erbarmen mit mir! Seid barmherzig ... mit einem Sünder! Ich bin ein Sünder! Ich will nicht sterben ...! Herr, beschütze mich. Sei bei mir, im Angesicht des Todes ... ich flehe euch an, lasst mich nicht so von der Welt gehen ...!«

Ungeachtet der angsterfüllten Worte, hievten die Helfer des Scharfrichters ein gewaltiges Richtrad von dem Pferdewagen mit dem Käfig darauf, brachten es zur Richtstätte und zückten blitzende Messer, mit denen sie Johannes vom Berge die Kleider vom Leib schnitten, bis er vollkommen nackt war. Dann legte man dem Verurteilten hölzerne Keile mit der spitzen Kante nach oben unter die festgezurrten Arme und Beine. Dies war nötig, um die Glieder an den richtigen Stellen zu brechen.

Als alles getan war, schaute der Scharfrichter zu einem der geöffneten Rathausfenster hinüber direkt in Willekin Aios' Gesicht. Die Vollstreckung konnte beginnen.

Der Bürgermeister atmete noch einmal so tief ein, dass sein Brustkorb sich deutlich hob und senkte. Dann ließ er seine tiefe Stimme ertönen: »Scharfrichter Vromold, bevor du deines Amtes waltest, lasst uns sehen, ob das Richtrad nicht mehr und nicht weniger als acht Speichen hat.«

Der Scharfrichter kannte diese Frage natürlich und hob das Wagenrad so hoch er konnte. Es kostete viel Kraft, das schwere Rad zu stemmen und sich gleichzeitig damit um die eigene Achse zu drehen, damit jedermann überprüfen konnte, dass das Richtrad dem entsprach, was der Rat vorschrieb.

Nachdem dies getan war, fuhr der Bürgermeister fort: »Zerschlagt dem Verurteilten nun zuerst die Beine mit nicht mehr als drei Schlägen, dann zerstoßt ihm seine Arme mit jeweils zwei Schlägen.«

Vromold nickte und wandte sich seinem bedauernswerten Opfer zu. Er durfte sich nicht davon beirren lassen, dass es schrie und flehte und sich in Todesangst hin und her wand. In diesem Moment zählte nur, dass er die Arbeit, für die er entlohnt würde, gut tat. Drum trat er besonnen neben eines der zuckenden Beine, suchte sich einen sicheren Stand und fixierte den Knochen, den er nun zerschmettern würde. Mit einer kraftvollen Bewegung hob er das Rad weit nach oben und ließ es mit der eisernen Kante auf exakt jene vorgesehene Stelle schnellen.

Der untere Teil des Beins brach mit Leichtigkeit, jedoch unter einem lauten Krachen, welches nur von dem langgezogenen, gellenden Schmerzensschrei des Opfers übertönt wurde.

Als der Scharfrichter das Rad wieder anhob und somit die Sicht auf den gebrochenen und scharfkantig herausragenden Knochen freigab, löste er einen Jubel unter den Zuschauenden aus. Doch der Maskierte hörte den Jubel nicht. Er musste nun das Gebein des Schenkels brechen, welches weitaus schwerer war als der untere Knochen. So sammelte er noch einmal all seine Gedanken und heftete den Blick auf das blutbespritzte Fleisch seines Opfers. Wieder holte er weit aus und ließ das Rad mit aller Kraft auf das Bein krachen. Diesmal brach es nicht.

Der Jubel der Menge verstummte – bloß die Schreie des Gepeinigten schienen dieses Mal noch lauter und qualvoller zu sein als zuvor.

Der Scharfrichter kam unter seiner Maske ins Schwitzen. Er hatte nur noch einen Schlag für dieses Bein, dann musste der Knochen brechen. Anderenfalls war sein Lohn ernsthaft in Gefahr. So spannte er jeden seiner Muskeln an, hob das Rad diesmal weit über seinen Kopf und traf tatsächlich genau die gleiche Stelle noch einmal. Er hatte Erfolg. Das Bein des Verurteilten knickte augenblicklich ein.

Der Jubel der Menge war ihm nun wieder gewiss und spornte ihn an. Gemächlich schritt er auf die andere Seite, um sich dem noch unversehrten Bein zu widmen.

In diesem Moment wandte Runa ihren Kopf zur Seite. Ihr wurde übel. Auch Margareta und Ragnhild schauten schon längst einander an und Oda gen Boden. Für sie war es keine Genugtuung, einen Menschen so leiden zu sehen. All der Schmerz der letzten Jahre schien ausreichend für ein ganzes Leben gewesen zu sein, und auch wenn Johannes vom Berge keine Gnade verdiente, wünschten sich die Frauen in diesem Moment weit fort.

Einzig und allein Ava, die Witwe Thiderichs, schaute mit hoch erhobenem Kopf und wachem Blick der Hinrichtung zu. Sie zuckte nicht zusammen, wenn das Richtrad seine lärmende Arbeit tat, doch sie jubelte auch nicht. Ihrem Gesicht waren keine Gefühle anzusehen.

Oda hob den Blick und begann, ihre Freundin heimlich zu beobachten. Sie hoffte inständig, dass diese nach der Hinrichtung ihren Frieden wiederfinden würde.

Als der letzte Stoß des Rades getan war und die Holzkeile unter den blutenden, verkrümmten Gliedern des ehemaligen Ratsherrn herausgezogen wurden, kam der letzte und nicht minder schreckliche Teil der Hinrichtung. Ein zweites, noch größeres Rad wurde herangeschafft und Johannes vom Berge vom Boden losgebunden. Die Fesseln waren nun überflüssig geworden, jetzt, da er keinen seiner Arme und keines seiner Beine mehr bewegen konnte. Achtlos und mit roher Gewalt zog man ihn auf die Speichen, wo Vromold sofort begann, die gebrochenen Knochen durch das Rad zu flechten und festzubinden.

Normalerweise wurden die zu Richtenden vor dieser Pein erwürgt, doch Johannes vom Berge hatte sich so vieler Taten schuldig gemacht, dass ihm diese Gnade vom Hamburger Rat abgesprochen worden war. Auch erlöste keine gnädige Ohnmacht den Verurteilten. Im Gegenteil – jeder, der gedacht hatte, Johannes vom Berge hätte keine Kraft zum Schreien mehr übrig, wurde in diesem Moment geräuschvoll eines Besseren belehrt. Bei vollem Bewusstsein wurde sein Körper abermals geschunden, bis er vollkommen verdreht und zur absoluten Bewegungslosigkeit verdammt, eins mit dem Rad geworden war. Schlussendlich stellte man das Rad durch einen Pfahl auf, der es gen Himmel richtete. Hier würde es stehenbleiben, bis der Verurteilte starb. Niemand wusste zu dieser Zeit, dass dies erst ganze zwei Tage später passieren würde.

8

Walther war angespannt. Das heutige Ereignis hing über ihm wie eine dunkle Wolke.

Runa hingegen hätte kaum glücklicher sein können. Nach so vielen Wochen würde sie endlich ihr Kind wieder in die Arme schließen. Auf diesen Tag hatte sie lange warten müssen.

Sie wusste, warum Walther diese Begegnung immer wieder hinausgezögert hatte; warum er jeden Tag eine neue Ausrede gefunden hatte, die sie angeblich daran hinderte, an genau diesem Tag zu Thymmo zu gehen. Doch heute, wo die so lang erwartete Hinrichtung vorbei war und sie bald wieder zurück zum Kunzenhof mussten, fiel auch Walther kein überzeugender Grund mehr ein.

So machten sie sich auf zu Johann Schinkels Domkurie. Sie überquerten die Zollenbrücke, gingen die Brotschrangen entlang, passierten das Eimbecksche Haus, welches vor etwas über einem Jahr noch das Rathaus der Stadt gewesen war, bogen rechts in die Beckmacherstraße ein, bis sie auf den freien, hoch gelegenen Platz kamen, der nur Berg genannt wurde.

Hier schloss Runa ihre Finger unvermittelt fester um Walthers Arm, als ihr Blick auf die Fronerei fiel, in der sie so Schlimmes erlebt hatte und in der sie fast gestorben wäre, als sie Thido ohne Hebamme zur Welt bringen musste.

Walther verstand sofort und auch ihm graute es beim bloßen Anblick des Steinhauses. Entschlossen wollte er seine Gemahlin von hier fortziehen, doch plötzlich löste sich Runas Griff, und sie blieb stehen.

Walther schaute seine Frau verwundert an, doch der Ausdruck auf ihrem Gesicht ließ keine Frage zu. Er war sich sicher, dass die Angst sie lähmte, und wollte sanft nach ihrem Arm greifen, als sie ganz plötzlich zu lächeln begann. Ihr Lächeln ging auf ihre Augen über, bis sie regelrecht strahlte; währenddessen ruhte ihr Blick nach wie vor auf der Fronerei. Erst nach einer ganzen Weile sah sie Walther an. Bevor er etwas sagen konnte, hakte sie sich wieder bei ihm unter und überquerte an seiner Seite den Berg. Gerne hätte Walther gewusst, was in ihrem Kopf vorging, doch er spürte, dass sie nicht darüber reden wollte.

Nur wenige Schritte weiter konnten sie Johanns Kurie, die östlich der Petri-Kirche lag, auch schon sehen.

Sie wurden bereits erwartet. Beide Diener des Ratsnotars, Werner und Anna, und sogar deren Töchter Beke und Tybbe, öffneten ihnen die Tür und baten sie in die Schreibstube. Hier reichte man ihnen randvolle Becher, als Johann Schinkel auch schon eintrat. Der erste Moment verstrich mit jenem unbehaglichen und vielsagenden Schweigen, dann tat Johann den ersten Schritt.

»Willkommen in meiner Kurie. Ich freue mich, dass es zu diesem Treffen kommen konnte.«

Runa hätte gern etwas auf die freundlichen Worte des Ratsnotars erwidert, doch sie wollte Walther nicht zuvorkommen. Als fügsame Ehefrau, die ihm Respekt zollte, überließ sie ihm das erste Wort. Doch Walther schwieg eisern. Wieder war es Johann, der zu sprechen begann.

»Thymmo habe ich bis jetzt nichts erzählt. Ich bin mir aber sicher, dass er sich sehr freuen wird.«

Endlich brach Walther sein Schweigen. »Habt Dank für die gute Bewirtung und Eure warmen Worte, ich würde es allerdings vorziehen, nicht länger zu plaudern und den Jungen stattdessen gleich zu sehen.«

Runa wurde es heiß und kalt. Viel unfreundlicher hätte Walther kaum sein können.

Doch Johann Schinkel ließ sich nicht beirren. »Nun gut, wenn es Euer Wunsch ist, lasse ich Thymmo sofort holen. Doch gestattet mir, noch eines vorweg zu sagen. Der Junge verzehrt sich nach Euch, und zwar nach Euch beiden!« Dann wurde sein geduldiger Ton strenger. »Ich wünsche, dass dem Kind kein unnötiger Kummer bereitet wird! Seid also so gut, und benehmt Euch wie ein liebender Vater, für den Thymmo Euch auch hält.«

Walther nickte und versicherte: »Ich verstehe.«

Runa frohlockte nach diesen Worten, die ihr aus der Seele sprachen. Trotz aller früherer Rivalitäten der Männer durfte nicht vergessen werden, dass es hier um Thymmo ging.

Dann gab Johann das Zeichen. Nur wenig später wurde sein und Runas Sohn hereingeführt.

Das Kind brauchte nicht lang, um zu begreifen. »Mutter, Vater!«, stieß es hervor und rannte beiden in die Arme.

»Thymmo, mein Schatz, mein Liebling…«, entfuhr es Runa, die schon auf die Knie gegangen war, um ihrem Sohn in die Augen sehen zu können. »Wie ist es dir in der Domschule ergangen? Bist du fleißig? Wie gut ist dein Latein?«

Der Junge senkte schuldbewusst den Kopf, doch bevor er wahrheitsgemäß antworten konnte, nahm ihm Johann Schinkel das Wort aus dem Mund.

»Er ist außerordentlich fleißig. Der Scholastikus findet keinen Tadel an ihm, und sein Latein wird jeden Tag besser.«

Thymmo blickte den Domherrn erstaunt an, dann wurde er von seiner Mutter an ihre Brust gedrückt.

»Das ist ja wunderbar! Ich bin sehr stolz auf dich.«

Bei dem herzrührigen Anblick von Mutter und Sohn wurde selbst Walthers Blick weich.

Der Junge schaute zu seinem vermeintlichen Vater auf und umfasste mit seiner kleinen Hand die Flöte, welche an einem Lederband um seinen Hals hing. »Ich habe sie noch, Vater. Und ich trage sie jeden Tag!«

»Das freut mich, Thymmo!«, sagte Walther zu dem Jungen und strich ihm über den blonden Kopf. »Verliere sie nicht, denn sie soll dir immer Glück bescheren.«

»Glück kommt von Gott, nicht von einer Flöte«, berichtigte Johann Schinkel Walther, der ihn sogleich mit einem bösen Blick bedachte.

Trotzdem verstand Walther den Einwand – schließlich war der Domherr ein Mann der Kirche und konnte auch nur annähernd ketzerische Reden nicht zulassen.

»Ich würde gerne mit meinem Sohn kurz allein sein, wenn es euch beiden recht ist«, wünschte sich Runa und nahm Thymmo an der Hand. Sie wusste, was sie da verlangte. Schließlich war die Stimmung zwischen den Männern angespannt. Doch das war ihr in diesem Moment gleich. »Wir sind im Garten«, sprach sie und rauschte an ihrem Gemahl und ihrem einstigen Geliebten vorbei.

Die Männer sahen ihr nach. Dann schritt Johann Schinkel zum geöffneten Fenster, das den Blick auf den laubbedeckten Garten freigab, in dem bald schon der Schnee vorherrschen würde. Hier blieb er eine Weile stehen und genoss den Anblick von Mutter und Sohn, wie sie mit den letzten bunten Blättern spielten, die der Novemberregen noch nicht hinfortgespült hatte.

Walther kam hinzu und schaute ebenfalls hinunter. »Ergeht es ihm gut bei Euch?«

»Nun, ich tue mein Bestes, um ihm ein schönes Heim zu geben. Aber er vermisst seine Geschwister, seine Mutter und auch Euch.«

Walther fühlte sich abermals schuldig, da das Kind litt, weil er es nicht um sich haben konnte. Doch die Lösung, die Runa und er gefunden hatten, schien auch heute noch die Allerbeste. »Ich danke Euch dafür, dass Ihr dem Jungen ein Vater seid, Schinkel. Wenn es nach mir ginge, würde ich Euch nur zu gern gestatten, Thymmo eines Tages zu erzählen, dass er Euer und nicht mein Sohn ist, doch das würde Runas Leumund zerstören.«

»Ja, das weiß ich. Es ist wie es ist. Ich bin froh, dass er bei mir lebt und ich ihn jeden Tag um mich haben kann. Wenn ich dafür ein Leben lang lügen muss, soll es mir das wert sein.«

Walther schaute den Ratsherrn von der Seite an. »Ihr liebt dieses Kind.«

»Wahrlich, das tue ich!«, sprach er und hob ebenso den Blick.

Walther schaute Johann Schinkel bewundernd in die Augen. Solch ehrliche, fast schon entblößende Worte hatte er nicht erwartet. Sie zeigten umso mehr, wie sehr es stimmte, was er eben gestanden hatte.

Nachdem die Männer wieder eine Weile in den Garten geblickt hatten, machte Johann Schinkel übergangslos ein weiteres Geständnis. »Thymmo hasst die Schule, ganz besonders Latein. Und der Scholastikus kommt mit dem Ausgeben von Strafarbeiten kaum noch hinterher.« Dann erst schaute er wieder zu Walther, der urplötzlich und aus voller Kehle zu lachen begann.

Erst als er sich etwas beruhigt hatte, sagte er: »Ihr habt richtig daran getan, eine Mutter in dem Glauben zu lassen, alles sei in bester Ordnung. Wenn Ihr es nicht verratet, werde ich es auch nicht tun.«

»Abgemacht!«, schloss der Ratsnotar, der nun auch herzhaft zu lachen begann. »Wer weiß, vielleicht gelingt es mir ja noch, aus dieser Lüge eines Tages Wahrheit zu machen.«

»Das würde mich sehr beeindrucken«, gestand Walther kopfnickend. »Und ich bin mir sicher, dass Ihr es schafft! Doch selbst wenn nicht, vielleicht gibt es ja etwas anderes, in dem der Junge Talent beweist.«

»Wann werden du, Walther und die Kinder unser Haus verlassen, um auf den Kunzenhof zu ziehen, Runa?«, fragte Ava, während sie gemeinsam mit ihr, Oda und Margareta in der tiefstehenden Novembersonne in Richtung Markt schlenderte.

»Morgen schon, meine Liebe.«

»Schon so bald?«, fragte Oda mit einem bekümmerten Gesicht.

»Ja. Auch ich bin traurig darüber, dass wir nicht noch etwas mehr Zeit mit euch in einem Haus verbringen können, aber die Grafen waren schon überaus großzügig, indem sie Walther für die Zeit bis zur Hinrichtung von seinem Dienst befreiten.«

»Das ist wahr«, bestätigte Oda.

»Doch lasst uns nicht trauern, meine Lieben. Gott sei's gedankt, dass wir noch etwas länger in Hamburg bleiben werden – mindestens bis zum Kinderbischofsspiel –, so können wir uns noch häufig sehen. Das ist doch ein Grund zur Freude.«

Margareta setzte einen schelmischen Blick auf und stemmte die Hände in die Seiten. »Da sieh mal einer an«, bemerkte sie in Runas Richtung. »Freust du dich etwa wirklich, in Hamburg zu sein? Vor einigen Tagen noch, in der Kemenate der Gräfin, hat dir der Gedanke Unbehagen bereitet.«

»Das stimmt! Und jetzt ist irgendwie alles anders. Hamburg hat für mich seinen Schrecken verloren«, gestand sie und dachte bei diesen Worten an den Moment vor der Fronerei.

»Wie meinst du das?«

»Nun, auch wenn das Ereignis der Hinrichtung selbst sehr schlimm war, kann Johannes vom Berge uns nun endlich nicht mehr schaden. Vater Everard ist auch fort. Heseke ist im Kloster, Luburgis ist tot. Was sollte mich noch ängstigen? Jetzt, wo nicht nur das Schlechte ausgemerzt zu sein scheint, sondern auch noch das Gute überwiegt. Schließlich ist Godeke mittlerweile ein geachteter Ratsmann, unsere lieben Eltern sind vereint und glücklich, Walther und ich stehen in der Gunst der Grafen und …«, fügte sie lachend hinzu, während sie Margareta leicht anstupste, »… meine kleine Schwester hat einen Ritter geheiratet.«

Margareta schüttelte etwas beschämt die Hand Runas ab, musste aber gegen ihren Willen schmunzeln.

Auch die übrigen Frauen begannen zu kichern wie kleine Mädchen, obwohl sie das bei weitem nicht mehr waren. Doch heute fühlte sich vor allem Runa federleicht und jung – trotz ihrer sechsundzwanzig Jahre. Alles hatte sich zum Guten gewandt. Nach so vielen Wochen war die Familie endlich wieder vereint. Und selbst Thymmo, den sie oft so schmerzlich vermisste, schien glücklich bei Johann Schinkel zu sein. Ja, es gab kaum etwas, das ihr Glück belastete, doch eine Sache lag ihr noch auf dem Herzen. Sie hakte sich bei Ava unter und sagte sanft: »Nun braucht nur noch unsere liebe Ava eines Tages einen guten Gemahl.«

Schweigen trat ein.

Ava schaute zu Boden. Sie wusste, dass es eines Tages zu einer neuen Hochzeit kommen musste, und sie war Runa nicht gram, dass diese sie darauf ansprach. Spätestens jetzt, wo einer von Thiderichs Mördern tot war, wurde es Zeit, in die Zukunft zu sehen. »Nun, diese Entscheidung liegt bei deinem Bruder.«

»So ein Unsinn«, widersprach Runa. »Er ist zwar dein Vormund, aber nicht dein Kopf, deine Seele, dein Herz. Was ist mit deinem Herzen?«

»Mein Herz...? Spielt das denn wirklich eine Rolle, bei einer Vermählung?«

»Aber ja!«, protestierte die über beide Ohren verliebte Margareta. »Du wirst doch wohl nicht warten, bis Godeke dir irgendeinen Mann vorsetzt, oder?«

»Was soll ich denn sonst tun?«

»Na, selbst einen auswählen«, ließ Oda verlauten. »Wie wäre es denn mit Alwardus von Brema?«

»Der ehemalige Ratsherr, dem die Frau weggestorben ist? Wie alt ist der? Zweihundert Jahre?«, entgegnete Ava mit einem entrüsteten Blick.

»Und was ist mit Radolf von Eilenstede?«, fragte Runa in der Gewissheit, einen guten Mann aufgetan zu haben.

»Oh, bitte, der ist einen Kopf kleiner als ich.«

»Aber Nikolaus von Parchem ist groß und ansehnlich«, warf Oda ein.

»Hmm... Wieder ein Ratsherr«, bemerkte sie, zog die Mundwinkel nach unten und legte die Stirn in Falten. »Ich weiß nicht so recht. Die meisten sind doch aufgeblasene Wichtigtuer...« Ava bemerkte nicht, wer sich langsam von hinten näherte, und sprach einfach weiter. Oda, Runa und Margareta versuchten zwar, der Witwe Zeichen zu geben, doch diese verstand sie nicht zu lesen. »... eingebildet und selbstverliebt sind sie. Fast alle fettleibig und gehüllt in mehr glänzende Stoffe, als jede noch so eitle Frau...«

»Also das Letzte lasse ich mir ja noch gefallen, aber fettleibig bin ich nun wirklich nicht.«

Ava fuhr herum, ließ vor Schreck ihren Korb fallen, und schaute direkt in die Augen von Christian Godonis.

Viel zu dicht, als dass es noch schicklich war, befand sich sein Gesicht nun an ihrem. Grinsend, mit dem Blick eines Jägers, der eine Beute ansah, sagte er: »Verzeiht, dass ich Eure Nachforschungen bezüglich eines neuen Gemahls so barsch unterbrochen habe, Witwe Schifkneht, doch ich konnte diese Beleidigungen einfach nicht auf mir sitzen lassen.«

Ava trat hastig einen Schritt zurück und senkte den Blick. »Ich weiß nicht, wovon Ihr sprecht, Dominus. Ganz bestimmt bin ich nicht auf der Suche nach einem neuen Gemahl. Vielleicht ist es Euch nicht bewusst, doch ich befinde mich noch in Trauer.«

Christian trat wieder einen Schritt an Ava heran, die entrüstet nach Luft schnappte. »Und dabei sieht Euer wunderschönes Antlitz nicht einmal traurig aus. Wie macht Ihr das nur?«

»Was Ihr zu mir sagt, ist unangemessen.«

»Und doch ist es wahr. Rote Wangen, weiße Haut, dunkle Augen. Ihr *solltet* einen neuen Gemahl suchen, bevor diese ansehnlichen Schätze der gnadenlosen Zeit anheimfallen.«

Nun hob Ava den Kopf. Sie wich nicht zurück und blickte stattdessen erbost in die Augen ihres Gegenübers. »Eure Worte sollen wohl schmeichelhaft klingen, doch sie sind bloß unverschämt. Das ist ein Unterschied, den Ihr offenbar noch lernen müsst, Dominus. Und nun entschuldigt mich. Ich habe zu tun.«

Der Ratsherr schaute prüfend in Avas Gesicht, das mittlerweile etwas Kämpferisches ausstrahlte. Seine eben bloß übliche Neugier, die er einer jeden halbwegs ansehnlichen Frau entgegenbrachte, verwandelte sich plötzlich in Begeisterung. Er begann zu lächeln und sagte: »Euer zukünftiger Gemahl ist gleichermaßen zu beneiden und zu bemitleiden. Gott gebe, dass er zwei mächtige Eier zwischen seinen Beinen hat.« Bevor Ava auch nur ein Wort auf diese empörende Äußerung erwidern konnte, hob der Ratsherr auf, was Ava eben hatte fallen lassen. »Euer Korb, meine Schöne.«

Ava riss ihm das Flechtgut aus der Hand und bedachte ihn noch mit einem wütenden Blick. Dann rauschte sie wortlos und mit hochrotem Kopf an dem lachenden Christian vorbei.

Die Frauen hatten sichtlich Mühe, hinter ihr herzukommen.

Oda versuchte, sie mit Rufen aufzuhalten. »Nun lauf doch nicht so schnell. Warte.«

Tatsächlich blieb Ava kurze Zeit später stehen, auf dass Oda sie einhole. Die Witwe war noch immer so erschrocken über die Worte Godonis', dass sie nur ungläubig den Kopf schütteln konnte. Dann platzte es aus ihr heraus: »Was für ein ungehobelter Kerl«, schimpfte sie vor sich hin. »Ohne jeden Anstand und, und ...«

»... und ziemlich gutaussehend!«, beendete Oda ihren Satz mit einem vielsagenden Grinsen.

»Pah!«, winkte Ava ab. »Ein vereister See im Winter ist auch schön anzusehen, und dennoch gefährlich. Von manchen schönen Dingen sollte man sich besser fernhalten.«

Plötzlich erklang Runas aufgeregte Stimme hinter ihnen. Aller Ärger über Christian Godonis war sofort vergessen. »Ava, Oda, kommt schnell!«

Ruckartig wandten sich die beiden Frauen um.

Margareta war zusammengesackt und lag auf der Straße. Ihr Gesicht war blass und ihre Lippen blutleer, doch sie war nicht ohnmächtig.

Sofort eilten sie herbei und gingen neben der Geschwächten in die Knie.

Runa nahm sie bei der Hand. »Margareta, was ist mit dir? Kannst du mich hören?«, fragte sie besorgt.

»Nun sag doch etwas…!«, rief Oda furchtsam, beugte sich über ihr Gesicht und begann, es zu streicheln.

»Kommt, wir bringen Margareta zurück zur Grimm-Insel«, entschied Ava bestimmt, als diese endlich etwas sagte.

»Wartet«, sprach sie leise und mühte sich ein schmales Lächeln ab, das alle etwas verwirrte. »Sorgt euch nicht um mich. Mir geht es gut.«

»Aber wie kann es dir gut gehen?«, fragte Oda. »Du siehst nicht wohl aus.«

»Doch, gleich geht es mir besser, liebe Schwägerin.« Dann bat sie: »Helft mir aufzustehen.«

Mühelos zogen sie sie auf die Beine und nahmen stützend ihre Arme.

»Bist du dir sicher, dass du laufen kannst?«, fragte Runa noch immer besorgt.

»Aber ja doch, Schwester. Mir geht es wunderbar – der Grund meiner Unpässlichkeit ist ein wahrlich erfreulicher. Ich bin schwanger!«

Nach einem kurzen Moment des Erstaunens nahm Runa ihre Schwester in die Arme. »Wirklich? Was für eine Freude. Wie wunderbar, herzlichen Glückwunsch!«

»Das sind herrliche Neuigkeiten!«, sagte auch Ava heiter und herzte die Freundin ausgiebig.

»Ja, ist das nicht schön? Ich selbst habe nicht so schnell damit gerechnet. Nicht nach nur drei Monaten Ehe!«

»Bist du dir denn auch wirklich sicher, liebste Schwester?«, fragte Runa besser noch einmal nach.

»Natürlich bin ich das«, bestätigte Margareta lachend. »Eine Frau fühlt so etwas doch!«

»Weiß Eccard schon davon?«

»Nein, ich wollte warten, bis die Hinrichtung vorbei ist.«

»Das war eine gute Idee«, bestätigte Ava.

Wieder schloss Runa Margareta überschwänglich in die Arme. Dabei gestand sie: »Soll ich dir was sagen? Ich habe es schon geahnt, als dir in der Küche auf der Burg Kiel übel geworden ist.«

»Dann wusstest du es ja früher als ich«, lachte sie gelöst und umfasste mit beiden Händen ihren noch flachen Bauch.

»Aber jetzt muss Eccard es erfahren. Und zwar sofort! Kommt, wir gehen zurück, und dann ruhst du dich aus«, bestimmte Runa in einem Ton, der keinen Einspruch zuließ. »Schließlich hat dein Kind schon viel durchgemacht. Denk nur an den Sturz vom Pferd auf dem Burghof….«

Ausgelassen plauderten Ava, Runa und Margareta darüber, was sie in den kommenden Wochen noch alles erwarten würde. Keine der drei Frauen bemerkte, dass Oda die Nachricht über die Schwangerschaft schier das Herz zerriss.

TEIL II

Hamburg, Kiel und die Riepenburg
Winter, im Jahre des Herrn 1291

1

Das beharrliche Klopfen an der dicken Holztür wurde immer lauter und aufdringlicher. Zunächst hatte es tatsächlich niemand im Haus gehört, doch als auch noch Rufe hinzukamen, war ein weiteres Ignorieren unmöglich – jedenfalls für Godeke, der einen überaus leichten Schlaf hatte.

Wütenden Schrittes stapfte er zur Tür und riss sie auf. Sein Blick ließ die beiden jungen Burschen einen Schritt zurücktreten. »Was in Herrgottsnamen wollt ihr zu dieser frühen Stunde, und wer seid ihr?«

»Herr, bitte verzeiht! Ich komme im Auftrag des Grafen Gerhard II.«

»Und ich komme im Auftrag des Grafen Johann II.«

»Wie bitte?«, fragte Godeke verwirrt. »Wollt ihr mich zum Narren halten?« Es kam ihm doch mehr als merkwürdig vor, dass beide Grafen gleichzeitig einen Boten schickten.

»Nein, Herr«, versicherte wieder derjenige, der zuerst gesprochen hatte. »Ich habe eine Nachricht für Ritter Eccard Ribe.«

»Und ich habe eine Nachricht für Walther, den Spielmann.«

»Zu dieser Zeit?«, fragte Godeke ungläubig und zeigte in den dämmrigen Himmel. Dann aber wurde ihm klar, dass ihm jede weitere Frage nur noch mehr seiner kostbaren Schlafenszeit rauben würde, und so sagte er bloß: »Wartet hier!«

Godeke ging nacheinander in die Kammern seiner Freunde und weckte diese mit der Aufforderung, nach unten zu kommen. Nur wenig später lauschten sie zu dritt den Worten der Boten.

»Ihr müsst zum Kunzenhof kommen, Ritter Eccard. Das Gefolge unseres Herrn macht sich bereit für eine Sauhatz.«

Nun sprach der zweite der Burschen: »Ja, auch Ihr müsst Euch eilen, Walther von Sandstedt. Graf Johann II. wünscht, dass Ihr ihn bei der Jagd begleitet.«

Walther schüttelte verwirrt den Kopf. »Wie soll ich das verstehen? Beide Grafen belieben jetzt auf eine Sauhatz zu gehen? Gleichzeitig?«

Die zwei Boten schauten einander skeptisch an. Wer von ihnen sollte die Wahrheit aussprechen? Der Mutigere der beiden fasste sich ein Herz.

»Gestern kam es auf dem Kunzenhof zwischen den Grafen zum Streit. Als mein Herr, Gerhard II., hörte, dass sein Vetter am nächsten Tag vorhatte, zu einer Sauhatz zu gehen, waren sie sich plötzlich uneins über die Besitzansprüche der Jagdgründe um Hamburg herum und die des sich darin befindlichen Wildes. Alles endete damit, dass keiner der beiden nachgeben wollte und nun beide heute zur Jagd zu gehen belieben. Demjenigen, der das größere Wildschwein erlegt, dem soll der Wald gehören.«

Diese Nachrichten waren alles andere als erfreulich. Ging es hier doch schließlich nur im Entferntesten um eine Jagd, denn viel mehr um einen Streit. Dieses Treiben würde wahrscheinlich niemandem wirklich Freude machen. Godeke legte seine beiden Hände auf die Schultern seiner Freunde und sagte: »Ihr zwei seid nicht zu beneiden, dennoch, lasst die Grafen besser nicht warten.«

Als Walther und Eccard nebeneinander die Straßen Hamburgs entlangritten, kämpfte sich die Sonne gerade zwischen dem leichten, morgendlichen Wolkenschleier hindurch. Es versprach, ein sonniger aber klirrendkalter Tag zu werden, was in diesem November keine Seltenheit war.

Sie waren noch nicht weit gekommen, da fiel Eccards Blick auf Walthers Stute. Die schwarze Mähne des Pferdes war in viele kleine

Zöpfe geflochten. Trotz seiner Müdigkeit, begann er schallend zu lachen.

Walther folgte seinem Blick und erwiderte wenig begeistert: »Ich hatte keine Zeit mehr, die Zöpfe zu öffnen. Und selbst wenn, danach sieht es auch nicht besser aus. Freyja tut das ständig, ich kann sie einfach nicht davon abhalten.«

Eccard wischte sich eine Träne aus dem Augenwinkel. »Ich finde, es passt zu dir.« Dann begann er erneut zu lachen.

»Vielen Dank, mein Freund. Ich sehe schon, meine Tochter macht mich heute zum Gespött der Männer. Genau das, was ich jetzt brauche...«

Sie bogen in die Alstädter Fuhlentwiete ein und sahen den Kunzenhof, der bereits dicht an dicht mit berittenem Gefolge gefüllt war. Von weitem sah es so aus, als wäre alles wie immer, wenn ein Fürst zur Sauhatz ritt. Erst bei genauerem Hinsehen erkannte man, dass die Jagdgesellschaft alles Erforderliche zweimal aufwies. Es gab zwei der wild herumwuselnden Bracken-Meuten mit ihrem bunten Fell, sowie zwei Jäger, die eine Saufeder trugen, mit denen das Wildschwein später abgefangen werden sollte – eben für jeden Grafen einen.

Eccard wusste, wie es auf einer Sauhatz zuging,

Walther hingegen hatte davon keine Ahnung und blickte mit großen Augen umher. »Was passiert gleich?«, fragte er seinen Freund.

Knapp erklärte dieser: »Die Hunde hetzen die Sau oder den Keiler so lange, bis das jeweilige Schwein sich schließlich vor Erschöpfung stellt. Dann stirbt es durch die Saufeder.«

Walther nickte. Er schien aufgeregt zu sein.

Eccard hingegen schaute missmutig zu den Rittern seines Herrn hinüber. Er hatte ganz offensichtlich weder Lust auf dessen Gesellschaft, noch auf die Jagd an sich. »Was für ein Unsinn, dieses Spektakel«, beschwerte er sich leise, während er ein Gähnen unterdrücken musste. »Die beiden Grafen benehmen sich mittlerweile wie Kinder. Vielleicht wäre eine anständige Fehde besser als dieser unterschwellige Hass aufeinander.«

»Wünsch dir das lieber nicht. Kämpfe bringen noch größeres Leid mit sich als diese Albernheiten. Bleibt nur zu hoffen, dass die Grafen keine Zwillings-Keiler anbringen.«

Eccard lachte. Leise teilte er Walther noch seine letzten Gedanken mit. »Ich sage dir, ich sehe es schon vor meinen Augen, wie die Grafen nach der Jagd den Schinken ihrer erbeuteten Wildschweine vergleichen und es darüber wieder zum Streit kommt.« Dann hob er die Hand zu einem letzten Gruß und trabte an. »Bis heute Abend auf dem Kunzenhof.«

Walther grinste. »Dir eine fröhliche Jagd, mein Freund«, wünschte er Eccard in einem spöttischen Unterton, bevor auch er sein Pferd in einen leichten Trab brachte und sich zu Graf Johanns Anhängern gesellte.

»Spielmann, endlich! Fast hättet Ihr den Start verpasst. Ich hoffe doch sehr, Ihr seid nicht so müde wie Ihr ausseht. Ihr werdet Eure Kräfte nämlich noch brauchen...« Während er sprach, erfasste sein Blick die Mähne von Walthers Pferd. Etwas ungläubig zog er die Augenbrauen hoch. »Was ist *das* denn?«

»Meine Tochter. Sie... bitte verzeiht!«

Der Graf schüttelte den Kopf, war aber sofort wieder mit seinen Gedanken bei der Jagd. »Wart Ihr schon einmal auf einer Sauhatz?«

»Noch nie, mein Fürst. Bitte entschuldigt, aber ich habe keine Ahnung, was ich zu tun habe.«

»Schon gut. Ich erwarte, dass Ihr stets in meiner Nähe seid. Ihr werdet mir mein fehlendes Auge ersetzen, und mir so hoffentlich zu einem prächtigen Keiler verhelfen.«

»Ich werde alles tun, was Ihr wünscht, mein Herr. Auch wenn meine Reitkünste ebenso spärlich sind wie meine Jagderfahrung.«

»Ja, ja, strengt Euch an. Ich hasse es, wenn mir eine Beute entwischt!«

Walther bekam ein mulmiges Gefühl im Bauch. Der Blick des sonst so friedliebenden Fürsten hatte etwas ungewohnt Blutrünstiges, und seine Antwort verriet, dass er gar nicht richtig zugehört hatte. Aber das war nun nicht mehr zu ändern, und so ritt er hinter dem Grafen zur Spitze der Gefolgschaft, als mit einem Mal leises Gelächter aus den Reihen Gerhards II. ertönte. Zweifellos galt es den Zöpfen am Pferdehals seiner Stute. Mit hochrotem Kopf versuchte er, die Männer, deren Lachen immer lauter wurde, zu ignorieren.

Dann wurde auch schon das Zeichen gegeben. Aus beiden Lagern ertönte ein Horn, welches die Hunde augenblicklich verrücktspielen ließ. Aufgeregt bellten und jaulten sie und sprangen übereinander. Noch waren sie an etlichen Seilen festgebunden, doch gleich hinter dem Stadttor ließ man sie frei. Lärmend rannten sie los in Richtung des Waldes – die Nase stets auf dem Boden und trotzdem in einer irren Geschwindigkeit.

Dann wurde das nächste Zeichen laut. Die Männer schlugen ihren Pferden die Hacken in die Seiten, auf dass diese lospreschten wie vom Teufel persönlich gejagt. Der fliegende Galopp der Pferde glich schon bald dem Tempo einer panisch gewordenen Herde auf der Flucht. Seite an Seite versuchte ein jeder, seinen Vordermann zu überholen, um den begehrten Platz hinter dem Grafen zu erlangen. Selbst der beste Reiter im Gefolge hätte sein Tier jetzt nicht mehr stoppen können – und das wollte auch niemand!

Nebeneinander hasteten die Gefolge der Grafen mit ebendiesen an der Spitze in die dicht bewachsenen Wälder, wo die Bäume sie verschluckten, bis nur noch die zertretene Wiese davor auf die vielen Reiter hinwies.

Walther war einzig damit beschäftigt, sich auf seiner Stute zu halten. Sie war in Panik, rannte kopflos hinter dem Pferd des Grafen her, der mutig voranritt und immer schneller zu werden schien. Irgendwann sah Walther ein, dass er keine Wahl hatte, als sich dem Willen seines Pferdes zu beugen – so gab er auf, an seinen Zügeln zu zerren. Stattdessen presste er seine Knie fest an den Pferdeleib, schloss die Finger seiner Linken um die Lederriemen und krallte die der Rechten in die flatternde Mähne, deren Zöpfe sich langsam lösten. In dieser Haltung stob er hinter Johann II. her, wich niedrigen Ästen aus und übersprang sogar einen kleinen Baumstamm. Seine Stute schien über den Boden zu fliegen. So schnell war er noch nie in seinem Leben geritten. Schon längst hatte das Maul seines Pferdes angefangen zu schäumen. Es begann schwerer zu atmen, doch es verlangsamte nicht den Schritt. Immer weiter hetzten sie so durch den Wald, solange, bis Walther sich fragte, ob der Graf jemals anhalten würde.

Nach einer kleinen Ewigkeit, wurde das Pferd vor ihm ruhiger. Endlich! Dann fiel es in einen Trab und schließlich in einen gemächlichen Schritt.

Walther war schweißgebadet, ebenso seine Stute. Er rang nach Luft und hustete keuchend. Dann vernahm er die Stimme Johanns II.

»Ich bin beeindruckt, Spielmann. Ihr habt tatsächlich als Einziger meines Gefolges schritthalten können – das habe ich ehrlich gesagt nicht erwartet!«

Walther drehte sich auf seinem Pferd um und sah nach hinten. Es war keiner da, nicht ein einziger Ritter. Atemlos ließ er verlauten: »Gern würde ich diesen Ruhm mir selbst zuschreiben, aber ich glaube eher, dass Eurem Geschenk das Lob gebührt.« Als er wieder zum Grafen schaute, sah er diesen zu seiner Überraschung breit lächeln. Er schien nicht im Geringsten verärgert darüber zu sein, dass seine Gefolgschaft den Anschluss verloren hatte – im Gegenteil.

»Ich kann es nicht lassen. Es bereitet mir einfach eine zu große Freude, schneller als alle anderen zu sein.« Dann fügte er noch mit nicht zu überhörendem Stolz hinzu: »Mein fehlendes Auge ist kein Hindernis für mich. Noch immer reite ich allen davon.«

»Ich habe nichts anderes erwartet«, gestand Walther schmeichelnd, während er seiner Stute den Hals klopfte.

Der Graf blickte auf die Braune herab. »Ein prächtiges Pferd, nicht wahr? Dass sie so schnell ist, habe ich allerdings nicht gewusst. Seht Euch also vor, Spielmann, wenn der Eber Euch heute aufspießt, wäre ich wohl gewillt, mein Geschenk zurückzunehmen.« Das schallende Gelächter des Schauenburgers drang weit durch die Bäume. So weit, dass es schließlich von den Bracken des Grafen Gerhards II. vernommen wurde und diese losbellten.

»Was war das?«, fragte der Fürst seine Ritter und horchte. Die Männer waren der Hundemeute bis vor Kurzem noch im fliegenden Galopp gefolgt, nun hatten sie die Spur verloren und trabten etwas orientierungslos einen Weg entlang.

»Ich weiß es nicht, Herr«, gab Lüder von Bockwolde zu. »Die Hunde scheinen wohl eine Spur zu haben.«

»Aus welcher Richtung kam das Geräusch?«

»Ich würde sagen aus dieser Richtung«, sagte Ulrich von Hummersbüttel und zeigte nach Südosten.

»Nein, das Geräusch war hinter uns!«, widersprach Giselbert von Revele entschlossen, worauf Heinrich von Borstel ihm beipflichtete.

»Was seid Ihr eigentlich für nutzlose Weiber?«, rief der Graf erbost. »Zuerst verlieren wir den Sichtkontakt zur Meute, und jetzt könnt Ihr mir noch nicht einmal sagen, in welcher Himmelsrichtung sie sich befindet. Los, wir trennen uns. Marquardus, Ihr kommt mit mir, und ihr anderen reitet nach Süden und Norden. Und ich sage Euch, findet die Hunde besser schnell, wenn mein Vetter heute als Erster ein Schwein zum Kunzenhof bringt, dann spieße ich einen von Euch auf die Saufeder und brate ihn über dem Feuer!« Nach diesen Worten galoppierten er und Marquardus davon.

Ein kurzes Kopfnicken genügte, um sich aufzuteilen. Lüder, Heinrich und Giselbert ritten nach Norden, während Eccard mit dem grobschlächtigen Ulrich nach Süden hielt.

In einem leichten Galopp ritten sie nebeneinander. Die Zügel in einer Hand, den Blick stets zwischen die Bäume gerichtet. Doch nichts war zu sehen.

Es dauerte nicht lang, da wurde Ulrichs Pferd langsamer. Das schnelle Tempo am Anfang der Jagd sowie das mächtige Gewicht des Reiters, der locker das Doppelte wog wie sein Nebenmann, forderten nun ihren Tribut.

Eccard schaute zu Ulrich hinüber und fragte abfälliger, als er es eigentlich wollte: »Was ist mit Euch, Mann? Wollt Ihr den Gaul lieber führen? In dieser Geschwindigkeit finden wir die Hunde nie.«

Ulrich von Hummersbüttel stieg die Zornesröte ins Gesicht. Er ärgerte sich gleichermaßen über die Schwäche seines teuren Streitrosses wie darüber, dass Eccard recht hatte. Hielt sein Pferd nicht durch, würden sie die verdammten Hunde niemals einholen. Verbissen erwiderte er: »Kümmert Euch um Eure Sachen, Ribe. Ich komm schon klar.«

Plötzlich vernahmen sie beide eindeutige Geräusche. Es war ein Schrei, Rufe, Grunzen und Bellen. Sie waren der Meute nah, und die Meute hatte eindeutig eine Witterung aufgenommen.

Die Ritter sahen einander an. Jetzt musste es schnell gehen, wenn sie die Spur nicht verlieren wollten.

Eccard drückte seinem Kylion die Waden in die Seiten, auf dass er mühelos das Tempo erhöhte. Die Kräfte des Hengstes waren lang noch nicht erschöpft. Schon bald war er auf und davon.

Ulrich dagegen hatte arge Probleme hinterherzukommen. Nie hätte er sich die Blöße gegeben zuzugeben, dass sein Hengst am Ende war, doch egal was er tat, das Pferd konnte einfach nicht mehr schneller. Wütend versuchte der Ritter es mit Schnalzen und Tritten anzuspornen, doch der Abstand zu Eccard wurde immer größer. Nur mit Mühe hielt er das erschöpfte Tier überhaupt noch im Galopp. Immer wieder strauchelte es, worauf es nur noch einen Tritt von Ulrich erntete. Dann passierte es: Eine hoch aufragende

Baumwurzel wurde ihnen beiden zum Verhängnis. Das schwere Streitross versuchte noch, sein Stolpern mit einem Ausgleichsschritt abzuwenden – jedoch vergebens! Pferd und Reiter überschlugen sich, Ulrich traf mit einem schmerzhaften Schlag auf dem Boden auf und rollte weiter und weiter, bis er an einer Böschung zum Halten kam.

Eccard hatte von all dem nichts mitbekommen. Noch immer galoppierte er auf Kylion den Geräuschen entgegen und schaute nicht zurück. Immer wieder brachte er seinen Hengst dazu, in einen neuen, kleinen Trampelpfad einzuscheren. So durchquerten sie das Dickicht, bis vollkommen unerwartet vor ihnen eine Lichtung auftauchte. Eccard zügelte seinen Hengst, bis dieser stillstand. Dann lauschte er. Aus welcher Richtung kam das Bellen? Erst als er eine ganze Weile so dastand, fiel es ihm auf. Wo war Ulrich? Eben noch hatte er sich hinter ihm befunden. Eccard drehte sich in alle Richtungen, doch von dem Ritter war nichts zu sehen. Seltsam. Ein Rascheln auf der anderen Seite der kleinen Lichtung ließ ihn schließlich aufhorchen. Das Rascheln wurde lauter, und plötzlich bewegten sich die Zweige. »Ulrich? Seid Ihr das?«

»Nein!«, ertönte es nur. Und zu Eccards großem Erstaunen kamen da Walther und Graf Johann II. zwischen den Bäumen hervor. Bloß drei Pferdelängen von ihm entfernt blieben sie stehen.

Den Blicken von Fürst und Spielmann war zu entnehmen, dass sie nicht minder erstaunt über die Begegnung waren. Auch sie waren den Rufen und dem Bellen gefolgt, welches unaufhörlich durch den Wald scholl.

Johann II. war der Erste, der das Wort ergriff. »Sieh einer an. Scheinbar sind wir dem Gefolge meines Vetters näher als meinem eigenen. Bleibt nur zu hoffen, dass es sich um meine Meute handelt, die ich höre. Einer von uns ist auf jeden Fall auf der falschen Fährte, Ritter Ribe. Und ich schlage vor, Ihr kehrt um.«

Eccard verstand natürlich, dass der Graf ihm nicht wirklich einen Vorschlag machte, sondern ihn eigentlich aufforderte zu verschwinden, doch er brauchte nicht lang, um die Einmaligkeit dieser Gelegenheit zu erkennen. Er sah zu Walther, der ihm unauffällig zunickte. Jetzt oder nie!

»Auf ein Wort, Graf Johann. Ich bitte Euch ...!«

Der Schauenburger hielt inne. »Was soll das bedeuten, Ritter? Ich wüsste nicht, was es zwischen uns zu bereden gäbe. Macht Platz!«

»Herr, auch ich bitte Euch!«, sprach Walther mit einem Mal. »Hört Eccard Ribe an. Möglicherweise könnte das, was er zu sagen hat, für Euch von Interesse sein.«

Der Fürst sah seinen Spielmann an. Er war nicht dumm und verstand sofort, dass Walther offenbar wusste, was der Ritter zu sagen hatte. Doch der Sinn stand ihm mehr nach der Jagd, denn nach Plaudereien. An Eccard gerichtet sagte er: »Warum sollte ich Euch zuhören? Ihr seid der Gefolgsmann meines Vetters, und wir befinden uns nicht in friedlicher Lage, wie damals zu Zeiten des Turniers.«

»Lasst mich die Worte Eurer Gemahlin benutzen, die sie mir sagte, als ich Eure Burg verließ. *Es gibt Dinge, die unterliegen der gottgewollten Ordnung, und es gibt Dinge, die sich ändern lassen.*« Eccard erkannte, dass der Graf ins Grübeln kam, so ritt er näher an ihn heran. »Herr, ich würde gern mehr Zeit haben, um Euch von meinen guten Absichten zu überzeugen, doch einer der Ritter meines Herrn kann jeden Moment hier auftauchen. Drum hoffe ich einfach, dass Ihr mich allein aus dem Grunde anhört, weil Walther von Sandstedt und ich miteinander verschwägert sind und er mir vertraut.« Eccard wies mit dem Kinn auf Walther, wartete jedoch nicht auf eine Antwort, sondern sprach schnell weiter. »Seit geraumer Zeit schon hadere ich mit meiner Verbundenheit zu Graf Gerhard II., und nun bin ich mir sicher. Ich würde gerne in Eure Dienste treten, sofern Ihr mich denn wollt.« Eccard schwieg, doch sein Herz klopfte ihm bis zum Hals. So lang er diesen Gedanken auch schon in sich reifen ließ, ihn tatsächlich auszusprechen kostete Mut. Er hatte sich dem Feind seines Herrn offenbart und konnte nun bloß hoffen, dass dieser jene Offenheit nicht ausnutzte und ihn verriet.

»Wie kann ich Euch glauben? Ihr könntet genauso gut ein Spitzel meines Vetters sein.«

Wieder mischte sich Walther ein, um seinem Freund beizustehen. »Herr, wie Ihr wisst, sind Ritter Eccards Weib und mein Weib Schwestern. Ich kenne ihn gut und verbürge mich für ihn – auch wenn er *noch* der falschen Seite angehört.«

Dann sagte Eccard so glaubwürdig er nur konnte: »Ihr habt mein Ehrenwort!«

»Nun«, zögerte der Graf weiterhin. »Das Ehrenwort eines Feindes ist ebenso viel wert wie die Lüge eines Freundes.« Johann II. schaute seinen Spielmann an und dann Eccard Ribe. Nach einem weiteren, quälenden Moment, in dem Eccard innerlich betete, dass Ulrich nicht plötzlich hinter ihm erscheinen möge, ließ Johann II. schließlich seinen Entschluss verlauten: »Wenn es Euch mit dem Überlauf tatsächlich ernst ist, dann beweist es mir, indem Ihr vorerst für mich auskundschaftet, was mein Vetter gegen mich im Schilde führt. Ich will alles wissen, was Ihr erfahren könnt. Berichtet es mir, und erlangt mein Vertrauen, und ich werde mich erkenntlich zeigen und Euch zu gegebener Zeit in meine Dienste nehmen.«

Eccard legte die Hand auf sein Herz und sprach: »Ihr werdet es nicht bereuen, mein Fürst!«

»Das wird sich zeigen, Ritter, doch so lange gebt Eure Verbundenheit mir gegenüber nicht preis – koste es, was es wolle!«

»Verlasst Euch darauf!« Nach einer Verbeugung in Richtung des Schauenburgers, wendete Eccard sein Pferd Richtung Wald. Er musste zurück zu Ulrich, auch wenn es ihn eigentlich nicht scherte, was mit dem groben Hünen geschehen war.

Dann jedoch ging alles ganz schnell! Genau vor Kylion – der so furchtbar erschrak, dass er einen Satz zur Seite machte – schoss plötzlich ein mächtiger Eber aus dem Geäst. Direkt dahinter folgte laut bellend die Bracken-Meute Johanns II., die jedoch mit nur einem Pfiff aus der Pfeife des Hundeführers zum Stehen gebracht wurde.

Walthers Pferd scheute so heftig, dass dieser vom Rücken seiner Stute fiel.

Alles war in Aufregung, doch niemand nahm den Blick von der Beute.

Der Keiler war sichtlich erschöpft, doch er war wütend. Das Tier konnte nicht fliehen. Umringt von den Reitern, der Meute und den nun herannahenden Gefolgsleuten des Grafen, drehte sich der Eber in der Mitte der Lichtung um und starrte seine Feinde mit seinen kleinen Augen an. Kampfeslustig scharrte er mit den Klauen. Er war bereit, seine letzte Schlacht zu schlagen.

Der Träger der Saufeder stand schon in Position und hielt die Stoßklinge mit dem Querstück an der Spitze, das das zu tiefe Eindringen verhindern sollte, in die Höhe. Jetzt konnte Graf Johann den rechten Moment wählen, wann er die Klinge greifen und dem Keiler entgegengaloppieren wollte, um ihn zu töten. Dieser Stoß gebührte ihm allein.

Doch in jenem Moment kam Gerhard II. mit Marquardus aus dem Dickicht geritten, der seinen Herrn wegen dessen Blindheit auf Schritt und Tritt begleitete. Auch sie hatte das Gebell der Hunde angelockt.

Marquardus' Blick fiel zuerst auf Eccard, der, inmitten des feindlichen Gefolges, natürlich ein eigenartiges Bild abgab.

Eccard blickte zurück und bekam einen Kloß im Hals. Er war sich bewusst, dass seine Anwesenheit Fragen aufwarf. Er musste etwas tun, um jeden Verdacht von sich zu nehmen; und zwar jetzt sofort. Dann kamen ihm die Worte von Graf Johann in den Kopf: *... solange gebt Eure Verbundenheit mir gegenüber nicht preis – koste es, was es wolle!* Eccard handelte ohne weiter nachzudenken. Er hoffte inständig, dass *das* damit auch gemeint war, und gab

Kylion unsanft die Sporen. Jetzt entschied sich sein Schicksal. Entweder schaufelte er sich gerade sein eigenes Grab oder aber sicherte sich mit der kommenden Dreistigkeit das Vertrauen seines zukünftigen Herrn. Im fliegenden Galopp stürmte er auf den Träger der Saufeder zu, entriss sie ihm mit einem Ruck und kam somit Graf Johann II. zuvor, der gerade nach der Klinge greifen wollte. Mit der Feder in der Hand wendete Eccard seinen Hengst und hob den Spieß über seinen Kopf. Er holte mit aller Kraft aus und ließ los.

Der Eber ging unter lautem Quieken zu Boden, zuckte noch ein paar Mal, und starb wenig später an Ort und Stelle.

Dann begann es zu schneien.

2

Schnell hatte Everard festgestellt, dass es, wenigstens einerseits, tatsächlich ein Vorteil war, den diebischen Kuno an seiner Seite zu wissen. Er kannte jeden noch so versteckten Winkel in der Stadt und fand immer eine Stelle, an der sie ein Feuer machen konnten. Zwar waren die Schlafplätze, die er ihnen suchte, immer kalt, doch sie waren trocken und geschützt. Damit hörte das Erfüllen seiner Versprechen aber leider auch schon auf! Tage nach ihrem ungewollten Kennenlernen hatte der Langfinger geradeemal so viele Münzen zusammenstehlen können, dass sie beide nicht verhungerten – doch waren es eindeutig zu wenig, um Köln guten Gewissens Richtung Rom zu verlassen.

Everard war der Verzweiflung nahe. Was sollte er nur tun? Er hatte einen Eid geleistet, ohne dessen Erfüllung er sich weder in Hamburg noch bei Graf Gerhard II. blicken zu lassen brauchte. Er wäre entweder des Todes oder würde erneut Bekanntschaft mit einem Verlies machen – was er unbedingt vermeiden wollte. Aber wohin sollte er sonst gehen? Die schlichte Wahrheit war, dass es nur eine einzige Möglichkeit gab, und diese Möglichkeit beinhaltete gleichzeitig die Entscheidung für ein Leben in Armut – jedoch wenigstens für ein Leben in Freiheit!

Am nächsten Morgen stand sein Entschluss fest. Ohne Kuno Bescheid zu geben, war Everard in aller Frühe aus ihrem kalten Unterschlupf gekrochen, der nicht viel mehr war als ein Bretterverschlag in einem verdreckten Hinterhof eines halb zerfallenen Hauses. Hier weilten sie nun schon seit drei Tagen und hüllten sich Nacht für Nacht auf dem bloßen Boden in ihre Mäntel.

Everard tat jeder Knochen weh. Er musste sich bewegen, auch wenn der bedeckte Himmel nicht dazu einlud, nach draußen zu gehen. Dennoch trat er auf die Straße, seine Füße taten ihre Schritte wie von selbst. Ein letztes Mal begab er sich zum Dom, wo er endlich das tun wollte, weshalb er eigentlich gekommen war – jedoch nicht für Gerhard II., sondern für sich. Gemächlichen Schrittes trat er in den Arkadenhof und hielt auf den halbrunden Vorbau des westlichen Teils des alten Doms zu, der von zwei runden Türmen flankiert wurde. Er ließ sich von der wogenden Masse aus unzähligen Pilgern ins Innere treiben, deren Leiber irgendwann begannen, sich hintereinander aufzustellen. Dann konnte Everard ihn sehen: den goldenen Dreikönigenschrein!

In der Form einer dreischiffigen Basilika überragte seine Länge die eines sehr großen Mannes noch bei weitem. Zahlreiche Figuren zierten seine Seiten, die von runden Bögen umrandet wurden. Der Glanz der einzigartigen Goldschmiedearbeit schien einen regelrecht zu blenden.

Wie von selbst fiel Everard auf seine Knie und rutschte ehrfürchtig an dem Schrein vorbei, genau wie es alle anderen Pilger vor ihm taten. Es blieb keine Zeit zum Verweilen, hinter ihm warteten bereits zig Männer und Frauen aus aller Welt darauf, den Aufbewahrungsort der Heiligen Drei Könige ebenso zu sehen. Nur wenige Augenblicke später war Everard auch schon wieder draußen auf den Straßen Kölns, wo jetzt dünne Flocken vom Himmel rieselten.

Everard schenkte dem Wetter keine Beachtung. War es auch nur ein winziger Moment gewesen, den er in Anwesenheit der heiligen Reliquien hatte verbringen dürfen, so hatte dieser Augenblick trotzdem etwas in ihm verändert. Eine gewisse Ruhe hatte ihn erfasst und sich um ihn ausgebreitet wie ein wärmender Mantel.

Aus irgendeinem Grund hatte er es seit dem Erwachen gefühlt:

Dieser Tag brachte die Wende, heute würde er endlich den Mut haben zu gehen. Seine Zweifel legte er ebenso ab wie das hochgesteckte Ziel, was man ihm auferlegt hatte. Hier war das Ende seiner Reise erreicht. Warum aber auch nicht? Viele Menschen pilgerten bis hierher und wieder zurück, nur um das zu sehen, was er soeben gesehen hatte. Und viele waren glücklich damit – auch ohne es bis nach Rom geschafft zu haben. Zwar konnte er ein Leben in Hamburg oder Plön jetzt getrost vergessen, denn die erforderliche Bußpilgerreise war hier noch nicht erfüllt, doch das ließ sich jetzt nicht mehr ändern. Sein Entschluss stand fest, er würde hier abbrechen und wieder nach Sandstedt reisen, von wo aus er vor über eineinhalb Jahren losgezogen war, um ein Leben in Hamburg bei seinem Ziehsohn Walther zu führen. Dieser Plan war zwar gescheitert, doch immerhin wartete in Sandstedt ein Dasein als einfacher Dorfpfarrer auf ihn. Er wollte sich nur noch verabschieden, dann würde er gehen. So lief Everard raschen Schrittes die Straßen entlang, mit dem Wissen, der Stadt noch am selben Tag den Rücken zu kehren, und erreichte kurze Zeit später Kunos und sein Versteck. Der junge Dieb lag noch immer schlafend in einer Ecke. Hätte man nicht deutlich das Senken und Heben seiner Brust gesehen, hätte man ihn genauso gut für tot halten können – so blass war er vor Kälte.

Der Geistliche kickte ihn leicht mit der Stiefelspitze. »He, Kuno. Wach auf!«

Er blinzelte zunächst, dann regte und streckte er sich. »Was ist los, Vater?«, fragte er schläfrig.

»Ich werde jetzt gehen.«

»Ihr wollt jetzt gehen?«, plapperte Kuno nach und rappelte sich umständlich auf, bis er auf seinen Füßen stand. »Wie kommt Ihr so plötzlich auf die Idee? Warum habt Ihr gestern nichts gesagt? Naja, egal, lasst mich nur schnell meine wenige Habe zusammenpacken, dann können wir…«

»Ich werde alleine gehen, Kuno.«

Der Dieb fuhr auf und blickte dem Geistlichen erstaunt ins Gesicht. »Was soll das heißen? Ihr habt gesagt, dass ich mit Euch kommen kann.«

»Ja, ich weiß. Nur haben sich meine Pläne geändert. Ich werde nicht mehr nach Rom reisen, sondern nach Sandstedt, in Friesland, wo ich herkomme. Das ist bloß ein kleines Dorf. Was willst du da schon, Junge? Bleib besser hier und schlage dich durch, wie du es schon immer getan hast. Ich kann dich nicht brauchen. Lebe wohl!« Mit diesen Worten drehte sich Everard um und verließ den Bretterverschlag.

Kuno blieb verdutzt zurück. Er schüttelte verwirrt den Kopf. Warum hatte der Geistliche seine Pläne so plötzlich geändert? Und was sollte nun aus ihm werden? In den letzten Tagen war der Gedanke, in die Ferne zu reisen, immer weiter in seinem Kopf gereift, und er hatte die anstehende Veränderung in seinem Leben begrüßt. Und jetzt sollte das alles vorbei sein? Entmutigt ließ er sich wieder auf seinen harten Schlafplatz fallen und wickelte sich in seinen Mantel ein. Irgendwann war er wieder eingenickt, bis ein lautes Poltern ihn weckte.

»Sieh mal einer an, wen haben wir denn da erwischt!«, erklang es rau.

»Kuno, der Geschickte«, stellte eine andere Stimme fest und entblößte eine Reihe erstaunlich guter Zähne.

Es waren zwei Diebe, die Kuno nur flüchtig kannte. Doch das, was er von ihnen wusste, reichte ihm aus, um zu entscheiden, dass er die Gesellschaft der beiden meiden sollte. »Was wollt ihr von mir?«

»Wir wollen unseren Anteil, sonst nichts!«, erwiderte der Größere.

»Was für einen Anteil? Ich verstehe nicht, wovon ihr sprecht.«

Auf einmal zückte der Kleinere ein glänzendes Messer, das eindeutig Diebesgut war, und sagte: »Dann werde ich mal deutlicher. Uns ist zu Ohren gekommen, dass du vor Kurzem reiche Beute gemacht hast. Wir haben nichts davon abbekommen, deshalb suchen wir dich schon überall.«

Nun verstand Kuno zwei Dinge: erstens, was die beiden meinten, und zweitens, dass er in ernsthafter Gefahr war. »Hört mir zu, die Beute ist weg, ich habe nichts mehr. Ich habe alles aufgeteilt, doch auch wenn es ein guter Fang war, besaß der Pilger dennoch nicht genügend Münzen, um *alle* Diebe Kölns damit zu versorgen. Ihr wisst doch, wie das ist, manchmal ist man zur falschen Zeit am falschen Ort und manchmal ist es anders herum...!« Kuno drückte sich an der Wand in seinem Rücken hoch. Hätten die beiden Männer nicht den Ausgang versperrt, wäre er einfach losgerannt, doch so standen seine Chancen schlecht.

»Du hast also nichts mehr?«, fragte der Größere nun bedrohlich leise und verengte seine Augen zu schmalen Schlitzen.

»Nein, keine einzige Münze!«

»Und was ist mit deinem Anteil?«

»Auch der ist bereits fort. Wie gesagt, ihr kommt zu spät.«

»Das ist doch eine Lüge!«, schrie der Kleinere mit dem Messer in der Faust. »Ich schneide dir deine lügnerische Zunge raus, wenn du uns nicht sofort gibst, wonach wir verlangen.«

Kuno brach der Schweiß aus. Er musste sich etwas einfallen lassen, wenn er hier lebend herauskommen wollte. Drum ließ er seinen Blick in eine Ecke der Hütte schweifen, und zwar so auffällig, dass es verdächtig wirkte.

»Was starrst du da so hin?«, fragte der Größere, der gleich darauf seinen Gefährten anstieß. »Los, sieh in der Ecke hinter den Brettern nach.«

Der Kleinere gehorchte und warf sich mit gierigem Gesicht auf den Boden.

Das war Kunos Gelegenheit. Wenigstens einen von ihnen hatte er ablenken können. Blitzschnell stieß er sich von der Wand ab und rammte den Größeren mit der Schulter, sodass dieser zu Boden ging und sich hart den Kopf anschlug. Wie der Wind schoss er dann über den Mann hinweg aus dem Ausgang und rannte um sein Leben.

Kuno wusste, er musste verschwinden – nicht nur aus dem Bretterverschlag, sondern aus Köln! Sein bislang größter Diebstahl wurde mehr und mehr zum Fluch. Er musste den Geistlichen finden. Ganz egal, wie klein dieses Sandstedt auch war, dort wollte er seinetwegen in Zukunft leben und hart und ehrlich arbeiten, wenn man ihm nur nicht mehr nach dem Leben trachtete. Er hatte es so satt, sich mit anderen Dieben rumzuschlagen!

Während er rannte, fragte Kuno sich, wohin Vater Everard gegangen sein konnte? Er hatte keine Ahnung, wo Friesland war – ob im Süden, im Norden, im Westen oder Osten. Und weil er das nicht wusste, konnte er auch nicht wissen, aus welcher der zwölf Torburgen er die Stadt verlassen wollte. Wie sollte er den Geistlichen finden, der schon vor einiger Zeit aufgebrochen war? Da ihm keine Zeit blieb, mehrere Stadttore abzusuchen, hoffte er einfach darauf, dass Vater Everard über den Rhein setzen musste, um nach Friesland zu gelangen. So rannte er zu den Fähren. Auf dem Weg dorthin stieß er rücksichtslos alles und jeden zur Seite, und schon bald konnte er die Fähre sehen, die gerade von den Wartenden bestiegen wurde. Unter ihnen war tatsächlich Vater Everard!

Noch ein letztes Mal beschleunigte er seinen Schritt, die Fähre war so gut wie voll beladen. »Halt! Wartet auf mich! Noch nicht losfahren...«, schrie er dem Fährmann atemlos zu, der anscheinend einen guten Tag hatte und Kuno noch einsteigen ließ. Gleich darauf hielt er jedoch die Hand auf, um für die Fahrt zu abzurechnen.

Kuno sah ihm in die Augen. Jetzt kam es drauf an. »Er da vorne zahlt für mich«, keuchte er mit letzter Luft und wies auf Everard.

Dieser drehte sich abrupt um, als er Kunos Stimme vernahm. Sein Mund öffnete sich, doch er war zu erstaunt, um etwas zu sagen. Plötzlich sah er die Handfläche des Fährmanns vor sich.

»Der Kerl sagte, Ihr zahlt für ihn. Stimmt das, oder soll ich ihn wieder rausschmeißen.«

Everard blickte Kuno fassungslos an. Nicht genug damit, dass er ihm alles gestohlen hatte, was er besaß, es jetzt noch nicht einmal im Ansatz zurückgegeben hatte, dann auch noch seinen Wunsch missachtete, alleine reisen zu wollen, nein, jetzt sollte er auch noch für *ihn* bezahlen! Am liebsten hätte Everard dem Fährmann gesagt, er solle ihn über Bord ins Wasser werfen, doch irgendetwas hielt ihn zurück. So nahm er eine der letzten von Kuno zusammengestohlenen Münzen zur Hand und zahlte für Kuno, wenn auch zähneknirschend. »Deine Dreistigkeit ist scheinbar grenzenlos. Werde ich dich denn niemals mehr los?«

Als Kuno sich unterwürfig bedanken wollte, gebot Everard ihm sofort Einhalt. »Du bist still, hast du verstanden? Ich will nichts von dir hören, außer Gebete. Selbst wenn du von hier bis nach Sandstedt durchgehend betest, ist das, was du mir angetan hast, noch nicht im Geringsten gesühnt. Darum unterstehe dich, mir weiterhin dein leeres Geschwätz aufzuzwingen. Wenn du mir folgen willst, dann nur nach meinen Regeln, kapiert?«

Kuno nickte, faltete die Hände und begann zu beten.

Johann Schinkel hatte sich extra beeilt. Schnell war er zum Rathaus gelaufen, bloß um sich für die heutige Ratssitzung mit der Ausrede zu entschuldigen, anderen unverschiebbaren Tätigkeiten nachkommen zu müssen. Das war allerdings nur die halbe Wahrheit. Zwar hatte sein Diener Werner ihm heute Morgen tatsächlich ein Schreiben des Dompropstes Albrecht übergeben, in dem dieser um ein Treffen in der Bibliothek zur Mittagsstunde bat, doch war die Mittagsstunde noch einige Zeit entfernt. Zum Glück aber konnte niemand seine Gedanken lesen, weshalb der wahre Grund seiner Abwesenheit auch sein Geheimnis bleiben würde.

Nahezu lautlos trat er durch das Portal des Mariendoms. Schon von hier konnte er die Stimme des Gesangslehrers hören, der die Chorschüler im *cantus minor* unterwies.

»Wie ihr alle sicher schon mitbekommen habt, ist heute ein neuer Schüler zu uns gekommen...«

Der Ratsnotar bekam gerade noch mit, wie Heinrich Bars seine begrüßenden Worte an Thymmo richtete, während er näher an den Chor heranschlich. Seine Freude darüber, es doch noch rechtzeitig zur Probe geschafft zu haben, ließ ihn lächeln. Von seinem versteckten Platz aus suchten seine Augen die Gesichter der Chorschüler ab, dann entdeckte er Thymmo, und sein Herz machte einen Sprung.

Der Junge schaute zwar etwas verängstigt, als der Kantor mit lauter Stimme begann, etwas zum tiefen Atmen beim Singen zu erzählen, dennoch ahnte Johann schon jetzt, dass es richtig war, was er getan hatte. Nach dem Gespräch mit Walther vor fast zwei Wochen war er ins Grübeln gekommen. Der Spielmann hatte einen entscheidenden Satz gesagt, nämlich, *vielleicht gibt es ja etwas anderes, in dem der Junge Talent beweist*. Seither war Johann auf die Suche nach diesem Talent gegangen, denn er wollte etwas finden, das Thymmo Freude bereitete und das ihn von seinen verhassten Lateinübungen ablenkte. Der Chor schien ihm dafür genau die richtige Wahl – vorausgesetzt, sein Sohn bewies Talent. Nun, in der heutigen, allerersten Gesangsstunde, sollte sich entscheiden, ob Thymmo dem Lehrer zusagte.

»Jetzt, wo ich euch etwas über das Atmen erklärt habe, werden wir gleich anfangen, das *Laetabundus in organis* zu proben – wie es der *cantus minor* jedes Jahr um diese Zeit tut. Bis zum Kinderbischofsspiel sollte schließlich ein jeder von euch in der Lage sein, es zu singen.«

Die Kinder begannen sofort begeistert miteinander zu reden. Heinrich Bars musste laut dazwischengehen. »Aber, aber, meine Schüler. Was ist denn das für ein Betragen? Still, seid still jetzt!« Nachdem die Jungen wieder brav waren, sagte er: »Ich verstehe ja, dass ihr aufgeregt seid, aber wenn ihr jetzt nicht folgsam tut, was ich euch sage, dann werdet ihr wohl kaum in der Lage sein, eure Eltern am Fest der umgekehrten Ordnung mit eurem Können stolz zu machen.« Jetzt hörte auch der Letzte wieder zu, wollten sie doch alle, dass ihre Mütter und Väter sie lobten, wenn sie einmal anstelle der Erwachsenen die klerikalen Ämter einnahmen. Heinrich Bars fuhr fort: »Nun gut, wer kann unserem Neuankömmling erklären, warum wir das *Laetabundus in organis* proben müssen?«

Alle Kinder außer Thymmo hoben gleichzeitig die Hände, um zu signalisieren, dass sie die Antwort kannten. Der Lehrer grinste zufrieden wegen des nun wieder eifrigen Verhaltens seiner Schüler, und zeigte auf Ribo, der auch sogleich losplapperte.

»Wir müssen es proben, weil wir es am achtundzwanzigsten Dezember, am Ende des Kinderbischofsspiels, zur Messe singen werden.«

»Sehr wohl, Ribo. Diese Antwort ist natürlich richtig. Wer kann mir noch mehr über dieses heilige Fest sagen? Lukas? Du vielleicht?«

Der angesprochene Junge nickte. Es war nicht zu überhören, dass auch er sich auf diese Zeit freute – wie alle Kinder der Stadt: »Am Vorabend des St. Andreastages wird ein Kinderabt erwählt, am St. Nikolaitag, dem sechsten Dezember, dann ein Kinderbischof, der zu allen Festtagen und Sonntagen zwischen St. Nikolai und dem Tage der unschuldigen Kinder als Bischof gekleidet mit Stab und Mitra zur Messe und zur Vesper erscheint.«

»Das hast du schön gesagt«, lobte der gutmütige Heinrich Bars seinen Schüler. »Wer erzählt mir nun, was am letzten Tag des Festes passiert? Hinrich?«

»Jener Tag wird besonders feierlich begangen. Nach der Messe und dem Gesang gibt es im Refektorium ein Mahl. Dann reiten wir Kinder durch die Stadt, und danach legt der Kinderbischof seine Kleidung und sein Amt wieder ab.«

»Danke, sehr gut, auch das ist richtig. Nach dem Singen und

der Prozession ist jenes Episkopat zu Ende. Doch damit es überhaupt dazu kommt, und damit der zukünftige Kinderbischof sich nicht lächerlich macht, müssen wir üben. Denkt daran, jeder von euch könnte gewählt werden – und darum lasst uns keine Zeit verlieren.« Der Domherr ließ seinen Blick über die Gesichter seiner Schüler schweifen und sah schließlich Thymmo an. »Wollen wir unseren neuen Schüler doch willkommen heißen, indem er den Anfang machen darf. Thymmo, tritt bitte vor«, sprach Heinrich Bars auffordernd.

Der Junge tat wie ihm geheißen und wurde schlagartig rot im Gesicht.

»Und nun wiederhole, was ich dir vorsinge. Versuche so zu atmen, wie ich es euch eben vorgemacht habe, und öffne deinen Mund weit, damit deine Stimme frei aus dir herauskommen kann.«

Der Kantor sang die erste Zeile des *Laetabundus in organis*. Seine Stimme hallte kräftig und klar durch den Dom und klang so geübt, dass sie einen Chorschüler mehr einschüchterte denn ermutigte. Doch seine freundliche Art ermunterte die Jungen stets.

Auch Thymmo behielt seine Aufregung im Griff. Er atmete tief ein, öffnete den Mund und sang mindestens ebenso laut, jedoch in der hohen Tonlage eines Knaben, die vorgesungene Zeile nach.

Als er geendet hatte, war der Chorleiter voll des Lobes. »Gut gemacht, Thymmo. Wirklich gut!« Dann wandte er sich wieder an die anderen Jungen. »Habt ihr gehört, wie kraftvoll eine Stimme klingen kann, wenn man bis hier in den Bauch einatmet?« Der Kantor wies auf eine Stelle über seinem Bauchnabel. »So soll es klingen, wenn wir für unseren Herrgott im Himmel singen, habt ihr verstanden?«

Die Kinder bejahten lautstark.

»Gut, dann singen wir noch einmal gemeinsam. Auf mein Zeichen ...«

Johann Schinkel schaute seinem Sohn noch einen Moment lang mit vor Stolz geschwellter Brust zu. Augenscheinlich schien er Spaß am Singen zu haben. Ob das der Richtigkeit entsprach, würde er spätestens heute Abend in der Kurie erfahren. Auch wenn er am liebsten bis zum Ende zugesehen hätte, wurde es jetzt Zeit zu gehen. Leise und unbemerkt machte er sich auf den Weg. Er durchschritt den Dom und erreichte nur wenig später die Tür zur Bibliothek, wo er den Dompropst treffen wollte. Mit langsamen Bewegungen trat er ein. Man konnte nie wissen, ob sich gerade ein eifriger Domherr hier aufhielt, der während seiner Studien nicht gestört werden wollte. Doch der Propst war allein.

Gedankenversunken beugte er sich über ein Buch und fuhr die Zeilen mit dem Zeigefinger ab. Es war nicht irgendein Buch, das vor ihm lag – es war die überaus kostbare Berthold-Bibel, die vor sechsunddreißig Jahren vom damaligen Domdekan Berthold zu Ehren der heiligen Dompatronin Maria in Auftrag gegeben worden war.

»Habe ich Euch warten lassen, Propst Albrecht?«

Der Mann schaute ruckartig auf. »Ratsnotar, ich habe Euch gar nicht kommen hören. Nein, Ihr seid nicht zu spät, keine Sorge. Ehrlich gesagt genieße ich es gerade, ein paar Momente hier in der Stille der Bibliothek verbringen zu können. Wisst Ihr, was ich meine?«

»O ja, das weiß ich. Die Stille und die Andacht, die man während des Gebets und dem Lesen der Bibel empfindet, ist oft heilsam.«

»Wie recht Ihr habt! Und ich gestehe, dass das Lesen der Berthold-Bibel mir besondere Ruhe schenkt. Das Wort mag das gleiche sein wie in allen Bibeln, doch die kunstvollen Malereien verzaubern mich jedes Mal aufs Neue. Schaut Euch zum Beispiel diese Seite an. Es ist der Prolog des Johannes-Evangeliums. Der erste Buchstabe, das P, zeigt gleichzeitig Hieronymus, wie er an seinem Schreibpult arbeitet. Fast könnte man meinen, seine Feder auf dem Papier kratzen zu hören. Ich könnte diese Schriften und Bilder ewig betrachten. Wäre doch jeder Ort so friedlich wie diese Bibliothek.«

»Euren Wunsch kann ich verstehen, Propst Albrecht. Gerade in Zeiten wie diesen, wo der Rat und das Domkapitel oft uneins sind und Frieden ein selten gewordenes Gut zu sein scheint.«

»Wenn es doch nur der Rat und das Domkapitel wären, die in Uneinigkeit lebten – doch nun kommen auch noch die Schauenburger hinzu.«

Johann ahnte bereits, dass diese Aussage nichts Gutes verhieß, als der Propst ihn bat, Platz zu nehmen.

»Bitte, setzt Euch zu mir. Dann erkläre ich, warum ich Euch herbat.« Er holte ein Schreiben unter der schweren Berthold-Bibel hervor und entrollte es. Ohne einen weiteren Blick darauf zu werfen, ließ er es vor sich liegen und sagte: »Das wurde mir gestern von meinem Bruder Graf Johann selbst in meine Räumlichkeiten auf dem Kunzenhof gebracht. Wahrscheinlich ahnt Ihr bereits, um was es geht.«

»Ist es ein Fehdebrief?«

»Ja.«

Johann Schinkel schloss kurz die Augen.

»Mit Euch kann ich offen reden, Ratsnotar. Ihr wisst ebenso wie ich, dass mein Bruder kein Freund von kriegerischen Auseinandersetzungen ist. Er scheut sie geradezu. Doch die Ereignisse der Sauhatz lassen ihm keine andere Wahl mehr, als nun öffentlich eine Fehde mit unserem Vetter Graf Gerhard II. anzuberaumen. Er muss es einfach tun, ansonsten erleidet er einen Gesichtsverlust. Die Schmähung, die er durch den Gefolgsmann von Gerhard II. erlitten hat, ist zu schwerwiegend.«

Johann nickte. »Ich habe schon auf diese Nachricht gewartet, Propst«, gestand er schwermütig. Die Botschaft über das getötete Wildschwein hatte Hamburg schon erreicht, bevor die Grafen aus dem Wald geritten kamen. Bald darauf verbreiteten sich die schier unglaublichen Einzelheiten wie ein Strohfeuer, bis es in den Schenken und Badehäusern kein anderes Thema mehr gab. Jeder Mann, jede Frau, jedes Kind redete über den dreisten Klau der Saufeder durch Eccard Ribe vor der Nase des Grafen Johann II.. Am Abend auf dem Kunzenhof dann, war es zu so heftigen Streitigkeiten gekommen, dass einige Ritter der Grafen sogar die Schwerter gezückt hatten. Nur das Einschreiten des eilig herbeigeholten Bürgermeisters konnte Schlimmeres verhindern. Graf Gerhard II. reiste noch am selben Tag ab in Richtung Plön. Den zurückgebliebenen Hamburgern war klar gewesen, dass dieser Streich endgültig zum Bruch führen musste. Der Ratsnotar fragte: »Steht in dem Brief Eures Bruders Genaueres?«

»Ja. Als Grund der Fehde wird die *Ehrenkränkung* genannt.«

»Können wir Euren Bruder noch aufhalten.«

»Nein. Er hat gewusst, dass ich das versuchen würde. Der Fehdebrief wurde schon vor vier Tagen nach Plön zu Gerhard II. geschickt – noch bevor mich dieser Brief überhaupt erreichte.« Sichtlich schwer fielen dem Propst die nächsten Worte. »Die notwendige Frist zwischen dem Erklären der Fehde und deren Beginn ist also schon abgelaufen. Die Fehde hat bereits begonnen.«

Johann atmete tief und hörbar ein und fuhr sich mit einer Hand über den Nacken. »Das ist nicht gut. Wann wollt Ihr dem Rat berichten? Er sollte es so schnell wie möglich erfahren.«

»Ich dachte, Ihr könntet das für mich übernehmen.«

»Natürlich«, zeigte sich der Ratsnotar einverstanden, für den diese Bitte nicht überraschend kam – schließlich war er ein Mitglied des Rates und ein Mitglied des Domkapitels zugleich, und wurde deshalb oft mit derlei Vermittlungen zwischen den beiden Mächten betraut. »Erlaubt Ihr, dass ich den Brief an mich nehme, Propst?«

»Aber ja, nehmt ihn und gebt Euer Bestes! Wenn der Rat jetzt schnell handelt, gelingt es ihm vielleicht, einen Waffenstillstand zu erreichen oder gar eine Sühne in die Wege zu leiten und so einen Friedensschluss zu erlangen, bevor es im Land zu Wüstungen kommt. Brennt man jetzt im November die Dörfer nieder und vertreibt das Vieh, werden viele Menschen im eisigen Winter sterben.«

»Ich werde es versuchen, Dompropst. Helft mir, indem Ihr noch etwas verweilt und in der heiligen Bibel vor Euch lest und betet – das ist alles, was wir gerade tun können.«

Obwohl es fast Winter war und der Holzhandel zu dieser Zeit im Jahr nahezu stillstand, war der Tag lang und anstrengend gewesen. Der Schnee hatte zugenommen, und Godeke war durchgefroren. Es war bereits seit einiger Zeit dunkel, als er sein Haus betrat. Die Diele wurde bloß durch ein kleines Talglicht auf einer Truhe erhellt, welches Oda ihm stets bereitstellte, wenn er im Dunkeln heimkehrte. Godeke klopfte sich die zarten Schneeflocken vom Mantel und zog ihn aus. Dann entledigte er sich seiner nassen Stiefel und legte alles zu Boden, wo es am Morgen seine Magd finden würde. Doch anstatt daraufhin hinaufzugehen, stand er für einen kurzen Moment einfach nur so da und horchte.

Wie immer war es still hier – für seinen Geschmack manches Mal zu still! Als seine Familie noch in Hamburg gelebt hatte, waren sie ständig beisammen gewesen, und die kürzlich verlebten Tage, die Walther, Runa, Eccard, Margareta und seine Eltern bei ihm verbracht hatten, blieben bloß als süße Erinnerung daran. Denn nun waren Walther und Runa wieder auf den Kunzenhof gezogen. Sie hatten die schwangere Margareta mitgenommen. Eccard war mit Albert und Ragnhild zur Riepenburg geritten, die er bald darauf wieder verlassen würde, um nach Plön zu ziehen. So waren sie alle fortgegangen. Früher hatte es Godeke einige Male nach mehr Ruhe gedürstet, doch jetzt, wo er mit Oda und mit Agnes, der früheren Magd seiner Schwester, allein in dem Haus auf der Grimm-Insel wohnte, bedrückte ihn die Stille von Zeit zu Zeit. Vielleicht ging er deshalb so häufig hinüber zu Ava, wo Ehler und Veyt ständig für Aufregung sorgten.

»Herr, verzeiht, ich habe Euch nicht kommen hören«, sagte Agnes und bückte sich sogleich nach dem Mantel und den Stiefeln ihres Herrn, die sie neben dem Feuer in der Küche auslegen wollte, um sie zu trocknen. »Begehrt Ihr etwas?«

»Nein, hab Dank, Agnes. Du kannst dich zur Ruhe begeben. Wo ist meine Frau?«

»In Eurer Kammer, Herr. Ich wünsche Euch eine gute Nacht.«

»Die wünsche ich dir ebenfalls.« Godeke nahm das Licht und schritt leise die Stiegen hinauf zu seiner und Odas Schlafkammer. Wenn sie sich tatsächlich schon hingelegt hatte, wollte er sie nicht wecken. Oben angekommen sah er, dass die Tür zu ihrer Kammer halb offenstand. Es brannte noch ein Licht. Odas Stimme drang heraus. Sie betete.

»... Was ist der Grund dafür? Warum bestrafst du mich, Herr? Ich flehe dich an, lass mich meine Fehler erkennen, damit ich Buße tun kann und befreit bin von meiner Schuld, auf dass du mir meinen größten Wunsch erfüllen mögest. Ich werde tun, was du verlangst, doch bitte lass mich endlich erkennen, was ...«

Godeke hatte seine Frau eigentlich nicht unterbrechen wollen, doch das Gebälk unter seinen Füßen hatte plötzlich so laut geknarrt, dass Odas Kopf herumfuhr.

»Du bist es«, sagte sie mit heller Stimme und erhob sich von ihren Knien. »Ich war so ins Gebet vertieft, dass ich dich gar nicht habe kommen hören.«

»Tut mir leid, wenn ich dich erschreckt habe«, sprach er und begrüßte sie mit einem leichten Kuss. Während er redete, stellte er das Talglicht ab und entledigte sich Stück für Stück seiner Kleidung. Wie immer am Abend berichtete er ihr ganz selbstverständlich von seinem Tag. »Erinnerst du dich an die reichen friesischen Holzhändler, die diesen Winter in der Stadt geblieben sind?«

»Ja, du erzähltest von ihnen ...« Oda streifte ihr dünnes Untergewand ab und schlüpfte unter die Decke.

»Ich habe sie heute im Badehaus getroffen und wir sprachen stundenlang über den Handel ...« Auch Godeke war nun nackt. Er schlug seine Laken zurück und gesellte sich zu seiner Frau ins Bett. Dann löschte er das letzte Licht. »... diese reichen Friesen sind sonderbare Leute. Letzten Sommer habe ich vergeblich versucht, mit ihnen Geschäfte zu machen, doch ich bin nicht an sie herangekommen. Jetzt, auf einmal, schien es so, als könnten sie es nicht erwarten, mit mir zu handeln. Sie haben mir mehrere Vorschläge für das kommende Frühjahr gemacht. Ich sage dir, das hat etwas damit zu tun, dass ich jetzt Mitglied des Rates bin und...«, Godeke hielt inne. Langsam wandte er den Kopf nach rechts, wo Oda lag. Es war so dunkel in der Kammer, dass er ihr Gesicht nicht erkennen konnte, doch ihre Hand auf seinem Bauch, die spürte er genau. Sie glitt tiefer und tiefer, bis sie seine empfindlichste Stelle erreichte. Vorsichtig tasteten die Finger sich voran. Es war nichts zu hören, außer dem Geräusch ihrer aufeinanderreibenden Laken.

»Du hattest einen anstrengenden Tag, mein Gemahl. Sicher sehnst du dich nach Zerstreuung«, hauchte sie ihm ins Ohr, während sich ihre Hand Finger für Finger um sein Gemächt schloss.

Godeke lag einfach nur da. Er wusste, dass er sich eigentlich darüber freuen sollte, dass seine Frau ihm so zugetan war und sich stets willig im Ehebett zeigte, doch tatsächlich stieß er mittlerweile an seine Grenzen. Es war ihm nicht entgangen, wie sehr sich ihre Lust seit der Nachricht von Margaretas Schwangerschaft gesteigert hatte. So war es immer, wenn eine Frau in ihrem Umfeld schwanger wurde. Oda wünschte sich so sehr ein Kind, dass Godeke sich manchmal fragte, ob ihr Verhalten möglicherweise schon eine Sünde war. Immer wieder verführte sie ihn so lange mit all ihren Reizen, bis er sich ihr hingab. Jetzt, nach zwei Wochen durchgängigem Liebesspiel am Abend und häufig auch noch am Morgen, verwehrte seine Mitte ihm plötzlich den Dienst. »Oda«, begann er zunächst sanft und nahm ihre Hand von seinem Schoß. »Heute nicht!«

Stille folgte. Trotz der Dunkelheit spürte er ihren verletzten Blick auf sich ruhen. Sie war es nicht gewohnt, von ihm abgewiesen zu werden.

Trotzig entzog sie ihm ihre Hand, wandte ihm dem Rücken zu

und sagte: »Ich weiß nicht, was ich falsch gemacht habe, dass du mich nicht willst.«

Godeke rollte mit den Augen und richtete seinen Oberkörper auf. »Was soll das denn heißen? Du hast nichts falsch gemacht. Ich will dich, und ich begehre dich, doch in letzter Zeit ist dein Verlangen... nun, wie soll ich sagen... etwas zügellos.«

»Ich... ich versuche bloß, meine Pflichten als Christenfrau zu erfüllen«, log sie ungeschickt.

»Oda...«, erwiderte Godeke etwas belustigt, »du weißt genauso gut wie ich, dass dein Verhalten andere Gründe hat...«

»Andere Ehemänner würden sich glücklich schätzen!«

»Ich schätze mich glücklich...« Godeke wusste, dass er vorsichtig sein musste. So wenig weinerlich seine Frau sonst auch war, bei dieser einen Sache kam sie ihm vor, als sei sie aus Glas. »... und doch wirst du es so nicht erzwingen können!«

»Das habe ich eben gemerkt«, spielte sie bissig auf Godekes schlaffes Glied an.

Nun war es auch ihm zu viel. Er ließ sich wieder mit dem Rücken auf seine Bettstatt fallen und sagte: »Hüte deine Zunge, Oda, und lass deine Verzweiflung nicht an mir aus. Vielleicht ist dir mal in den Sinn gekommen, dass auch ich mir ein Kind wünsche. Doch mache ich dir weder Vorwürfe, noch kränke ich dich mit derartigen Sprüchen. Statt fortwährend zu Gott zu beten und ihn um ein Kind anzuflehen, solltest du vielleicht an deinem Liebreiz arbeiten, damit du deinen Gemahl nicht verschreckst.«

Nach diesen Worten drehte auch Godeke seiner Frau den Rücken zu. Er hörte zwar, wie sie leise weinte, doch er empfand an diesem Abend kein Mitleid. Immer wieder hatte er Verständnis für sie aufgebracht und sie getröstet, wenn ihre Sehnsucht nach einem Kind mal wieder übermächtig war. Doch in den letzten Wochen erkannte er sein Weib kaum wieder. Sie schien geradezu besessen von dem Wunsch, schwanger zu werden. Godeke merkte, wie diese Sache sie langsam entzweite.

Am nächsten Morgen würdigten die Eheleute sich keines Blickes. Schweigend saßen sie sich gegenüber, während sie eine kleine Mahlzeit einnahmen. Kurz darauf verließ Godeke wortlos das Haus. Bis zum Rathaus waren seine Gedanken bei der letzten Nacht, dann aber, bevor er es betrat, versuchte er seinen Kopf davon zu befreien. Fast schon symbolisch schüttelte er seine Schultern, Arme und Hände aus, bevor er über die Schwelle trat.

Godeke war wie immer zu früh im Rathaus und wie auch sonst genoss er den Moment vor der Sitzung. Gemächlichen Schrittes trat er an die hohen, bunten Fenster mit ihren schweren, grünen Vorhängen und lehnte sich an den Sims. Er stand erst kurze Zeit in Gedanken versunken da, als auch sein Freund Christian Godonis eintrat.

Das Gesicht des sonst immer fröhlichen Mannes schien heute seltsam bestürzt. Keine Spur von seiner sonstigen Heiterkeit war im Antlitz des Dreißigjährigen auszumachen, selbst dann nicht, als er seinen Freund erblickte.

»Was ist denn mit dir geschehen?«, fragte Godeke ehrlich erstaunt.

Christian lehnte seinen Rücken an einen der Fensterrahmen und ließ seinen Hinterkopf dagegen fallen. Noch immer schwieg er.

Godeke war verwundert. Plötzlich erinnerte er sich daran, was Christian letztens die Laune verdorben hatte und erschrak. »Gab es etwa wieder einen Schuljungenkampf?«

Der mürrische Ratsmann schaute ihn mit einigem Unverständnis an und sagte: »Nein, mein fleißiger Freund. Ob du es dir vorstellen kannst oder nicht: Im Gegensatz zu dir dreht sich bei mir nicht alles um den Rat und dessen Probleme.«

»Da erzählst du mir wahrlich nichts Neues. Ich weiß sehr wohl, wo deine eigentlichen Interessen liegen. Soll ich jetzt weiterraten oder erzählst du mir von selbst, was dir die Laune so gehörig verdorben hat?«

»Ach, es war mein Vater!«, gestand Christian ohne Godeke anzusehen. »Seit einer Ewigkeit liegt er mir nun schon in den Ohren, dass ich wieder heiraten soll. Marthas Tod ist bald schon zwei Jahre her, und er will, dass ich endlich einen Sohn, einen Stammhalter, zeuge. Er hat mir mit allem Möglichen gedroht, wenn ich nicht endlich mein ausschweifendes Verhalten ändere und vernünftig werde. Und weißt du was? Er hat mich in der Hand…!«

»Ja, das würde ich auch sagen«, bejahte Godeke, der genauso gut wie jedermann in Hamburg wusste, dass Christian Godonis gut und gerne aus dem Familienvermögen schöpfte. Die Erträge seiner eigenen Arbeit waren nicht hoch genug, um Haus, Huren, Seide und Wein in dem Maße zu bezahlen, wie er es gewohnt war. »Aber was ist so schlimm daran, wieder zu heiraten und einen Sohn zu zeugen?«

Jetzt erst sah auch Christian seinen Freund direkt an. »Du fragst, was so schlimm daran ist? Nun, zum einen muss ich dir ja wohl nicht erklären, dass ich es vorziehe, mehrere Frauen um mich herum zu haben, anstatt nur eine, und zum anderen: Hast du dir mal die Jungfrauen angesehen, die zurzeit in Hamburg auf einen Verlobten warten? Eine hässlicher als die nächste! Da habe ich die Wahl zwischen klapperdürr wie die Oldardi-Tochter und kränklich, wie die von Radolf von Mersche. Von der bekomme ich sicher keinen Erben, so wie die immer hustet. Nein, mir gefällt mein Leben so, wie es ist. Ein Weib bringt nur Schereien, das war mit Martha – Gott hab sie selig – genauso.«

»Wem sagst du das?«, fragte Godeke verdrießlich und dachte wieder an den gestrigen Abend. »Doch du solltest dich glücklich und dankbar schätzen, dass dir die Möglichkeit wenigstens gegeben wird, irgendwann mit einer neuen Frau einen Sohn zu bekommen.«

Christian verstand, was Godeke meinte. Doch Zurückhaltung war nicht seine Art. »Ist Oda etwa noch immer nicht schwanger?«, fragte er darum völlig unverblümt.

»Nein, ist sie nicht. Ich sage dir eines: Frauen, die kein Kind empfangen, werden irgendwann absonderlich. Ich wünschte, Gott hätte endlich ein Nachsehen mit ihr und somit auch mit mir!«

»So schlimm?«

»Schlimmer!«

»Tja«, ließ Christian nach einer Weile verlauten und hieb seinem Freund die Hand auf die Schulter. »So haben wir alle unsere Sorgen.«

Inzwischen waren auch die anderen Ratsherren eingetroffen und hatten sich zu ihren Plätzen begeben. Godeke und Christian taten es ihnen gleich.

Kurz darauf ging die Sitzung los.

Johann Schinkel stand ohne jede Einführung von Willekin Aios auf und ergriff das Wort. »Meine Herren, heute ist ein schwarzer Tag für Hamburg. Graf Johann hat seinem Vetter die Fehde erklärt.« Während er sprach, hielt er ein gerolltes Schreiben in der Hand. Er gab es seinem Nebenmann, damit jeder es sich nacheinander ansehen konnte. »Dies ist eine Abschrift der Fehdeerklärung. Wie ihr darauf lesen könnt, ist die notwendige Frist, die es nach der Erklärung einzuhalten gibt, schon abgelaufen. Ich sage es darum offen: Es gibt kein Zurück mehr.« Die kurze Redepause des Ratsnotars war von jener Stille erfüllt, die im voll besetzten Gehege nur selten herrschte. »Ich habe mir erlaubt, umgehend einen Abgesandten nach Plön und auch den kurzen Weg zum Kunzenhof zu schicken, die die Fürsten um Waffenstillstand bitten sollen, damit Zeit zum Verhandeln bleibt. Vielleicht kommt einer von ihnen ja doch noch zur Besinnung und schlägt seinem Vetter eine Sühne vor, um unnötiges Blutvergießen zu vermeiden. Doch meine Hoffnung, die ich in diese Bitte lege, ist klein!«

Die Ratsherren wussten, was eine Fehde für die Stadt bedeutete: Sie würden zahlen müssen! Während die Fehden der Vergangenheit mit vereinzelten Adeligen zunächst die gräflichen und dann auch die städtischen Kassen ordentlich leergeräumt hatten, mochte sich niemand so recht ausmalen, was diese Fehde – zwischen zwei Grafen – wohl kosten würde! Auch wenn bislang noch keiner der Schauenburger mit entsprechenden Forderungen an den Rat herangetreten war, war jedem Anwesenden klar, dass das bloß eine Frage der Zeit sein konnte. Die Ratsherren wollten vorbereitet sein, wenn es zum Äußersten kam, und so sollten an diesem Tage Vorschläge gesammelt werden, wie die nötigen Gelder aufgebracht werden konnten. Niemand hatte vor, den Fürsten etwas zu schenken, und auch wenn sie gerade jüngst das Recht der Freien Kore erhalten hatten, wollten sie mehr. Das Zugeständnis der Pacht der gräflichen Münze rückte mit der kostspieligen Fehde schon einmal sichtlich näher an sie heran, und auch weitere Ideen wurden laut. Man wog das Für und Wider ab, und am Ende waren sich alle einig: Sie wollten die Übertragung der kleinen Alster! Als die Debatte mit abschließenden Worten aus dem Munde des Bürgermeisters beendet wurde, sah man um den mächtigen Holztisch ausschließlich zufriedene Gesichter.

Auch Godeke war, wie meistens nach einer erfolgreichen Ratssitzung, beflügelt von dem Gefühl, sich der Probleme der Hamburger angenommen zu haben. Sein Vater hatte oft davon erzählt, doch so richtig verstand er es erst jetzt. Seit er dem Rat beisaß, war es ihm, als hätte sein Leben einen neuen Sinn. Er liebte dieses Gefühl, weshalb er immer noch ein leichtes Lächeln auf den Lippen trug, als er sich seiner Haustür näherte. Noch bevor er sie öffnen oder daran klopfen konnte, kam Oda heraus.

Sie hatte ihren Gemahl von drinnen schon kommen sehen und war froh, dass sie nun die Gelegenheit bekam, mit ihm zu sprechen. »Godeke«, sagte sie, während sie ihm entgegenkam. Ihr Gesicht hatte etwas Reumütiges. »Bitte lass uns sprechen. Das was gestern passiert ist...«

»Godeke«, ertönte es plötzlich aus der anderen Richtung. Es war Ava, die mit leicht geröteten Wangen und zauberhaft wie immer angelaufen kam. »Kannst du bitte kurz rüberkommen? Ehler! Er ist außer sich …« Als sie sah, dass die Eheleute sich unterhielten, hielt sie inne und sagte: »Oh verzeiht, habe ich euch bei etwas gestört?«

»Ja«, sagte Oda.

»Nein«, sagte Godeke.

Ava blickte etwas verwirrt. »Ich … ich komme besser später wieder.« Als sie gerade im Begriff war zu gehen, hielt Godeke sie auf.

»Warte!«

Oda konnte nicht glauben, dass ihr Gemahl offensichtlich vorhatte, sie hier stehen zu lassen, und sagte mit scharfem Ton: »Ich wollte gerade mit dir sprechen!«

Godeke schaute zu seiner Frau und antwortete: »Das können wir auch später noch tun.« Als er ihren wütenden Blick auffing, fasste er sie am Unterarm und zog sie näher an sich heran. »Vielleicht gewöhnst du dich schon mal daran, dass nicht alles nach deiner Nase laufen kann, Weib. Ich habe dein Verhalten in letzter Zeit nämlich satt.« Dann ließ er sie los und machte auf dem Absatz kehrt.

Oda blieb verstört zurück. Eigentlich hatte sie sich entschuldigen wollen, und jetzt musste sie mit ansehen, wie ihr Mann hinter Ava herlief, als wäre sie selbst bloß eine lästige Magd. Sicher, Ava hatte ein schweres Schicksal erlitten, sie war ihre Freundin und Godeke ihr Muntwalt, dennoch stieg langsam aber sicher die Eifersucht in ihr hoch.

Godeke hingegen schob den Gedanken an seine zänkische Frau schnell beiseite und trat an Avas Seite. »Was ist passiert?«

»Ich weiß es nicht. Seit er aus der Nikolaischule gekommen ist, weigert er sich, mit mir zu sprechen. Er ist so zornig, vielleicht bekommst du etwas aus ihm heraus.«

»Ich werde es versuchen«, versprach er und betrat das Haus. Er brauchte erst gar nicht zu fragen, wo der Junge sich aufhielt, denn das Poltern und Schimpfen war durch jede Tür zu hören. Als Godeke in Ehlers Kammer trat, sah er gerade noch, wie dieser sich die Kappe vom Kopf riss, die alle Schuljungen trugen, und diese voller Wut auf dem Boden warf. »Darf ich erfahren, was deine Kappe dir getan hat?«

Der Junge fuhr herum. Zornig funkelte er seinen Muntwalt an. »Nein, darfst du nicht. Geh!«

Godeke musste an sich halten, damit er den Jungen nicht gehörig zurechtwies. Er konnte sehen, dass es ihm schlecht ging, doch solch freche Worte waren natürlich unangebracht. »Ich werde nicht gehen und du wirst nicht so mit mir sprechen, verstanden?«

Ehler blickte zu Boden. Dann trat er seine Kappe in eine Ecke.

»Sag mir, was los ist!«, forderte Godeke erneut. »Ich werde nicht gehen, bis du es mir gesagt hast. Wenn du mich loswerden willst, solltest du sprechen.«

Der Junge hatte nicht die geringste Lust zu reden, doch bedauerlicherweise kannte er die Beharrlichkeit seines Gegenübers. Machtlosigkeit hatte ihn heute schon einmal verzweifeln lassen, und jetzt übermannte sie ihn erneut. Ehler wandte sich ab, damit Godeke seine Tränen nicht sah. Mit zitternder Stimme gestand er: »Unser Kantor, er hat mir heute gesagt, dass ich das Singen in der Dur-Tonart am besten von allen beherrsche…«

Godeke ahnte bereits, was nun kam.

»…er sagte mir, dass ich nun bereit wäre, ins Marianum zu wechseln.«

Diese Nachricht kam tatsächlich überraschend! Godeke fiel auf, dass er sein Mündel noch nie hatte singen hören. Wenn er in diesen jungen Jahren bereits ins Marianum wechseln sollte, musste er wirklich gut sein. Doch natürlich war das nicht von Belang. Einem kläglichen Versuch folgend, Ehler aufzuheitern, sagte er: »Ich weiß, dass du ein Nikolait von ganzem Herzen bist, doch sieh es mal so: Nach dem Wechsel wirst du jeden Tag mit Thymmo zusammen sein können.«

Ehler drehte sich ruckartig um. Seine rotgeweinten Augen auf Godeke gerichtet, spie er wütend aus: »Warum sollte mich das freuen? Auch Thymmo ist nur einer der verdammten Marianer, und ich hasse sie alle!«

3

Erst mitten in der Nacht waren sie auf der Riepenburg angekommen. Keinen Tag später hätten sie aus Hamburg losziehen dürfen. Schon morgen wäre der immerwährende Schnee, der unaufhörlich fiel, für die Wagen aus Eccards Gefolge nicht mehr zu durchdringen gewesen.

Alle waren froh gewesen, als sie endlich in ihren Betten lagen, und dennoch, der wenigen Stunden Schlaf zum Trotz, hatte Albert sein Haus schon im Morgengrauen wieder verlassen. Zu lange war er fern seiner Pflichten gewesen, nun trieb es ihn früher hoch als jeden anderen auf der Burg – zumindest dachte er das. Mit ausladenden Schritten hielt Albert auf den Stall zu und betrat flink dessen Inneres, welches deutlich wärmer war als die stürmische Luft draußen. Sofort schlug ihm der vertraute Geruch von sauberem Stroh und dem gebürsteten Fell der Pferde entgegen. Niemals roch es hier anders – was allein den Händen des tüchtigen Jons zu verdanken war, der während Alberts Hamburg-Aufenthalts offensichtlich gute Arbeit geleistet hatte. Seinen ganz besonderen Fähigkeiten, vor allem aber seinem Gebettel, hatte der Page es zu verdanken, dass er nur noch selten die üblichen Arbeiten seiner Ausbildung und stattdessen fast ausschließlich die Arbeit mit den Pferden übernahm.

»Seid gegrüßt, Truchsess«, rief der Junge beschwingt in Alberts Richtung.

»Guten Morgen, Jons«, antwortete dieser und kam lächelnd auf den Jungen zu, der die Haare voller Stroh hatte.

Als Jons Alberts Blick bemerkte, fuhr er sich geschwind über den Kopf. »Entschuldigt, ich habe gerade gemistet.«

»Schon gut«, entgegnete Albert entspannt. »Ist hier alles in Ordnung?«

»Ja, alles ist in *bester* Ordnung.«

Albert wurde hellhörig. Bei Jons war es wichtig, ganz genau auf seine Worte zu hören. Jeder Unterschied im Klang oder in der Betonung, konnte etwas bedeuten. Für gewöhnlich wusste er Dinge über die Pferde, die niemand anderem auf der Burg bekannt waren. Er war gesegnet mit einer Gabe, wie sie Albert noch nie vorher begegnet war. Wäre Jons nicht ein so freundliches Kind, wäre der Junge ihm wohl oft schon unheimlich vorgekommen.

Gemächlich begannen sie, die einzelnen Boxen der Pferde abzulaufen. Immer wieder blieben sie stehen, strichen einem der Tiere über die Blesse oder klopften ihm den Hals. So verbrachten sie eine ganze Weile und tauschten sich über Neuigkeiten aus.

Als sie die Box einer weißen Stute erreichten, grinste der Junge plötzlich auf diese eine bestimmte Weise, die Albert verriet, dass er mehr wusste, als er zugab. »Du verheimlichst mir doch etwas. Nun erzähl schon, was weißt du?«

»Sie ist trächtig.«

»Wirklich? Nun ja, das wäre nicht das erste Mal. Aber ob sie es behält, ist die Frage.«

»Dieses Mal wird alles gutgehen. Es ist ein kleiner Hengst, den sie in sich trägt.«

»Das sind gute Nachrichten«, gab Albert dem Jungen zu verstehen. »Ritter Eccard wird hocherfreut sein, vor allem, weil die beiden Stuten ganz hinten ja auch bald ihre Fohlen bekommen. Ein echter Kindersegen hier im Stall«, scherzte Albert.

»Sie sind nicht die einzigen. Auch diese Graue hier ist tragend. Allerdings darf sie nicht mehr geritten werden, sonst verliert sie es.«

»Das ist der Zelter meiner Tochter«, entgegnete Albert erstaunt.

»Ja, ich weiß. Es war nicht geplant, dass die Stute trächtig wird.

Erinnert Ihr Euch noch daran, als Kylion vor einigen Wochen durch den Zaun gebrochen war? Da ist es wohl passiert.«

»Hmm, was für ein ärgerlicher Zwischenfall. Das erklärt natürlich, warum es sich auf dem Burghof in Kiel so eigenartig verhalten und meine Tochter abgeworfen hat.«

»Die Dame Margareta ist gefallen?«

»Ja, doch dem Kind ist zum Glück nichts passiert.«

»Die Dame Margareta ist guter Hoffnung?«

Albert schaute verwirrt zu Jons. Natürlich, er wusste ja nichts davon. Mit einer Handbewegung wiegelte er ab und widmete sich wieder dem Fohlen des Zelters. »Mit einem solchen Pferd können wir nichts anfangen. Für die Frauen wird es nicht ruhig genug sein, und als Reithengst für die Ritter – sofern es denn überhaupt ein Hengst wird – ist es ebenso unbrauchbar.«

Jons bekam augenblicklich einen bekümmerten Gesichtsausdruck. »Ihr werdet es doch nicht töten lassen, oder?« Er hatte schon geahnt, dass der Truchsess nicht begeistert von diesen Neuigkeiten sein würde, weswegen er sogar schon erwogen hatte, nichts von der Trächtigkeit des Zelters der Rittersgemahlin zu erzählen. Doch dann wäre die Stute womöglich weiter geritten worden und hätte das Fohlen mit Sicherheit verloren. Schon der reiterlose Weg gestern von Hamburg zur Burg hatte das Tier geschwächt.

»Nun, ich muss darüber nachdenken. Die Gräfin braucht ein Reitpferd, dieses Fohlen allerdings braucht niemand.«

»Ich kann es brauchen! Meine Alyss ist nicht mehr die Jüngste, und wenn ich mit vierzehn vom Pagen zum Knappen werde, ist es alt genug, um geritten zu werden. Bitte, Herr, ich werde meinen Vater anschreiben und ihn fragen, ob er für das Pferd aufkommen wird...«

Albert hob die Hand und gebot dem Jungen somit Einhalt. Wenn es um seine geliebten Pferde ging, konnte Jons kämpfen wie ein Löwe. Albert wusste das bereits, und in solchen Momenten half nur eines – Strenge! »Still jetzt! Ich habe gesagt, dass ich darüber nachdenken werde. Ritter Eccard verlässt heute schon wieder die Burg und reitet nach Plön, und ich werde ihn nicht vor seiner Abreise damit belästigen. Wenn er zurück ist, soll er die Entscheidung treffen.«

Jons ließ den Kopf hängen. »Ich verstehe, Herr.«

Der Anblick des enttäuschten Jungen berührte Albert wie immer, obwohl er versuchte, sich dagegen zu wehren. Er hatte dieses Kind so sehr ins Herz geschlossen, dass er auch jetzt wieder seine eigenen Vorsätze, streng zu sein, verwarf und sagte: »Aber ich werde beim Ritter ein gutes Wort für dein Pferdchen einlegen.«

Ruckartig hob Jons den Kopf, und das Geplapper begann von neuem. »Danke, Herr, ich danke Euch vielmals. Das ist mehr, als ich erwarten kann. Ihr werdet es nicht bereuen, dass ...«

»Jons!«

Sofort presste der Junge die Lippen zusammen und schwieg.

»Kein Wort mehr darüber, bis ich mit dem Ritter gesprochen habe.«

Der Junge nickte stumm.

»Gut. Nun zum heutigen Tag. Ich möchte, dass du Kylion sattelst, damit Ritter Eccard bald aufbrechen kann. Die nächsten Tage verbringst du außerdem bitte mehr Zeit mit dem Training des Rapphengstes – sofern der Schnee es zulässt. Wenn Ritter Eccard wieder aus Plön heimkehrt, wird er vielleicht ein Pferd zum Wechseln brauchen. Kylion benötigt neue Beschläge, und danach ist er gern ein bis zwei Tage fühlig.«

»Wird erledigt, Herr.«

Albert nickte dem Jungen zu, dessen Gesicht nun wieder strahlte. Darauf verließ er den Stall und wandte sich in Richtung der kleinen Gruppe von Fachwerkhäusern hinter dem ersten Wallring der Burg, von denen eines sein eigenes war. Während er darauf zuhielt, sah er schon ein Licht im Inneren brennen. Albert konnte es nicht erwarten, sich daran zu wärmen. Schon der kurze Weg vom Stall zum Haus durchnässte seine Lederstiefel erneut. Als er die Tür öffnete, zog ein heftiger Wind hindurch, der kurzzeitig die Flammen in der Feuerstelle unter heftigem Flackern verkleinerte.

»Schließ schnell die Tür«, rief Ragnhild ihm entgegen.

Albert drückte sie unter lautem Pfeifen hinter sich zu und stand sogleich im größten Wohnraum des Hauses, der mit einem Holztisch, einem einfachen Webstuhl und zwei Sesseln vor dem Feuer so gut wie ausgefüllt war. Die beiden Sessel waren neben einem Wandteppich und einer eisenbeschlagenen Truhe nahezu das Einzige, was sie aus ihrem Hamburger Kaufmannshaus mitgenommen hatte, nachdem sie es an Graf Gerhard II. verloren hatten. Auf genau jenen Sesseln, die schon Alberts Mutter von ihrer Mutter geerbt hatte, saßen Ragnhild und Alusch.

»Ist bei den Pferden alles in Ordnung?«, fragte Ragnhild ohne aufzusehen.

»Ja, und wenn Jons richtig liegt, wird es im nächsten Jahr einige Fohlen geben.«

»In diesen Dingen liegt er doch immer richtig...«, warf Alusch gedankenversunken ein und widmete sich wieder ihrer derzeitigen Beschäftigung.

In ihren Händen hielten die Frauen Stickarbeiten, und selbst Albert erkannte bei genauerem Hinsehen, dass es der Stoff des Hochzeitskleides seiner Tochter war, aus dem die Frauen nun wohl etwas für das Kind anfertigten. Dabei redeten sie über das scheinbar einzige Thema, welches es zwischen Frauen zu geben schien.

»Sie hat so wunderschön darin ausgesehen, dass es mir jetzt noch die Tränen in die Augen treibt, Alusch. War es nicht wahrlich der schönste Tag, den du hier auf der Burg je erlebt hast?«, fragte Ragnhild und legte ihre Stickerei kurzzeitig in den Schoß. »Für mich war es einfach wundervoll.«

»Oh ja«, antwortete die dickliche Alusch mit schwärmerischer Stimme. »Ich wage gar zu behaupten, dass es einer der wunderbarsten Tage in meinem Leben gewesen war... oder ist das blasphemisch? Schließlich bin ich getauft.«

Albert stand noch immer mehr oder weniger unbeachtet auf derselben Stelle. Erst als er gegen den Rahmen klopfte, schauten die Frauen zu ihm auf. »Darf ich euch daran erinnern, dass diese Hochzeit schon viele, viele Wochen her ist? Wie lange gedenkt ihr noch darüber zu sprechen, als ob sie gestern gewesen wäre?«

Ragnhild lachte hell. »Solange, wie wir Frauen dazu gezwungen sind, diese grauenhaften Stickarbeiten zu tun. Hochzeitserinnerungen sind dabei eine willkommene Abwechslung.«

Albert verstand die Anspielung seiner Gemahlin sofort, wusste er doch, dass ihr das Anfertigen von Stickereien schon immer verhasst gewesen war. Nur weil sie seit einiger Zeit ein Knieleiden plagte, das sie daran hinderte, den ganzen Tag umherzulaufen, sah er sie häufiger mit einer Handarbeit.

»Du verstehst das nicht«, schloss Alusch. »Es ist, als würde man den Tag wieder und wieder erleben. Und außerdem ist es gerade jetzt, wo die liebe Margareta schwanger in Hamburg weilt, das Einzige, was uns von ihr bleibt. Hoffentlich wird es ein Mädchen«, wünschte sich Alusch und hob den hübschen Stoff vor ihre Augen, so als könne sie das Kind bereits darin sehen.

Alberts Gesicht bekam etwas Erschrockenes. »Herr im Himmel, hab Erbarmen. Lass es einen Jungen werden, der nicht fortwährend über Hochzeiten sprechen will.«

In weiser Voraussicht, was nun folgen würde, duckte sich Albert und hob schützend und lachend seine Hände über den Kopf. Denn im gleichen Moment flogen zwei Stickereien mitsamt der Sticknadeln und bunten Fäden darin über Alberts Haupt hinweg. Prompt folgte ein Schwall tadelnder und trotzdem nicht ganz ernst gemeinter Worte, die kaum ein gutes Haar an seinem Verhalten ließen. Doch nur wenig später saßen sie alle drei versöhnlich am Tisch und aßen Brot und Käse.

Albert hatte es nicht geschafft, das Thema Hochzeit zu beenden, und er gab auf es zu versuchen. Stattdessen flüchtete er sich in seine eigenen Gedanken, die nun aber unweigerlich auch um die Hochzeit kreisten. Die Frauen hatten ja recht, es war tatsächlich ein wundervolles Fest gewesen – wundervoll, aber für ihn auch schmerzlich. Schließlich war sein Mädchen an diesem Tage zur Frau geworden. Albert sah es noch genau vor sich und spürte wieder dieses Stechen im Herzen, das er gefühlt hatte, als Eccard Margareta mit sich in den Burgturm genommen hatte. Es war eine Mischung aus Stolz und Wehmut gewesen, beides bedeckt von dem bitteren Geschmack des Abschieds. Einen winzigen Moment lang hatte er damals an Alheidis – Margaretas Mutter – gedacht, die er im Kindbett verloren hatte. Sie war ihm ein gutes Weib und Margareta eine gute Mutter gewesen. Albert hatte inständig gehofft, dass auch sie ihr einst kleines Töchterchen zu sehen vermochte, von dort wo sie gerade war, und dass sie ebenso von Stolz erfüllt war wie er.

»Albert, was ist mit dir? Du wirkst abwesend.«

»Ach nichts. Ich bin bloß in Gedanken....« Albert schüttelte die Erinnerung an die Vergangenheit ab. Es war ihm in letzter Zeit häufiger aufgefallen, dass er früheren Tagen nachhing und nichts dagegen tun konnte. Sinnlos zu leugnen: Er wurde alt.

In diesem Moment wurde die Tür erneut aufgerissen. Drei Köpfe fuhren gen Eingang. Eccard trat ein. Und mit ihm zig weiße Schneeflöckchen.

»Was für ein Wetter!«, schimpfte der Ritter, der seiner Kleidung nach zu urteilen bereits fertig zur Abreise war.

»Du sagst es«, pflichtete Albert ihm bei. »Willst du wirklich heute nach Plön reiten?«

»Habe ich etwa eine Wahl, mein lieber Truchsess?«, fragte Eccard. »Gerhard II. hat mir noch vor seiner Abreise aus Hamburg gesagt, dass ich mich schnellstmöglich auf den Weg zu ihm machen soll, und das kommt mir natürlich sehr gelegen. Schließlich soll ich für meinen neuen Herrn auskundschaften, was er plant, und Graf Johann dann berichten.«

»Wie willst du das anstellen? Es wäre ja wohl etwas auffällig, wenn du einfach auf den Kunzenhof reitest und um ein Gespräch mit Johann II. bitten würdest.«

»Das stimmt natürlich, und deshalb wird Propst Albrecht uns helfen. Er wird sich mit mir an einem geheimen Ort treffen.«

»Und wo wird das sein?«

»Graf Johann II. hatte eine Idee, die er mir gestern noch, bevor wir Hamburg verließen, durch Walther mitteilen ließ. Vor den Toren Hamburgs besitzt Adolf V., der Bruder des Grafen und des Propstes, ein großzügiges Gehöft an der Bille. Er selbst hat es dieses Jahr vor der St. Veitsmarkts-Sitzung besucht. Hier wird uns niemand vermuten. In sechs Tagen treffe ich den Propst dort. Wünsch mir Glück, dass ich dann auch etwas zu berichten habe, das mich Graf Johanns Vertrauen erlangen lässt.«

»Das wünsche ich dir wahrlich! Ich habe Kylion schon satteln lassen.«

»Danke, mein Freund.«

Einige Umarmungen und gute Wünsche später, machte sich Eccard auf den Weg nach Norden. Schon nach kurzer Zeit war er bis auf die Knochen durchgefroren, und dieser Zustand änderte sich auch den ganzen Tag nicht mehr. Am nächsten Tag war das Wetter angenehmer, dennoch war der Schnee so hoch, dass er um eine zweite Übernachtung nicht herumkam. Als er Plön endlich erreichte, war er froh, auch wenn die Gesellschaft ihm hier nicht behagte. Nun kam es darauf an, dass er Johann II. nützlich war, damit dieser ihn in seine Dienste aufnahm.

Eccard schritt die Gänge der Burg entlang zum Saal, wo, wie jeden Abend, auch heute wieder ein üppiges Mahl aufgetischt worden war. Immer wieder, wenn er auf die Burg seines Herrn kam, fühlte er sich von dem Überfluss schier erschlagen. Sein Eintreten blieb keinen Moment lang unbemerkt. Sofort kamen Giselbert von Revele und Heinrich von Borstel auf Eccard zu.

»Da ist ja der kühne Bezwinger fremder Jagdbeute«, sagte einer der beiden ohne jeden Spott.

»Man spricht schon den ganzen Abend von Eurer Tat, Ribe. Ich muss zugeben, auch ich bin beeindruckt. In Gegenwart eines Grafen dessen Beute zu erlegen, ist wahrlich mehr als bloß gewagt. Das Gesicht Johanns II. werde ich nie vergessen.« Dann lachte der Ritter laut auf. »Ich habe mich in Euch getäuscht – Ihr seid weit kühner, als ich vermutet habe. Dieses Verhalten hätte Euch den Kopf kosten können, doch Ihr seid nicht zurückgeschreckt.« Er legte Eccard die Hand auf die Schulter und fuhr fort: »Und nun kommt, unser Herr wartet schon auf Euch.«

Eccard wurden vor den Schauenburger geführt, wo er sich tief verbeugte, obwohl dieser es nicht sah.

Wie immer stand nur Marquardus dicht neben seinem Herrn. Als er Eccard sah, schien er kurz zu überlegen, ob er ihm seine letzte Beleidigung noch übel nehmen sollte, dann aber nickte er respektvoll und neigte sich zum Ohr des Grafen. »Eccard Ribe steht vor Euch, mein Herr.«

»Ribe! Sehr gut. Ich habe schon auf Euer Kommen gewartet. Bitte, setzt Euch.«

Auf Geheiß des Fürsten bot man ihm den Platz neben Gerhard II. an, von wo aus man eine gute Sicht über den ganzen Saal hatte. Alle Ritter und Damen schienen heute ausgelassener zu sein als sonst. Sie tranken und aßen und unterhielten sich laut. Nachdem ein Diener die Becher von Eccard und Gerhard II. gefüllt hatte, folgte zunächst das übliche nichtssagende Geplauder über die Anreise und das allgemeine Wohlbefinden.

Ganz plötzlich aber bekam das Gespräch eine Wende. Graf Gerhard II. sagte zu Eccard: »Ihr habt wirklich Mut bewiesen, Ribe, als Ihr den Keiler vor den Augen meines Vetters mit seiner eigenen Saufeder erstochen habt. Doch noch mehr als Euren Mut schätze ich Eure Loyalität. Mit dieser Tat habt Ihr bewiesen, dass Ihr mir ein treuer Gefolgsmann seid, der sich aus Ergebenheit seinem Herrn gegenüber auch in Gefahr begibt. Schließlich hätte mein Vetter Euch dafür zur Rechenschaft ziehen können.«

»Habt Dank für Eure Worte, mein Fürst. Doch scheint es mir, dass diese meine Tat längst überfällig gewesen ist, denn offenbar habt Ihr vorher an meiner Loyalität gezweifelt?«

»Ich pflege grundsätzlich anzuzweifeln, was nicht bewiesen ist«, ließ der Blinde verlauten.

»Umso mehr freut es mich, dass ich meine Verbundenheit Euch gegenüber nun unter Beweis stellen konnte.« Eccard sah in das Gesicht Gerhards II. und hoffte, dass seine Worte glaubhaft klangen. Er spürte, wie sich seine Nackenhaare aufstellten. Es war jenes Gefühl, das ihn immer überkam, wenn der Schauenburger tat, als hätte er nichts im Sinn, obwohl er eigentlich einen Plan verfolgte.

»Sorgt Euch nicht, Ribe, ich gebe Euch weiterhin Gelegenheit dazu, Euren Gemeinsinn zu beweisen.«

»Wie meint Ihr das? Ich verstehe nicht ganz...«, gestand Eccard.

»Nun, dann werde ich deutlicher. Seit geraumer Zeit fällt mir auf, dass sich mein Vetter Johann stets mit diesem Walther von Sandstedt umgibt, der ja Euer Schwager ist, wie mir angetragen wurde.«

»Das ist richtig.«

»Gut, gebt mir Auskunft über ihn.«

Eccard war einen Moment lang zu überrascht, um klar zu antworten.

»Na los, berichtet mir.«

»Ich... ich weiß nicht recht, was es da zu berichten gibt. Was genau wollt Ihr wissen? Mein Schwager ist ein eher unbedeutender Mann.«

»Ein unbedeutender Mann, der offensichtlich das Interesse eines bedeutenden Mannes geweckt hat«, ergänzte Gerhard II. schroff. »Reicht Eure Loyalität etwa doch nicht bis hierhin?«

Eccard begann zu schwitzen. In was für eine missliche Lage war er da geraten? Natürlich hatte er damit gerechnet, dass Gerhard II. ihm nun mehr vertrauen würde. Niemals jedoch hatte er angenommen, dass dieses Vertrauen Walther in Gefahr bringen würde! Dennoch blieb ihm gerade keine Wahl als zu beteuern: »Natürlich diene ich Euch uneingeschränkt.«

Der Graf schien besänftigt. »Nun gut, ich will Euch glauben. Erzählt mir jetzt, wie weit reicht das Vertrauen, das Johann II. in diesen Walther hat? Auf der letzten St.-Veitsmarkts-Sitzung bezeichnete mein Vetter ihn als seinen Spielmann, doch ihr Verhältnis schien mir bei der Jagd sehr viel vertrauter.«

»Mein Fürst, tatsächlich war und ist mein Schwager bloß der Spielmann des Grafen, und nicht mehr«, begann Eccard vorsichtig und gab gleichzeitig jeden Widerstand auf. Er wusste, ihm blieb nur die Wahrheit zu sagen, und dennoch zu versuchen, nichts zu verraten, was Walther schaden konnte. Das wäre natürlich viel leichter, wenn er verstehen würde, worauf der Graf hinauswollte, doch das erschloss sich ihm nicht. »Aber durch den Umstand, dass zu Zeiten von Graf Johanns Augenverletzung ihm der Gesang meines Schwagers solche Linderung verschafft hat, ist Walther von Sandstedt in dessen Gunst weiter aufgestiegen.«

»Wie wirkt sich das aus? Hat er Besitztümer bekommen? Geld? Grund und Boden? Irgendwas?«

»Nun... ein Pferd.«

»Ein Pferd? Wofür braucht ein Spielmann ein Pferd?«

»Ich weiß es nicht.«

»Hat sich denn nichts an seiner Stellung verändert?«

»Nein, nichts.«

»Dann ist er tatsächlich bloß ein unwichtiger, singender Kerl, nur mit einem Pferd? Ohne jeden Titel, ohne jeden Einfluss. Bedeutungslos geradezu?«

»Wenn Ihr so wollt, ja!«

Gerhard der Blinde fing an zu lachen. Laut und aus voller Kehle. »Mein Vetter war schon immer ein Schwachkopf. Und es kommt mir durchaus zugute, wenn er sich jetzt auch noch mit Schwachköpfen umgibt.« Sein Lachen schallte durch die Halle und bewegte einige der Ritter und Damen dazu, kurzzeitig aufzusehen. Bald jedoch widmeten sie sich wieder ihrem eigenen Vergnügen.

Graf Gerhard beruhigte sich nur langsam. Immer noch lachend sagte er: »Vielleicht habe ich ja Glück und er tauscht all seine Ritter gegen singende Taugenichtse aus. Dann hätte ich leichtes Spiel ...!«

Eccard hatte keine Ahnung, was der Fürst mit seinen letzten Worten gemeint haben könnte, doch die Antwort ließ nicht lang auf sich warten. Wenigstens schien sein Interesse an Walther vergangen zu sein.

Die blinden Augen des Schauenburgers verengten sich, was seinem Blick etwas Boshaftes gab. Er stützte sein Kinn auf eine seiner Fäuste und versank in Gedanken. »Nun Ritter, jetzt da Euer Schwager fest zum Gefolge meines verhassten Vetters gehört, kann ich dem Singvogel nur wünschen, dass er neben seiner Laute auch das Schwert beherrscht.«

»Das Schwert ...?«, fragte Eccard Unheil witternd.

»Ihr habt keine Ahnung, nicht wahr? Dann kläre ich Euch mal auf: Eure kühne Tat in den Hamburger Wäldern hat dazu geführt, dass mein Vetter mir nun die Fehde erklärt hat. Der Fehdebrief kam vor wenigen Tagen, und ich habe selbstverständlich angenommen. Schließlich ist es kein Geheimnis, dass ich schon lange darauf brenne, diesem Hundsfott entgegenzutreten. Von selbst hätte dieser Feigling mich nie herausgefordert, er hasst Kriege, doch nun hatte er keine Wahl mehr, als den ersten Schritt zu tun. Seid Euch also meines Danks gewiss, Ribe. Endlich wurde uns ein Grund gegeben, einander zu bekämpfen.«

Eccard musste sich zusammenreißen, so viele Gedanken schossen ihm gleichzeitig durch den Kopf. Graf Johann hat Gerhard II. tatsächlich die Fehde erklärt? Was bedeutete das für ihn? Wollte der Graf seine Dienste überhaupt noch, oder war er jetzt dessen Feind?

Graf Gerhard konnte Eccards in sich gekehrten Blick nicht sehen, und selbst wenn, hätte er ihn mit Sicherheit nicht wahrgenommen. Voller Groll ballte er die Faust so fest, dass sie zu zittern begann. »Ich werde gnadenlos sein! Kein Gottes- und kein Landfrieden werden mich davon abhalten, dieser fetten, nimmersatten Hure mit ihren dreißig Liebhabern Respekt zu lehren.« Dann begann er wieder zu lachen. Laut und schallend.

Er ist wahnsinnig, schoss es Eccard durch den Kopf. Die Worte des Grafen ergaben keinen Sinn. Kaum nachvollziehbar schwankte er zwischen Wut und Gelächter. Es war zum Fürchten.

Abrupt hörte das Lachen auf, und der Schauenburger richtete seine leblos wirkenden Augen auf Eccard. Unterkühlt fragte er: »Wie darf ich Euer Schweigen deuten, Ribe?«

Der Angesprochene fuhr mit dem Kopf herum und sagte: »Verzeiht, Herr. Eure Kampfeslust und Entschlossenheit überwältigten mich kurzzeitig… Sie werden mir sicherlich ein Vorbild sein.«

»Das ist gut, denn auch Ihr werdet Euren Beitrag leisten. Reitet so schnell wie möglich wieder los. Zieht Richtung Westen und erkundet für mich das Land an der Eyder. Diese Dörfer werden nämlich als Erstes fallen, bevor ich mich dem Rest seiner Ländereien widme. Ich habe nicht vor, auch nur einen Mann, eine Frau und ein Kind zu verschonen. Jedes Haus werde ich niederbrennen, alles Vieh vertreiben und die Vorräte rauben – so lange, bis mein Vetter um Gnade winselt. Jeder seiner Untergebenen, der kräftig genug ist, eine Kerkerhaft zu überstehen und der wohlhabend daherkommt, den werde ich in Gefangenschaft nehmen, auf dass dessen Familie oder mein Vetter sie teuer auszulösen haben. Bringt mir Kunde über die Anzahl und die Größe der Dörfer, ihre Besitztümer und ihre Bewohner, und kommt dann zurück nach Plön. Ihr kämpft an meiner Seite. Wenn ich mit meinen Rittern durch das Land von Johann gezogen bin, wird nur noch Asche übrigbleiben.« Der Graf lehnte sich wieder zurück und schnipste. Darauf kam ein Diener und brachte ihm eine Platte mit ganzen, gebratenen Wachteln drauf. Der Schauenburger griff sich eine und biss hinein. Dann sagte er: »Wie gern würde ich die Gesichter der törichten Ratsherren sehen, wenn sie ihr Abgesandter erreicht.«

»Ein Abgesandter vom Rat war hier?«

»Ja. Er trug die Bitte nach Waffenstillstand bei sich, die ich selbstverständlich abgelehnt habe. Es bedarf schon etwas mehr, um mich umzustimmen als das bloße Gewinsel des Rates.«

»Etwas mehr? Also bedenkt Ihr Eure Schritte vielleicht noch einmal?«

»Nun, alles lässt sich bedenken, wenn nur das rechte Angebot kommt. Da mein Vetter derjenige ist, der durch Euch beleidigt wurde, sollte er auch den ersten Schritt machen. Eine Sühne von Seiten Graf Johanns könnte Einiges verhindern, doch ich befürchte, dafür habt Ihr ihn zu sehr gekränkt, Ribe.«

Nach jenen Worten war die Unterhaltung über dieses Thema beendet. Eccards Hals war wie zugeschnürt. Hatte er damals im Wald wirklich richtig gehandelt? Plötzlich kamen ihm Zweifel. In drei Tagen sollte er sich auf dem Gutshof mit dem Propst treffen, und er hatte keine Ahnung, was ihn dort erwartete.

Nach ihrem fast schon fluchtartigen Verlassen Kölns, hatten sich Everard und Kuno Richtung Nordosten gen Münster gewandt. Der Weg dorthin führte sie zunächst einen Tag lang über flache Landschaften, dann aber wurde ihre Reise beschwerlicher. Weitgeschwungene Wald- und Wiesenhügel stiegen plötzlich an zu regelrechten Bergen, deren Überquerung mühsam war. Sie kamen nur langsam voran – die Reise zu ihrem Endziel nach Sandstedt würde also noch einige Zeit in Anspruch nehmen, was auch dem schneereichen Wetter geschuldet war. Doch welchen Grund hatten sie auch, sich zu beeilen? Was erwartete sie schon? Ein gar winziges Dorf, welches bald ihr neues Zuhause sein würde – nicht mehr und nicht weniger. Die Männer hatten also eine Menge Zeit, um sich etwas besser kennenzulernen.

Waren sie auch vor Kurzem noch Dieb und Bestohlener gewesen, so stellte der jeweils andere jetzt die einzige einigermaßen vertraute Person in ihrem Leben dar. Es war seltsam, doch nun, nachdem keiner von ihnen mehr etwas besaß, sie allein und heimatlos waren, gab es auch keinen Grund mehr für irgendwelche Zwietracht; der Weg war frei, um aus Feindschaft langsam Freundschaft werden zu lassen.

»Vater«, begann Kuno, nachdem sie den ganzen Tag über nur wenige Worte gesprochen hatten.

»Ja?«

»Darf ich Euch eine Frage stellen?«

»Nur zu. Ich habe gerade nichts anderes zu tun, weißt du...«, spottete der Geistliche, dem die Füße vom vielen Laufen wehtaten. Wieder einmal stellte er fest, was für ein lausiger Pilger er war: Ging es bergauf, wurde seine Laune schlechter. Ging es wieder bergab, wurde sie besser. Er konnte nichts dagegen tun, so kindisch das auch war.

»Warum habt Ihr Eure Pläne, nach Rom zu reisen, so plötzlich geändert? Weshalb wollt Ihr jetzt nach Sandstedt zurück, wo Ihr herkommt?«

»Vielleicht vermisse ich meine Heimat?«, gab der Priester ausweichend zur Antwort.

Kuno wusste natürlich, dass das nicht stimmte. Er versuchte es noch mal auf anderem Wege. »Ihr sagtet, dass es bloß ein kleines Dorf ist...«

»Ja, es ist bloß ein Dorf. Was wundert dich daran? Nicht jeder erblickt in einer Stadt das Licht der Welt, so wie du.«

»Das meine ich nicht. Ich... ich frage mich nur...«

Everard blieb stehen und schaute Kuno an. »Was fragst du dich, Junge? Rede nicht drum herum, sondern sage es deutlich.«

»Nun ja, Ihr hattet so viele Münzen bei Euch...«

»Danke, dass du mich daran erinnerst! Es stimmt, ich *hatte* viele Münzen!«

Kuno ging nicht darauf ein. Stattdessen fragte er weiter. »Seid

Ihr ein reicher Mann? Und wenn ja, kommt Ihr wirklich aus einem Dorf in Friesland, wo immer das auch liegt? Gibt es dort viele reiche Männer? Und warum hattet Ihr vor, bis nach Rom zu pilgern? Das ist ein weiter Weg ...!«

»Schon gut, schon gut! Hör auf mich auszufragen!«, beendete der Geistliche Kunos Redefluss. Dann setzte er seinen Weg fort. Eine Zeit lang gingen sie nebeneinander her, ohne dass ein Wort fiel. Everard dachte nach. Er wusste, er hätte Kunos Neugier mit ein oder zwei kleinen Lügen stillen können, doch es gab auch noch eine andere Möglichkeit. Warum sollte er ihm nicht einfach die Wahrheit erzählen? Die ganze Wahrheit – von vorne bis hinten. So viele Jahre trug Everard seine Geheimnisse nun schon mit sich herum. Er hatte sie hüten müssen, da er das Versprechen abgegeben hatte zu schweigen. Doch dieses Versprechen war heute keinen Brakteat mehr wert! Sehr wahrscheinlich würde er niemanden aus seiner Vergangenheit jemals wiedersehen. Die Zeit der Heimlichkeiten hatte ein Ende – das wurde ihm jetzt bewusst.

»Ich werde dir jetzt etwas erzählen, das ich noch niemals jemandem erzählt habe. Meine ganze Geschichte. Willst du sie hören?«

»Nur zu, Vater! Ich habe gerade nichts anderes zu tun ...«, wiederholte Kuno die Worte Everards und lächelte erwartungsfroh.

Der Geistliche sammelte sich kurz, bevor er begann. Und schon nachdem er die ersten Worte gesprochen hatte, fühlte er sich seltsam erleichtert. »Es ist jetzt fünfunddreißig Jahre her, da habe ich mich auf eine Art Handel eingelassen, der mein ganzes Leben beeinflusst, und der mich schließlich dorthin geführt hat, wo ich heute bin.« Er sagte es mit einigem Wehmut, denn schließlich gab es nichts, auf das er heute stolz sein könnte.

»Was für ein Handel war das?«

»Wahrscheinlich kein Handel, den du dir gerade vorstellst. Ich habe ein Kind aufgenommen. Einen Jungen. Er war gerade geboren.«

Kuno blickte neugierig. »Woher kam dieser Junge?«

»Tja, das ist das eigentlich Spannende. Hast du schon einmal was von den Stedinger Bauernkriegen gehört?«

»Nein, niemals.«

Everard hatte nichts anderes erwartet. »Die Stedinger Bauern waren einst freie und stolze Männer und Frauen. Sie wurden vor vielen Generationen von weither angeworben, um das damals noch raue Land um meine Heimat urbar zu machen. Nachdem dieses Land immer reicher wurde, kam es zu Unruhen. Mächtige Grafen versuchten, die Bauern ihrer Freiheiten zu berauben. Sie bauten Burgen und führten schließlich Unterwerfungskriege. Einer dieser Grafen war Gerbert von Stotel. Auch er führte seine Ritter in jenen Krieg gegen die Stedinger.«

Kuno hing so sehr an Everards Lippen, dass er sich dazu zwingen musste, ab und zu auf den Weg vor sich zu schauen. Er war schon einige Male über eine erhöhte Baumwurzel gestolpert oder in eine vom Schnee überdeckte Vertiefung getreten. »Und dann? Was ist dann passiert?«

»Nun ja, obwohl Graf Gerbert mit Salome, einer Tochter des Grafen Otto I. von Oldenburg verheiratet war, verliebte er sich in eine Stedingerin. Diese Liebe durfte es selbstverständlich nicht geben, und genauso wenig durfte es das Kind geben, welches aus dieser Liebe entstanden ist. Da der Graf aber so tiefe Gefühle dieser Stedingerin gegenüber hatte, brachte er es nicht übers Herz, seinen unehelichen Sohn töten zu lassen, wie er es eigentlich hätte tun müssen, bevor seine eigenen Söhne alt genug waren, um es zu tun. Kein adeliger Nachfahre akzeptiert einen Bastard um sich! Also ließ der Graf einen Platz für sein Kind suchen – kein Kloster, wo er als Mönch leben konnte und keine Burg, wo er als Knappe dienen sollte, sondern einen Ort, an dem niemand jemals das Kind eines Grafen vermuten würde. Ein Dorf. Ein Dorf wie Sandstedt.«

»Man brachte den Jungen also zu Euch, damit er für immer bei Euch lebte?«

»Ja, genau. Ich musste versprechen, niemals jemandem etwas

von dieser Geschichte zu erzählen, was ich auch bis heute nicht getan habe. Man entlohnte mich fürstlich für mein Versprechen, und ich sah und hörte nie wieder etwas von Graf Gerbert, bis er vor vierundzwanzig Jahren starb.«

»Und nun wartet Euer Sohn auf Euch in Sandstedt? Sind die vielen Münzen also von dem Grafen gewesen?«

»Nein, nein!«, wiegelte Everard ab. »Es ist nicht so wie du denkst. Pass auf, ich erkläre es dir: Als Walther – so heißt der Junge – vierzehn war, wurde sein Nachfragen immer drängender. Er wollte wissen, woher er kam – hatte ich als Geistlicher doch kein Weib, welches seine Mutter sein könnte! Eine Weile lang konnte ich ihn hinhalten mit der ausweichenden Erklärung, dass Gott ihn eines Tages zu mir geführt hatte und dass das alles war, was es dazu zu sagen gibt. Doch er gab sich immer seltener mit dieser Antwort zufrieden. Eines Tages dann kam ein Pilger zu uns ins Dorf, der sich verlaufen hatte. Sein Name war Thiderich. Er wollte nach Köln, und wir gewährten ihm Obdach für die Nacht. Als er weiterziehen wollte, bat ich ihn, Walther mitzunehmen. Er tat es, und ich sah meinen Ziehsohn ganze zwanzig Jahre nicht mehr wieder.«

»Zwanzig Jahre? Wie kam es dazu? Wo war er in der Zwischenzeit?«

»Ich hatte gedacht, dass er tot sei. Umgekommen auf den Wegen nach Köln. Doch ich irrte mich. Seine Reise verschlug ihn in Wahrheit nach Hamburg. Dort hatte er sich niedergelassen, und es war ihm sogar gelungen, zu Wohlstand zu kommen. Er war nun als Nuncius eines Holzhändlers und Ratsherrn tätig und hatte dessen Tochter geheiratet. Als ich davon erfuhr, hielt mich nichts mehr auf. Ich verließ Sandstedt und reiste nach Hamburg, wo ich Walther auch fand.«

»Und dann? Was ist dann passiert?«

»Nun, mein Ziehsohn nahm mich in seinem Haus auf, doch schon bald musste ich feststellen, dass er all meine gottesfürchtige

Erziehung vergessen hatte. In seinem Heim wohnten die Sünde und das Verderben. Eine verkrüppelte und eine stumme Magd dienten ihm, und sein Weib stellte sich als eine Hexe heraus!«

»Was sagt Ihr da?«, fragte Kuno misstrauisch und fasziniert zugleich. »Eine Hexe? Wie konntet Ihr Euch da sicher sein?«

Everard schüttelte den Kopf. »Es würde wohl zu weit führen, dir leichtgläubigem Taschendieb alle meine Beobachtungen und Schlussfolgerungen genau zu erläutern, doch sei dir sicher, sie *ist* eine Hexe!«

»Wie ging es weiter?«

»Ich habe die Hexe mit Hilfe der stummen Magd des Hauses enttarnt und den Hamburgern das wahre Gesicht Runa von Sandstedts aufgezeigt. Walthers Weib wurde daraufhin festgenommen und eingesperrt, und ich wurde als Held verehrt.«

»Auch von Eurem Sohn...?«, fragte Kuno vorsichtig, der sich nicht vorstellen konnte, dass ein Mann es guthieß, wenn sein eigenes Weib angeprangert wurde.

»Nein. Walther glaubte mir nicht. Genauso wenig wie alle anderen aus seiner und ihrer Sippe. Schließlich gelang es ihnen, den Rat und auch Graf Gerhard II. von Schauenburg, in dessen Gunst ich kurzzeitig stand, davon zu überzeugen, dass ich ein Betrüger bin. Denn die vermeintlich stumme Magd des Hauses stellte sich erstens als nicht stumm und zudem als verkleideter Bruder der Hexe heraus. Und obwohl ich nichts von alledem wusste, glaubte man mir nicht mehr!«

»Großer Gott, das klingt verwirrend! Hat man Euch bestraft?«

»In der Tat! Man sperrte mich ein bei Wasser und Brot und ließ mich in dem Glauben, dass man mich hinrichten lassen würde. Doch nach zehn Wochen der Gefangenschaft führte man mich schließlich dem Rat vor. Sie ließen mich tatsächlich gehen – unter der Bedingung, dass ich im Auftrag des Grafen Gerhard eine Bußpilgerreise nach Rom antreten würde. Das habe ich natürlich angenommen, genauso wie den Sack voller Münzen vom Grafen, der mir eine angenehme Reise beschert hätte, wäre ich nicht dir in Köln begegnet!«

Kuno wurde ganz still. Erst jetzt wurde ihm klar, was er mit seinem Diebstahl eigentlich angerichtet hatte.

Everard sprach weiter. »Du fragtest mich, warum ich nach Sandstedt reisen will. Nun hast du deine Antwort! Ich kann weder zurück zu Graf Gerhard nach Plön, noch kann ich nach Hamburg unter die Augen des Rates treten, noch kann ich nach Rom reisen. Mir bleibt keine andere Möglichkeit mehr, als in mein Heimatdorf zurückzukehren und zu hoffen, dass ich dort wieder als Dorfpfarrer willkommen bin.«

Eine ganze Weile waren die Männer schweigend nebeneinander hergelaufen. Kuno hatte nicht mehr gewusst, was er sagen oder fragen sollte, und Everard hing seinen Gedanken nach. Er hatte in den letzten Jahren viel erlebt, und doch schien es jetzt so, als ob nichts von alldem je passiert wäre. In vielleicht einer Woche würden sie seine alte Heimat erreichen, und dann wäre er an dem Ort, in dem er geboren worden war und in dem er eines Tages sterben würde.

Als das Tageslicht bereits wieder zu schwinden begann, kam ihnen eine Gruppe Reisender entgegen. Während ihres Gesprächs war ihnen gar nicht aufgefallen, dass ihnen seit dem Morgen niemand mehr begegnet war.

»Seid gegrüßt!«, rief Everard den Männern und Frauen entgegen.

»Seid gegrüßt, Vater!«, erwiderten die Reisenden.

»Sagt, ihr guten Leute, wie weit ist es noch nach Münster? Werden wir unser Ziel heute noch erreichen?«

»Nur, wenn Ihr es vermögt zu fliegen«, scherzte der Mann, der seiner Aussprache nach zu urteilen von weit her kam.

Everard hatte regelrecht Mühe ihn zu verstehen. »Wie weit ist es denn noch?«

»Wir haben die Stadt gestern vor Sonnenaufgang verlassen. Aber seid frohen Mutes, die Berge haben bald ein Ende.«

»Das sind gute Nachrichten.« Everard hob die Hand und sprach: »Gottes Segen auf Euren Wegen!«

»Das Gleiche wünschen wir Euch!«

Kuno war nach dieser Kunde sichtlich entmutigt. Die Berge machten ihm nichts aus, doch hatte er fest damit gerechnet, der Stadt nah zu sein, und endlich mal wieder trocken schlafen zu können. »Wo werden wir diese Nacht verbringen?«, fragte er nach einiger Zeit. »Nach Münster werden wir es heute ja offenbar nicht mehr schaffen.«

Everard schaute ihn von der Seite an und sagte: »Du hast freie Auswahl. Wir könnten unter diesem Baum schlafen oder unter jenem dort. Schier unzählige Möglichkeiten bieten sich, und du beklagst dich …!«

»Macht Ihr Euch über mich lustig?«, fragte der Dieb leicht verärgert.

»Ja, das mache ich! Ein wenig jedenfalls. Schließlich bist du schuld an unserer Lage. Aber ich verspreche dir, in Sandstedt hört mein Spott auf. So lange wirst du ihn noch ertragen müssen! Das ist meine Rache.«

»Rache zu nehmen ist aber nicht sonderlich christlich.«

»Stehlen ebenso wenig.«

Eine bitterkalte Nacht und einen verschneiten Morgen später, wurde es auf den Straßen immer voller. Sie kamen der Stadt spürbar näher.

Kuno war an diesem Tage so schlecht gelaunt, dass kein einziges Wort über seine Lippen kam. Selbst auf Fragen des Geistlichen antwortete er bloß noch mit einem Brummen. Zu seinem Verdruss ging ihm nämlich mehr und mehr auf, dass er selbst als gewöhnlicher Taschendieb in Köln niemals hatte auf feuchtem Untergrund liegen müssen. Demnach konnte man sagen, dass sich seine Lage derzeit eher verschlechterte denn verbesserte. Heute jedoch, nahm er sich fest vor, würde er nicht nur trocken schlafen, nein, heute würde er sein Haupt dazu auch noch weich betten! Alles was er dazu brauchte, waren seine Künste als Dieb. Bei der nächsten Gelegenheit würde er zuschlagen, und diese Gelegenheit bot sich ihm bald.

Zusammen mit zig anderen Händlern, Mägden, Pilgern, Bauern, Bettlern und Reisenden durchschritten sie das Stadttor Münsters. Wenigstens dieses vorläufige Ziel war geschafft.

»Ich brauche eine Rast«, stöhnte Everard und drückte sich die Hand ins Kreuz. »Die nächste Kirche ist mein Ziel. Gott möge mir vergeben, dass ich sie mehr deshalb ansteuere, um mich auf ihre Bänke setzen zu können, denn um zu beten.«

Schnell war das erste Gotteshaus gefunden. Everard hastete auf den Eingang zu.

»Ich werde mich später zu Euch gesellen«, sprach Kuno und blieb stehen.

»Wo willst du Narr denn hin?«

»Kümmert Euch nicht darum, ich komme Euch holen. Bleibt Ihr nur hier in dieser Kirche.«

Das ließ sich der Geistliche nicht zweimal sagen. Er hatte keine Lust zu debattieren. Sollte der Bursche sich doch weiter die Glieder abfrieren. Wahrscheinlich wollte der Heißsporn nach Weibern Ausschau halten – ihm sollte es recht sein.

Kuno schritt von dannen. Die Weiber Münsters hätten ihn gerade nicht weniger interessieren können. Er wollte in einer Herberge nächtigen und etwas Warmes zu essen bekommen, das war sein Ziel, und deshalb schärfte er alle seine Sinne auf entsprechende Beute.

Schnell war er an einen Ort dichten Getümmels gekommen, wohl der Marktplatz der Stadt. Hier hatte er sich in eine kleine Nische gestellt. Dann fing er an zu beobachten. Sein Körper war dabei absolut regungslos, mit Ausnahme seiner Augen. Geübt tastete sein Blick über die Leiber. Er erkannte sofort, bei wem es etwas zu holen gab und wer bloß so tat. Eigentlich hätte er sich gern wieder an einem Pilger vergriffen, waren die doch so wunderbar leichte Opfer, doch plötzlich erspähte sein Auge etwas anderes. Es war ein schmaler, blonder Mann mit hellen Wimpern und Augenbrauen. Seiner Kleidung nach hätte man denken können, er wäre vielleicht ein Lehrling oder Knecht, doch Kuno wusste es besser: Er war ein Beutelschneider, und er war nicht allein! Seine Augen entdeckten einen zweiten Mann. Obwohl er ein ganzes Stück weiter weg stand, gehörte er eindeutig zu dem Blonden. Groß gewachsen, mit breiten Schultern, haftete ihm die gleiche allzu bemüht unbeteiligte Miene eines Diebes an. Und da, noch ein Dritter. Ein schlaksiger Kerl, und offenbar ein Anfänger, denn er wirkte angespannt. Kuno lächelte schief. Diese Männer waren noch viel besser als jeder Pilger! Mit Sicherheit hatten sie bereits reiche Beute gemacht, und das Letzte, womit sie rechneten, war ein weiterer Dieb, der sie um ihr Diebesgut erleichterte. Kunos Entscheidung, sich den Blonden vorzunehmen, war schnell gefallen. Der Große konnte ihm gefährlich werden, und der Schlaks trug wahrscheinlich kaum Beute bei sich. Doch der Blonde sah gewitzt aus, und er war mindestens einen Kopf kleiner als Kuno.

Unauffällig näherte er sich seinem Opfer. Er war die Ruhe selbst, als er wie zufällig an ihm vorbeiging und in jenes Versteck zwischen den Mantelfalten griff, welches er als Dieb auch gern benutzte. Seine Finger schlossen sich um die Beute und zogen sie unbemerkt heraus. Schon war er weitergegangen und versteckte die lederne Geldkatze in seinem Ärmel. Ohne jedes Hasten schlenderte er davon. Innerlich jedoch erfasste ihn sofort die ihm wohlbekannte Aufregung, denn die Geldkatze wog schwer. Fast schon berauscht vom Gefühl des Glücks, brachte er sich außer Sichtweite und versuchte in der Menge unterzutauchen. Er sah sich ein letztes Mal um, dann erst erlaubte er sich ein breites Grinsen. Geschafft! Was für ein leichtes Spiel! Seine geruhsame Nacht war nicht mehr nur ein Traum, und dies ließ ihn beschwingt und freudig pfeifend seinen Weg durch die Menschenmenge fortsetzten.

Kuno verließ den Marktplatz und bog in eine überfüllte Straße ein. Er meinte, der Kirche bereits nah zu sein, als er es wagte, einen genaueren Blick auf sein Diebesgut zu werfen. Zum Vorschein kam ein Säckchen aus feinstem Leder. Gerade wollte er es öffnen, als er plötzlich ein Huschen im Augenwinkel gewahrte. Hastig blickte er sich um und steckte die Münzen dabei wieder ein. Waren es tatsächlich die hellen Haare des Diebes gewesen, die seine Augen erfasst hatten? Seine erste Vermutung wurde schnell bestätigt – er folgte ihm!

»So ein Mist«, entwich es ihm gepresst, während er seinen Schritt so schnell es ging beschleunigte. Das Gedränge war jedoch so dicht, dass weder er noch sein Verfolger rennen konnten. Als Kuno sich aber ein zweites Mal umdrehte, erkannte er das zornesrote Gesicht des Blonden nur wenige Mannslängen hinter sich. Mit einem schnellen Haken bog er in eine enge, menschenleere Gasse ein. Jetzt rannte er!

Der Blonde rannte ihm hinterher und folgte ihm dicht auf den Fersen. Er wollte ihm eindeutig an den Kragen, und vermutlich war er im Vorteil und kannte sich in Münster aus.

Kuno hingegen konnte sich nur noch vage erinnern, wo die Kirche ungefähr lag, in der Vater Everard sich aufwärmte. Erreichte er sie, dann wären sie zu zweit und könnten den Kerl in die Flucht schlagen. Drum jagte er die Gassen hinab wie ein Wahnsinniger.

Die Verfolgungsjagd lief still ab. Wäre der Beklaute tatsächlich ein Lehrling oder Knecht gewesen, dann hätte er wohl laut geschrien, um die Bürger auf den Langfinger aufmerksam zu machen. Doch hier ging es darum, einem Dieb etwas abzunehmen, das selbst gestohlen worden war. Kein Rufen und kein Schreien war demnach zu hören, bloß das Keuchen und Japsen beider Männer.

Aus den Augenwinkeln konnte Kuno erkennen, dass der Blonde ein Messer gezückt hatte. Es gab keinen Grund zum Zweifel, dass dieser auch vorhatte, es zu benutzen. Endlich konnte er die Kirche sehen. Sie war bloß klein und wahrlich schmucklos und hatte offensichtlich kaum Zulauf, doch für ihn war sie das ersehnte Ziel. Mit langen Schritten stürmte er auf den Eingang zu – immer noch dicht gefolgt von dem Beutelschneider, der nicht vorhatte, von ihm abzulassen.

Kuno stieß die hölzerne Tür mit einem Ruck auf und schoss ins dunkle Innere der Kirche. Seine Augen waren vom Tageslicht und Schnee geblendet, sodass er zunächst nichts sehen konnte. Dann, wie aus dem Nichts, stand Vater Everard vor ihm, der sich als Einziger hier aufhielt. Fast wären die Männer zusammen zu Boden gegangen. Ohne lange Erklärungen befahl Kuno: »Schnell, hinter den Altar!«, und packte den völlig überrumpelten Everard am Arm.

Gerade hatten die Männer sich versteckt, da betrat der Blonde mit dem Messer das Gotteshaus. Er verlangsamte seinen Schritt und blinzelte. Auch seine Augen mussten sich erst an die Dunkelheit gewöhnen. Doch er wusste den Mann, den er suchte, ganz in der Nähe – hatte er ihn doch eindeutig durch die Tür stürmen sehen! Drum ließ er sein Messer von Hand zu Hand wandern und tastete mit seinem Blick die Kirche ab.

Kuno hatte sich einen Finger auf die Lippen gelegt, um den Geistlichen zu bedeuten, dass er still sein sollte. Zu seinem Glück hörte Everard dieses Mal auf ihn.

Die langsamen Schritte des Diebes kamen unaufhaltsam näher. Bald würde er den Altar erreicht haben, und dann würde es unweigerlich zum Kampf kommen.

Immer wieder blickte Kuno auf den Boden rechts und links neben sich. Jeden Moment erwartete er, die erste Stiefelspitze zu sehen, und genauso kam es auch. Sein Verfolger hatte wohl nicht mit zwei Gegnern gerechnet. Ehe er sich versah, und noch bevor sein Messer überhaupt zum Einsatz kommen konnte, wurde es ihm aus der Hand geschlagen. Eine kurze Rangelei später lag er auf dem Rücken, mit seiner eigenen Klinge am Hals. »Tja, Pech gehabt, Beutelschneider!«, stieß Kuno schwer atmend aus. »Jetzt hast du nicht nur deine Beute an mich verloren, sondern auch noch dein Messer.«

Der überwältigte Langfinger regte sich nicht. Er taxierte bloß seinen Gegner; jeder Muskel angespannt und bereit, auf unerwartete Bewegungen zu reagieren.

»Ich gehe davon aus, dass du es nicht darauf anlegen willst, auch noch dein Leben zu verlieren, also höre mir zu: Der Priester und ich werden jetzt die Kirche verlassen. Wenn du so lange hier liegen bleibst, lasse ich dir dein Leben. Aber glaube mir, ich habe auch kein Problem, es dir mit einem Schnitt zu nehmen!«

Vater Everard war einen Moment lang zu fassungslos gewesen, um etwas zu sagen. Er konnte nicht glauben, was er sah. Spielten Hunger und Erschöpfung ihm etwa einen Streich? Oder war es die Dunkelheit in der Kirche? Nein, er irrte nicht! Der Blick, mit dem der Blonde ihn ansah, verriet, dass auch er ihn erkannt hatte. »Lass den Mann los, Kuno. Ich kenne ihn. Er heißt Johannes von Holdenstede. Ich habe dir heute von ihm erzählt. Erinnerst du dich an die Magd, die eigentlich ein Mann war?«

Die drei Männer brauchten eine Weile, um alle Wirrungen und Unklarheiten zu beseitigen. Während dieser Zeit verließen sie weder die Kirche, noch den Platz hinter dem Altar; sie waren einfach dort sitzen geblieben, wo Kuno dem Taschendieb das Messer an die Kehle gesetzt hatte.

Hier erzählte Johannes seine Geschichte als Erster. Nachdem seine Tarnung als Magd Johanna aufgeflogen war, hatte er das Gebiet um Hamburg verlassen. Er berichtete, dass er sich letzten Sommer in Bremen aufgehalten hatte, wo er sich in seiner Not einer Gruppe von Dieben anschloss. Diese Männer waren überall und nirgendwo zu Hause – zogen stets weiter, wenn sie sich ein paar Wochen lang an den Bürgern einer Stadt bereichert hatten, da sie sonst Gefahr liefen, erkannt zu werden. Irgendwann, zwei oder drei Städte später, verschlug es sie schließlich nach Münster, wo er bis heute im Verborgenen lebte. Als das erzählt war, stellte Johannes seine Fragen: Wer war Kuno, und warum war der Geistliche mit ihm in Münster?

Everard erzählte von seiner Strafe, von Köln und den Münzen, und von den Umständen, die ihn zur Aufgabe seines Plans gebracht hatten, was die Anwesenheit Kunos erklärte.

Irgendwann waren die drängendsten Ungewissheiten geklärt. Zwar hätten sie mit Leichtigkeit weiter in die Tiefe gehen können, schließlich verband Johannes und Everard eine gemeinsame Vergangenheit, doch sie einigten sich stillschweigend darauf, diese auf sich beruhen zu lassen. Alle Vorwürfe und Schuldzuweisungen waren in ihrer heutigen Lage überflüssig. Es hätte nichts geändert. Was geschehen war, war geschehen!

So beschlossen die Männer, die kalte Kirche zu verlassen, welche wie durch ein Wunder in der Zwischenzeit von keiner Menschenseele aufgesucht worden war.

»Kommt mit«, forderte Johannes und erhob sich mit steifen Beinen. Er zeigte auf Kunos Hand, in der noch immer dessen Beute ruhte, und sagte: »Ich schlage vor, dass wir von den Münzen etwas trinken gehen. Teilen erscheint mir gerecht, nachdem ich das Ledersäckchen zunächst geklaut und du es mir dann wieder abgenommen hast. Ich kenne eine gute Schenke, in der das Bier nicht so dünn ist...«

»Eine gute Idee«, gab Kuno zurück, der diesen Vorschlag als gerecht empfand.

Everard schaute zwischen den Männern hin und her. Eben noch hatten sie einander töten wollen, und jetzt waren sie sich einig wie Brüder. Verstehe einer die Verschlagenheit von Dieben, kam es ihm in den Kopf. Kurzzeitig fragte er sich, ob er diesem Frieden trauen konnte, doch es war eindeutig zu kalt in der Kirche, um dieser Frage hier und jetzt nachzugehen. Drum ließ auch er sich nicht lange bitten.

Gemeinsam traten sie hinaus auf die dämmerigen Straßen. Sie

durchquerten die halbe Stadt bis in ein Viertel, das zweifelsohne nicht zu den vornehmsten zählte. Hier, hinter der unscheinbaren Tür eines schiefen Fachwerkhauses, ging es wahrhaft heiter zu. Hitze schlug ihnen entgegen, als sie eintraten, und schnelle Flötenmusik drang an ihre Ohren. Das verrauchte Innere der Schenke war in gelbliches Licht gehüllt, das die Gesichter der Betrunkenen nicht rot, sondern sonnengebräunt erscheinen ließ. Jenes Trugbild täuschte allerdings nicht lange darüber hinweg, dass in Wahrheit so gut wie jeder hier über den Durst getrunken hatte. Einige sangen derbe Lieder, andere hingen bereits halb ohnmächtig über den Tischen.

»Diese Schenke ist das Tor zur Hölle, Vater. Ich hoffe, Ihr ertragt so viel Sünde auf einem Haufen«, scherzte Johannes und warf Everard einen Blick über die Schulter zu. Ihm selbst war es ganz gleich, wie sündig es hier zuging. Ganz im Gegenteil – gerade vor wenigen Tagen war er mit zwei Frauen hinauf in eines der Zimmer gegangen und hatte Dinge getan, die nicht einmal zwischen angetrauten Eheleuten gemacht werden sollten. Doch wen kümmerte das, hier, wo es keine Sittenwächter gab.

Eines jener lüsternen Weiber kam in diesem Moment auf die drei Männer zu. Sie erinnerte sich noch gut an die seltsamen Wünsche ihres Gastes, den sie sofort wiedererkannte – mindestens ebenso gut, wie an dessen üppige Bezahlung. »Sieh an, sieh an, wer uns heute wieder beehrt«, sprach sie schnurrend wie eine Katze und schwang die Hüften besonders auffällig. Geschickt stellte sie ein Bein zwischen Johannes' Beine und rieb ihren Oberschenkel wie zufällig an seinem Gemächt. »Wollt Ihr, dass ich meiner Freundin Hella Bescheid gebe? Wir könnten wieder zu dritt hinauf gehen und ein wenig Spaß haben ... so, wie neulich.«

Johannes griff vollkommen ungeniert an ihren fast freiliegenden Busen, drückte ihn nach oben und biss spielerisch hinein.

Sie kicherte und wehrte seine Berührungen nur scheinbar ab.

Dann ließ Johannes sie wissen: »Zuerst muss ich mich stärken, meine Schöne, aber ich warne dich: Später gibt es für dich und deine Freundin kein Entkommen!«

Die Dirne lachte hell auf. »Ich nehme Euch beim Wort!«

»Und nun bring uns an einen freien Platz. Wir haben großen Durst!«

Nur einen Augenblick später saßen sie in einer Ecke am Ende eines langen Tisches. Die Bänke unter ihnen waren hart wie Stein, doch nachdem sie ihre Mäntel ausgezogen und sich untergeschoben hatten, wurde es regelrecht behaglich.

Vater Everard hatte auf den Platz an der Wand bestanden. Ihm waren die liederlichen Weibsbilder zu unberechenbar, und außerdem fürchtete er, seine Hände nicht beherrschen zu können, sollte sich eine der Metzen ihm tatsächlich anbieten. Anfänglich blickte er bloß starr in seinen Becher. Erst nach einer Weile wagte er, sich umzuschauen. Wäre ihm draußen nicht so kalt gewesen und wäre sein Magen nicht so leer, hätte er die Gesellschaft von Regen und Wind dieser Schenke sicher vorgezogen, so unwohl war ihm die Gesellschaft der freizügigen Weiber.

Kuno hingegen blickte mit offenem Mund herum. Nicht, dass er in Köln nicht auch in Schenken mit hübschen Wirtsdamen oder in Hurenhäusern gewesen war, doch hier schien *jedes* Weib eine willige Hure zu sein. Anders als die übellaunigen Dirnen, die er so kannte, lachten diese Frauen und warfen sich regelrecht auf die Schöße der Männer, die nach Belieben zugreifen durften.

Johannes, der Kunos Blick belustigt verfolgte, erklärte: »Der Wirt ist vor einigen Wochen gestorben, seither leitet seine Witwe die Schenke. Sie überlässt jedem Weib gegen Geld ein Zimmer, ansonsten hat keine von ihnen Abgaben zu zahlen. Sie sind sozusagen frei und können sich die Männer aussuchen.«

Kuno verstand, und er nahm sich vor, diesen Abend nicht alleine schlafen zu gehen. Doch vorher wollte er sich noch ein wenig Mut antrinken.

Die Männer prosteten sich zu und führten währenddessen ihr

Gespräch aus der Kirche fort. Johannes machte mit seiner Frage den Anfang.

»Ich habe Hamburg seit dem Kranfest nicht mehr betreten. Könnt Ihr mir einige Antworten geben, Vater? Sagt mir, was ist mit meiner sündigen Schwester? Ist sie tot – verbrannt auf dem Scheiterhaufen, wie sie es verdient hat?«

»Da muss ich dich wohl enttäuschen«, entgegnete der Geistliche. »Runa und Walther von Sandstedt leben mittlerweile auf der Burg Kiel. So wie ich gehört habe, dient er dort als Spielmann. Nachdem man deine Schwester erst in die Fronerei gebracht hatte, ließ man sie nach dem St. Veitsmarkt wieder frei.«

Ein verächtlicher Laut entwich Johannes' Mund. »Also ist alles umsonst gewesen ...«

Everard musterte sein Gegenüber eindringlich. Es war wirklich überaus seltsam, mit einem Mann an einem Tisch zu sitzen, den man monatelang für eine Frau gehalten hatte und der zudem ganz offen aussprach, dass er seine Schwester am liebsten tot sehen würde. Doch da es keinen Grund mehr für irgendwelche Zurückhaltung gab, sagte auch Everard ganz unverblümt: »Nun, ganz so würde ich es nicht sehen. Weder deine noch meine Taten waren gänzlich umsonst. Schließlich haben Walther und Runa ihr Haus an Graf Gerhard II. verloren – ebenso wie deine Eltern ihr Haus an Hereward von Rokesberghe abgeben mussten ...«

»Das stimmt zwar, nur reicht mir das nicht!«

Der Geistliche nickte wissend. »Tja, ich kenne das Gefühl! Auch ich hadere mit meinem Schicksal, wenn ich daran denke, dass mein Ziehsohn jetzt an gräflichen Tafeln speist, während ich frieren muss, doch was bleibt mir schon anderes übrig, als das zu akzeptieren? Gottes Wege sind unergr...«

»Ach, hört schon auf damit. Eure frommen Reden haben mir in der Vergangenheit schon genug Schereleien eingebracht. Und wenn ich mich recht erinnere, könnte auch Eure Situation gesegneter sein.«

Everard erwiderte nichts. Er wollte sich nicht versündigen, doch in Gedanken musste er seinem Gegenüber recht geben.

Während der kurzen Redepause erinnerte sich Johannes wieder daran, dass Everard in der Kirche nur erzählt hatte, dass er die Pilgerreise nach Rom abzubrechen gezwungen war, jedoch nicht, wohin des Weges er nun ging. Darum fragte er: »Was habt Ihr jetzt vor?«

»Ich werde die einzige Möglichkeit ergreifen, die ich noch habe. Rom wird ein unerreichtes Ziel bleiben, stattdessen ziehen wir jetzt nach Sandstedt. Schließlich kann ich weder zurück nach Plön zu Graf Gerhard II., noch kann ich wieder nach Hamburg. Der Rat würde mich sofort in Gewahrsam nehmen und sehr wahrscheinlich niemals mehr freilassen. Das will ich nicht riskieren.«

»Hmm, wahrscheinlich habt Ihr recht. Hamburg wäre keine gute Idee und Plön auch nicht – obwohl der Graf sehr wahrscheinlich gerade andere Sorgen hat als Euch.«

»Was meinst du damit?«, fragte Everard erstaunt.

Johannes nickte, ohne eine Miene zu verziehen. »Habe ich es mir doch gedacht, dass Ihr davon noch nichts wisst. Auf meinen Reisen durch die Lande ist mir zu Ohren gekommen, dass zwischen Gerhard II. und Johann II. eine Fehde ausgebrochen ist.«

»Eine Fehde? Wie ist das geschehen, und warum ausgerechnet jetzt?«

»Genaueres konnte ich auch nicht herausfinden, und Ihr wisst ja auch, wie das ist. Von Stadt zu Stadt verändern sich die Einzelheiten so stark, dass man gar nicht mehr sicher ist, was man glauben soll. Alles, was ich weiß ist, dass es sich wohl um eine Ehrenkränkung handelt, die Johann II. widerfahren ist.«

»Das ist ja höchst interessant...«, sagte Everard mit einem Mal auffällig in sich gekehrt. Doch bevor er weiter auf diese Neuigkeit eingehen konnte, meldete sich Kuno unvermittelt zu Wort.

Bislang hatte er geschwiegen und einfach nur versucht, den verworrenen Intrigen zu folgen, doch irgendwann ergab alles Gehörte, zusammen mit dem, was der Geistliche ihm kürzlich über Walther erzählt hatte, ein stimmiges Bild. In seiner ungestümen Art warf er seine Gedanken einfach dazwischen und unterbrach so die Unterhaltung der beiden Männer. Schließlich bot sich ihm hier die Möglichkeit, der wenig aufregenden Zukunft in dem armen Sandstedt doch noch zu entgehen. »Wenn ich recht verstehe, Vater, dann wünscht Ihr Euch also Rache an Eurem Ziehsohn Walther, und du, Johannes, wünschst dir Rache an dessen Gemahlin, deiner Schwester Runa, richtig?«

Beide Männer waren einen Augenblick lang irritiert ob der barschen Unterbrechung, doch sie nickten; trafen Kunos Worte ihre Wünsche doch ganz klar im Kern.

»Und was wäre, wenn ich Euch jetzt sage, dass es einen Weg gibt, Rache zu nehmen?«

»Was plapperst du für einen Unsinn, Junge?«, fragte Everard schroff und schüttelte den Kopf. »Hast du nicht zugehört? Walther steht in der Gunst des Grafen von Kiel …«

»… genau, und dieser hat einen Feind, nämlich seinen Vetter Gerhard II., oder?«

»Worauf willst du hinaus, Kuno?«, fragte Johannes weit interessierter. Er witterte geradezu, dass der Dieb nicht dumm war und etwas Wichtiges zu sagen hatte.

»Es stimmt zwar, dass wir nichts gegen Walther ausrichten können, solange er in des Grafen Gunst steht, doch was wäre, wenn es uns gelänge, uns jemandem anzuschließen? Jemand Mächtigem, der ebenso auf den Fall Walthers aus wäre?«

»Wer soll das schon sein? Etwa Graf Gerhard II.? Du hast nicht richtig zugehört. Er würde mich sofort festnehmen lassen, wenn ich es auch nur wagen würde, Plön zu betre….« Der Geistliche stockte und riss die Augen ein Stück auf. In seinem Kopf begannen die Gedanken zu rasen. Plötzlich verstand er, was Kuno meinte. Warum war er die ganze Zeit über nicht selbst darauf gekommen? Mit deutlich herauszuhörender Anerkennung sagte er:

»Das ist ein geradezu teuflischer Plan, Kuno. Und nicht minder überragend!«

»Ich verstehe kein Wort. Würde mich vielleicht jemand aufklären?«, forderte Johannes jetzt mit einer eindeutigen Handbewegung. Auf Everards Gesicht war ein deutliches Grinsen zu sehen. Johannes kannte dieses Grinsen noch von damals, als der Geistliche versucht hatte, Runa mit allen Mitteln als Hexe zu überführen. Es hatte etwas Dämonisches, und es ließ einem die Nackenhaare zu Berge stehen.

»Aber gerne doch. Nur dazu sollten wir noch etwas zu trinken bestellen, denn um jenen Plan zu erläutern, muss ich weit in die Vergangenheit ausholen. Aber sei dir sicher, danach wirst du Münster mit uns den Rücken kehren. Deine Zeit als umherziehender Beutelschneider hat nun ein Ende.«

4

Die Ratssitzung war nun bereits sechs Tage her, und noch immer hatte keiner der Grafen auf die Bitte nach Waffenstillstand reagiert. Godeke machte sich mittlerweile ernsthafte Sorgen. Er selbst verstand nicht viel von den Regeln einer Fehde, aber er hatte es sich von Christian erklären lassen. Wo ein Waffenstillstand bloß Zeit brachte – Zeit zu überlegen und Zeit zu verhandeln –, war eine Sühne etwas Endgültiges. Anberaumt von einem Dritten, der oft ebenso wie die Fehdegegner irgendein Würdenträger war, wäre bei einer Sühne die Feindschaft ein für alle Mal abgetan, ohne dass man eventuell schon geschehene Fehdehandlungen gegeneinander aufwog. Selbstverständlich wäre das den Hamburgern die liebste Wendung in dieser Sache, doch noch immer schwiegen beide Grafen, obwohl selbst Gerhard II. das Schreiben mittlerweile bekommen haben müsste. Es war also weiterhin Geduld gefragt.

Während er nachdachte, fingerte er fahrig an seinen Nesteln und Beinlingen herum, als plötzlich Oda eintrat. Sie erkannte die Situation sofort. »Soll ich dir helfen?«

»Ja, bitte.«

Eifrig nahm sie ihm die Schnüre aus der Hand und ging näher mit dem Gesicht heran. »Wie in Gottes Namen bekommst du denn nur immer diese Knoten in die Bänder?«

»Ich habe wirklich keine Ahnung«, sagte Godeke und stellte sich wieder gerade hin. Eine Weile lang sagte keiner der beiden etwas. Noch immer herrschte eine gewisse Angespanntheit wegen des letzten Streits zwischen ihnen. Godeke wollte etwas sagen, doch Oda kam ihm zuvor – jedoch nicht mit Worten.

Eben waren ihre Finger noch an den äußeren Seiten seiner Beine gewesen, nun hatten sie den Weg nach innen gefunden. Statt ihrem Gemahl beim Anziehen zu helfen, hatte Oda offenbar den gegenteiligen Plan.

Godeke schaute an sich hinunter und sah sein Weib, wie es vor ihm kniete. Den Blick auf seine Mitte gerichtet, so als wäre sie eigenständig und gehöre gar nicht zu ihm. Ihre Finger fuhren behutsam über die Wölbung, dabei öffnete sich ihr Mund leicht. Godeke war sprachlos. Es war nicht so, dass ihre Liebkosungen ohne Wirkung blieben, doch ihr Verhalten hatte mittlerweile etwas Verrücktes. Sie schien bloß noch seine Mitte wahrzunehmen und nichts sonst an ihm – so sehr wollte sie von ihm beglückt werden, um nur endlich ein Kind zu bekommen.

Inzwischen hatte Oda einen Arm um seine Beine geschlungen, jetzt begann sie, sein Glied durch den Stoff zu küssen. Sie konnte deutlich sehen, dass er es auch wollte. Nun durfte ihr kein Fehler mehr unterlaufen, der ihm die Laune verdarb.

Godeke wurde immer erregter, aber auch immer wütender. Ein solches Weib hatte er nie gewollt. Die Kinderlosigkeit veränderte Oda in ihrem Wesen und machte sie zu einer lüsternen Hure. In seiner Wut packte er sie im Nacken und drückte sie einen Moment lang mit dem Gesicht in seinen Schoß. Als er sie, erschrocken über sich selbst, wieder freigab, hatte sich ihr Blick verändert. Statt erbost über seine nicht übliche, grobe Art zu sein, lächelte sie wohlwollend und flüsterte: »Ja, mein Gemahl. Recht so. Nimm dir dein Weib!«

Es schauderte ihn am ganzen Körper. Er wollte, dass sie den Mund hielt. Doch das tat sie nicht.

Stattdessen raunte sie, »Mach weiter«, und riss ihm förmlich die Bruche herunter, auf dass sein Gemächt nun freilag. Gierig stürzte sie sich darauf, küsste und leckte es so eifrig, dass Godeke meinte, sie würde es fressen wollen.

Er war zerrissen zwischen den Gefühlen. Sein Glied schien zu genießen, was sie tat, doch er selbst fühlte nur Ekel vor ihrem Gebaren.

In diesem Moment warf sie sich regelrecht auf alle viere, lüftete ihre Röcke und streckte ihren Hintern so weit es ging vor ihm in die Luft.

Ungläubig starrte Godeke auf seine Frau. Sie benahm sich wie eine Hündin, die zur Paarung bereit war. Nun spreizte sie die Beine weiter und rückte näher an ihn heran. Eine kurze Zeit lang erwog er, ob er dieses groteske Spiel abbrechen sollte, doch seine Wut ebenso wie seine Erregung siegten. Er ging hinter sie auf die Knie und spuckte ihr abfällig auf jene Stelle, die er gleich für sich in Anspruch nehmen würde. Sein erster Stoß war so heftig, dass Oda lang aufstöhnte, doch sie entzog sich ihm nicht, sondern streckte sich ihm sogar noch weiter entgegen. Daraufhin packte Godeke ihre Seiten und vergrub seine Finger darin. Er begann sie heftig zu stoßen, immer den Gedanken im Kopf, dass es ihr gleich doch endlich zu viel werden musste. Doch sie ertrug es, was ihn noch zorniger werden ließ. Am Ende stieß er sie so ungestüm, dass sie sich mit den Händen weit von sich gestreckt am Boden abstützen musste, um nicht vornüberzufallen. Doch sie ertrug es weiter. Laut brüllend ergoss sich Godeke schließlich in ihr und zog sich gleich danach sofort aus ihr zurück. Mit wackeligen Beinen stand er auf und atmete schwer.

Noch in dieser furchtbar unterwürfigen Haltung sagte Oda: »Danke, mein Gemahl.«

Godeke sah ungläubig auf sie herab. Fassungslos fragte er: »Was? Warum, Oda? Warum bedankst du dich?«

»Weil du mir gegeben hast, was ich wollte.«

»Und was ist mit dem, was ich will?«

Oda richtete sich soweit auf, dass sie ihre Röcke glatt streichen konnte, blieb aber auf dem Boden sitzen. »Hattest du eben etwa keinen Spaß?«

Godeke wandte sich angewidert ab und zog sich die Bruche wieder an.

Sie wollte nicht streiten – im Gegenteil, sie wollte, dass es ihm gefiel, doch das tat es offensichtlich nicht. »Godeke, wenn es das ist, was du willst, also… was du magst… dann kannst du es immer von mir haben.«

Er fuhr herum. »Oda, was ich will, ist die Frau, die ich geheiratet habe. Eine liebreizende, sanftmütige Frau und keine lüsterne Dirne, die mir den Schwanz ableckt. Das… ist nicht… gottgefällig.«

»Wir sind Mann und Frau!«, schleuderte Oda ihm jetzt lauter entgegen. »Dass du dich mir verweigerst, ist nicht gottgefällig. Beischlaf gehört zu einer Ehe, und ich fordere es!«

»Du forderst es?«, wiederholte Godeke ungläubig. Er schüttelte den Kopf und zog sich weiter an. »Was ist nur los mit dir? Vor dir muss ein Mann sich ja regelrecht fürchten.«

»Nur ein Schlappschwanz wie du.« Sofort bereute Oda, was sie gesagt hatte.

Godeke schnellte auf sie zu, die Hand erhoben, doch er hielt inne. Er hatte Oda noch nie geschlagen und wollte es auch jetzt nicht tun. Zitternd vor Wut und mit schmalen Lippen ließ er die Hand wieder sinken. »Sei besser froh, dass ich so ein Schlappschwanz bin. Andere Männer würden dich jetzt grün und blau prügeln.« Dann wandte er sich zur Tür.

Oda konnte nicht glauben, was sie da gesagt hatte. Es tat ihr schrecklich leid, doch es war zu spät. »Godeke. Verzeih mir. Wo willst du hin?«

Dann fiel die erste Tür ins Schloss, kurz darauf die zweite, die nach draußen führte. Godeke blieb davor stehen und stemmte die Arme in die Seiten. Er versuchte, sich zu beruhigen, bevor er zu Ava hinüberging. Gedankenversunken starrte er auf die Straße vor seinem Haus. Hamburg erstrahlte heute im schönsten Winterwetter. Die ganze Stadt war in ein zauberhaftes Weiß gehüllt, und der

Himmel hielt sichtlich noch mehr Schnee bereit. Unter anderen Umständen hätte er sich an dem Anblick erfreut. Missmutig fuhr er sich mit der Hand durch die Haare und atmete durch. Nach einiger Zeit hatte sich sein Herzschlag verlangsamt und er ging hinüber.

Ehler öffnete ihm die Tür.

»Guten Morgen«, sagte Godeke zu dem sauertöpfisch dreinblickenden Elfjährigen. »Bist du bereit für deinen großen Tag?«

Die Antwort war ein Schulterzucken. Ehler hätte es wahrscheinlich niemals zugegeben, doch er war überaus froh darüber, dass seine Mutter und Godeke ihn an seinem ersten Tag ins Marianum brachten. Was er nicht wusste war, dass sein Gesichtsausdruck und sein Verhalten ihn verrieten. Der Junge sprach kaum ein Wort, war blass und klagte über Bauchweh. Alle diese Anzeichen gaben Auskunft über sein Innerstes: Er hatte Angst!

Dann trat Ava an die Türschwelle. Sie lächelte Godeke gewinnend an und sagte: »Danke, dass du uns begleitest.«

»Das mache ich gern«, gab er zurück und meinte es auch so. »Geh vorsichtig, Ava. Es ist glatt.«

Ava hakte sich bei ihm unter, um nicht zu fallen. Normalerweise wäre eine solche Geste für nicht miteinander Verwandte etwas zu gewagt, doch bei diesem Wetter schauten selbst die Kirchenmänner ausnahmsweise nicht so genau hin.

Die beiden konnten nicht sehen, dass Oda durch den Spalt einer wenig geöffneten Luke spähte. Sie sah die beiden, eng beieinander gehend und lachend, weil sie immer wieder ausrutschten, und kämpfte bei diesem Anblick mit den Tränen.

Ava, Godeke und Ehler schafften es mit langsamen Schritten bis zum Ende der Reichenstraße. Hier bogen sie nach links ein und schritten den kleinen, leicht ansteigenden Pfad namens Kattrepel östlich des Doms hinauf, der mit noch unberührtem Schnee bedeckt war.

Godeke ertappte sich dabei, wie er die Witwe unbemerkt von

der Seite betrachtete. Häufig hatte er das in letzter Zeit getan, und immer wieder begeisterten ihn dieselben Dinge. Avas Haut hatte eine außerordentlich reine Blässe, besonders bei dieser Kälte, und ihre Wangen wiesen die gleiche rosige Färbung auf wie ihre Lippen. Die dunklen Augen mit ihren vollen Wimpernkämmen waren die eines jungen Mädchens, und das, obwohl Ava einige Jahre älter war als Godeke. Als sie bemerkte, dass er sie anstarrte, riss er seinen Blick von ihr los.

Wenige Schritte danach waren sie auch schon bei der Domschule. Der Weg zum Unterrichtsraum war Godeke vertraut, schließlich hatte er Thymmo schon einige Male hier besucht, der ihnen gerade in diesem Moment entgegenkam.

»Thymmo, du kommst gerade recht!«, stieß Godeke erfreut aus. »Schau, wen wir mitgebracht haben.«

Die Jungen sahen einander ohne jede Regung an. Es war nicht zu verkennen, dass hier keine Freunde aufeinanderstießen.

»Hallo, Ehler.«

»Hallo, Thymmo.«

Eisiger hätte die Begrüßung nicht ausfallen können.

In diesem Moment tauchte der Magister hinter ihnen auf, der den heutigen Unterricht leiten sollte. »Ehler, sei gegrüßt. Ich habe dich schon erwartet.«

Godeke und Ava begrüßten den Magister freundlich.

Der jedoch wandte sich nach einem knappen Nicken wieder dem Jungen zu. »Wie ich sehe, hast du hier schon einen Freund. Das ist gut, dann könnt ihr euch eine Bank teilen und euch gegenseitig helfen. Und nun verabschiede dich von deinen Eltern, und komm danach in die Klasse!«

Einen Augenblick später war der Magister auch schon mit seinen Schülern verschwunden.

Godeke und Ava blickten einander an. Es belustigte und beschämte sie beide gleichermaßen, dass der Magister sie für ein Ehepaar gehalten hatte, doch keiner von beiden sagte etwas dazu.

»Ich will da nicht rein«, jammerte Ehler.

»Du wirst sehen, mein Schatz, das Marianum wird dir gefallen«, versuchte Ava ihren Sohn aufzuheitern, ohne ihn bloßzustellen. Sie wusste, wie empfindlich er derzeit war, und sie wollte die richtigen Worte finden. »Außerdem kannst du stolz auf dich sein. Keiner der Jungen aus deiner Klasse hat es dieses Jahr geschafft, hierher versetzt zu werden.«

»Ich wäre lieber wieder in der Nikolaischule«, gab Ehler leise und weniger frech als noch vor Kurzem zurück.

»Das ist aber nicht möglich«, schloss Godeke streng. »Hier ist jetzt deine neue Schule. Gewöhne dich dran. Du weißt doch, was ich dir letztens erklärt habe.« Godeke war nach Ehlers Wutausbruch zunächst mild mit dem ungehorsamen Jungen verfahren, doch als er sich nicht beruhigen ließ und unverändert vorlaute Widerworte gab, hatte er ihn zurechtgewiesen, wie es eigentlich nur ein Vater durfte. Zwar wusste er, dass Ehler in den letzten Monaten Schlimmes durchlitten hatte, doch er wusste auch, was passierte, wenn er ihm keinen Respekt beibrachte. Thiderich hätte nicht gewollt, dass Ava unter ihrem Sohn litt – und Godeke wollte das auch nicht.

»Ich will aber nicht neben Thymmo sitzen. Und auch nicht neben einem der anderen Jungen. Ich bin ein Nikolait und kein Marianer!«

Godeke schüttelte den Kopf und fasste den Jungen an den Schultern. »Ich sage dir jetzt mal was: Dieser Nikolaiten- und Marianer-Schwachsinn hat jetzt ein Ende. Dies ist deine neue Klasse, und sie warten schon auf dich. Jede Feindschaft ist jetzt besser vergessen. Freunde dich mit den Jungs an. Ich will nichts mehr von den Schuljungenkriegen hören, hast du mich verstanden?« Dann ließ er Ehlers Schultern los.

»Lerne fleißig, mein Schatz, und mach mich und deinen Vater im Himmel stolz, hörst du?«, sagte Ava. Dann gab sie ihm einen Kuss auf die Stirn und schob ihn in Richtung der verschlossenen Flügeltür.

Weder Godeke noch Ava sagten ein Wort, als sie wieder in die kalte Novemberluft hinaustraten. Jeder in seine Gedanken versunken, schritten sie im tiefen Schnee nebeneinander her. Hier, auf den langgezogenen Treppenstufen der Straße Kattrepel hinter dem Dom, war es glatt.

»Du solltest besser meinen Arm nehmen, Ava.«

»Ja, du hast re...« Bevor Ava tun konnte, was Godeke ihr riet, verlor sie den Halt. Der abschüssige Weg tat sein Übriges, und die schöne Witwe rutschte ungebremst und schrill kreischend den Weg hinab.

»Ava...!« Godeke hatte noch versucht, im letzten Moment nach ihrem Arm zu greifen, doch alles, was er von der ruckartigen Bewegung hatte, war, dass er ebenso das Gleichgewicht verlor und hinfiel. »Verdammt...«, fluchte er noch vor sich hin, als er ähnlich wie Ava einige Mannslängen rutschte und sich dabei drehte.

Als sie endlich beide zum Halten kamen, lagen sie halb nebeneinander und halb aufeinander. Beide waren von Kopf bis Fuß mit pulverigem Schnee bedeckt, doch sie waren unverletzt.

Einen kurzen Schreckmoment später begann Ava zu lachen. Erst leise und verhalten, dann immer lauter und ausgelassener. Sie griff in das puderige Weiß und warf es in Godekes Gesicht. Und während ihr erschrockenes Opfer sich die Augen wischte, tat sie das Gleiche noch einmal.

Nun gab es auch für Godeke kein Halten mehr, und er wollte sich auf spielerische Weise rächen, doch Ava war schon aufgesprungen, um vor ihm wegzurennen. Gerade noch schaffte er es, ihre Taille mit einem Arm zu umfassen und sie wieder zu Boden zu ringen. Nur einen Augenblick später musste sie sich geschlagen geben, da Godeke ihre Hände festhielt.

Ein schallendes Gelächter brach unter ihnen aus und wollte nicht abebben.

Langsam gab er sie wieder frei, blieb jedoch genau wie sie im Schnee liegen.

Ava hatte bei dem Gerangel ihre Haube verloren und ihr offenbar nur leicht gesteckter Knoten hatte sich gelöst, sodass ihr dunkles, langes Haar nun zur Hälfte ihr Gesicht bedeckte.

Einer nicht zu unterdrückenden Eingebung folgend, strich Godeke ihr die weiche Haarsträhne aus dem Gesicht. Sie war seidig und wies dasselbe satte Braun auf wie ihre Augen. Stumm sah er sie an. Auch Ava verharrte, bis sie beide plötzlich die Stimmen sich nähernder Leute vernahmen.

»Schnell, nimm meine Hand.« Geschwind half er ihr auf.

»Wo ist mein Schleier?«

»Hier, ich habe ihn«, sagte Godeke und reichte ihr das weiche Tuch, das er eben aus dem Schnee gezogen hatte. Gerade noch konnte er es unterdrücken, daran zu riechen.

Ava knotete ihr Haar erneut, und band sich hastig das Tuch darum.

Mit hochroten Köpfen bogen sie in die Reichenstraße ein und erreichten nur wenig später die Grimm-Insel.

Keiner von beiden hatte gemerkt, dass sie beobachtet worden waren.

Die anderen Ritter hatten Eccard wie einen Helden behandelt. Alle wollten sie mit ihm trinken und keiner sparte damit, seine Kühnheit zu loben. Die Frauen wollten seine Geschichte wieder und wieder hören, bloß, um sich erneut vor dem immer größer werdenden Eber zu fürchten.

Als Eccard die Burg am nächsten Tag endlich verlassen konnte, ritt er zunächst nach Westen, wo Graf Gerhard II. ihn hingeschickt hatte. Doch kaum war er außerhalb der Sichtweite der Burg, nutzte er die erste Gelegenheit und zog nach Süden. Natürlich ritt er nicht in das Gebiet an der Eyder, um Erkundigungen für die Fehdezüge von Gerhard II. einzuholen. Stattdessen machte er sich auf zum Gutshof von Adolf V.

Von Plön bis zu seinem Ziel würde er das unwegsame Gebiet des nördlichen Limes Saxoniae durchreiten müssen, wo die Landschaft von zahlreichen Flüssen und Sümpfen durchzogen war. Er hoffte, dass er es zum vereinbarten Tag schaffte, doch die Zeit schien zu rasen und sein Ziel einfach nicht näher zu kommen. Der Boden war gefroren und von einer dicken Schneeschicht überzogen, ebenso wie jeder Strauch, jedes Gehölz und bald auch er selbst. Eccard hatte das Gefühl, die Sonne sei gerade erst aufgegangen, da verschwand sie auch schon wieder hinter den kahlen Baumkronen. Und als ob der Weg ihm nicht schon alles abverlangte, begann es wenig später erneut zu schneien. So vergingen fast drei Tage, bis er endlich den Gutshof sah. Er und Kylion waren erschöpft, aber sie hatten es noch rechtzeitig geschafft.

Ein Wachposten musste ihn schon von weitem entdeckt haben, denn noch bevor er das Gehöft auch nur mit einem Huf betrat, kam ein Reiter auf ihn zugaloppiert.

Eccards Herz begann zu klopfen. Wieder holten ihn die gleichen Gefühle ein, wie in der Halle von Gerhard II., als dieser ihm von der Fehde berichtet hatte. Was würde ihn jetzt erwarten? War er Freund oder Feind? Ritt er als Verräter auf den Hof oder würde man ihm die Möglichkeit geben, in Graf Johanns Dienst zu treten? Sein Schicksal lag jetzt nicht mehr in seiner Hand.

Der Reiter hielt genau auf Eccard zu. Noch war nichts zu erkennen. Erst als er nur eine Pferdelänge von ihm entfernt stoppte, streifte der Berittene seine Kapuze ab und gab sein Gesicht zu erkennen.

»Gräfin Margarete?«, rief Eccard vollkommen verblüfft.

Sie ging nicht darauf ein, sondern befahl nur: »Kommt. Schnell!«

Gemeinsam galoppierten sie zum Haupthaus und stiegen von den Pferden, die ihnen sogleich von zwei Dienern abgenommen wurden.

»Öffnet die Tür«, rief die Fürstin laut und pochte dagegen, worauf zunächst ein Bewaffneter durch einen Spalt herausspähte, bevor er diese aufschob.

Die Gräfin schaute sich noch einmal um und wies Eccard dann hineinzugehen. Daraufhin drehte sie sich zu dem Wachmann um und sagte: »Verlass auf keinen Fall deinen Posten. Sobald dir etwas verdächtig vorkommt, gib Bescheid.«

Der Mann deutete eine Verbeugung an: »Sehr wohl.«

Eccard folgte der Gräfin wortlos. Sie schritt durch das Haus, ging durch einen Hintereingang wieder hinaus, über einen Hof mit einem mächtigen, sechseckigen Taubenschlag in der Mitte, der auf einem dicken Pfahl stand, und dann in ein steinernes Gebäude, in dem sich die Küche befand. Erst hier, wo ein loderndes Feuer brannte, vor dem grobe Holztische und Bänke standen, Kessel und allerlei Kräuter von der Decke hingen, erst hier wurde ihr Ton wieder weicher.

»Verzeiht, dass ich so unhöflich war, Ritter Eccard, doch die Umstände ließen es nicht anders zu.«

»Selbstverständlich.«

»Ist Euch auch niemand gefolgt?«

»Auf jeden Fall nicht bis in diese Küche.«

Einen Wimpernschlag lang wurde das Gesicht der Gräfin wieder ernster. Dann sagte sie: »Ich wünschte, auch mir wäre zum Scherzen zumute, doch das Gegenteil ist der Fall.«

Plötzlich wurde die Tür aufgerissen.

Eccard legte sofort die Hand auf seinen Schwertknauf, bereit es zu benutzen, als er sah, wer es war. »Propst Albrecht!«

»Ritter«, sagte dieser nur und nickte ihm zu.

»Nun sind wir komplett«, sprach die Gräfin. »Setzt Euch, meine Herren.« Alle beide gehorchten. Dann brachte einer der Wachmänner, der kurzzeitig die Aufgaben einer Magd übernahm, damit es für dieses Treffen nicht allzu viele Zeugen gab, den Wein.

Als sie etwas Warmes zu trinken in den Händen hielten, ergriff Eccard zaghaft das Wort. Noch immer wusste er nicht, was genau mit ihm geschehen würde, doch um sein Leben fürchten brauchte er offenbar nicht. »Gräfin, Euch habe ich hier nicht erwartet…«

»Ich musste Hamburg heimlich verlassen, um keine Aufmerksamkeit zu erregen, darum habe ich mein Kommen nicht angekündigt.« Margarete von Dänemarks Gesicht war noch immer ernst – mit schmalen Lippen und Sorgenfalten. »Ihr habt uns viel Kummer beschert, Ritter Eccard. Ich bin mir sicher, Graf Gerhard hat Euch mit Freuden darüber berichtet: Mein Gemahl hatte nach der Sauhatz keine Wahl, als die Fehde zu erklären, auch wenn sie ihm zuwider ist.«

»Ja, ich weiß davon«, ließ Eccard tonlos verlauten.

»Eure Tat war überaus ... herausfordernd, doch war sie auch so kühn, dass Graf Gerhard Euch mit Sicherheit nun voll vertraut.«

»So scheint es jedenfalls. Doch was ist mit Eurem Gemahl? Ist er mir zugetan?«

»Ich wäre nicht hier, wäre das nicht der Fall.«

Erst nach diesen Worten war klar, dass Eccard nicht mehr zu bangen brauchte.

Margarete sah dem Ritter seine Erleichterung an, was sie als weiteres Zeichen seiner Ergebenheit deutete. Sie war sich sicher, nun den richtigen Schritt zu tun. »Ihr habt bewiesen, dass Ihr bereit seid, Euren Kopf zu riskieren, und deshalb will Graf Johann Euch als seinen Vasallen. Das heißt, wenn auch Ihr noch wollt.«

Eccard atmete hörbar aus. Ein Lächeln machte sich auf seinem Gesicht breit. Nach allem, was passiert war, würde er sich endlich von Gerhard II., den er mittlerweile so sehr verachtete, lösen können. »Natürlich will ich, Gräfin.«

»Und Ihr seid Euch auch bewusst, was das bedeutet? Euer Bruch mit Gerhard II. lässt Euch Haus und Hof verlieren und macht Euch zu seinem Feind.«

»Das ist mir klar.«

»Gut!« Margarete von Dänemark erhob sich und stellte sich mit erhabenen Bewegungen in der Mitte der Küche auf. »Kommt zu mir«, forderte sie.

Eccard trat vor Margarete, die in diesem Moment die Würde der Königstochter ausstrahlte, die sie ja auch war. »Kniet nieder, Ritter.«

Er tat es und blickte ihr dabei tief in die Augen. Dieser Moment würde sein zukünftiges Leben verändern. Er war sich sicher, das Richtige zu tun, und ebenso sicher war er sich, dass dieser Schritt noch nicht abzuwägende Folgen haben würde.

»In Ermangelung eines Schwertes soll uns dieses Messer als Zeichen des Euch gleich übertragenen Lehens mit den dazugehörigen Rechten und Pflichten dienen. Und da mein Gemahl nicht zugegen ist, schwört mir anstelle hier und jetzt auf meine Hand die Lehnstreue. Gott ist unser Zeuge.« Sie machte eine kurze Pause und hielt Eccard die Hand hin. »Schwört Ihr, Ritter Eccard, Eurem Herrn Johann II. von Holstein-Kiel, die Treue? Gelobt Ihr, ihm mit Rat und Hilfe zur Seite zu stehen und ihm immer hold und gegenwärtig zu sein?«

Eccard ergriff die schlanken Finger der Gräfin und sprach: »Bei meiner Ehre gelobe ich, Eccard Ribe, Euch, Gräfin Margareta von Dänemark anstelle Eures Gemahls, die Lehnstreue. Ich werde alle Lehnspflichten erfüllen, ihm als Vasall mit meinem Schwert zur Seite stehen und jeden Feind damit bekämpfen. Ich schwöre, treu zu sein, hold und gegenwärtig, so wahr ich ein Ritter bin, und so wahr mir Gott helfe.«

»So schwöre auch ich, anstelle meines Gemahls, der Euer Lehnsherr sein wird, Euch Schutz und Schirm zu gewähren, wenn es Euch danach verlangt.«

Jetzt küsste er ihre Hand. Es war besiegelt.

»Erhebt Euch als Vasall meines Gemahls, Ritter Eccard.«

Er stand auf und sah die Gräfin zwei Atemzüge lang an. Erst jetzt bemerkte er, dass er ihre Hand noch immer festhielt. Hastig ließ er sie los.

Sie nickte ihm zu und sagte: »Nehmt nun dieses Messer als Zeichen Eures Lehnseides.«

Eccard nahm die schmucklose Klinge, die ihm dennoch so kostbar erschien, als wäre sie aus purem Gold.

»Und nun beweist, was Ihr soeben geschworen habt, Ritter, und berichtet mir von Plön, auf dass wir unseren Feind bekämpfen können. Lasst uns keine Zeit vergeuden, wir müssen heute noch zurück nach Hamburg, damit niemand etwas bemerkt.«

Nachdem sie wieder um den Tisch herumsaßen, fragte die Gräfin ihren neuen Gefolgsmann: »Was hat der Vetter meines Gemahls vor?«

»Gerhard hat Pläne, zunächst das Gebiet an der Eyder anzugreifen. Ich sollte die Gegend für ihn erkunden und habe die Burg zunächst auch Richtung Westen verlassen. Als ich jedoch außer Sichtweite war, schlug ich den Pfad nach Süden ein.«

Was das bedeutete, war allen klar. »Es wird also nicht lange dauern, bis er merkt, dass Ihr nicht zurückkommt. Glaubt Ihr, es ist ihm ernst?«

»Ich befürchte schon. Seine Worte ließen kaum Grund zum Zweifel. Er sagte, er habe vor, niemanden zu verschonen, auch nicht Kinder und Frauen.«

»Heilige Maria, dazu darf es nicht kommen.«

Jetzt meldete sich der Propst zu Wort. »Was hat er zur Bitte des Rates nach Waffenstillstand gesagt?«

Eccard schüttelte nur den Kopf.

»Dann sollten wir uns auf Kämpfe einstellen«, schloss Albrecht von Schauenburg.

»Vielleicht nicht«, entgegnete Eccard. »Er erwähnte noch etwas. Eine Möglichkeit, alles abzuwenden.«

»Wie?«, fragte die Gräfin mit hoffnungsvollem Gesicht.

»Eine Sühne.«

Bei dieser Antwort lachte sie bitter auf. »Ja. Eine Sühne...!« Eccard wollte noch etwas sagen, doch die ruckartig erhobene Hand der Gräfin gebot ihm zu schweigen. Sie hatte einen in sich gekehrten Blick, als sie die nächsten Worte sprach. »Es war abzusehen, dass Gerhard diesen Vorschlag machen würde. Die Frage lautet also, wie bekommt man einen in seiner Ehre gekränkten Fürsten dazu, seinem Feind von selbst ein Friedensangebot zu unterbreiten, richtig?«

Angesichts dieser Verdeutlichung, die das Ausmaß des Problems aufzeigte, wussten weder Eccard noch der Propst etwas dazu zu sagen. Doch beide Männer kannten den Scharfsinn der Gräfin und beobachteten sie genau. Verzagen passte nicht zu ihr, und sie sollten mit ihrer Vermutung recht haben.

Margarete sog tief den Atem ein und stieß ihn gleich wieder aus – so als wolle sie sich selbst einen Ruck geben. »Ich habe diese Schwierigkeiten bereits kommen sehen.« Nun sah sie den Geistlichen an. »Doch Ihr, Propst Albrecht, könnt helfen. Lasst mich darlegen, was ich mir erdacht habe.« Ausführlich erklärte sie ihren Plan, der mit viel Geschick auch gelingen konnte. Dann gab sie das Zeichen zum Aufbruch.

Die drei Reiter hatten das Tor des Gehöfts schon erreicht, da gab die Fürstin Eccard ihren vorerst letzten Befehl. »Ritter, hier trennen sich unsere Wege. Ihr werdet nicht mit uns nach Hamburg reiten. Euer Erscheinen wäre zu auffällig. Reitet zur Riepenburg, und wartet dort, bis Ihr Nachricht von mir erhaltet – gute Nachricht, so Gott will! Alsbald wird Euch von meinem Gemahl ein Lehen gegeben, wo Ihr mit Eurer Gefolgschaft leben könnt. Euer Weib kann vorerst bei mir auf dem Kunzenhof bleiben, wo sie sicher sein wird. Besonders in ihrem Zustand.«

Eccard verbeugte sich. »Habt Dank, Herrin!«

Am heutigen Tage waren ihre Hände einfach zu unruhig für die viel zu komplizierte Stickerei, an der sich die Gräfin gerade versuchte. Eigentlich hatte sie warten wollen, bis der Zeitpunkt besser war, doch sie merkte, dass sie vorher keine Ruhe fand. Drum entschied sie, gleich zu erledigen, was sie sich nach dem gestrigen Gespräch auf dem Gutshof vorgenommen hatte.

»Meinen Pelzmantel!«, forderte sie vollkommen aus dem Nichts und erhob sich von ihrem behaglichen Sessel am Feuer.

Sofort gerieten alle Hofdamen in Aufregung. Offenbar hatte die Gräfin vor, nach draußen zu gehen. Sie mussten sich bereitmachen.

Doch Margarete stoppte ihren Eifer. »Meine Damen, haltet ein. Ich wünsche nur die Gesellschaft von Runa und Margareta.« Dann wandte sie sich an die beiden Genannten. »Bitte folgt mir in den Kunzenhof-Garten.«

Runa und Margareta fragten nicht nach dem Warum und griffen nach ihren Mänteln, als Mechthild zu ihrer Mutter ging und sie sanft am Finger nahm.

»Können Freyja und ich mitkommen, Mutter? Wir wollen im Schnee spielen.«

Jetzt sprang auch Freyja auf, die gerade noch von Runa festgehalten und zur Vernunft gebracht werden konnte, bevor sie die Gräfin mit Bitten und Betteln belästigte.

Eigentlich wollte Margarete verneinen, schließlich hatte sie ein wichtiges Gespräch zu führen, doch ihre Tochter schaute so flehentlich, dass ihr Mutterherz weich wurde. »Gut, aber nur wenn ihr versprecht zu gehorchen.«

Die Antwort war ein lautstarkes Gejauchzte und ein aufgeregtes Geplapper. Nur mit Mühe und einigen Ermahnungen gelang es den Dienerinnen, die Mädchen warm anzuziehen.

Kurz darauf verließen die Gräfin, Runa und Margareta, die mindestens in ebenso viele Lagen Stoff gehüllt waren wie die Kinder, unter den fragenden Blicken der Hofdamen die Kemenate. Im schneebedeckten und noch unberührten Garten angekommen, schritten die Frauen nebeneinander her und atmeten die eiskalte Luft ein. Es dauerte nicht lang, da hatten sie alle gerötete Wangen.

Die Mädchen rannten Hand in Hand um sie herum und warfen sich dann rücklings in den Schnee, wo sie kichernd anfingen, mit Armen und Beinen zu rudern. Beide Mütter ließen sie gewähren, auch wenn solch ein Verhalten – zumindest für eine Grafentochter – unangemessen war. Doch so konnten sie sich wenigstens ungestört unterhalten, was der eigentliche Hintergedanke der Gräfin gewesen war.

Gerade wollte die Gräfin beginnen, da sah sie von weitem den Scholastikus am Tor stehen. »Ausgerechnet jetzt«, murmelte sie verstimmt vor sich hin. Noch unterhielt er sich zwar mit jemandem, doch sie konnte sich schon denken, dass er eigentlich zu ihr wollte. Es würde ihr nichts anderes übrig bleiben, als mit dem, was sie den Frauen zu sagen hatte, zu warten, bis er wieder verschwunden war. Deshalb begann sie die Unterhaltung mit dem Offensichtlichsten. »Ich glaube, ich brauche euch nicht zu erklären, was mich derzeit bekümmert.«

»Nein, Gräfin. Das ist wahrlich nicht nötig«, gab Margareta verdrießlich zurück. »Seit Tagen spricht die Stadt bloß noch von der Fehde!«

»Wohl wahr«, ließ die Gräfin mit ruhiger Stimme verlauten.

»Was glaubt Ihr, wird passieren?«, fragte Runa. »Ich meine, was wird Graf Gerhard II. tun?«

Die Fürstin schaute in den Himmel, aus dem seit einiger Zeit wieder ein paar kleine Schneeflocken fielen. Leise rieselten sie herab und hinterließen weiße Tupfer auf ihrem fellverbrämten Mantel. »Nichts vorerst. Gott sei's gedankt! Der Schnee ist wohl derzeit als Segen zu bezeichnen – jedenfalls für die Bewohner der Dörfer in unseren Landen. Wie ich Gerhard II. kenne, wird er zunächst die arme Landbevölkerung niedermachen wollen. Er wird ihr Vieh stehlen, plündern und morden, und vor allem wird er die Dörfer in Flammen legen. Doch bei diesem Wetter wird es unlängst schwerer sein, ein Dorf niederzubrennen. Darum lasst uns beten, dass es weiterschneit.«

Margareta schlug ein Kreuz. »Wird Euer Gemahl etwas unternehmen, Herrin? Ich hörte von der Bitte des Rates nach Waffenstillstand.«

»So betrüblich es auch ist, das ist derzeit schwer zu sagen. Mein Gemahl ist verstimmt. Einerseits hat er selbst die Fehde ausgesprochen, und andererseits verachtet er kriegerische Auseinandersetzungen zutiefst.« Nach diesen Worten machte die Gräfin eine kurze Pause. Dabei schaute sie Margareta an. Die junge Rittersgemahlin fühlte sich sichtlich unwohl in ihrer Haut. Sie hatte keine Ahnung, was sich wirklich vor zwei Tagen im Wald zugetragen hatte, und hielt die Tat ihres Gemahls für schlecht und falsch. Dass Eccard aber bereits erfolgreich die Seiten gewechselt und seinem neuen Herrn Johann II. mit Spitzeleien schon einen großen Dienst erwiesen hatte, sollte sie eigentlich jetzt in aller Heimlichkeit erfahren – wenn da nicht der Scholastikus in ihrer Nähe wäre. Die Schwangere tat der Gräfin leid. Unruhig faltete sie ihre Hände vor dem Bauch und knetete diese. Es machte den Anschein, als wolle sie sie wärmen, doch tatsächlich brannte ihr etwas auf der Seele.

»Liebste Gräfin, ich ... ich ...«

»Ja?«

Margareta räusperte sich umständlich. »Soll ich ...«

»Ja?«

»Ich ... ich weiß nicht wie ich es sagen soll.«

Die Fürstin blieb stehen. »Was?«

»Wollt Ihr ... dass ich den Kunzenhof verlasse? Soll ich gehen? Zurück zur Riepenburg oder wenigstens in das Haus meines Bruders? Ich könnte es verstehen ...«

»Gut, dass Ihr das ansprecht. Ich wollte genau darüber mit Euch reden.«

Diese Reaktion ließ Margareta den Atem anhalten.

Für einen kurzen Moment dachte Runa, sie müsse ihre Schwester stützen, so blass sah sie mit Mal aus. Sie selbst wusste, wie unbehaglich sich Margareta fühlte, seitdem Eccard den Grafen beleidigt hatte. Dass sie ausgerechnet die Gastfreundschaft seiner Gemahlin in Anspruch nahm, behagte ihrem wohlerzogenen Wesen gar nicht. Umso besser, dass die Gräfin sie scheinbar jetzt erlösen wollte – Walther und Runa selbst waren nämlich zum Schweigen aufgefordert worden.

»Runa erzählte mir, dass Ihr guter Hoffnung seid«, begann die Gräfin. »In diesem Zustand, und bei solch einem Wetter solltet ihr keine langen Reisen zu mehr Pferd machen. Warum bleibt Ihr nicht eine Weile lang auf dem Kunzenhof?«

Margareta blieb abrupt stehen. »Ihr meint, ich bin Euch willkommen? Obwohl ...«

»Ja, das seid Ihr.«

»Gräfin ...«, sprach Margareta zögerlich und legte ihre Hand auf ihr Herz, »... das ist überaus großzügig von Euch. Aber kann ich das wirklich annehmen, nach dem was Eccard getan hat?«

Unter anderen Umständen hätte die Gräfin ernsthaft beleidigt sein können. Ein solches Angebot schlug man eigentlich nicht aus. Doch sie konnte Margareta verstehen. Es wurde Zeit, dass sie ihr die Wahrheit sagte.

In diesem Augenblick jedoch erreichte der Scholastikus die Frauen. Er verbeugte sich deutlich zu knapp, als dass es höflich gewesen wäre, und sagte: »Gräfin. Wie passend, dass ich Euch antreffe. Auf ein Wort.« Seine Stimme ließ keinen Zweifel daran, dass er wütend war.

»Scholastikus. Was kann ich für Euch tun?«, fragte Margarete, als wüsste sie von nichts.

»Nun, wie ich hörte, interessiert Ihr Euch neuerdings für Sachen, die eigentlich dem Domkapitel unterliegen.«

»Wenn Ihr es so nennen wollt, Magister. Mir scheint, Ihr seid verstimmt. Habe ich etwa falsch daran getan, alle Hamburger zur Messe zum Anfang der heiligen Adventszeit in den Dom zu bitten? Wir, als die Landesherren, fühlen uns dem seelischen Wohl unserer Untergebenen verpflichtet. Braucht nicht jeder ein wenig Beistand in diesen schweren Zeiten? Die Jungen wie die Alten, die Gesunden wie die Kranken, die Reichen wie die Armen?«

Es war schwer, etwas darauf zu sagen, denn die Gräfin berief sich auf christliche Pflichten, was sie gutherzig erscheinen ließ. Doch der Scholastikus spürte, dass sie etwas anderes im Sinn hatte, und so wuchs die Wut des Domherrn erkennbar an. »Und ist es etwa auch entscheidend, von wem diesen Leuten der Beistand erteilt wird?«

Margarete lachte hell auf, fast schon kicherte sie etwas dümmlich – und das mit Absicht. »Mein lieber Schulmeister, Ihr fordert zu viel von mir. Ich bin nur eine Frau, diese Frage ist für mich zu theologisch. Ich kann sie Euch nicht zufriedenstellend beantworten. Alles was ich weiß ist, dass mein Gemahl derzeit sicherlich froh wäre, wenn er die vertraute Stimme seines geliebten Bruders vom Altar aus hören könnte. Meine Gedanken waren bloß die eines Weibes, das sich um ihre ehelichen Pflichten sorgt.«

»Verzeiht meine Offenheit, Gräfin, aber vielleicht solltet Ihr die Dinge der Kirche besser in den Händen der Männer lassen.«

Margarete legte sich die Handflächen auf die Brust. »Habe ich Euch etwa damit gekränkt? Wenn das der Fall sein sollte, könnte ich meinem Gemahl natürlich sagen, dass Eure Wünsche über die seinen zu betrachten sind. Wollt Ihr das?«

Johannes von Hamme war jetzt starr vor Zorn, doch er hatte verstanden. Steif wie ein Brett verbeugte er sich und murmelte, »Natürlich nicht«. Dann kam noch ein gepresster Gruß, bevor er verschwand.

Runa und Margareta hatten nicht verstanden, worum es wirklich in diesem kurzen Gespräch gegangen war. Doch was sie sehr wohl verstanden hatten war, dass Margarete den Scholastikus mit List hinters Licht geführt hatte und dass diese List die Messe morgen betreffen würde.

Jetzt wandte sie sich wieder den Frauen zu. Sie verlor keinen Ton über die Situation eben, stattdessen blickte sie sich gründlich um. Niemand war mehr im Garten zu sehen. Die nächsten Worte sagte sie wieder mit gewohnt fester Stimme. Nichts war mehr von der aufgesetzten Ahnungslosigkeit zu hören, die sie eben gespielt hatte. »Jetzt können wir offen sprechen, doch wer weiß wie lang ... Margareta, Ihr fragt mich, ob Ihr mein Angebot wirklich annehmen könnt. Ich sage Euch: Ihr müsst sogar!«

»Ich muss?«

»Lasst mich schnell erklären, damit Ihr versteht. Ritter Eccards Tat im Wald muss Euch nicht länger grämen – sie hatte ihren Sinn, da sie Teil seines heimlichen Lehnsherrenwechsels gewesen war.«

»Ich verstehe nicht ganz ...«

»Gestern hat es ein Treffen im Verborgenen vor den Toren der Stadt mit Propst Albrecht und Ritter Eccard gegeben. Bei dieser Zusammenkunft hat er meinem Gemahl die Lehnstreue geschworen, was ihn jetzt natürlich zum Feind Gerhards macht. Doch solange sein Überlauf geheim bleibt, droht keine Gefahr. Am Hofe in Plön hat er bloß ausgekundschaftet, was der Vetter meines Gemahls beabsichtigt. Alles war ein Plan. Doch vorsichtshalber habe ich Ritter Eccard auf die Riepenburg geschickt, wo er verweilen soll, bis er weitere Nachricht von meinem Gemahl erhält.«

Während Margareta noch dabei war, das Gesagte langsam zu begreifen, war Runa unendlich froh darüber, dass die Heimlichkeiten der letzten Tage endlich ein Ende hatten.

Sie nahm Margareta bei den Händen und sagte: »Hast du gehört? Eccard ist in Sicherheit und Vater und Mutter auch.« Dann wandte sie sich eifrig der Gräfin zu. »Und was können wir tun? Wie können wir helfen?«

Margarete lächelte vielsagend. »Gar nicht. Ich habe schon dafür gesorgt, dass uns geholfen wird – von Gott selbst, wenn Ihr so wollt ...«

Am nächsten Morgen war der Dom voll wie nie. Von ihren erhöhten Plätzen aus beobachtete das Grafenpaar, wie immer mehr Hamburger hineinströmten. Bürger und Bettler gleichermaßen suchten sich ein winziges Fleckchen zum Stehen. Sie alle waren der Aufforderung gefolgt, der sonntäglichen Adventsmesse beizuwohnen. Erst als endlich alle Plätze zwischen den Kreuzpfeilern der einzelnen Joche und jede noch so kleine Lücke in den Mittel- und Seitenschiffen belegt waren, öffnete sich zwischen den Gläubigen ein Gang. Noch bevor der Geistliche eintrat, schritten die Hofdamen der Gräfin jenen Gang entlang und verteilten Almosen unter den Armen.

Johann II. schaute seine Gemahlin an. Sie war schon immer großzügig und gutherzig gewesen und wurde deshalb gemocht im heimischen Kiel. Offenbar wollte sie sich den Hamburgern nun ähnlich zeigen.

»Eure Großzügigkeit ist unserer Beliebtheit dienlich. Seid Ihr der Meinung, dass wir derzeit so sehr darauf angewiesen sind?«

»Nein, mein Gemahl«, antwortete sie freundlich. »Ich habe keinen Zweifel daran, dass die Hamburger uns wohlgesinnt sind.« Dann schaute sie wieder zu ihren Hofdamen, die nun auch noch Brote verteilten.

Der Graf kam nicht umhin, sich ein wenig zu wundern. Warum jetzt auch noch Brote?

»Aber das sind ja auch keine Hamburger.«

Nun ruckte sein Kopf zurück in Margaretes Richtung. »So? Und woher kommen diese Leute dann?«

»Aus den Dörfern.«

»Aus den…?« Johann II. schüttelte verwirrt den Kopf und wollte gerade nachfragen, als Margarete ihm zuvorkam.

»Diese armen Menschen haben schon wenig, aber wenn die Fehde beginnt und sie nichts mehr haben, dann werden sie sich daran erinnern, dass wir ihnen Hoffnung gegeben haben. Hoffnung durch Brot und Gebet.«

Der Graf war nicht dumm, und er kannte seine gewitzte Gemahlin. Und so ergriff er ihre Hand und fragte: »Kann es sein, dass Ihr mir etwas zu sagen versucht?«

Margarete schaute zu ihm und erwiderte in ihrer süßesten

Stimme: »Nichts, was Ihr in Eurer Weisheit nicht sowieso schon wisst, mein Liebster.« Ihr Blick wanderte wieder zu den Hofdamen, die nun dabei waren, die letzten Gaben zu verteilen. Als sie fertig waren, beugte sie sich leicht mit dem Oberkörper zu Johann hinüber. »Schaut nur, das kleine Mädchen dort drüben könnte unsere Mechthild sein.«

Der Schauenburger lächelte schief. Er hatte sie schon längst durchschaut. »Nur dass es fast schwarzes Haar hat und auch sonst überhaupt nicht wie meine Tochter aussieht. Genug jetzt, Gemahlin.« Dann küsste er ihre Hand und lehnte sich wieder zurück.

In diesem Moment betrat Propst Albrecht den Bereich vor dem Altar und der Introituspsalm ertönte.

Abermals schaute Johann II. sein Weib an. »Was hat das jetzt wieder zu bedeuten?«

»Nun, ich dachte, dass eine Predigt Eures Bruders, der Euch im Blute wie im Herzen nahe steht, das Richtige sei, um Euch für die anstehende Fehde zu stärken.«

»Eure Fürsorge scheint schier grenzenlos, Liebste, ebenso wie meine Erwartung an diese erquickende Messe«, sprach der Graf spöttisch.

»Dann genießt sie in vollen Zügen«, riet die Gräfin und ließ den Dingen ihren Lauf.

Es folgte die Begrüßung des Evangelienbuches und des Altars, dann die Kyrierufe und der Gloriahymnus. Propst Albrecht machte seine Sache gut – jedenfalls in den Augen der Gräfin. Doch erst als endlich die Predigt begann, überkam sie tiefe Zufriedenheit. Die eindringlichen Worte über Nächstenliebe, das Verbot zu morden und die Pflicht der Reichen über die Armen, die ihnen dienten, zu wachen, verließen seinen Mund mit solcher Inbrunst, dass es einfach unmöglich war, dabei nicht an die gräfliche Feindschaft und ihre Folgen zu denken.

Und genauso hatte Margarete von Dänemark es sich erdacht. Ihr war es gleich, dass der Scholastikus darüber verärgert war, dass seine eigens verfasste Predigt über die Unendlichkeit des Fegefeuers mit dem Eingreifen der Gräfin durch die des Propstes ersetzt worden war. Alles was für sie nun zählte war, dass ihr Gemahl aufmerksam zuhörte – und zwar bis zum letzten Segenswort der Entlassung!

Lieber Vater, liebe Mutter, eure beiden Töchter und eure drei Enkelkinder, geborene und ungeborene, schicken euch all ihre Liebe. Wir hoffen, ihr seid wohlauf und sitzt gerade auf Großmutters alten Sesseln vor einem wärmenden Feuer in eurem Haus auf der Riepenburg. Unaufhörlich fällt Schnee aus Gottes Himmelreich zu uns herab, und es ist bitterkalt. Seither verlassen wir die warme Kemenate kaum noch. Die Gräfin zeigt sich wie immer sehr zuvorkommend, was das Leben auf dem Kunzenhof zur Freude macht. Sie hat Margareta angeboten, eine Weile lang hier zu leben – doch das wisst ihr sicher schon. Eccard müsste euch mittlerweile erreicht und euch von den aufregenden Neuigkeiten berichtet haben, die ich aus Vorsicht besser nicht niederschreiben will. Gott war unserer Familie gnädig, jetzt muss er es nur noch den Armen gegenüber sein und dafür sorgen, dass die Fehde abgewendet wird. Betet dafür! Wie geht es deinem Knie, Mutter? Hast du Schmerzen, wie immer bei kaltem Wetter? Wir bitten dich, übernimm dich nicht, und lass dir helfen, wo es geht. Margareta und ich sorgen uns auch um Alusch, die es ja stets vorzieht, eine Kammer in der zugigen Burg zu bewohnen, anstatt zu euch ins Haus zu kommen, und um den alten Müller Erich. Vielleicht holt ihr ihn zu euch auf die Burg, solange der Schnee ihn von der Welt abschneidet. Margareta ist wohlauf, doch von Zeit zu Zeit wird sie von Übelkeit geplagt. Ihr Bauch zeichnet sich bereits leicht unter ihrem Kleid ab. Sie ist fest davon überzeugt, dass es ein Mädchen wird, Eccard denkt, es wird ein Junge. Freyja redet immerzu mit Margaretas Bauch und sagt dem Kind, es solle endlich rauskommen, damit sie miteinander spielen können. Leider quälen sie

immer noch diese grausamen Träume. Vergangene Nacht war es wieder besonders schlimm. Abermals sah sie das Feuer, in dem sie fast starb, doch diesmal kam ihr kein Pferd zu Hilfe. Die Hoffnung auf Besserung habe ich fast schon aufgegeben, denn ihre Bilder scheinen mir eher schlimmer denn abgeschwächt. Immer wieder fleht sie mich nach dem Erwachen an, dass ich sie suchen muss und niemals aufgeben darf, was mich stets erschaudern lässt und worauf ich keine Antwort weiß. Gott sei Dank sind es nur Träume, das ist mir ein großer Trost. Gebt gut auf Euch acht.
Bis wir uns bald schon zum Kinderbischofsspiel in Hamburg wiedersehen, sind all unsere Gedanken bei euch. In Liebe, Runa.

Nachdem Margareta sich Runas Brief durchgelesen hatte, nickte sie zustimmend und strich sich dabei über den Bauch. »Ist es schlimm, sich ein Mädchen zu wünschen?«

»Aber nein«, wiegelte Runa ab.

»Nicht, dass es doch ein Junge ist und er meine Gefühle spürt. Das würde ich nicht wollen.«

Runa lachte kurz auf. »Glaube mir, wenn dein Kind geboren ist, wirst du es sofort lieben – ganz gleich, ob Junge oder Mädchen. Beides ist überwältigend, ich muss es ja wissen.«

Die Schwangere trat hinter Runa, die auf einem Schemel saß und eben damit begonnen hatte, sich das lange Haar durchzukämmen. »Lass mich das machen.«

Wortlos übergab Runa ihrer Schwester den Kamm, damit diese ihr die dicken, blonden Haare entwirren und flechten konnte, die sie von ihrer ebenso blonden Mutter geerbt hatte.

»Darf ich dich etwas fragen?«

»Sicher darfst du«, bejahte Runa.

»Vermisst du Thymmo sehr?«

Runa versetzte es einen Stich ins Herz. Mit aller Mühe versuchte sie, sich ihre wahren Gefühle nicht anmerken zu lassen, doch Margaretas Nachfrage kam so überraschend. Schwer schluckte sie; um eine feste Stimme bemüht, gab sie ihre Antwort. »Natürlich vermisse ich meinen Sohn, doch es geht ihm gut, wo er ist. Er wird eines Tages ein Domherr werden, und darauf kann eine Mutter stolz sein.«

»Gewiss doch. Aber er ist noch so klein, und du bist so weit weg, wenn du in Kiel bist. Und selbst jetzt, wo du hier in Hamburg weilst, kannst du ihn nicht immer um dich haben.«

»Auch mir fällt das schwer, doch ich muss meine Gefühle unterdrücken, wenn es um sein Wohl geht. Dieses Schicksal teilen viele Mütter – auch du wirst das sehr bald noch erleben.«

Margareta legte den Kamm beiseite und begann zu flechten. Wenn es um Thymmo ging, waren Runas Worte oft hart. Doch Margareta fühlte den Schmerz dahinter. Schon längst war es kein Geheimnis mehr, dass die Schwester nicht gern über ihre Entscheidung, den Jungen fortzugeben, sprach. Margareta respektierte das, und lenkte das Gespräch in eine fröhlichere Richtung. »Bekommst du regelmäßig Nachricht über sein Befinden und seine Fortschritte?«

Augenblicklich wurde Runas Stimme wieder belebter. »O ja, gewiss doch! Seit einiger Zeit schreibt Thymmo die Briefe sogar selbst. Ich bewahre sie alle in meiner Truhe auf. Walther scherzt zwar immer, dass es fast an Vergeudung von Pergament grenzt, da er noch viele Schreibfehler macht, aber ich freue mich über jedes seiner Worte, ob richtig oder falsch geschrieben.« Runa blühte bei den Gedanken an die Briefe ihres Sohnes regelrecht auf. Lächelnd fügte sie noch hinzu: »Vor einer Woche kam auch ein Brief von Johann. Er schrieb, dass ...«

»Johann?«, fragte Margareta etwas verwundert und hörte auf zu flechten. »Seid ihr euch etwa so vertraut?«

Runa kniff kurz die Augen zu und presste Zähne und Lippen aufeinander. So ein Mist, dachte sie. Immer wieder musste sie sich dazu ermahnen, ihren einstigen Geliebten vor anderen mit *Johann Schinkel* oder *Ratsnotar* zu betiteln, was sie von Zeit zu Zeit vergaß. »Ja ... ich meine nein ... es war bloß ein Versehen.«

»So, so...!« Margareta ging nicht weiter darauf ein und widmete sich wieder Runas Haaren, doch dieser kleine Vorfall erinnerte sie an einen Moment in der Petrikirche vor einigen Monaten. Schon damals war ihr etwas aufgefallen. Runa hatte mit ihr über Hereward von Rokesberghe gesprochen und dabei einen Vergleich zwischen ihm und Walther ziehen wollen. Aus Versehen hatte sie damals statt Walther Johann gesagt und zudem fortwährend zum Ratsnotar hinübergeschaut. Hätte in dem Moment nicht die Messe angefangen, wäre Margareta gewillt gewesen, ihre Schwester zu berichtigen, so wie gerade eben. Doch noch während sie daran dachte, dieses Mal genauer nachzufragen, drang ein vergnügtes Quietschen und Lachen in ihre Kammer und trieb die beiden Frauen zum Fenster.

»Das war doch Freyja«, sagte Runa und öffnete die Fensterluke weit. Dann blickte sie hinaus und rief ihrer Schwester zu: »Oh nein, nicht schon wieder...! Komm, wir müssen der Kinderfrau beistehen, bevor sie eines Tages noch der Schlag trifft.«

Die Frauen eilten nach unten auf den Hof, wo Freyja laut quietschend umherstob. Ihr Haar war auf einer Seite geflochten und auf der anderen offen. Hinter ihr rannte die wütend dreinblickende Kinderfrau, mit gerafften Röcken. »Bleib stehen, du ungezogenes Mädchen. Komm sofort zurück! Hörst du nicht? Freyja...!«

Runa und Margareta blickten sich vielsagend an. Ihnen war sofort klar, wohin das Mädchen wollte. Und nur einen Moment später flitzte es an der Kinderfrau vorbei in die Stallungen.

Runa und Margareta kamen gerade hinterher, als sie sahen, wie das Mädchen seinen Vater erblickte, der bei seiner Stute stand. Freyja rannte lachend auf ihn zu.

Walther konnte gar nicht anders, als seine Arme auszubreiten, sie darin einzuschließen und umherzuwirbeln. »Ja was ist denn hier los?«, fragte er mehr belustigt als verärgert und setzte Freyja wieder zu Boden.

In diesem Augenblick eilte die Kinderfrau atemlos in den Stall und warf dem Kind einen ärgerlichen Blick zu. »Sie ist einfach davongelaufen. Immerzu will sie in den Stall, das ist doch nicht normal für ein Mädchen«, schimpfte die strenge Frau.

Walther sah seine Tochter an, die nun schuldbewusst den Kopf senkte, sich aber gleichzeitig an ihren Vater schmiegte. Eigentlich sollte er jetzt streng sein, dachte er, und dennoch ließ er verlauten: »Lass sie nur...«, und ließ Freyja laufen.

Die Empörung darüber, dass das Mädchen mit ihrem Willen durchkam, war der Kinderfrau deutlich anzusehen. »Aber Ihr könnt doch nicht einfach...«

Währenddessen war Freyja flink an einer der Boxenwände hochgestiegen und auf den Rücken der väterlichen Stute geklettert, wo sie sich gleich ein Büschel der Mähne griff, um es zu flechten.

Die Kinderfrau stieß einen solch übertrieben lauten Schrei aus, dass alle Anwesenden versucht waren, sich die Ohren zuzuhalten. Schon war sie zu dem Kind geeilt und zerrte es von dem Pferd. In ihrer Wut begann sie, Freyja zu schütteln. »Du... du Satan!«

Runa war sogleich zur Stelle und riss ihre Tochter aus den Armen der Kinderfrau. »So nennst du mein Kind nicht noch einmal, hast du gehört?«

Die Frau war so zornig, dass sie sich einen Moment lang vergaß. Abschätzig blickte sie auf Runa, dann auf Margareta und sagte: »Naja, was soll man auch erwarten, bei so wild gemischten Eltern... Und dann ist die Tante auch noch die Gemahlin eines Grafenbeleidigers...«

In diesem Moment fing sie sich eine Ohrfeige ein. »Du wagst es...! Was fällt dir ein, meine Familie zu beleidigen? Glaubst du etwa, du bist was Besseres?«

Die Kinderfrau hielt sich die Wange. Sie war eindeutig zu weit gegangen.

»Es scheint, als wärest du dir wohl zu fein für deine Arbeit! Ein Wort bei der Gräfin und...«

»Nein, bitte nicht. Ich habe es nicht so gemeint.« Plötzlich verstand die Getadelte, dass sie dabei war, ihre Anstellung auf der Burg zu verlieren. Sie bekam es mit der Angst zu tun und flehte: »Bitte verzeiht, Dame Runa. Bitte verzeiht, Dame Margareta. Ich weiß nicht, was über mich gekommen ist. Schande über mein freches Mundwerk. So etwas wird nie wieder vorkommen.«

Walther blickte zu Runa, die noch immer Freyja im Arm hielt. »Lass sie gehen.«

Runa setzte das Kind ab und schaute die Kinderfrau, die jetzt gar nichts Überhebliches mehr an sich hatte, noch ein letztes Mal wütend an. »Auch wenn ich es missbillige, was du allem Anschein nach von uns denkst, ist Verzeihen eine christliche Tugend. Du kannst gehen.«

»Habt tausend Dank. Ich verdiene Eure Milde nicht!«, murmelte die Geläuterte noch, knickste und verschwand.

Runa aber war noch immer wütend. Sie hätte die Kinderfrau am liebsten von der Burg gejagt, doch sie wollte keine Scherereien. Als die vier wieder allein waren, nahm sich Runa ihre Tochter vor. »Du hast meine Milde im Übrigen auch nicht verdient, Freyja. Warum läufst du immer fort?«

Das Mädchen wies auf die braune Stute, sagte aber kein weiteres Wort mehr.

Auch Walther schaute an seiner Tochter herab, die ihn mit ihren kugelrunden, bernsteinfarbenen Augen ansah. Ihr kastanienfarbenes Haar hing ihr auf der offenen Seite wirr in alle Richtungen, und der eine noch geflochtene Zopf begann sich nun ebenfalls zu lösen. »Willst du reiten?«

Freyja grinste von einem Ohr zum anderen. Eifrig nickte das Mädchen. In diesem Moment griffen zwei große Hände nach der Taille des Kindes und hoben es hoch, als wöge es nichts.

»Gut, aber danach tust du, was von dir verlangt wird, einverstanden?«

Wieder nickte sie.

Während alle den Stall verließen, sagte Margareta leise zu ihrer Schwester: »Das hält man hier also von mir. Und ich kann es den Leuten nicht einmal verdenken. Sie kennen die Wahrheit über Eccard ja nicht.«

»Sorge dich nicht«, flüsterte Runa ihr zu. »Alles wird sich zu gegebener Zeit aufklären, und dann bist du die Frau eines Helden!«

Weitere Worte verloren sie darüber nicht, denn noch sollte niemand die Wahrheit erfahren, und der Kunzenhof beherbergte viele Ohren. Drum schauten sie Walther und Freyja eine Weile lang zu, deren Anblick ihre Herzen erwärmte. Mittlerweile saßen sie zusammen auf dem Pferd. Walther ritt einhändig, und vor ihm saß Freyja, die er fest mit dem anderen Arm umschlungen hielt. Die Stute hatte bereits einen großen Kreis in den Schnee getrampelt, als Walther schnalzte und sein leichtfüßiges Ross in einen Galopp antrieb.

Runa zog geräuschvoll die Luft ein, doch Freyja jauchzte nur noch mehr.

Margareta fasste Runa beruhigend am Arm. »Was für ein guter Reiter Walther mittlerweile geworden ist. Sein Pferd scheint ihm aufs Wort zu gehorchen.«

Runa entspannte sich etwas und sagte nach einiger Zeit: »Sie heißt Brun.«

»Die Stute?«

»Ja, wegen ihrer Fellfarbe hat Walther die Gräfin gefragt, was *Braun* auf Dänisch heißt und sie so genannt.«

»Ein Pferd, das Braun heißt?« Margareta musste lachen. »Das ist nicht besonders einfallsreich.«

Runa blickte ihre Schwester an und stimmte in ihr Lachen ein. »Da gebe ich dir recht!«

Während die Frauen scherzten, wurden sie plötzlich auf ein donnerndes Geräusch aufmerksam. Es war ein Reiter, der im vollen Galopp vom Kunzenhof preschte. Hinter sich ließ er eine Spur von aufgewirbeltem Schnee.

»Wer war das denn?«, fragte Runa verwundert.

Margareta zuckte ratlos mit den Schultern. »Auf jeden Fall hatte er es eilig.«

Auch Walther hatte den Reiter gesehen. Er ließ Freyja mit einem Arm langsam zu Boden gleiten und bedeutete ihr, zu den Frauen zu gehen. »Lauf zu deiner Mutter.« Dann richtete er seinen Blick auf Runa und Margareta und nickte langsam. Im gleichen Moment ließ ein Geräusch die drei nach oben blicken. Ein Fenster wurde geöffnet. Dahinter standen die Gräfin und der Propst, die beide dem Reiter hinterhersahen.

Nur wenig später hatte es jeder auf dem Kunzenhof mitbekommen. Die freudige Neuigkeit verbreitete sich schnell wie der Wind: Der Reiter war ein Abgesandter des Propstes gewesen, der im Einvernehmen seines Bruders handelte. Er trug ein Schreiben bei sich, in dem Graf Gerhard II. dazu aufgefordert wurde, in die Bedingungen einer Sühne einzuwilligen. Zum Erstaunen aller hatte Graf Johann II. also seine Haltung überdacht und zog nun tatsächlich eine friedliche Lösung in Betracht. Wenn sein Vetter darauf einging, konnte die Fehde womöglich noch abgewendet werden.

Die wenigen, die wussten, dass dies der Gräfin zu verdanken war, welche mit ihrem Geschick und ihrer Feinfühligkeit erfolgreich sanften Druck auf ihren Gemahl ausgeübt hatte, schwiegen still.

Selten wurde in den Kammern des Kunzenhofs so inbrünstig gebetet wie in jener Nacht!

5

Godeke und Johann Schinkel trafen gleichzeitig in der Kurie des Scholastikus' ein. Man hatte sie durch einen Chorjungen herbestellen lassen, ihnen jedoch nicht gesagt, worum es ging. Als sie jedoch die Schreibstube des Magisters betraten, wurde ihnen der Grund nur allzu klar.

Thymmo und Ehler saßen mit gesenkten Köpfen in der Ecke und machten schuldbewusste Gesichter.

»Was ist geschehen?«, fragte Johann voller Sorge. Ihm war nicht entgangen, dass die Jungen täglich stritten, seitdem Ehler das Marianum besuchte und Thymmo nun noch weniger gern zur Schule ging.

»Ja, das würde ich auch gerne wissen«, ließ Godeke verlauten, der weniger besorgt und viel mehr ärgerlich klang. Er ahnte bereits, dass Ehler nicht unschuldig an dem sein konnte, was man den Jungen vorwarf.

Der Scholastikus stand von seinem Sessel auf und ging auf die Männer zu. Sein Gesicht war geradezu versteinert. »Um das zu erläutern, habe ich Euch rufen lassen. Das Eure Mündel, Godeke von Holdenstede, und das Eure, Ratsnotar, geraten ständig in Streit. Ich habe Beschwerden aller Rektoren vorliegen. Man hat sie schon auseinandergesetzt, doch das hat auch nichts geändert. Bei jeder sich bietenden Gelegenheit fallen sie sich an wie zwei Köter, die um einen Knochen kämpfen.«

Godeke schaute zu Ehler, der ihm in genau diesem Moment das Gesicht zuwandte. Doch die Betrübtheit in dessen Miene war wie weggeblasen. Plötzlich funkelten die Augen des Jungen wütend.

»Nun, die alte Debatte unter den Jungen des Marianums und der Nikolaischule ist ja bekannt – ich schätze, dass es sich hierbei um eine ähnliche Sache handelt.«

»Ihr schätzt?«, fragte Johann. »Habt Ihr die Jungen dazu denn nicht befragt, Scholastikus?«

»Das würde ich gern, Ratsnotar, doch beide schweigen beharrlich. Alles, was ich weiß, ist, dass bei ihrer heutigen Rangelei ein Buch zu Schaden gekommen ist. Irgendwie wurde es wohl vom Tisch gestoßen, worauf einer darauf trat und zwei Seiten einrissen.«

Die Männer wussten die Tragweite dieses Schadens sofort einzuschätzen. Bücher waren ungemein kostbar. Dass die Jungen im Unterricht überhaupt Zugang dazu hatten, war ein großes Privileg.

Johann schritt auf Thymmo zu und nahm den Siebenjährigen am Kinn, sodass er ihn ansehen musste. »Ist das wahr?«

Der Junge antwortete nicht.

Ehler schaute zu Thymmo.

»Ich habe gefragt, ob das wahr ist!«, wiederholte er nun lauter und strenger.

Thymmo schluckte. Er wollte ja gehorchen, doch er hatte Angst vor Ehler. Hasserfüllt blickte der ihn von der Seite an. Ohne Grund hatte der Ältere ihm heute seine Flöte vom Hals gerissen und ihn daraufhin schlimm verprügelt. Dabei war das Buch beschädigt worden. Zwar hatte Ehler Thymmo noch gedroht, dass er weitere Nikolaiten holen würde, wenn er ihn verriet, und er glaubte ihm, doch sein Respekt vor dem Ratsnotar war schlussendlich größer.

»Antworte mir gefälligst, Junge!«

Endlich gab das Kind nach und nickte zaghaft.

In diesem Moment kam Leben in Ehler. Ohne Vorwarnung stürzte er sich auf den vier Jahre Jüngeren und riss ihn zu Boden. »Du verdammter Bastard! Ich habe gesagt, dass du still sein sollst. Du elender Marianer, dir zeige ich es!« Wie von Sinnen packte der Junge Thymmo am Kragen.

Godeke reagierte schnell und sprang auf Ehler zu. »Hör sofort auf! Was für ein Dämon reitet dich nur, dass du dich so aufführst?« Erst als er sein Mündel an beiden Armen zurückzerrte, kam es wieder zur Besinnung. Godeke hatte alle Mühe gehabt, den um sich schlagenden Schüler zu bändigen. »Bist du jetzt verrückt geworden, Junge?« Er stieß Ehler grob in eine Ecke.

Johann half Thymmo auf die Beine und musste an sich halten, um dem Angreifer seines Sohnes keine Ohrfeige zu verpassen.

Jetzt erst ergriff der Scholastikus wieder das Wort. »Wie man deutlich sieht, ist keine Einsicht oder Willen zur Besserung in dem Verhalten der Jungen auszumachen – bei Ehler allerdings noch weit weniger als bei Thymmo. Darum ordne ich hiermit an, dass der Schaden am Buch beiden zu gleichen Teilen angelastet wird, da nicht mehr festzustellen ist, wer es beschädigt hat. Aber ich verlange außerdem, dass Ehler zehn Stockhiebe auf die Hände bekommt und Thymmo fünf. Und zwar hier und jetzt.« Nach diesen Worten nahm der Scholastikus eine Rute und fragte: »Wer möchte anfangen? Ich gehe davon aus, dass die Herren Ihre Mündel selbst züchtigen wollen. Wenn nicht, werde ich das übernehmen.«

Einen Moment lang wollten Johann und Godeke ihren Ohren nicht trauen. Natürlich hatten die Jungen Strafe verdient, und auch Stockhiebe waren in der Schule keine Seltenheit. Heranwachsende brauchten schließlich eine strenge Hand, da waren sie sich alle einig. Doch dass ein Muntwalt selbst dazu gerufen wurde, um sein Mündel zu bestrafen, das war unüblich.

Nach kurzer Stille trat Godeke vor und riss dem Scholastikus die Rute aus der Hand. Sein Blick war wütend, und alles in ihm sträubte sich dagegen, die Strafe auszuführen, doch er wusste, dass der Magister sicher noch härter zuschlagen würde als er. Drum zwang er sich, es selbst zu übernehmen.

Ehler blickte Godeke mit großen Augen an. In seinem Blick lag Fassungslosigkeit aber auch ebenso viel Stolz. Ohne Aufforderung streckte er seine Hände vor.

Godeke schlug zu.

Bis zum fünften Schlag hatte der Elfjährige sich unter Kontrolle, doch der sechste Schlag traf seine empfindlichen Fingerkuppen und entlockte ihm den ersten und einzigen Schmerzensschrei. Danach hatte er sich wieder im Griff. Es war offensichtlich, dass er nicht schreien wollte.

Godeke schaute Ehler nicht an. Er hatte das Gefühl, mindestens ebenso zu leiden wie sein Mündel, und hoffte, dass dieser durchhielt. Als es endlich vorbei war, sahen Ehlers Finger schlimm aus. Dunkelrote Striemen überzogen das Fleisch.

Der Junge war gezeichnet vom Schmerz. Mühsam hielt er sich aufrecht, die Hände weiterhin in der Luft, ein Stück von seinem Bauch entfernt, um ja nichts damit zu berühren. Sie pochten und brannten. Ehler kämpfte mit den Tränen.

»Nun Ihr, Ratsnotar!«, forderte der Scholastikus Johann auf.

Thymmo war nicht so tapfer wie sein Gegner. Er heulte bereits ungehemmt los, als er sah, dass Johann die Rute zur Hand nahm, was es seinem Vater nicht leichter machte.

Der Ratsnotar schluckte schwer. Noch nie hatte er Thymmo schlagen müssen, und auch jetzt empfand er es als überflüssig. Er hasste es, dass er dazu genötigt wurde. Doch er wusste: Es gab keinen anderen Weg. Ein beschädigtes Buch war kein kleiner Streich, und die Feindschaft zwischen den Jungen schien mit jedem Tag zu wachsen. Auch wenn die Maßnahme drastisch war, hegte er die geringe Hoffnung, dass die Schläge ihnen ihre dumme Zwietracht endlich austrieben. So sagte er mit kontrollierter Stimme: »Thymmo, streck die Hände vor!«

Der Junge saß zusammengekauert auf dem Boden – seine Hände unter seinem Gesäß vergraben. Er blickte nicht auf, weinte nur mit bebenden Schultern.

»Thymmo, tu was ich dir sage!«

Es war deutlich zu sehen, dass der Siebenjährige mit sich rang. Er war kein ungehorsames Kind, doch seine Angst hielt ihn gefangen, sodass er weiterhin auf dem Boden sitzen blieb.

Johann atmete aus und schloss kurz die Augen. Es zerriss ihm förmlich das Herz zu sehen, welcher Furcht sein Sohn ausgesetzt war. Doch wusste er auch ganz genau, dass er ihn jetzt besser zum Gehorchen brachte, ansonsten würde der Scholastikus sehr wahrscheinlich zu anderen Mitteln greifen.

»Steh jetzt auf«, donnerte Johann los. »Trage deine Strafe mit Würde, und benimm dich nicht wie ein Mädchen!«

Thymmos Weinen wurde noch verzweifelter, doch er stand tatsächlich auf und streckte seine zitternden Hände vor.

Johann unterdrückte seine Gefühle und schlug zu. Schon nach dem ersten Schlag schrie der Junge auf und zog seine Hände wieder zu sich. Immer wieder musste der Ratsnotar ihn auffordern, sie erneut nach vorne zu strecken. Es war eine Qual – für beide!

Dann war es getan.

Der Scholastikus nickte zufrieden und richtete noch einmal das Wort an die Jungen. »Ich hoffe, das war euch eine Lehre. Noch einmal solch ein Verhalten, und ihr werdet der Schule verwiesen, habt ihr verstanden?«

Beide Jungen nickten.

»Gut!«, schloss der Magister und wandte sich an Godeke. »Dominus, wenn ich Euch jetzt bitten dürfte, mich noch einen Augenblick mit dem Ratsnotar alleine zu lassen?«

Der Angesprochene nickte, verbeugte sich kurz und packte Ehler am Arm. Als er gerade hinausgehen wollte, hielten ihn die Worte des Magisters noch einmal zurück.

»Ach ja, Dominus! Eines habe ich noch vergessen. Da ich diese Streitigkeit als Teil des Schuljungenkrieges ansehe, werde ich den jüngsten Beschluss des Rates geltend machen, der Euch ja bekannt sein dürfte. Ehlers Schulgeld wird von sechs Schilling und acht Pfennig auf zwölf Schilling und sechs Pfennig erhöht. Ihr dürft nun gehen.«

Wortlos verließ Godeke die Kurie, den Griff um Ehlers Arm nun noch fester als zuvor. Er war wütend auf den Scholastikus, der das Schulgeld von hundert Pfennig soeben auf hundertfünfzig erhöht hatte, aber auch auf Ehler, der seiner Mutter immer mehr Kummer machte. Dabei hatte Godeke ihr doch versprochen, sich um Ehler zu kümmern. Aber wie sollte er das in Zukunft machen? Seit jenem Moment hinter dem Domgelände im Pulverschnee war alles anders. Jede Unbefangenheit zwischen ihnen war verschwunden. Gefühle, die es bislang nur im Verborgenen gegeben hatte, lagen plötzlich offen und machten alles kompliziert. Eine ganze Weile hatte er noch versucht, sich einzureden, dass sie einfach eine sehr schöne Frau war, und es vielen Männern bei ihrem Anblick so erging wie ihm, doch tief in sich wusste er, das war nichts als eine törichte Ausrede. Bald schon würde dieser Umstand Probleme aufwerfen.

Die Wahrheit war grausam, doch Godeke gestand sie sich ein: Er konnte auf Avas Trauer keine Rücksicht mehr nehmen. Sie brauchte einen Ehemann und die Jungen einen neuen Vater; einen anderen als ihn! Es wäre das Beste für alle, auch wenn er sich mittlerweile täglich nach ihr verzehrte. Wüsste er, dass Ava das Bett wieder mit einem Mann teilte, würde er es sicher schaffen, von ihr loszukommen. Und dann könnte er sich endlich wieder seiner eigenen Frau zuwenden, die er seit einigen Tagen wie Luft behandelte.

Während Godeke sich immer weiter von der Kurie entfernte, war die Stimmung im Haus des Scholastikus immer noch sehr gedrückt. Thymmos Schluchzen wurde allmählich leiser, die beiden Männer jedoch nahmen davon keine Kenntnis.

»Was ist es, das Ihr noch mit mir zu besprechen wünscht, Scholastikus? Ich will nicht unhöflich sein, aber meine Zeit ist heute knapp bemessen«, log Johann, um endlich von hier fortzukommen.

»Ihr könnt sofort gehen, Ratsnotar. Ich wollte Euch bloß noch meinen Dank aussprechen.«

»Euren Dank?«, fragte Johann stutzig. »Ich wüsste nicht, womit ich den verdient hätte.«

»Ihr habt ihn Euch verdient, indem Ihr mit Eurem weisen Vorschlag auf der letzten Ratssitzung dem Domkapitel zu neuen Einnahmen verholfen habt. Die Schuljungenkriege werden nicht von heute auf morgen aufhören und das Erhöhen des Schulgeldes wird somit sicher einige von ihnen treffen – leider ja auch Thymmo. Ich werde diesen Ratsbeschluss unerbittlich durchsetzen und die Gelder für den Umbau der Basilika nutzen. Ihr könnt Euch somit nicht nur meines Danks sicher sein, sondern auch dem des ganzen Kapitels.«

Johann nickte bloß und rang sich ein schmales Lächeln ab. Dann sprach der Magister auch schon weiter.

»Außerdem bin ich gegen die Vorschläge von Hartwic von Erteneborg und Dagmarus Nannonis. Das Absagen des Kinderbischofsspiels ist geradezu absurd, und das Prügeln der Jungen... naja, was soll ich sagen.« Johannes von Hamme legte seine Hand auf sein Herz und erklärte mit weicher Stimme: »Tief in mir ist mir das Schlagen der Schüler zuwider. Nur wenn es gar nicht anders geht, greife ich zu diesem Mittel, das müsst Ihr mir glauben.«

Johann hätte am liebsten vor dem Mann ausgespuckt, so wenig glaubte er ihm. Doch schon wieder war der Magister offensichtlich nicht an einer Antwort interessiert und sprach weiter, während er sich langsam abwandte und zurück zu seinem Sessel hinter dem Schreibpult ging.

»Wie dem auch sei«, ließ er nun wieder gewohnt tief verlauten. »Ich sagte ja bereits, dass ich Euch meinen Dank aussprechen werde, und mein Dank beinhaltet stets mehr als bloße Worte. Ihr werdet wissen, was ich meine – zu gegebener Zeit!« Sein Blick wanderte zu Thymmo, wo er einen Moment lang ruhte, und dann wieder zurück zu Johann Schinkel. »Wenn Ihr nun so freundlich wäret, Ratsnotar. Ich habe ebenso noch eine Menge zu tun.«

Johann beschlich eine Ahnung, was der Magister mit seinen Worten meinte, dann aber verwarf er seinen Gedanken wieder. So viel Macht besaß er nicht. Oder etwa doch? Eigentlich drängte es ihn danach, dem arroganten Scholastikus zu sagen, was er von ihm und seinen angedeuteten Dankgeschenken hielt, doch von Hamme war nicht dumm. Er hatte es tatsächlich verstanden, Johanns Lippen mit einer bloßen Aussicht auf ein Versprechen zu versiegeln.

Der Ritter klapperte so heftig mit den Zähnen, dass er zeitweise glaubte, sie würden dadurch zerbröckeln. Was für einen verrückten Irrweg er doch geritten war! Die ganze Nacht hatte er den rechten Pfad gesucht, war dabei fast erfroren und einmal beinahe in einem zugefrorenen Gewässer ertrunken, auf das er ohne es zu merken geraten war. Gerade noch hatte sein schweres Ross nach hinten springen können, bevor sie durch das knackende Eis brachen. Danach war Dancrat nur noch zögerlich vorangelaufen. Erst gegen Morgen, nachdem die Sonne wieder aufgegangen war, hatte Marquardus die Richtung bestimmen und seinen Hengst nach Plön lenken können. Nun setzte der wieder kraftvoll einen Huf vor den anderen. Ihr Ziel war nahe.

Nachdem Eccard Ribe sich vom Hofe Gerhards II. verabschiedet hatte, war Marquardus von seinem Fürsten aufgetragen worden, dem Ritter heimlich zu folgen. Der gewitzte Graf traute Ribe nicht; selbst jetzt nicht, da er seine Treue so deutlich unter Beweis gestellt hatte. Irgendetwas an des Ritters Verhalten hatte Gerhard II. stutzig gemacht. Vielleicht war es sein Zögern vor manchen Antworten gewesen oder aber seine Antworten selbst. Marquardus sollte herausfinden, ob sein Gefühl ihn trog.

Dieser hatte zunächst seinen Herrn davon zu überzeugen versucht, dass Eccard Ribe zu trauen war. Schließlich war seine Tat im Wald überaus kühn und ein wahrer Akt der Ergebenheit gewesen, doch sein Herr hatte das nicht hören wollen – zu Recht, wie sich in den letzten Tagen herausgestellt hatte!

Nach dem Verlassen Plöns war Marquardus erst einmal nichts aufgefallen, dann aber verließ Eccard plötzlich seinen Weg in Richtung der Eyder und bog nach Süden ab. Der Argwohn, welcher den Ritter beschlich, wandelte sich schnell in eine böse Vorahnung. Bald war diese kaum mehr abzustreiten und nach weiteren zwei langen, sehr anstrengenden Tagen der Verfolgung, sollte sie sich als Gewissheit herausstellen: Kurz vor Hamburg steuerte Eccard plötzlich auf ein Gehöft zu – das Gehöft von Adolf V. – und vor dessen Toren nahm ihn ausgerechnet Gräfin Margarete in Empfang! Marquardus hatte eine ganze Weile lang auf der Lauer gelegen. So lang, bis auch noch der Propst hinzukam, und so lang, bis sie alle wieder fortritten. Nun hatte er wahrlich genug gesehen. Dies war ein eindeutiger Beweis für Eccards Untreue, und Marquardus war nicht mehr weit davon entfernt, seinem Herrn genau dies mitzuteilen.

Als er die Burg Plön endlich vor sich sah, ergriff ihn Erleichterung, aber auch Scham! Niemals zuvor hatte er sich in dem ihm so vertrauten Lande verlaufen, doch der Schnee und die frühe Dunkelheit hatten ihn verwirrt. Nun, nach ganzen vier Tagen, war der Rückweg geschafft.

Langsam ritt er auf den Hof seines Herrn. Seine Glieder waren mittlerweile so steifgefroren, dass er meinte, sie müssten entzweibrechen, wenn er jetzt von seinem Pferd sprang. Drum hielt er einen Stallburschen mit harschen Worten an: »He du, bring mir sofort einen Tritt.«

Der Junge blickte den Ritter kurz von Kopf bis Fuß an, dann flitzte er gleich davon. Es war nicht zu übersehen, weshalb der halb Erfrorene nach einem Tritt verlangte.

Als der Junge wieder zurück war, glitt Marquardus vorsichtig vom Pferd. Stiche durchfuhren seine vor Kälte schmerzenden Füße, als diese das Holz berührten. Dann übergab er die Zügel dem Jungen und sagte: »Reib ihn gut mit Stroh ab, damit er warm wird, hörst du? Auch die Beine. Und gib ihm ordentlich zu fressen.«

»Wie Ihr wünscht, Ritter Marquardus. Ich werde mich gut um Euren Hengst kümmern.«

Der Ritter bedachte sein teures Ross mit einem letzten prüfenden Blick. Als er sich sicher war, dass es wohl versorgt wurde, begab er sich mit steifen Gliedern in die Burg. Die eigentlich klirrendkalten Gänge kamen ihm heute wohlig warm vor und brachten seine Hände und Füße unangenehm zum Prickeln. Seine eingefrorene Nase begann zu kitzeln, und er nieste. Einmal, zweimal, dreimal. Irgendwann bekam er kaum noch Luft vor lauter Schniefen und Prusten. »Dieser verdammte Schnee ...!«

Gerhard II. hörte Marquardus, bevor ihm ein Diener von dessen Ankunft berichten konnte. »Ist das etwa Ritter Marquardus, der so unchristlich vor sich hin flucht?«

»Ganz recht, mein Herr«, antwortete ein junger Bursche mit einem Krug in der Hand.

Wieder ertönte das dröhnende Niesen. Marquardus näherte sich lautstark seinem Herrn, wobei er versuchte, einen angemessenen Gruß loszuwerden. Doch darauf schien der Fürst keinen Wert zu legen.

»Kommt mir ja nicht zu nahe! Regen und Schnee kann ich draußen haben«, warnte er und hob abwehrend eine Hand. »Wo, zum Henker, kommt Ihr jetzt her, und warum seid Ihr in so schlechtem Zustand?«

Marquardus musste sich überwinden, die Wahrheit zu sagen. Er war fast sieben Tage fort gewesen; unter normalen Umständen wäre seine Strecke an vier, höchstens fünf Tagen zu schaffen gewesen. »Herr, verzeiht mir. Ich habe des Nachts in Schnee und Eis die Orientierung verloren und bin vom Weg abgekommen.«

Augenblicklich konnte man belustigtes Geflüster im Saal vernehmen. Die Ritter waren gnadenlos schadenfroh, auch wenn sie es nicht so meinten.

Marquardus bedachte seine Kumpanen mit wütenden Blicken, musste aber gleich darauf wieder so oft niesen, dass ihm jede finstere Miene entglitt.

»Weiter ... weiter«, forderte Gerhard II. seinen Ritter mit einer fahrigen Handbewegung auf. »Was habt Ihr herausgefunden? Erzählt schon, oder muss ich Euch alles aus der Nase ziehen.« Dann bekam sein ungeduldiges Gesicht etwas Spöttisches. »Gerade in Eurem Zustand würde ich das lieber nicht machen müssen.«

Nun gab es für die Ritter im Saal kein Halten mehr. Ungebremst prusteten sie los und hielten sich vor Lachen die Bäuche. Erst als diese sich wieder beruhigt hatten, begann Marquardus zu erzählen.

»Mein Fürst, ich erbitte Eure Gnade«, eröffnete der Ritter zum Erstaunen aller, fiel auf ein Knie und senkte das Haupt. »Vor meiner Abreise noch habe ich an Euren Worten Zweifel gehabt, doch meine Reise hat ergeben, dass Ihr in Eurer weisen Voraussicht recht behalten solltet.«

»Was meint Ihr damit?«, fragte der Schauenburger nun aufgeregt und stützte sich mit beiden Händen auf seinen Armlehnen ab. »Redet weiter!«

»Eccard Ribe ist ein Betrüger! Das Töten der Jagdbeute Johanns II. bei der Sauhatz muss ein geschickter Streich gewesen sein, denn er ist nicht wie angenommen das Gebiet der Eyder abgeritten, sondern schlug den Weg Richtung Hamburg ein, als er sich allein wähnte.«

»Was sagt Ihr da!«, schrie der Graf geradezu und sprang wie wild von seinem Sessel auf. »Wohin ist er geritten?«

»Zu einem Gutshof Eures Vetters Adolf V. an der Bille, wo er sich heimlich mit Gräfin Margarete und dem Propst getroffen hat. Ich konnte ihr Gespräch nicht belauschen, doch wie es scheint, sind sie Verbündete.«

Marquardus machte eine Redepause, weil er nicht sicher war, ob sein Herr sie nicht vielleicht brauchte. Das Gesicht des Grafen war blutrot, und seine Hände zitterten vor Wut. Doch er schwieg. So sprach der Ritter weiter. »An einer Sache besteht kein Zweifel, mein Fürst: Euer Gefolgsmann Eccard Ribe ist ein Verräter! Ihr habt es gewusst, und ich gestehe meine törichten Fehler ein. Er macht mich zu einem unwürdigen Berater. Vergebt mir, Herr!«

Gerhard II. setzte sich wieder und atmete schwer. Der Groll über den unglaublichen Verrat des Ritters ließ seinen Brustkorb beben, und er ließ ihn darüber hinwegsehen, dass Marquardus an ihm gezweifelt hatte. Warum auch immer, er hatte geahnt, dass Eccard Ribe nicht zu trauen war. Trotz seiner blinden Augen sah er manches Mal mehr als die Sehenden. »Habt Ihr sonst noch etwas beobachtet, was uns nützlich sein könnte?«

»Ja, das habe ich«, sprach der Ritter und konnte sich erneut ein Niesen nicht verkneifen. Dann aber folgte er dem zuckenden Finger des Schauenburgers, der ihn zu sich befahl. Leise und bloß ins Ohr des Fürsten, flüsterte der Ritter jene Kleinigkeit, die ihm eines nicht allzu fernen Tages mit Sicherheit die Möglichkeit geben würde, den entscheidenden Schlag gegen Eccard Ribe zu führen, um diesen Verräter ein für alle Mal loszuwerden.

Gerhard II. hatte sich wieder etwas gefasst, denn auch er erkannte die Möglichkeit hinter Marquardus' Worten. »Nun gut, dann lasst uns hoffen, dass der Schnee uns nicht allzu lange davon abhält, unseren Feinden zu zeigen, was mit Verrätern passiert.«

»Ich werde dafür beten, mein Fürst.« Marquardus war erleichtert, dass diese Situation so glimpflich abgelaufen war. Er kannte seinen Herrn und wusste, dass dieser zu Schlimmem fähig war, sobald sein Zorn geschürt wurde. Gerade wartete er darauf, aus seiner Pflicht entlassen zu werden, um sich endlich an ein wärmendes Feuer setzen zu können, als ein Diener hereinkam.

»Herr, ein Bote für Euch.«

»Woher kommt er?«, fragte der Schauenburger.

»Aus Hamburg.«

Der gesamte Saal schien die Luft anzuhalten.

»Interessant«, begann er bedrohlich ruhig. »Lasst ihn nur eintreten.«

Der Mann kam mit forschen Schritten und wehendem Mantel herein. Sofort beugte er sein Haupt. »Ich bringe Nachricht vom Propst Albrecht von Schauenburg.«

»Was für Nachricht?«

Der Bote machte sich daran, das Pergament zu entrollen, doch er kam nicht weit.

»Sagt es gefälligst in eigenen Worten. Ich will nicht warten.«

»Der ehrenwerte Propst von Hamburg bittet darum, dass Ihr in die Bedingungen einer Sühne einwilligt, die er als Dritter anberaumt hat, wie es üblich ist. Er schreibt, dass Graf Johann II. dazu bereit wäre, die Fehde zu beenden, wenn Ihr einwilligt, ihm das Waldstück bei Hamburg, in dem es zur Ehrenkränkung gekommen ist, zu überlass...« Der Mann hatte seine Worte nicht beenden können, da brüllte der Graf vor ihm auch schon los.

»Er wagt es...!« Gerhard II. sprang auf und drohte dem Boten mit seiner Faust, woraufhin dieser erschrocken zurückwich. Dann brüllte er weiter. »Was für eine Unverschämtheit. Dieser Hurensohn! Dieser Bastard! Dieser Hundsfott...!« Seine Flüche wurden immer lauter. Er war außer sich vor Zorn und lief mittlerweile vor seinem edlen Gestühl auf und ab. Die Dreistigkeit seines Vetters kannte offenbar keine Grenzen. Er hatte ihn unterschätzt. Noch vor einigen Tagen wäre eine Sühne von Seiten Johanns II. durchaus annehmbar gewesen, doch jetzt, wo er die Wahrheit über die vermeintliche Ehrenkränkung im Wald kannte, kam ihm das Schreiben des Propstes vor wie eine Ohrfeige. Offensichtlich wollte sein Vetter ihn zum Narren halten, doch das würde er noch bereuen. Gerhard II. blieb ruckartig stehen. Ihn und den Boten trennte jetzt noch eine Mannslänge. Sein Herz raste. »Reicht mir das Schreiben, dein Herr soll alsbald eine Antwort bekommen.«

Der Bote rollte es flink wieder zusammen und streckte es dem Grafen entgegen.

Dieser konnte es aufgrund seiner Blindheit zwar nicht sehen, aber er konnte es links von sich leicht knistern hören. Das genügte. Ohne weiter zu überlegen, griff er mit seiner rechten Hand nach seinem Schwert an seiner linken Seite, zog es mit einer geschmeidigen Bewegung aus der Scheide, vollführte dabei eine komplette

Linksdrehung, hob seinen Schwertarm hoch über seinen Kopf und ließ die Klinge dann herabfallen.

Der Arm des Boten bedeutete so gut wie keinen Widerstand für das scharfe Schwert. Er fiel mit einem dumpfen Laut zu Boden – das Pergament noch mit der Hand umklammert. Erst dann begann der Mann, aus dessen Armstumpf sofort ein Strahl Blut schoss, schrill zu schreien.

Marquardus konnte gerade noch zurückweichen, bevor das Blut ihn traf. Angeekelt blickte er auf den abgetrennten Körperteil. Wahrlich, sein Herr war erbarmungslos.

Gerhard II. hingegen wurde nun wieder ruhiger. Er war überaus zufrieden mit seinem Hieb. Genauso hatte er es gewollt. Zu schade nur, dass er sich an dem Anblick des verstümmelten Boten nicht laben konnte. »Schickt meinem Vetter und dem Propst dies als Antwort«, befahl er und kickte gegen den Arm. »Und schafft auch den Rest dieses Mannes hier raus.«

6

»Was wollt ihr?«, fragte der grimmig dreinschauende Wachmann, der sich zusammen mit ein paar Rittern am Tor aufhielt.

Die mehrwällige Burg Stotel war für Kuno, Johannes und Everard weder zu übersehen gewesen, noch war die Frage nach ihrem Begehr überraschend. Und trotzdem sorgten die Worte des Wachhabenden bei den drei Reisenden zunächst für fragende Blicke untereinander. Wie sollten sie sich erklären, ohne Misstrauen zu erwecken? Schließlich war ihr Anliegen äußerst heikel; es war unmöglich, diesen Männern die Wahrheit zu sagen. Zudem war keineswegs klar, ob der Graf sie – wusste er erst einmal, was sie wollten – freundlich aufnehmen oder eher von der Burgmauer würde werfen lassen.

Schließlich trat Vater Everard mutig vor. Eines war klar: Bescheidenheit würde nicht zum Ziel führen, darum behauptete er mit fester Stimme und geschwollener Brust: »Ich bin ein Freund der Grafen von Stotel, und ich habe wichtige Kunde für Graf Johannes I., die nur ihn selbst etwas angeht. Ich kann dir den Grund meines Besuchs also nicht sagen.«

Der Wachmann trat näher an Everard heran und musterte ihn von oben bis unten. Dann spuckte er zur Seite hin aus. »Eine kühne Behauptung, Vater«, sagte er mit abfälligem Unterton. »Mir ist nicht bekannt, dass der Graf mit einem verlotterten Geistlichen befreundet wäre.«

»Und mir ist nicht bekannt, dass ein einfacher Wachmann des Grafen all dessen Freunde kennt«, konterte Everard geschickt. Er hatte keine andere Wahl, als überzeugend aufzutreten, auch wenn seine Knie zitterten, und er ging sogar noch weiter. »Solltest du mich jetzt weiterhin aufhalten, wirst du es vielleicht noch bereuen. Mein Anliegen duldet keinen Aufschub.«

Die Männer starrten einander an. Doch schlussendlich sorgten wohl jene kühnen Worte, zusammen mit dem starren Blick, für Erfolg. Man führte die drei ins Burginnere und ließ sie noch am selben Tag zum Grafen vor.

Hier knieten sie nun, die Köpfe gesenkt, mit bangen Herzen und trockenen Mündern.

»Wer von euch ist der, der behauptet, ein Freund der Grafen von Stotel zu sein?«

»Das bin ich, Herr!«, erwiderte Everard.

»Erhebe dich, und tritt näher«, forderte der Fürst.

Der Angesprochene tat, wie ihm aufgetragen worden war und versuchte, sich so zu verhalten, dass es den Grafen nicht verärgerte, auch wenn er keine Ahnung hatte, wie man das tat. In jenem Augenblick fiel ihm auf, was niemand auf der Welt hätte leugnen können: Der Graf hatte wirklich große Ähnlichkeit mit Walther!

»Ich kenne Euch nicht! Sollte man seine Freunde nicht kennen?«

»Das ist wahr, Herr, Ihr kennt mich nicht, aber...«

»Also habt Ihr gelogen?«

Everard begann zu schwitzen. »Nein, das habe ich nicht.«

Graf Johannes I. von Stotel zog die Augenbrauen hoch. Mit einiger Ungeduld und nicht zu überhörendem Spott sagte er: »Nun, *Freund der Grafen von Stotel*. Lasst Euren beherzten Worten lieber rasch eine Erklärung folgen. Ich hoffe, die Kunde, die Ihr für mich habt, ist es wert, meine Zeit dafür zu stehlen.« Dann beugte er sich vor, blickte dem Geistlichen tief in die Augen und sagte in bedrohlich ruhigem Ton: »Solltet Ihr tatsächlich bloß ein Lügner sein, dann gnade Euch Gott.«

Everard atmete tief durch. Er schaute sich um. Die Halle des Grafen war gefüllt mit Rittern und Knechten, Dienern und

Mägden. Er konnte unmöglich hier sagen, was er loszuwerden gedachte. Schließlich war die Wahrheit nichts für jedermanns Ohren. »Herr, verzeiht meine dreiste Bitte, doch gibt es vielleicht die Möglichkeit, vertraulich mit Euch zu sprechen?«

»Vertraulich?« Der Graf war sichtlich verblüfft. »Ihr kommt hierher zu meiner Burg, behauptet gar Verwunderliches, und nachdem man Euch zu mir geführt hat, bittet Ihr mich nun auch noch um ein Gespräch im Geheimen? Findet Ihr nicht, dass das sehr viel verlangt ist, dafür, dass ich weder Euch noch Eure Gefährten kenne?«

»Ich weiß, meine Bitte mag gewagt sein, und es stimmt, dass wir uns nicht bekannt sind. Doch Euer Vater, Graf Gerbert von Stotel, kannte mich sehr wohl, und er schenkte mir sein Vertrauen.«

Nun wurde das Gesicht des Grafen etwas versöhnlicher. »Ihr kanntet also meinen verstorbenen Vater?«

»Ja, Herr. Und ihn betrifft auch meine Nachricht.«

»Welcher Art waren die Vertrauensbekundungen, von denen Ihr sprecht?«

»Man könnte mich als... Bewahrer seines Leumunds und Beschützer Eures Erbes betrachten.«

Johannes I. kam ins Hadern. Vielleicht war dieser Kirchenmann doch kein Lügner. »... Bewahrer seines Leumunds...«, wiederholte er nur für sich. Eine bittere Vorahnung beschlich ihn.

Everard blickte dem Grafen bei seinen nächsten Worten tief und eindringlich in die Augen, in der Hoffnung, dass dieser verstand. »Genau genommen geht es um sein Vermächtnis – einen Teil seines Vermächtnisses, das im Gegensatz zu ihm selbst noch überaus lebendig ist.«

Nach einer kurzen Weile des Überlegens erhob sich der Graf, schritt geschwind und mit wehender Kleidung an Everard und den immer noch knienden Kuno und Johannes vorbei. Während er sie passierte, befahl er: »Folgt mir. Alle drei!«

In einer Kammer neben dem Saal, mit einem lodernden Feuer

im Kamin, bilderreichen Teppichen an den Wänden und einem mächtigen Holztisch in der Mitte, auf dem silberne Leuchter standen, die über und über mit zerlaufenem Wachs bedeckt waren, bekam Everard, was er sich gewünscht hatte.

Nachdem zwei Diener die Tür geschlossen hatten, forderte Johannes I.: »So, Fremder. Nun sind wir allein. Jetzt sprecht endlich deutlich, in Gottes Namen! Um welchen Bastard meines Vaters geht es?«

Everard kämpfte sein aufwallendes Erstaunen nieder. Der Graf hatte also bereits verstanden, worum es ging, das machte die Sache etwas leichter. »Es geht um einen Mann namens Walther von Sandstedt.«

»Woher kennt Ihr diesen Mann? Ist Eure Behauptung überhaupt glaubwürdig?«

»Das ist sie durchaus. Ich habe ihn aufgezogen, bis er vierzehn Jahre alt war.«

»Welche Metze ist seine Mutter?«

»Das ist wahrscheinlich das Schlimmste an der ganzen Sache – sie ist eine Stedingerin!«

Diese Nachricht entlockte dem bislang recht beherrschten Grafen nun doch einen Laut des Entsetzens. Ruckartig drehte er sich um, fuhr sich mit der Rechten über den Kopf und strich sein Haar zurück. Dann griff er unvermittelt nach einem der Leuchter und schleuderte ihn mit aller Kraft gegen eine Wand. Alle im Raum erschraken, und einer seiner Diener musste sogar in Deckung gehen, um das Silber nicht an den Kopf zu bekommen. Nach diesem Ausbruch allerdings, hatte der Fürst sich schnell wieder im Griff. »Eine Stedingerin«, spie er verächtlich aus. »Von all seinen Bastarden ist dieser also der Verachtenswerteste. Warum ist er all die Jahre am Leben geblieben und wurde nicht schon längst getötet?«

»Es tut mir leid, Euch das sagen zu müssen, aber so, wie es mir damals angetragen wurde, hat Graf Gerbert von Stotel es nicht vermocht, das Kind zu töten … *ihr* zuliebe!«

Der Graf schaute auf und nickte. »Es war also ein Kind der Liebe und keines, was durch Gewalt gezeugt wurde?«

»Ja, so ist es«, bestätigte Everard.

Mit nun wieder ruhiger Stimme fragte er: »Wo ist dieser Bastard jetzt?«

»Er lebt bei einem der Schauenburger Grafen.«

»Bei welchem der fünf?«

»Graf Johann II. von Kiel.«

Jetzt wurde der Blick des Grafen starr. In seinem Kopf erschienen Bilder. Kiel...! Das Turnier...! »Habe ich es doch gewusst«, flüsterte er vor sich hin, als er an die Begegnung mit dem Mann auf dem Kampfplatz dachte, der ihm so ähnlich gesehen hatte. »Es war doch kein Zufall.« Plötzlich ging ein Ruck durch ihn, und sein Blick wurde wieder klar. »Ist er etwa ein ritterlicher Gefolgsmann Johanns? Ich dachte, er gehört zu diesem Ritter namens Ribe.«

»Nein, er verdingt sich am Hofe Johanns II. als Spielmann.«

»Ein Spielmann?«, fragte der Graf verächtlich. »Ein in Sünde gezeugter, gräflicher Spielmann mit Stedinger Blut in sich? Großer Gott, wie schlimm kann es denn noch kommen? Was für ein unwürdiger Halbbruder!«

»Da gebe ich Euch recht, Herr. Doch irrt Euch besser nicht in ihm. Er hat sich viele Jahre lang als Nuncius bei einem Ratsherrn verdingt und dessen Tochter geheiratet. Erst nachdem Graf Johann II. von Kiel sein Augenlicht auf einer Seite verloren hatte, ist er als Spielmann in dessen Dienst getreten.«

»Ihr meint den Hühnerknöchelwurf des Narren seines Vetters?«

»So ist es. Nach diesem Vorfall ließ Gräfin Margarete von Dänemark nach Walther von Sandstedt schicken, um die Heilung ihres Gemahls durch Musik voranzutreiben. Der Graf war derart angetan von dem Minnesang Eures Halbbruders, dass er ihn seither hoch schätzt.«

»So, so...«, brummte Johannes I. vor sich hin. »Ist das alles, was Ihr mir zu sagen habt, Fremder?«

»Nun, ja und nein. Wenn Ihr meine bescheidene Meinung hören wollt, so denke ich, dass mein einstiges Mündel Euch nach der Stellung als Graf von Stotel, ja, vielleicht sogar nach dem Leben trachtet. Und ich bin mir sicher, dass er seine Verbundenheit mit Graf Johann II. sehr bald für ebendiese Zwecke nutzen wird.«
Diese Anschuldigung war selbstverständlich eine Lüge – schließlich wusste Walther nichts von seiner Herkunft –, doch das war Everard gleich.

Der Fürst schaute den Geistlichen noch einmal eindringlich an. Es war nicht zu übersehen, dass er noch immer abwog, ob er dem Fremden trauen konnte. Doch das eben Vernommene war einfach zu unangenehm, um es zu missachten – vorausgesetzt, es stimmte! Schließlich sagte er: »Sollte das die Wahrheit sein, dann muss diesem Walther schnell Einhalt geboten werden. Ich werde nicht zulassen, dass mir ein Bastard meines Vaters in die Quere kommt!«

Everard lächelte. »Wenn das so ist, habe ich einen Vorschlag für Euch, der Euch möglicherweise gelegen kommen könnte.«

»Einen Vorschlag? Was für einen?«

»Ist es schon bis Stotel vorgedrungen, dass Johann II. von Kiel seinem Vetter Gerhard II. von Plön jüngst die Fehde erklärt hat?«

»Nein, ist es nicht«, gab der Graf nun interessiert zu. »Aber eine Fehde eröffnet mir natürlich ganz neue Möglichkeiten.«

»So ist es«, bestätigte der Geistliche.

»Wie steht Ihr zum Schauenburger Gerhard II.?«

»Mein Verhältnis zu Graf Gerhard II. ist zugegebenermaßen nicht unbelastet, doch wenn wir uns zusammentun, bekommen wir mit Sicherheit beide, was wir wollen. Ich erkläre es Euch gern ausführlich, wenn Ihr mögt.«

»Ja, tut das. Fangen wir doch vielleicht mit Eurem Namen an, Fremder.«

»Vater Everard! Zu Euren Diensten …!«

Godeke hatte eigentlich genug anderes, über das er nachdenken sollte: die Fehde, das Kinderbischofsspiel, sein eigener Holzhandel. Und doch kreisten seine Gedanken seit Tagen nur noch um dasselbe: Ava und Oda!

»Noch Wein?«

»Nein, danke«, ließ er seine Frau wissen, die den Krug wieder abstellte und sich ihrem Mahl widmete. Er schaute ihr beim Essen zu, aß selbst aber keinen Bissen. Äußerlich sah sein Weib aus wie immer – wie an dem Tag, an dem er sie geehelicht hatte –, dennoch war sie nicht die gleiche Frau. Oda hatte sich verändert, das war ihm nach der Situation in ihrer gemeinsamen Kammer endgültig klar geworden. Seither benahmen sie sich, als seien sie einander fremd.

Kurz schaute sie auf, lächelte schmallippig, senkte dann wieder den Blick.

Bislang hatte er es immer wieder auf die Umstände geschoben. Sie waren der Grund für Odas verwandeltes Wesen. Vielleicht aber war auch er derjenige, der sich verändert hatte und der nicht mehr in der Lage war, sie zu lieben? Doch ob nun sie oder er oder eben die Umstände Schuld trugen, was änderte das? Rein gar nichts.

Godeke blieben nicht viele Möglichkeiten, denn niemals hätte er Oda verstoßen – obwohl es sogar rechtens wäre, sollte sie ihm weiter keine Kinder gebären. Doch das war nicht seine Art, und das hatte auch Oda nicht verdient. Wie auch immer man es drehte, seine Lage war vertrackt. Godeke konnte sehr wohl damit leben, keine Nachkommen zu haben, doch mit einer Sache würde er niemals leben können: mit dieser unterschwelligen Zwietracht tagein tagaus, die zwischen ihnen herrschte.

»Du isst ja gar nichts«, bemerkte Oda plötzlich.

»Ich habe keinen Hunger«, erwiderte er und schob seine Schüssel von sich.

»Schmeckt dir nicht mehr, was ich bereite? Vor nicht allzu langer Zeit hast du es gern gegessen.«

»Vor nicht allzu langer Zeit war einiges in diesem Hause anders. Ist es nicht so?«

Oda schaute ihn mit einem Blick an, der so vorwurfsvoll war, dass Godeke sie deshalb hätte tadeln können, doch er hatte kein Interesse daran. Und auch sie sagte nichts und aß weiter. Beide schwiegen, ohne es wirklich zu bemerken.

Godeke starrte weiter vor sich hin und versank im Flackern der Kerze vor sich. Er wusste nicht, was er tun sollte, doch etwas musste geschehen. So konnte es jedenfalls nicht weitergehen. Sein Blick haftete an der gelblichen Flamme vor sich, als seine Gedanken zu der zweiten Sache abschweiften, die ihn seit Tagen beschäftigte: Ava!

Unwillkürlich kamen ihm Bilder in den Kopf. Sie ließen ihn nicht mehr los, was immer er auch tat. Es waren Bilder von Ava im Schnee auf dem Kattrepel, dann ihr Lachen und ihr geöffnetes Haar, das sie umgab wie wallende Seide. An jenem Tag war etwas in ihm entfesselt worden, was lange im Verborgenen geschlummert hatte. Mehr und mehr verlor er die Kontrolle darüber. Seine Gefühle waren jener Art, wie ein Mann sie eigentlich nur bei seinem eigenen Weibe haben sollte. Wann hatte das angefangen? Er konnte es nicht sagen. Es war verwirrend und beflügelnd zugleich. Zu behaupten, er hätte sich im Griff, wäre eine Lüge gewesen. Schon jetzt hatten sie zu viel gewagt. Vermutlich war es nur eine Frage der Zeit, bis es auch anderen auffallen würde, dass Ava und er sich seltsam benahmen.

Oda war fertig mit ihrem Essen. Sie erhob sich schweigend und begann, alles auf dem Tisch zusammenzustellen.

Auf einmal schnellte Godekes Arm nach vorne und packte sie am Handgelenk. Grob riss er sie zurück auf ihren Stuhl und ließ sie auch dann nicht los. Sein Blick schien sie zu durchbohren. Ohne Worte schrie er ihr entgegen, dass er sie nicht mehr ertrug. Doch es kam ihm nichts über die Lippen.

Nach einer ganzen Weile sagte sie: »Du tust mir weh.«

Godeke ließ sie los, und sie verschwand aus der Stube. Entmutigt sank sein Kopf in seine Hände. Die Last auf seinen Schultern schien immer schwerer zu werden. Fast erdrückte sie ihn mittlerweile. Er wusste, es gab nur eine Möglichkeit, dieser Bürde zu entkommen und endlich frei zu sein, und so stand er auf, um den Weg anzutreten, den er in Gedanken schon viele Male gegangen war.

Seine Füße trugen ihn in den Westen der Stadt. Er lief schnell, denn seine Angst umzukehren war groß. Nachdem er sein Ziel erreicht hatte, vergingen Stunden, ohne dass er es wieder verließ. Es war bereits spät am Tage, als es endlich getan war. Ein Zurück gab es jetzt nicht mehr. Godeke ging wieder, seine Schritte waren jetzt langsam und bedächtig.

Während er die Trostbrücke überquerte und den Weg Richtung Grimm-Insel einschlug, erlebte er das Gespräch von eben noch einmal Wort für Wort in seinem Kopf. Hatte er auch wirklich keinen Fehler gemacht?

»Ich bin gekommen, um dir einen Vorschlag zu unterbreiten, mein Freund.«

»So? Was für einen?«

»Nun, du solltest wissen, dass ich deinem Vater in einer Sache zustimme.«

»Ich verstehe nicht, was du meinst. Welche Sache ist das? Lass schon hören…!«

Godeke war mittlerweile an der Zollenbrücke angekommen. Er trat auf ihre höchste Stelle zu und umfasste die Seitenwand mit beiden Händen. Sein Blick glitt aufs Wasser hinaus, während er seine eigenen Worte im Kopf erklingen hörte.

»Du solltest wieder heiraten!«

»Darüber haben wir doch letztens schon gesprochen, Godeke. Es gibt keine Frau, die mich interessiert.«

»Bist du dir da sicher?«

»Leider ja, ich wünschte es wäre anders. Aber ich bleibe lieber un-

verheiratet, als dass ich mir eine Hässliche oder Kranke ins Haus hole, bloß weil ihre Eltern vermögend sind.«

»*Nun, vielleicht gibt es ja auch noch eine andere Möglichkeit?*«

»*Ach ja? Und welche?*«

»*Du heiratest Ava!*«

Obwohl der Satz nur noch in seiner Erinnerung existierte, versetzte er ihm einen Stich. In diesem Moment hatte Christian Godonis sich das erste Mal aufrecht hingesetzt. Sein immer müder Blick war plötzlich aufgeklart.

»*Du meinst Ava Schifkneht? Die Witwe? Tochter von Fridericus von Staden?*«

»*Genau die meine ich.*«

»*Die Ava, dessen Muntwalt du bist?*«

»*Richtig. Und darum liegt es auch an mir, einen neuen Gemahl für sie zu finden. Ich denke da an dich. Wie du sicher weißt, ist sie*...«

»*... außerordentlich schön!*«, hatte Christian Godekes Satz mit einem Funkeln in den Augen beendet.

Daraufhin hatte Godeke es erneut versucht. »*Wie du sicher weißt, ist sie*...«

»*... feurig, und ihre Zunge ist schärfer als manches Messer.*«

An dieser Stelle versuchte er es nicht erneut, sondern verlangte eine Erkärung.

Christian hatte danach von der letzten Begegnung mit Ava auf den Straßen Hamburgs erzählte. Er machte kein Geheimnis daraus, wie beeindruckend sie auf ihn gewirkt hatte.

Godeke war in diesem Moment hin- und hergerissen gewesen zwischen dem Gefühl der Eifersucht und der Erleichterung. Dennoch hatte er sofort bemerkt, dass Christians Begeisterung für Ava echt war.

Der eisige Wind trieb Godeke weiter. Schweren Schrittes verließ er die Zollenbrücke und wandte sich nach links in die Gröningerstraße. Sofort war er in Gedanken wieder im Hause Godonis; an jener Stelle des Gespräch, da er endlich hatte sagen können, was er vorher vergeblich versucht hatte loszuwerden.

»Was ich meinte, ist, wie du sicher weißt, Ava ist noch in Trauer. Die Vermählung müsste deshalb noch etwas warten. Aber irgendwann einmal brauchen ihre Jungen einen Vater, und sie braucht einen Ehemann.«

»Godeke! Du bist ein heller Kopf. Wieso bin ich nicht auf diese Idee gekommen? Ava kommt aus einer guten Familie, sie hat bereits zwei Söhne geboren und ist dazu auch noch eine wahre Schönheit! Ich sage dir eines, mein Vater wird begeistert sein!«

»Du bist also einverstanden?«

»Machst du Scherze? Natürlich bin ich das! Und damit du sie nicht doch noch jemand anderem gibst, gebe ich dir jetzt gleich die Hand darauf, mein Freund!«

Godeke fühlte noch, wie er seine Hand in die von Christian geschlagen, und sich zu einem Lächeln gezwungen hatte. Es sollte überdecken, wie es wirklich in ihm aussah. Der Gedanke, dass Ava wieder heiraten würde, zerriss ihn, doch das Wissen darum, dass es ein Freund sein würde, der sie ehelichte, machte es weit weniger schmerzhaft.

Jetzt aber stand ihm der schwierigste Teil bevor: Es war an der Zeit, dass Ava von seinen Plänen erfuhr. Godeke hatte ihr Haus mittlerweile erreicht. Unbewegt stand er schon eine Weile lang davor. Er zögerte, obwohl er tief in sich das Gefühl hatte, alles richtig gemacht zu haben. Christian kam aus guter Familie, sah ansprechend aus und war jung. Das alles war mehr, als viele Frauen, und besonders Witwen, sich von ihrem Zukünftigen auch nur erträumten. Schließlich sammelte Godeke allen Mut und klopfte an ihre Tür.

Er bemerkte nicht, dass Oda ihn aus einer Fensterluke dabei beobachtete.

»Godeke«, rief Ava erstaunt aus, die entweder nicht mit ihm gerechnet oder ihn sich gerade herbeigesehnt hatte. Denn sofort danach senkte sie den Blick. Ihre Wangen verfärbten sich rot. »Was machst du hier? Ich habe dich lang nicht gesehen.«

Bei ihrem Anblick wurden Godeke die Knie weich, doch er versuchte, sich zusammenzureißen und sagte: »Bitte verzeih, dass ich ungebeten bei dir auftauche, aber ich habe etwas mit dir zu besprechen.«

»Gut, dann sprich!«

»Nicht hier, Ava. Bitte lass mich ein. Ich werde nicht lange bleiben.«

Die Witwe zögerte. Das erste Mal war ihr bange davor, mit Godeke allein zu sein. Nicht einmal Ehler und Veyt waren aus der Schule zurück, die Magd kaufte ein – das Haus war komplett leer. Dennoch machte sie einen Schritt zur Seite und schickte noch einen letzten Blick die weißgeschneite Straße hinab. Dann führte sie Godeke in die Küche. Um einen Ton bemüht, der so normal wie möglich klang, fragte sie: »Nun, was ist es, das du mit mir besprechen willst?«

»Ava«, begann Godeke langsam. »Ich möchte dich bitten, mich aussprechen zu lassen. Unterbrich mich nicht, sondern höre mich bis zum Ende an.«

Sie antwortete nicht, blickte ihn nur mit ihren dunklen, schönen Augen an. Erwartungsvoll und irgendwie schüchtern.

Godeke schluckte schwer. Ihre bloße Gegenwart machte ihn atemlos. Sie stand nur eine Armlänge von ihm weg, und doch fühlte es sich weit entfernt an. »Ich wünschte, ich könnte es dir vorsichtiger sagen, doch ich finde nicht die rechten Worte.«

»Sag es einfach.«

»Ich war eben im Nikolai-Kirchspiel.«

»Und?«

»Dort wohnt ein Freund von mir.«

»Kenne ich ihn?«

»Ich denke schon.«

»Godeke, lass die Heimlichkeiten. Was willst du mir sagen?«

»Ich ... ich habe ...« Noch einmal holte er tief Luft. »Ich habe Christian Godonis heute deine Hand versprochen.« Jetzt war es raus. Noch nie war Godeke ein Satz schwerer über die Lippen gegangen. Gebannt starrte er Ava an, die jedoch nichts erwiderte. Dann setzte Godeke erneut zu sprechen an, er wollte ihr sagen, dass die Hochzeit noch warten könne und sie selbst entscheiden solle, wann sie bereit dafür wäre, doch dazu kam es nicht.

Ava holte aus und verpasste Godeke eine kräftige Ohrfeige. Mit zorniger Miene sah sie ihn an. Zuerst leise, dann immer lauter, sagte sie: »Du! Du wagst es, mich an einen anderen Mann zu geben, ohne vorher mit mir darüber zu sprechen? Wie eine Ware versprichst du mich? Ohne meine Trauer um Thiderich zu achten?«

»Warte, so ist es nicht ...! Höre zu!«, versuchte er, sie an seine Bitte zu erinnern.

»Du hast versprochen, nicht wider meinen Willen zu handeln. Wie konntest du nur, Godeke von Holdenstede ...? Verlass sofort mein Haus!«

»Ich gehe erst, wenn du mich zu Ende angehört hast.« Godeke fasste Ava an den Schultern und wollte sie zum Zuhören zwingen, doch das war jetzt nicht mehr möglich.

Wie von Sinnen riss sie sich los und schlug ihre Fäuste gegen seine Brust. Dabei schrie sie nun: »Wie konntest du es wagen? Wie konntest du es nur wagen ...?« Immer wieder wiederholte sie diese Frage, und wenig später begann sie zu weinen. Die Schläge wurden langsam schwächer.

»Ava, höre mich an! Bitte!« Irgendwann bekam er ihre Fäuste zu fassen. Er hielt sie mühelos mit seinen Händen umschlossen. »Höre mich doch an, Ava. Ich konnte es nur aus einem Grund.«

Immer mehr erstarb jede Gegenwehr. »Wie konntest du es wagen ...?«

»Ich konnte es nur deshalb ...«

»Verlass mein Haus ...«, entfloh es ihr ein letztes Mal schwach. Dann wurde sie gänzlich von ihrer Traurigkeit übermannt. Tränen benetzten die rosigen Wangen, sie schien nicht hören zu wollen, was er ihr immer wieder versuchte zu sagen.

»Ava, ich konnte es nur deshalb tun, weil ... weil ich dich liebe!« Dann zog er sie an sich und küsste sie mit all seiner aufgestauten Leidenschaft.

Jetzt löste sich jeder Widerstand in Ava auf. Sie gab sich seinem Kuss hin und verschmolz mit seinen Lippen, ließ die Fäuste locker; ließ sich umarmen und näherziehen. So nah, dass kein Haar mehr zwischen sie gepasst hätte. Hastig küssten sie sich, umschlangen sich mit ihren Armen und berührten sich ungestüm, wo immer ihre Finger hinreichten.

Godeke befreite sie von ihrer Haube und griff in ihr dunkles Haar, das er so liebte. Dabei drückte er sie rückwärts, schob seine Hände unter ihr Gesäß und hob sie mit Leichtigkeit auf den Tisch.

Ava fühlte sich schwerelos. Sie hielt die Augen geschlossen und gab sich dem wunderschönen Gefühl von Godekes Küssen hin. Seine Lippen waren überall. Sie öffnete ihre Schenkel und ließ ihn näher an sich heran. Ihre Beine schlangen sich wie von selbst um seine Mitte.

Godeke küsste ihren Mund, ihren Hals und den Ansatz ihrer Brüste.

Ava stützte sich nach hinten auf und bot ihm dar, was er begehrte. Schnell war ihr Oberkörper frei von jeglichem Stoff. Keiner von beiden war noch in der Lage, sich zu stoppen.

In diesem Moment wurde die Tür zur Küche aufgerissen und knallte laut gegen die Wand. Es war Oda, die ihrem Gemahl heimlich gefolgt war und die die beiden Liebenden nun eng umschlungen vorfand. Sie wollte schreien, doch der Schreck saß zu tief, und ihr offener Mund blieb stumm.

Godeke und Ava fuhren auseinander. Wortlos starrten sie auf Oda – zwei oder drei Atemzüge lang unfähig, sich zu bewegen.

Und als ob das alles nicht schon verwirrend genug war, hallten in diesem Moment die Stimmen Walthers und Runas durch das Haus.

Gut gelaunt rief der arglose Spielmann aus der Diele: »Na sagt mal, habt ihr zu viel Holz in Euren Kellergewölben, oder warum stehen bei diesem Wetter die Türen offen?«

Runa rief: »Ava, bist du da?«

Ruckartig kam die Hausherrin zur Besinnung. Sie schaffte es gerade noch, ihr Haar und ihre Haut hastig zu bedecken, als die Gäste die Küche auch schon betraten.

»Da seid ihr! Versteckt ihr euch etwa vor uns?«

Ava, Oda und Godeke standen einfach nur da. Stocksteif und innerlich flehend, dass einer der anderen das erste Wort sprach.

»Was ist? Bekommen wir keinen Begrüßungs-Trunk, wie sonst üblich in diesem Haus?«, fragte Walther ahnungslos.

Noch immer schwiegen die Angesprochenen. Erst kurz bevor sich die Situation selbst verriet, sagte Oda zu der Witwe: »Ava, was ist mit dir? Willst du Walther und Runa denn nichts anbieten? In deinem Haus bekommt doch sonst jeder, *was sein Herz begehrt*.« Nach diesen zumindest für Ava und Godeke sehr eindeutigen Worten, sah sie ihren Gemahl mit einem Blick an, der ihm schier das Blut in den Adern gefrieren ließ. In ihr brodelte es. Eben noch hatte Oda ernsthaft in Erwägung gezogen, einen von beiden an den Hals zu springen und lautstark anzuklagen, doch sie schaffte es, ihre Wut, ihre Enttäuschung und das stechende Gefühl der Demütigung erfolgreich zu bekämpfen – jedenfalls für den Moment.

Während Ava sich endlich mit hochrotem Kopf in Bewegung setzte, um etwas zu trinken zu holen, begrüßte Godeke Runa und Walther mit teilnahmslosen Gesten und gleichgültigen Fragen. Oda hielt sich bedeckt. Ihre Gedanken hingen dem nach, was soeben geschehen war, und reichten auch noch weiter zurück. Als Godeke die Muntwaltschaft Avas übernommen hatte, war ihr zunächst nie der Verdacht gekommen, ihr Gemahl könnte ihr dadurch je abtrünnig werden – nicht Godeke, und schon gar nicht mit der Frau Thiderichs, seines Vaters bestem Freund! Doch irgendwann in den letzten Wochen hatte sie zu zweifeln begonnen, und egal wie oft sie sich sagte, dass seine Besuche mit der nötigen Erziehung von Ehler und Veyt zu begründen waren, der schale Geschmack in ihrem Mund war geblieben. Ganz plötzlich wurde ihr klar, dass sie es schon eine ganze Weile lang geahnt, sich die Wahrheit aber einfach nicht hatte eingestehen wollen. Heute wusste sie: Sie hatte sich nicht geirrt!

Die zwei Männer und drei Frauen begaben sich in die Stube, wo sie ihre Becher erhoben und darauf warteten, dass die Magd des Hauses Brot und Käse auftischte.

In diesem Moment kamen Ehler und Veyt von der Schule zurück. Die beiden Jungen freuten sich aufrichtig über den Besuch der Tante und des Onkels, die sie in letzter Zeit, da diese auf dem Kunzenhof wohnten, häufiger sahen, und bestürmten vor allem Walther gleich mit einer Frage.

»Bitte, kannst du uns etwas auf deiner Laute vorspielen?«, fragte Veyt.

»O ja, bitte spiele uns was vor!«, setzte Ehler nach.

Ava schüttelte den Kopf und schimpfte halbherzig: »Nun lasst euren Onkel doch erst einmal etwas essen.«

Walther lachte und strich Veyt und Ehler über die Köpfe. »Jungs, ich spiele euch später etwas vor, in Ordnung? Aber zuerst werden wir uns ein wenig stärken. Und bevor ich euch diesen Wunsch erfülle, würde es mich freuen, wenn du mir zuliebe das Tischgebet sprichst, Ehler.«

Der Junge ließ den Kopf hängen. Ständig musste er das tun. »Warum kann das denn nicht mal Veyt machen?«, jammerte er, stellte seine Ellenbogen auf den Tisch, stützte sein Kinn auf seine Hände und schob die Unterlippe vor.

Jetzt war es Godeke, der etwas sagte. »Weil Veyt im Gegensatz zu dir nichts gutzumachen hat! Erinnerst du dich nicht mehr …?«

Bei diesen Worten wies er mit seinem Kinn in Richtung von Ehlers Händen.

Der Junge richtete sich augenblicklich auf, und sein Gesicht wurde wieder ernst. Als er merkte, dass alle auf seine Hände starrten, setzte er sich blitzschnell darauf – jedoch nicht schnell genug für Runas Augen.

»Herr im Himmel, was ist denn mit deinen Händen geschehen?«, stieß sie erschrocken aus.

»Das war Godeke«, antwortete der Junge in einem patzigen Ton. »Der Scholastikus hat's befohlen. Ich habe zehn Hiebe auf die Hände bekommen, und im Gegensatz zu dem Schwächling Thym...«

»Still!«, befahl ihm Godeke streng und schnitt ihm damit gerade noch rechtzeitig das Wort ab. »Wenn du dich jetzt nicht benimmst, wirst du die Stube ohne etwas zu essen verlassen!« Godekes Worte waren unerbittlich und seine Stimmung düster; um nichts in der Welt wollte er, dass seine Schwester jetzt auf diese Weise von Thymmos Bestrafung erfuhr. Er wusste, sie wäre außer sich vor Sorge, und dieser Moment war wahrlich auch so schon verzwickt genug. Drum schloss Godeke: »Das hat hier jetzt nichts verloren. Und nun gehorche, und sprich das Tischgebet.«

Ehler gab sich geschlagen, da er spürte, dass Widerstand gerade nicht besonders ratsam wäre. Also faltete er die geschwollenen Hände mit den mittlerweile blasser gewordenen roten Striemen darauf, schloss die Augen und sprach: »Domine Jesu Christe, panis Angolorum, panis vivus aeternae vitae benedicere digna panem istum, sicut benedixisti panes in deserto, ut omnes ex eo gustantes inde corporis et animae percipiant sanitatem.«

»Sehr gut gemacht, deine Aussprache wird immer besser«, lobte Walther den Jungen extra, damit die Stimmung sich wieder hob.

Ehler begann, wieder zu lächeln und das schlichte aber gute Mahl begann.

»Wo sind Freyja, Thido und Margareta?«, fragte Ava in die

Runde, mit einem Blick, dem noch immer anzusehen war, wie überaus unwohl sie sich fühlte.

Runa schluckte ihren Bissen herunter und antwortete: »Sie sind auf dem Kunzenhof geblieben. Eigentlich wollte Margareta mit uns kommen, doch sie ist heute von Übelkeit geplagt und kurzatmig. Selbst dieser Weg wäre wohl zu anstrengend für sie gewesen.«

»Das verstehe ich«, gab Ava jetzt zurück. »Mir ging es in meinen Schwangerschaften ebenso. Diese Atemlosigkeit ist furchtbar! Arme Margareta, ich fühle mit ihr. Wie war es bei dir, Runa?«

»Oh, höre mir auf...!«, winkte diese kopfschüttelnd ab. »Des Nachts fürchtete ich oft zu ersticken. Besonders wenn es warm draußen war. Auf dem Rücken liegen war so gut wie unmöglich. Und erst die geschwollenen Beine...!«

Ava lachte kurz auf und sagte: »Als ob ein geschwollener Bauch nicht schon genug wäre, nicht wahr?«

»Du sagst es. Margareta kann sich glücklich schätzen, jetzt im Winter schwanger zu sein. Da ist es weniger beschwerlich...«

Oda hatte sich die ganze Zeit zusammengerissen. Schon unter normalen Umständen krampfte sich in ihr alles zusammen, sobald das Wort *Geburt* oder *Schwangerschaft* fiel, doch in diesem Augenblick war sie so dünnhäutig wie nie zuvor. Die Frauen, die eigentlich in ihrer Gegenwart stets Rücksicht nahmen und jenes Thema vermieden wo es ging, vergaßen sich. Ausgerechnet heute! Aufgebracht fuhr Oda ihnen über den Mund. »Ist euch nicht aufgefallen, dass Männer am Tisch sitzen?«, unterbrach sie Runa und Ava schroff. »Diese Art Gespräche könnt ihr später führen, wenn wir Frauen alleine sind – oder noch besser, wenn *ihr* alleine seid!«

Jeder am Tisch verstand sofort. Sie waren für einen kurzen Moment unachtsam gewesen.

»Oda«, begann Runa mit einem entschuldigenden Blick. »Es tut mir leid. Du hast ja recht. Lass uns von etwas anderem sprechen.«

Godeke erwägte kurz, Odas Hand zu ergreifen, um den Schein des sorgenden Ehemannes zu wahren, doch das wagte er nicht.

Sehr wahrscheinlich hätte sie hineingebissen oder Schlimmeres damit angestellt, so wütend wie sie gerade war. Stattdessen versuchte er, Runas Vorschlag zu beherzigen und fragte seine Schwester: »Was ist mit Vater und Mutter? Hast du was von ihnen gehört? Werden sie zum Kinderbischofsspiel kommen?«

»Wir haben keinen Brief mehr von ihnen erhalten, seit es so stark schneit. Aber ich bin mir trotzdem sicher, dass sie kommen werden.« Dann wandte sie ihren Blick zu Ehler und fügte mit unverhohlenem Stolz hinzu: »Jetzt, da Ehler auch ein Marianer ist und sogar schon dem *cantus major* angehört, werden sie es sich sicher nicht entgehen lassen, ihn am Festtag singen zu hören.« Runa schaute zu Ava und legte ihr lächelnd die Hand auf den Arm. Sie hatte von Godeke erfahren, dass Ehler den ersten Chor, den *cantus minor*, in dem Thymmo sang, gleich übersprungen hatte, da er so talentiert war. »Du musst sehr stolz auf deinen Jungen sein, meine Liebe. Hoffentlich wird auch Thymmo alsbald besser und besser, bis er eines Tages die Hymnen singen kann – vielleicht sogar mit Ehler zusammen!«

»Ja, das wäre ganz wunderbar«, schwärmte Ava. »Ich wünschte nur, Thiderich könnte das alles miterleben.«

Oda verschluckte sich fast an ihrem Käse. »O ja, das wünschte ich ebenso«, stimmte sie mit steinerner Miene zu. »Er hätte sicherlich seine wahre Freude! An Ehler meine ich selbstverständlich.« Dann stand sie auf, um den Raum zu verlassen. »Bitte entschuldigt mich! Mir ist nicht wohl.«

7

Albert und Jons wachten nun schon seit Stunden im Stall an der Seite der beiden Stuten, doch nichts geschah. Friedlich kauten die Braune und die Weiße an ihrem Heu. Ihre Leiber waren dick und rund. Dennoch gab es keinen Grund zu vermuten, dass die Stuten ihre Fohlen ausgerechnet noch an diesem Tag bekommen würden.

»Jons, bist du dir sicher, dass es heute noch passiert? Wir sitzen hier nämlich schon eine ganze Weile, und wenn ich ehrlich bin, würde ich in dieser Nacht meine Bettstatt dem Stroh vorziehen.«

Der Page zuckte mit den Schultern. »So genau kann ich es leider auch nicht sagen, Herr. Wie immer habe ich einfach bloß ... so ein ... Gefühl. Ein ganz starkes Gefühl. Irgendetwas sagt mir, dass die Fohlen sehr bald kommen – und das vermutlich gleichzeitig –, und dass die Weiße unsere Hilfe brauchen wird, so, wie bei ihrem letzten Fohlen. Ihr solltet besser bleiben, Herr.«

Albert ließ seinen Kopf gegen die hölzerne Wand hinter sich fallen und wickelte sich noch fester in die Decken ein, die Ragnhild ihnen gebracht hatte. Er glaubte dem Jungen, schließlich hatte er, was die Pferde betraf, bisher immer recht behalten. Doch in dieser Nacht fühlte sich Albert mit seinen sechsundvierzig Jahren sehr alt. Ihm taten die Glieder weh, und er sehnte sich danach, in seinen weichen Laken neben seiner warmen Ragnhild einschlafen zu können, wo er seine Nase in ihr Haar stecken konnte, das immer so wunderbar roch. Doch andererseits war es gut, dass die Fohlen sich gerade jetzt auf den Weg machten und nicht später. Übermorgen war nämlich der sechste Dezember und somit der erste Tag des

Kinderbischofsspiels, den Ragnhild und er nicht verpassen wollten. Beiden war es wichtig, ihre Töchter und ihre Enkelkinder bei jeder sich bietenden Gelegenheit zu sehen – schließlich gab es davon nicht mehr so viele.

Eigentlich hatten sie sich heute Morgen auf den Weg machen wollen, doch Jons hatte ihn zurückgehalten. Nun hoffte Albert, dass der Junge recht behielt, denn sobald die Fohlen geboren waren, wollten sie nach Hamburg reiten – leider ohne Eccard, der durch Gräfin Margaretes Weisung an die Burg gefesselt war.

Alberts Blick wanderte zum Pagen hinüber, der keineswegs müde oder erschöpft aussah. Immer wieder stand er von ihrem aufgeschütteten Strohhaufen am Ende der Gasse des Pferdestalls auf, um in eine der Boxen zu gehen und das jeweilige Pferd mit Stroh abzureiben. Der Junge war überzeugt, dass den Stuten warm davon wurde und dass es ihnen guttat. Albert ließ ihn gewähren und schloss kurz die Augen. Er musste eingenickt sein, denn erst ein wildes Ruckeln an seiner Schulter ließ ihn die Augen wieder aufreißen.

»Herr, Herr, wacht auf! Die Weiße liegt schon«, rief der Junge und zerrte an Alberts Ärmel. »Kommt schon, sie braucht uns jetzt!«

Albert war mit einem Mal hellwach. Ein kurzes Aufhorchen genügte: Jons sprach die Wahrheit. Die Stute stöhnte unüberhörbar. Gemeinsam hasteten sie zur Box des Pferdes, das offenbar bereits dabei war, sein Fohlen herauszupressen. Unter seinem Schweif schauten zwei winzige Vorderhufe heraus, die noch komplett von einer weißlichen Haut umgeben waren. Die Stute schnaubte und gab ab und zu ein ächzendes Geräusch von sich.

»Wie lange liegt sie schon?«, fragte Albert den Jungen.

»Noch nicht so lange. Doch die Hufe des Fohlens schauen schon eine ganze Zeit raus. Ich beobachte das, seitdem Ihr eingeschlafen seid, und habe das Gefühl, es tut sich nichts mehr. Sie quält sich, Herr. Ich glaube, sie braucht jetzt Hilfe. Sollen wir vielleicht ziehen?«

»Gleich, Jons. Lass es sie noch ein paar Mal selbst versuchen. Es ist immer besser, wenn sie es von alleine schaffen.«

Beide starrten gebannt auf die Stute. Eben hatte sie den Kopf noch aufgerichtet gehabt und sich regelmäßig zu ihrem steckengebliebenen Fohlen umgesehen, jetzt allerdings lag sie komplett auf der Seite. Immer wieder spannte sie sich so sehr an, dass alle vier Beine starr von ihrem Körper abstanden. Dabei prustete und schnaubte sie. Dann entspannte sie sich wieder, ließ die Beine sinken, bevor es erneut losging. Ihr weißes Fell war mittlerweile komplett verschwitzt. Bald gab es keinen Zweifel mehr: Sie plagte sich gewaltig, und die Geburt ging tatsächlich nicht voran. Jons hatte recht behalten.

Albert brauchte den Jungen nur anzuschauen.

»Ich werde die Stute beruhigen und zu ihrem Kopf gehen.«

»Und ich werde versuchen, das Fohlen herauszuziehen«, sagte Albert und platzierte sich hinter dem Pferd.

Während der Page leise mit dem Schimmel sprach, ergriff Albert die schmalen Beinchen des dunklen Fohlens. Sanft aber kräftig begann er in einem bestimmten Rhythmus daran zu ziehen und locker zu lassen. Das wiederholte er wieder und wieder.

Irgendwann schien die Stute zu begreifen. Ihre Beine versteiften sich erneut, und sie presste. Fast konnte man meinen, dass sie mit Albert zusammenarbeiten wollte.

»Ich glaube, jetzt passiert etwas«, rief Albert nach einigen Momenten aufgeregt. »Das Fohlen, es kommt langsam!«

Jons war nicht weniger angespannt. Immer wieder versuchte er, dem Pferd auf seine spezielle Weise Mut zu machen.

Alles zusammen genommen führte schließlich dazu, dass das Fohlen aus der Mutterstute hinausglitt.

»Geschafft! Du hast es geschafft, meine Gute!«, lobte Jons die Weiße überschwänglich, die sich trotz ihrer Erschöpfung kurz darauf aufrichtete und den Kopf ihrem Fohlen zuwandte.

Albert hatte die weißliche Haut um das Pferdchen schon zerrissen, sodass die Stute gleich anfangen konnte, es zu säubern.

»Den Rest schafft sie. Komm, wir lassen sie jetzt alleine, Jons.«

»Das müssen wir auch«, sagte der Junge und zeigte auf die Braune, die angefangen hatte, Kreise in ihrer Box zu gehen. Noch bevor Albert und der Junge vor ihre Box getreten waren, knickte die Stute vorne ein und legte sich hin.

»Du bist wirklich unglaublich, Bursche. Woher hast du das nur wieder gewusst? Die Fohlen kommen tatsächlich nahezu gleichzeitig. Gut, dass ich heute Morgen nicht nach Hamburg geritten bin! Mal sehen, ob du auch weiterhin recht behältst, und ob diese Geburt wirklich leichter wird.«

Jons behielt recht. Die Braune gebar ihr Fohlen, ohne dass sie auch nur einen Fuß in die Box setzen mussten. Es war ein kleiner Hengst, genau wie bei der Weißen.

Als beide Fohlen das erste Mal aufstanden und zu trinken begannen, war ihre Aufgabe beendet.

»Komm, lass uns gehen, Junge. Wir sehen morgen wieder nach den Pferden. Sei dir sicher, ich werde Ritter Eccard berichten, was für eine große Hilfe du warst. Ich finde, du hast dir verdient, was du dir so sehr wünschst.«

Jons' Gesicht strahlte. Er verstand sofort und blickte zum Zelter Margaretas. Es würde sehr wahrscheinlich noch bis zum Frühjahr oder Sommer dauern, bis die Stute ihren Nachwuchs gebar, den Kylion in einem unbeobachteten Moment mit ihr gezeugt hatte. Doch dann würde er ein zweites Pferd besitzen, das er eines Tages selbst zureiten konnte, für den Fall, dass Alyss nicht mehr reitbar war. »Habt Dank, Herr. Ihr wisst nicht, was mir das bedeutet!«

Albert lachte. »O doch, ich glaube, das weiß ich. So pferdeverrückt wie du ist niemand, den ich kenne. Ich warte schon auf den Tag, an dem du anfängst zu wiehern.«

Dicht nebeneinander traten sie aus dem Stall. Es schneite wieder, jedoch nur winzig kleine Flocken.

Albert legte Jons noch einmal die Hand auf die Schulter und wünschte ihm »Nun schlaf gut, Junge.«

»Ihr auch, Truchsess«, erwiderte das Kind und flitzte dann in Richtung Burgturm, während sich Albert fröstelnd zu seinem Haus begab.

Am nächsten Morgen ließ der Schneefall endlich nach, und sogar die Sonne kam heraus, sodass das ganze Land zu glitzern schien. Es war windstill und darum nicht mehr so bitterkalt. Die Bewohner der Riepenburg, die seit Tagen kaum aus dem Inneren der Burg und der Häuser getreten waren, zog es wieder hinaus. Langsam bevölkerten sie das Gelände und gingen ihren Tätigkeiten nach.

Eccard stapfte über den Burghof und über die Brücke auf die freie Fläche zwischen dem ersten und zweiten Ringwall. Der Schnee knirschte unter seinen ledernen Stiefeln. Es war noch früh am Morgen. Von weitem grüßte er den müden Torwächter, dessen Gesichtsausdruck ebenso eisig war wie alles um ihn herum, das die Nacht hatte draußen verbringen müssen. Dann blickte er hinüber zu den schneebedeckten Fachwerkhäusern, zwischen denen bereits die ersten geschäftigen Burgbewohner herumwuselten. Glänzende Tropfen fielen von den Dächern und verrieten, dass der Schnee bereits schmolz.

Der Ritter verzichtete aufs Anklopfen und öffnete stattdessen einfach die Tür des truchsessischen Hauses. Hier fand er seinen Freund, der gerade dabei war, sich den ersten seiner Stiefel anzuziehen, und ihn erstaunt anguckte. »Guten Morgen.«

»Lass uns Schach spielen, wie wir es getan haben, als du noch hier bei mir im Einlager warst. Die Figuren verstauben seither.«

Albert sah in das gelangweilte Gesicht seines Freundes und griff nach dem zweiten Stiefel. »So gern ich auch würde, aber wie du sicher schon weißt, sind diese Nacht zwei Fohlen gekommen, die mich brauchen. Ich habe noch viel zu tun, bevor ich nach Hamburg reite.«

Eccard lehnte sich an den Türrahmen und begann bitter zu lachen. »Höre sich einer diesen Mann an. Du erteilst mir also eine Abfuhr?«

Albert erhob sich und musste schmunzeln. Eccard konnte sich verhalten wie ein Kind, wenn er keine Aufgabe hatte. Er kannte das schon und begegnete diesem Benehmen stets mit Scherz. Übertrieben tief verbeugte er sich und sagte: »Verzeiht, mein Herr. Selbstverständlich bin ich nur da, um Euch allzeit zu belustigen.«

Der Ritter verstand sofort, hob die Augenbrauen und reckte die Nase nach oben. Mit geschwellter Brust und gestrafftem Rücken sprach er: »Recht so, Untertan! Entschuldige dich nur. Schließlich bin ich hier der Herr auf der Burg. Darum gehorche gefälligst, und spiele Schach mit mir. Sofort.«

Die Männer begannen ausgelassen zu lachen und legten sich die Arme um die Schultern.

»Gut, dann komm. Eine Runde lang kann ich mich noch vor meinen Aufgaben drücken. Dann muss ich aber zu den Pferden.«

Gemeinsam gingen sie zum Burgturm und ließen sich vor dem Kamin nieder, wo sie auch immer gesessen hatten, als Albert noch unter Eccards Wacht stand.

Während Eccard den ersten Zug machte, fragte er spöttisch: »Gibt es etwas Unerträglicheres als einen Ritter ohne Aufgabe? Ich bin erst kurze Zeit auf der Burg, und schon jetzt bettle ich um Beschäftigung.«

»Wenn du es so sagst, klingt es in der Tat armselig, doch wir beide wissen, dass es sich anders verhält. Die Worte der Gräfin waren eindeutig. Deine Gegenwart in Hamburg wäre zu auffällig. Du sollst warten, bis sie dir ein Lehen zuteilt. Sieh es lieber als deinen ersten Dienst für deinen neuen Herrn.«

»Ein wahrlich aufregender Dienst, der mir alles abverlangt, was ich in den zahlreichen Jahren als Page und denen als Knappe erlernt habe...«, spottete der Ritter.

»Wahrscheinlich liegt die Schwierigkeit im Gehorsam. Nicht

jede Aufgabe ist nach eigenem Gutdünken«, schloss Albert und setzte eine seiner Schachfiguren.

Die Antwort des Jüngeren kam zur Abwechslung mal ohne Spott. »Diese weise Schlussfolgerung werde ich mir merken, Truchsess!«

Albert schaute lächelnd auf. Genau das mochte er an seinem Schwiegersohn, er war nicht geleitet von übertriebenem Stolz. »Die Zeit auf der Burg wäre für dich sicher weitaus angenehmer, wenn meine wundervolle Tochter hier wäre.«

»Du sagst es. Ich wünschte, sie wäre hier. Doch auf dem Kunzenhof ist sie gut untergebracht in ihrem Zustand. Jedenfalls so lange, bis der Schnee gänzlich verschwunden ist – was hoffentlich bald sein wird.«

»Außerdem ist sie sicher dort. Wenn das Kinderbischofsspiel beginnt, wird sie fast den ganzen Dezember lang einen Großteil der Tage in Kirchenhäusern verbringen. Der beste Ort in diesen Zeiten. Das Fest wird sicher...«

In diesem Moment schweiften Eccards Gedanken ab. Sein Blick war zwar unverändert auf das Schachbrett gerichtet, doch vor seinen Augen erschienen Bilder, ausgelöst durch die Worte Alberts. Er war gedanklich in den Gängen der Burg Plön, schwebte gar hindurch bis zur Flügeltür, die in den Saal führte, sah das Gesicht Gerhards II., hörte seine Worte. Es waren jene Worte des letzten Gesprächs zwischen ihm und dem Grafen. Auf Eccards Stirn bildete sich eine steile Falte. Ein Schaudern erfasste ihn. Warum hatte er es nicht früher verstanden? Jetzt lag es so deutlich vor ihm, wie ein geöffnetes Buch.

Mit einem Ruck stand Eccard auf, riss das Schachbrett mit sich, sodass alle Figuren durch die Luft gewirbelt wurden.

Albert schaute ihn erstaunt an. »Grundgütiger...«

Der Ritter richtete seinen Blick nun auf den Truchsess und sagte mit harten Worten: »Keiner wird die Burg verlassen, bis ich wiederkomme. Hast du verstanden?«

»Was meinst du? Wo willst du hin, und wann kommst du zurück? Was ist mit dem Kinderbischofsspiel?«

Eccard war bereits auf dem Weg aus dem Saal. Ohne sich noch einmal umzudrehen, rief er streng: »Das ist ein Befehl, Albert. Ich meine es ernst. Keiner verlässt die Burg!«

Albert blieb verdutzt zurück. Erst nach einer Weile begann er, die Figuren aufzusammeln und schritt nachdenklich zur Fensterluke, die Richtung Tor zeigte. Er sah Eccard auf Kylion davongaloppieren, zusammen mit einigen Männern der Burg. Was hatte das nur zu bedeuten?

Er sollte keine Gelegenheit mehr haben, lange darüber nachzudenken, denn als er den Turm hinter sich ließ und wenig später sein Haus betrat, fand er sich Ragnhild gegenüber, die dabei war, sich die Haube zu binden.

»Albert, da bist du ja. Zeigst du mir die Fohlen?«, fragte sie ihren Gemahl mit fast kindlich leuchtenden Augen.

Er entschied, ihr vorerst nichts von Eccards seltsamem Verhalten zu sagen. Vielleicht kam er bald zurück und alles klärte sich auf. Doch seine innere Unruhe blieb. »Aber ja doch, gerne«, antwortete er stattdessen.

Das Paar ging auf den Stall zu. Arm in Arm und im Gleichschritt, wie sie es immer taten. Ragnhild hatte es so leichter zu gehen, denn ihr Knieleiden plagte sie mit der Zeit immer mehr. Doch man hörte sie niemals klagen.

Sie betraten den Stall und gingen zuerst zur Box der Weißen. Das kleine Fohlen versteckte sich scheu hinter seiner Mutter und ließ sich nicht hervorlocken. Danach schauten sie in die Box der Braunen, deren Fohlen gleich an die Tür kam und neugierig die dargebotenen Hände beschnupperte.

»Sind sie nicht entzückend, Albert? Jedes ist so unterschiedlich und so bezaubernd auf seine Art...«

»Das sagst du immer. Und jetzt wirst du versuchen, mich zu überreden, sie zu behalten, richtig?«

Ragnhild schloss den Mund wieder und schaute ertappt. »Ich weiß jetzt schon, dass ich weinen werde, wenn sie verkauft werden.«

Albert lachte: »Und dabei reitest du noch nicht einmal gern. Komm, lass uns zum Turm gehen. Wie ich Alusch kenne, wartet bereits ein köstliches Essen auf uns.«

Gemächlich schritten sie über die freie Fläche zwischen dem äußeren und dem mittleren Wall, direkt auf die Brücke zu, die zur erhöhten Burganlage führte.

Albert schaute sich um. Sein Blick wanderte die entfernte Baumreihe entlang, die den Anfang des Waldes bildete. Das Tauwetter ließ hier und da ein Licht aufblitzen – herabfallende Wassertropfen in der Sonne, sonst nichts. Und dennoch hatte diese Erscheinung etwas Beunruhigendes. Abermals wünschte er sich, dass der Schnee und somit auch das Tauwasser schnell verschwanden. Lang würde es nicht mehr dauern, hier und da konnte man schon wieder etwas Boden sehen.

»Pass auf, die Brücke ist glatt«, warnte Albert seine Frau, wie er es immer tat, wenn die Witterung das Holz glitschig machte.

Ragnhild konnte diesen Hinweis einerseits nicht mehr hören, doch andererseits liebte sie Albert auch genau dafür: Immer sorgte er sich um seine Liebsten! Sie konnte sich keinen besseren Mann wünschen. Neckend fragte sie ihn: »Würdest du mir etwa nicht hinterherspringen und mich aus dem Wasser ziehen, wenn ich ausrutsche und falle?«

»Du meinst, in den eiskalten Burggraben? Nein, würde ich nicht«, gab Albert lachend zu verstehen.

»Ich höre wohl nicht recht«, empörte sie sich gespielt.

»Weißt du auch, warum ich dich nicht retten würde?«

»Ich habe keine Ahnung. Möchtest du mich vielleicht loswerden?«

»Nein, aber unter der Schnee- und Eisschicht führt der Graben gerade kaum Wasser, und sehr wahrscheinlich kannst du darin stehen.«

Beide fingen an, über ihre kindischen Neckereien zu lachen. Sie ließen die Brücke hinter sich und nickten dem Wachmann zu, der zu den fünf Männern gehörte, die Eccard zurückgelassen hatte. Dann betraten sie den Burgturm, wo ihnen ein verführerischer Duft entgegenschlug.

Alusch hatte es sich zur Aufgabe gemacht, die Bewohner der Riepenburg nach allen Regeln zu verwöhnen, und Albert, Ragnhild, Jons und Erich, der mit seinem alten Hund seit dem starken Schneefall bei ihnen wohnte, wussten das sehr zu schätzen. Dass einer in ihrer Runde fehlte, blieb nicht lange unentdeckt.

»Wo ist Eccard?«, fragte Alusch, die gerade mit den beiden Mägden das Essen auftrug.

»Er ist heute früh fortgeritten. Sicher ist er bald zurück«, ließ Albert verlauten, ohne zu wissen, ob dem wirklich so war. Zu seinem Glück gaben sich alle damit zufrieden.

»Lasst es euch schmecken«, sprach Alusch nach dem Tischgebet und reichte die erste Schale mit Brei herum.

Sie saßen noch nicht lange zusammen, da zog es Albert zur Fensterluke.

»Warum schaust du hinaus, Liebster?«, wollte Ragnhild wissen.

»Ich dachte, ich habe Eccard gehört«, sagte er, während sein Blick erneut den Waldrand absuchte. Diese aufblitzenden Lichter und Eccards Verschwinden machten ihn zunehmend unruhig. Er konnte jedoch nichts Seltsames entdecken und so setzte er sich wieder.

Jons stimmte ein Gespräch über die beiden Fohlen an, in dem er jede Einzelheit der vergangenen Nacht so bildlich erzählte, dass seine Zuhörer meinten, selbst dabei gewesen zu sein. Sie alle hingen an seinen Lippen, so ansteckend war seine Begeisterung für Pferde.

Erich war der nächste, der sie unterhielt. Die Frauen wollten alles über das Kind seiner Enkelin wissen, das vor nicht allzu langer Zeit geboren worden war. Ohne Gnade löcherten sie den armen Mann mit ihren Fragen, bis Albert regelrecht Mitleid bekam.

Als das gemeinsame Mahl sich dem Ende neigte, wollte er den Müller erlösen. »Meine lieben Damen, habt etwas Nachsicht mit unserem alten Erich. Er hat sich nun lang genug den Weibergesprächen gestellt und will sich nun sicher etwas am Kamin aufwärmen.«

Alle lachten über Alberts ehrliche Worte.

»Schon gut, schon gut. Wir hören ja schon auf. Es wird wohl Zeit, dass die schwangere Burgherrin zurückkommt«, bemerkte Alusch. »Dann lassen wir dich jetzt mal in Frieden, Erich. Aber wenn du dich am Kamin wärmen willst, muss ich das Feuer erst entzünden.«

Albert schaute verwundert auf. Er hätte schwören können, dass es bereits brannte. Doch ein Blick auf den Kamin bestätigte seinen Irrtum. Bewusst sog er jetzt noch einmal Luft durch die Nase ein, und abermals nahm er den Geruch von Feuer wahr. In diesem Moment sprang Albert vom Kopf der Tafel auf. Er nahm die Entfernung zu seinem Ziel mit wenigen großen Schritten und stürmte regelrecht zu einer der schmalen Luken in den mannsdicken Steinwänden, dieses Mal zu jener, die ihm den Blick auf den Stall freigab. Was er sah, ließ ihn aufstöhnen. Dicker, dunkler Rauch quoll aus dem länglichen Gebäude. Noch waren keine Flammen zu sehen, doch das würde sich jeden Moment ändern.

»Schnell, der Stall brennt. Alle nach unten, wir müssen die Tiere freilassen. Greift euch jeden Eimer und Kessel, den ihr finden und tragen könnt, und fangt an zu löschen.«

Sofort hasteten alle hinaus. Während sie den Burgturm über die Brücke verließen, schrie Albert den Wachmännern Befehle zu. Sie sollten sich um das Löschwasser aus dem Brunnen und dem Graben kümmern. Er und Erich liefen so schnell sie konnten auf den Stall zu, wo sie die ängstlichen Pferde schrill wiehern hören konnten.

Der eben noch schreckstarre Jons war ihnen gefolgt. Jetzt stürmte er an den beiden Männern vorbei. Schnell wie der Wind schoss er auf den Eingang des Stalls zu, aus dem jetzt die ersten züngelnden Flammen schlugen.

Albert hatte den Jungen noch davon abhalten wollen, einfach in den Stall zu rennen, doch das wäre sinnlos gewesen. Nur wenig später rannten auch schon die ersten Pferde hinaus, die Jons erfolgreich freigelassen hatte – direkt an Albert und Erich vorbei, die sich gerade noch in Sicherheit bringen konnten, bevor die panischen Tiere sie überrannten.

Die Männer betraten den Stall und kämpften sich langsam vor. Überall knackte und knarrte es. Die Hitze war fast unerträglich. Das Stroh des Daches hatte bereits Feuer gefangen und rieselte in glühenden Stücken auf Mensch und Tier herab.

Jons hatte es geschafft, die komplette linke Seite der Boxentüren zu öffnen, als ein brennender Querbalken krachend zu Boden ging und in einen der nun leeren Unterstände fiel. Alle drei duckten sich vor lauter Schreck und hielten sich schützend die Arme über den Kopf.

»Wir müssen hier raus!«, schrie Albert Jons entgegen, der gerade die Boxentür der braunen Mutterstute öffnete. Sie hatte solche Panik, dass sie sich keinen Schritt vorwagte. Vergeblich zerrte der Junge an ihrer Mähne und versuchte, sie zum Fliehen zu bewegen.

»Jons! Komm endlich!«, schrie Albert erneut, der mit Erich zwischenzeitlich die restlichen Pferde freigelassen hatte. Sie alle waren jetzt draußen, bis auf die Braune und ihr Fohlen.

»Ich lass sie nicht zurück!«, brüllte der Junge trotzig, der schon überall von den glühenden Funken gezeichnet war. Flehend sprach er wieder und wieder auf die Stute ein: »Komm schon, du musst hier weg, sonst wirst du sterben. Du musst dein Fohlen hier rausführen. Komm schon ...!«

In diesem Moment krachte ein weiterer brennender Balken herab und versperrte den Ausgang der Box, in der sich der Page befand.

Erich schrie auf. »Nein! Jons!«

Albert wollte gerade zu der Box stürmen, als er zwischen den Flammen sah, wie der Junge auf den Rücken der Braunen kletterte. Er hielt sich an ihrer Mähne fest und trieb sie vorwärts, doch die Braune ging immer weiter zurück, bis ihr Hinterteil die Holzwand berührte.

Albert schrie langgezogen: »Jons! Steig ab, komm raus hier.«

In jenem Moment trat der Junge der Stute fest in beide Seiten, sodass sie sich mit den Hinterläufen abstieß, über den Balken sprang und hinausgaloppierte. Einen Wimpernschlag später krachte der hintere Teil des brennenden Stallgebäudes ein.

Albert und Erich konnten sich gerade noch nach draußen retten, bevor die Flammen auch den Rest auffraßen. Hustend und mit kleineren Verbrennungen an Händen und Gesicht fielen sie auf die Knie. Der Rauch hatte ihnen den Atem genommen, doch sie waren alle am Leben.

In einiger Entfernung zum Stall gelang es Jons, die panische Stute zum Stehen zu bringen. Gleich darauf begann sie, sich um sich selbst zu drehen. Ihr schrilles Wiehern weckte einen bestürzenden Gedanken in Jons, und ein suchender Blick bestätigte, was er sowieso schon geahnt hatte. Das Fohlen hatte es nicht geschafft. Obwohl es das mutigere der beiden Jungtiere gewesen zu sein schien, war es einfach noch zu klein gewesen, um über den herabgestürzten Balken zu springen. Den Jungen erfasste eine tiefe Traurigkeit. Er hätte die Mutterstuten zuerst rauslassen müssen. Sacht streichelte er ihren Hals. »Es tut mir so leid«, flüsterte er der wiehernden Stute zu.

Erst ein plötzliches Geschrei ließ Jons zur Burg aufsehen – ebenso wie Albert und Erich, die bis zu diesem Moment keinen Gedanken daran hatten verschwenden können, warum niemand wie gefordert mit Wassereimern herbeigeeilt gekommen war. Jetzt sahen sie den Grund:

Ritter griffen die Burg an! Sie kamen aus dem Wald geschossen; den Torwächter hatten sie bereits niedergemacht. Jetzt hielten sie geradewegs auf die Brücke zu. Die Männer Eccards waren so überrascht, dass sie gerade mal ihre Schwerter ziehen konnten. Schon prallten die Gegner vor der Brücke aufeinander. Das Klirren von Schwertern erklang und das Geschrei eines Mannes, der schon jetzt verwundet wurde. Langsam aber sicher stießen die Feinde zum Burgturm vor. Noch konnten die Gefolgsleute Eccards die Angreifer einigermaßen abwehren, doch das würde nicht lang so gehen – die Eindringlinge waren drei oder vier Mann in der Überzahl.

Mit schreckstarren Augen schauten Erich und Albert zum Turm – einen Wimpernschlag lang unfähig sich zu bewegen. Was geschah hier? Eben noch waren sie dem fast sicheren Tode entkommen, und jetzt bot sich ihnen dieses unwirkliche Bild.

Albert verstand als Erster, denn plötzlich erschien ihm alles ganz logisch: Die Lichter im Wald waren tatsächlich Klingen gewesen, und der Stallbrand hatte bloß der Ablenkung gedient, um einen Angriff der Burg zu erleichtern. Fassungslos sah er eines der mitgeführten Wappen. »Die Ritter Scarpenbergh! Sie kommen, um sich an Eccard zu rächen!«, entwich es ihm.

In diesem Moment kam Jons auf Albert und Erich zugaloppiert und sprang, noch während die Stute lief, vom Pferd. »Herr, seht nur, die Frauen!« Der Junge zeigte mit seinem Finger auf eine Stelle des Burgturms, die ungefähr drei Mannslängen von der Brücke entfernt war. Eine Magd, Alusch und Ragnhild drückten sich gerade an dem Gemäuer des Turms entlang und kletterten nun, von den kämpfenden Rittern unbemerkt, in den Graben hinab.

»Jons, lauf zu den Frauen, und bringe sie in den Wald. Hast du verstanden? Lauft tief hinein und kommt vor morgen nicht wieder heraus – egal was ihr hört!«

Der Junge blickte Albert mit offenem Mund an.

Dieser schoss jetzt auf den Jungen zu und schubste ihn grob in Richtung Burg, während er schrie: »Geh schon!«

Jons rannte los.

Derweil eilten Erich und Albert zunächst in dessen Wohnhaus.

Hier statteten sie sich mit Messern, einer Axt und einem Knüppel aus – mehr Waffen waren nicht zu finden. Dann rannten sie auf den Burgturm zu, Albert mit schnellen Schritten und der alte Erich hinterher, so schnell ihn seine müden Beine noch trugen.

Albert hatte sein Ziel klar vor Augen, doch bevor er die Angreifer von hinten attackierte, sah er noch, wie Jons Alusch und Ragnhild half, aus dem Graben zu klettern. Die Magd, die eben noch hinter ihnen gewesen war, hatte es nicht geschafft. Einer der Ritter war auf die drei Frauen aufmerksam geworden und hatte im letzten Moment das junge Mädchen zu fassen bekommen. Was er nun mit ihr anstellte, war so grausam, dass Albert besser nicht hinsah. Sein letzter Blick galt Alusch, Ragnhild und Jons, wie sie es in den Wald schafften. Diese Gewissheit gab ihm Kraft. Er beschleunigte seinen Schritt bis zu seinem ersten Gegner, hob die schwere Axt in seinen Händen hoch über den Kopf und ließ sie in den Rücken des Ritters am Brückenanfang fallen, der seinen herannahenden Feind nicht hatte sehen können. Mit einem Ruck zog Albert die Axt wieder heraus und nahm sich den nächsten Mann vor. Er war kein geübter Kämpfer. Seine Waffe war weder so wendig wie ein Schwert, noch so geschickt geführt. Dennoch, die bloße Hoffnung, dass er und die fünf Männer es schaffen konnten, die Ritter zu besiegen, wenn sie nur zusammenhielten, ließ ihn aufschreien und wild um sich schlagen.

In diesem Moment kam Erich heran. Er hielt seinen Knüppel fest in beiden Händen und holte weit aus. Der Mann, den Albert gerade angriff, war zu überrascht, und als ihn der Knüppel des Alten am Kopf traf, fiel er wie ein gefällter Baum in den Graben.

Albert und Erich nickten einander zu. Sie standen jetzt auf der Mitte der Brücke, wo sie auf den nächsten Ritter trafen. Gemeinsam hieben sie auf ihren Gegner ein, der es zu ihrem Bedauern sehr wohl verstand, mit zwei Angreifern gleichzeitig fertig zu werden. Trotzdem schafften sie es, den Mann immer weiter zurückzudrängen.

Dann geschah etwas Unvorhergesehenes: Albert musste einen starken Hieb einstecken. Zwar konnte er ihn mit seiner Axt abwehren, dennoch warf er ihn zu Boden. Er überschlug sich und kam erst in einiger Entfernung von seinem Gegner am Rande der Brücke zum Stehen. Von hier aus musste er mit ansehen, wie Erich einen falschen Schritt machte, zu schwungvoll ausholte und den Halt auf der rutschigen Brücke verlor. Er fiel auf den Rücken und büßte seinen Knüppel ein.

In diesem Moment drehte der Ritter sein Schwert mit der Spitze nach unten und fasste es mit beiden Händen am Heft. Die flehenden Augen des alten Müllers ließen ihn kalt. Mit voller Wucht stieß er seine Klinge in den Bauch des Mannes, der nur wenig später begann Blut zu spucken. Erichs Kopf rollte zur Seite. Er war tot.

Albert stockte kurz der Atem, doch es blieb ihm keine Zeit. Stattdessen holte er mit seiner Axt aus und traf den Ritter, der gerade dabei war, sein blutverschmiertes Schwert aus dem Körper des Müllers zu ziehen, am Oberschenkel.

Der Gefolgsmann des Grafen Gerhard knickte ein und brüllte vor Schmerz.

Albert holte erneut aus und hieb dem Ritter die Axt in die Brust, worauf dieser leblos nach hinten fiel. Die Brücke zum Burgturm war nun frei und Albert stürmte hinüber. Hier kämpften drei Ritter mit den letzten zwei Gefolgsleuten Eccards, während die übrigen Ritter des Schauenburgers den Turm ausraubten und die schreiende Magd schändeten. Als Albert hinzukam, fiel einer der beiden letzten überlebenden Wachmänner Eccards. Jetzt waren sie nur noch zu zweit gegen eine Handvoll Gegner.

Wild hieben die Kämpfenden aufeinander ein – zwei Ritter auf den Wachmann und einer auf Albert. Im Gegensatz zu ihm selbst verstand der Wachmann sich auf den Kampf und schaffte es tatsächlich eine Weile, sich gegen beide durchzusetzen; dann aber fiel auch er, nachdem beide Gegner ihm die Schwerter in den Leib bohrten.

Die drei Ritter wandten sich um und blickten ihrem letzten Feind in die Augen. Es wurde plötzlich seltsam still, sodass einem das Knacken des brennenden Holzes übermäßig laut vorkam. Alle Männer atmeten schwer. Sie waren erschöpft, verschwitzt, blutig. Doch vor allem waren sie ohne jeden Skrupel auf ihr nächstes Ziel bedacht.

Albert wurde sich seiner Lage gewahr. Jeder weitere Widerstand war zwecklos. Es gab kein Entkommen mehr für ihn! Der Truchsess ließ seine Axt sinken und schaute die Männer einen nach dem anderen an, deren Schwertspitzen nun alle auf ihn gerichtet waren. Hinter ihm befand sich die Mauer des Burgturms – er konnte nicht mal mehr einen einzigen Schritt zurückweichen. Sein Blick glitt in Richtung des dunklen Waldes, wo er wenigstens Ragnhild in Sicherheit wusste. War das nicht alles, was zählte? Plötzlich war ihm, als stiege der wohlige Geruch ihres Haars in seine Nase. Er sog ihn ein.

In diesem Moment trat Marquardus Scarpenbergh aus dem brennenden Burgturm. Er hob die Hand in Richtung der Ritter, um ihnen Einhalt zu gebieten, und fragte: »Wo ist Eccard Ribe?«

Albert sah den Mann an, von dem er bislang eindeutig mehr gehört als gesehen hatte. Sein finsteres Gesicht bestätigte das Bild des grausamen Plackers in seinem Kopf. »Nicht hier, wie Ihr sicher schon festgestellt habt.«

Marquardus schritt auf Albert zu und blickte ihm in die Augen. »Dein Mut wird dir nichts nützen.« Dann schlug er ihm die kettenbehandschuhte Faust ins Gesicht.

Albert durchfuhr ein schrecklicher Schmerz, als sein Kiefer brach.

»Sprich dein letztes Gebet«, waren die kaltherzigen Worte, die der Ratsmann, Tuchhändler, Truchsess, Ehemann und Vater von vier Kindern noch vernahm, bevor er die Augen schloss und stumm gen Himmel flehte: *Herr, beschütze du meine Lieben! Ich komme jetzt zu dir!*

Marquardus gab seinen Männern ein Zeichen. Daraufhin bohrten sich die Klingen in seinen Hals, in seinen Bauch und durch sein Herz. Albert von Holdenstede war sofort tot.

8

Godeke war vor dem allgegenwärtigen fröhlichen Treiben des morgigen Kinderbischofsspiels regelrecht in sein Kontor geflüchtet. Er hatte das Gefühl, nur hier seine konfusen Gedanken ordnen zu können, die ihn mittlerweile Tag und Nacht verfolgten. Wo sonst gab es auch gerade einen Ort der Abgeschiedenheit, wenn nicht in seinem Arbeitszimmer, zu dem nur der Zutritt hatte, dem Godeke diesen ausdrücklich gewährte?

Avas Haus war zurzeit ständiger Treffpunkt von Walther, Runa, Margarete und einigen Freunden, außerdem konnten jeden Moment auch noch seine Eltern hinzukommen.

Sein eigenes Heim jedoch schien das von Ava derzeit an Enge noch zu übertreffen, und das, obwohl er hier mit Oda alleine lebte – so eisig war die Stimmung zwischen ihnen!

Seit sein Weib ihn mit Ava in der Küche erwischt hatte, war kein einziges Wort mehr zwischen den Eheleuten gefallen. Godeke war noch in derselben Nacht freiwillig mit seinem Laken auf den Sessel in seiner Stube gezogen, wo er bis heute schlief. Doch er wusste, dass das keine Lösung auf Dauer war – sie würden irgendwann reden müssen! Aber wie, und wann? Es kamen ihm einfach nicht die richtigen Worte dafür in den Sinn.

Godeke lernte eine ganz neue Seite an Oda kennen. Normalerweise ließ sie ihn wissen, wenn ihr etwas missfiel. Und bisher hatte er sich darauf verlassen können, dass sie dies stets im Hause und nie in der Öffentlichkeit tat, doch dieses Mal war alles anders. Sie war so voller Wut, dass er sich ihrer Zurückhaltung nicht mehr sicher sein konnte. Odas Schweigen verunsicherte ihn so sehr, dass er sich mittlerweile fast wünschte, sie würden endlich streiten, damit diese quälende Situation irgendwann mal ein Ende fand. Doch das passierte nicht. Er fragte sich, was sie von ihm verlangte. Sollte er auf sie zukommen, sich erklären, sich entschuldigen? Doch was genau sollte er sagen? Natürlich konnte er für sein Verhalten um Verzeihung bitten, doch bereute er tatsächlich, was geschehen war? Wünschte er sich wirklich, dass es nie passiert wäre? Nein! Ein einziger Gedanke an Avas weiche Haut brachte sein Blut erneut in Wallung. Er bereute es nicht. Im Gegenteil – er wünschte sie sogar zurück in seinen Arm!

Müde rieb er sich die geschlossenen Augen. Sein Kopf schmerzte.

»Godeke!«

Er schreckte auf. Im Rahmen der Tür zu seinem Kontor stand Oda.

»Was tust du hier? Warum bist du nicht bei den Vorbereitungen für das Fest?«

»Das Gleiche könnte ich dich fragen.«

Schweigen kam einen Moment über die Eheleute.

Oda schritt näher. »Soll das ewig so weitergehen? Hast du mir etwa so gar nichts zu sagen? Bin ich es dir nicht einmal wert, dass du dich mir erklärst?«

Godeke atmete tief durch. Der Moment der Wahrheit war also gekommen. Nun war es an ihm, die richtigen Worte zu finden. »Doch, natürlich. Aber was willst du schon von mir hören?«

»Liebst du sie?«

Diese Frage war so direkt, dass er ruckartig den Blick von ihr abwandte. Ein kurz ausgestoßenes Lachen entwich seinem Mund. »Oda, was soll diese Frage …«

»Ich bitte dich«, sagte sie verächtlich. »Ist diese Frage wirklich so abwegig? Ich will wissen, ob du sie liebst!«, wiederholte sie in einem schärferen Ton.

»Ja«, gestand er schließlich und sah seine Gemahlin dabei an. »Ich liebe Ava. Und ich weiß, dass es eine Sünde ist.«

»Seit wann hegst du diese Gefühle?«

»Schon eine ganze Zeit.«

»Habt ihr euch auch schon vorher versündigt?«

»Nein. Das eine Mal in der Küche, das du ... also letztens ... das war das erste Mal.« Nun sah Godeke auf. Er erkannte, dass seine Frau trotz ihrer kühlen und beherrschten Fragen weinte, und er fühlte sich elend. »Dich trifft keine Schuld, Oda!«

Nun war es um ihre Beherrschung geschehen. »Was redest du denn da? Meinst du wirklich, ich bin so töricht? Ich weiß genau, warum du dich in ihre Arme flüchtest! Ich kann dir keine Kinder schenken, und darum achtest du mich nicht als dein Weib!«

»Das ist nicht wahr! Ich habe dich immer geachtet. Das mit Ava ist einfach passiert. Es hat mit unserer Kinderlosigkeit nichts zu tun.«

Nun schlug Oda die Hände vors Gesicht und weinte bitterlich.

Godeke konnte nicht sagen, ob es wegen Ava war oder deshalb, weil er ihre größte Pein mit Namen benannt hatte. Aber das war jetzt egal. Ihr Anblick rührte sein Herz, sodass er aufstand und auf sie zuging. Er wollte sie in den Arm nehmen und trösten, doch als sie sein Näherkommen bemerkte, wich sie zurück.

Wütend zeigte sie ihm die Handflächen, welche vor Zorn bebten. »Wage es nicht, mich mit deinen sündigen Fingern anzufassen, Godeke von Holdenstede. So viel Wasser gibt es in allen Fleeten Hamburgs nicht, um dich von dieser Schmach reinzuwaschen!«

Godeke hielt inne. Er blickte ihr ins zornige Gesicht und fragte: »Was schlägst du vor? Wie soll es jetzt weitergehen? *Ich* weiß es nämlich nicht.«

Oda wischte sich die Tränen von den Wangen, stellte sich aufrecht hin und bemühte sich sichtlich um einen gefassten Ausdruck. »Nun, du kannst dich glücklich schätzen, mein Gemahl. Ich habe mir bereits Gedanken darüber gemacht, also höre mir gut zu.«

Godekes Atem wurde flacher. Etwas in Odas Stimme ließ ihn vermuten, dass das, was nun kam, nicht angenehm werden würde.

»Du wirst ab heute wieder das Ehebett mit mir teilen, auch wenn du mich nicht berühren darfst. Wir werden uns nicht anmerken lassen, was geschehen ist, denn du wirst es wiedergutmachen.«

»Was soll das heißen, Oda? Ich kann das Geschehene nicht ungeschehen machen, und das weißt du.«

»Richtig, vor dem Herrn im Himmel wirst du dich eines Tages für deine Sünde verantworten müssen, doch meinen Namen wirst du achten. Wir sind vor Gott verheiratet, und auch wenn ich es nicht vermag, dir Kinder zu schenken, werde ich nicht zulassen, dass du mich verstößt. Du wirst Ava neu verheiraten – und zwar so schnell wie möglich. Tust du es nicht, werde ich überall erzählen, dass sie sich dir an den Hals geworfen hat wie eine Hure, obwohl ihr Gemahl noch nicht einmal ein Jahr lang tot ist. Danach wird sie sich nirgendwo mehr blicken lassen können, ohne dass man über sie herzieht. Und einen passenden Gemahl wird sie dann schon gar nicht mehr finden. Also nutze lieber die letzte Möglichkeit, die ich ihr in meiner gottesfürchtigen Nächstenliebe biete, selbst wenn sie diese nicht verdient!«

Godeke war sprachlos. Sein Gefühl hatte ihn nicht getrogen – das, was Oda verlangte, traf ihn mitten ins Herz. Sie hatte ihn in der Hand. Um nichts in der Welt wollte er Avas tadellosen Leumund beschmutzt wissen, schon gar nicht durch seine Schuld! Es würde ihm also nichts anderes übrig bleiben, als zu tun, was Oda verlangte. Doch obwohl er sie verstehen konnte, wollte er noch versuchen, vielleicht etwas Zeit für Ava zu gewinnen. »Gut, ich werde tun, was du sagst. Aber die Suche nach einem Gemahl kann dauern. Du wirst dich also noch etwas...«

»Unsinn!«, fuhr sie ihm barsch dazwischen. »Ich weiß genau, dass du schon mit Christian Godonis gesprochen hast. Er war hier, als du im Badehaus warst. Eigentlich wollte er zu dir, doch als er dich nicht angetroffen hat, hat er mir alles erzählt.«

Godeke zweifelte keinen Moment lang an Odas Worten. Christian war so verschwiegen wie ein Waschweib, und in diesem Moment hätte er ihn dafür erschlagen können! Doch das ließ sich jetzt nicht mehr ändern, drum fragte er Oda nur: »Wenn ich es tue, versprichst du dann niemals ein Wort darüber zu verlieren, was du in der Küche gesehen hast?«

»Ja.«

»Gut, dann will ich einverstanden sein.«

Oda nickte und sagte: »Wir sollten uns jetzt in der Stadt blicken lassen. So, wie es sich für ordentliche Christenmenschen gehört, die sich auf ein christliches Fest freuen!«

Es war der sechste Dezember – St. Nikolaustag, und gleichzeitig ein großer Tag für alle Eltern der Marianer und Nikolaiten, denn heute begann das Kinderbischofsspiel, das bis zum achtundzwanzigsten Dezember währen sollte.

Johann Schinkel war noch niemals zuvor beim Beginn des Festes so aufgeregt gewesen. Auch wenn das Fest für ihn als Geistlichen schon immer von Wichtigkeit gewesen war, stellte sich die Situation in diesem Jahr anders dar als sonst. Weder fühlte er sich heute als Mitglied des Domkapitels, noch scherte ihn sein hochrangiges Amt als Ratsnotar, welches er seit zweiundzwanzig Jahren innehatte. Heute war Johann nur eines: der Vater von Thymmo!

»Anna«, rief er fahrig nach seiner Magd. »Ist Thymmos Gewand schon fertig? Wo sind seine Schuhe?«

Doch statt Anna kam ihr Gemahl Werner herein. Beim Anblick seines Herrn musste der Diener sich ein Schmunzeln verkneifen. Es war einfach so offensichtlich, dass der Ratsnotar um einiges aufgeregter war als der kleine Junge. Dabei würde doch Thymmo heute singen müssen und nicht er selbst.

»Werner, wo ist Anna? Ich kann Thymmos Sachen nicht finden.«

»Herr, Anna ist gleich fertig mit Thymmos Gewand. Sie bürstet nur noch ein letztes Mal drüber.« Als der Diener am Gesicht

Johanns sehen konnte, dass ihn diese Aussage nicht wirklich beruhigte, fügte er noch hinzu: »Seid Euch gewiss, alles wird so gemacht, wie Ihr es uns aufgetragen habt.«

»Gut, dann werde ich jetzt nur noch eben...«

»Bitte verzeiht, wenn ich Euch ungefragt daran erinnere, aber Ihr müsst jetzt zur Kapitelversammlung. Es ist schon spät. Anna und ich werden Thymmo bringen. Und wir werden uns eilen.«

»Herr im Himmel, du hast recht. Nun hätte ich doch fast die Wahl des Kinderbischofs verpasst.« Johann warf sich seinen Mantel über und richtete sein Wort noch ein letztes Mal an Thymmo. »Wiederhole noch mal, mein Junge. Was habe ich dir erklärt?«

Thymmo holte tief Luft und sagte: »In der Zeit des Kinderbischofsspiels muss ich dem Kinderabt und dem Kinderbischof meinen Respekt entgegenbringen – genauso wie einem richtigen Abt und einem richtigen Bischof. Außerdem soll ich mein Festtagsgewand nicht beschmutzen und immer laut und deutlich singen, denn Gott im Himmel wird uns zuhören.«

»Sehr gut! Wenn du das alles beachtest, wirst du mich sehr stolz machen. Und deine Eltern auch. Vergiss nicht, dass auch sie zusehen werden – genau wie Gott.«

Thymmo nickte.

Dann machte sich Johann auf den Weg zum Dom. Zu spät zwar, aber das ließ sich jetzt nicht mehr ändern. Er ärgerte sich ein wenig über sich selbst, denn in letzter Zeit war er häufiger zu spät gekommen, was eigentlich nicht seinem Wesen entsprach. Der Grund war immer der gleiche: Thymmo!

Manches Mal glaubte Johann, dass Gott ihm eine Prüfung stellte, durch die er beweisen sollte, wen von beiden er mehr liebte: den Herrn oder sein eigenes Kind. Gleich der Geschichte im ersten Buch Mose, Kapitel zweiundzwanzig, wo Abraham seinen Sohn Isaak Gott zum Opfer geben sollte. Johann hoffte inständig, dass er sich hinsichtlich dieser Prüfung irrte, denn oft genug glaubte er, sie nicht bestehen zu können.

Als er in den Kapitelsaal trat, hatte die Versammlung tatsächlich schon angefangen. »Bitte verzeiht, meine Herren. Ich bin untröstlich...«, murmelte Johann, der mit seinem Eintreten den Dompropst unterbrochen hatte. Schnell setzte er sich an seinen Platz. Vor ihm auf dem Tisch lag ein Stück Pergament.

Der Schauenburger sah großzügig über die Verspätung hinweg und fuhr kommentarlos fort. »Wo war ich... Ach ja! Nachdem vor acht Tagen der Marianer Ribo zum Kinderabt erwählt wurde, bitte ich euch jetzt, den Kinderbischof zu wählen. Bitte schreibt den Namen des Schülers Eurer Wahl auf und faltet das Blatt. Dann reicht ihr es zu mir herüber. Und vergesst nicht: Kinderbischof kann jeder werden, ganz gleich ob Marianer oder Nikolait!«

Diesen Satz musste der Propst dazusagen, obwohl es, seitdem die Nikolaiten zum Marianum wechseln mussten, noch nicht vorgekommen war, dass ein Nikolait gewählt worden war.

Johann nahm die Schreibfeder zur Hand und starrte auf sein Pergament. Auf dem Weg zum Dom war ihm aufgefallen, dass er sich noch gar nicht für einen der Jungen entschieden hatte. Nur kurz blitzte der Gedanke in ihm auf, seinen eigenen Sohn zu wählen, doch das war töricht! Thymmo war noch so jung und außerdem erst seit Kurzem ein Mitglied des *cantus minor*. Er hatte sich noch nicht genug bewährt, um diese Ehre zu erhalten. Drum wählte er einen anderen Jungen, der ihm geeignet erschien – jedoch nicht ohne zu hoffen, dass eines Tages sein Sohn Kinderbischof werden würde.

Als alle Domherren ihre Wahl getroffen hatten, bat der Propst den Dekan zu sich.

»Gottschalk, wärst du so gut, mir bei der Auszählung zur Hand zu gehen?«

Der Dekan nickte und machte sich gleich daran, das erste Papier zu entfalten. »Thymmo!«, sprach er laut und deutlich aus.

Johann riss erstaunt seine Augen auf.

Dann kam der nächste Name.

»Thymmo!«

Der Ratsnotar ließ sich sein Erstaunen nicht anmerken. Doch das hielt er nicht lange durch.

»Thymmo!«
»Thymmo!«
»Thymmo!«

Nun konnte Johann ein ungläubiges aber fröhliches Schmunzeln nicht länger unterdrücken. Wie konnte das möglich sein?

»Lubertinus«, erklang plötzlich der Name des Jungen, den Johann gewählt hatte.

Nach drei weiteren Namen anderer Jungen vernahm man bloß noch einen – Thymmo! Und wenige Augenblicke danach stand es fest.

»Nun, ich denke, wir können uns einen Vergleich zwischen den Jungen sparen. So eindeutig war das Ergebnis noch nie. Der diesjährige Kinderbischof heißt Thymmo«, sagte der Propst. »Ich gebe zu, dass ich etwas erstaunt bin, da der Junge noch nicht lange in unserer Schule ist, aber er scheint sich bewährt zu haben. Kein Wunder, bei solch einem Lehrmeister.« Der Propst schaute zu Johann Schinkel und nickte ihm wohlwollend zu.

Dieser strahlte übers ganze Gesicht, obwohl er das eigentlich gar nicht wollte. Der Stolz war seiner Miene deutlich abzulesen.

Der Domherr Eggehard Schak klopfte Johann auf die Schulter. »Meinen Glückwunsch, Johann. Ihr könnt stolz auf Euer Mündel sein.«

»Auch meinen Glückwunsch«, sprach Hartig Balke aus.

»Habt Dank, meine Herren«, fand Johann endlich seine Sprache wieder. »Ich freue mich außerordentlich über das Ergebnis und bin selbst nicht minder erstaunt als unser ehrenwerter Propst. Aber nun entschuldigt mich bitte. Ich glaube, ich muss unserem kleinen Bischof jetzt noch ein paar Anweisungen erteilen, damit er seinem Amt auch Ehre macht.« Damit erhob sich Johann und löste die Versammlung auf.

Alle Domherren verließen nacheinander den Kapitelsaal und verschwanden in den Gängen und Winkeln des Mariendoms. Jeder hatte noch die eine oder andere Aufgabe zu tun, bevor das Fest begann.

Johann schritt in das geschmückte Langhaus, wo er sich noch einmal Richtung Osten wandte und kurz die Augen schloss. Mit einem ehrfürchtigen Ausdruck auf dem Gesicht schlug er ein Kreuz. Gerade eben noch hatte er gebangt, von Gott geprüft zu werden, und jetzt? Gott hatte Thymmo, und somit auch ihn, so überaus beschenkt, dass ihn fast ein Gefühl der Schuld überkam. »Habt Dank, Herr!«, sprach er noch. Dann drehte er sich um und hastete auf das Portal zu. Er wollte schnell zu seiner Kurie, um vielleicht noch dort einzutreffen, bevor Werner und Anna sich mit Thymmo auf den Weg machten. Es gab so Einiges, was er seinem Sohn sagen wollte, damit dieser keine Fehler machte – schließlich war es etwas ganz anderes, ein bloßer Chorjunge zu sein oder das wichtigste Amt des Festes zu bekleiden.

Johann rauschte regelrecht an den Altären und den mächtigen Säulen vorbei und würdigte sie keines Blickes, als eine Gestalt sich ihm plötzlich in den Weg stellte. Erschrocken blieb der Ratsnotar stehen und sah genau in das Gesicht Johannes' von Hamme. »Großer Gott, was schleicht Ihr so geräuschlos hier herum? Mich hätte fast der Schlag getroffen.«

Von Hamme ging gar nicht weiter darauf ein. »Ich sagte Euch ja, dass mein Dank stets mehr beinhaltet als bloße Worte. Hoffentlich seid Ihr zufrieden, Ratsnotar!« Dann drehte der Scholastikus sich auch schon wieder um und schritt mit wehenden Röcken davon.

Johann brauchte einen Moment, um zu verstehen. Dann plötzlich fühlte er sich, als hätte man ihm einen Eimer kaltes Wasser über den Kopf gegossen. Die Erinnerung an die Situation in der Kurie des Scholastikus' presste ihm die Luft aus dem Körper. Er war es gewesen, der dafür gesorgt hatte, dass Thymmo heute zum

Kinderbischof wurde! Sein Sohn hatte die Wahl nicht ehrlich gewonnen.

Johann musste seine Gefühle ordnen. Wie gelähmt stand er im Langhaus. Er hätte es wissen müssen, schalt er sich. Die Anspielung des Scholastikus' damals war deutlich genug gewesen, doch Johann hatte nicht verstehen wollen – das allein war die Wahrheit! Er hatte sein reines Gewissen gegeben, um seinem Sohn einen Vorteil zu verschaffen. Zwischen ihnen war ein Handel geschehen, auch wenn Johann das nur äußerst ungern zugab.

Plötzlich meinte er den anklagenden Blick der hölzernen Marienstatue in seinem Rücken zu spüren. Sie schien ihm zuzurufen, dass er keinen Deut besser war als von Hamme, denn eine Lüge durchgehen zu lassen, war doch nicht weniger schlimm, als selbst zu lügen!

Johann spürte, wie sich ihm der Magen umdrehte. Eben noch hatte er sich so sehr für seinen Jungen gefreut, doch jetzt fühlte sich seine Freude falsch an. Was sollte er tun? Die Lüge aufdecken?

Langsam und innerlich zerrissen setzte er sich in Bewegung und verließ den Dom, doch je näher er seiner Kurie kam, desto mehr überwog das eine seiner beiden Gefühle. Er wusste, was er unternehmen würde: nichts! Zu groß war der Wunsch, seinen Jungen als Kinderbischof zu sehen und zu deutlich die Verdammtheit seiner Seele, durch das Zeugen eines Kindes in Sünde. Mit einiger Verbitterung über seinen schmählichen Entschluss, gestand er es sich selber ein: Ja, seit Thymmo in meinem Leben ist, bin ich käuflich. Genauso käuflich wie jede Hure!

Die Nacht war bitterkalt gewesen, und sie erschien Jons, Alusch und Ragnhild ewig. Trotzdem hatten sie sich an Alberts Weisung gehalten und waren nicht zur Burg zurückgekehrt – auch wenn sie kein Auge zugetan und vor Angst fast den Verstand verloren hatten. Unverändert lehnten sie noch eng beisammen an einem dicken Baum tief im Wald, dessen Geäst so dicht war, dass es tatsächlich fast den Schutz einer Höhle bot. Dennoch war ihnen die nächtliche Kälte unerbittlich in die Glieder gekrochen und ließ ihre Zähne klappern. Da die Frauen bei ihrer Flucht den Burggraben hatten durchqueren müssen, waren sie mit nassen Beinen und Füßen in den Wald gerannt. Jetzt, Stunden später, konnten Alusch und Ragnhild beides kaum noch spüren. Als endlich die Morgendämmerung einsetzte, waren ihre Tränen versiegt, die Furcht vor dem, was sie womöglich erwartete, jedoch gewachsen.

»Ich denke, wir können jetzt zurückgehen«, entschied Ragnhild mit bangem Herzen.

»Ja, das glaube ich auch«, bestätigte Alusch, die ebenso zittrig klang.

»Ich werde vorangehen«, bestimmte Jons und half den Frauen beim Aufstehen. »Wir müssen trotzdem leise sein. Vielleicht treiben sich die Ritter hier noch irgendwo herum.«

Mit vorsichtigen Schritten näherten sie sich der Riepenburg. Jedes Stöckchen, das unter ihren Füßen zerbrach, ließ sie den Atem anhalten, doch niemand außer ihnen schien sich im Wald aufzuhalten. Es war ihrer aller Glück, dass Jons den Wald um die Burg herum so gut kannte. Ohne Mühe fand er den richtigen Weg. Dennoch dauerte es, bis sie zu ihrem Ziel kamen; in ihrer Furcht waren sie gestern weit gerannt. Eine bange Weile später aber, trennten die drei nur noch wenige Baumreihen von ihrem Zuhause.

Keiner von ihnen hatte bisher gewagt, die Burg genauer in Augenschein zu nehmen, obwohl sie es von hier aus eigentlich schon hätten tun können. Den Geruch von Verbranntem hatten sie dagegen alle schon bemerkt. Jeder von ihnen hegte die Hoffnung, dass es der abgebrannte Stall war, dem der Geruch entströmte; Hoffnung war gerade alles, was sie hatten.

Jons bedeutete den Frauen stehenzubleiben und legte seinen Zeigefinger auf die Lippen.

»Was wollen wir nun tun?«, fragte Alusch flüsternd, der schon wieder die Tränen in die Augen traten. »Vielleicht sind die Ritter noch in der Burg...?«

»Das glaube ich nicht...«, gab Jons ebenso leise zurück, ohne einen Beweis dafür zu haben. »Ich könnte als Erster gehen und euch ein Zeichen geben, wenn...«

»Nein, auf keinen Fall, Jons. Wir bleiben zusammen«, beschloss Ragnhild streng. »Wahrscheinlich hast du recht, und die Ritter sind längst fort.«

»Ja«, pflichtete die schluchzende Alusch ihnen bei. Sie zitterte. Es war ihr anzusehen, dass die Angst sie fast verrückt werden ließ. Mehr um sich Mut zuzusprechen, denn dass sie selbst daran glaubte, sagte sie: »Wahrscheinlich warten Albert und Erich schon auf uns....« Ihre Worte wurden begleitet von einem kurzen fast schon hysterischen Lachen und Schulterzucken. Es war ihr klar, wie unglaubwürdig sie klang. »Sie... sie machen sich sicher schon große Sorgen.«

Auch Ragnhild war deutlich anzumerken, dass die Ungewissheit sie fast um den Verstand brachte. Zu gern wollte sie glauben, was Alusch gerade gesagt hatte. Entschlossen wischte sie ihre Tränen fort. »Ich bin dafür, dass wir jetzt gehen.«

Daraufhin schlugen sie die letzten Äste beiseite und schritten gebückt durchs Unterholz bis zum Waldrand. Als alles vor ihnen ruhig zu sein schien, näherten sie sich langsam dem äußersten Wallring; jetzt hatten sie ungehinderte Sicht. Ihrer aller Augen waren nach vorne gerichtet. Fassungslos schauten sie hinauf zum steinernen Turm.

Die Ritter hatten die Burg angezündet – genau wie alles andere. Noch immer quoll Rauch aus den schmalen Luken. Die Häuser im Inneren des Wallrings waren bis auf ihre Grundmauern niedergebrannt. Nichts war mehr übrig von dem, was hier gestern noch gestanden hatte, bis auf nackte, geschwärzte Steine.

»Großer Gott im Himmel, wo sind alle?«, fragte Alusch und schaute sich in jede Himmelsrichtung um.

Da begann Ragnhild zu schreien. »Albert! Erich!« Die eben noch versiegten Tränen kamen erneut. »Albert, wo bist du?« Während sie schrie und heulte, begann sie humpelnd auf den zweiten Wallring zuzulaufen. Ihre Augen hefteten sich an die Stufen, die zur Burggrabenbrücke hochführten. Mit Händen und Füßen rannte und kletterte sie hinauf; oben angekommen stieß sie einen gellenden Schrei aus, riss die Hände hoch vor ihre Augen und sank auf ihre Knie.

Albert lag am Fuße der Burg, unweit der Brücke. Sein Gesicht war zu einer weißen, schmerzverzerrten Fratze geworden, dessen Unterkiefer eine unnatürliche Stellung aufwies. Um ihn herum war eine Pfütze voller Blut – sein Blut!

Ragnhild nahm nichts mehr um sich wahr. Sie sah weder den toten Erich auf der Brücke, dem bloß ein Rinnsal Blut zwischen den Lippen herausgeflossen war, noch die anderen toten Männer Eccards oder die blaugeschlagene, nackte Magd, deren Schenkel eindeutige Spuren einer Schändung aufwiesen.

Jons und Alusch hoben die kreischende Ragnhild auf. Sie wollten sie so schnell wie möglich von hier fortbringen, doch sie riss sich los und stolperte zu Albert, auf dessen Brust sie sich warf. Immer wieder krallte sie ihre Hände in seine Kleidung, presste sich an ihn, nahm sein Gesicht in ihre Hände und bedeckte es mit Küssen. Schließlich legte sie ihre Arme um Albert und weinte bitterlich, Wange an Wange. So verharrte sie noch mindestens eine Stunde und nahm schluchzend und weinend Abschied von dem einzigen Mann, den sie jemals geliebt hatte.

Jeder ging mit seinem Schrecken alleine um. Wo Ragnhild lautstark ihren Kummer hinausschrie, waren Jons und Alusch ganz still. Sie alle drei verharrten eine Zeit lang vor der Burg – im Kreise der Toten – die noch gestern ihr geliebtes Zuhause gewesen war. Selbst den alten, treuen Hund des Müllers hatten die grausamen Ritter erschlagen. Nichts und niemand war ihren Schwertern entkommen.

Irgendwann sagte Jons zu Alusch: »Der Boden ist zu hart, wir können sie nicht begraben.«

Alusch nickte. Ihre Augen waren rotgeweint, doch sie behielt die Fassung. »Wir müssen von hier fort...!«

»Ja, und zwar gleich. Wer weiß, ob sie wiederkommen und nach uns suchen. Außerdem brauchen wir einen Platz, an dem wir bleiben können. Noch eine Nacht im Freien werden wir sicher nicht überstehen. Und wir können nicht auf Eccard warten. Gott allein weiß, wohin er geritten ist und wann er zurückkommt.«

Wieder nickte Alusch nur. Sie war Jons' Blick zum Turm gefolgt. Stumm gab sie dem Pagen recht, dass sie die Nacht unmöglich hier verbringen konnten.

»Ich habe da vorne ein paar Hufspuren entdeckt, vielleicht gelingt es mir, eines der Pferde einzufangen.« Mit diesen Worten ging Jons auf die Suche.

Alusch blieb bei Ragnhild. Sie hatte ihr die Arme um die bebenden Schultern gelegt und weinte mit ihr zusammen.

Nach einer ganzen Weile kam Jons zurück. Es erschien wie ein Wunder, dass er tatsächlich fünf Pferde hatte finden können, doch der Junge hatte einfach gewusst, wo er nach ihnen schauen musste. Zu vertraut war ihm das Verhalten seiner Gefährten und zu groß die Angst der Fluchttiere selbst, um sich zu weit von ihrem gewohnten Stall zu entfernen, der ihnen stets Futter und Sicherheit geboten hatte; auch wenn es den jetzt nicht mehr gab. Der Page ritt auf seiner Alyss, hinter ihm trotteten die übrigen vier Pferde, die sich des Nachts zu einer kleinen Herde zusammengefunden hatten. Es waren die Schimmelstute mit ihrem Fohlen, der tragende Zelter von Margareta und die Braune, die ihr Fohlen die Nacht zuvor verloren hatte. Sie alle waren sichtlich erschöpft. Einige wiesen kleine Brandverletzungen auf, und der Zelter lahmte. Doch sie schienen regelrecht dankbar über Jons' Kommen zu sein, denn keines der Pferde trug irgendwelches Zaumzeug, das sie an den Jungen zwang. Sie kamen freiwillig mit ihm.

Unter anderen Umständen wäre Alusch wohl mehr als erstaunt gewesen, dass es Jons tatsächlich geschafft hatte, Pferde aufzutreiben, doch ihre Empfindungen waren wie tot. Sie war weder in der Lage, sich zu wundern, noch sich zu freuen. Alle ihre Sinne würde sie nun brauchen, denn dies war der Moment, in dem sie Ragnhild dazu bringen musste, Albert hier zurückzulassen. Ohne Grab, ohne letzte Ölung und ohne die tröstenden Worte eines Priesters sollte diese Frau ihren geliebten Mann nun der Kälte und der Düsternis übergeben. »Ragnhild. Komm jetzt.« Begann sie vorsichtig.

Die Witwe reagierte nicht.

»Meine Liebste. Sag nun Lebewohl.«

»Ich bleibe hier. Geht ohne mich.«

»Das werden wir sicher nicht tun. Nie und nimmer lasse ich dich alleine hier. Du wirst jetzt auf eines der Pferde steigen. Komm, ich helfe dir auf.« Alusch griff nach Ragnhilds Arm. Ihr selbst erschien diese Geste grob und herzlos. Aber es ging eben nicht anders.

»Nein, Alusch. Lass mich. Mein Platz ist hier bei Albert.«

»Aber dann wählst du den Freitod in der Kälte, Ragnhild!« Aluschs Verzweiflung wuchs. Erneut stiegen ihr Tränen in die Augen. »Der ... der Freitod ist eine Sünde«, versuchte sie es kläglich weiter, obwohl sie selbst hörte, wie lächerlich ihre Überredungsversuche angesichts ihrer grausamen Erlebnisse klangen.

Ragnhilds Stimme klang flach. »Was kümmert mich das? Ich will nicht ohne Albert leben. Ich gehöre an seine Seite.«

Aluschs Ton wurde wieder etwas weicher. Sie hockte sich neben Ragnhild und legte ihr beide Hände auf die Wangen. Auge in Auge sagte sie: »Nein, du gehörst jetzt zu deinen Kindern und Enkelkindern. Willst du, dass sie noch ein Elternteil und noch ein Großelternteil einbüßen? Meinst du nicht, es wird schwer genug für Runa, Margareta und Godeke sein, ihren Vater verloren zu haben? Du musst ihnen jetzt beistehen. Es ist deine Pflicht als Mutter. Albert hätte das auch gewollt. Ganz bestimmt sogar. Und du weißt das.« Eine Weile lang geschah nichts. Alusch zerriss es fast das Herz, so mit der Trauernden sprechen zu müssen, doch es war ihre einzige Möglichkeit. »Nun steh auf, Ragnhild. Wir müssen gehen.«

Die Witwe schien noch einmal über die letzten Sätze ihrer Freundin nachzudenken. Dann erhob sie sich. Der Gedanke an ihre Kinder ließ sie sich aufrichten, wenn auch unendlich langsam. Sie schaute nicht mehr zurück, nachdem sie begonnen hatte, von Albert fortzuschreiten. Zu groß war ihre Angst, es nicht mehr weiter zu schaffen. Als sie neben einem der Pferde stand, wurde ihr bewusst, dass dies das letzte Mal gewesen sein sollte, dass sie sein Gesicht gesehen hatte. Kurz überlegte sie, doch noch einmal zurückzulaufen, aber das war nicht nötig. Alberts Antlitz war für alle Zeit in ihr Gedächtnis gebrannt. Nie würde sie es vergessen!

Sie saßen auf. Alusch ritt auf der Schimmelstute, Ragnhild auf der Braunen. Das Fohlen und der Zelter folgten ihnen auf dem Fuße. Jons hatte aus den überlangen Gürteln der Frauen und denen der Toten behelfsmäßiges Zaumzeug und Zügel geknotet. Außerdem hatte er Ragnhild und Alusch fremde Mäntel umgelegt – keine von beiden fragte, woher sie kamen, wussten sie doch, dass sie einem der Toten gehören mussten. Mehr als das besaßen sie nicht, als sie ihren Weg nach Nordwesten einschlugen. Sie alle kannten ihn nur allzu gut. Es war der Weg nach Hamburg.

9

Schon beim morgendlichen Verlassen des Kunzenhofs war für die drei deutlich zu sehen, dass heute ein Feiertag war. Aus jedem Winkel kamen ihnen Kinder entgegen, die als Apostel, Heilige, Engel, Könige, Priester oder Edelleute verkleidet waren und fröhlich und ausgelassen sangen. Überall hingen immergrüne Zweige und geschnitzter Holzschmuck an den Häusern, und es duftete nach gebackenen Äpfeln und Nüssen. Die Hamburger trugen ihre besten Gewänder – genau wie Runa und Walther selbst und wie Freyja, die mit offenem Mund an der Hand ihres Vaters ging.

Mit Absicht schlugen die Eltern einen Weg ein, der durch die Straßen der Reichen führte, denn diese hatten sich mit dem Verzieren ihrer Häuser wohl gegenseitig zu übertreffen versucht. Hier gab es zu den Schnitzereien auch noch Früchte und bunte Bänder in den Zweigen, und jeder, der es sich leisten konnte, ließ sein Haus im Lichte unzähliger Kerzen erstrahlen. Sie waren bereits einen gewaltigen Umweg durch die Straßen der Stadt gegangen, als sie endlich den Weg Richtung Mariendom nahmen, dessen Turm weit in den Himmel ragte. Noch hatten die Glocken darin nicht geläutet, doch an den herbeiströmenden Hamburgern konnten sie erkennen, dass die Messe bald beginnen würde. So gesellten auch sie sich jetzt in den Strom der Kirchgänger. Gemeinsam mit ihnen betraten sie das Innere des Doms, dessen Umbauten bis zum heutigen Tage noch einmal kräftig vorangetrieben worden waren. Nur die Gerüste auf der Nordseite störten noch den Blick des Betrachters. Das südliche Seitenschiff war fast frei von den hölzernen Gestellen. Immer mehr klarte sich das

Bild des Doms und gab die Sicht frei auf jene Gestalt, die er bald haben sollte.

Runa schaute sich um. Ihr Blick galt jedoch nicht dem Gotteshaus, sondern vielmehr den Köpfen vor sich. Noch hatte sie niemanden von ihrer Familie entdeckt, doch Godeke, Oda, Ava und ihre Jungs dürften nicht mehr lang auf sich warten lassen.

Und tatsächlich: Weiter hinten im Langhaus fand sie sie. »Da seid ihr ja!«, freute sich Runa übermütig und drückte Ava an sich, der die anderen auf dem Fuße folgten.

Die Witwe strich Freyja über das wunderschön geflochtene Haar, in das zahlreiche bunte Bänder eingearbeitet waren. »Hübsch siehst du aus.«

»Das war Tante Margareta«, ließ das Mädchen stolz verlauten und hielt die Enden ihrer Zöpfe fest.

Runa wandte sich lächelnd an Ava. »Sie hatte es Freyja versprochen, damit es nicht wieder die Kinderfrau macht, die beim Kämmen wohl nicht gerade zimperlich ist. Scheinbar hat Margareta sanftere Hände.«

»Das ist gut. Denn wenn sie in ein paar Wochen ein Mädchen gebären sollte, kann ihr die Übung im Zöpfe flechten nicht schaden.« Ava zwinkerte Runa zu, die sich darüber freute, dass ihre Freundin offenbar wieder zu Scherzen aufgelegt war, nachdem sie die letzten Tage eigenartig still gewirkt hatte. Runa bemerkte nicht, wie krampfhaft sich die Witwe, ebenso wie Godeke und Oda, ein Lächeln abrangen. Plötzlich schaute sich Ava um. »Wo ist Margareta?«

»Die Arme hat sich heute Morgen schon wieder so unpässlich gefühlt, dass sie nicht mitkommen konnte.«

»Ein Jammer. Ausgerechnet heute«, klagte Ava. »In den letzten Tagen ist es ihr oft so ergangen. Hoffentlich hört das bald auf.«

In der Zwischenzeit war es stiller im Mariendom geworden, da jedermann einen Platz gefunden hatte. Die Frauen jedoch nahmen das nicht wahr – erst als Walther sie unterbrach.

»Wenn ihr weiterplaudert, dann verpasst ihr noch Thymmo und Ehler. Da, schaut!«

Die Glocken des Mariendoms erklangen, und Ava, Oda und Runa drehten ihre Köpfe in Richtung Portal, durch das in diesem Moment der Kinderbischof schritt – dicht gefolgt von dem Kinderabt, den Rektoren und den älteren Chorjungen, zu denen auch Ehler zählte.

Runa war so hingerissen, dass sie vor lauter Entzücken die Hände unter dem Kinn gefaltet hatte. Den Blick starr auf Thymmo gerichtet, sog sie jeden seiner kleinen Schritte in sich auf.

Thymmo wirkte zwar noch immer etwas unsicher, doch er blickte nur selten zu seiner Mutter, die ihm von Zeit zu Zeit zuwinkte und ihn durch andere Gesten wissen ließ, dass er alles ganz hervorragend machte. Vorne angekommen, setzte er sich auf einen prächtigen Stuhl, der bis zum achtundzwanzigsten Dezember während jeder Messe und Vesper nur ihm gebührte.

Runa kämpfte mit den Tränen der Rührung. Ihr kleiner Junge war einfach zu schnell groß geworden. Fast schon verloren wirkte er auf seinem thronartigen Platz, dessen Sitzfläche so groß und hoch war, dass seine kurzen Beinchen nicht auf den Boden reichten. Alle Augen waren auf ihn gerichtet – die der Ratsherren und reichen Bürger sowie deren Frauen und die der Geistlichen, die Thymmo gewählt hatten! Runa hoffte, dass ihr Kind die hohen Erwartungen der Hamburger erfüllte.

Anders als sonst flog die überlange Messe regelrecht an den Parochianten vorbei. Viele wundervolle Darbietungen ließen die Zeit schnell vergehen. Immer wieder erklangen die hellen Stimmen der Chorjungen, die schon fast etwas Heiliges an sich hatten, und zwischendurch gab es erheiternde Predigten in Reimform und kurze Aufführungen der Schuljungen, an denen auch Ehler seinen Anteil trug.

Runa genoss jeden Moment. Niemals würde sie diesen Tag vergessen, dachte sie glücklich, als ihr Blick durch die vier geschmückten Joche des Gotteshauses wanderte. In der Hoffnung, sich jedes Detail einprägen zu können, schaute sie die langen, schlanken Säulen entlang bis hin zu den vergrößerten Fenstern, durch die das Tageslicht schien, und wieder zurück zu den festlich gekleideten Menschen um sich. Eher zufällig als absichtlich blieb sie am Antlitz Johann Schinkels hängen.

Die ehemals Liebenden schauten sich innig an. Ebenso wie sie lächelte auch er voller Stolz. Fast unmerklich nickte er Runa zu, die ihm ein winziges, aber warmherziges Augenblinzeln schenkte. Noch vor wenigen Monaten hätte diese kleine Geste gereicht, um ihre Knie weich werden zu lassen, doch das war heute zum Glück anders. Sie und Walther hatten endlich zueinandergefunden. Ihre Achtung und auch ihre Freundschaft zu Johann Schinkel würden allerdings niemals vergehen. Thymmo würde seine Eltern auf eine gewisse Weise für alle Zeit aneinanderbinden, und Runa war das mehr als recht!

Als der Gottesdienst vorbei war, strömten die Menschen hinaus vor den Mariendom, wo sich bereits angeregt unterhalten wurde. Schnell hatten sich kleine Grüppchen von Frauen und Männern zusammengetan. Das Kinderbischofsspiel gab ihnen so viel Anlass zur Unterhaltung, dass die Fehde der Grafen an diesem Tage regelrecht in den Hintergrund gedrängt wurde. Ein jeder schien froh darüber zu sein.

Einzig Runa und Walther verharrten noch immer im Dom. Sie hatten keine Lust auf das Gedränge beim Hinausgehen und schätzten es, für kurze Zeit allein zu sein.

»Deine aufmunternden Blicke haben scheinbar wahre Wunder bewirkt«, bemerkte Walther anerkennend. »Thymmo hat viel gelächelt. Sein Amt schien ihm richtig gefallen zu haben.«

»Das habe ich auch bemerkt«, erwiderte Runa glücklich. »Überhaupt scheint er seine Aufgabe als Chorjunge und seine Zukunft als Domherr angenommen zu haben. Ich muss es zugeben, es war wohl die richtige Entscheidung, den Jungen hier in Hamburg zu lassen!«

»Schön, dass du es heute auch so siehst«, sagte Walther und ergriff ihre Hand. Er küsste sie und ließ sie auch dann nicht los.

Das Ehepaar schaute sich vielsagend an; sie beide genossen die Eintracht, die zwischen ihnen herrschte.

Erst nachdem das Langhaus fast leer war, fragte Walther: »Wollen wir?«

»Ja, lass uns gehen. Thymmo hält bestimmt schon nach uns Ausschau.« Runa hakte sich bei Walther unter.

Gemächlich schritten sie nebeneinander hinaus in die blassgelbe Wintersonne. Es war etwas wärmer als am Morgen, dennoch erzeugte ihr Atem noch immer kleine weiße Wölkchen. Sie hatten kaum drei Schritte getan, da kamen ein paar zahnlose Mütterchen, schmutzige Kinder und Kranke herbei, um nach einer Gabe zu fragen.

»Mein Herr, meine Dame«, lispelte einer der Bettler. »Gebt uns eine Spende, im Namen Jesu Christi.«

Runa griff in die Falten ihres Rocks und holte ein paar klimpernde Münzen hervor. Mit einem Lächeln legte sie jedem Bedürftigen eine davon in die Hand – so, wie es üblich war. »Ein gesegnetes Fest«, sagte sie dazu.

»Gott schütze Euch«, bekam sie von jedem als Antwort.

Nachdem diese Christenpflicht getan war, gesellten sie sich zu Graf Johann II. und Gräfin Margarete, die Runa und Walther eben entdeckt hatten und sie nun herbeiwinkten, um Thymmos Leistung mit ein paar lobenden Worten zu erwähnen.

»Spielmann«, sprach der Graf und legte Walther eine Hand auf die Schulter. »Einen so jungen Kinderbischof habe ich noch nie erleben dürfen. Ich sage Euch, wenn Eurem Sohn keine Laufbahn als Geistlicher vorbestimmt ist, dann geht es mit dem Teufel zu.«

»Nicht doch«, schimpfte die gottesfürchtige Gräfin halbherzig über die Worte ihres Gemahls. »Seinen Namen heute zu nennen, ist nicht recht.«

Johann II. kannte sein Weib. Niemals ließ sie sündhafte Reden auch nur im Ansatz durchgehen. Es waren die einzigen Situationen, in denen sie ihren Gemahl tadelte. Doch ihr Ärger war schnell verflogen. Schon lächelte sie wieder. An Runa gerichtet sagte sie: »Thymmo ist ein guter Junge. Sicher fehlt er Euch sehr, seit Ihr in Kiel weilt...« Nun trat sie einen Schritt näher an sie heran. »... aber unter uns Frauen gesprochen: Eine Mutter, die ihren Sohn in den Händen der Kirchenmänner weiß, kann sich glücklich schätzen. Wo andere Jungen älter werden und kämpfend in den Schlachten sterben, ist jenen Jungen zumeist ein langes und sorgenfreies Leben beschert. Ist es nicht so?«

Runa presste die Lippen aufeinander und nickte. Das, was die Gräfin sagte, war die Wahrheit. Thymmo würde nie eine Klinge führen müssen, dafür aber Lesen und Schreiben und Singen lernen. Diese Tatsache hatte etwas Tröstliches! »Wie recht Ihr habt. Ich danke Euch für Eure Worte.«

Nur einen Augenblick später fand das Gespräch über Thymmo ein jähes Ende. Die Anzahl der Menschen, die auf ein Wort mit dem Grafenpaar hofften, war groß, und Zurückhaltung nicht der Weg, der dorthin führte.

»Mein Fürst, auf ein Wort«, ertönte es fordernd aus dem Munde eines der Domherren.

Die Schauenburger, die bei solchen Anlässen stets versuchten, allen gerecht zu werden, nickten Runa und Walther freundlich zu und entließen sie somit aus der Unterhaltung. Dann wandten sie sich ab.

Das Paar ging weiter durch die Menge. Hier und da tauschten sie einen Gruß aus – hier und da ignorierten sie einen! Noch immer gab es einige, die ihnen ihr Glück nicht gönnten. Jene Menschen ließen sie aber mit gutem Gewissen einfach stehen.

Plötzlich kam Thymmo aus der Menge auf sie zugerannt.

»Vater, Mutter!«, rief er aufgeregt und stürmte in Runas Arme, die den Jungen sofort herzte und küsste.

Dicht hinter ihm folgte der Ratsnotar, der Walther respektvoll begrüßte. »Spielmann, seid gegrüßt. Wir haben uns lange nicht gesprochen.«

»Ratsnotar«, erwiderte Walther ebenso respektvoll und neigte den Kopf. »Da habt Ihr recht. Ein Versäumnis, für das ich mich entschuldigen will.«

Ihre letzte Unterhaltung in der Kurie hatte zwischen den Männern etwas bewirkt. Sie waren einander etwas näher gekommen, hatten neue Achtung vor dem anderen bekommen, wenn es auch keine Freundschaft zwischen ihnen geben konnte.

»Ebenso könnte ich es sein, der sich dafür entschuldigt.«

Walther legte Thymmo seine Hand auf die schmale Schulter. Dabei sagte er: »Umso erfreulicher ist es, Euch unter diesen Umständen zu sehen.« Kaum merklich, blickte er kurz zu Thymmo. »Ich gratuliere Euch!«

Johann verstand, was der Spielmann meinte. »Habt Dank. Wie Ihr sicher nachempfinden könnt, bin ich überglücklich!« Dann wurde seine Stimme etwas leiser, sodass der Junge, der nun mit seiner Mutter sprach, sie nicht hören konnte. »Aber bedenkt, Ihr seid es, von dem Thymmo hören will, wie er sich heute gemacht hat.«

Zweifelsohne war das die Wahrheit. Und es wurde Zeit, dass Walther dem nachkam. Anstatt etwas zu erwidern, ging er einfach vor dem Jungen in die Knie und fuhr ihm über den blonden Schopf. »Du hast das wirklich sehr gut gemacht, Thymmo. Der echte Bischof kann noch etwas von dir lernen!«, lobte er ihn überschwänglich und tätschelte ihm die Wange.

»Das habe ich wohl gehört«, ertönte es hinter Walther, der schnell herumfuhr.

Es war Giselbert von Brunkhorst.

»Erzbischof…«, stammelte Walther unbeholfen. »Was ich meinte, war…«

Doch statt dem Spielmann zuzuhören, ging der Kirchenmann ebenfalls vor Thymmo in die Knie. »Dein Vater hat recht, Junge. Ich habe heute tatsächlich was von dir gelernt. Nämlich, dass auch die kleinsten Marianer schon einen sehr guten Kinderbischof abgeben können – wenn sie sich nur so anstrengen wie du. Heute hast du viele aus deiner Schule sehr stolz gemacht, mein Junge. Vergiss nie, dass du einer von ihnen bist.« Dann erhob der Kirchenmann sich wieder, nickte allen freundlich zu und verließ die kleine Runde, um zu den Kieler Grafen zu gehen.

In diesem Moment kamen Ava, Veyt, Ehler, Oda und Godeke hinzu. Sie alle beglückwünschten den kleinen Thymmo ebenfalls – alle, bis auf Ehler, dessen Gesicht nur Verachtung ausdrückte.

Mit jedem Wort des Lobes empfand der Schüler nur noch mehr Wut und Eifersucht auf den Jüngeren. Niemand lobte ihn, keiner erwähnte auch nur mit einem Wort seine Leistung bei den Aufführungen und dem Gesang. Er war Luft für sie.

Thymmo jedoch bemerkte den Argwohn des Älteren nicht. All die Aufmerksamkeit und die Anerkennung der Erwachsenen lenkten ihn zu sehr ab; dabei war er noch am Morgen sehr eingeschüchtert gewesen, ob der ehrenvollen Aufgabe, die ihn so unerwartet ereilt hatte. Nachdem Johann Schinkel aber eindringlich mit ihm gesprochen hatte, war sein Selbstvertrauen zurückgekehrt. Die Zusicherung des Ratsnotars, dass er seine Eltern stolz machen würde, wenn er seine Angst nicht zeigte, hatte genügt. Und wie sich nun herausstellte, hatte Johann Schinkel recht behalten. Langsam begann Thymmo, sein Amt als Kinderbischof sogar so sehr zu mögen, dass er die abendliche Vesper kaum mehr erwarten konnte.

Weder der Siebenjährige noch die anderen Hamburger vermochten in diesem Augenblick zu wissen, dass es zu diesem Abendgebet nicht mehr kommen würde.

»Ich will ja nicht drängen, aber sollten wir nicht langsam gehen?«, fragte Walther und rieb sich den Bauch.

Mit dieser Geste erinnerte er die Familie daran, dass ihre Mägde ein Festmahl bereitet hatten, zu dem sie sich alle in Avas Haus einfinden wollten.

Ava schlug die Hände zusammen. »Herrje, du hast recht. Ich habe vollkommen die Zeit vergessen. Lasst uns gehen.«

Jetzt erst merkten alle, was für einen Hunger sie hatten, so sehr hatten die Festlichkeiten sie abgelenkt.

Runa freute sich auf das Mahl, das bloß den Anfang einer längeren Zeit darstellte, in der sie täglich zusammen speisen würden. Nur ihre Kinder, das erkannte sie an deren Blicken, hätten wie immer gern noch länger draußen getobt. Drum fragte sie: »Freyja, Thymmo, wollt ihr mit Ehler vorauslaufen und Agnes Bescheid geben, dass wir jetzt kommen?«

»Nicht nötig«, ertönte es da plötzlich. Es war die Magd, die ihnen gerade mit einem Korb voller Gebäck entgegenkam. Lächelnd hob sie diesen nach oben und erklärte: »Ich hörte, dass es der Dame Margareta an diesem Morgen schlecht ergeht. Da wollte ich ihr schnell etwas zu essen vorbeibringen. Wenn sie schon nicht bei uns sitzen kann, dann soll sie an diesem Festtag doch wenigstens gut speisen.«

Niemand wunderte sich darüber, dass die Magd schon Kenntnis darüber hatte. Dienstboten wussten über solche Dinge stets am besten Bescheid.

»Wie aufmerksam von dir, Agnes«, bemerkte Runa. »Sicher wird es ihr danach besser gehen.«

Plötzlich erklang Freyjas Stimme. »Mutter, können wir den Korb nicht zu Tante Margareta bringen?«

Runa blickte an sich herab, direkt in die großen bernsteinfarbenen Augen ihrer Tochter. Ihr war sofort klar, was Freyja mit ihrer Bitte bezwecken wollte – gab es für das Mädchen doch fast nichts Schlimmeres, als stillsitzen zu müssen.

Ava kam Runa zuvor, als sie sagte: »Ach, geht nur. Es dauert ja nicht lang, und sicher kann Agnes die eingesparte Zeit anderweitig gut gebrauchen.«

»Das ist allerdings wahr…«, bejahte die Magd.

»Na schön, dann komm«, willigte Runa ein und ließ sich den

Korb reichen. An diesem Freudentag wollte sie einmal nicht so streng sein und ihrer Tochter diesen kleinen Wunsch erfüllen. Hand in Hand schritten sie davon.

»Bis gleich«, rief Freyja laut und langgezogen und winkte dabei fröhlich. Dann begann sie übermütig in einem immer gleichen Zweitakt neben ihrer Mutter herzuhüpfen. Es fiel dem Mädchen sichtlich schwer, einfach nur folgsam an der Hand zu gehen, wie es andere ihres Alters taten. Immerzu erregte irgendwas ihre Aufmerksamkeit, mal rechts, mal links, mal unten, mal oben. Zeitweise meinte Runa, gleich von ihr in zwei Hälften gerissen zu werden. Doch genau das liebte sie auch so sehr an ihrer Tochter. Sie war ohne Scheu und stets so wissbegierig.

»Mutter?«, meldete Freyja sich plötzlich zu Wort.

»Ja?«

»Heute ist doch der Tag des heiligen Nikolaus, richtig?«

»Ja, richtig.«

»Und heute bekommen die Kinder doch Geschenke, oder?«

»Ja, das stimmt. Warum fragst du?«

»Ich frage, weil ich einen Wunsch habe«, gestand das Mädchen ungeniert.

»Einen Wunsch? Du meinst, du möchtest etwas Bestimmtes haben?«

»Ja, etwas Großes.«

»Das auch noch! Aber du weißt schon, dass man den Tag heute nicht bloß deshalb feiert, damit man Geschenke bekommt?«

Einen Moment lang war Freyja still. Dann erwiderte sie: »Aber ich dachte, das Jesuskind hat doch einst drei Geschenke von den Heiligen Drei Königen bekommen. Dann kann St. Nikolaus mir doch etwas Großes schenken. Ich will ja nur *ein* Geschenk.«

Runa musste kurz schmunzeln. Sie wollte versuchen, das Mädchen abzulenken, und fragte deshalb: »Du scheinst dich ja gut auszukennen. Kannst du mir auch sagen, was die Heiligen Drei Könige mitgebracht haben?« Jetzt konnte Runa sehen, dass das Mädchen ins Grübeln kam.

»Gold...«

»Richtig!«

»Weihrauch...«

»Richtig!«

»Und... und... Kamille!«

Eigentlich wollte Runa nicht lachen, aber es platzte einfach aus ihr heraus. »Nein, Liebes. Nicht Kamille, sondern Myrrhe! Aber sei nicht traurig, Gold und Weihrauch waren ja richtig.«

Das Mädchen verschwendete offenbar keinen weiteren Gedanken an Myrrhe. Es war gedanklich schon wieder bei ihrem Wunsch. »Soll ich dir sagen, was ich gerne vom heiligen Nikolaus hätte?«

»Ja, sag es mir.«

»Ich möchte ein eigenes Pferd haben. Eines, das aussieht wie Vaters Brun, mit braunen Haaren, genau wie meine.«

Die Mutter sah das Mädchen an und zog die Augenbrauen hoch. »Ich glaube, dieser Wunsch ist zu groß für ein so kleines Kind wie dich. Außerdem ist Brun ein sehr wildes Pferd...«

»Das macht nichts!«, warf das Mädchen unbeschwert ein. »Ich mag es, schnell zu reiten!«

»Ja, ich weiß«, antwortete Runa schmunzelnd und musste unwillkürlich daran denken, wie sie Freyja und Walther das letzte Mal gemeinsam auf Brun beobachtet hatte. Sie bemerkte gar nicht, dass sie an einer kleinen Gruppe von Kaufmannsfrauen vorbeigingen – bis sie deren Getuschel vernahm.

»Sieh dir mal diese Haube an«, lästerte eine von ihnen.

»Eine wahre Christin würde sich an einem heiligen Fest niemals derart ziersüchtig kleiden.«

»Und dann dieses sündig teure Kleid.«

»Pah, teuer? Für mich sieht es aus wie ein Putzlappen«, zischelte eine andere.

Als Runa sich umdrehte, erkannte sie gleich, wer da miteinander gesprochen hatte. Es waren Elizabeth Niger und Margareta von Grove, die missgünstig ihr Gewand begutachteten. Dahinter standen noch weitere Damen. Einige schauten ähnlich boshaft, andere eher beschämt.

»Ein gesegnetes Fest wünsche ich«, rief Runa ihnen zu und schritt dann hoch erhobenen Hauptes davon. Das Geläster der Weiber hätte sie heute nicht weniger interessieren können – im Gegenteil – es belustigte sie geradezu. Noch einige Schritte lang labte sie sich am Gedanken an das verbitterte Gesicht von Elizabeth Niger. Der Neid hatte so sehr in ihr geglüht, dass sie ganz rot geworden war. Runa hätte schwören können, dass sie gleich morgen zu Voltseco rennen und sich ihr Kleid nachschneidern lassen würde.

Die Gruppe der Kaufmannsweiber lag schon einige Mannslängen hinter ihnen, da hörte Runa eine von ihnen rufen.

»Dame Runa, wartet! Dame Runa ... seid gegrüßt!«, ertönte es atemlos.

Runa blieb stehen. Schon an der Stimme erkannte sie, um wen es sich handelte. Es war Alheid Salsnak, die sie schon den ganzen Morgen lang im Dom von Kopf bis Fuß beäugt hatte und die ihr gerade regelrecht nachgerannt kam. Anscheinend hatte die einstige Nachbarin, die eben noch im Kreis der tratschenden Weiber gestanden hatte, kurzerhand entschieden, dass es für sie doch eher von Vorteil war, sich mit Runa zu verbünden, als über sie zu lästern. Doch dieses Spiel würde sie wohl alleine spielen müssen.

Bevor Runa sich umdrehte, rollte sie mit den Augen. Gerade noch konnte sie ein Aufstöhnen unterdrücken. Sie hatte nicht die geringste Lust, sich mit diesem lästigen Weibsbild zu unterhalten, doch jetzt gab es kein Entkommen mehr. »Seid ebenso gegrüßt«, erwiderte sie mit einem absichtlich etwas überheblichen Kopfnicken.

»Geht Ihr später auch zur Vesper?«

»Ja, das haben wir vor.«

»Und wisst Ihr denn auch schon, wo im Dom Ihr Euch hinzustellen gedenkt? Wieder dort, wo ihr des Morgens gestanden habt?«

»Wie soll ich Eure Frage verstehen?«

»Ach, meine Liebe«, sprach sie säuselnd. »Ich dachte, wir könnten vielleicht beisammen stehen und uns ein wenig unterhalten. Schließlich haben wir das nicht mehr getan, seitdem Ihr in Kiel wohnt, und auch jetzt, wo Ihr bei den Grafen auf dem Kunzenhof lebt, macht Ihr Euch rar. Drum wäre ein Schwätzchen doch vielleicht ganz angenehm, denkt Ihr nicht auch?«

Runa schaute in das Antlitz der kriecherischen Bürgersfrau und bemerkte, wie ihr ein Schaudern den Rücken hochkroch. Es war nur allzu klar, woher ihr Wunsch rührte. Sie würde ihr ein für alle Mal zeigen, was sie von ihr hielt: »Verzeiht, aber ein Schwätzchen während der Vesper ist nicht in meinem christlichen Sinne. Und sehr wahrscheinlich werde ich sowieso im Gefolge des Grafenpaares stehen, wo ich meinen Sohn Thymmo am besten bei der Ausübung seines Amtes als Kinderbischof zu sehen vermag. Zu schade, dass nicht jeder zu diesem Bereich des Doms Zutritt hat. Nun entschuldigt mich, Dame Alheid, ich muss noch einmal zum Kunzenhof. Man erwartet mich dort, das versteht Ihr doch gewiss.« Runa senkte leicht den Kopf und ließ diese Heuchlerin damit wissen, dass sie nicht beliebte, weiter mit ihr zu sprechen. Was für ein boshaftes Vergnügen.

Trotz eines sichtlich empörten Ausdrucks in ihrem Gesicht antwortete die Kaufmannsfrau: »Natürlich... ich verstehe... ein gesegnetes Fest wünsche ich Euch und den Fürsten.« Nach diesem letzten Gruß schritt sie beleidigt von dannen.

Runa lachte in sich hinein. Daraufhin griff sie wieder nach Freyjas Hand, die sich während des kurzen Gesprächs davon befreit hatte, doch sie griff ins Leere. Das Mädchen stand nicht mehr neben ihr. Erschrocken blickte sie um sich. Schaute in alle Himmelsrichtungen. »Freyja?«, rief sie und drehte sich um sich selbst. Die Straße war gefüllt mit Kindern und Frauen, Bettlern und Kaufleuten. Runa schaute in jedes Gesicht, sah ihre Tochter jedoch nirgends. »Freyja, wo bist du? Antworte!«

»Hier, Mutter!«, erklang es plötzlich hell aus einer Häusernische.

Runa drehte den Kopf in Richtung der Stimme. Gerade noch sah sie, wie ein Mann sich hastigen Schrittes entfernte. Verwundert und verärgert zugleich fragte sie: »Wer war das? Was wollte er von dir? Du kannst doch nicht einfach gehen, wohin du willst!«

Freyja senkte schuldbewusst den Blick. »Der Mann hat mir einen Apfel geschenkt«, sagte die Sechsjährige und hielt die glänzend rote Frucht nach oben.

Runa atmete durch. Ihre Angst schien unberechtigt zu sein – heute, an einem heiligen Feiertag, waren alle Menschen freundlich und keiner führte Böses im Schilde. Sie zwang sich zu einem Lächeln und sagte: »Wie schön. Hat er dir seinen Namen verraten?«

»Nein, aber ich habe ihm meinen gesagt. Er war sehr nett... doch er hatte eine komische Nase«, kicherte Freyja.

Die Mutter strich dem Mädchen lächelnd über den Kopf. Was Kinder nur immer bemerkten, kam es ihr verwundert in den Sinn. »Jeder Mensch wurde von Gott eben anders erschaffen. Du hast deine Nase und ein anderer eben eine andere. Darüber solltest du nicht lachen, sonst tauscht Gott morgen vielleicht deine und seine Nase!«

Freyja wurde schlagartig still. Diese Drohung erschreckte sie zutiefst, denn eine schiefe Nase wollte sie nun wirklich nicht haben.

Zufrieden bemerkte Runa, dass das Mädchen über ihre Worte nachdachte. »Komm jetzt. Wir sollten uns etwas beeilen. Sonst ist nichts mehr vom Festmahl übrig, wenn wir ankommen.«

Nach diesen Worten wurde Freyja übermütig und begann, an Runas Hand zu ziehen. Offenbar hatte auch sie mittlerweile Hunger.

»Langsam, langsam. Ich kann nicht so schnell mit meinem Kleid«, lachte Runa, bemühte sich aber, trotz ihres überlangen Rocks, den sie anheben musste, um nicht darauf zu treten, etwas flotter zu gehen. Trotz der Kälte war ihr der Schnee weitaus lieber gewesen als das Tauwetter, denn schon nach kurzer Zeit war der Saum ihres Kleides heute mit dem dunklen Schlamm der Straßen beschmiert gewesen. Was für ein Jammer, dachte sie, und schaute zu Boden, um nicht auszurutschen. Wenige Schritte später begann endlich die geflasterte Steinstraße. Hier war das Laufen leichter, und Runa richtete ihren Blick wieder nach vorne. Vor ihnen waren bereits die ersten Häuser des Kunzenhofs am Anfang der Altstädter Fuhlentwiete zu sehen, in die sie gleich einbiegen wollten, da erfassten Runas Augen etwas Merkwürdiges.

Ohne es zu bemerken verlangsamte sie ihren Schritt und zog Freyja dichter an sich heran. Ihr Mund blieb offen stehen, und sie atmete flacher. Zunächst glaubte sie an ein Trugbild, dann aber kniff sie die Augen enger zusammen und sah, dass es Wirklichkeit war: Die Menschen, welche eben noch mit flinken Schritten an ihr und Freyja vorbeigerauscht waren, stürmten plötzlich in die entgegengesetzte Richtung und kamen auf sie zu. Sie rannten regelrecht. Ihre Gesichter ließen keine Freude mehr erkennen. Jetzt erklangen die ersten Schreie, rasend schnell verbreitete sich daraufhin eine Panik. Als plötzlich dunkle Rauchsäulen hinter den schneebedeckten Dächern auftauchten, wurde es Runa unmissverständlich klar: Hamburg wurde angegriffen!

»Großer Gott!«, entwich es ihr leise. Dann riss sie sich von der Szenerie los und warf einen hektischen Blick zum Kunzenhof, dessen Tore sich in diesem Moment schlossen. Gerade noch konnte sie sehen, wie einige Hamburger sich dagegen warfen und lauthals um Einlass flehten, doch die Wächter blieben eisern. Verzweifelt wurde Runa klar, dass auch sie es unmöglich in die sicheren Gemäuer schaffen würden.

»Mutter, Mutter!«, rief Freyja und zerrte an deren Kleid, weil sie nicht reagierte. »Wo rennen alle hin? Mutter...!«

Runa versuchte gerade klare Gedanken zu fassen, als die Ritter um die Ecke galoppierten und mit ihren Schwertern begannen, jeden niederzumachen, der ihnen im Wege stand. Einige der Reiter trugen Fackeln bei sich, mit denen sie alles anzündeten, was bei diesem Wetter brannte.

»Lauf, Freyja! Lauf!«, schrie Runa jetzt, warf den Korb fort und rannte los. Unerbittlich zog sie ihr Kind hinter sich her.

Nur einen Augenblick später waren sie mitten im grausamen Geschehen. Um sie herum ertönten die Schreie der Verwundeten. Das Gepolter der Schlachtrösser schien von überall zu kommen. Die Luft war erfüllt vom Geruch des Feuers.

Runa und Freyja rannten in die nächste schmale Gasse, in der Hoffnung, dass die mächtigen Pferde der Ritter hier nicht hindurchpassten oder man sie übersah. Doch sie sollten sich irren. Fast waren sie am Ende angelangt, da vernahmen sie das unverwechselbare Geräusch galoppierender Hufe hinter sich. Runa drehte sich um und erschauderte. Ein Ritter in Helm und Kettenhemd folgte ihnen, in der rechten Faust ein glänzendes Schwert. Hoch erhoben, hielt er es zum Schlag bereit und trieb sein Pferd gnadenlos an. Die Mähne des Rappen wallte und das Maul schäumte. Schnell kam er näher – so schnell, dass Runa glaubte, es nicht bis zum Ende der Gasse zu schaffen. Immer wieder schrie sie ihrer Tochter zu: »Lauf, lauf!«, und rannte um ihr Leben. Die Hufschläge wurden lauter, je näher sie kamen. Erst im letzten Moment erreichten sie die Querstraße vor sich. Runa sprang nach rechts und zerrte Freyja hinter sich her. Sofort zog sie das Kind nach unten in die Hocke und begrub es unter ihrem Oberkörper. Dann schoss der Ritter aus der Gasse. Über ihnen schlug die Schneide des Schwertes in das Holz des Fachwerkhauses.

Auf der Straße stoben die Leute ängstlich schreiend auseinander, um dem Ritter zu entkommen, der so plötzlich erschienen war. Dieser jedoch nahm keine Verfolgung auf. Stattdessen zügelte er sein Pferd grob, das erschrocken aufwieherte, und blickte zurück.

Runa schaute vom Boden hoch zum Sehschlitz des Topfhelms, Freyja noch immer fest im Arm. Aus einem nicht zu erklärenden

Grund hatte sie das Gefühl, dass der Mann es auf sie beide abgesehen hatte. Warum? Gab es hier nicht unzählige Menschen? War es nicht gleich, wen er erschlug? Es blieb keine Zeit, weiter darüber nachzudenken.

Der Ritter wendete sein Ross mit einer Hand, hob sein Schwert zum Angriff und trieb dem Rappen die Hacken in die Seiten. Sofort stieß der Hengst sich vom Boden ab.

Runa zerrte Freyja hoch. Bloß noch zwei Galoppsprünge war er von ihnen entfernt, da rannten sie direkt vor dem Pferd auf die gegenüberliegende Seite der Straße und durch einen Torbogen. Nur knapp entkamen sie den wirbelnden Hufen und der scharfen Klinge und gelangten auf einen Hinterhof, der von einer niedrigen Mauer umgeben war. Runa sah sich um. Sie erblickte eine weit geöffnete Hintertür. »Dort rein«, befahl sie Freyja.

Doch plötzlich kam der Ritter durch den Torbogen gepresch. Freyja und ihre Mutter schrien auf. Ohne zu überlegen riss Runa das Mädchen herum, zog es erbarmungslos weiter. Der Weg zum Haus war nun versperrt, so entschied die Mutter sich für die Mauer. Hier hob sie Freyja hinauf. Im letzten Moment schaffte auch sie es hinüberzuklettern, und als sie gerade ihre Hand von dem Gestein zog, fuhr auf genau diese Stelle die Klinge des Ritters nieder, sodass das Eisen leuchtende Funken hinterließ.

Erschrocken schrien sie beide auf und duckten sich, die Hände über den Köpfen und die Augen fest geschlossen. Gleich darauf rannten sie aber weiter, ohne zurückzublicken. Über den nächsten Hinterhof, der an jenen grenzte, den sie gerade überquert hatten, und durch den nächsten Torbogen wieder auf die Straße.

Hier stand ein Haus in Flammen, und die Luft darum war verraucht. Freyja hustete und heulte. Runa konnte sich nicht darum kümmern, hielt ihre Hand aber fest umfasst. Sie versuchte, sich zu orientieren, einen klaren Kopf zu bewahren und ihre Angst nicht übermächtig werden zu lassen, doch auch sie bekam schlecht Luft und in ihren Seiten machte sich ein stechender Schmerz bemerkbar.

Den Blick noch nach links gerichtet, entdeckte Runa plötzlich eine Schar Menschen auf sie und Freyja zurennen – schreiend, mit angsterfüllten Gesichtern und wild rudernden Armen. Zuerst konnte sie nicht erkennen, vor wem sie flüchteten. Dann aber tauchten aus dem Rauch hinter ihnen drei Ritter auf. Sie waren einfach überall. Wie heidnische Dämonen aus dunklen Wäldern sahen sie aus; ihre Gesichter unter den Helmen verborgen und die Schwerter erhoben, schienen sie eins mit ihren schnaubenden, riesigen Rössern zu sein, die unerbittlich näherkamen.

Erst ein dumpfes Geräusch ließ Runa einen Blick in den Hinterhof werfen, aus dem sie gekommen waren. Das genügte, um zu erkennen, dass ihr Verfolger sein Pferd gewendet und über die niedrige Mauer gesetzt hatte. Jetzt schoss er im wilden Galopp auf sie und Freyja zu. Schon wieder! Warum nur ließ er nicht endlich von ihnen ab?

Mutter und Tochter hatten keine Wahl mehr, was die Richtung anbelangte. »Los Freyja, weiter. Du musst laufen. Schnell!« Abermals riss Runa das erschöpfte, weinende Mädchen nach rechts Richtung Altstadt. Um sie herum rannten bereits die flüchtenden Frauen, Männer und Kinder. Dahinter kamen die Verfolger näher. Der Weg führte leicht bergauf, und die qualmerfüllte Luft in den schmalen Gassen war fast zu heiß und zu dick zum Atmen. So schnell sie konnten, rannten sie davon. Währenddessen schaute Runa angsterfüllt nach hinten.

Da sah sie, wie ihr Verfolger sich den anderen drei Rittern anschloss und ihnen ein Zeichen gab!

Runa erstarrte. Sie blieb einfach stehen, inmitten der panischen Masse. Von hier aus meinte sie durch den immer dichter werdenden Qualm zu sehen, wie die anderen Reiter Freyja und sie plötzlich anvisierten.

»Mutter!«, heulte Freyja auf und zog an ihrer Hand. »Komm. Wir müssen weiter!«

Runa reagierte nicht. Hatte der Ritter tatsächlich auf sie und

Freyja gewiesen, oder war es bloß der Rauch, der sie verwirrte? Sie hustete, rieb sich die Augen. Freyjas Worte drangen kaum mehr zu ihr durch. Ihre innere Stimme rief ihr zwar zu: *Lauf um dein Leben. Rette dein Kind*, aber sie stand bloß keuchend da. Ihr Blickfeld verengte sich, die Geräusche um sie herum wurden immer leiser.

Dann kamen die Ritter, schossen brutal im Galopp durch die Flüchtenden hindurch und stachen gnadenlos zu. Stöhnend und schreiend gingen die Verletzten zu Boden. Die Übrigen stoben ohne Rücksicht auseinander und stießen andere dabei aus dem Weg. Eine Frau geriet ins Stolpern und kam unter die Hufe der Rösser. Ihr Kopf wurde so grob auf die Straße geschleudert, dass sofort Blut herausschoss.

Jene Szene war das Letzte, was Runa sah. Etwas traf sie hart am Kopf. Ihre Knie gaben nach, und kurz bevor sie die Besinnung verlor, wurde sie so heftig angerempelt, dass sie kopfüber ins Fleetwasser fiel.

Schon bevor Eccard und seine Männer durch das Steintor galoppierten, konnten sie deutlich sehen, dass hier etwas nicht stimmte. An mehreren Stellen in der Stadt stieg Rauch empor, und vereinzelt sah man orange züngelnde Flammen. Menschen liefen wild durcheinander, und von überallher erschollen Hilfeschreie. Es gab keinen Zweifel: Hamburg wurde angegriffen!

Die Tore waren unbewacht und standen weit offen. Schon längst hatten die Männer ihre Posten verlassen, um dem Feind im Kampf gegenüberzutreten.

Innerhalb der Stadtmauer angekommen, trieb Eccard Kylion wild an. Er nahm den ersten möglichen Weg Richtung Kunzenhof und stürmte ihn entlang. Seine Gedanken waren beherrscht davon, Margareta zu finden, und obwohl es sinnlos schien, schrie er immer wieder ihren Namen. Als er den Grafensitz erreichte, erkannte er auf einen Blick, dass dieser tatsächlich noch gehalten wurde. Obwohl der Angriff offenbar überraschend gekommen war, kämpften die Männer Johanns II. so unerbittlich, dass Eccard davon ausgehen konnte, hier nicht gebraucht zu werden. So galoppierte er weiter durch die engen Gassen des Jacobi-Kirchspiels, in denen einige Häuser schon in Flammen standen. Niemand dachte daran, sie zu löschen, ein jeder musste sein eigenes Leben retten. Aus allen Ecken und Winkeln vernahm er das Schreien und Weinen der Hamburger, doch nirgendwo entdeckte er ein bekanntes Gesicht.

Er passierte die südlichen Domkurien und durchquerte die Altstadt, bis er die Petrikirche vor sich sah. Der Pfarrvikar hatte die Türen weit geöffnet und reichte immer wieder Alten, Frauen und Kindern seine helfende Hand, um sie die Stufen hochzuziehen. Sie alle stürmten panisch hinein und suchten Zuflucht innerhalb der steinernen Wände.

Eccard hielt Kylion an und blickte auf den freien Platz vor der Kirche, der zum Schlachtfeld geworden war. Hier bestätigte sich schließlich, was ihm auf der Riepenburg während des Schachspiels ganz plötzlich klar geworden war. Eher unbedacht hatte Albert erwähnt, dass Margareta innerhalb der Kirchen zu Zeiten der Fehde am sichersten sei. Diese Bemerkung hatte Eccard unvermittelt etwas in den Kopf gerufen. Ohne es zu wollen, hatte Graf Gerhard II. nämlich einen versteckten Hinweis über seine Pläne verlauten lassen, als er versicherte, dass kein Gottes- und kein Landfrieden ihn aufhalten werde. Viel zu spät vermochte Eccard diese entscheidenden Worte zu deuten. Von Anfang an war der Plan des Schauenburgers gewesen, zum Kinderbischofsspiel anzugreifen. Und von Anfang an war sein Ziel Hamburg gewesen – die fette, nimmersatte Hure mit ihren dreißig Liebhabern, wie er die Stadt mit ihren Ratsherren genannt hatte. Ein Blick auf die Berittenen, die Eccard, trotz ihrer Rüstungen, sofort erkannte, machte die Richtigkeit seiner Schlussfolgerung deutlich. Es waren seine alten Gefährten: Lüder von Bockwolde, Heinrich von Borstel und Giselbert von Revele! Und mit Sicherheit waren auch die anderen Vasallen Gerhards II. nicht weit.

Die Geräusche des Kampfes holten Eccard wieder zurück aus seinen Gedanken. Er hatte weniger schnell mit einer solchen Möglichkeit gerechnet, aber jetzt, hier und heute, war der Moment gekommen, in dem er seinem neuen Herrn gegenüber die Treue unter Beweis stellen konnte. Auge um Auge. Mann gegen Mann. Auf Leben und Tod. »Lüder!«, schrie er den Namen des Ritters, der ihm am nächsten war.

Der junge Ritter drehte sich um. Sein Gesicht war unter einem Topfhelm verborgen, doch an seiner Haltung konnte Eccard die kurz aufblitzende Verwunderung über den Anblick seines einstigen und heute abtrünnigen Gefährten erkennen. Dann aber gab er seinem Pferd die Sporen und hob das Schwert zum Angriff.

Die Klingen der Männer schlugen klirrend gegeneinander. Wieder und wieder ertönte jenes metallene Geräusch. Eccard parierte und schlug dann erneut zu. Doch auch sein Gegner verstand es, Hiebe abzuwehren. Eine ganze Zeit lang versuchten sie vergeblich, einen Treffer zu erzielen. Beide Kämpfer waren ungefähr gleich stark und gleich alt, nur eine Sache unterschied sie: Es war die Rüstung, die Lüder im Gegensatz zu seinem Feind trug. Sie machte den Ritter unbeweglich, und irgendwann gelang es Eccard, daraus einen Vorteil für sich zu erwirken.

Ganz plötzlich wendete er Kylion so geschickt um das Pferd Lüders, dass er sich mit einem Mal hinter ihm befand. Gleich darauf hieb er sein Schwert so kräftig auf dessen linke Schulter, dass dieser aufbrüllte. Sein kleiner Sieg währte jedoch nicht lang. Schon waren sie wieder im wilden Zweikampf – und auch Eccard wurde getroffen. Nur kurz gab sein hoch erhobener Schwertarm seine Seite frei. Lüder holte aus und traf Eccards schutzlosen Körper am Oberschenkel; zwar nur leicht, doch es reichte aus, um eine schmerzhafte Fleischwunde hervorzurufen.

Eccard schrie. Sofort schossen ihm die Bilder in den Kopf, wie er vor einigen Monaten schon einmal im Kampf am Bein verwundet worden war – damals mit Lüder an seiner Seite – doch für solche

Gedanken war keine Zeit. Er spürte, dass er den Kampf möglichst bald beenden musste, wenn er nicht unterliegen wollte, denn mit einer solchen Verletzung würde er sich nicht ewig verteidigen können. So wendete er Kylion ein zweites Mal um Lüders Pferd herum, bereit für den entscheidenden Schlag. Als sein Hengst richtig stand, ließ er die Zügel in einer geschmeidigen Bewegung auf den Hals Kylions fallen, nahm seine zweite Hand, umfasste damit zusätzlich den Schwertknauf, und führte seine Klinge dann kreisförmig über seinen Kopf. All den Schwung, den er auf diese Weise holte, lenkte er in seine Waffe. Eccard traf seinen Gegner mit der Schneide genau an jener Stelle unter dem Topfhelm, wo die Kettenkapuze herausschaute.

Lüder von Bockwolde röchelte nur kurz und fiel dann tot vom Pferd.

Erleichtert ruhte Eccards Blick einen Moment lang auf dem Körper, dann fasste er seine Zügel nach und sah sich nach einem neuen Gegner um. Der Berg war mittlerweile übervoll mit kämpfenden Männern, zwischen denen dicke Rauchwolken hingen. Noch war es deshalb schwer zu erkennen, welche Seite es wohl schaffen würde, die Oberhand zu gewinnen. Aus Richtung des Kunzenhofs jedoch kamen immer mehr Gefolgsleute Johanns II. Erbarmungslos und ohne Gnade hieben sie auf jeden Anhänger des Plöner Grafen ein, der sich ihnen in den Weg stellte.

Gerade als Eccard sich Giselbert von Revele widmen wollte, der nur zwei Pferdelängen von ihm entfernt just seinen Gegner getötet hatte, kam Ulrich von Hummersbüttel auf den Platz vor der Kirche geschossen. Er trug als Einziger keinen Helm, weshalb ihn Eccard sogleich erkannte. Mit einer unmissverständlichen Geste und lautem Gebrüll forderte er seine Gefährten zum Abziehen aus der Stadt auf: »Rückzug! Alle mir nach! Sofort!«

Daraufhin galoppierte er von dannen. Die anderen Ritter ließen sofort von ihren Gegnern ab und ritten ihrem Anführer hinterher. Schlagartig wurde es ruhiger auf dem Platz vor der Kirche. Zurück blieb nur der Qualm.

Eccard saß schwer atmend und hustend auf Kylion. Sein Schwert hing seitlich an ihm herab. Der Rückzug war so plötzlich gekommen, dass er einen kurzen Moment brauchte, um seine Verwunderung niederzuringen. War eine Niederlage nicht mehr zu vermeiden gewesen? Hatten sie deshalb die Flucht angetreten, um weitere unnötige Verluste zu verhindern? Oder sollten die Ritter den Ratsherren und Graf Johann bloß einen mächtigen Schlag versetzen, ohne dabei wahrhaft ihr eigenes Leben zu riskieren?

Ganz gleich, was der Grund für den Rückzug war, keiner der Hamburger konnte sich jetzt über den Sieg freuen. Das Feuer musste gelöscht werden. Jeder Mann, jede Frau und jedes Kind wurden dazu benötigt – ebenso wie jedes Pferd, sei es auch noch so edel.

So sprang Eccard von seinem Kylion und ließ sich Seile geben, die er um ihn schlang und festknotete. Während jeder, der noch in der Lage war zu laufen, Wasser aus den Fleeten heranschaffte, wurde die Kraft des Hengstes dazu benötigt, einzelne Hütten abzureißen, die als Nächstes den Flammen zum Opfer fallen würden, um dem Feuer so die Nahrung zu nehmen. Immer wieder trieb Eccard den erschöpften und schwitzenden Kylion an, auf dass er alles gab, was noch in seinen Gliedern steckte.

Dann, die Mittagsstunde war schon lange vorbei, war es endlich geschafft. Die schlimmsten Brandherde hatte man gelöscht. Nur noch vereinzelt rauchte es hier und da, doch von diesen glimmenden Aschehäufchen ging keine Gefahr mehr aus.

Die Männer und Frauen Hamburgs fielen sich weinend in die Arme. Erst jetzt wurde ihnen klar, was eigentlich wirklich geschehen war. Überall lagen die toten Körper der Erschlagenen, überall hörte man die Schreie der Hinterbliebenen und Verletzten.

Eccard entfernte die Seile um Kylions Brust und Hals, die seine Haut blutig gescheuert hatten. Dann saß er auf und ritt durch die Stadt. Er begann jede Straße und jeden Winkel nach Margareta zu durchsuchen. Fragte jeden, der ihm noch ansprechbar schien, doch niemand hatte sie gesehen. Eine nie gekannte Angst überkam ihm. Jemand *musste* sie gesehen haben, wenn sie heute bei der morgendlichen Messe des Kinderbischofsspiels gewesen war. Doch je länger er in der zerstörten Stadt nach seiner Frau suchte, desto mehr verließ ihn der Mut. Irgendwann hatte es keinen Sinn mehr weiterzusuchen; er war überall gewesen. Margareta blieb verschwunden. Schon vor einiger Zeit hatte er es aufgegeben, ihren Namen zu rufen. Nun konnte er nur noch beten, dass es ihr gelungen war, sich rechtzeitig zu verstecken und ihr Versteck auch lebend wieder zu verlassen.

Niedergeschlagen hielt er Kylion an und rieb sich die Augen. Seine Verzweiflung drohte ihn gerade zu übermannen, als vollkommen unerwartet Godeke, Oda, Walther und Ava vor ihm auftauchten. Sie alle waren rußverschmiert und sichtlich verstört, aber ohne größere Verletzungen.

»Großer Gott!«, stieß Eccard aus und sprang so schnell von Kylion, wie es sein verletztes Bein zuließ. Er packte Walther bei den Schultern und fragte: »Hast du meine Frau gesehen?«

»Nein, Eccard. Aber wir sind auf dem Weg zum Kunzenhof. Wenn die Wachen ihn halten konnten, ist Margareta dort in Sicherheit. Sie hat ihn heute wegen Unpässlichkeit gar nicht erst verlassen.«

Der Ritter schloss erleichtert die Augen und schlug ein Kreuz. »Herr im Himmel, hab Erbarmen, lass sie dort sein!«

»Runa und Freyja sind fort.«

Erst in diesem Moment bemerkte Eccard, dass sie fehlten. »Was sagst du da?«

»Sie waren auf dem Weg zum Kunzenhof zu Margareta«, erklärte der Spielmann tonlos. »Wenn Gott gnädig war, haben sie es vor dem Angriff dorthin geschafft.«

»Dann lasst uns keine Zeit verlieren«, antwortete Eccard mit belegter Stimme. Er half Oda und Ava auf den Rücken seines Pferdes. Dann machten sie sich gemeinsam auf den Weg zum Grafensitz.

Der bloße Gedanke daran, was geschehen sein konnte, wenn die drei es nicht geschafft hatten, ließ alle verstummen. So schnell sie konnten, eilten sie zum Jacobi-Kirchspiel, wo sie die Tore zum Kunzenhof weit geöffnet vorfanden. Wie von ihnen so sehr gehofft, hatten die Angreifer es nicht geschafft, ihn einzunehmen.

Viele Hamburger, die alles verloren hatten, suchten hier nun Schutz vor der drohenden Dunkelheit. Einige weinten bitterlich, andere, die ihre Lieben hier wiederfanden, schrien lauthals ihre Erleichterung hinaus. Dicht gedrängt standen die Leiber der Männer und Frauen, zwischen denen die Freunde versuchten, sich einen Weg zum Haupthaus zu bahnen. Immer wieder mussten sie Platz machen für Männer, die Verwundete trugen. Viele sahen schlimm aus: zerrissene Kleider, blutige Wunden, Knochenbrüche und Verbrennungen. Zwei Beginenschwestern wiesen die Helfer an, die Schwerverletzten in den Stall zu legen, wo sie sie versorgen konnten.

Die Freunde kamen nur langsam voran. Eine ganze Weile waren sie sogar dazu verdammt, gänzlich regungslos dazustehen, weil immer mehr Männer, Frauen und Kinder durch das Tor hineinströmten. Godeke, Walther und Eccard konnten kaum etwas sehen, doch Ava und Oda, die noch immer auf Kylion saßen, hielten ihre Blicke stets suchend in die Menge gerichtet.

»Siehst du Margareta? Oder Runa und Freyja?«, fragte Eccard seine Schwägerin Oda.

»Nein«, antwortete sie matt und zwang sich, weiterhin in jedes Gesicht zu schauen – auch in die der Verletzten. Wenn sie ehrlich war, wusste sie nicht, ob sie traurig oder froh darüber sein sollte, die drei nicht unter ihnen zu entdecken.

Sie waren noch nicht weit gekommen, da teilte sich die Menge hinter ihnen erneut. Abermals wurden sie beiseitegeschoben, und vier große Kerle mit rußschwarzen Gesichtern drängten sich eilig zwischen den Leibern hindurch. Auf ihren Armen trugen sie regungslose Körper. Die von drei Männern, einer davon so blass, dass er tot sein musste, und den einer Frau.

Ava stieß einen gellenden Schrei aus. Gleich danach begann sie zu schluchzen und mit zittrigen Fingern in eine Richtung zu weisen. Die Frau war Runa!

Walther stürmte durch die Menge und riss dem Mann den leblos wirkenden Leib seiner Gemahlin aus den Armen. Ohne sich umzusehen, hastete er mit ihr zu einer der Beginen.

Jetzt war es Oda, die einen Schrei ausstieß. »Seht nur! Der Herr sei gepriesen. Eccard!«

Der Ritter folgte ihrem Blick, ebenso wie Godeke und Oda.

An einem der Fenster des Kunzenhofs stand Margareta, die beim Anblick Eccards die Hände vor den Mund schlug und zu schluchzen begann. Hinter ihr war die Gräfin auszumachen, die die Schultern der Schwangeren umfasste und fast ebenso erleichtert aussah.

Sie war in Sicherheit!

»Herr im Himmel, und allen Heiligen sei Dank!«, flüsterte Eccard, übergab Godeke Kylions Zügel und hastete los. Er musste sofort zu ihr – jetzt gleich –, das war sein einziger Gedanke. Mithilfe seiner Arme verschaffte er sich Platz, schob sich zwischen den Menschen hindurch, den Eingang immer fest im Blick. Es war ihm gleich, wen er vor sich hatte. Geistliche, Grafen, Herzöge, ja, nicht einmal Könige hätten ihn aufgehalten. Für Höflichkeiten war nun nicht die rechte Zeit.

Jeder, der den Blick des Herannahenden auffing, machte von selbst Platz. Zu deutlich war die Botschaft in seinen Augen. Bloß einen Mann schien das nicht zu interessieren. Er stellte sich mitten in seinen Weg.

Eccard blieb zwangsweise stehen, jedoch nur kurz. Ohne zu überlegen hob er seine behandschuhte Linke, ergriff damit die rechte Schulter seines Gegenübers und setzte an, ihn beiseitezuschieben.

Das ließ sich der Ritter des Grafen Johann II. nicht gefallen. Wütend und verwundert zugleich schlug er Eccards Hand mit einem kräftigen Hieb beiseite, stemmte die Fäuste in die Seiten und verengte seine Augen.

Ungehalten herrschte Eccard ihn an. Er wollte einfach nur vorbei. »Mach gefälligst, dass du wegkommst!«

Der Ritter aber blieb stehen. Sein Blick wurde mit jedem Moment ernster. »Ihr müsst verrückt sein, Mann!«

Eccard Ribe dachte nicht nach. »Aus dem Weg mit dir. Sofort…«, befahl er aufgebracht, machte einen ausladenden Schritt an dem Ritter vorbei und ließ seine Schulter dabei provokant gegen die des Mannes prallen. Bereits jetzt waren seine Gedanken wieder bei Margareta. Er schaute zu ihr auf.

In diesem Moment vernahm man ein schleifendes Geräusch. Es war unverwechselbar.

Eccard kannte es nur zu gut und hielt inne. Der Gefolgsmann Johanns II. hatte sein Schwert gezogen.

»Ihr seid wohl nicht bei Sinnen, Ritter von Graf Gerhard. Dies ist der falsche Ort für einen Lehnsmann der Plöner. Heute wahrscheinlich mehr denn jemals zuvor!«

Die Zeit war zu kurz, um selbst sein Schwert zu ziehen. Das wusste Eccard. Erst jetzt wurde ihm gewahr, was es mit dem Blick des Mannes auf sich gehabt hatte, und dass ihm ein schrecklicher Fehler unterlaufen war.

Wie aus einem Munde schrien Margareta und die Gräfin das eine Wort: »Nein!«

Es war zu spät.

Der Ritter Graf Johanns konnte nicht wissen, was sie wussten. Niemand war in Eccards heimlichen Überlauf eingeweiht gewesen. Und so bohrte er sein Schwert durch den vermeintlichen Feind; so kräftig, wie er nur konnte.

Eccard Ribe schaute an sich hinab. Wie von selbst umfassten seine Hände die rotgetränkte Klinge, die ihm jetzt eine Handbreit aus dem Bauch ragte. Blut quoll zwischen seinen Lippen hervor und rann sein Kinn hinab. Sein letzter Blick galt seiner Frau.

Dann gaben seine und Margaretas Knie gleichsam nach.

Die ersten Stunden hatten Walther und Godeke mit Oda und Ava neben den zwei bewusstlosen Frauen gewacht. Sie hatten gebetet, den Herrn im Himmel lauthals um das Leben von Ehefrau und Schwester angefleht. Doch nichts geschah. Fast war es, als ob Runa und Margareta die Augen geschlossen hielten, da sie dem Schrecken nicht gewachsen waren, der sie im Wachzustand erwartete. Irgendwann hielten es die Männer nicht mehr aus und begannen, wie eingesperrte Tiere in der Kammer des Kunzenhofs im Kreis zu laufen. An diesem Punkt schickten die Frauen sie hinaus. Sollten sie besser etwas mit ihren Händen machen, um sich abzulenken. Beide hatten dankend angenommen, denn draußen konnten sie helfen, die Straßen zu räumen und so ihre Köpfe von den immer gleichen Denkschleifen befreien.

Ava und Oda blieben zurück, um Margareta und Runa zu versorgen. Nur selten ging eine hinaus, um Wasser oder Leinen zu holen. Dabei sprachen die beiden Frauen kein einziges Wort miteinander.

Seit dem Vorfall in der Küche hatten sie sich nichts mehr zu sagen. Bloß in Gegenwart anderer rissen sie sich zusammen und tauschten die nötigsten Sätze, um nicht aufzufallen, doch hier konnte sie keiner sehen – es gab keinen Grund für Heuchelei. Stumm aber gemeinsam hatten sie die Ohnmächtigen zunächst entkleidet und gewaschen. Dabei waren ihnen mächtige Schwellungen am Kopf und Knöchel Runas aufgefallen. Ansonsten allerdings schien sie, bis auf ein paar Kratzer und Schrammen, unversehrt zu sein – jedenfalls äußerlich.

Als es nichts mehr zu tun gab, setzte sich Ava an die Kante von Runas Bettstatt und tupfte ihre Stirn ab.

Oda wachte an Margaretas Seite und hielt ihre Hand. Flehentlich blickte sie auf das Gesicht der Schwangeren. Zwischendurch wanderte ihr Blick nach unten, zu der kleinen Wölbung ihres Bauchs, dann wieder zu ihrem Gesicht. Hätte sie es nicht besser gewusst, wäre Oda versucht gewesen zu glauben, dass Margareta schlief. Doch sie schlief nicht! Die Schwangere lag im Schock darnieder. Plötzlich erfasste Oda eine unerträgliche Scham. Wie hatte sie bloß so missgünstig sein können? Margaretas Glück war ihr noch vor wenigen Tagen unerträglich erschienen, und heute schon war sie Witwe. Trotz des Kindes in Margaretas Bauch, fühlte Oda keinen Neid mehr, sondern bloß Reue und tiefstes Mitleid.

Ava hatte eine gefühlte Ewigkeit über Runas blasses Gesicht gestrichen und irgendwann begonnen, leise ihren Namen zu rufen, um die fürchterliche Stille in der Kammer zu durchschneiden. Lange hatte dies keine Wirkung gehabt, dann aber öffnete sie endlich die Augen.

»Runa! Großer Gott und Heilige Maria. Wie geht es dir?«

»Ich ... ich habe ... solches Kopfweh!«

»Du hast einen Schlag abbekommen. Tut dir sonst noch was weh?«

»Mein Fuß!«

»Er ist geschwollen, aber nicht gebrochen, soweit ich es gesehen habe. Kannst du ihn bewegen?«

Unter sichtlichen Schmerzen presste sie das Wort *ja* hervor.

Plötzlich riss Runa die Augen auf. Ihre Worte waren kaum mehr als ein Flüstern. »Wo ist Freyja?«

Ava zögerte, dann schüttelte sie den Kopf. »Sie wurde noch nicht gefunden. Der Mann, der dich zur Burg brachte, sagte, er habe dich an der Böschung eines Fleets aufgelesen. Ein Kind sei nicht bei dir gewesen.«

»O nein, o Heilige Mutter Gottes, nein!«, schluchzte Runa sofort und schlug die Hände vor das Gesicht. »Mein armes Kind! Wo kann es nur sein? Sie ist wahrscheinlich alleine und hat große Angst ...«

Ava nahm ihre Schwägerin in die Arme und ließ sie weinen. So schlimm ihre Gedanken auch waren, sie hoffte dennoch, dass sie der Wahrheit entsprachen! Denn anderenfalls müssten sie sich auf die grausamste aller Möglichkeiten gefasst machen – nämlich, dass

Freyja es nicht geschafft hatte! Schon längst waren einige Männer auf Befehl der Gräfin in den Straßen unterwegs, um nach dem Mädchen Ausschau zu halten. Besonders das Fleet, in dem man Runa gefunden hatte, sollten sie mit langen Stöcken durchsuchen; bis zum Abend würden sie mehr wissen. Dann richtete Ava das erste Mal ihr Wort an Oda. »Bitte hole Walther.«

Oda nickte und erhob sich. Als sie gerade gehen wollte, entdeckte sie einen kleinen aber schnell anwachsenden roten Fleck auf dem Laken Margaretas. Er war direkt unter der Wölbung. Oda legte ihre Hand vor den Mund und schreckte zurück. Als sie wieder hochschaute, blickte sie direkt in die weit aufgerissenen Augen der Schwangeren. Ihr wurde heiß und kalt vor Angst. In dem Versuch, Margareta zu beruhigen, stürzte sie zum Bett und ergriff ihre Hand. »Du... hast einen großen Schock erlitten... Sicher brauchst du... nur etwas Ruhe.«

Es war der siebte Dezember, als drei Reiter durchs Spitalertor geritten kamen. Sie passierten die vom Feuer unberührten und für das Kinderbischofsspiel geschmückten Häuser, die ganz plötzlich etwas sehr Trauriges an sich hatten. Schon beim Pferdemarkt gab es keinen Zweifel mehr: hier also auch!

Die Herzen wurden ihnen schwer. Ihre Gesichter zeigten die Spuren tiefer Trauer und großer Erschöpfung, ihre dreckbeschmutzte und zerrissene Kleidung machte sofort klar, dass ihnen ein ähnliches Unglück zugestoßen war, wie den Hamburgern. Zusammengesunken hielten sie sich gerade noch auf den blanken Rücken der nicht minder erschöpften Pferde. Vorweg ritt ein Junge. Er führte einen lahmenden Zelter an einem schmalen Gürtel, den das Tier um den Hals trug. Dahinter kamen zwei Frauen. Sie hatten ihre Hände in die Mähnen gekrallt und drohten jeden Moment hinunterzufallen. Den Schluss bildete ein dünnes Fohlen, welches kaum mehr laufen konnte.

Die Hamburger waren so sehr mit dem Aufräumen ihrer zu

Schaden gekommenen Stadt beschäftigt, dass sie die Reiter erst auf dem Berg bemerkten.

»Großer Gott, seht nur«, rief eine der Frauen erschrocken aus und stieß alle um sich herum an, um sie auf die drei abgerissenen Gestalten aufmerksam zu machen.

Nach einer kurzen Weile verbreitete sich die Nachricht immer weiter und kroch wie ein unheilbringendes Gewitter über den Platz. Niemand konnte so recht glauben, was sie da vernahmen. Sie alle mussten es mit eigenen Augen sehen und traten neugierig näher. Schnell hatte sich ein Kreis um die beiden Frauen und den Jungen gebildet.

Walther richtete sich auf, als er die Ansammlung der Menschen am anderen Ende des Platzes entdeckte. Neugierig verengte er die Augen und schirmte sie mit der flachen Hand ab. Er trat einen Schritt zurück, entfernte sich etwas von der Stelle, an der er gestanden hatte, um besser durch die dicht gedrängten Körper blicken zu können, nur um dann wieder näher zu Godeke zu gehen und verwundert zu fragen: »Was ist denn dort drüben los?«

Jetzt erst schauten auch die anderen um sie herum, was die Aufmerksamkeit der Bürger so sehr anzog. Nach und nach verstummten alle Gespräche.

Godeke konnte hinterher nicht mehr sagen, wieso er losgerannt war. Es hatte ihn überkommen wie ein kalter Schauer. Ohne abzuwarten setzte er sich in Bewegung, so schnell es ihm möglich war, drängte sich durch die Menge, verschaffte sich mit Ellenbogen und barschen Rufen Platz, bis er den dichten Rand der Umstehenden durchbrach. Erst jetzt sah er die Gesichter der Ankömmlinge.

»Mutter!«, stieß er erschrocken aus und rannte zu Ragnhild, die noch immer gekrümmt auf der Stute saß. Er griff nach ihr, um sie am Fallen zu hindern und drehte sich dabei zur Menge, von der er wütend forderte: »Steht nicht nur so da und glotzt. Helft mir!«

Darauf kamen weitere Männer herangeeilt und hoben die geschwächten Frauen von den Pferden.

Jetzt brach auch Walther durch die Menge. »Gütiger Gott, nein!« Sofort stürmte er zu Alusch und Jons, während sich Godeke um Ragnhild kümmerte.

»Wasser!«, forderte Walther in einem herrischen Ton. »Bringt sofort Wasser!«

Gleich mehrere Frauen liefen los.

Godeke bemerkte, dass seine Mutter sich nicht auf den Beinen halten konnte, und führte sie zum Brunnen auf dem Berg. Hier breitete er seinen Mantel aus und half ihr, sich zu setzen. Nachdem sie sich an die Steine gelehnt hatte, kamen auch Johann Schinkel und Willekin Aios herbei und rissen sich augenblicklich ihre Mäntel vom Leib, um die Frauen damit zuzudecken.

»Mutter, was ... was ist passiert? Wo ist Vater?«, fragte Godeke unheilwitternd. »Bitte sag doch etwas. Bist du verletzt?«

Ragnhild versuchte zu antworten, doch es wollte ihr nicht recht gelingen. Ihre Kehle war so trocken und ihr Herz so schwer; den Blick hatte sie starr auf einen unsichtbaren Punkt gerichtet. Dann aber, nachdem man ihr etwas zu Trinken gegeben hatte, begann sie langsam zu sprechen. Tonlos und heiser, aber ohne zu stocken.

»Ritter haben uns angegriffen. Sie zündeten den Stall an und überfielen die Burg. Die Männer kämpften. Wir drei konnten in den Wald flüchten ...«

Godeke schloss die Augen. Leise fragte er sie noch einmal: »Wo ist Vater?«

Ragnhild ging nicht darauf ein. Ihr Blick hing noch immer an jener nicht auszumachenden Stelle. »Eine Nacht waren wir im Wald, dann gingen wir zurück. Sie haben alles verbrannt und alle getötet.« Jetzt erst ging ihr Blick zu ihrem Sohn. Sie hob ihre Hand und legte sie an seine Wange. Tränen traten ihr in die Augen. »Alle, außer uns.«

Godeke atmete flach. Er sah, wie eine Träne sich aus dem linken Auge seiner Mutter löste und über deren Wange rollte. Eiskalt fühlte sich die mütterliche Hand auf seinem Gesicht an. Ragnhild wirkte in diesem Moment so zerbrechlich auf ihn, dass er Angst hatte, sie zu sehr zu drängen. Noch mehr Angst hatte er allerdings vor dem, was er längst schon wusste, und nur nicht hatte hören wollen.

»Dein Vater ist tot, mein Sohn. Er hat sein Leben für unseres gegeben und ist nun im Himmel.« In diesem Moment war Godeke wieder Kind. Mit Bedacht hatte die Mutter deshalb angemessene Worte gewählt, doch konnten auch diese den Schmerz nicht abhalten.

Godeke schrie nicht. Er weinte und klagte nicht. Er saß einfach nur da und starrte auf das Gesicht seiner Mutter.

Walther schloss die Augen. Genau wie Godeke nahm er eine Weile lang nicht wahr, was um sie herum geschah. Nur die Kälte, die sein Herz umschloss, fühlte er. Sein Freund, den er seit einundzwanzig Jahren gekannt hatte, mit dem er durch Friesland gereist war und Handel betrieben hatte, dessen Tochter er geheiratet hatte und dessen Enkel er nun großzog, war tot!

Das Entsetzen der Hamburger war fast greifbar. Keiner konnte so recht glauben, dass das Grauen noch immer kein Ende hatte. Irgendwann wurde die alles überschattende Frage laut, die jedem auf der Zunge lag, und deren Antwort eigentlich jeder kannte.

Willekin Aios sank dennoch langsam auf eines seiner Knie und schaute der Witwe in die Augen. »Domina Ragnhild, habt Ihr die Ritter erkannt? Wisst Ihr, wer diese grausamen Taten zu verantworten hat?«

Ragnhild blickte dem Bürgermeister, den sie nun schon so lange kannte, ins Gesicht und nickte. »Es waren die Ritter des Grafen Gerhard II.«

Diese Antwort überraschte niemanden.

Der Bürgermeister stand wieder auf. Schnell hatten sich die Mitglieder des Rates, Graf Johann II. und Johann Schinkel um ihn versammelt. »Meine Herren, wir müssen uns dringend beraten. In einer Stunde treffen wir uns im Rathaus.« Bevor er ging, richtete er das Wort noch an Godeke, der sichtlich um Fassung rang. Die Hand auf die Schulter des jungen Mannes gelegt, sagte er: »Dominus, dies ist ein schwerer Tag für Euch und die Euren. Umso wichtiger erscheint es mir, dass Ihr gleich dabei seid, wenn es um die nächsten Schritte gehen wird! Bedenkt, Ihr seid nun das Oberhaupt Eurer Familie.«

Godeke nickte. »Ich werde kommen, doch zunächst muss ich meine Mutter von hier fortbringen.«

Auf der Grimm-Insel angekommen, wollte Godeke nur eines: wenigstens einen Moment lang mit Ragnhild allein sein! So gingen sie hinauf in seine und Odas Schlafkammer und weinten dort gemeinsam um ihren geliebten Vater und Gemahl.

Walther hatte Verständnis für diesen Wunsch und kümmerte sich unterdessen um Jons und Alusch.

Als Godeke wenig später das Haus verließ, war er wieder einigermaßen gefasst – zumindest genug, um im Rathaus darüber zu sprechen, was nun zu tun war. Schmerzlich wurde ihm bewusst, was die Worte des Bürgermeisters, die er auf dem Berg zu ihm gesagt hatte, bedeuteten: Er war jetzt das Oberhaupt der von Holdenstedes und hatte zu entscheiden, was mit seiner Mutter geschah.

Aus dem Gehege ertönte bereits die tiefe Stimme von Willekin Aios, der von seinem Platz am Kopf des Tisches zu den Männern an den Längsseiten und zu Graf Johann II. sowie dem Ratsnotar ihm gegenüber sprach.

Wortlos gesellte sich Godeke hinzu und nahm seinen Platz neben Christian Godonis ein. Heute war kein Anzeichen von Spott, Müdigkeit oder Lustlosigkeit in dessen Gesicht auszumachen. Im Gegenteil, fast schon kampfeslustig nickte er seinem Freund zu.

»... mit diesem Schlag hat die Fehde ein anderes Maß angenommen. Es gibt keinen Zweifel, dass die Ritter, die die Stadt trotz des eigentlich vorherrschenden Gottesfriedens angegriffen haben, Gefolgsleute des Grafen Gerhard II. gewesen sind.« Willekin Aios machte eine kurze Pause. Er war sichtlich mitgenommen von den Ereignissen. Leiser sprach er nun weiter: »Diese Fehde geht aber nicht mehr nur das Grafenhaus etwas an. Schließlich sind es die Bürger dieser Stadt, denen Leid zugefügt wurde, und schließlich ist beim Überfall auf die Riepenburg ein ehemaliges Mitglied des Rates zu Tode gekommen! Somit nehme ich mir das Recht heraus, den Schauenburger Gerhard II. nun auch zum Feind Hamburgs zu erklären!« Aios knallte seine geballte Faust auf den Tisch. Darauf ließen die Ratsherren zustimmende Zwischenrufe ertönen. Immer lauter und immer wütender klangen ihre Stimmen. Sie hielten erst inne, als Johann II. sich von seinem Platz erhob und die Hand hob.

»Meine Herren«, begann der Fürst und blickte jeden Mann nacheinander an. »Ich brauche nicht zu erklären, was eine Fehde für den Rat der Stadt bedeutet. Doch seid Euch gewahr, ich werde Hamburg zur Seite stehen. Um meinem Vetter jedoch entgegen reiten zu können, werde ich Truppen brauchen. Zwar habe ich den mir unterstellten Lehnsmännern schon den Befehl sich zu rüsten zukommen lassen, doch jeder Mann mehr, und auch jede Münze mehr, könnte die entscheidende Wende bringen. Drum teile ich Euch Herren jetzt mit, dass ich eben einen Vorschlag von Willekin Aios erhalten habe, mit dem sicher alle einverstanden sind. Ich werde der Stadt noch heute die kleine Alster überschreiben und von dem Geld neue Truppen zusammenstellen. Mit diesen Männern werden ich dann...«

In diesem Moment stürmte ein Ratsbote ins Gehege. Sein Kopf war puterrot. Er hatte den Grafen nicht unterbrechen wollen, schon gar nicht auf diese ungehörige Weise. Doch sein bloßes Erscheinungsbild reichte aus, um die Aufmerksamkeit aller Ratsherren zu erregen. Augenblicklich sank der Bote vor Scham auf die Knie und senkte schuldbewusst den Blick. »Bitte verzeiht mein unverschämtes Eindringen.«

»Sprich, Ratsbote!«, forderte der Graf, der keine Geduld für die Entschuldigungen des Mannes hatte.

»Draußen steht ein Mann, der unaufhörlich fordert, angehört zu werden.«

»Wer ist er?«, fragte der Graf.

»Er sagt, dass er einer der Männer des getöteten Ritters Ribe ist.«

»Lasst ihn eintreten.«

Noch bevor der Ratsbote sich auch nur von seinen Knien erheben konnte, stand der Mann auch schon im Gehege. Seine Haltung und sein Körper wiesen erhebliche Spuren eines Kampfes auf, doch sein verbundener Kopf machte deutlich, dass er bereits versorgt worden war. Die nötige Verbeugung vor dem Grafen bereitete ihm sichtlich Schmerzen.

»Wer seid Ihr?«

»Mein Name ist Arnulf.«

»Ihr gehörtet zu Eccard Ribe?«, fragte Johann II. interessiert.

»So ist es. Ich habe den Überfall gestern als Einziger seiner Mannen überlebt, wenn ich auch eben erst aus meiner Besinnungslosigkeit erwacht bin. Ich habe Euch etwas Dringliches mitzuteilen.«

»So sprecht, Arnulf.«

»Vor zwei Tagen sind wir von der Riepenburg aus losgeritten. Ritter Eccard war aufgrund einer Äußerung Graf Gerhards davon überzeugt, dass dieser vorhatte, Hamburg am Tage des Kinderbischofsspiels anzugreifen. Wir wollten eigentlich schon früher hier eintreffen, doch wegen des Tauwetters waren viele Wege so überschwemmt, dass wir einen weiten Bogen reiten mussten. Dort kamen uns auf den Straßen Bauern Eurer Lande mit ihren Familien entgegen. Sie erzählten uns, dass die Ritter Gerhards II. ihre Dörfer niedergemacht hatten. Alle Häuser sollen durchs Feuer zerstört worden sein, alles Vieh vertrieben und die Vorräte geraubt. Die wenigen überlebenden Männer, Frauen und Kinder befanden sich auf dem Weg in die befestigten Städte. Die meisten werden wohl nach Segeberg zu Eurem Bruder ziehen, doch sehr wahrscheinlich kommen bald auch einige von ihnen hier an.«

»Was sagst du da?«, fragte Johann II. ungläubig. Er wollte kaum glauben, mit welcher Heftigkeit sein Vetter vorgegangen war. »Wie groß ist die Zerstörung?«

»Genau kann ich es nicht sagen, Herr. Doch den Aussagen der Bauern nach, hat Graf Gerhard vor nichts Halt gemacht. Überall soll gemordet und gebrandschatzt worden sein. Von vielen Dörfern sind wohl nur noch die behelfsmäßig aufgeschütteten Gräber übrig, da der Boden zu hart war, um die Toten in der Erde zu begraben.«

»Und Kiel...?«

»... hat wohl wie durch ein Wunder keinen Schaden genommen. Jedenfalls habe ich nichts von einem Angriff auf Kiel gehört.«

Graf Johann fuhr sich mit der Hand durchs Haar und schlussfolgerte fassungslos: »Er hat die Dörfer, die Riepenburg und Hamburg also nahezu gleichzeitig angreifen lassen, damit niemand den anderen warnen konnte.«

Nun ergriff der Bürgermeister das Wort. Auch er hatte sich erhoben, um zu den Ratsherren zu sprechen. »Ihr habt es gehört. In den nächsten Tagen werden viele Menschen aus den umliegenden Dörfern zu uns kommen. Sie brauchen Obhut und Verpflegung. Einige werden möglicherweise verletzt sein...«

»Ich werde diese Kunde an die Beginen, das Heilige-Geist-Hospital und die Klöster weitergeben lassen«, bot sich Johann Schinkel an.

»Und ich werde jemanden an die Hospitäler der Stadt aussenden, damit sie vorbereitet sind«, ließ Olric Amedas verlauten.

»Gut«, schloss Willekin Aios sichtlich betrübt und wandte sich noch einmal an den Grafen. »Werdet Ihr Hamburg morgen verlassen?«

»Ja, ich muss sehen, wie es um Kiel steht und vor allem um die Burg. Wer weiß, ob mein Vetter seine Mannen noch einmal schickt, wenn er es schon wagt, den Gottesfrieden zu brechen und an einem heiligen Feiertag anzugreifen. Aber sollte er kommen...«, drohte der Graf mit geballter Faust, »... dann werde ich zum Ge-

genschlag bereit sein!« Um seine letzten Worte zu bekräftigen, donnerte der Schauenburger seine Faust immer wieder auf die Tischplatte.

Nach dem dritten Schlag gesellten sich auch die Fäuste der Ratsherren dazu.

Nur ein Mann war zu betroffen, um sich an der lautstarken Zustimmung zu beteiligen. Godekes Gedanken waren erfüllt von der lähmenden Angst um Margareta und Runa, von denen er noch immer nicht wusste, ob sie mittlerweile erwacht waren. Als er sein Haus auf der Grimm-Insel betrat, fühlte er eine so schwere Last auf seinen Schultern, dass er sich einen Moment lang nicht traute, die einsame Diele zu verlassen und nach oben zu gehen. Noch immer hörte er Alusch und seine Mutter über den Tod von Eccard und seinem Vater schluchzen.

»Ihr seid schon zurück?«, erklang es plötzlich hinter ihm.

Godeke drehte sich um. Es war die Magd Agnes, die wie aus dem Nichts an ihn herangetreten war.

»Habt Ihr es schon gehört…?«, fragte sie äußerst vorsichtig, denn der Ausdruck im Gesicht ihres Herrn verhieß nichts Gutes.

»Was?«, fragte Godeke tonlos und wahrlich nicht wissend, ob er weitere schlechte Nachrichten verkraften würde.

»Die gräflichen Männer haben Freyja nicht gefunden. Weder in der Stadt noch in den Fleeten. Man vermutet, sie könne ertrunken und ihr Körper abgetrieben sein.«

Er schloss die Augen. Zu groß war die Grausamkeit dieser Worte. Als er noch um Fassung rang, fühlte er plötzlich eine Hand auf seinem Arm.

Unter anderen Umständen wäre diese tröstende Geste ungehörig gewesen, doch Agnes wusste, was sie tat, waren ihre nächsten Worte doch ebenso schlimm, wie die gerade verklungenen. »Die Dame Margareta hatte eine Fehlgeburt.«

Jetzt war es um Godeke geschehen. Verzweifelt schluchzte er auf – ebenso wie Agnes. Einen Moment lang standen sie einfach nur so da. Dann bot sie ihm unter Tränen an: »Wenn Ihr es wünscht, gehe ich rauf und sage es ihnen.«

Godeke war so erleichtert, dass es aus ihm herausplatzte. »Ja, bitte tu das, Agnes. Ich wäre dir unendlich dankbar.« Er schaute sie an und legte kurz seine Hand auf die ihre.

Nur wenig später war das lautstarke Wehklagen von Ragnhild und Alusch durch das ganze Haus zu hören.

Godeke war noch immer in der Diele – unfähig, auch nur einen Fuß nach oben zu setzen, glitt er mit dem Rücken an der Wand hinab auf den Boden – die Hände auf die Ohren gepresst.

10

Hochzeiten wurden immer gefeiert. Im Winter wie im Sommer, im gegenseitigen Einvernehmen wie unter Zwang, im Frieden wie im Krieg!

So verhielt es sich auch heute, denn trotz des Angriffs vor nicht einmal vier Wochen, der die Stadt noch immer lähmte, fand an diesem Tag die Hochzeit von Ava und Christian statt.

Es war Anfang Januar. Man hatte gerade mal die Adventszeit abgewartet, in der keine Hochzeiten stattfinden durften.

Ava stand in ihrer Kammer. Sie hatte die Tür fest hinter sich zugezogen, was eigentlich überflüssig gewesen wäre. Denn niemand war da!

Margareta war noch immer zu schwach, um die Kammer auf dem Kunzenhof zu verlassen, Walther und Runa beweinten ihr Kind, Godeke seinen Vater, Eccard und Albert waren tot, Ragnhild und Alusch so tief in Trauer, dass sie nicht ansprechbar waren. Übrig blieb nur Oda – ausgerechnet jener Mensch, auf dessen Unterstützung sie am wenigsten hoffen konnte!

Godeke war nur noch einmal zu ihr gekommen – kurz nach der Ratssitzung am siebten Dezember. Er hatte ihr von dem Gespräch mit Oda erzählt, und davon, dass er tun würde, was sie verlangte – was schlicht bedeutete, dass er Ava verheiraten würde, ob sie wollte oder nicht. Doch es war nicht bloß Odas Forderung, die ihn dazu trieb. Auch seine Angst um Ava ließ ihn an diesem Entschluss festhalten. Schließlich brauchte sie jemanden, der auf sie und die Jungen achtgab – in diesen Zeiten erst recht. Das wusste auch Ava.

Beide hatten sie daraufhin geweint. Godeke versicherte ihr noch, dass er es aus Liebe zu ihr tat und dass er sich sicher war, in Christian einen guten Gemahl für sie gefunden zu haben. Dann war er gegangen. Ohne jede Berührung, dafür aber mit Blicken, die mehr sagten als zig Worte. Sie hatten Ava glaubhaft gemacht, dass er litt und sich nach ihr verzehrte, doch dass ihm die Hände gebunden waren und sie nun lernen mussten, mit den Umständen zu leben.

Einen Tag später waren ihr Bruder Helprad und ihr Vater Fridericus von Staden zusammen mit Christian Godonis zu ihr gekommen, um über alle Einzelheiten zu sprechen. Ava hatte sich dabei gefühlt wie ein Stück Vieh. Keiner der drei Männer hatte das Wort an sie gerichtet, sie nach ihrem Befinden gefragt oder Thiderich, der nicht einmal ein Jahr lang tot war, auch nur mit einem einzigen Satz erwähnt. Stattdessen wurde hart verhandelt, über die Mitgift, die Brautgabe und ihr Erbe, wie zum Beispiel das Haus, in dem sie wohnte. Dann, als alles gesagt und aufgeteilt war und die Männer sich von Ava hatten fürstlich bewirten lassen, tauschten die Verlobten noch den Verlobungskuss aus. Schnell und wenig herzlich war alles vonstattengegangen. Daraufhin gingen die Männer wieder. Seither war Ava allein mit ihren Söhnen, die die erste Hälfte des Tages stets in der Schule waren und sich die zweite Hälfte des Tages über Avas abwesenden Blick und ihre Wortlosigkeit wunderten. Sie konnten die Gefühle der Mutter nicht verstehen, waren sie doch fast noch Kinder.

Die Tage bis heute hatte Ava wie im Halbschlaf verbracht. Sie fühlte nichts mehr, außer dieser schweren Traurigkeit. Auch wenn sie es mit Christian mit Sicherheit nicht allzu schlecht getroffen hatte und wenigstens diese Tatsache ein klitzekleiner Grund zur Freude gewesen wäre, hallte es immer wieder in ihrem Kopf, *so sollte sich eine Hochzeit nicht anfühlen*. Zu viel Tod und zu viele Tränen, die nicht der Freude galten. Ihre Liebe zu Godeke durfte nicht sein, und ihre einstige Freundin Oda hatte sie durch eigene Schuld für immer verloren! Heute würde ihr letzter Tag in diesem

Haus sein, wo sie so viele glückliche Stunden mit Thiderich verbracht hatte, und es gab niemanden, der ihr in ihrer Trauer die Hand hielt. Was also sollte ihr Herz jetzt noch erfreuen?

Avas Blick glitt zu ihrem Hochzeitskleid. Noch hatte sie sich nicht getraut es anzuziehen, obwohl es bald so weit war. Doch sie fühlte sich einfach nicht stark genug und wusste auch nicht, woher sie die Stärke gewinnen sollte. Mit dem Überstreifen des Kleides würde sie gleichzeitig alles ablegen, was zwischen ihr und Thiderich noch war. Christian würde seinen Platz einnehmen und die Erinnerung an ihn in den Köpfen der Hamburger mehr und mehr verblassen lassen. Ava hob ihre rechte Hand und öffnete sie. Zum Vorschein kam ein Ring. Es war jener, den sie von Thiderich bekommen hatte. Noch einmal sah sie ihn sich genau an, dann war der Moment gekommen, ihn für immer wegzulegen. Klimpernd fiel er in ein hölzernes Kästchen, Ava klappte den Deckel zu und atmete tief durch. Es war ihr, als verließe sie mit dem Aushauchen ihres Atems jede restliche Stärke, als verlöre sie alle Kraft in den Beinen. Hatte sie eben noch sicher gedacht, der Schrecken ihrer heutigen Hochzeit würde sie lähmen, fiel sie nun doch vor ihrer Bettstatt auf die Knie. Den Kopf in die verschränkten Arme gelegt und diese auf die weißen Lagen gebettet, weinte sie bittere Tränen.

Ava hörte nicht, dass sich die Tür hinter ihr leise öffnete und wieder schloss.

Es war weder Ehler noch war es Veyt, die dort eintraten – es war Oda.

Sie blickte auf die weinende Ava und wider Erwarten rührte der Anblick ihr Herz. Augenblicklich wusste sie, dass ihre Entscheidung, die sie eben unvermittelt getroffen hatte, die richtige gewesen war. Wortlos trat sie an ihre einstige Freundin heran und berührte sie leicht an der Schulter.

Ava schreckte hoch und blickte mit roten Augen in das Gesicht Odas. Hastig wischte sie sich die Tränen von den Wangen und stand auf. »Wie lange stehst du schon dort?«

Oda ging nicht darauf ein. Ihr Blick fiel auf das Hochzeitskleid.

Ava schaute ebenfalls kurz darauf. Dann wusste sie nicht mehr, wie sie sich verhalten oder was sie sagen sollte. Sie setzte sich auf die Bettkante, die Hände mutlos in den Schoß gelegt und den Kopf gesenkt. »Bist du deshalb gekommen? Um dich an meinem Kummer zu erfreuen?«

»Nein, Ava.« Jetzt setzte sich auch Oda. »Deswegen bin ich nicht hier.«

»Weshalb dann?« Avas Stimme klang müde.

»Ich bin hier, weil du heute heiratest.«

Die Witwe sagte nichts. Noch immer konnte sie nicht deuten, was Odas Absicht war. Vielleicht war es aber auch so, dass sie es nicht glauben konnte. Konnte Oda ihr tatsächlich Gutes wollen, nach allem, was sie angerichtet hatte?

»Ich dachte, vielleicht würde es dir gefallen, wenn ich dir beim Ankleiden helfe und dir dein Haar flechte.«

Nun musste Ava es glauben. Sie schaute zu ihrer einstigen Freundin, die sie trotz allem warmherzig anlächelte. Diesem Anblick konnte sie nicht länger standhalten. Sie schloss die Augen und begann zu schluchzen. Ava weinte, weil sie sich so sehr schämte und gleichzeitig, weil sie Oda so unendlich dankbar war. »Es ... es tut mir so ... schrecklich leid. Ich ... weiß nicht, was ich sagen soll. Du hast allen Grund ... mich zu hassen, und trotzdem bist du jetzt ... du bist hier! Das habe ich nicht verdient!«

Oda hörte geduldig zu, bis Ava all ihre Worte stotternd hervorgebracht hatte. Dann nahm sie eine ihrer Hände in die eigenen und sagte: »Ja, es stimmt, du hast mir Furchtbares angetan – genau wie Godeke! Und aus diesem Grunde verlange ich auch, dass du heute Christian Godonis heiratest. Du und Godeke, ihr habt keine Zukunft miteinander, ganz gleich welche Gefühle ihr füreinander hegt. Ich bin seine Frau, und ich werde mit ihm leben, bis wir sterben. Mit deiner heutigen Ehe wird alles, was zwischen euch gewesen ist, enden, und damit soll es für mich gut sein! Unser Herr im

Himmel hat uns gelehrt zu vergeben, so will auch ich dir vergeben, was du getan hast. Gott wird dein und Godekes Richter sein, nicht ich, und wir können wieder Freundinnen sein!«

Nach diesen Worten stürzte sich Ava regelrecht in Odas Arme. Eine Flut von Worten strömte aus ihrem Mund. »Ja, so wie du es sagst, so soll es sein! Auch wenn ich nicht ungeschehen machen kann, was ich getan habe, werde ich es bis zum Tage meines Todes bereuen – und mit Sicherheit noch darüber hinaus, wenn ich die gerechte Strafe für mein Tun von Gott erhalten werde. Diese Hochzeit nehme ich klaglos als Teil meiner Sühne an, nur bitte, Oda, verlass mich nicht! Ich fühle mich so einsam.«

Oda presste die Weinende eng an sich. »Das bist du nicht. Du hast mich! Und ich ... ich habe mein Kind.«

Ava schreckte regelrecht zurück, hielt die Freundin aber noch immer mit den Händen fest, die jetzt das erste Mal aussprach, was sie bereits seit einer Woche ahnte.

»Ich bin schwanger!«

Lachend und weinend zugleich lagen sie sich noch eine Weile lang in den Armen, als es plötzlich klopfte. »Herrin? Ich bin es, Agnes.«

Oda schaute Ava ins Gesicht. Mit den Daumen wischte sie ihr die Tränen von den Wangen und sagte: »Nun werden wir aus dir eine Braut machen.« Dann richtete sie das Wort in Richtung Tür an ihre Magd, die auf Odas Geheiß extra ein wenig später nachgekommen war. »Komm nur herein, Agnes!«

Nur eine Stunde später war Ava nicht mehr wiederzuerkennen. Ihr langes, dunkles Haar war zu drei Zöpfen geflochten worden, welche wiederum miteinander verflochten worden waren. Nun fiel ihr ein einzelner dicker Haarstrang locker über den Rücken. Darüber lag ein schneeweißer Schleier, der mit einem verzierten silbernen Schapelring befestigt war. Ihr schlanker Körper war in ein wunderschönes grünes Seidenkleid gehüllt, welches Christian Godonis extra für diesen Tag hatte anfertigen lassen.

Ava gefiel ihr Hochzeitskleid, auch wenn die Ärmel noch etwas befremdlich auf sie wirkten. Alle ihre sonstigen feinen Kleider hatten lange, zum Teil sogar bis zum Boden reichende Ärmel – dieses hier war nach der neuesten Mode am Arm eng geschnitten. In der Mitte wurde das Kleid von einem dünnen und extra langen silberbeschlagenen Gürtel gehalten, den man zweimal um die Taille schlang und dessen Ende vorne herunterhing. Der Rock war überlang und wurde entweder gerafft oder über dem Arm getragen.

Fast war es geschafft. Ganz zum Schluss stach sich Agnes noch mit einer Nadel in den Finger und verteilte etwas Blut auf Avas Lippen und Wangen, damit diese schön rosig aussahen. Und während sie das tat, pochte es unten auch schon an der Haustür. Agnes sah noch einmal zu den beiden Frauen. Sie alle wussten, dass es Avas Zukünftiger und die restliche Hochzeitsgesellschaft waren.

Ein letztes Nicken der Braut gab den Anstoß.

Agnes sagte: »Ich gehe runter und öffne ihnen.« Dann war sie auch schon verschwunden.

Oda lächelte. »Du siehst wirklich wunderschön aus. Christian wird sein Glück sicher kaum fassen können!«

»Danke. Ich wünschte, ich würde mich so fühlen, wie ich aussehe.«

»Nicht doch …!« Sie ging einen Schritt auf Ava zu und hob ihr Kinn. »Du musst jetzt stark sein. Sind die Zeiten auch schwer, so nützt es trotzdem niemandem etwas, wenn du dich heute grämst.«

»Ich bin froh, dass du da bist.« Ein letztes Mal umarmten sich die beiden. Dann bat Ava: »Bitte, begleite mich nach unten.«

»Das tue ich. Aber nur, wenn du jetzt lächelst.«

»Ich versuche es«, versprach die Braut und ließ sich herunterführen.

Christian stand bereits in der Halle, als Ava die Stiegen hinabschritt. Seinem Gesicht war zu entnehmen, dass er überwältigt war. Mit leicht geöffnetem Mund streckte er die Hand nach ihr aus und sagte vor allen Gästen: »Ihr seht noch viel bezaubernder aus, als ich es die Nacht über in meinen Träumen gesehen habe! Ich freue mich darauf, Euch heute heimzuführen.«

Ava rang sich das Lächeln ab, welches Oda eben verlangt hatte, und schenkte es ihrem gutaussehenden Zukünftigen mit einem scheuen Augenaufschlag. Um sich Mut zu machen, rief sie sich abermals ins Gedächtnis, dass sie es wahrlich hätte schlechter treffen können. Christian galt als gute Partie und zeigte sich zudem gerade sehr zuvorkommend – jedenfalls um einiges höflicher, als bei ihrer Begegnung auf dem Markt. So bemühte sie sich um ein freundliches Gesicht, legte ihre zarte, blasse Hand in seine und ließ sich von ihm hinausführen.

Die kleine Hochzeitsgesellschaft, bloß bestehend aus den Brautleuten, Oda und Godeke, den Eltern Avas, ihren Kindern sowie ihrem Bruder Helprad und dessen Frau, schritt zur Nikolaikirche, in der die Ehe ihren Segen vor Gott erhalten sollte. Hier würde Ava ab jetzt auch die Messe besuchen und nicht mehr in der Katharinenkirche, dessen Kirchspiel sie aufgrund des Standortes ihres Hauses bislang angehört hatte.

Ava war noch nie hier gewesen. Die einstige Kapelle der Schifffahrer sah auf den ersten Blick aus wie jedes andere Gotteshaus. Der Boden war über und über mit Sand und kleinen Steinen bedeckt, die die vielen Füße der Parochianten hineingetragen hatten, und an den rußgeschwärzten Wänden erkannte man noch Reste der langsam darunter verschwindenden Wandmalereien. Das alles hatte nicht gerade eine erhebende Wirkung auf sie. Nein, es war nicht zu leugnen: Wenn man die Kirche mit den Augen einer Frau sah, die in kürzester Zeit so viel Leid erlebt hatte, dass blasphemische Gedanken sie nicht mehr ängstigten, dann erschien sie einem ungastlich und wenig tröstlich. Vielleicht war es der innere Widerwille mit dem sie diesen Tag beging, vielleicht war es aber auch bloß die ungeschönte Wahrheit, dass einzig der Chorraum im Osten, wo das Licht der aufgehenden Sonne hinter dem Altar auszumachen war, hell und einladend erschien.

Eigentlich gab es bloß zwei Dinge in der Kirche, die festlich genug anmuteten, um einer Hochzeit würdig zu sein. Zum einen Ava, in ihrem wunderschönen Kleid, und zum anderen der Gesichtsausdruck des neuen Pfarrvikars der Nikolaikirche. Er war ein junger Mann, der seines Amtes noch nicht überdrüssig war und den es ernsthaft zu erfreuen schien, Ehen zu schließen. Ava war aufrichtig dankbar, dass sie sich heute keine Rede über das Fegefeuer und die Strafen für Ehebruch anhören musste. Ganz im Gegenteil, der Geistliche fand schöne Worte für das Brautpaar, hielt sich jedoch kurz. In Zeiten wie diesen war Überschwänglichkeit unangebracht.

Nachdem die Ringe getauscht und die letzten segnenden Worte gesprochen worden waren, traten Ava und Christian mit ihren Gästen hinaus in die kalte Januarluft. Hier empfingen sie die Glückwünsche ihrer Lieben und die der wenigen Beobachter, welche zufällig des Weges kamen. Es dauerte jedoch nicht lang, da begannen alle zu frieren, denn der Wind zog mächtig an diesem Tage und machte das Draußensein fast unerträglich.

»Lasst uns schnell in mein Haus gehen«, schlug der Bräutigam vor. »Die Mägde halten warmen Würzwein und ein Festmahl zur Feier des Tages bereit.«

»Das klingt wunderbar«, sagte Godeke, der sich unaufhörlich in die hohlen Hände blies, um diese zu wärmen.

Christian bot Ava den Arm, dann aber hielt er noch kurz inne und sprach: »Verzeiht, Gemahlin. Ich meine natürlich *unser* Haus.«

Bis zu diesem Moment war es Ava tatsächlich gelungen, ihr eisernes und eher aufgezwungenes Lächeln zu halten. Nun lächelte sie das erste Mal freiwillig und von Herzen. Christian machte es ihr leicht mit seiner offenbar neugewonnenen zuvorkommenden Art.

Die zehn Männer, Frauen und Kinder mussten die Kirche bloß rechts herum umrunden und eine kleine Gasse hinablaufen, schon waren sie in der richtigen Straße und standen vor Christians Haus.

Jeder kannte es – auch Ava – und dennoch sah sie es in diesem Moment mit anderen Augen: Dies war also ihr neues Zuhause. Jetzt war der Zeitpunkt gekommen, das zu akzeptieren. Auch wenn es momentan noch schwer zu glauben war, sie würde nie wieder in das Haus auf der Grimm-Insel zurückkehren. Und so wanderte ihr Blick von oben nach unten an dem Gemäuer entlang. Das große, steinerne Kaufmannshaus mit Treppengiebel, verzierten und glasierten Schmucksteinen in der Fassade und einem weiten Hinterhof, der bis zur Nikolaifleet-Schleife führte, wirkte auffallend ordentlich. Die Mägde schienen fleißig und gut erzogen zu sein, schloss Ava. Das war schon mal ein guter Anfang.

Wie sich herausstellte, verstand auch wenigstens eine von beiden, gutes Essen zu bereiten. Ava selbst bekam zwar kaum etwas herunter, doch den Hochzeitsgästen schienen die Speisen vorzüglich zu schmecken.

Der Abend war schon nahe, als Christian plötzlich ihre Hand ergriff und mit vom Wein glasigen Augen in ihr Gesicht schaute. Sein Blick war wie bereits den ganzen Tag über freundlich, doch jetzt mischte sich noch etwas anderes in seine Miene.

Ava stutzte, dann kam es über sie – die Hochzeitsnacht! Wie hatte sie das bis jetzt zu verdrängen vermocht?

»Wenn es Euch recht ist, Gemahlin, würde ich Euch jetzt gern nach oben geleiten.« Er flüsterte es mehr, als dass er es laut sagte.

In Ava krampfte sich alles zusammen. Nein! Es war ihr nicht recht, hallte es geradezu in ihrem Kopf. Sie wollte die Ehe noch nicht vollziehen. Sie war nicht bereit dafür, doch was blieb ihr schon für eine Wahl? Unvermittelt kamen ihr die Worte Odas in den Sinn. Sie hatte sie angewiesen, jetzt stark zu sein, und ihre Freundin hatte recht! Sie selbst trug Schuld an dem, was ihr gerade widerfuhr. Wäre sie in Godekes Armen nicht schwach geworden, würde sie jetzt nicht hier sitzen. Sie sollte ihr Schicksal annehmen. Und so hob sie stolz den Blick, schaute Christian an und nickte.

Die Hochzeitsgesellschaft verhielt sich gesittet, wünschte beiden gutes Gelingen, verzichtete jedoch auf die sonst üblichen derben Scherze.

Ava und Christian verließen die Stube – hinter ihnen auch Hannah und Marie, die von ihrem Herrn ein kaum sichtbares Zeichen erhalten hatten. Zu viert gingen sie hinauf in die Schlafkammer, die ab heute die der Eheleute sein würde. Oben angekommen, schloss Marie hinter ihnen die Tür.

Christian setzte sich aufs Bett und ließ Ava in der Mitte des Raums zurück. Er öffnete die hölzernen Läden nicht, sodass das Licht in der großzügigen und durch ein Kohlebecken vorgeheizten Kammer spärlich war. Nach einer Weile des Schweigens befahl er: »Helft meiner Gemahlin beim Entkleiden!«

Ava schaute zu den Mägden, die sogleich auf sie zukamen, und wich zurück. Die Situation überforderte sie. »Wenn Ihr erlaubt, mein Gemahl, würde ich das gerne selbst tun!«

»Nein, ich wünsche es so!«, war seine schlichte Antwort. Sein Ton war weder boshaft noch laut, doch er ließ auch keinen Widerspruch zu.

Hannah und Marie taten umgehend, was ihr Herr befahl. Sie lösten den Gürtel, nahmen Ava das Schapel vom Kopf und danach den Schleier. Dann zogen sie ihr das Kleid aus.

Als die Mägde gerade Hand an Avas Untergewand legen wollten, wich diese abermals zurück. »Bitte, ich würde jetzt gern mit Euch allein sein.«

Christian stand auf und ging auf Ava zu. Er berührte ihr Gesicht, strich mit den Fingerkuppen über ihre Wange. »Die Mägde werden bleiben, um zu bezeugen, dass die Ehe vollzogen wurde. Schließlich seid Ihr keine Jungfrau mehr, und es wird kein Blut auf dem Laken geben, welches beweisen könnte, dass wir vor Gott verbundene Eheleute sind. Und nun fügt Euch bitte meinem Wort.« Immer noch blieb seine Stimme gleichbleibend ruhig, doch das täuschte nicht darüber hinweg, dass er ein wenig genoss, so viel Macht über sie zu haben.

Ava war wie erstarrt. Niemals hätte sie damit gerechnet, die Ehe unter Zeugen vollziehen zu müssen. Sie schämte sich ganz fürchterlich!

Christian richtete das Wort jetzt an Hannah, deren Gesicht bereits vor Neid glühte. Er wusste, dass sie in ihn verliebt war, doch hatte dieses törichte Weib wirklich glauben können, dass sie und er je eine gemeinsame Zukunft verbinden konnte? »Zieh meiner Gemahlin das Untergewand aus, Hannah.«

Die Magd nahm den hassverzerrten Blick nicht von ihrem Herrn. Mit extra groben Bewegungen riss sie Ava das feine Untergewand vom Körper und schleuderte es zu Boden.

»Hab Dank, Magd«, sprach Christian, belustigt von ihrer Wut.

»Entfernt jetzt die Laken von der Bettstatt, und stellt Euch an das Ende. Ich möchte doch, dass ihr alles genau sehen könnt, damit hinterher keine Unklarheiten aufkommen.«

Hannah und Marie taten, was von ihnen verlangt wurde. Während die eine von beiden vor Eifersucht kaum Luft bekam, war Marie bloß fassungslos über die Schamlosigkeit ihres Herrn.

Christian richtete das Wort wieder an Ava, die jetzt vollkommen nackt vor ihm stand. »Leg dich mit dem Rücken auf die Bettstatt, und spreize die Beine.«

»Was soll ich tun?«, fragte Ava mit unverhohlenem Schrecken. »Es sind keine Laken mehr da, unter denen ich mich verbergen kann. Ihr geht zu weit!«

Nun schloss Christian seine Finger langsam um ihren dicken geflochtenen Zopf und hielt sie daran fest. Mit dem Gesicht ganz nah an ihrem sprach er: »Ihr habt die Wahl, Gemahlin. Entweder tut Ihr freiwillig, was ich wünsche, oder ich werde Euch dazu bringen. Glaubt mir, ich hege keinen Wunsch danach, Euch zu züchtigen, doch reizt mich besser nicht!« Dann ließ er ihren Zopf wieder los.

Ava hatte die Drohung sehr wohl verstanden. Ihr blieb keine Wahl. Drum schritt sie so würdevoll es ihr möglich war zum Bett, legte sich darauf nieder und öffnete vor den Augen der Mägde ihre Schenkel – jedoch nur ein Stück.

»Weiter auf!«, befahl Christian, der sie genau beobachtete.

Ava gehorchte und spreizte die Beine weiter. So lag sie eine ganze Weile, denn ihr Gemahl ließ sich Zeit beim Entkleiden.

Achtlos ließ er jedes Stück Stoff auf den Boden fallen – nie nahm er dabei seinen Blick von ihr. Als er gänzlich nackt war, setzte er sich neben sie auf die Bettkante. Er schaute sie einen Augenblick lang an, von oben bis unten, dann beugte er sich zu ihr herunter und küsste sie. Zuerst zärtlich, dann etwas fordernder. Seine Zunge stieß in ihren Mund und erforschte ihn ausgiebig. Darauf küsste er ihren Hals, bis sein Mund dicht an ihrem Ohr war. »Versucht, es zu genießen, Gemahlin, ich habe Erfahrung und weiß, wie man Frauen Vergnügen bereitet. Doch Ihr müsst es auch wollen …!«

Ava kamen diese Worte vor wie Hohn und Spott. Wie sollte sie seine Berührungen genießen, wenn zwei Mägde im Raum standen, von denen eine ganz offensichtlich auch noch seine Geliebte war?

Christian nahm den Platz zwischen ihren geöffneten Schenkeln ein, doch es kam nicht gleich zum Vollzug der Ehe. Mit plötzlich sanften Fingern griff er nach Avas Brüsten, umschloss sie sacht, und küsste diese zärtlich. Seine Zunge wusste was sie tat, und sie tat es überall. An ihrer Taille, ihrem Bauchnabel, den Innenseiten ihrer Schenkel und schließlich auch dort, wo Ava bisher niemals mit dem Mund berührt worden war.

Ihr Gemahl hielt ihre Oberschenkel fest auseinander gedrückt – wohlweislich, dass sie versuchen würde, diese gleich aus Scham zu schließen. Dann fuhr seine Zunge ganz ungeniert in ihre Spalte. Er ließ sie zuerst von unten nach oben gleiten und blieb dann dort, wo sie es am deutlichsten spürte.

Ava wusste nicht, wie ihr geschah. Sie hatte bislang keinen Laut von sich gegeben; was sich jetzt aber als immer schwieriger erwies. Immer wieder warf sie ihren Kopf nach links und nach rechts, atmete schwer und sah sich zerrissen zwischen unbändiger Scham und aufkeimender Lust.

Christian hatte seine Zunge mittlerweile tief in Avas Schoß platziert und kreiste dort um den einen Punkt, den die meisten Frauen gar nicht kannten. Er spürte, wie sie zu zucken begann. Sie wehrte sich noch, doch seine Erfahrung sagte ihm, es würde nicht mehr lange dauern. Nun nahm er seine Hände von ihren Schenkeln. Er wusste, sie würde ihre Beine nun nicht mehr schließen wollen. Als er fühlte, dass sie sich ihm mittlerweile rhythmisch entgegenpresste, schob er seine Finger unter ihr Becken und hob dieses ein Stück an.

In diesem Moment konnte Ava nicht mehr an sich halten. Sie stöhnte laut auf, wollte plötzlich nicht mehr, dass seine Zunge stillstand, vergaß die Mägde und auch alles andere und gab sich dieser warmen Welle von bislang ungeahnten Gefühlen hin, die sie wieder und wieder durchströmten. Ihr Becken im Gleichklang mit seiner Zunge bewegend, wollte sie am liebsten nach seinem Haar greifen, um seine Lippen noch näher an ihre Mitte zu ziehen, die in Flammen zu stehen schien. Sie stöhnte erneut und warf den Kopf nach hinten, dann ebbte es ab; diese unbeschreibliche Gefühl. Ava hatte die Augen geschlossen. Sie war unfähig, sich zu rühren.

Christian ließ ihr Becken wieder auf das Bett sinken. Er lächelte zufrieden, wischte sich den triefenden Mund mit dem Unterarm ab und freute sich auf seine Erlösung, die nun kommen würde.

Ava hatte ihre Augen noch immer geschlossen und ihre Schenkel nach wie vor weit geöffnet. Er wartete nicht, gab kein Zeichen oder Wort von sich, sondern stieß sein hartes Glied einfach in ihre feuchte Spalte. Wieder und wieder!

Ava ließ es gern mit sich geschehen, und als Christian immer schneller so wunderbar rücksichtslos in sie fuhr, überkam sie erneut ein Gefühl des Glücks. Unbewegt lag sie da – gab sich voll und ganz hin und empfing seinen Samen fast schon mit Freude.

Christian ließ alles in sie fließen und genoss, wie willig sie plötzlich anmutete. Ihr bloßer Anblick, gepaart mit den Erinnerungen an das eben Erlebte, hatte ihn derart mit Vorfreude erfüllt, dass er nicht einmal ins Schwitzen gekommen war. Nun war es geschafft. Sein Plan war aufgegangen. Zufrieden rollte er sich zur Seite, schob sich einen Arm unter den Hinterkopf und sagte zu Marie und Hannah: »Ihr könnt jetzt gehen!«

Marie hastete sofort wie vom Teufel gehetzt hinaus.

Hannah jedoch bedachte ihren Herrn mit einem dämonischen Blick, der so viel Hass enthielt, dass einem davon angst und bange werden konnte.

Christian aber ließ sich nicht beeindrucken. Im Gegenteil, er setzte noch eins nach. »Hannah!«

»Ja«

»Bring mir und meiner Gemahlin Wein.«

Das Mädchen schnaubte vor Wut, tat aber, was ihr Herr verlangte, und brachte ihm zwei gefüllte Becher.

»Und jetzt geh! Ich wünsche heute nicht mehr gestört zu werden.«

Ava hatte die Augen noch immer geschlossen. Erst als Christian sie ansprach, öffnete sie diese.

»Wollt Ihr etwas mit mir trinken, Gemahlin?«

Sie blickte ihn an. Sein Gesicht war unverändert selbstsicher, und doch meinte sie, eine Veränderung darin ausmachen zu können. Sie setzte sich auf – noch immer nackt, doch jetzt ohne jede Scham, da er Dinge mit ihr getan hatte, die jede Scham überflüssig machten. Ava griff nach dem Becher.

»Ich hoffe, Ihr könnt mir verzeihen, dass ich Euch zu Eurem Glück zwingen musste. Doch ich meine gemerkt zu haben, dass es sich für Euch gelohnt hat, habe ich recht?«

Ava musste sich beherrschen, nicht dümmlich zu lächeln.

»Ihr sollt gleich wissen, dass ich gedenke, Euch oft in die eheliche Pflicht zu nehmen. Doch sollt auch Ihr dabei Spaß empfinden. Ich wünsche kein Weib, welches sich schüchtern gibt. Wenn wir uns in der Bettstatt gut verstehen, dann werden wir uns auch sonst verstehen. Meint Ihr, dass Ihr mir in dieser Hinsicht Genüge tun könnt und wollt?«

»Ja, ich denke schon. Wenn es *das* ist, was Ihr damit meint ...!« Ihre Worte spielten darauf an, was gerade mit ihr geschehen war.

»Ja, genau das meine ich damit!«, bejahte er lächelnd.

»Dann wird es mir ein Leichtes sein, Euch zufrieden zu stellen!«

»Wie schön! Lasst uns nun auf unsere Ehe anstoßen, die wunderbar begonnen hat und die uns beide hoffentlich bis ans Ende so gut gefällt. Ich werde tun was ich kann, um Euch glücklich zu machen, meine Schöne! Auf Euch und mich und unsere zukünftigen Kinder!«

Es war fünf Wochen nach dem Überfall auf Hamburg, als sich die Männer im warmen Saal fern der Heimat trafen.

»Keine Namen«, verlangte der Gastgeber streng, der offenbar seinem eigenen Gesinde ebenso sehr traute wie jedem Strauchdieb. »Ich verlange einen weiteren Angriff, oder ich will meine Münzen zurück. Schließlich habt Ihr die Forderung nicht erfüllt«, sagte er zu seinem Gegenüber.

Der Beschuldigte war von äußerst streitbarem Wesen und musste sich zurückhalten. Am liebsten wäre er vor Wut aufgesprungen und hätte den Saal verlassen – war er doch der Mächtigere von beiden. Doch sein Gegenüber besaß zumindest ebenso mächtige Verbündete und außerdem besaß er Geld – etwas, was er selbst nicht im Überfluss hatte. Er musste ihn unbedingt dazu bringen, von seiner Forderung abzusehen. »Eigentlich bin ich hier, um Euch von den jüngsten Ereignissen in der Stadt zu erzählen.«

»Von welchen Ereignissen sprecht Ihr?«

»Er ist abgereist. Ohne *ihn*!«

Eine kurze Weile lang war es still.

»Was hat das Eurer Meinung nach zu bedeuten?«

»Dass es vorbei ist. Ganz gleich, wen Ihr in Eurer Gewalt habt und wen nicht.«

»Und was schlagt Ihr vor? Was soll ich nun mit meiner nutzlosen Beute anfangen?«

»Schickt sie fort, und in spätestens acht Jahren ist das einst Nutzlose zu etwas Wertvollem geworden. Vielleicht wertvoller als Eure Münzen, wenn Ihr versteht, was ich meine.«

Der Mann lehnte sich zurück. Soweit hatte er noch nicht vorausgedacht. »Verstehe …! Kein schlechter Gedanke.«

»Bitte verzeiht, wenn ich ungefragt spreche. Aber ich wüsste einen Ort, der besondere Beobachtung verspricht. Ich kenne dort jemanden, der ein Interesse an Eurer Beute haben könnte.«

»Wo ist dieser Ort?«

»Im Bistum Verden.«

Dann wandte der Gastgeber sich an den Mann, mit dem er zuerst gesprochen hatte. »Gut, die beiden gehen mit Euch, er hier geht mit ins Bistum Verden, und in ein paar Jahren werden wir sehen, ob Euer Plan aufgeht. Vergesst nicht, solange seid Ihr mir was schuldig.«

TEIL III

*Hamburg, Kiel und Buxtehude
Frühling, im Jahre des Herrn 1299*

1

»Nun macht schon, ihr elenden Hunde! Das Holz wird schließlich nicht von alleine auf die Wagen laufen. Ich habe nicht den ganzen Tag Zeit, euch beim Faulenzen zuzuschauen …!« Der Mann schrie und schimpfte eigentlich unentwegt, doch das fiel hier kaum auf.

Der Ton am Hafen Hamburgs war mindestens so rau wie das heutige Wetter. Nachdem es die letzten Wochen zwar kalt, aber eigentlich durchweg sonnig gewesen war, zeigte sich der Himmel nun bleigrau. Es war, als hätte der Herrgott selbst etwas gegen ein gutes Anlaufen des Handels im Jahre des Herrn 1299. Seit das Geschäftsjahr wie immer am St. Peterstag, dem zweiundzwanzigsten Februar, begonnen hatte, fiel ein endloser Nieselregen, der den eklig stinkenden Schlamm am Hafen aufweichte.

Ausgerechnet heute, wo die lang erwarteten Schiffe mit dem ersten friesischen Holz nach der Winterlage in Hamburg anlegten, musste es so ungemütlich draußen sein, dachte der Mann wütend mit einem Blick gen Himmel. Er würde noch mindestens bis zum Abend hier stehen und die Arbeiter antreiben müssen. Schon jetzt wünschte er sich wieder in sein Haus auf der Grimm-Insel zu seiner Frau.

Die Männer auf den Schiffen schufteten ohne Unterlass. Immer wieder verzurrten sie die dicken, glitschigen Balken an Deck, damit der Tretkran diese über ein Geflecht von Rollen, Eisenketten und Seilen in seinem Inneren anheben und auf die am Kai bereitstehenden Pferdewagen laden konnte. Der dritte Wagen war fast voll. Nur noch zwei Balken passten drauf, bevor der Wagenführer zu Godeke von Holdenstede fahren konnte, wo das Holz in den Kellergewölben gelagert werden sollte.

Doch einen Moment lang war der Kranführer unaufmerksam. Und nur dieses eine Mal waren die Taue ein kleines bisschen weniger fest als gewöhnlich. Ganz plötzlich geriet das Holz am Kranende ins Rutschen. Ein bedrohliches Geräusch kündigte an, was gleich passieren würde.

»Der Balken, er rutscht!«

»Weg hier!«

Die Männer hatten zum Glück früh genug bemerkt, dass die Seile das Holz nicht würden halten können. Nur einen Augenblick später sauste der Balken auf den schwer beladenen Pferdewagen herab. Die Seitenwände der Ladefläche brachen mit einem berstenden Geräusch entzwei. Holzteile mit scharfen Enden flogen durch die Luft. Dann setzten sich die übrigen Balken in Bewegung. Erst langsam, schließlich immer schneller, rollten sie mit einem donnernden Geräusch über den Hafen.

»Bringt euch in Sicherheit!«, schrie der Mann, der die Arbeiten überwachte, und hechtete im letzten Moment zur Seite. Dabei stieß er sich schmerzhaft das Knie, doch er war in Sicherheit. Im Augenwinkel sah er noch, wie ein mächtiger Baumstamm knapp an ihm vorbeirollte und kleine Splitter aus zwei Holzkisten machte, die er überrollte.

Im gleichen Moment ging das Pferd vor dem zertrümmerten Wagen durch und rannte angsterfüllt den Hafen entlang. Zwei Männer schafften es gerade noch, sich mit einem Sprung ins Hafenbecken in Sicherheit zu bringen, wo sie aber augenblicklich zu ertrinken drohten und panisch um Hilfe schrien. Ein weiterer Mann jedoch wurde von den wirbelnden Hufen erfasst und blieb reglos am Boden liegen.

Sofort erhob sich der Aufseher wieder und griff nach einem hölzernen Ruder, welches eigentlich für eine Schute zum Entladen von Schiffen gedacht war. Damit rannte er zur Hafenkante, versuchte, es den Ertrinkenden zu reichen, und schrie: »Holt die Männer aus dem Wasser! Bringt Seile, schnell!«

Auf seinen Befehl hin wurden die Männer gerettet, doch für den Arbeiter, der unter die Hufe des wildgewordenen Gauls geraten war, kam jede Hilfe zu spät.

Es dauerte eine ganze Weile, bis das Durcheinander sich etwas gelegt hatte. Erst als das Pferd endlich eingefangen und beruhigt worden war, konnten die eigentlichen Aufräumarbeiten beginnen. Ein weiterer Wagen musste herangeschafft und die Balken erneut verladen werden. Mittlerweile stauten sich die jüngst angekommenen Schiffe bis zur Schleife des Nikolaifleets. Alle Anleger am Hafen und alle an den Grundstücken des Nikolai-Kirchspiels waren bereits belegt. So gut wie jedes Schiff benötigte zum Entladen den Kran, was derzeit aber unmöglich war. Nur jene paar Schiffe, welche bloß Tuche, Wolle oder ähnlich leichte Ware geladen hatten, konnten durch Schuten gelöscht werden.

Der Tag war lang und anstrengend gewesen, und erst als auch der letzte Balken, der bei dem Unglück über den Hafen gerollt war, auf einem Pferdewagen lag, konnte auch der Aufseher den Heimweg antreten. Er war vom Regen nass bis auf die Knochen, und sein Knie schmerzte höllisch, seit er es sich angeschlagen hatte.

»Darf ich Euch vielleicht bis zur Grimm-Insel mitnehmen? Das Haus des Dominus Godeke liegt ja auf Eurem Weg«, ertönte es plötzlich hinter ihm.

Es war der Wagenführer des letzten beladenen Pferdewagens. Er lächelte freundlich aber mindestens ebenso erschöpft wie der Aufseher.

»Ja, das dürft Ihr. Ehrlich gesagt fahre ich sehr gerne mit«, gestand der Mann mit kraftloser Stimme und kletterte auf den Bock.

Schweigend bogen sie nach rechts, ließen den Hafen hinter sich und fuhren über die Zollenbrücke. Dann bogen sie in die Güningerstraße ein, wo sich Godekes Haus befand. Kaum hatten sie angehalten, kam dieser auch schon heraus und sprach Walther an.

»Mein Freund, du bist wohlauf! Ich habe gehört, was heute am Hafen los war. Komm nur herein, und trinke einen Schluck auf den Schrecken mit mir.« Dann richtete er das Wort an den Wagenführer. »Sieh zu, dass das letzte Holz verstaut wird, bevor die Dunkelheit anbricht. Im Lager ist kein Platz mehr. Bring es auf den Hof.«

»Ja, Herr«, antwortete der Mann und machte sich sogleich an die Arbeit.

Walther stieg vom Bock. Er fühlte sich mit seinen dreiundvierzig Jahren plötzlich doppelt so alt, wie er eigentlich war, so müde war er.

»Was ist mit deinem Bein?«, fragte Godeke verwundert und schaute an seinem Freund herab.

»Ach, frag nicht!«, brummte der vor sich hin und humpelte ins Haus. Im Kontor angelangt, ließ er sich ganz ungeniert auf Godekes Sessel fallen.

Dieser ließ ihn gerne gewähren. Offensichtlich war sein Freund und Schwager verletzt. Und außerdem fehlte es dem dreizehn Jahre Älteren sonst nie an Respekt ihm gegenüber – obwohl es sicher nicht immer einfach für ihn gewesen war, dass sich sein Leben und seine Stellung so sehr verändert hatten. »Das war gute Arbeit heute, Walther! Nachdem ich hörte, was passiert war, hätte ich nie für möglich gehalten, dass ihr es schafft, das erste Schiff noch heute komplett zu löschen. Nun müssen wir morgen bloß noch das zweite meiner Schiffe entladen, richtig?«

»Ja, und wenn das Wetter morgen besser ist, könnte ich es in einem halben Tag schaffen. Allerdings ist fraglich, ob wir morgen schon drankommen. Im Hafen drängen sich die Schiffe an der Kaimauer wie die Weiber am Markttag um einen Tuchestand.«

Godeke lachte über den treffenden Vergleich und lehnte sich trotz allem zufrieden zurück. »So viel Holz haben wir noch nie auf einmal bekommen. Meine Lagerräume sind bis unters Dach gefüllt – genau wie meine Auftragsbücher. Dieses Jahr wird ein gutes

Jahr, das fühle ich!«, sagte Godeke mit geballter Faust zu dem einstigen Spielmann.

Dann ging die Tür auf. Margareta kam herein. Sie trug einen Krug mit Wein und zwei Becher. »Walther, geht es dir gut? Ich habe gehört, was passiert ist. Ein schrecklicher Unfall...« Während sie redete, reichte sie den Männern die gefüllten Becher.

»Mir geht es gut, sorge dich nicht«, versicherte er seiner Schwägerin, ohne sein schmerzendes Bein zu erwähnen.

Godeke schaute seinen Freund schief lächelnd an. Er wusste, warum er über seine Verletzung schwieg. Margareta hätte ihn sicher von Kopf bis Fuß in Salben und Tinkturen getaucht und anschließend mit Leinen umwickelt. Drum schwieg auch er sich darüber aus und sagte stattdessen: »Wir reden gerade über den Handel. Wenn alle meine Geschäfte aufgehen, die geplant sind, dann werden wir eine Menge Geld verdienen, und dann werde ich dir ein eigenes Häuschen kaufen können. Was hältst du davon, liebe Schwester?«

»Gar nichts!«, wiegelte sie sofort mit hartem Blick ab. »Ich brauche kein eigenes Haus, Godeke. Mir reicht, was ich habe«, gab sie zurück.

Godeke presste die Lippen zusammen. Es war schwer geworden, mit Margareta zu sprechen. Die letzten Jahre hatten sie verändert. »Aber du willst doch nicht bis zum Ende deiner Tage zusammen mit Agnes in meinem Haus schuften und die Arbeiten einer Magd tun?«

»Warum nicht? Was spricht dagegen? Hast du vor, mich rauszuwerfen?«, fragte sie in gewohnt barschem Ton. Wenn es um dieses Thema ging, war kein Herankommen an sie.

»Aber nein, ich würde dich niemals rauswerfen. Das weißt du doch. Aber ich dachte...«

»Ich werde jetzt wieder in die Küche gehen. Es ist noch einiges zu tun bis zum Schlafengehen.« Sie füllte die Becher noch einmal auf und verschwand.

»Warum lässt du sie nicht einfach, Godeke? Immer wieder versuchst du es, und immer wieder scheiterst du. Sie wird nicht mehr heiraten. Und sie will auch nicht fort. Lass sie hier bei dir, bei Oda und bei Alma.«

Walther hatte recht. Er sollte sie nicht weiter drängen. Und doch fiel es ihm auch heute noch schwer, sich an die neue Margareta zu gewöhnen. So fest war das Bild der schwer verliebten Rittersgemahlin, die sie einst gewesen war, in seinem Kopf. Nichts schien davon übrig zu sein.

Walther trank seinen Becher leer und stellte ihn auf Godekes Schreibpult ab. »Der Tag war lang. Ich werde jetzt gehen, wenn du mich nicht mehr brauchst.«

»Natürlich ... geh nur. Deine Frau wartet sicher schon auf dich.«

Walther hob noch die Hand. »Wir sehen uns morgen!« Als er sein Haus erreichte und seine Schlafkammer betrat, schlief Runa schon. Er sah sofort, dass sie wieder mal schlecht träumte. Und wie so oft schon davor fragte er sich, ob es das wirklich geben konnte. War es möglich, dass Träume eines Kindes auf die einer trauernden Mutter übertragen wurden?

Sie hörte die Pferde kommen. Schnell näherten sie sich. Ihre Hufe donnerten laut auf dem harten Sandboden. Runa wollte den Weg verlassen, doch ihre Füße waren wie festgewachsen. Dann stoben sie im Galopp um die Ecke. Fünf, nein sechs große Schlachtrösser mit wehenden Mähnen und aufgeblähten Nüstern. Vornweg ein Schimmel – groß gewachsen und mit langen Haaren an den Beinen, die bis über die beschlagenen Hufe reichten. Das schrille Wiehern tat Runa in den Ohren weh. Sie musste hier weg, schnell! Anderenfalls würden die Pferde sie überrennen. Doch sie konnte sich einfach nicht bewegen. Wie wild begann sie mit den Armen zu rudern, in der Hoffnung, dass sie vielleicht doch anhielten oder um sie herumgaloppierten. Warum nur waren die Pferde so in Panik?

Dann erkannte Runa die Gefahr. Hinter ihnen stieg ein gewaltiges Flammenmeer auf. Heiß und rot züngelte die Feuersbrunst bis in den Himmel. Die Schweifhaare der hinteren Pferde brannten bereits lichterloh.

Und plötzlich, kurz bevor die Herde Runa erreichte, sah sie auf dem Schimmel jemanden sitzen. Freyja! Ihre Tochter! Sie ritt ohne Sattel und ohne Zaumzeug, hielt sich bloß an der Mähne fest. Ihr Gesicht zeigte keine Angst. Barfuß, bloß in einem dünnen Kleid und mit offenem Haar, ritt sie das weiße Ross. Runa wollte schreien, lauthals auf sich aufmerksam machen, auf dass Freyja sie bemerkte, doch auch ihr Mund wollte ihr nicht gehorchen. Die Herde teilte sich vor Runa und galoppierte tatsächlich an ihr vorbei. Freyja war für einen Moment lang so nah, dass die Mutter ihr Bein hätte berühren können, doch es ging zu schnell. Nur einen Wimpernschlag später war ihr kleines Mädchen fort. Zurück blieb bloß eine Wolke aufgewirbelten Sandes.

Runa drehte sich wieder um und blickte auf die näherrollende Feuersbrunst. Sie wusste, sie würde jetzt sterben, und der Tod, der sie ereilte, war möglicherweise jener, den auch ihre Tochter einst hatte erleiden müssen. So empfing sie ihn ohne Wehklagen.

In diesem Moment wachte sie auf – wie immer! Sie lag in ihrem Bett. Neben dem schlafenden Walther. Ihr Atem ging schnell und stoßweise, und ihr Herz schlug wie wild. Wieder einer dieser Träume! Sie fuhr sich mit der Hand über die verschwitzte Stirn. Seit Jahren schon ereilten sie Bilder im Schlaf. Bilder von Freyja, Bilder von Pferden, die sie so geliebt hatte, doch vor allem Bilder vom Feuer. Mal waren diese Träume häufiger, mal waren sie selten. Niemals aber verließen sie sie ganz, und so schrecklich sie auch waren, Runa hätte nicht sagen können, ob sie wollte, dass sie gänzlich verschwanden. Würden sie gehen, würden mit ihnen auch die Bilder ihrer geliebten Tochter verloren gehen. Auf diese Weise konnte sie sie wenigstens noch mal sehen – irgendwie bei ihr sein –, wenn auch nur für einen kurzen Augenblick und wenn auch immer mit einem schrecklichen Ende.

Runa richtete sich auf. Draußen wurde es bereits hell, es war ohnehin Zeit aufzustehen. Doch ihre Gedanken ließen sie nicht los. Das kannte sie schon. Es dauerte stets, Freyja abzuschütteln. Etwas in Runa wehrte sich immer dagegen, den Traum mit ihr zu verlassen und zum Tagwerk überzugehen. In Gedanken versunken entwirrte sich Runa das Haar. Strähne für Strähne ließ sie durch ihre Finger gleiten und legte sie über ihre Schulter. Dabei fiel ihr Blick auf Walthers Laute, die verwaist in der Ecke stand. Auf ihr hatte sich bereits eine Schicht Staub gebildet. Wieder einmal dachte Runa, dass es besser wäre, die Laute in eine Truhe zu legen, wo man sie nicht ständig sah. Doch es schien fast so, als ob niemand sich traute, sie anzufassen.

Als sie mit ihren Haaren fertig war, flocht sie diese zu einem Zopf, drehte ihn zu einem Knoten und versteckte ihn unter einer Haube mit aufgesetztem Gebende und einem Kinnstreifen aus Leinen. Runa zog sich leise an, um Walther nicht zu wecken, und verließ dann die Kammer. Ihr Weg führte sie nur eine Tür weiter, denn sie wusste, dass es mindestens noch eine andere Person im Haus gab, die schon wach war, und das war ihre Mutter. So betrat sie den Handarbeitsraum, wo Ragnhild auf ihrem Platz saß. Ihr ständig schmerzendes Knie hoch auf einen Schemel gelagert, sah sie von ihrer Stickerei auf.

»Guten Morgen, mein Kind.«

»Guten Morgen, Mutter.»

Ragnhild bemerkte gleich, dass etwas nicht stimmte. »Was ist mit dir?«

»Ach, nur wieder einer dieser Träume.«

»Freyja?«

»Hmm. Und dieses Mal fühlte sich alles so echt an. Ich konnte ihr Gesicht sehen und ihre Haare…«

Ragnhild griff nach Runas Hand. »Auch ich träume noch ab und an von deinem Vater. So ist das eben, wenn wir einen geliebten Menschen verlieren.«

»Meinst du, Gott schickt uns diese Träume?«

Ragnhild lachte kurz auf. »Meinst du, dass ich die Richtige bin, um dir diese Frage zu beantworten?«

Runa verstand sofort und lächelte freudlos über ihr törichtes Verhalten. Seit sie denken konnte, haderte Ragnhild mit ihrem Glauben. Wahrscheinlich machte sie das tatsächlich zu einem schlechten Berater. »Ich weiß, wie es um deinen Glauben bestellt ist, Mutter. Aber mit wem soll ich sonst darüber sprechen?« Tränen füllten langsam ihre Augen. Eigentlich wollte sie gar nicht weinen, doch sie rannen ihr einfach das Gesicht herunter. »All das ist nun schon so lange her, und manchmal habe ich das Gefühl, alle um mich herum leben einfach weiter. Sie haben einen Weg gefunden, mit dem Erlebten umzugehen, doch ich, ich kann es immer noch nicht begreifen. Für mich fühlt es sich an, als hätte ich mein Kind erst gestern verloren, und auf eine Weise verliere ich sie jeden Morgen nach dem Aufstehen erneut.«

Ragnhild zerriss es fast das Herz, Runa so zu sehen. Sie wusste, wie sich ihre Tochter fühlte, denn damals, während des großen Brandes im Jahre des Herrn 1284, hatte auch sie zwei ihrer Kinder in den Flammen verloren. Waren sie auch gezeugt worden mit einem Mann, den sie nicht geliebt hatte, so hatte sie doch ihre Kinder geliebt. Noch heute dachte sie von Zeit zu Zeit an Symon und Christian und fragte sich, was wohl aus ihnen geworden wäre – eine Frage, auf die sie niemals Antwort erhalten würde. »Erwarte nicht zu viel von dir, Liebes. Der Verlust eines Kindes geht über alle Qualen hinaus. Nichts auf der Welt könnte je schmerzhafter sein. Irgendwann wirst du vielleicht lernen zu dulden, dass es so gekommen ist, doch erwarte nicht zu viel.«

Runa wischte sich die Tränen vom Gesicht. Sie wusste zu schätzen, dass sich ihre Mutter stets bemühte, sie zu trösten, obwohl Runa nie etwas Neues vorzutragen hatte. Es waren immer die gleichen alten Gefühle, die sie quälten, und in ihrer Verzweiflung griff sie wieder mal zum gleichen alten Mittel, um ihre Trauer zu bekämpfen. »Ich werde jetzt beichten gehen.«

Ragnhild hatte genau das erwartet. Fast all ihre Gespräche über Freyja endeten so. Auch wenn sie sich fragte, was ihre eigentlich ebenso glaubensschwache Tochter dem Priester immer erzählte, und ob dieser denn noch irgendeine Antwort für sie bereithielt, die er ihr nicht schon zigmal gegeben hatte, bestärkte sie Runa. Was auch immer ihr half, war Ragnhild recht! »Geh nur, mein Kind. Sprich dir deinen Kummer von der Seele. Vielleicht geht es dir später ja etwas besser.«

Runa machte sich auf den Weg. Sie brauchte nicht weit zu laufen. Wenige Schritte nach Westen, die Gröningerstraße entlang, dann nach Süden die Grimm-Insel überquerend auf die Katharinenkirche zu. Hier trat sie ein und erblickte auch sofort den Pfarrvikar der Kirche.

Er sah auf, als Runa eintrat und nickte wissend. Umgehend, jedoch in aller Ruhe, ging er auf einen großen Armlehnstuhl zu, der in dem Bereich hinter dem Altar stand.

Runa schritt schnell auf den Geistlichen zu. Kaum hatte sie ihn erreicht, fiel sie auch schon auf die Knie. Die Worte, die ihr bereits in Fleisch und Blut übergegangen waren, schossen nur so aus ihr heraus. »Im Namen des Vaters und des Sohnes und des Heiligen Geistes. Amen!«

Darauf ertönte die ihr so bekannte Stimme des Pfarrvikars. «Gott, der unser Herz erleuchtet, schenke dir wahre Erkenntnis deiner Sünden und seiner Barmherzigkeit.»

»Amen. Vergebt mir Vater, denn ich habe gesündigt.«

»Welche Sünde lastet auf deiner Seele, mein Kind?«

»Es ... es geht wieder um meine verstorbene Tochter, Vater.«

»So? Berichte mir, was deine Sünde ist. Dein Kind ist schon lange tot, und ich habe dir schon viele Bußen und Gebete aufgetragen, um deinen Zorn auf Gott zu sühnen. Bist du etwa eine unverbesserliche Sünderin und zürnst unserem Herrn noch immer?«

Runa wusste erst nicht, was sie sagen sollte. Natürlich zürnte sie Gott noch immer! Wie könnten Gebete das auch je ändern? Doch gerade deshalb, weil keine Buße ihr je geholfen hatte, wollte sie ihr Herz auf andere Weise erleichtern. Immer in der Hoffnung, irgendwann tatsächlich Erlösung von ihren Höllenqualen zu erlangen. »Vater, das ist es nicht, was ich beichten möchte. Ich ... meine Gedanken ... mein Zorn gilt ... meinem Gemahl Walther von Sandstedt.«

»Warum bist du zornig auf ihn?«

»Weil er mich und meine Tochter damals allein gelassen hat.«

»Meinst du, am Tage des Überfalls?«

»Ja, richtig, Vater.«

»Wo war dein Gemahl damals?«

»Er rettete ein paar Bewohner aus einem Armenstift, dessen Dach Feuer gefangen hatte.«

»Und dieses Verhalten ist für dich nicht christlich?«

»Doch ... natürlich. Aber ich ... er war nicht bei uns, um uns zu beschützen, wie ein Mann es tun sollte. Solch ein Verhalten ist doch unchristlich ...«

»Und nun empfindest du Wut auf deinen Gemahl und hältst dich für eine schlechte Christenfrau?«, schlussfolgerte der Pfarrvikar für ihn logisch.

»Nein, schlimmer noch! Auch wenn es nur schwerlich vorstellbar ist – meine Gedanken sind sogar noch liederlicher. Sie sind so grausam, dass ich sie kaum aussprechen mag.«

»Das wirst du aber müssen, damit ich dir eine gerechte Buße erteilen kann.«

»Aber ich bin eine schlechte Frau mit noch viel schlechteren Gedanken. Gebt mir einfach eine harte Strafe; nicht bloß Gebete! Ich flehe Euch an!«

»Nun erzähle erst einmal, was deine Gedanken sind.«

Runa geriet ins Stocken. Natürlich war sie auch zornig auf Walther, doch sicher nicht, weil er Arme aus einem Armenstift gerettet hatte. Vielmehr war sie wütend darauf, dass Walther scheinbar besser mit dem schmerzlichen Verlust Freyjas klarkam als sie. Doch das konnte sie dem Pfarrvikar nicht sagen. »Wäre er uns sofort suchen gegangen, dann hätte er uns vielleicht beschützen können, und dann wäre mein Kind vielleicht noch am Leben. Doch so bleibt mir nichts anderes übrig, als zu glauben, die Flammen haben sie verschlungen. Oder sie ist ertrunken, als ich in das Fleet gefallen bin, und das Wasser hat sie hinfortgespült. Nur der Herr weiß, was geschehen ist, jedenfalls ist sie fort. Sie wurde mir für immer genommen, und mein Gemahl...«

»Fragst du dich, was wäre, wenn deine Tochter an seiner statt überlebt hätte?«

»Ja, manchmal...«, sagte Runa langsam. Dann aber schoss es aus ihr heraus: »Doch, Vater, bitte glaubt mir. Jene Gedanken erschrecken mich zutiefst. Ich bin eine schlechte Gemahlin. Bitte straft mich hart. Amen.«

Der Pfarrvikar schwieg einen Moment. Dann sagte er in verändertem Ton: »Runa von Sandstedt, ich kann kaum noch zählen, wie oft du schon vor mir saßt und mir immer neue Sachen gebeichtet hast, damit ich dir auch ja eine harte Buße auferlege. Heute will ich es anders tun. Du bekommst keine Buße.«

»Was? Aber warum denn nicht? Habe ich nicht schwer genug gesündigt? Ich versichere Euch, meine Gedanken waren noch viel grauenhafter, als sie Euch jetzt vielleicht erscheinen mögen. Es ist mein verdorbenes Wesen, welches meine Sünden klein dastehen lässt, obwohl sie gar fürchterl...«

»Schweig!«

Runa hielt inne.

»Höre mir zu. Deine Gefühle und Gedanken habe ich dir selbst mit noch so vielen Gebeten über die letzten Jahre nicht nehmen können. Drum werde ich dir jetzt keine Gebete mehr auftragen! Du hast den Verlust deiner Tochter niemals verwunden, da du nicht an ihrem Totenbett wachen konntest. Doch du musst lernen, es zu akzeptieren. Dein Kind ist nun bei Gott, unserem Herrn. Er hat es zu sich befohlen. Nicht immer verstehen wir seinen Plan, doch wer sind wir schon, dass wir damit hadern? Nun geh hin in Frieden, mein Kind. Übe dich in Geduld, und eines Tages wirst du wieder glücklich sein.« Der Pfarrvikar schlug ein Kreuz und sprach: »Im Namen des Vaters und des Sohnes und des Heiligen Geistes. Amen.«

Runa flüsterte ein leises »Amen«, überreichte den Beichtpfennig und verließ die Katharinenkirche. Sie war aufgewühlt und doch fühlte sie tief in sich eine Erleichterung. Denn so sehr sie auch immer nach strenger Buße bettelte, auch sie hatte schon bemerkt, dass keine noch so harte Strafe ihr Leid je gelindert hatte – genauso wenig wie das Beichten an sich. Vielleicht musste sie damit aufhören, um wieder Frieden zu finden. Doch gerade schien es ihr unmöglich, je vergessen zu können.

Runa ging zurück nach Hause, und als sie die Türe öffnete, sprang Thido ihr in den Arm. »Großer Gott, Thido. Willst du mich umrennen?«, schimpfte die Mutter halbherzig, schloss den Blondschopf aber dennoch fest in ihren Arm. Der Achtjährige lachte bloß und schmiegte sich an Runa. Er war das Ebenbild seines Vaters – niemand hätte je leugnen können, dass er Walthers Sohn war. Sein freches, wissbegieriges Wesen sorgte oft dafür, dass er ohne Unterlass plapperte und die Mägde und seine Eltern damit täglich marterte. Doch war er für alle im Haus ein Grund zur Freude.

»Mutter, Mutter!«, bestürmte der Junge Runa sofort. »Weißt du was? Vater will mich heute mit zu Oheim Godeke nehmen und zum Hafen!«

»Wirklich?«

»Ja, und dann bin ich auch bald ein Mann und kann für Oheim Godeke arbeiten!«

Runa lachte, jedoch nur, um ihre wahren Gefühle vor dem Kind zu verbergen. »Nun, ich denke, dafür musst du noch ein paar Mal häufiger mit deinem Vater mitgehen. Wo ist er denn?«

»Oben. Er sagte, ich solle hier auf ihn warten.«

»Gut, dann gehorche ihm besser«, ermahnte sie ihn, wohl wissend, dass der Junge sich damit schwertat. Sie ging die Stiegen hinauf zu Walther, der sich gerade in der gemeinsamen Schlafkammer ankleidete. Bis die Türe hinter ihr zufiel, hatte sie sich noch im Griff. Aber keinen Augenblick länger.

»Runa, Liebling. Wo bist du gewesen?«

»Du willst Thido zu Godeke mitnehmen?«, platzte es gleich aus ihr heraus.

»Ja, es wird Zeit, dass der Junge erste Kenntnisse meiner Arbeit erlangt, wenn er auch eines Tages in das Geschäft deines Bruders einsteigen soll.«

»Das ... ist zu früh!«

Walther drehte sich zu Runa und fasste sie sacht bei den Schultern. »Zu früh für wen, Runa? Du kannst das Kind nicht ewig bei dir im Haus behalten.«

Runa riss sich los. »Er ist noch nicht soweit. Du ... du kannst ihn noch nicht mitnehmen!«

Walther widmete sich wieder seiner Kleidung und erwiderte bloß: »Doch, das kann ich, und das werde ich auch. Ich habe nun lange genug auf deine Wünsche Rücksicht genommen. Wir beide wissen, dass es deine Ängste sind, die dich Thido zurückhalten lassen.«

»Und wenn schon!«, begehrte Runa auf. »Ist es jetzt völlig gleich, was mit Freyja geschehen ist? Hast du sie etwa schon vergessen?«

»Rede nicht so einen Unsinn, Weib«, brauste nun auch Walther auf. »Es ist acht Jahre her, dass wir Freyja verloren haben. Acht Jahre! Du musst aufhören, daran festzuhalten. Wir reden fast täglich über sie, und ich sehe doch, wie du tagein tagaus an sie denkst. Das muss aufhören! Wir führen jetzt ein anderes Leben – eines ohne sie.«

»Pah! Einfach unglaublich, was du da von mir verlangst. Ich soll sie vergessen? Niemals! Wenn du das kannst, bitte. Ich kann es nicht.«

»Dann wirst du in Zukunft deine Gedanken mit jemand anderem teilen müssen.«

»Was soll das heißen?«

»Runa, ich liebe dich, doch so geht es nicht weiter. Ich verbiete dir ab heute, in diesem Haus über Freyja zu sprechen. Ich weiß mir keinen anderen Rat mehr. Hoffentlich kommst du so zur Vernunft.« Mit diesen Worten ließ er sie einfach in der Kammer zurück.

Runa war sprachlos, fassungslos, leer. Sie sollte nicht mehr über Freyja sprechen? Wie sollte das gehen? In ihrem Kopf gab es doch fast nichts anderes als ihre Kinder. Dennoch, trotz der Wut auf Walther wusste sie, dass er auf eine Weise recht hatte. Ihr Leben war nun ein anderes. Alles hatte sich verändert seit dem Fehdeüberfall, das konnte selbst sie nicht leugnen.

Zum zweiten Mal fiel ihr Blick heute auf die verstaubte Laute. Seit dem Tage von Freyjas Verschwinden hatte niemand diesem Instrument mehr einen Laut entlockt. Noch ganz genau erinnerte sie sich daran, wie Walther vor das Grafenpaar getreten war. Er hatte sein Knie gebeugt und Johann II. und Margarete von Dänemark angefleht, ihn aus ihrem Dienst zu entlassen. Er konnte nicht mehr singen, sein Frohsinn war mit Freyja verschwunden. Und so waren die Grafen nach Kiel zurückgezogen – ohne sie, die sie selbst in Hamburg geblieben waren. Godekes Angebot war ihnen recht gekommen, doch im Gegensatz zu Walther, der sich mit seinem neuen Leben irgendwann angefreundet hatte, schien diese Erlösung Runa nicht vergönnt.

Ava war aufgeregt. Schon seit dem Morgen rannte sie hastig im Haus umher, wühlte hier, kramte da, jedoch ohne wirklich etwas zu schaffen. Ihre fünf Kinder liefen ihr nach wie eine Horde Küken und plapperten unentwegt auf sie ein.

»Mutter, ich will etwas essen.«

»Mutter, ich habe Durst.«

»Mutter, wo ist mein zweiter Schuh. Ich kann ihn nirgends finden.«

Immer wieder versuchte Ava die Fragen ihrer Kinder nebenbei zu beantworten und trotzdem nicht zu vergessen, was sie gerade machen wollte, doch jetzt reichte es ihr endgültig. Ruckartig kam sie zum Stehen. Die Kinder hinter ihr verstummten augenblicklich. Es dauerte lang, bis die Mutter die Geduld verlor, wenn es aber soweit war, war jedermann gut beraten, ihr aus dem Weg zu gehen.

»Hannah!«, schrie Ava plötzlich laut durchs Haus. Nur einen Moment später kam die Magd gemächlich die Treppe herunter.

»Ja, Herrin?«, fragte sie mit ihrem üblich mürrischen Blick, den Ava jedoch über die Jahre zu ignorieren gelernt hatte.

»Nimm die Kinder mit dir nach oben.«

Hannahs Gesicht verzog sich. »Aber ich habe gerade so viel zu tun. Kann nicht Marie ...«

Ava zog die Augenbrauen hoch. Es war immer das Gleiche mit diesem Weib. Ständig musste man mit ihr diskutieren, was furchtbar anstrengend war. Doch Ava hatte einen guten Grund, sie zu behalten – leider! »Du tust besser, was ich sage, Hannah, sonst vergesse ich mich. Und zwar sofort! Marie hat etwas anderes zu tun, und ich habe keine Zeit für deine Widerworte. Also nimm jetzt die Kinder, und geh mir aus den Augen.«

Hannah knickste mit wütendem Blick und murmelte etwas, das sich anhörte wie: »... dann werde ich aber ganz sicher nicht fertig mit meiner Arbeit.«

Als die Magd mit den Kindern verschwunden war, atmete Ava erst einmal tief durch. Was für eine Wohltat für die Ohren! Diese Stille! Dann fuhr sie sich mit der Hand ans Kreuz und streckte den schmerzenden Rücken durch. Noch im selben Moment erschrak sie über diese Geste, war es doch die eindeutige Gebärde einer Schwangeren! Ava durchfuhr es wie ein Blitz. Kann das wirklich wahr sein? Schon wieder? Hastig versuchte sie sich zu erinnern, wann sie das letzte Mal geblutet hatte. Es war aber schon zu lange her, um es genau zu bestimmen. Großer Gott, dachte sie. Das wäre dann, zusammen mit Veyt und Ehler, mein achtes Kind! Bestürzt schüttelte sie den Kopf. Seit sie mit Christian verheiratet war, hatte es nur wenige Monate gegeben, in denen sie nicht schwanger gewesen war.

Er hatte in der Hochzeitsnacht wahrlich nicht zu viel versprochen – tatsächlich war seine Gier nach ihrem Körper nahezu unersättlich. Auch wenn er Ava in jenen unzähligen Nächten auch schon unendlich viel Vergnügen bereitet hatte, war es ihr dennoch oft zu viel. Die Kinder, das große Haus und die zickige Hannah zerrten des Tages an ihr, sodass sie sich des Nachts oft wünschte, einfach nur schlafen zu dürfen. Trotzdem konnte sie sich glücklich schätzen, denn sie beide hatten in den Jahren ihrer Ehe gelernt, einander zu lieben und waren glücklich – da nahm Ava den häufigen Beischlaf gerne in Kauf. Es gab bloß eine einzige Zeit, in der Christian von ihr abließ, und das waren die letzten Wochen einer Schwangerschaft. Für genau diesen Zweck hatte sie Hannah im Haus behalten!

Ava hatte schon in der Hochzeitsnacht mitbekommen, dass die beiden vor ihrer Ehe eine Liebschaft gehabt hatten. Doch anstatt sich darüber zu beschweren und die Magd hinauszujagen, hatte sie sich diese Tatsache eines Tages zum Vorteil gemacht – zu Christians unendlichem Erstaunen! Ohne Gram ließ sie ihn wissen, dass er sich mit Hannah vergnügen konnte, sobald ihre Schwangerschaft für das andauernde Liebesspiel zu weit fortgeschritten war. Die einzigen Bedingungen, die sie stellte, waren, dass sie es niemals im Ehebett tun durften, dass niemand je davon erfuhr und dass Hannah niemals irgendwelche Rechte über die ihres Standes hinweg erhielt. Sie war bloß eine Magd und bloß eine Gespielin und sollte dies auch für immer bleiben. Ava hingegen war und blieb unangefochtene Hausherrin, Gemahlin und Domina. Christian versprach seiner Frau, ihre Wünsche stets zu beherzigen, und hatte sein Wort bis heute nicht gebrochen. Hannah jedoch musste von Zeit zu Zeit an ihren Platz in der gottgewollten Ordnung erinnert werden.

Ava nahm ihre Hand von ihrem Rücken. Die Kreuzschmerzen waren noch immer da, doch sie versuchte nicht mehr darauf zu achten und so auch den Gedanken an eine mögliche Schwangerschaft von sich zu schieben – wenigstens für den Moment. Heute war nicht die Zeit, sich um sich selbst zu kümmern, heute sollte nämlich ein großer Tag für ihren Ältesten sein.

Ehler war nun zwanzig Jahre alt, und sie hatte wahrlich Grund, stolz auf ihn zu sein. Ihr kam es zwar vor, als wäre er gestern noch ein kleiner Junge gewesen und ganz plötzlich zum Mann, zum Domherrn und zur rechten Hand des Scholastikus' Johannes von Hamme geworden, doch das stimmte so natürlich nicht. In Wahrheit waren Jahre vergangen, und in Wahrheit hatte ihn sein ungezügelter Ehrgeiz dorthin gebracht, wo er heute war.

Eigentlich hätte der Scholastikus heute die Messe halten sollen, doch eine plötzliche Reise, deren Dringlichkeit ihn unabdingbar machte, hielt ihn davon ab. Stattdessen sollte Ehler zum ersten Mal seit seiner Priesterweihe, die er vor einem Jahr vom Erzbischof erhalten hatte, vor den Parochianten im Mariendom predigen. Es bestand kein Zweifel daran, dass Johannes von Hamme ein gutes Wort für seinen einstigen Schüler eingelegt hatte – schließlich gab es unter den Domherren und den vier Hamburger Pfarrvikaren andere Herren, die weitaus erfahrener und mit Sicherheit sogar geeigneter gewesen wären als Ehler. Dennoch hatten sie wohl zugestimmt – wie auch immer der Magister Scholarum das geschafft hatte!

Ja, Ava war stolz auf ihren Ältesten, wenngleich sie nicht alle Veränderungen an seinem ehrgeizigen Wesen schätzte.

Während sie ihren Gedanken nachhing, ging sie in die Küche, wo der duftende Laib Brot, gespickt mit Rosinen und nur abgedeckt durch ein Leinentuch, auf dem Tisch stand und gar allzu köstlich aussah. In aller Frühe hatte Ava ihn gebacken. Er sollte für

Ehler sein – obwohl sie wusste, dass er überschwängliche Anfälle von mütterlichem Getue nicht mochte. Doch heute war ein besonderer Tag, und auch wenn es schwer war, ihren Sohn zu beschenken, wollte sie es dennoch versuchen.

»Hier steckst du also, schönste aller Gemahlinnen im Lande!«, begrüßte Christian sie schmeichelhaft wie eh und je. Er sparte nie mit Komplimenten seiner Frau gegenüber, auch nicht nach acht Ehejahren und fünf gemeinsamen Kindern, die sichtlich an Avas Äußerem gezerrt hatten. Sie war deutlich runder geworden, ihre Hände hatten Schwielen, und ihr Blick war manchmal ernst. Doch das dunkle Haar war noch immer voll und die blasse Haut noch immer ebenmäßig.

»Christian, wo bist du gewesen? Die Messe beginnt gleich.«

Der Ratsherr hauchte seiner Frau einen Kuss auf die Wange und blickte dann sofort zu dem Brot auf dem Tisch. »Hmm, was haben wir denn hier Leckeres...«

Ava schlug ihm sofort auf die ausgestreckten Finger. »Nichts für dich, mein Liebster! Das ist für Ehler. Er bekommt ihn nach der Messe.«

»Für Ehler?«, fragte Christian verwundert. »Willst du dich damit bewerfen lassen? *Ich* wüsste deine Backkünste sicherlich mehr zu schätzen«, fügte er lächelnd hinzu.

Ava musste gegen ihren Willen grinsen. »Deine Worte sind zwecklos. Das Brot ist für Ehler. Selbst ein Domherr muss etwas essen; das wird auch er nicht abstreiten können. Und nun zieh dich um. Du willst ja wohl nicht so zur Messe in den Dom gehen, oder?« Ihr Blick wanderte auf seinen fleckigen Wams. Manchmal kam es Ava vor, als wäre Christian eines ihrer Kinder, denn es schien ihm einfach unmöglich zu essen und zu trinken, ohne sich zu beschmieren.

»Ist ja schon gut! Ich gehe ja schon...!« Christian verschwand aus der Küche und schritt die Stiegen hinauf. Er hatte wirklich nicht die geringste Lust, Ehlers Predigt zu hören. Bloß Ava zuliebe ging er mit. Seine Abneigung gegen den Zwanzigjährigen war nicht grundlos. Seit Jahren schon schlug sich der Rat mit dem Scholastikus herum, und immer handelte es sich um dasselbe Thema: die benötigten Gelder für die Nikolaischule! Johannes von Hamme legte dem Rat immer neue und immer frechere Kostenaufstellungen vor, die dieser aber bedingungslos zu zahlen verpflichtet war, seitdem der Erzbischof dem Magister Scholarum die Oberaufsicht über beide Schulen Hamburgs übertragen hatte. Es war für jedermann offensichtlich, dass Ehler an diesen Dingen nicht unbeteiligt war, denn ganz egal, wo man Johannes von Hamme auch begegnete, der junge Domherr war stets an dessen Seite! Er war wie ein Schatten seines Mentors, und so war es nur eine Frage der Zeit gewesen, bis Avas ältester Sohn als Vertreter des Scholastikus', und Avas Gemahl als Mitglied des Rates, aneinandergerieten. Heute war ihr Verhältnis so unterkühlt, dass es schon als Erfolg galt, wenn sie einander nicht bespuckten. Christian hätte gut mit seiner Verachtung leben können, doch Ava litt darunter, weshalb er sich immer wieder zusammenriss. Tief in sich allerdings, fühlte er nur Geringschätzung für den stets so übellaunigen und viel zu glaubensstrengen jungen Mann, der jeden Spaß im Leben zu verachten schien und somit das komplette Gegenteil von ihm selbst war.

Der Ratsherr war noch in Gedanken, als plötzlich sein Name hinter ihm ertönte.

»Christian!«

Der Gerufene drehte sich um. Vor ihm stand Hannah. Es war unverkennbar, dass sie ihren verführerischsten Blick aufgesetzt hatte.

»Nenn mich nicht so!«, sagte er streng. »Du weißt, wie du mich anzusprechen hast.«

»Schon gut, schon gut.«

»Was ist denn?«

Die Magd kam näher; so nah, dass er ihren Atem auf seinem Gesicht spüren konnte. Sie hob ihre Hand und legte sie ihrem

Herrn auf die Brust. Dann gurrte sie geradezu: »Wann ruft Ihr mich endlich wieder in Euer Bett? Es ist schon so lange her, dass ich bei Euch liegen durfte, und mein Körper dürstet nach...«, langsam fuhr sie mit den Fingern zu seiner Mitte. Als sie da angelangt war, wo sie hinwollte, griff sie zu.

Christian zuckte zusammen.

Flüsternd brachte sie den Satz zu Ende. »... nach Eurem harten Gemächt zwischen meinen feuchten Schenkeln.«

Es war nur ein kurzes Zögern, aber es war da. Christian war ihr gegenüber nicht abgeneigt, und solch ein Verhalten machte es ihm nicht gerade leicht zu widerstehen, doch sein Verlangen war bloß körperlich. Er hatte keine aufrichtigen Gefühle für Hannah. Ava hingegen liebte er! So ging er einen Schritt zurück und wischte ihre Hand beiseite. »Nimm deine Finger von mir, Hannah. Was ist in dich gefahren, Weib? Ich wünsche nicht, dass du dich mir noch einmal auf diese Weise näherst. Meine Frau ist im Haus. Zeige gefälligst mehr Achtung ihr gegenüber. Und nun geh mir aus dem Weg!« Christian ließ Hannah einfach stehen.

Die Magd bekam einen roten Kopf und verschwand wieder in die Kammer mit den Kindern. Welch ein beschämender Augenblick! Sie hatte zu viel gewagt. So schnell würde sie nicht mehr versuchen, ihn zu verführen. Wieder einmal stellte sie fest, was ihr nach all den Jahren eigentlich schon längst klar sein müsste: Ihr Herr benutzte sie bloß, sein Herz aber gehörte *ihr* – ganz gleich, wie oft sie es in ihrer Mägdekammer taten, sobald die Herrin hochschwanger war. Hannah verachtete Ava immer mehr; und sich selbst gleich mit dazu! Sie hätte stolz sein und sich ihm das nächste Mal verweigern müssen, doch sie hatte diesen Stolz schon längst aufgegeben. Inständig hoffte sie, ja sie flehte geradezu, dass ihre Herrin bald wieder guter Hoffnung war, denn Hannah liebte Christian Godonis, und sie würde immer nehmen, was sie kriegen konnte! Nachdem sie die Tür ins Schloss hatte fallen hören, ließ sie ihren Tränen freien Lauf. Ihre einzige Genugtuung war, dass sie dem ältesten Sohn ihrer Herrin vor vielen Jahren erzählt hatte, was sie einst im Schnee auf dem Kattrepel hatte beobachten können. Ava Godonis war im Herzen eine Hure, die für Godeke von Holdenstede schwärmte – das wusste jetzt auch der strenge Geistliche, der vor Verachtung damals fast die Sprache verloren hatte. Seither war er seiner Mutter gegenüber ablehnend, was Hannah immer wieder eine Befriedigung war und Ava immer wieder bestürzte. Von ihren eigenen Hurereien mit Christian Godonis hatte sie dem Domherrn natürlich nichts gesagt.

Das Ehepaar verließ ohne die Kinder das Haus. Auf dem kurzen Weg zum Dom sagte Ava kein Wort. Fest eingehakt in den angewinkelten Arm ihres Gemahls, schritt sie neben ihm her. Nur einmal hob sie den Blick, um Albus Ecgo mit seiner Frau zu grüßen, dann waren sie auch schon am Ziel.

Wie immer, wenn eine Messe im Dom gehalten wurde, war es voll in dessen Langhaus – so auch heute, am Aschermittwoch, dem ersten Tag der Fastenzeit vor Ostern, und somit einem wichtigem Feiertag.

Ava und Christian kamen fast als Letzte, wenige Augenblicke nach ihrem Eintreten wurde die große Flügeltür auch schon geschlossen.

»Da ist er«, flüsterte Ava ihrem Gemahl zu und zeigte auf Ehler, der gerade in diesem Moment Einzug in den Dom hielt. Er trug ein wahrlich feierliches Gewand, einen Halbkreismantel, dessen unteres Ende bis zum Boden reichte und der immer dann, wenn der Domherr die Arme bewegte, eine weite, fast schon flügelartige Form bekam. Der Gesang war noch nicht verklungen, da hatte er den Altar erreicht. Mit andächtigen Bewegungen und feierlichem Blick vollführte er die Oration.

»Ich bin ja so aufgeregt…!«, entwich es Ava. »Hoffentlich unterläuft ihm kein Fehler.«

»Keine Sorge, Liebste. Dein Sohn wird dich sicher stolz machen«, versuchte Christian seine Frau zu beruhigen. Er selbst musste mit sich kämpfen, um seine wahren Empfindungen beim Anblick Ehlers nicht durch passende Blicke preiszugeben.

Die Evangelienlesung war gerade verhallt, da bekam sein eben noch feierliches Gesicht einen anderen Ausdruck. Unbewegt stand der Vertreter des Scholastikus' plötzlich da und blickte eine Weile lang in die Gesichter der Gläubigen. Man konnte deutlich sehen, dass er keine Angst ob der großen Aufgabe spürte, die er heute zu bewältigen hatte. Viel eher glänzte in seinen Augen die Vorfreude und noch etwas anderes, was schwer zu deuten war. In seiner Rechten hielt er ein Kreuz und in seiner Linken eine Bibel. Als alle Münder verstummt waren, reckte er beides in die Höhe. Dann begann er zu sprechen.

»Erleuchtung!« Der Domherr stieß dieses Wort geradezu zwischen den Lippen hervor. Es hallte wider an den Wänden der Seitenschiffe und verklang schließlich. »Ist es nicht das, was wir alle anstreben?«, fragte er mit hochgezogenen Augenbrauen und ließ die Arme wieder sinken. Ohne Scheu blickte er nun einzelnen Anwesenden in die Augen. »Ja, ich kann es in euren Gesichtern sehen. Auch ihr wollt Erleuchtung haben – ein jeder von euch!« Während er sprach, kam er auf die Gläubigen zu. Er ging langsam, ließ seinen Blick nach links und rechts wandern. »Doch was seid ihr bereit, dafür zu tun?«, fragte er jetzt fast schon freundlich. »Was ist euer Einsatz, um eines Tages in das ewige Himmelreich eintreten zu dürfen?« Ehler blieb stehen. Blickte sich weiter um. Lächelte. Die Gesichter der Gläubigen waren ihm zugewandt. Es waren gefällige Mienen von Menschen, die ihm wohlgesinnt zu sein schienen. Noch! Denn diese angenehme Stimmung gedachte Ehler nun zu stören.

Ganz plötzlich drehte er sich mit wehenden Röcken um und schritt auf einen hölzernen Altar zu. Das Flattern seines Gewandes erschien unnatürlich laut. Dann riss er die linke Hand mit der Bibel darin nach oben und ließ sie mit einem gewaltigen Knall auf das Holz schnellen. Staub wirbelte auf, der sich auf dem Altar gesammelt hatte. Ehler wandte sich wieder der Menge zu, sein in der Hand verbliebenes Kreuz wie ein Schwert vor sich gestreckt, zeigte er nacheinander auf die einzelnen Gläubigen, die daraufhin regelrecht erschraken.

»Ich sage euch, was ihr bereit seid dafür zu tun: nichts! Rein gar nichts!« Seine ohnehin schon laute Stimme schwoll weiter an. Wurde sie eben noch von einem gefälligen Unterton begleitet, bekam sie jetzt etwas Böses.

Die Kirchgänger blickten zunehmend verwirrt. Zu schnell war die Stimmung umgeschlagen. Der Wechsel von sanftmütig zu hartherzig war zu abrupt gekommen. Unsicher schauten sie einander an, als Ehler offenbarte, was er wirklich über sie dachte.

»Ihr seid Heuchler – alle miteinander! Ihr denkt, dass es mit ein paar Gebeten und Spenden getan ist, aber ihr irrt euch. Der kleine Funke in euren schwarzen Herzen, den ihr euren Glauben nennt, ist am Verglimmen. Merkt ihr das denn nicht, ihr irregeleiteten Schafe? Eure Aufmerksamkeit gilt mehr jenem Prunk an den Hälsen eurer Weiber und dem Protz aus gutem Tuch, den ihr auf eurer Haut tragt, als Gott! Aus kratziger Wolle sollten eure Gewänder sein und die Ketten der Weiber aus groben Tauen, auf dass sie in das sündige Fleisch schneiden wie einst die Dornenkrone auf dem Haupte Jesu Christi, der für eure Sünden am Kreuz gestorben ist. Ihr seid eitel, verblendet, schwerfällig. Wahren Christen steht das nicht gut zu Gesichte.«

Seine Worte verhallten in der Stille der Kirche. Sie hatten ihre Wirkung nicht verfehlt. Einige der anwesenden Frauen griffen sich unauffällig an den Hals oder ihre Handgelenke, wo funkelnder Schmuck ihre Haut zierte. Einige Männer, die in besonders auffällige Tuche gehüllt waren, schämten sich plötzlich dieser und wünschten sich, weniger geschmückt zur Messe gegangen zu sein.

»Es ist eure Pflicht, den Funken eures Glaubens wieder in ein loderndes Feuer zu verwandeln, denn Gott nimmt keine Heuchler ins Himmelreich auf! Tut es, bevor es zu spät ist, ansonsten wird euch der Antichrist holen, euch in Stücke reißen bei lebendigem Leibe und wieder zusammensetzen, um das Gleiche noch einmal zu tun. Eure verdammten Seelen werden schreien, doch Gott wird nichts tun, denn ihr selbst tragt Schuld an all eurer Pein!«

Ehler hatte schon fast erreicht, was er sich wünschte, doch seine Predigt war noch lange nicht am Ende. Nun ging er zurück zu der Bibel, nahm sie zur Hand und legte stattdessen das Kreuz auf den Altar. Seine Stimme war nun leiser, fast schon besänftigend.

»Ich bin das Alpha und das Omega, spricht Gott der Herr in der Johannes-Offenbarung. Es sind die Worte aus seinem Buch, welches er der Welt überlassen hat. Doch was genau will Gott uns damit sagen? Wofür stehen Alpha und Omega? Ich verrate es euch. Er sagt: Ich bin der Anfang und das Ende!« Wieder gönnte Ehler sich eine kurze Pause, in der er in die Runde schaute. Sein Blick blieb kurz bei Christian und seiner Mutter hängen.

Ava bemerkte es. Sie erwiderte den Blick und, in einem kurzen Anflug von einem Bedürfnis, ihrem Sohn zu zeigen, dass sie stolz auf ihn war, lächelte sie ihm zu und nickte aufmunternd. Diese Geste blieb jedoch ohne Wirkung – im Gegenteil; sie meinte sogar etwas Argwohn in seiner Miene auszumachen. Ehler wandte den Blick so schnell ab, wie er ihn auf sie gerichtet hatte – fast so, als wäre sie eine Fremde. Avas Mundwinkel sanken wieder, ihr Herz fühlte sich schwer an. Sie hatte das Gefühl, ihr ältester Sohn war so weit weg, wie noch niemals zuvor. Und wenn sie es sich auch nicht eingestehen wollte – fast fürchtete sie sich vor ihm. Seine Worte waren so zornig und streng. Keine Liebe und kein Mitgefühl waren darin auszumachen. Wann war das nur geschehen?

»Was sagen uns diese Worte Gottes?«, fuhr Ehler fort und schritt, die Bibel vor sich tragend, zwischen den Gläubigen umher. Einige versuchten, seinem Blick auszuweichen, was jedoch den wenigsten gelang. »Ihr wisst es bereits, nicht wahr? Ich kann sie förmlich riechen – eure Angst! Und wenn ihr jetzt geglaubt habt, ich spreche nicht laut aus, was der Grund eurer Angst ist, dann habt ihr umsonst gehofft!« Ehler blieb stehen und hob die Bibel über seinen Kopf. In genau dieser Haltung sprach er nun wieder mit dröhnender Stimme: »Gott spricht vom Ende. Dem Ende der Welt und vom Übergang in eine andere. Lasst euch gesagt sein, ihr Sünder, es werden Katastrophen auf uns zukommen: Stürme, Missernten, Krankheit und Tod. Und keiner von euch kleingeistigen Heuchlern wird dem entgehen können.«

Nun schlugen die ersten Frauen ihre Hände vor die Münder und blickten verschreckt – für Ehler eine Wohltat.

»Ja, bangt und zittert ruhig, heult und fleht, doch all das wird euch nichts nützen, wenn ihr nicht endlich umkehrt und euch dem wahren, dem einzigen Gott und Erlöser vor die Füße werft!« Jetzt war seine Raserei wieder zurück. Er nahm die Bibel herunter und hastete geradezu zum Altar. Seine Hände darauf stützend, forderte er die Gläubigen auf: »Und jetzt fallt in die demütigste aller Haltungen. Geht auf die Knie, ihr Sünder, und werft euch dann vor Gott in den Staub.«

Hatten sie richtig gehört? In den Gesichtern der Männer und Frauen war Fassungslosigkeit zu sehen. Wollte er tatsächlich, was er da gerade verlangte? Das konnte unmöglich sein Ernst sein!

»Na los doch!«, brüllte Ehler geradezu. »Die Stirn zu Boden gedrückt will ich euch sehen! Wer sich hier und heute zu fein dafür ist, der wird auch widerspenstig sein, wenn Gott vor ihm steht. Dies ist ein Haus Gottes! Verweigert ihr euch hier, ist es fast das Gleiche, als würdet ihr dem Allmächtigen selbst ins Gesicht lachen. Und dann blüht euch schon jetzt nichts anderes als die ewige Verdammnis!«

Zögerlich machten sich die Ersten daran, seinen Anweisungen Folge zu leisten und begaben sich zunächst auf die Knie. Andere allerdings schauten noch immer ungläubig.

Christian wandte sich an Ava. »Träume ich, oder will dein verrückter Sohn jetzt tatsächlich, dass alle Anwesenden sich auf den Bauch legen?«

»Schscht«, ermahnte ihn Ava leise. »Ich ... weiß auch nicht. Wie es scheint schon ...«

»Das kann er vergessen. Ich bin doch kein ...«

»Du sollst es für Gott tun, nicht für Ehler!«, berichtigte sie ihn halbherzig und machte sich auf Richtung Boden. »Wenn es für Gott ist, kann es doch nicht falsch sein, oder?«

»Ich glaube es nicht, Ava. Steh sofort wieder auf!«, flüsterte er erbost.

»Schau dich um, Christian. Sie alle tun es. Und du solltest es auch machen.« Nach diesen Worten fiel Ava auf alle viere und legte sich auf den Bauch. Ihre Arme ausgestreckt, die Stirn auf den Boden gelegt.

Ehler wartete, bis jeder Einzelne genauso lag. Ihm entging dabei nicht, dass sein Stiefvater der letzte Gläubige war, der seinen Weisungen folgte.

»Memento homo, quia pulveris es, et in pulverem reverteris!«, erinnerte er die Hamburger daran, dass jeder Mensch aus Staub gemacht wurde und wieder zu Staub werden wird, wenn er stirbt. Nach diesen Worten nahm er eine Schale mit Asche zur Hand. »Diese Asche soll euch von aller Sünde reinigen, so, wie sie auch sonst alles reinigt, was man damit auswäscht.« Dann schritt er zu dem Rücken eines Mannes, der in der ersten Reihe lag, tauchte seine Finger in die Asche und zeichnete ein großes Kreuz auf ihn. Dies tat er ebenso mit allen anderen Männern und Frauen, die in der ersten Reihe lagen – ungeachtet dessen, dass sie fast unbezahlbar teure Gewänder trugen. Niemand wunderte sich mehr über das Verhalten des blindwütigen Geistlichen, der daraufhin einfach mit der Messe fortfuhr. In aller Ruhe vollzog er die Gabendarbringung, betete das Paternoster und sprach den Friedensgruß. Dann ließ er das Agnus Dei erklingen und feierte die Kommunion, die durch seine übertriebene Andächtigkeit schier endlos erschien. Erst nach der letzten Segnung und dem letzten *Amen* ließ er die unverändert liegend verharrenden Männer und Frauen sich wieder erheben.

Christian war so erbost, dass es ihm nicht gelang, seine Gefühle zu beherrschen. »Das war das erste und das letzte Mal, dass ich mit dir eine Predigt deines Sohnes angehört habe!«

Ava wusste nichts darauf zu sagen. Sie konnte seine Wut über die Demütigung verstehen. Es war den Gesichtern der anderen abzulesen, dass einige unter ihnen ähnlich dachten. Im Gedränge der Hinausströmenden fiel Ava noch ein: »Das Brot! Ich habe vergessen, ihm sein Brot zu geben.«

Christian verdrehte die Augen, wandte sich aber trotzdem um und stemmte sich mit Ava gegen die wogende Menge.

Ehler stand noch immer beim Altar, als seine Mutter und sein Stiefvater auf ihn zukamen.

»Mein Sohn«, sagte Ava mit ihrem wärmsten Lächeln.

»Guten Tag, Mutter«, begrüßte der Domherr Ava unterkühlt und ließ Christian einfach unbeachtet.

»Ich habe dir etwas gebacken, was ich dir noch geben wollte.« Einladend streckte sie ihm das in Leinen gehüllte Brot entgegen.

Ehler hob das Tuch an einem Zipfel hoch und schaute, was sich darunter befand. »Weißes Brot?«, fragte er fast schon ungläubig. »Du kommst zu mir mit weißem Brot am Anfang der Fastenzeit? Hast du denn nichts gelernt und nichts verstanden von dem, was ich erzählt habe? Ein solches Brot ist nur für eines gut: Völlerei!«

Ava blickte betroffen und zog die Backware langsam zurück.

»Ich will es nicht. Gib es den Armen auf den Stufen der Kirche, und bring mir nicht noch einmal eine solche Versuchung.«

Nun hatte Christian endgültig genug. Er nahm Ava beim Arm und zog sie mit sich. Einen letzten, wütenden Blick warf er Ehler noch zu und sagte: »Komm mit, wir gehen besser, bevor ich an dem ersticke, was ich gerade runterschlucke! Es hat keinen Sinn, auch nur einen Moment länger hierzubleiben.«

Ava ließ sich mitziehen. Vor dem Portal brach sie das Brot und verteilte es an die Bettler. Danach ließ sie ihren Tränen freien Lauf.

Ihr Gemahl zog sie an sich und scherte sich nicht um die neugierigen Blicke, die ihnen wegen der ungebührlichen Umarmung zugeworfen wurden.

2

Der nasskalte Februar war einem milden März gewichen, welcher zum Ende hin immer sonniger wurde. Nun kündigte sich langsam der Frühling an. Die ersten Pflanzen schoben ihre grünen Spitzen durch Erde und Laub. Mensch und Tier lebten auf.

Tybbe freute sich schon seit Tagen darauf, endlich in den Obst- und Gemüsegarten zu gehen. Sie wollte auf den Knien in den Beeten herumkrabbeln, das trockene Laub vom Vorjahr aufsammeln, dort wo die Pflanzen Schaden durch den Frost genommen hatten, kleine Äste abschneiden und dann alles gemächlich wachsen und gedeihen sehen. Der lange Winter hatte sie eine Ewigkeit ans Innere der feuchtkalten Gemäuer gefesselt. Doch das war endlich vorüber, nichts konnte sie mehr aufhalten. All ihre Pflichten hatte sie heute rasch erledigt, sodass sie nun selbst über ihre Zeit bestimmen konnte. Jetzt wollte sie nur noch eines: hinaus!

Als sie in den Garten trat, ließ sie den Blick über die wenigen Bäume und die ordentlich angelegten aber vernachlässigten Beete schweifen. Kurz haftete ihre Aufmerksamkeit an der kürzlich an einer Stelle eingestürzten und behelfsmäßig mit hölzernen Palisaden wiederhergestellten Klostermauer. Dann erblickte sie zwei Eichhörnchen, die von Ast zu Ast hüpften, und eine der unzähligen Katzen, welche die Mäuse fernhielten. Die Getigerte musste gerade von irgendwoher aus einem schützenden Haufen Stroh gekrochen sein, der ihr über die Nacht als Schlafstatt gedient hatte, denn sie war noch über und über mit gelben Halmen bedeckt. Gemächlich suchte sie sich einen Platz im warmen Sonnenlicht, wo sie sich zufrieden räkelte und begann, sich zu putzen. Tybbe lächelte. Sie liebte Tiere und die Natur, und gerade fand sie sich umgeben von beidem. Überall zwitscherten Vögel, die Luft roch nach allem – nur nicht mehr nach Winter!

Lächelnd streckte sie ihr Gesicht der Sonne entgegen. Was für ein schöner Tag, dachte sie noch, als geschah, was immer geschah, sobald sie sich, auch nur scheinbar, dem Müßiggang hingab.

»Tybbe!«

Das Gesicht noch Richtung Garten gewandt, rollte sie mit den Augen. Das Lächeln auf ihren Lippen verschwand.

»Ja, Mutter Heseke?«

»Ist es ein Trugbild, oder sehe ich dich hier tatsächlich einfach so im Garten herumstehen?«

Tybbe drehte sich um. Das tat sie immer. Ständig stellte sie ihr diese dummen Fragen ohne Sinn, wenn sie ihr eigentlich sagen wollte, dass ihr Verhalten ihr missfiel. »Ich weiß nicht recht, was ich auf Eure Frage sagen soll, Mutter.«

»Werde jetzt ja nicht frech. Du weißt ganz genau, was ich meine. Was machst du hier?«

»Ich wollte Schwester Sibilla im Klostergarten zur Hand gehen. Sie hat noch nicht geschafft, das Laub zu ...«

»Ha! Das gibt es nicht! Du maßt dir an, eine Schwester zu tadeln, die das Gelübde schon abgelegt hat und somit über dir steht?«

»Nein, das wollte ich nicht damit sagen. Ich liebe die Arbeit im Garten und ...«

»Jetzt gibst du auch noch Widerworte?«

»Nein, meine Pflichten sind alle erledigt und ...«

»Schon wieder!«

»Aber ich ...«

»Still jetzt!«, donnerte Heseke und funkelte ihre Chorschülerin wütend an. »Deine Lehrmutter zu sein ist die undankbarste aller Aufgaben hier. Jede Magd und jede Leyschwester im Kloster hat es leichter als ich. Warum kannst du nicht fügsam sein, wie die anderen Mädchen?«

Nun sagte Tybbe nichts mehr, denn jedes ihrer Worte würde es nur noch schlimmer machen. Die Ungerechtigkeit aber ließ Wut in ihr aufsteigen.

»Wenn du zwischen den Stundengebeten zu viel freie Zeit hast, dann besinne dich gefälligst auf die Regeln des heiligen Benedikt. Was sage ich dir immer?«

»*Ora et labora!*«

»Und unter was fällt dein Herumstehen im Garten?«

Tybbe verzog keine Miene. Sie wusste, was Mutter Heseke hören wollte. Wie immer sollte sie zugeben, wider die Klosterregeln gehandelt zu haben, doch Tybbe war sich keiner Schuld bewusst. Mit ernstem Gesicht und wenig unterwürfiger Stimme fragte sie: »*Labora?*«

»Was hast du gesagt?«, rief die Lehrmutter fassungslos über die Dreistigkeit der Schülerin.

Nun gab es für das Mädchen nichts mehr zu verlieren. »Ich wollte arbeiten! Als Ihr kamt, habe ich bloß einen Augenblick lang herumgestanden. Nur einen Augenblick! So, und nun bestraft mich. Wie Ihr es sowieso getan hättet – ganz gleich, ob ich im Recht oder im Unrecht bin.«

Die Ohrfeige, die sich Tybbe einfing, war so schallend, dass sie meinte, die Glocken der Klosterkirche zu hören. Doch die Genugtuung darüber, einmal ausgesprochen zu haben, was sie wahrlich dachte, war größer als der Schmerz.

Heseke zerrte das Mädchen am Arm durch die Gänge. Vorbei an der Gruppe der Klosterjungfrauen, die paarweise nebeneinander zum Chor gingen, wo sie gleich eines der sieben täglichen Gebete entrichten würden, bis hin zur Tür der Kammer des Propstes, dem obersten Kopf des Klosters.

Nach dem *tretet ein* schauten beide in ein verwundertes Gesicht. »Was ist denn hier los?«

»Dieses Mädchen ist eine Schande für das Kloster Buxtehude«, donnerte Heseke sofort los.

Der Propst schaute zu Tybbe, die einen feuerroten Handabdruck auf der Wange hatte, und dann wieder zu Heseke. Ihm war nicht entgangen, dass die Lehrmutter das Mädchen ständig tadelte. »So? Ist sie das? Was ist es heute, das Tybbe getan hat, Mutter Heseke?«, fragte der Mann und legte seine Schreibfeder weg.

»Sie ist streitsüchtig und widersetzt sich mir bei jedem noch so geringfügigen Grund.«

»Ihr habt sie körperlich gezüchtigt, wie ich sehe?«

»Das war notwendig!«

»Habt Ihr sie vorher angewiesen, sich Euch zur Buße vor die Füße zu werfen, bis Euer Zorn durch den Segen zur Ruhe kommt, wie der heilige Benedikt es für richtig hält?«

Nun war es um Hesekes Selbstsicherheit geschehen. »Nein ... das habe ich nicht. Aber ich ...«

»So, das habt Ihr also nicht getan«, bemerkte der Abt mit einem unbewegten Gesicht. »Muss ich Euch etwa noch einmal die Regeln des heiligen Benedikt lehren?«

»Nein, ehrwürdiger Abt. Ich ...«

»Und könnt Ihr mir auch sagen, warum Ihr gerade nicht beim Stundengebet seid, Mutter Heseke?«

Nun stieg ihr die Schamesröte ins Gesicht. In ihrem Zorn hatte sie das Zeichen zum Gottesdienst tatsächlich überhört. »Ich wollte ... ich dachte ...«

»Nichts! Absolut nichts ist dem Gotteslob vorzuziehen, Mutter Heseke!« Jetzt bekam die Haltung des Propstes etwas Belehrendes. Sein Zeigefinger erhob sich. »Wenn das Zeichen ertönt, lege man unverzüglich alles beiseite und begebe sich mit Ernst und Eile zum Oratorium. Spätestens zu den Vigilien bis zum *Ehre sei dem Vater* des Psalms vierundneunzig habt Ihr an Eurem Platz zu sein. Wie es scheint, muss ich Euch tatsächlich daran erinnern: Der liturgische Gottesdienst hat Eurer Ausübung der Erziehung Tybbes nicht nachzustehen!« Jetzt nahm der Propst seine Schreibfeder wieder zur Hand und widmete sich seinem Pergament. »Vielleicht ist genau dort der Grund für den Ungehorsam Eurer Schülerin zu suchen. Ihr seid kein gutes Vorbild. Übt Euch darin, und das Mädchen wird gehorchen.«

Tybbe musste an sich halten, um nicht zu grienen. Was für eine Wohltat, ihre Lehrmutter dabei zu beobachten, wie einmal *sie* getadelt wurde. Die Hand Hesekes jedoch, die ihren Arm immer fester umschloss, begann langsam vor Zorn zu beben.

Noch einmal sah der Propst auf und richtete das Wort an die Lehrmutter. »Was steht Ihr hier noch herum? Begebt Euch auf den Platz für Nachlässige, damit Ihr Euch dort schämen könnt und Euch daraufhin bessert.«

»Und ... und was soll mit Tybbe geschehen?«

»Lasst sie hier. Ich habe noch etwas mit ihr zu besprechen.«

Hesekes Finger gruben sich noch einmal so tief in Tybbes Arm, dass es schmerzte. Dann aber verschwand die Hand – und mit ihr Heseke. Der Schmerz ließ nach.

Der Propst schrieb erst zu Ende. Dann sah er Tybbe nachdenklich an. Was sollte er nur mit diesem Mädchen anstellen? Sie war aufgeweckt, manchmal etwas frech, und trotzdem mochte er sie. Aber er konnte keine Ausnahmen machen. Die Regeln des Konvents waren eindeutig und die des heiligen Benedikt auch. »Hast du dir die Mägde im Kloster mal genauer angesehen?«

Tybbe wollte antworten, doch sie verstand nicht, was der Propst meinte. »Was genau meint Ihr?«

»Ich meine, hast du gesehen, wie sie leben? Wie sie arbeiten?«

Kurzzeitig überlegte sie, ob sie wirklich schon einmal bewusst auf die Mägde geachtet hatte. Sie konnte sich nicht erinnern. Zwar hielt sie mit der einen oder anderen mal ein Gespräch, aber auf ihre Arbeit hatte sie nie geschaut. »Nein, ehrwürdiger Propst. Verzeiht, wenn ich das hätte tun sollen und ich es versäumt habe.«

»Was du wirklich versäumt hast, ist zu verstehen. Noch mag

es dir vielleicht so erscheinen, dass es keinen großen Unterschied zwischen deinem und ihrem Leben gibt – schließlich musst auch du arbeiten und schließlich sind die Mägde, ebenso wie du, der Klausur verpflichtet, wenn auch nicht zu solch strenger Einhaltung. Und doch unterscheiden sich ihre und deine Tage. Je älter ihr werdet, umso größer wird der Unterschied werden. Du hast Glück, dass du in deinem Stand geboren worden bist, dass es deiner Familie möglich ist, dich hier erziehen zu lassen, aber du erkennst dein Glück nicht. Und nun sage mir: Wie groß ist der Unterschied zwischen jemandem, der kein Glück hat, und jemandem, der sein Glück nicht erkennt?«

Das Mädchen hörte aufmerksam zu. Obwohl der Propst gerade etwas an ihr beanstandete, fühlte sie sich nicht getadelt. Vielmehr hatte sie das Gefühl, etwas lernen zu können.

»Ich sage es dir, der Unterschied ist klein. Sehr klein. Es liegt also an dir, ob du hier glücklich bist oder nicht. Die Umstände dafür sind günstig, auch wenn du eine strenge Lehrmutter hast. Erkenne dein Glück! Sieh die Unterschiede! Die Mägde hier werden nie etwas anderes sein als Dienstboten. Du aber lernst Spinnen, Weben, das Fertigen von Kleidern. Du verstehst dich aufs Lesen, aufs Schreiben, kannst Latein, machst Musik. Bald wirst du das Gelübde ablegen dürfen, und dann kannst du deine von Gott gegebenen Fähigkeiten dazu nutzen, ihn zu preisen, indem du vielleicht als Schulmeisterin aufwartest oder gar Bücher abschreibst und Malereien dafür fertigst, die Kranken versorgst oder dich um die Sakristei kümmerst. Das alles liegt vor dir, Tybbe. Dein Ungehorsam ist die verschlossene Pforte, die dich davon trennt.«

Die Ausführung des Propstes hatte Tybbe bewegt. Auf diese Weise hatte sie es noch nie gesehen. Warum hatte Mutter Heseke nicht vermocht, es ihr so zu erklären? »Habt vielen Dank, Vater, dass Ihr mir die Augen geöffnet habt. Ich schäme mich meiner Worte und gelobe Besserung.«

»Das klingt gut. Du kannst deine guten Vorsätze gleich in die

Tat umsetzen. Wollen wir doch mal sehen, ob es nicht auch Arbeit gibt, die dir gefällt. Was tust du gern?«

»Ich bin gern im Klostergarten.«

»Das Amt der Schwester Sibilla? Nun, sie und ihre Helferinnen können sicher noch zwei Hände gebrauchen. Ich erlaube dir, dich dort zu betätigen, immer dann, wenn du nicht im Stundengebet zu sein hast oder in der Klosterschule, versteht sich.«

Tybbe begann breit zu lächeln. »Ich danke Euch! So sehr! Diese Aufgabe wird mich überaus glücklich machen.«

»Gut, das wollte ich hören. Ich werde Mutter Heseke über meinen Entschluss informieren.«

In diesem Augenblick erklangen die Stimmen der Chorjungfrauen, die den Wechselgesang anstimmten.

»Soll ich mich nun auch in den Chor begeben?«

»Natürlich sollst du das. Und gleich danach wirst du mit den Mägden die Böden schrubben. Ich erwarte, dass ich mich heute Nacht im Kerzenschein darin spiegeln kann, wie im Wasser unseres Brunnens.«

Tybbes Lächeln erstarb.

Als er des Mädchens Gesicht sah, fügte er hinzu: »Hast du geglaubt, du kommst ohne Strafe davon? Schließlich warst du ungehorsam deiner Lehrmutter gegenüber. Das kann ich nicht dulden. Aber tröste dich, das Schrubben der Böden wird dich Demut lehren. Wieder eine Sache, die dich glücklich machen sollte. Und nun geh.«

Thymmo saß schon den ganzen Tag an seinem Schreibpult. Er war vertieft in die Arbeit. Seine Augen brannten, seine Finger waren mit Tinte beschmiert. Der Ratsnotar hatte ihm eine Schreibaufgabe übertragen, die er in den nächsten drei Tagen fertigstellen sollte. Ehrgeizig wie er war, wollte der Fünfzehnjährige die Arbeit am liebsten früher beenden, um Johann Schinkel zu überraschen. So kam es, dass er gar nicht bemerkte, wie Beke, die Tochter der

Dienerschaft des Ratsnotars, die Kammer betrat. Plötzlich stand sie hinter ihm und blickte ihm neugierig über die Schulter.

»Was tust du da, Thymmo?«

Der Junge erschrak. Beinahe hätte er das Tintenfass umgeworfen. »Beke! Warum schleichst du dich so an?«

»Habe ich gar nicht«, entgegnete das Mädchen grinsend. »Sag schon, was schreibst du da?«

Thymmo legte die Schreibfeder weg, schob das Pergament zur Seite und sagte ebenso lächelnd: »Nichts, was dich etwas angeht, liebe Beke. Du weißt genau, dass ich nicht mit dir über diese Dinge sprechen kann.«

Beke rollte die Augen. »Ach, du bist ein Wichtigtuer, Thymmo. Und wenn du nicht aufpasst, wird dein Hinterteil bald an deinem blöden Schemel festwachsen. Sieh mal, draußen ist herrliches Wetter. Hast du das überhaupt schon bemerkt?«

Unwillkürlich blickte Thymmo zu den Butzenscheiben.

In diesem kurzen Moment schnappte sich Beke seine Schreibfeder und flitzte los in die gegenüberliegende Seite der Kammer. Dabei begann sie laut zu lachen. »Komm doch, und hole dir deine Feder zurück!«

»Beke! Was soll das?«, schimpfte Thymmo halbherzig und streckte seine flache Hand aus. »Ich muss weiterschreiben. Gib sie schon her...«

»Vergiss es! Du musst sie dir holen«, ließ ihn das Mädchen wissen und hielt die Feder spielerisch vor ihr Gesicht, strich sie sich über Wangen und Hals, um ihn weiter zu reizen.

In diesem Augenblick sprang Thymmo mit einem Satz von seinem Sessel auf.

Beke kreischte vor Schreck und vor Vergnügen und versuchte ihm zu entkommen. Doch sie wurde gnadenlos von Thymmo verfolgt – erst in die eine Ecke, dann in die andere.

Lauernd stand er ihr gegenüber und konnte sich das Lachen ebenso nicht verkneifen.

Immer wieder gelang es dem Mädchen, an Thymmo vorbeizuschlüpfen. Er musste all sein Geschick aufwenden, um ihren Weg vorauszuahnen und ihr ebendiesen abzuschneiden. Schließlich gelang ihm der entscheidende Zug. Er täuschte rechts an, auf dass Beke nach links lief. Dann stürmte er doch nach links und umschlang sie beim Vorbeilaufen mit seinen Armen.

Bekes unkontrolliertes Lachen hallte durch die Kammer.

»Jetzt habe ich dich!«, rief Thymmo triumphierend und versuchte an seine Feder zu gelangen, die sie immer noch tapfer verteidigte und erfolgreich vor ihm versteckte. Mal zwischen ihren Knien, mal weit von sich gestreckt, sodass er nicht heranreichte.

Mit einem Arm hielt er ihre Taille umschlungen, mit dem anderen fischte er nach seinem Eigentum. Während sie so rangelten, verloren sie plötzlich das Gleichgewicht und fielen gemeinsam zu Boden. Beke fiel rücklings auf Thymmo und strampelte lachend mit Armen und Beinen. Thymmo hielt sie weiter fest, und dann endlich, bekam er, was er wollte.

»Jetzt hab ich sie«, stieß er siegessicher aus und reckte seine Hand mit der Schreibfeder darin über seinen Kopf.

Doch Beke wollte noch immer nicht aufgeben. Irgendwie schaffte sie es, seinen Griff um ihre Taille zu lockern. Sie rollte sich auf ihm herum und schnappte sich das andere Ende der Feder. Beide erstarrten.

Eben im Gerangel war ihnen die Ungehörigkeit ihres Verhaltens gar nicht so bewusst gewesen, doch jetzt kam es über sie wie ein Schwall kalten Wassers. Sie lagen aufeinander, die Nasenspitzen nur einen Fingerbreit voneinander entfernt.

Thymmo spürte Bekes Busen auf seiner Brust und ihre Beine zwischen seinen.

Beke fühlte seinen Arm um ihre Taille und seinen Atem auf ihrem Gesicht.

Um aus der verrückten Situation zu entkommen, sagte Thymmo:

»Solche Federn sind kostbar, Beke. Du solltest loslassen, bevor sie bricht. Außerdem hab ich gewonnen, also gib auf!«

»Nein, gib du auf!«

»Komm schon, lass das. Gib dich geschlagen.«

»Nur unter einer Bedingung.«

»Was soll das denn heißen«, fragte Thymmo belustigt. »Seit wann können Verlierer denn Bedingungen stellen?«

»Das kann ich, weil ich noch nicht verloren habe. Schließlich habe ich die Feder noch in der Hand.«

Er verzog das Gesicht, sagte aber: »Nun gut, was ist deine Bedingung?«

»Du bringst mir Lesen und Schreiben bei.«

»Beke, du bist wohl übergeschnappt. Ein Mädchen und Lesen und Schreiben…?«

»Na und? Entweder du tust es, oder deine Feder bricht gleich entzwei. Dann kannst auch du Wunderschüler nicht mehr schreiben.«

»Das ist keine Bedingung, sondern Erpressung!«

»Nenn es, wie du es willst«, erwiderte das Mädchen selbstbewusst. »Tust du es, Thymmo?«

Er reagierte nicht gleich.

»Bitte!«, bettelte sie.

»Gut, ich mache es, aber jetzt lass los!«

»Du musst es versprechen.«

»Das auch noch.« Dieses Weib war einfach zu hartnäckig. »Na schön, ich verspreche es!«

Jetzt erst ließ Beke die etwas in Mitleidenschaft gezogene Feder los. Als die beiden Fünfzehnjährigen sich wieder gegenüberstanden, wirkten sie ein wenig beschämt. Zwar kannten sie sich schon ihr halbes Leben lang, waren zusammen in dieser Kurie groß geworden und hatten sich bislang benommen wie Bruder und Schwester, doch diese Situation fühlte sich irgendwie anders an.

Beke brach das unangenehme Schweigen. Sie lächelte einseitig und tippte ihm auf die Brust. »Ich werde dich beim Wort nehmen, Thymmo von Holdenstede.«

»Und ich habe nicht vor, es zu brechen«, sprach er und setzte ein schelmisches Grinsen auf. »Zum Glück habe ich nicht gesagt, *wann* ich dir das Lesen und Schreiben beibringe.«

Bekes Gesicht wurde wieder finsterer. »Was soll das heißen? Du wirst mich doch nicht etwa übers Ohr hauen, oder?« Grimmigen Blickes, die Hände in die Seiten gestemmt, kam sie auf ihn zu.

Thymmo flüchtete und lachte dabei schallend, da er am Ende doch der Klügere war. Was aber nicht hieß, dass er wirklich vorhatte, sein Wort nicht einzuhalten. Trotzdem war es wohl besser, Beke gerade aus dem Weg zu gehen.

Vor der Tür war es beinahe so laut wie dahinter. Johann Schinkel wunderte sich nicht schlecht über das, was er vernahm. Offenbar hatten die beiden Gleichaltrigen eine Menge Spaß zusammen. Je länger er lauschte, desto beunruhigter wurde er. Schon früh war ihm klar geworden, dass es kein glücklicher Umstand war, zwei Heranwachsende gleichen Alters unter einem Dach zu beherbergen, die nicht blutsverwandt waren, und von denen einer auch noch ein Domherr werden sollte! Er nahm sich vor, ein Auge auf die beiden zu haben.

Als die Tür sich öffnete, kamen Beke und Thymmo schlagartig zum Stehen. Ihr Lachen erstarb, und ihre Gesichter wurden umgehend rot wie Purpur.

»Na, kommst du gut mit deinen Schreibarbeiten voran, Thymmo?«, fragte der Ratsnotar gespielt streng, während sein fragender Blick auf die lädierte Schreibfeder fiel.

»Äh, ja, ich habe bloß meine Feder gesucht, nachdem ein ... ein Windstoß sie von meinem Pult geweht hat. Aber jetzt habe ich sie!«, log er und hob das zerfetzte Teil in die Höhe, nur um sie gleich darauf beschämt hinter seinem Rücken zu verbergen.

Johann Schinkel schaute zum Fenster – es war geschlossen.

Kopfschüttelnd richtete er seinen Blick auf Beke. Doch anstelle des Mädchens redete erneut Thymmo.

»Beke... würdest du jetzt bitte gehen, wir haben hier wichtige Dinge zu tun«, sagte er in einem Ton, der ungewollt überheblich und überhaupt nicht selbstsicher klang. »Bring uns... etwas zu Trinken!«

Das Mädchen schaute zu Thymmo. Es brauchte keine besonderen Fähigkeiten, um zu bemerken, wie gekränkt sie war. Auch ihre Antwort ließ keinen Zweifel daran. »Jawohl, edler Herr!« Im nächsten Moment stürmte sie auch schon hinaus.

Der Ratsnotar musste ein wenig über die ungeschickte Art seines Sohnes schmunzeln. Von Frauen hatte er offensichtlich nicht die geringste Ahnung! Um diese unangenehme Situation aufzulösen, wechselte er schnell das Thema. »Zeig mir mal deine Schriften...!«

Thymmo tat nur zu gern, was der Ratsnotar forderte. Gemeinsam begaben sie sich zu seinem Pult, wo Johann Schinkel sich gleich über die Zeilen beugte. Nach einer ganzen Weile erst blickte er auf und sprach lobend: »Sehr gut, Thymmo. Nicht ein einziger Fehler! Und auch dein Schriftbild wird immer besser. Sieh nur, wie gerade du mittlerweile schreibst. Man könnte fast meinen, du brauchst gar keine Hilfslinien.«

»Danke, Ratsnotar! Die Arbeit macht mir auch wahrlich Freude. Könnt Ihr Euch noch daran erinnern, wie schwer mir Latein vor einigen Jahren noch gefallen ist?«

»O ja, das habe ich nicht vergessen. An manchen Tagen habe ich dich regelrecht zu den Aufgaben zwingen müssen. Und heute kann ich dich von deinem Schreibpult bloß noch weglocken, wenn ich das Licht lösche.«

»Ja, alles hat seine Zeit, genau wie Gott es in seinem Buch sagt«, lachte der Fünfzehnjährige. »Ich bin froh, dass ich Euch bei den Tätigkeiten als Ratsnotar zur Seite stehen darf!«

Johann Schinkel nickte versonnen. »Ich weiß, wie du dich

fühlst, Thymmo. Mir erging es vor dreißig Jahren ähnlich, als Jordan von Boizenburg mich zu seinem Schüler gemacht hatte – so, wie ich dich zu meinem gemacht habe. Alles, was ich zum Zeitpunkt seines Dahinscheidens wusste, hatte ich von ihm gelernt. Und dann bin ich sein Nachfolger geworden.«

»Meint Ihr, mir kann es eines Tages ähnlich ergehen?«

»Du strebst mein Amt an?«

»Ich weiß nicht... eines Tages... ist es denn so abwegig?«

»Nun, es wäre jedenfalls noch ein langer Weg bis dahin. Zunächst müsstest du noch viel mehr über die Arbeit eines Ratsnotars wissen. Und du bist noch sehr jung. Und außerdem müsste ich erst sterben«, lachte Johann Schinkel nun ausgelassen.

»Sagt doch nicht so etwas«, wiegelte Thymmo jetzt ab. Die Vorstellung, dass der Ratsnotar eines Tages nicht mehr da sein könnte, erschien ihm unwirklich.

Johann wurde wieder ernst. »Thymmo, ganz gleich, welche Ämter du eines Tages begehrst, dein jetziges Ziel sollte sein, ein Domherr des Hamburger Kapitels zu werden und weiterzulernen. Du bist bald soweit. Und auch wenn du es nicht hören willst, eines Tages werde ich sterben. Und bis dahin sollst du deinen Platz haben.«

Es war ein Moment der Nachdenklichkeit verstrichen, als Thymmo fragte: »Wie habt Ihr Euch die vielen Aufgaben Eures Lehrmeisters angeeignet?«

Die Erinnerung an Jordan von Boizenburg ließ ihn lächeln. Es war eine schöne Zeit gewesen. Sie schien sehr weit weg. »Also zuerst schrieb ich bloß zwischendurch ein paar seiner Briefe, doch irgendwann fing seine Schreibhand so stark an zu zittern, dass ich nahezu alle Arbeiten für ihn übernahm. So kam es, dass wir Abend für Abend zusammensaßen – er diktierte, und ich schrieb. Auf diese Weise füllte ich zum Beispiel das *Registrum civitatis* – das Erbebuch – und auch andere Bücher der Stadt. Als er dann starb, hatte ich erst eine Menge Ehrfurcht vor dem, was mich erwartete, doch Jordan hatte mich gut vorbereitet – fast ohne dass ich es gemerkt habe.«

Thymmo hatte aufmerksam zugehört. »Ihr habt ihn sehr bewundert, oder?«

»Ja, das habe ich, Thymmo, und ich tue es noch.«

»Genauso bewundere ich Euch!«

Johann Schinkel sah seinen Sohn vielsagend an, dessen Worte ihn tief berührten. Konnte es etwas geben, was ein Vater lieber hören wollte, als das? Umso mehr erbaute es ihn, seinem Sohn eine Entscheidung mitzuteilen: »Mein Junge, es wird dich sicher freuen, was ich jüngst beschlossen habe: Ich möchte, dass du mich ab heute als Schreiber zu den Ratssitzungen begleitest.«

Unwillkürlich sprang Thymmo auf. »Wirklich? Ist das Euer Ernst?«

»Aber natürlich. Bei solch wichtigen Dingen würde ich niemals scherzen! Ich denke, du bist soweit, und meine Augen sind nicht mehr die besten. Ich könnte einen Schreiber gebrauchen.«

»Ich werde Euch nicht enttäuschen! Das verspreche ich!«

Wieder entlockte Thymmos freudige Aufregung Johann ein Lächeln. Im Stillen dachte er, dass der Junge ihn wahrscheinlich nicht einmal dann enttäuschen könnte, wenn er es wollte. Viel zu stolz war er auf seinen Sohn, der sich über die Jahre zu einem großartigen jungen Mann gemacht hatte. »Lass uns gehen, wir sind spät dran.«

Gemeinsam verließen sie Johanns Kurie. Die Luft war klar und warm, das unaufhaltsame Näherschreiten des Frühjahrs ließ sich nicht mehr verleugnen. Über ihren Köpfen flog zwitschernd eine Schar kleiner braungrauer Vögel hinweg, und die strahlende Sonne am blassblauen Himmel wärmte ihnen auf dem Weg zum Rathaus die Haut.

Im Gehege angelangt machte Thymmo große Augen. Erst wenige Male war er überhaupt in dem überwältigenden Gebäude gewesen – niemals jedoch im Bereich der Ratsherren! Hier hatten sich schon einige Männer versammelt. Er sah seinen Oheim Godeke und Christian Godonis, die an den Längsseiten des langen Tisches saßen, sowie einige andere wichtige Männer Hamburgs, die Thymmo alle mit Namen kannte, da jeder von ihnen schon häufig bei Johann in der Kurie gewesen war. Kaum wagte er sich in ihrer Gegenwart zu regen, so viel Ehrfurcht empfand er. Stumm setzte er sich auf den Platz neben dem Ratsnotar. Am Kopf des Tisches, also ihm und Johann Schinkel gegenüber, saßen die beiden Bürgermeister Hartwic von Erteneborg und Werner von Metzendorp, die ihr Amt jetzt seit sechs Jahren innehatten. Hartwic, der davor selbst ein Ratsherr gewesen war, ergriff das Wort.

»Ich sehe, unsere Runde hat sich erweitert, Ratsnotar?«

»Das ist richtig, Bürgermeister. Meine Augen sind es, die danach verlangen. Ich hoffe, die Ratsherren sind damit einverstanden, dass mein bester Schüler und Mündel mir fortan als Schreiber dient und mich begleiten wird.«

Hartwic von Erteneborg nickte und fragte: »Gibt es jemanden, der sich an Thymmos Anwesenheit stört? Wenn dem so sei, so soll er jetzt sprechen oder heute und in Zukunft darüber schweigen.«

Niemand sagte ein Wort. Hier und da war ein Kopfschütteln zu sehen. Somit war es klar.

Hartwic von Erteneborg schien zufrieden: »Gut, dann fühle dich in unserer Runde willkommen, Thymmo.«

Godeke grinste seinen Neffen breit an, und dieser grinste zurück.

»Lasst uns beginnen«, forderte der Bürgermeister nun und richtete sein Wort an Johann Schinkel. »Ratsnotar, möglicherweise habt Ihr Euch gar zur rechten Zeit um einen Schreiber bemüht. Die letzte Bursprake am St. Peterstag hat ergeben, dass eine Erweiterung des Stadtrechts mittlerweile unabdingbar ist. Es fehlen eindeutige Bestimmungen zum Schiffsrecht. Die Bürger haben bemängelt, dass es keine einheitlichen Regeln über den Seehandel mit bestimmten Gebieten wie Flandern oder Norwegen gibt, und auch die Heuer der Seeleute und die Löhne der anderen Arbeiter sind ungeregelt. Ich bin dafür, dass wir das Ordeelbook entsprechend anpassen. Doch noch bin ich unsicher, wo wir das Schiffsrecht einfügen wollen. Welches der zwölf Stücke erscheint Euch geeignet, werte Herren?«

Ein grauhaariger Ratsherr namens Hinric von Cosvelde warf seine Meinung als Erster ein: »Teile davon könnten in das achte Stück, welches vom Dienst handelt. Die Regelungen über Lohn und Heuer würden hier gut hineinpassen.«

Reyner von Wunsdorp hingegen war skeptisch. »Das stimmt zwar, Hinric, aber was ist mit dem Rest? Der ähnelt weder den Stücken, die vom Erbzins handeln, noch denen von der Vormundschaft oder jenem, welches vom Zeugenbeweis handelt.«

Die Männer machten nachdenkliche Gesichter, bis Godeke schließlich seine Stimme erhob. »Warum muss das Schiffsrecht auch in eines der zwölf Stücke passen? Wir sollten gar nicht erst versuchen, es dort hineinzupressen, sondern gleich einen eigenen Teil dafür schreiben und anfügen. Ein dreizehntes Stück!«

Eine Weile lang hing jeder Ratsherr seinen Gedanken nach. Ein dreizehntes Stück! Darauf war bislang noch niemand gekommen.

»Also ich halte das für eine gute Idee«, ließ der zweite Bürgermeister, Werner von Metzendorp, verlauten. »Somit ersparen wir es uns, Teile des Stadtrechts regelrecht auseinanderzureißen.«

»Ja, auch ich bin für das Erstellen eines dreizehnten Stücks. Ein sehr guter Vorschlag, von Holdenstede. Wenn keine anderen Vorschläge mehr kommen, dann würde ich gerne abstimmen.«

Ohne weitere Worte des Bürgermeisters begann der erste der Männer, rhythmisch auf den Tisch zu klopfen. Das Pochen wurde lauter und lauter, je mehr Fäuste sich hinzugesellten. Schnell war klar: Der Entschluss war gefallen.

»Nun, Ratsnotar. Somit habt Ihr eine große Aufgabe im Namen des Rates, die Ihr gemeinsam mit Eurem neuen Schreiber erledigen könnt. Wir sind sicher, dass Ihr sie wie immer zur Zufriedenheit aller Hamburger lösen werdet. Bitte sucht Euch unter den Ratsherren und unter den Seeleuten die Erfahrensten heraus, und lasst Euch helfen. Bei der nächsten Sitzung hätte ich gerne erste Entwürfe Eures Vorgehens.«

Johann Schinkel nickte dem Bürgermeister zu und richtete dann leise sein Wort an Thymmo. »Hast du das gehört? Kaum bist du als mein Schreiber im Amt, gibt es eine so wichtige Angelegenheit für dich.«

»Wie ich schon sagte«, flüsterte der Fünfzehnjährige, »ich werde Euch nicht enttäuschen!«

»Kommen wir nun zum nächsten Punkt«, beschloss Hartwic von Erteneborg und holte ein Schreiben aus dem Fach unter der Tischplatte seines Sitzplatzes hervor. »Ich bin wenig begeistert darüber, zum wiederholten Male das Gleiche zu verkünden, aber es ist meine Pflicht. Gestern hat mich erneut der Scholastikus unserer beiden Stadtschulen aufgesucht. Er kam, um mir mitzuteilen, dass die eingenommenen Schulgelder der Nikolaischule abermals nicht ausreichend seien, um die Kosten zu decken...«

Der Bürgermeister hatte noch nicht zu Ende gesprochen, da brach schon ein aufgeregtes Gemurmel unter den Herren aus. Die eben noch aufgeschlossenen Gesichter wurden zornig. Zu häufig hatten sie diese Worte schon vernommen.

»Das kann doch gar nicht sein!«

»Gerade kürzlich hat der Magister Scholarum doch Gelder erhalten, um die Rektoren zu bezahlen. Wofür will er denn nun schon wieder etwas haben?«, fragte Christian Godonis verständnislos.

Egge von Hadeln, der ein Nikolait von ganzem Herzen war, hieb mit der Faust auf den Tisch. »Ich sage Euch, er will bloß die Nikolaischule schlechtmachen, indem er sie aussehen lässt wie einen münzenfressenden Dämon. Jedermann weiß doch, dass er im Herzen Marianer ist! Das geht zu weit...!«

Der Bürgermeister hatte es bereits geahnt, die Geduld der Ratsherren war am Ende. Irgendwann musste es ja so kommen. »Bitte, meine Herren, lasst uns vernünftig darüber reden und nicht wieder in alte Streitigkeiten verfallen!«

Die Männer beruhigten sich etwas. Jedem war klar, was der Bürgermeister damit gemeint hatte, denn in den letzten Jahren war endlich so etwas Ähnliches wie Frieden zwischen den Marianern und den Nikolaiten eingekehrt – wenn auch nicht zwischen dem Scholastikus und dem Rat. Lange schon hatte es keine Schuljungenkriege mehr gegeben, nun mussten nur noch die Erwachsenen aufhören, über dieses Thema zu streiten – was ihnen schwerer zu fallen schien als den Kindern.

»Wir können weiterhin darüber spekulieren, ob die Zahlungen gerechtfertigt sind oder nicht, aber das hat doch keinen Sinn«, sagte der Bürgermeister. »Ich habe einen anderen Vorschlag. Natürlich ist mir nicht entgangen, dass die vermeintlich benötigten Gelder in den letzten Jahren drastisch in die Höhe geschossen sind. So kann das nicht weitergehen, weshalb ich erwäge, mit dem Erzbischof über eine Entmachtung des Scholastikus' zu sprechen.«

Diese Worte verfehlten ihre Wirkung nicht. Wirklich niemand hatte damit gerechnet, dass der Bürgermeister einen solchen Vorschlag machen würde.

»Was meint Ihr damit, Bürgermeister?«

»Eine vollkommene Entmachtung?«

Hartwic von Erteneborg schüttelte den Kopf. »Nein, das meine ich nicht. Eine Entmachtung von Teilbereichen seiner Aufgaben. Johannes von Hamme soll weiterhin Scholastikus des Marianums sein, doch wir brauchen einen zweiten Scholastikus. Es ist nicht möglich, dass ein einzelner Mann die Interessen beider Schulen zu gleichen Teilen vertritt – das hat die Vergangenheit gezeigt. Und darum ist meine Idee, unseren ehrenwerten Erzbischof Giselbert von Brunkhorst am Tage des Weihefestes für das südliche Seitenschiff des Mariendoms im Mai, zu einer Besprechung vor den Rat zu bitten, um genau das mit ihm zu erörtern. Er hat Johannes von

Hamme das Amt als Scholastikus beider Schulen vor genau zehn Jahren verliehen, und er kann es ihm auch wieder nehmen!«

»Und wer soll der neue Mann Eurer Meinung nach sein?«, fragte Hinric von Cosvelde.

»Nun, da der Magister Scholarum des Marianums auch ein Marianer ist, sollte der Schulmeister der Nikolaischule auch ein Nikolait sein.«

Wie zu erwarten, waren die Bewohner des Nikolaiviertels gleich für diese Idee. Sie hatten ohnehin niemals gewollt, dass Johannes von Hamme der Scholastikus für die Schule ihres Kirchspiels wurde. Eine Entmachtung zu ihren Gunsten käme ihnen deshalb natürlich entgegen. Doch auch einige Bewohner der Altstadt, die eigentlich auf der Seite des Marianums hätten sein müssen, stimmten plötzlich für diese Idee. Auch ihnen war nicht entgangen, wie sehr Johannes von Hamme sein Amt in den letzten zehn Jahren ausgenutzt hatte. Sie wollten eine Änderung, und so entschied die Mehrheit für den Vorschlag des Bürgermeisters.

Die Frage nach dem *wer* wurde schnell und nahezu einstimmig entschieden. Der Vorgeschlagene war zwar wenig erfahren, doch er hatte sich über die letzten Jahre bewährt und, was noch viel wichtiger schien, er war in der Lage, dem willensstarken Scholastikus furchtlos die Stirn zu bieten. Die Männer waren nicht ebenbürtig, doch die Familien, aus denen sie kamen, waren es allemal, und manchmal war der Stammbaum eine starke Waffe.

Johannes von Hamme betrat die Bibliothek des Mariendoms, die gleichzeitig auch als Skriptorium diente. Wie erwartet, waren zu dieser Zeit des Tages einige Plätze besetzt. Gleich vorne am ersten Pult saß Heinrich Bars, der Kantor. Er hatte verschiedene Liederhandschriften vor sich und wirkte so darin vertieft, dass Johannes beschloss ihn besser nicht anzusprechen.

Zwei Pulte weiter, auf der anderen Seite der Bibliothek, traf er auf die beiden Domherren Friedrich von Lütekenborch und Hartig Balke, welche gemeinsam an einem noch unfertigen Buch arbeiteten. Beide Männer hatten jeweils eine bereits beschriebene Doppelseite vor sich auf ihren Pulten. Nur die aufwändigen Initialbuchstaben, die Ranken und Verzierungen neben den Texten fehlten noch, welche das Buch unter anderem hinterher so kostbar machten. Angeregt sprachen sie die einzelnen Schritte im Flüsterton durch und entschieden gemeinsam die Formen und Farben und deren Platzierungen sowie den Einsatz von Gold.

Leise grüßte der Scholastikus die beiden Domherren. Er wusste, dass auch sie bei der Arbeit nicht gestört werden wollten, aus gutem Grund. Schließlich waren es zumeist teure Auftragsarbeiten, denen sie sich widmeten, und jene Auftraggeber besaßen mitunter ein strenges Auge. Schon kleinste Fehler bedeuteten häufig, dass eine ganze Doppelseite neu erstellt werden musste.

So schritt Johannes möglichst unauffällig an den Männern vorbei und ging auf ein Pult zu, das ganz hinten in der Ecke vor einem der Fenster stand. Hier lag, wie erwartet, die kostbare Berthold-Bibel, und vor ihr saß Ehler – ganz ins Studium vertieft. Überall um die Bibel herum lagen beschriftete Zettel, und an seiner Hand klebte Tinte, weshalb er die kostbaren Seiten der Bibel bloß mit seinen in den Ärmel eingeschlagenen Fingern anfasste.

Der Scholastikus musterte seinen einstigen Schüler, während er sich ihm näherte. Ehler hatte wieder diesen Blick. Es war eine Mischung aus Verbissenheit, Eifer und Stärke – jene Tugenden, die ihn schon weit gebracht hatten und die er schon damals vor zehn Jahren, als er ihn und Thymmo in seiner Kurie bestrafen ließ, bemerkt hatte. »Sei gegrüßt, Ehler.«

Der Angesprochene schreckte hoch. »Verzeiht, Magister. Ich habe Euch nicht kommen sehen.«

»Was tust du gerade?«

»Ich habe mir noch einmal die Aufzeichnungen der Kosten der Nikolaischule angesehen.«

»Nochmal? Aber was hast du gehofft zu finden?«

»Nicht bloß gehofft! Bei meiner Durchsicht habe ich festgestellt, dass das Marianum in den letzten Jahren weit mehr Kosten für Reparaturen erzeugt hat als die Nikolaischule. Außerdem lehren hier im Marianum zeitweise zwei bis drei Rektoren mehr. Diese Ungerechtigkeit muss ein Ende haben! Wir sollten das dem Rat vorlegen, damit er mehr Münzen zahlt, sodass die Nikolaischule ebenso viele Rektoren einstellen kann. Ich suche bereits in der Bibel nach passenden Argumenten. Gottes Wort hält schließlich immer eine Antwort bereit und...«

»Ehler!«, unterbrach ihn der Scholastikus und schüttelte den Kopf. »Das Marianum ist doch auch viel älter als die Nikolaischule, und es hat mehr Schüler, die natürlich auch mehr Lehrer brauchen. Du fischst im Trüben, sage ich dir.«

»Aber Magister, ist es Euch denn nicht auch ein Bedürfnis, Gerechtigkeit zwischen den Schulen...«

Wieder unterbrach er Ehler. »Lass uns in meiner Kurie weitersprechen, nicht hier. Ich erwarte dich in einer Stunde.« Dann ließ er seinen einstigen Schüler mit einem letzten Gruß zurück.

Ehler war wie vor den Kopf gestoßen. Selten hatte der Scholastikus bisher so abweisend auf eine seiner Ideen, die Schulen betreffend, reagiert. Nicht umsonst war er es, der seit zwei Jahren fast ausschließlich die Bücher führte und dem Magister zuarbeitete. Die nächste Stunde würde ihm noch sehr lang vorkommen, denn in seinem Kopf kreisten schon jetzt die Gedanken. In sich gekehrt sammelte er nachlässig seine Schriften zusammen, klappte vorsichtig die Bibel zu und verließ ebenfalls die Bibliothek.

Als Ehler seinem Mentor endlich in dessen Kurie gegenübersaß, war er auf eine seltsame Art und Weise aufgeregt – ohne recht zu wissen warum.

Johannes von Hamme ließ sich Zeit, bot ihm etwas zu trinken an und verwickelte sein Gegenüber in belanglose Gespräche über eine gerade abgeschlossene Reise. Dann endlich kam er zum entscheidenden Punkt. »Ehler, ich möchte mit dir über die Messe sprechen, die du in meinem Auftrag gehalten hast.«

»Ich hoffe, dass ich Euren Erwartungen Genüge getan habe, Magister.«

»Deine Kenntnisse über die Heilige Schrift scheinen wie immer überaus beeindruckend gewesen zu sein. Dies bestätigten mir die anderen Domherren. Doch warst du in deiner Ausdrucksweise den Gläubigen gegenüber wohl sehr ... streng. Strenger als es gewöhnlich bei einer Feiertagspredigt üblich ist.«

»Wie meint Ihr das?«, fragte Ehler lauernd.

»Nun, ich meine, dass du etwas zu weit gegangen bist, als du verlangt hast, dass alle sich in Demut darnieder in den Staub werfen.«

»Aber wie kann diese Geste, die Gott unserem Herrn geweiht war, zu viel sein?«, brauste Ehler nun regelrecht auf. »Ich ... ich verstehe Euch nicht. Ist es denn nicht auch Euer Ansinnen, die Irregeleiteten zum Licht zu führen? Selbst wenn sie sich dafür ihrer Eitelkeiten entledigen müssen? Gott hasst Eitelkeit!«

»Das mag ja stimmen, doch was bringt es, wenn die Gläubigen in Zukunft der Kirche weniger zugetan sind und daraufhin die Spenden nicht mehr fließen. Hast du auch schon mal daran gedacht?«

»Dann werden wir sie durch Ablässe ihrer Münzen entledigen. Oder den Rat auspressen, auf dass er uns mehr Zahlungen für die vernachlässigte Nikolaischule gewährt!«

»Der Rat wird nicht noch mehr zahlen. Schon die letzte Rechnung, die ich den Bürgermeistern aufgrund deiner Berechnungen vorgelegt habe, führte zu eindeutiger Missstimmung.«

»Missstimmung? Der Rat hat wohl vergessen, was Erzbischof Giselbert von Brunkhorst entschieden hat! Die eitlen Herren sind doch bloß ...«

»Jetzt ist es genug, Ehler! Mäßige deine Zunge! Was ist nur in dich gefahren, dass so viel Hass aus dir spricht?«

Der junge Domherr hielt inne und sah seinen Mentor an.

Johannes von Hamme schaute ihm ebenso in die Augen, dann senkte er mit erhobenen Brauen den Blick, lehnte sich zurück und legte die Fingerspitzen aneinander. »Ich glaube, du vergisst, dass die Schuljungenkriege schon lange vorüber sind. Mein Eindruck bestätigt sich immer wieder: Du bist im Herzen noch immer ein Nikolait. Vergiss diese alte Feindschaft. Sie tut dir nicht gut!«

Ehlers Blick war wie versteinert. Seine Wut hatte ihn noch immer fest im Griff. Ja, er war ein Nikolait – durch und durch –, und er würde seiner Sache treu bleiben, im Gegensatz zum Magister. Immer wieder hatte Ehler in der Vergangenheit bemerkt, dass der Scholastikus mit den Jahren gar nicht mehr so sehr darauf bedacht war, Vorteile für die Nikolaischule zu erwirken. Da ihm aber das Führen der Bücher überlassen worden war, war es für ihn in Ordnung, konnte er doch so dafür sorgen, dass die Schule bekam, was ihr zustand. Allmählich aber schien seinem Mentor zu missfallen, was er tat. Er stand Ehler im Weg.

»Wann warst du das letzte Mal bei deiner Familie?«

»Ich ... weiß nicht genau ...«, sagte Ehler, dem allein der Gedanke an seine Mutter und ihren Gemahl erschaudern ließ.

»Mir scheint, du musst mal raus aus den Gemäuern des Doms. Vergnüge dich für einen Tag lang und lass die Arbeit ruhen. Am besten jetzt gleich.«

»Das geht nicht! Ich bin ... noch nicht fertig mit ... meinen Arbeiten«, log er ungeschickt. Er wollte nicht zu seiner Familie. Dort war er tatsächlich schon eine Ewigkeit nicht mehr gewesen, und er verspürte auch kein Verlangen danach. Dieses Leben schien für ihn weiter weg als das weiteste aller Pilgerziele. Warum sollte er zurück?

»Deine Arbeit hat auch Zeit bis morgen. Du gehst. Ich verlange es, und schließlich willst du dich meinem Wort doch nicht widersetzen, oder?«

»Nein«, war seine knappe Antwort.

»Gut, dann genieße die Zeit fern der Arbeit. Und wehe dir, mir kommt zu Ohren, dass du nicht bei deiner Familie warst. Jetzt geh!«

Wenig später stand Ehler auf der Straße. Er kam sich vor wie ein Landstreicher, der nicht wusste, was er als Nächstes tun sollte. Der Gedanke, einfach bei seiner Mutter und Christian Godonis an die Tür zu klopfen und um Einlass zu bitten, kam ihm einfach zu absonderlich vor. Weder er noch sein Stiefvater würden sich über eine solche Situation freuen. Einzig seine Mutter, die Hure, wäre wohl froh. Doch was blieb ihm schon anderes übrig? Der Scholastikus war deutlich in seinen Worten gewesen. Er wollte ihn nicht verärgern. So machte er sich widerstrebend auf den Weg. Bis zu seinem Ziel im Nikolai-Kirchspiel durchquerte er die halbe Stadt, dann tauchte es vor ihm auf. Nur zögernd näherte er sich dem Eingang des großzügigen Kaufmannshauses. Als seine Hand an das Holz mit den schmiedeeisernen Aufhängungen klopfte, fühlte es sich an, als wäre sie nicht die seine.

Die Tür öffnete sich, und eine Frau blickte ihn an. Doch war es nicht seine Mutter – zum Glück! Sie allein anzutreffen, erschien Ehler noch viel schlimmer, als in Gesellschaft. Es war die Magd Hannah, die ihm damals von der Liebelei seiner Mutter mit Godeke berichtet hatte. Wie immer, wenn er die hübsche Dienerin sah, geriet sein Blut ungehörigerweise kurz in Wallung. Ehler hasste sich dafür.

»Guten Tag, Domherr«, sagte Hannah sichtlich erstaunt darüber, wer vor der Tür stand. Der strenge Gottesmann war eine Ewigkeit nicht mehr hier gewesen – und sie wusste ja auch warum.

»Ist meine sündige Mutter oder ihr Gemahl zu sprechen?«

»Sie sind beide oben in der Stube, aber sie sind nicht allein. Soll ich Euch hinführen?«

Kurz überlegte er, ob Hannah sein Kommen ankündigen sollte, dann entschied er sich jedoch dagegen. »Nein, ich gehe allein hinauf. Du kannst gehen«, ließ er sie wissen, worauf Hannah knickste und verschwand. Ehler hatte wahrlich nicht vor, sich anzuschleichen. Nein, er wollte bloß kein Aufhebens um sein Kommen machen, und lange bleiben wollte er schon gar nicht! So ging er die Stiegen hinauf bis zu jener Tür, hinter der sich seine Familie befand. Er hörte Geklapper und mehrere Stimmen; die seiner Mutter erkannte er sofort. Dann Godekes.

Ehler hielt kurz inne und horchte. Nach einer Weile hörte er auch Runa sprechen und schließlich seinen Stiefvater. Es war ein seltsames Gefühl, hier zu stehen. Er fühlte sich nicht dazugehörig. Nach all den Jahren, die er nun schon fort war, gaben ihm nur sein Kreuz, seine Bibel und die kirchlichen Gemäuer um ihn herum ein heimisches Gefühl. Die gleich anstehende Begegnung mit seiner Familie und deren Freunden ließ ihn aufgeregt zurück. Lächerlich, und doch konnte er sich einfach nicht dazu überwinden hineinzugehen.

Je ruhiger er selbst wurde, umso lauter schienen die Gespräche im Inneren zu werden. Ohne, dass er es beabsichtigt hatte, lauschte er nun doch. Es ging um das Stadtrecht, welches durch ein Schiffsrecht erweitert werden sollte, wie der Rat gerade kürzlich beschlossen zu haben schien. Godeke erzählte ausschweifend, wie gut Thymmo seine Ratssitzung hinter sich gebracht hatte, was Ehler bloß ein Augenverdrehen entlockte. Er konnte Thymmo einfach nicht ausstehen. In den letzten Jahren war seine Verachtung dem immer braven Marianer gegenüber sogar noch gewachsen, und nun lobten ihn auch noch alle, kaum auszuhalten.

»Runa, ich sage dir, sein Benehmen war tadellos. Ich glaube, die Bürgermeister waren beeindruckt von ihm.«

»Wirklich? Das ist ja toll! Aber warum erfahre ich denn erst jetzt davon, dass der Ratsnotar mein Kind mit zur Sitzung genommen hat?«

»Ich weiß es nicht. Vielleicht solltest du Thymmo das bei Gelegenheit selbst fragen.«

»Das werde ich – gleich morgen! Der wird sich hüten, seiner

Mutter noch einmal solch wunderbare Neuigkeiten nicht als Allererste zu erzählen«, drohte Runa gespielt erbost, worauf alle anderen zu lachen begannen.

Ehler hatte das Gespräch bislang nur mäßige Begeisterung entlockt, doch mit einem Mal änderte sich das, denn Christian sprach die beiden Schulen an.

»Es gibt allerdings noch eine Änderung, von der dir Thymmo möglicherweise bald schon berichten kann, Runa.«

»Was für eine Änderung meinst du?«

»Es wird vielleicht zu einer Entmachtung des Scholastikus' kommen.«

Ehlers Kopf fuhr hoch. Hatte er tatsächlich richtig gehört?

»Das müsst ihr uns jetzt aber genauer erklären«, forderte Walther die beiden Ratsherren am Tisch auf.

Godeke gab das Wort an Christian weiter. »Ich denke, das solltest du erklären, mein Freund.«

»Nun, mal wieder wurde dem Rat eine Kostenauflistung der Nikolaischule vorgelegt, die ergeben hat, dass die Schule weitere Gelder benötigt, da die Kosten angeblich nicht durch das Schulgeld der Jungen gedeckt werden. Es ist jetzt schon zum wiederholten Male in kürzester Zeit passiert, dass der Rat zur Zahlung aufgefordert wird. Das nimmt eindeutig überhand und stiftet Unfrieden. So wurde beschlossen, den Erzbischof am Tage des Weihefestes für das südliche Seitenschiff zu einer Sitzung zu laden. Bei dieser Sitzung wird der Rat ihm seine Gründe darlegen, warum er der Meinung ist, der Scholastikus dürfe nicht mehr die alleinige Oberaufsicht beider Schulen tragen. Er hat das Vertrauen der Herren missbraucht, und deshalb soll das Amt des Scholastikus der Nikolaischule an jemand anderen gehen.«

Ehler zog die Augenbrauen zusammen und legte die Stirn in Falten. Er konnte kaum glauben, was da hinter dem Rücken des Magister Scholarum heimlich beschlossen worden war. Nun wollte er nur noch eines: wissen, wen der Rat erwählt hatte!

»Das ist wirklich überaus interessant«, gab Walther von sich. »Doch was lässt euch glauben, dass Giselbert von Brunkhorst euch Gehör schenkt? Schließlich war er es, der Johannes von Hamme vor zehn Jahren jenes Amt übertragen hat. Warum sollte er seine eigene Entscheidung jetzt wieder rückgängig machen?«

»Wir können nur hoffen, dass er ein Einsehen hat, wenn man ihm die Zahlen vorlegt«, gab Godeke zu. »Doch zudem hätte der neue Mann einen starken Befürworter. Kein Geringerer als Johann Schinkel versprach, sich für ihn einzusetzen.«

Nun fragte Runa: »Der Rat hat also schon einen Mann erwählt, der das Amt des Scholastikus der Nikolaischule besetzen soll?«

»Ja«, meldete sich erstmals Ava zu Wort. In ihrer Stimme schwang unüberhörbarer Stolz. »Er hat sich für Christian entschieden, und mein Gemahl hat auch schon eingewilligt. Das heißt, falls der Erzbischof dem Wunsch des Rates entspricht.«

Ehler zerrte an seinem Kragen, der ihm ganz plötzlich die Luft abzuschnüren schien. Er musste hier weg. Wie benommen taumelte er die Stufen hinunter.

Hannah kam aus der Küche gelaufen und sah in das bleiche Gesicht des Domherrn.

»Schweig über meinen Besuch. Hast du verstanden?«, befahl er mit belegter Stimme; den ausgestreckten Zeigefinger dicht vor ihrem Gesicht.

»Ja«, antwortete sie erschrocken.

Danach ließ Ehler die Diele hinter sich. Mit einem Stoß öffnete er die Tür zum Hinterhof und verließ unbemerkt das Haus. Die Gedanken in seinem Kopf rasten; stolpernd lief er in Richtung Dom, wo er seinem drängenden Wunsch nach einem Zwiegespräch mit Gott nachkommen wollte. Er brauchte Beistand, um die aufkommenden Ängste in sich zu bekämpfen! Das durfte einfach nicht wahr sein! Der Magister Scholarum durfte nicht durch Christian Godonis entmachtet werden, denn dann wäre alles umsonst gewesen!

Ehler sah plötzlich die letzten Jahre voller harter Arbeit, Verzicht und Selbstzüchtigung an sich vorbeiziehen. Was hatte er nicht alles getan, um dorthin zu kommen, wo er jetzt war? Er wollte doch noch weiter – viel weiter! Ja, vielleicht wollte er selbst eines Tages Scholastikus der Nikolaischule werden. Sein Aufstieg durfte nicht auf diese Weise gestoppt werden. Was blieb ihm noch, wenn Johannes von Hamme seinen Einfluss auf die Nikolaischule verlor?

Ehlers Gedanken waren berechtigt, schließlich führte er schon seit zwei Jahren die Bücher der Schulen. Ob er wollte oder nicht, eine Entmachtung Johannes' von Hamme wäre gleichbedeutend mit dem Schwinden seines eigenen Einflusses, denn dieser war untrennbar mit dem seines Mentors verknüpft.

Übelkeit stieg in ihm hoch. Er versuchte, sie zu bekämpfen, würgte und schluckte, doch noch am Wegesrand des Kattrepel musste er sich übergeben.

Wenig später kniete er mit freiem Oberkörper auf dem Boden der Krypta – das Gesicht den drei rechteckigen Fenstern an der Ostwand zugewandt. Rechts, links und vor ihm stand jeweils eine Kerze als Zeichen der Heiligen Dreifaltigkeit. Im Dom war es totenstill. Noch ein letztes Mal faltete er seine Hände und sprach ein inbrünstiges Gebet, doch seine teuflischen Gedanken wollten auch jetzt nicht verfliegen. Und so griff er zur Büßerpeitsche, die direkt vor ihm lag, holte aus und schlug sein Fleisch. Der erste Schlag presste ihm bloß die Luft aus seinen Lungen und hinterließ ein Brennen auf der Haut. Die darauffolgenden Hiebe waren gleichbleibend rhythmisch, fühlten sich aber zunehmend schmerzhafter an. Noch warf der Domherr sich die Riemen bloß abwechselnd über die Schultern, irgendwann aber packte ihn die Wut. Er war wütend auf sich und seine Gedanken, die sich nicht kontrollieren ließen. Seine Bewegungen wurden schneller und zorniger, bis der Weg von Schulter zu Schulter ihm zu weit wurde. Also begann er, sich auch von der Seite aus zu traktieren. Ohne Pause flogen die Riemen jetzt nach rechts und links, und schon bald riss seine Haut. Der Schmerz war nun nur noch schwer zu ertragen, doch hatte er gleichzeitig auch etwas so Erlösendes, dass es ihm ein Leichtes war weiterzumachen.

Mittlerweile klebte an der Peitsche so viel Blut, dass es bei jedem Schlag von den wirbelnden Riemen durch die Luft geschleudert wurde und an den Kryptawänden herunterlief. Nach einer Weile waren die Gemäuer um Ehler rot gesprenkelt. Und erst als dieser seinen Arm vor Anstrengung schon fast nicht mehr spürte, ließ er von sich ab.

Vor seinen Augen tanzten helle Punkte, in seinen Ohren rauschte das Blut. Er fühlte sich endlich von den Dämonen seiner üblen Gedanken befreit – doch er hatte es übertrieben! Unfähig sich zu erheben, schwankte sein Oberkörper eine Weile lang hin und her. Dann fiel er auf die Seite und blieb ohnmächtig auf den kalten Steinen liegen.

Hier fand man ihn am nächsten Tag. Einer der Chorschüler hatte sich aus reiner Neugierde in die Krypta geschlichen und beim Anblick des zerschundenen Körpers einen unfreiwilligen Schrei ausgestoßen, der so laut war, dass kurze Zeit später die komplette Bruderschaft hier versammelt war.

Heinrich Bars, der Kantor, hatte alle Mühe, die Jungen wieder hinauszuscheuchen. Einen jedoch griff er vorher am Kragen und befahl ihm: »Los, lauf zum Scholastikus, und sag ihm, er soll unverzüglich herkommen.«

Es dauerte nicht lang, da betrat Johannes von Hamme die Krypta. »Was ist hier passiert?«, fragte er, als seine Augen ihm die Frage beantworteten. Er schreckte zurück. Was er sah, schockierte ihn zutiefst. Sein Blick glitt zunächst über Ehlers blutigen Körper, dann die Wände hinauf bis zur Decke. Das Gewölbe glich einer Folterkammer!

»Schafft ihn möglichst unauffällig in meine Kurie, Heinrich!«, raunte der Scholastikus dem Kantor zu. »Und lasst die Krypta säubern, bevor noch mehr Leute etwas von dieser Schweinerei mitbekommen.«

Nur ungefähr eine Stunde später saß Johannes von Hamme in der kleinsten Kammer seiner Kurie auf einem hölzernen Schemel. Stumm betrachtete er die zwei Beginen von seiner Ecke aus, die Ehlers blutigen Rücken versorgten. Der Domherr war noch nicht erwacht, was sehr wahrscheinlich auch besser für ihn war.

»Die Wunden sind tief«, bemerkte eine der Beginen namens Kethe, während sie sich über das zerrissene Fleisch beugte und behutsam eine Paste auftrug. »Ich denke, der Domherr wird einige Zeit lang brauchen, bis er wieder genesen ist.«

Johannes schüttelte kaum merklich den Kopf, erwiderte aber nichts auf die Worte der Frau. Er hätte auch gar nicht gewusst, was er hätte sagen sollen. In ihm war nur Unverständnis. So tief sein eigener Glaube auch in ihm verwurzelt war, der Drang zur Selbstgeißelung fehlte ihm gänzlich. Nicht zum ersten Mal in den letzten Jahren stellte er fest, dass der Zwanzigjährige bereit war, für seine Überzeugung weit zu gehen – sogar weiter als er selbst! Diese Willensstärke war es gewesen, die Johannes von Hamme auf ihn aufmerksam gemacht hatte – und genau diese Willensstärke trieb ihn nun von ihm fort. Johannes hatte das Gefühl, dass Ehler außer Kontrolle geriet, und das durfte nicht passieren. Er war es, der die Entscheidungen traf und über Ehler verfügte, nur so konnte es funktionieren. Einen eigenmächtig handelnden Mann an seiner Seite, der nicht zu steuern war, konnte er nicht gebrauchen.

»Wir sind fertig, Scholastikus.«

Johannes wurde aus seinen Gedanken gerissen. »Habt Dank, werte Schwestern!«

»Wenn es recht ist, kommen wir morgen wieder, um nach dem Domherrn zu sehen.«

»Ja, das wäre gut.«

»Sollte er vorher etwas benötigen, schickt einen Diener zum Konventshaus.«

»Ich bin mir sicher, das wird nicht nötig sein. Morgen ist früh genug«, ließ Johannes die Beginen wissen und erhob sich, um sie zur Tür zu geleiten. Dort nickte er ihnen noch ein letztes Mal zu und sagte: »Gottes reichen Segen für Euch.«

»Und Euch das Gleiche, Magister. Bis morgen.«

Johannes stand noch eine Weile lang an der Tür und starrte den Beginen hinterher, wie sie die Straße entlangliefen. Er konnte nicht leugnen, dass ihn der Vorfall sehr beschäftigte. Als sie hinter der Petrikirche verschwanden, die sich direkt vor seiner Kurie befand, wanderte sein Blick hinauf zur schräg gegenüberliegenden Kurie. Es war jene von Johann Schinkel. Im oberen Stockwerk wurde ein Fenster geöffnet, und er erkannte das Gesicht von Thymmo.

Als der Fünfzehnjährige den Scholastikus entdeckte, hob er den Arm zum Gruß.

Von Hamme nickte zurück. Er hatte schon gehört, dass der Rat Thymmo als Schreiber Johann Schinkels akzeptiert hatte, und diese Begebenheit war auch nicht verwunderlich. Der Junge war klug, fleißig, folgsam und bei weitem nicht so starrsinnig wie Ehler. Es kam dem Magister selbst komisch vor, doch in ihm regte sich fast ein Gefühl der Eifersucht. Johann Schinkel konnte zufrieden sein, er hatte das bessere Mündel. Und er? So viel Zeit und so viel Mühe hatte er für die Ausformung Ehlers geopfert, und was dafür bekommen? Unwillkürlich stieg das Bild des zerschundenen Rückens des jungen Domherrn in ihm auf. Johannes ließ die Düsternis seiner Gedanken aber nicht weiter zu und ging wieder in seine Kurie. Er wollte noch einmal nach dem Verletzten sehen.

3

Unliebsam drang das Läuten an ihr Ohr. Sie wollte noch nicht aufstehen, aber sie musste. Als Erstes blickte Tybbe auf die Innenseiten ihrer Hände. Unter ihren Fingern hatten sich gestern schmerzende, blutige Blasen gebildet, die über Nacht aufgegangen waren. Vorsichtig berührte sie die hart gewordene Haut und verzog das Gesicht. Damit würde sie wohl eine Zeit lang nicht mehr fest zupacken können.

Langsam erhob sie sich aus ihrer Bettstatt und streckte sich. Fast wollte es ihr nicht gelingen, ihre Arme zu heben, so sehr schmerzten sie. Bis zum späten Abend hatte sie gestern noch die Steine der klösterlichen Gänge geschrubbt, jetzt war es erst zwei Stunden nach Mitternacht – wenn sie sich nun nicht von ihrem Ungehorsam Mutter Heseke gegenüber reingewaschen hatte, dann wusste sie auch nicht mehr, was sie noch tun sollte, dachte sie bitter.

Mit steifen Bewegungen trat Tybbe auf die Gänge zu den anderen Chorschülern und Chorjungfrauen des Konvents. Sie alle hatten die Köpfe gesenkt und schwiegen. Es durfte seit dem Nachtgebet, dem Komplet, sowieso keiner sprechen, und außerdem waren sie alle noch müde. Jetzt, in der Fastenzeit vor Ostern, waren die Regeln im Kloster strenger als sonst, was bedeutete, dass die nächtliche Gebetszeit der Vigil nicht nur früher, sondern auch fast doppelt so lang war. Nach dem Gottesdienst würde Tybbe Psalmen einüben müssen, was sie nicht besonders mochte. Bei Tagesanbruch dann läutete es zur Prim und zur Laudes, dem Morgenlob. Im Laufe des Tages würde sie ihre Arbeit noch drei weitere Mal für die kleineren Horen, Terz, Sext und Non unterbrechen, bis die Vesper und das Komplet schließlich ihren Tag beendeten.

Manches Mal fiel es ihr schwer, die stundenlangen Gottesdienste mit der geforderten Freude zu begehen – besonders wenn sie so wenig Schlaf bekam wie diese Nacht –, doch trotz aller Müdigkeit war heute ein Tag der Freude. Denn sie würde endlich Zeit in dem von ihr so geliebten Garten verbringen; das hatte sie sich redlich verdient. Mit ein wenig Stolz schaute Tybbe den Boden unter sich an. Sie hatte ihre Arbeit gut gemacht. Der Propst würde zufrieden mit ihr sein.

Die Frauen und Mädchen erreichten die Klosterkirche. Paarweise schritten sie auf den Altar zu, wo sie die Knie beugten. Schließlich verneigten sie sich noch einander zugewandt und begaben sich auf ihre Plätze im Chorgestühl. Es folgte dreimal der gesungene Vers: »Herr öffne meine Lippen, damit mein Mund dein Lob verkünde.« Daraufhin gab es einige Psalmen, Hymnen und Lesungen.

Die Vigil erschien Tybbe heute endlos. Immer wieder musste sie sich ermahnen, nicht mit weit geöffnetem Mund zu gähnen. Erst die von ihr so geliebten Wechselgesänge vertrieben ihre Schläfrigkeit. Der Rest des Morgens ging dann überraschend schnell vorbei. Als auch die Laudes vorüber war, versammelten sich alle Frauen und der Propst im Refektorium, wo das morgendliche Mahl eingenommen wurde. Sie alle saßen an einem langen Tisch. Jede hatte ihren festen Platz.

Dummerweise konnte Tybbe von ihrem Platz aus das zornige Gesicht Hesekes sehen, die wohl schon darüber informiert worden war, dass ihre Schülerin ab heute im Garten aushelfen durfte. Sie war sich sicher, dass sie diesen Sieg noch in irgendeiner Weise würde büßen müssen.

Nach dem Mahl kam Sibilla auf Tybbe zu. »Ich habe gehört, du gehst mir ab heute zur Hand? Wie schön. Ich kann Hilfe brauchen. Lass uns gleich gehen.«

»Einverstanden«, antwortete Tybbe und folgte der stets gut gelaunten Chorjungfrau.

Sibilla war siebzehn und hatte das Gelübde erst vor drei Jahren abgelegt. Tybbe konnte sich noch gut an den Tag erinnern, alle im Kloster hatten sich mit ihr gefreut. Sie war beliebt, da ihr Wesen so angenehm und freundlich war. Anders als manch andere Schwester sah sie viele der klösterlichen Regeln nicht so eng, was dazu führte, dass die jungen Chorschülerinnen sich am liebsten mit ihr umgaben – so wie Tybbe.

»Fangen wir mit dem Laub an, ja? Es hätte schon längst entfernt werden müssen. Wenn das jetzt nicht geschieht, dann sterben die zarten Pflanzentriebe wieder.«

Gemeinsam trugen sie Korb für Korb voll mit Laub in eine dafür vorgesehene Ecke, bis dort ein großer Haufen lag.

Tybbes schmerzenden Armen schien die Arbeit gutzutun, und auch dem Rest ihres Körpers. Immer wieder atmete sie tief durch, um die frische Märzluft und den Duft der Blätter in sich aufzunehmen, die sie so eifrig zusammensuchte. Gerade wollte sie zurück zu Sibilla gehen, die eben noch im Beet gekniet und mit den Händen unter den stacheligen Büschen der Brombeeren nach Laub gefischt hatte, als sie ihre Rufe vernahm.

»Tybbe, Tybbe, kannst du mir hier einmal helfen? Ich hänge fest...«

Sofort eilte sie zu der jungen Frau. Ihr Schleier und ihr Rock hatten sich in den Dornen verfangen, und jeder Versuch, den Leinenstoff freizubekommen, schien es nur noch schlimmer zu machen. Bald schon verfing sie sich an so vielen weiteren Stellen, dass Tybbe gar nicht mehr wusste, wo sie anfangen sollte.

»Wie hast du denn das angestellt?«, fragte sie lachend. »Ich war doch nur kurz fort. In dieser Zeit kann sich doch niemand derart im Gebüsch verfangen – es sei denn, man wirft sich hinein.«

Jetzt lachte auch Sibilla. »Das habe ich sicher nicht getan.« Danach rührte sie sich nicht mehr, um weiteren Schaden an ihrem

Gewand zu vermeiden. »Versuch zunächst meinen Schleier freizubekommen, Tybbe. Ich glaube, wenn du dort anfängst, kann ich mich oben herum wenigstens so weit bewegen, dass ich dir am Rock helfen kann.«

»Ich versuch's.«

Es dauerte nicht lang, da war auch Tybbes Gewand fest in dem Gebüsch verhakt. »Mein Ärmel hängt fest. O nein, und mein Rock auch. Ich glaube, der Busch hat es auf uns abgesehen.«

»Das hast du nun von deinen Reden«, neckte Sibilla Tybbe.

»So bekommen wir den Garten nicht fertig.«

Dann hörten sie ein reißendes Geräusch. Sibillas Rock hatte einen handlangen Riss. Doch statt sich zu ärgern und zu schimpfen, begannen beide herzlich zu lachen. Während sie vergeblich versuchten, sich weiter zu befreien, wurde ihr Lachen immer ungezügelter und ihre Späße immer alberner.

»Ich glaube, wir müssen den nächsten Gottesdienst in den Garten verlegen«, scherzte Sibilla.

»Ich hoffe nur, dass wir zum Komplet wieder frei sind, denn es wird mir nicht gelingen, den Mund zu halten, bei so viel Lachen.«

Keine der Frauen hatte bemerkt, dass sich ihnen jemand näherte. Ohne ein Wort trat der Mann an sie heran. Er zückte ein Messer, das im Sonnenlicht blitzte. Erst im letzten Augenblick sahen sie es und begannen zu schreien.

Drei-, viermal musste der Fremde das Messer ansetzen, dann griff er in die Dornen, als könnten sie ihm nichts anhaben. Sie waren frei.

Tybbe starrte den Mann an, als wäre er nicht aus Fleisch und Blut.

Sibilla war die Erste, die sprach. »Was tust du hier, und wer bist du?«

»Sehr gern geschehen«, sagte er etwas spöttisch und fügte hinzu: »Der Propst hat mich beauftragt, das eingestürzte Stück der Mauer zu erneuern. Da habe ich euer Wehklagen gehört, meine Damen.«

»Hab Dank«, sagte Tybbe jetzt. »Wie ist dein Name?«

Sibilla schaute etwas entrüstet zu der Chorschülerin, die den Mann seltsam musterte. Kein Wunder, außer den Propst bekam das Mädchen ja nie einen Mann zu Gesichte.

»Bentz. Eigentlich arbeite ich beim Müller.«

»Auch ich bedanke mich bei dir, Bentz«, sprach Sibilla jetzt und drängte sich an der stocksteifen Tybbe vorbei. So freundlich und dennoch bestimmt wie es ihr möglich war, schob sie den Müllersgehilfen wieder in Richtung des Mauerlochs. »Nun sollte besser jeder wieder dorthin gehen, wo er hergekommen ist. Männlicher Besuch gehört nicht gerade zum täglichen Einerlei einer Klosterfrau, wenn du verstehst, was ich meine.«

»Sicher, sicher«, sagte Bentz, der natürlich sofort verstand, dass er im Klostergarten nichts zu suchen hatte, und stieg wieder durch das schmale Loch zwischen den zwei entfernten Palisadenbrettern hindurch.

»Hab einen angenehmen Tag, Bentz von der Mühle. Gottes Segen und gutes Gelingen bei der Arbeit«, schloss die Chorjungfrau und widmete sich wieder Tybbe und ihrer gemeinsamen Arbeit.

Die darauffolgenden Tage waren die beiden Frauen täglich im Garten, und täglich sahen sie Bentz, der immer freundlich aber zurückhaltend blieb.

Tybbe versuchte, es nicht so auffällig aussehen zu lassen, dass sie sich stets einen Arbeitsplatz im Garten dicht bei dem Mann suchte, der die Mauer erneuerte. Sibilla war so lieb, sie gewähren zu lassen, auch wenn sie stets ein Auge auf die Jüngere hatte und darauf acht gab, dass jeder auf seiner Seite der Mauer verblieb. Die Chorschülerin war ihr dankbar dafür – jedoch im Stillen. Keiner der beiden nannte ihr unausgesprochenes Abkommen beim Namen.

Es war nicht so, dass Tybbe unkeusche Gedanken hegte, bloß ihre Neugier war geweckt. Sie wollte dem gleichbleibenden Klosteralltag ein wenig Abwechslung verschaffen und einfach etwas unterhalten werden, solange das noch möglich war. Bald schon würde das Loch in der Mauer wieder verschlossen sein, und dann war es ungewiss, wann sie den nächsten Menschen in ihrem Leben zu Gesicht bekam, der nicht zum Konvent gehörte.

Immer wieder hatten sie und Bentz in den vergangenen Tagen ein paar Worte gewechselt, und auch jetzt wagte Tybbe wieder eine Frage.

»Erzähle mir, wie ist es in Buxtehude? Ist es ein großes Dorf? Gibt es dort viele Menschen und viele Häuser?«

»Warst du etwa noch niemals dort?«

»Nein.«

»Du verlässt das Kloster nie?«

»Nein, nicht seit ich als kleines Mädchen herkam.«

»Nun, wie erkläre ich es? Buxtehude ist kein Dorf mehr, sondern schon seit sechsundzwanzig Jahren eine Stadt. Der Erzbischof Giselbert von Brunkhorst hat sie gegründet, und die Edelleute und Brüder Heinrich und Gerlach von der Lühe haben ihren Grund und Boden dafür gegeben, da sie selbst keine Nachkommen hatten. Es gibt einen Markt, eine Kirche, eine Mauer mit einem Stadtgraben dahinter, und ja, es gibt auch viele Menschen und viele Häuser dort.«

»Und ist es ... ein ... unchristlicher, schlechter Ort?«

»Was meinst du?«

»Leben dort viele Sünder?«

Jetzt musste Bentz lachen. »Es kommt wohl darauf an, was man selbst für eine Sünde hält.«

Tybbe richtete sich auf und klopfte sich die Erde von den Händen. »Was eine Sünde ist, bestimmt nicht der Mensch, sondern Gott.«

Nun lehnte sich Bentz mit den Armen auf die Mauer und blickte schmunzelnd auf Tybbe herab. »Ich glaube, deine Vorstellung von den Menschen außerhalb der Klostermauern ist etwas ... unwirklich. Nicht alle, die keine Chorschwestern oder Pröbste sind, sind Sünder.«

»Das habe ich auch gar nicht sagen wollen«, antwortete Tybbe geknickt darüber, dass es so offensichtlich war, wie wenig sie von da draußen wusste.

»Ich verurteile dich auch gar nicht. Sicher bist du ein reiches Mädchen, das ihr halbes Leben auf einer schützenden Burg verbracht hat und die andere Hälfte im Kloster. Irgendwann wirst du entweder einen Edelmann heiraten oder das Gelübde ablegen. Doch egal was geschieht, du wirst niemals frieren, niemals Hunger leiden, aber auch niemals wissen, was es heißt, in einer dunklen Schenke ein Bier zu trinken und zur lauten Musik einer Flöte und den Schlägen einer Trommel wild auf den Tischen zu tanzen.«

Nun wurde Tybbe wütend. »Ich kenne sehr wohl Musik. Und außerdem: Was weißt du schon von dem Leben auf einer Burg oder dem in einem Kloster?«

»Nicht viel. Doch ich habe dich die letzten Tage beobachten können.«

»Und jetzt meinst du mich zu kennen?«

»Natürlich nicht voll und ganz, aber gibt es über dich denn noch so viel mehr zu erfahren, als das, was ich gesehen habe?«

In diesem Moment erschollen die Rufe einer allzu bekannten Stimme. Es war Mutter Heseke, die ihre Chorschülerin rief. Sie schien wahrlich den Verlauf der Sonne zu studieren, um Tybbe auch ja keinen Moment länger im Garten zu lassen, als es zulässig war.

Bevor sie sich umwandte, um den Rufen entgegenzulaufen, sagte sie zu Bentz: »Da du ja schon zusammengefasst hast, wie mein Leben bisher aussah und wie es einst sein wird, brauche ich dir die letzte Frage ja nicht zu beantworten, richtig?«

»Tybbe!«, ertönte es jetzt noch lauter.

»Ist das dein Name?«, fragte Bentz sichtlich erstaunt.

»Ich muss jetzt gehen.«

An diesem Abend lag Tybbe noch lange wach. Die Worte von Bentz hallten ihr durch den Kopf. Bisher hatte sie die Gründe ihres

Daseins im Kloster niemals hinterfragt. Warum auch? Schließlich hatte sie sich immer als begünstigt betrachtet und zu schätzen gewusst, hierhergeschickt worden zu sein. Auch von Seiten des Klosters war ihr in der Vergangenheit immer und immer wieder gesagt worden, dass sie mit der Aufnahme eine Möglichkeit bekam, die viele Frauen gerne hätten.

Und doch kamen ihre Gedanken nicht mehr zur Ruhe. War es so, wie er sagte? War der Rest ihres Lebens tatsächlich schon vorbestimmt? Wenn sie im Kloster blieb, wie viele Jahre würden dann noch mit Gebeten und Gartenarbeit gefüllt werden und vor allem: Würde es *sie* immer so erfüllen wie heute? Gerade schien es ihr unmöglich, diese Frage zu beantworten, deshalb rollte sie sich vom Rücken auf die Seite, um endlich schlafen zu können. Doch Bentz ließ sie nicht mehr los.

»Was erwartest du, Ava? Dass er dich mit offenen Armen empfängt? Ich bleibe bei meiner Meinung. Lass ihn in Ruhe und bleibe hier.«

»Aber er ist mein Sohn!«, hielt Ava dagegen. »Ganz gleich, wie sehr er sich verändert hat. Er ist verwundet, und ich werde nach ihm sehen.«

»Bitte! Dann tue, was du nicht lassen kannst. Ich werde nicht mit dir kommen. Es war ein Fehler, dir überhaupt davon zu erzählen, dass dein verrückter Sohn sich den Rücken zerschlagen hat.«

Ava stand wutentbrannt auf und verließ die gemeinsame Kammer. Noch während sie die Stiegen hinablief, band sie sich die Haube. Dann war sie auch schon auf dem Weg zur Kurie von Johannes von Hamme. Sie war aufgewühlt. Seitdem Christian ihr von dem Vorfall erzählt hatte, den er selbst bloß durch Zufall aufgeschnappt hatte, war sie unsicher darüber, was sie tun sollte. Und auch jetzt handelte sie bloß aus einem inneren Gefühl heraus. Aber wenn sie ganz ehrlich zu sich war, konnte sie nicht mit Gewissheit sagen, ob es tatsächlich richtig war, zu Ehler zu gehen.

Dennoch, trotz aller stummen Kämpfe, die sie mit sich ausfocht, pochte sie wenig später energisch an das Türholz der Kurie und bat um Einlass. Kurz darauf stand sie auch schon in der kleinen Kammer, wo zwei Beginen Ehlers Wunden mit geschickten Händen versorgten. Eine von ihnen war Kethe, die alte Freundin Ragnhilds, die ihr ein Nicken schenkte, sich dann aber wieder der Arbeit widmete.

Der Anblick seines Rückens hatte die Mutter im ersten Moment erschrocken zusammenfahren lassen. Es war ihr einfach unmöglich zu glauben, dass er sich diese schrecklichen Verletzungen selbst zugefügt hatte.

Nachdem die Beginen gegangen waren, trat Ava an sein Bett. Regungslos lag er da. »Ehler?«, begann sie vorsichtig. »Ehler, kannst du mich hören?«

Es kam keine Reaktion.

»Ich weiß, dass du wach bist. Ich habe dein Stöhnen gehört, als die Beginen dich versorgt haben.« Trotz dieser Worte reagierte er nicht, nur sein Atmen wurde schneller und lauter. »Willst du denn gar nicht mit mir sprechen?«

Endlich wandte er ihr das Gesicht zu, welches bislang Richtung Wand gelegen hatte. »Nein, ich will nicht mit dir sprechen«, stieß er krächzend und dennoch energisch aus. »Geh, und komm nicht wieder.«

Ava war einen Moment lang wie vor den Kopf gestoßen. »Was redest du da? Warum soll ich nicht wiederkommen?«

In Ehler kroch wieder jene Wut hoch, die er in den letzten Jahren so häufig in sich spürte. Am liebsten wäre er aufgesprungen und hätte Ava aus der Kammer gestoßen. »Ich will dich nicht sehen. Verschwinde einfach.«

Ava begann zu schluchzen. Doch sie konnte ein Aufheulen gerade noch verhindern. Mit zitternder Unterlippe fragte sie: »Was habe ich dir getan, dass du mich so hasst?«

Der Verletzte atmete hörbar laut aus. Noch immer klangen die heimlich belauschten Worte in seinen Ohren. Er konnte nicht vergessen, wie er erfahren hatte, dass Christian Godonis das Amt als Schulmeister der Nikolaischule anstrebte, und wie alle ihm zugesprochen hatten. »Das fragst du noch?«

Ava kam auf ihn zu, wollte ihn berühren, doch er wich zurück.

»Fass mich nicht mit deinen sündigen Fingern an«, stieß er hervor, als ginge es um glühende Zangen. Für ihn fühlte es sich an, als hätte seine eigene Mutter ihn hintergangen; und nun stand sie hier und tat so, als sorgte sie sich um ihn. Dieses Weib war ebenso liederlich und verführbar, wie alle Weiber es seit Evas Sündenfall waren. Er fühlte ihr gegenüber nichts mehr! »Ich sage es dir zum letzten Male, Weib. Verlass sofort diese Kammer, und kehre nicht mehr zurück. Ich bin nicht länger dein Sohn!«

Ava wich vor Ehlers hasserfülltem Gesichtsausdruck zurück. Ihre ohnehin schon weiße Haut wurde noch bleicher, ihre Augen weiteten sich. Sie öffnete den Mund, um etwas zu sagen, doch es kam kein Ton zwischen ihren Lippen hervor.

Plötzlich erhob sich Ehler von seiner Bettstatt. Mit einem Gesicht, das gleichermaßen Schmerz und Wut ausdrückte, stellte er sich auf seine nackten Füße. Das Laken, unter dem er zur Hälfte gelegen hatte, fiel zu Boden. Nackt wie er war, schritt er auf Ava zu. »Ich habe gesagt, du sollst verschwinden, Weib. Hinfort mit dir!« Ehler hob die Arme, die Hände zu Krallen geformt kam er näher. Auf seinem Rücken färbten sich die eben noch rosafarbenen Linien blutrot.

Ava brauchte keine weiteren Beweise mehr. Ehler hasste sie aus tiefster Seele, und er würde ihr ein Leid zufügen, wenn sie jetzt nicht verschwand. Im letzten Moment ergriff sie die Flucht, rannte aus der Kammer und aus der Kurie. Stets das Bild ihres Sohnes vor Augen, wie er eben noch vor ihr gestanden hatte. Ava rannte und rannte. Tränen liefen ihr die Wangen hinunter. Sie sah weder die bekannten Gesichter auf den Straßen, noch hörte sie die Grußworte, die man ihr zurief. Erst als sie die Katharinenkirche erblickte, verlangsamte sie ihren Schritt. Noch immer flossen die Tränen. Bloß verschwommen nahm sie den Gottesacker wahr, der an die Kirche anschloss. Hier kannte sie den Weg so genau, dass sie nicht suchen musste – auch wenn es bereits einige Zeit her war, seit sie das letzte Mal hier gebetet hatte.

Thiderichs Grabmal war verwittert. Die einst so teure Steinplatte, die Ava damals hatte anfertigen lassen, war an der Wetterseite mittlerweile grünlich verfärbt. Laub bedeckte den Stein, und Sand hatte sich in den Rillen um die Reliefs gesammelt. Eine Ewigkeit musste sich keiner mehr um diesen Platz gekümmert haben. Mal wieder wurde Ava bewusst, wie lange er schon tot war. Das Leben hatte einfach seinen Lauf genommen, und plötzlich waren über acht Jahre vergangen.

Wehmütig sah sie auf die Grabplatte hinab und las: *Hier ruht Thiderich Schifkneht.* Neben seinem Namen war ein Kreuz eingehauen und darunter das Bildnis der Muschel, die Thido heute um den Hals trug. Hier verweilte ihr Blick so lange, bis eine tiefe Traurigkeit sie erfasste, doch ebenso auch eine innere Ruhe. Langsam sank sie auf die Knie und legte eine Hand auf den Stein. »Thiderich, was habe ich nur falsch gemacht?«, fragte sie bekümmert. »Habe ich dich je so sehr gebraucht, wie ich dich jetzt bräuchte? Ich wünschte, du wärest hier und könntest mir deinen Rat geben. Unser Sohn hat sich von mir abgewandt. Ich weiß nicht, was ich tun soll. Bitte hilf mir, wenn du mich jetzt aus dem Himmelreich sehen und hören kannst. Schick mir Kraft... ich bitte dich... schick mir Zuversicht. Ich bin ratlos!«

Ava verharrte eine Weile in dieser Position, die Augen geschlossen und in Gedanken weit weg. Dann öffnete sie die Augen wieder. Sie schaute auf Thiderichs Stein, strich noch einmal liebevoll darüber und erhob sich langsam. Natürlich war es ihr unmöglich zu sagen, ob ihr verstorbener Gemahl ihr jenen Gedanken eingeflüstert hatte, doch das war auch ganz gleich.

Ragnhild! Bei ihr würde sie den Trost finden, den sie heute

brauchte. Denn auch sie hatte einmal ein Kind verloren, welches sich dem Übel zugewandt hatte. Johannes, Godekes Zwillingsbruder! Schon Jahre hatten sie nicht mehr über ihn gesprochen, und Ava wusste auch nicht, ob es Ragnhild überhaupt recht war, an ihn erinnert zu werden. Trotzdem war es einen Versuch wert, und so machte sie sich auf den Weg in die Gröningerstraße.

Avas Plan erwies sich als gut und richtig. Wie immer freute sich Ragnhild sehr über Besuch, denn seitdem ihr Knie sie fast ständig ans Haus zwang, war ihr jede Abwechslung recht.

»Wie geht es dir?«, begann Ava das Gespräch.

»Nun, wie immer. Runa und Walther versorgen mich so gut, dass es eigentlich keinen Grund für mich zu klagen gibt. Aber du weißt ja, mein Knie. Doch wenn ich dich so anschaue, dann bist du nicht gekommen, um dir mein Leid anzuhören, richtig?«

Ava wurde rot. »Wie habe ich mich verraten?«

»Ach, irgendwelche Vorteile muss das Altern ja haben. Und wenn es bloß die Erfahrung ist, die man mit den Jahren gesammelt hat. Also, was ist es, das dir auf der Seele liegt?«

»Ich ... ich wüsste von dir gerne, ob ...«, Ava räusperte sich leise. »Ach, ich weiß nicht, wie ich anfangen soll.«

Ragnhild schaute auf die Handarbeit in ihren Fingern und warf sie plötzlich achtlos zu Boden. Stattdessen ergriff sie Avas Hand. »Ich konnte diese scheußlichen Handarbeiten noch nie leiden, weißt du!«

Ava blickte auf das halbfertig bestickte Stück Tuch und begann zu lachen.

Ragnhild lachte mit, dann forderte sie Ava auf: »Und nun erzähle mir von deinem Kummer. Fang einfach an.«

Noch einmal atmete sie tief durch, dann begann sie langsam: »Es geht um Ehler. Ich brauche deinen Rat.«

»Um Ehler? Wie kann ich dir helfen?«

»Nun, wir haben jede Verbindung zueinander verloren. Frage mich bitte nicht, wie oder wann das passiert ist, ich kann es dir nämlich nicht genau sagen, aber es scheint unwiderruflich zu sein. Ehler ist so voller Hass. Ich komme einfach nicht mehr an ihn heran. Mit Christian kann ich nicht darüber sprechen, er versteht mich nicht, darum bin ich hier bei dir. Ich hoffe, du bist mir nicht böse, wenn ich dich daran erinnere, doch auch du hast schon einmal einen Sohn verloren – Johannes!«

»Das ist richtig, ich habe einen Sohn verloren. Auch wenn es schon fünfzehn Jahre her ist, seit Johannes sich für immer gegen mich und seinen Vater entschieden hat und Godeke zu mir zurückgekommen ist, fühle ich den Schmerz noch immer.«

»Wie bist du damit fertig geworden, Ragnhild? Es fühlt sich so qualvoll an, fast so, als würde man mir ein Stück aus meinem Körper reißen.«

»Genauso hat es sich für mich angefühlt. Und wenn du wirklich wissen willst, wie ich damit fertig geworden bin, kann ich dir nur eine Antwort geben: Bis heute schmerzt es, und mein Herz sehnt sich noch immer nach meinem Kind. Aber manchmal müssen wir lernen, dass das Herz und unser Verstand unterschiedlicher Meinung sind. Johannes hat eine schwarze Seele. Ich kann dir nicht sagen, warum so etwas passiert, und ob das Gleiche mit Ehler passiert ist, aber wenn, dann musst du ihn loslassen, damit er dich nicht mitreißt.«

Ragnhilds Worte erschütterten Ava zutiefst. Sie musste sich eingestehen, dass sie mit etwas anderem gerechnet hatte, als mit dem Hinweis, Ehler ziehen zu lassen.

Ragnhild war feinfühlig genug um das zu spüren. »Ein Tag wird dem Nächsten folgen, meine Liebe, und irgendwann wird der Schmerz erträglicher. Wenn Ehler eine ebenso schwarze Seele innewohnt, wie Johannes, dann musst du deine Hoffnung begraben.«

»Ich weiß nicht, ob ich das kann, Ragnhild. Er ist doch immer noch mein Kind.«

»Ja, das ist das Schicksal vieler Mütter. Sie gebären unter Schmerzen, sie ziehen ihre Kinder auf, sie schenken Liebe, sie opfern sich, ihre Schönheit und ihre Geduld, und dann müssen sie alle ihre Kinder dennoch eines Tages gehen lassen – sei es bei der Hochzeit oder unter anderen Umständen. Und trotzdem bereuen wir Mütter nichts. Wir alle teilen mehr oder weniger das gleiche Glück und die gleichen Leiden.«

Ava wischte sich eine Träne aus dem Augenwinkel. Bis jetzt hatte sie sich zusammenreißen können. Aber Ragnhilds Worte sprachen ihr so sehr aus der Seele, als wären sie die eigenen. Endlich hatte sie das Gefühl, dass jemand sie verstand.

Leise wurde die Tür geöffnet. »Oh, verzeih, ich dachte du bist allein, Mutter«, ertönte es hinter den beiden Frauen.

»Runa, Liebling! Du kommst mich einfach so besuchen?«, fragte Ragnhild erfreut.

Die Tochter trat ein. »Nicht einfach nur so, wenn ich ehrlich bin. Ich wollte mit dir sprechen, aber ich möchte dich und Ava nicht stören...«

»Aber nein, du störst doch nicht...«, sagte Ava bestimmt. »Komm setz dich zu uns.«

Erst jetzt bemerkte Runa, dass Avas Augen feucht glänzten. »Meine Liebe, was ist passiert?«, fragte sie erschrocken und strich ihr über den Rücken.

»Ach, Runa. Es ist wegen Ehler... Ich habe mir gerade Trost geholt. Von Mutter zu Mutter, die beide ein Kind verloren haben, ohne dass es starb.« Die Worte waren schon gesagt, da erkannte Ava mit Schrecken, wie ungeschickt sie gewählt waren. Sofort verschloss sie sich den Mund mit der Hand und murmelte: »Es tut mir leid...!«

Zu spät. Runa begann augenblicklich zu weinen.

Jetzt war es Ava, die Runa über den Rücken strich.

Ragnhild versuchte, ihre Tochter mit sanften Worten zu beruhigen. »Weine ruhig, mein Kind. Wir sind ja unter uns. Ist es das, was du mit mir besprechen wolltest? Freyja? Willst du uns nicht sagen, was dein Herz so bekümmert?«

Runa bekam eine ganze Weile keinen Ton heraus. Sie schluchzte hemmungslos und ließ sich jetzt von Ava umarmen. Irgendwann aber stieß sie hervor: »Ach, Mutter! Wenn es doch nur so einfach wäre. Ich weiß nicht, wie ich anfangen soll.«

»Das Gleiche hat Ava eben auch gesagt. Sprich nur! Was ist es, das dich so quält?«

Runa versuchte, sich zusammenzureißen und wischte sich die Tränen fort. Sie blickte die Frauen nicht an, während sie redete, aus Angst, gleich wieder loszuweinen. »Der Grund meines Kummers ist seit jeher der gleiche. So viele Jahre schon.« Ihre Schultern bebten erneut, wieder verlor sie jede Beherrschung. »Freyja«, weinte Runa jetzt ungehalten. »Alle um mich herum scheinen ihr Verschwinden mit den Jahren akzeptiert zu haben, doch mich zerreißt es Tag für Tag, Stunde um Stunde.«

»Ich verstehe dich«, sagte Ragnhild, so liebevoll sie konnte.

»Unzählige Male schon habe ich mir vorgeworfen, dass ich stehengeblieben und ohnmächtig geworden bin, dass ich Freyja nicht irgendwo versteckt oder dass ich sie überhaupt mit in die Stadt genommen habe. Ich bin nicht mehr richtig fröhlich gewesen – seit acht Jahren.«

»Gott hat keine größere Liebe geschaffen, als die zwischen Mutter und Kind. Vielleicht wirst du niemals darüber hinwegkommen. Doch du solltest es versuchen, um deiner selbst willen.«

»Aber es ist nicht allein meine Trauer, die mich belastet. Es ist ... es ...« Runa stockte. Wie sollte sie bloß aussprechen, was sie insgeheim fühlte? »Da ist noch etwas.«

»Was?«, fragte Ava.

»Ich habe noch nie darüber gesprochen.«

»Dann ist es jetzt vielleicht an der Zeit«, bemerkte Ragnhild.

»Ich ... ich kann nicht glauben, dass sie wirklich tot ist.«

Diese Beichte kam unerwartet. Ein paar Atemzüge lang schien jede zu überlegen, was am besten darauf zu erwidern war.

Schließlich fragte Ava: »Wie meinst du das?«

Runa schaffte es endlich, ihre Stimme zu kontrollieren. »Ich meine, tief in mir... müsste eine Mutter so etwas nicht fühlen? Ich fühle nicht, dass sie tot ist.« Ihre Frage blieb unbeantwortet. Runa atmete tief durch. »Und dann sind da noch die Erinnerungen an ihre Träume. Ja, ich weiß, es waren nur Träume. Von Feuer und von Pferden. Aber immer nachdem sie aufgewacht war, hat sie mich angefleht, dass ich nie aufhören darf, sie zu suchen. Ich solle sie suchen... sie hat es immer wieder gesagt.«

Wieder gab es einen Moment, in dem die beiden Frauen über das nachdachten, was Runa eben erzählt hatte. Dann kam die erste zögerliche Reaktion.

»Das waren nur Träume. Die Träume eines Kindes. Nicht mehr und nicht weniger«, sprach Ava. »Sie haben nichts mit der Wirklichkeit zu tun. Halte dich nicht daran fest, Runa.«

»Und dennoch fühlt es sich so an, als hätte sie gewusst, dass ich sie eines Tages nicht würde beschützen können.«

4

Die Mauer war fast fertig. Bentz konnte kaum mehr darüberschauen. Nur an einem Stück standen noch ein paar Latten des vorübergehenden Palisadenzauns, den es durch Steine zu ersetzen galt. In einem, höchstens zwei Tagen würde seine Arbeit beendet sein, und dann würde er Tybbe, die ihm ans Herz gewachsen war, nicht mehr täglich sehen können, was er bedauerte. Seine Gedanken waren töricht. Sie gehörte zum Kloster, und ihr Leben war dazu bestimmt, hinter Mauern stattzufinden, weshalb er sich auch verhielt wie immer.

Tybbe schaute von ihrem Platz bei den Obstbäumen zur Mauer. Bald würde sie fertig sein, und dann würde Bentz wohl nie wieder hier stehen. Sie hatte sich an die Gespräche mit ihm gewöhnt und sich in letzter Zeit sogar ein wenig darauf gefreut, doch ihre Gedanken waren töricht. Er war ein Müllersgehilfe und kein Geistlicher, und sein Leben fand nun mal außerhalb der Mauer statt, weshalb auch sie sich verhielt wie immer.

»Gefällt dir deine Arbeit beim Müller? Ist er ein guter Herr?«

»Ich kann mich nicht beklagen. Er ist ein ruhiger Mann, der seine Arbeit liebt. Nur wenn ich faul bin, wird er zornig. Und dann kann er brüllen wie ein Stier.«

Tybbe lachte. »Klingt nach Mutter Heseke.« Dann fügte sie flüsternd hinzu: »Nur, dass sie immer zornig mit mir zu sein scheint – ganz gleich ob ich faul bin oder fleißig.«

Jetzt musste Bentz auch lachen. Er hatte keine Ahnung vom klösterlichen Alltag, doch das, was er in den letzten Tagen mitbekommen hatte, erstaunte ihn. In seiner Vorstellung war das Leben in einem Kloster angenehm und sorglos, doch in Wahrheit schien es streng geregelt zu sein, und man verlangte unbedingten Gehorsam. Besonders diese Mutter Heseke ließ keine Nachlässigkeiten durchgehen. »Warum ruft diese Klosterfrau ständig nach dir? Was will sie denn immerzu?«

»Sie ist meine Lehrmutter.« Als sie Bentz' fragendes Gesicht sah, klärte sie ihn auf. »Sie soll mich zur christlichen Lebensweise erziehen, damit ich eines Tages eine Chorjungfrau werden kann.«

»Und dazu muss man ständig schimpfen?«, fragte er, während er den nächsten Stein setzte.

»Scheinbar schon...«, wich Tybbe ihm aus. Es war offensichtlich, dass sie nicht weiter über ihre Lehrmutter sprechen wollte, darum wechselte Bentz das Thema.

»Vermisst du das Leben außerhalb der Mauern manchmal?«

Tybbe zuckte mit den Schultern. »Hm, wie könnte ich? Ich war noch sehr klein, als ich herkam. Ich schaue nicht zurück. Es ist, wie es eben ist.« Sie hatte ihn bei dieser Antwort nicht angesehen, doch jetzt hob sie den Blick. Ihre Miene hatte nun etwas Neckisches an sich. »Außerdem bin ich natürlich froh, dass ich keinen Hunger leide und nicht frieren muss.«

Diese Worte waren natürlich ein Seitenhieb, bezogen auf ihr erstes Gespräch, welches sie hier geführt hatten. Bentz konnte nicht umhin, sie für ihre heitere Art zu bewundern. Sie war so anders, als Chorschülerinnen in seiner Vorstellung stets gewesen waren. Gerade wollte er richtigstellen, dass er sie damals nicht hatte kränken wollen, als plötzlich etwas seine Aufmerksamkeit erregte. Er horchte auf. »Hörst du das?«

»Ja... das sind Trommeln!«

»Ich glaube, sie kommen näher«, mutmaßte Bentz und schaute sich um.

Tybbe war auf einmal ganz aufgeregt. »Sibilla, hörst du das auch?«, fragte sie die Chorjungfrau, die sogleich herbeigeeilt kam.

»Ja, ich höre es«, bestätigte diese lächelnd. Während sie auf Tybbe und Bentz zugelaufen kam, blickte sie flüchtig zum Kreuzgang. Die anderen Mädchen, die für gewöhnlich im Garten aushalfen, waren kürzlich zum Propst gerufen worden. Sie wusste nicht, wie lange sie fortbleiben würden, doch jetzt waren sie alleine im Garten. Sibilla griff nach Tybbes Hand und forderte sie auf: »Komm mit! Wir sehen nach.«

Gemeinsam liefen sie hinter den Obstbäumen auf die verbliebenen Palisaden zu. Hier war ein etwa handtellergroßes Astloch im Holz, durch das sie hindurchspähen konnten. In der Vergangenheit hatte es die beiden oft hierhergezogen, denn von hier aus sah man nicht bloß eine weite Wiese und vereinzelte Baumgruppen darauf, die weiter hinten zu einem Wald anwuchsen, man sah außerdem noch einen Teil des Weges, der am Kloster vorbei nach Stade, Hamburg und Buxtehude führte.

»Was tut ihr da?«, fragte Bentz erstaunt, der sich ein paar Schritte von dem Mauerstück entfernt hatte, das er ausbesserte, und jetzt zurückblickte.

»Glaubst du, wir wollen das verpassen?« Tybbe spähte durch das Astloch. Das Trommeln wurde lauter. Zwar konnte sie noch nichts erkennen, doch sie meinte zu hören, aus welcher Richtung es kam. Mit dem Finger wies sie den Weg hinab. »Ich glaube, es kommt von dort.«

»Lass mich auch mal sehen«, forderte Sibilla und stellte sich auf die Zehenspitzen, da sie etwas kleiner war als Tybbe. Nach ein paar Augenblicken rief sie entzückt: »Das sind Spielleute!«

»Wirklich?«, fragte Tybbe nicht weniger erfreut. Sie liebte Musik – auch wenn sie nur selten andere Gesänge als die christlichen zu hören bekam.

Die jungen Frauen teilten sich nun das Astloch. Wange an Wange stierten sie geradezu auf die bunt gekleideten Gaukler. Nach einer Weile kamen die Männer und Frauen zum Stehen.

»Schau, sie machen eine Rast. Vielleicht ...«

»Mach dir keine Hoffnungen, Tybbe«, winkte Sibilla missmutig ab und löste sich von dem Guckloch. »Sie werden nicht lang bleiben. Hier doch nicht! Geistliche und Spielleute sind wie Feuer und Wasser. Und das hat ja auch seinen Grund.«

»Ja, du sagst es ...«, erwiderte Tybbe verträumt. Der Anblick der Spielleute löste etwas in ihr aus, was sie noch immer am Zaun hielt.

»Lass uns besser wieder an die Arbeit gehen, bevor uns jemand sieht. Der Garten macht sich auch nicht von allein.«

Schweren Herzens wandte auch Tybbe sich jetzt um, als die Spielleute ein neues Lied anstimmten. Das Lied war offensichtlich einer Frau gewidmet, und es enthielt ein paar liebliche Zeilen.

> Ich wandere über Stock und Stein
> Von morgens früh bis abends spät
> Um ein letztes Mal bei ihr zu sein
> Obwohl der Sturm mir entgegenweht.

Tybbe hielt abrupt inne. Es war ihr, als hätten ihre Füße mit einem Mal an Ort und Stelle Wurzeln geschlagen. Unbewegt lauschte sie den Worten des Sängers, und ohne dass sie es merkte, formten ihre Lippen ganz plötzlich die nächsten Verse. Tonlos. Jedoch Wort für Wort.

> Ganz gleich, was ich noch werde wagen
> Ob Kampf gegen Ritter und Recken
> Alles werde ich ertragen
> Jeden für sie niederstrecken.

Sibilla war vorgegangen, doch jetzt bemerkte sie plötzlich, dass Tybbe ihr nicht folgte. Sie drehte sich um und sah, dass sie mit aufgerissenen Augen und fast schon erschrockenen Blickes dastand.

Bloß ihre Lippen bewegten sich. Die Chorjungfrau brauchte einen Moment, um zu begreifen, dass Tybbe die Worte des Sängers mitsprach.

> Wenn wir vereint sind unter Linden
> Unsere Seelen erfüllt mit Glück
> Dort wollen wir den Frieden finden
> Und kehren niemals mehr zurück.

»Du kennst dieses Lied?«

»Ja«, antwortete Tybbe sichtlich verwirrt. »Ich kenne es, jedes Wort, doch ich weiß nicht woher.«

»Das ... ist überaus ... seltsam.«

Dann ging ein Ruck durch Tybbe. Sie hastete zu dem Astloch im Zaun zurück und schaute hindurch. Der bunte Ochsenwagen, der geschmückt war mit allerlei Stofffetzen und klimpernden Schellen, war längst zum Stillstand gekommen. Der Gesang verstummte. Die Spielleute machten alles für eine kurze Rast bereit, denn die Frauen holten etwas zu essen hervor. »Ich muss zu ihnen.«

Sibilla erstaunte das Verhalten Tybbes zwar, doch sie nahm es nicht ernst. »Ja, klar musst du das«, sagte sie spöttisch. »Und ich muss, glaube ich, einen Eimer kaltes Wasser für deinen Kopf holen.«

»Nein, du verstehst nicht. Ich muss sie fragen, was das für ein Lied ist.«

Bentz und Sibilla schauten Tybbe wortlos an. Erst als sie plötzlich auf einen der Apfelbäume kletterte und flink wie eine Katze zu den oberen Ästen gelangte, kam wieder Leben in die beiden.

»Großer Gott, was tust du denn da?«, fragte die Chorjungfrau erschrocken.

Auch Bentz traute seinen Augen kaum. »Komm von dem Baum runter, du könntest fallen.«

Tybbe ging gar nicht auf die beiden ein. Sie hatte einen Ast erreicht, der über den Palisadenzaun reichte. Hieran hangelte sie sich entlang und ließ sich neben Bentz ins Gras fallen.

Dieser stellte sich ihr sofort in den Weg. »Bist du verrückt geworden? Geh sofort zurück, bevor dich jemand sieht.«

»Aber ich kenne dieses Lied…!«

»Sei nicht töricht, Mädchen. Woher solltest du dieses Lied schon kennen?«

»Ich kann es mir ja selbst nicht erklären… die Melodie…«

Jetzt griff Bentz nach ihrem Arm. Er zog sie zu sich und blickte ihr tief in die Augen. Sie musste unbedingt wieder hinter die Klostermauer. »Das hast du dir eingebildet. Geh zurück, bevor es zu spät ist!«

»Nein«, sagte Tybbe mit einer Bestimmtheit, die der Müllersgehilfe bislang noch nicht an ihr gesehen hatte. »Lass mich los. Das geht dich nichts an.«

Er ließ sie gehen – auch wenn sie sich irrte und er sich sicher war, dass sie in ihr Verderben rannte.

Tybbe lief einfach los. Sie dachte nicht nach, handelte bloß nach Gefühl, und dieses Gefühl zog sie wie von selbst zu dem seltsam anmutenden Ochsenwagen mit den drei Männern und zwei Frauen.

Als diese Tybbe bemerkten, kam einer der Männer auf sie zu. Obwohl an ihrem Kleid leicht zu erkennen war, woher sie kam, verbeugte sich der Spielmann so galant vor ihr, als hätte sie königliches Blut und trüge eine Krone. »Seid gegrüßt, edle Dame. Ich bin Sibot, der sagenhafte Spielmann, und das sind meine treuen Gefährten. Wer seid Ihr, wenn Ihr mir die Frage erlaubt?«

»Ich bin Tybbe.«

»Woher kommt Ihr, Tybbe mit den schönen Augen?«

Sie schaute kurz zurück. Was sollte sie sagen?

»Sieh an, sieh an. Eine Dienerin Gottes also? Wenn das keine Ehre ist! Hoffentlich ist mein Herz rein genug für die Unterhaltung mit einer Heiligen.«

Tybbe musste kichern. Sibots Worte waren derart übertrieben, und doch sagte er sie ohne jeden Spott. Er wusste genau, was Frauen gefiel. »Erlaubt mir zu fragen, sagenhafter Sibot: Dichtet Ihr alle Lieder selbst?«

»Das kommt ganz darauf an, schöne Tybbe. Wenn es Euch gefällt, dann bin ich der Dichter aller Lieder des Landes! Ich bin, was immer Ihr wünscht!«

Wieder entlockte er ihr mit seiner Antwort ein Lächeln. Sie wusste, dass diese umschweifenden Antworten gewollt waren – schließlich gab kein Spielmann gerne preis, woher er seine Ideen nahm. Doch sie ließ ihn nicht gewähren. Tybbe wollte es genauer wissen. »Bitte verzeiht, wenn ich so direkt nachfrage, doch das Lied, welches Ihr eben gesungen habt...«

In diesem Moment hörte sie eine ihr allzu bekannte Stimme. »Tybbe!«

»O nein, Mutter Heseke...«, hauchte sie und blickte zur Klostermauer, wo Sibilla die Chorschülerin eifrig zu sich winkte.

Auch Bentz gab ihr Zeichen, doch als sie nicht darauf reagierte, rannte er los.

Tybbe wurde heiß und kalt zugleich. Wie erstarrt blickte sie auf den herannahenden Müllersgehilfen, der sie alsbald erreichen würde. Es gab keinen Zweifel, dass er sie zurückbringen wollte. Noch einmal schaute sie zum Spielmann, der sichtlich verwirrt ob der Szenerie war. Immer wieder schaute er zwischen dem Mädchen und dem Mann hin und her, die nicht so recht zueinander passen wollten.

Dann bekam Bentz sie zu fassen. Ohne ein Wort hob er sie auf seine Arme und kehrte wieder um.

Tybbe wehrte sich nach Kräften. Sie schlug mit ihren Fäusten gegen seine Brust; vergeblich. »Was fällt dir ein. Lass mich sofort runter«, schimpfte sie entrüstet darüber, dass er einfach über sie entschied.

Jetzt schoss Sibot an dem Mann vorbei und stellte sich ihm in den Weg.

»Geh gefälligst zur Seite«, grollte Bentz bedrohlich und drängte sich an Sibot vorbei.

Dieser starrte Bentz hinterher. Er wollte keinen Ärger, dennoch rief er dem Mädchen zu: »Was wolltet Ihr wissen, Schönheit?«

Tybbe versuchte noch immer, sich aus dem festen Griff zu befreien, was allerdings nur zur Folge hatte, dass Bentz sie jetzt schulterte, um ihren Fäusten zu entgehen. Ihr wurde klar, dass sie nichts gegen seine Kraft auszurichten vermochte und dass dies ihre letzte Gelegenheit für ihre Frage war, drum rief sie: »Das Lied, welches Ihr eben gesungen habt. Sagt es mir. Wo habt Ihr es gelernt?«

»Ich lernte es in Kiel, bei...«

Bentz fuhr ein letztes Mal herum. »Schweig gefälligst, du gottloser Quacksalber. Besser ihr verlasst sofort diesen Ort und kommt nicht mehr zurück. Anderenfalls werdet ihr es noch bitter bereuen!« Dann hielt er auf die Mauer zu und warf Tybbe mehr darüber, als alles andere.

Sibilla hatte der Chorschülerin gerade aufgeholfen und ihre Kleidung abgeklopft, da erschien auch schon Mutter Heseke im Garten.

Im letzten Moment konnte Bentz noch hinter der Mauer in Deckung gehen.

»Da bist du ja, du taubes Ding. Kannst du nicht einmal kommen, wenn man dich ruft?«

Da Tybbe wohl noch der Schreck in den Gliedern saß, antwortete Sibilla für sie. »Bitte verzeiht, Mutter Heseke. Wir waren so in die Arbeit vertieft...«

»Nun gut... wenn das so ist, will ich mal nicht so sein.«

Jetzt fand auch Tybbe ihre Stimme wieder. »Was ist es, das Ihr von mir wünscht, Mutter?«

»Du hast einen Brief bekommen. Aus der Heimat. Wie es aussieht, wirst du das Gelübde nicht ablegen.«

»Ich verstehe nicht...«

»Na, du wirst stattdessen heiraten.«

Bentz hielt die Luft an, ohne dass er es bemerkte. Heiraten sollte sie? Jetzt schon?

»Was? Nein! Das kann nicht sein.«

»Warum nicht?«

»Wen soll ich heiraten?«

»Das steht offenbar noch nicht fest. Der Brief ist kurz gehalten. Es soll aber schon erste Gespräche gegeben haben. Man kommt dich holen, sobald mit einem passenden Gemahl eine Einigung erzielt wurde.«

Tybbe war so erschrocken, dass sie kaum einen Laut hervorbrachte, was Heseke ein wenig Vergnügen bereitete.

»Freue dich, mein Kind. Du bist jung, schön und gebildet. Alles deutet darauf hin, dass du einem Edelmann versprochen wirst.« Dann legte sie ein breites, warmes Lächeln auf und sagte: »Ich werde dafür beten, dass du schon sehr bald bekommst, was dir zusteht.« Mit diesen zweideutigen Worten drehte sie sich um und ließ die Frauen allein.

Sibilla hatte alle Hände voll damit zu tun, Tybbe zu trösten, die der Gedanke zu gehen sichtlich ängstigte.

Keine von beiden bemerkte, dass Bentz nicht minder erschrocken war.

Thymmo schaute zum Fenster der Kurie und ging dann entschlossen darauf zu. »Ihr braucht Licht und frische Luft, Magister.« Dann öffnete er die Läden weit.

»Was ich brauche, ist Wärme«, beschwerte sich Johann Schinkel und zog sich seine Laken weiter nach oben Richtung Kinn.

»Draußen ist es warm.«

»Bloß weil die Sonne scheint, ist es noch lange nicht warm, Junge.«

»Wie könnt Ihr das wissen, wenn Ihr doch seit zwei Tagen das Bett hütet?« In diesem Moment riss Thymmo das zweite Fenster auf.

»Herrgott nochmal. Willst du mich umbringen? Ich erfriere!«

Der Junge lachte kurz auf. »Wir haben Frühling, Ratsnotar. Ich kenne niemanden, der im Frühling in seinem Bett erfroren ist.«

Johann gab sich geschlagen. »Ich bin zu müde, um mit dir zu debattieren.« Er war nicht wirklich böse mit seinem Sohn, bloß ein wenig verstimmt wegen seiner Bettlägerigkeit. »Sei du nur weiter ungehorsam, dann lasse ich dich demnächst die Erbebücher rückwärts abschreiben.«

Thymmo ging auf die halbherzige Drohung gar nicht ein, sondern lachte lautlos in sich hinein. Es war immer wieder erstaunlich für ihn, wie aus dem ehrfurchtgebietenden Domherrn ein mürrisches Scheusal wurde, sobald dieser krank war. Aber er nahm es ihm nicht übel, wusste er doch, dass er bald wieder der Alte sein würde. Sein Blick ruhte eine Weile lang auf Johann Schinkel, der mit geschlossenen Augen und bleichem Gesicht auf seiner Bettstatt lag. Trotz zweier Extralaken, die er eben von Beke hatte holen lassen, schien der Ratsnotar noch immer zu frieren.

In diesem Moment trat die fünfzehnjährige Dienerstochter in die Kammer. Mit sich brachte sie ein Kohlebecken. »So, damit sollte es Euch aber nun wirklich warm genug sein, Herr.« Dann hielt sie inne und schaute zu Thymmo. »Warum sind die Fenster auf?«

Der Kranke hustete zwei Mal kräftig und erklärte: »Weil Thymmo offensichtlich der Meinung ist, ich friere noch nicht genug...«

Beke schaute kopfschüttelnd zwischen den Männern hin und her. Dabei ging sie zu den Fenstern, die sie kurzerhand wieder verriegelte. »Die bleiben zu«, bestimmte sie entschlossen. »Ich gehe jetzt die Brühe holen. Sie steht bereits in der Küche.«

»Vielen Dank, Beke. Wenigstens eine hier im Haus, die sich um mich sorgt.«

Thymmo blickte dem Mädchen hinterher und hoffte, dass ihre Suppe auch schmeckte, damit dieses Gemeckere ein Ende fand.

Kaum war sie hinausgegangen, da kam sie auch schon wieder, die dampfende Schüssel mit beiden Händen und einem Tuch darumgewickelt, fest umfasst.

Nachdem Johann Schinkel gegessen hatte, wurde es ihm langsam wohler, und seine Stimmung heiterte sich merklich auf. »Vielen Dank, Beke. Deine Suppe wirkt wahre Wunder. Selbst deine Mutter kocht keine bessere. Aber sag es ihr nicht«, bat er grinsend.

Das Mädchen strahlte wegen des Lobes übers ganze Gesicht. »Ich habe während des Kochens gebetet – sicher wirkt sie deshalb.«

»Das ist gut möglich. Doch nun verzeih, ich habe noch etwas mit Thymmo zu besprechen.«

»Natürlich«, war Bekes Antwort. Sie knickste und wandte sich gleich zur Tür. Doch als sie an Thymmo vorbeischritt, wagte sie noch einen kurzen Blick. Auch er schaute sie an – eindringlich und genau. Beide wollten eigentlich nicht lächeln, doch sie taten es dennoch.

Johann Schinkel bemerkte das und sah sich erinnert an die Situation mit Thymmos beschädigter Schreibfeder vor einiger Zeit. Das Verhalten der beiden bereitete ihm durchaus Sorge. Doch er sagte vorerst nichts und nahm sich stattdessen vor, sie weiter zu beobachten.

Die Tür fiel ins Schloss, und Thymmo besann sich wieder seiner heutigen Aufgabe. Er ging näher an Johann Schinkel heran und fragte: »Soll ich den Besuch bei meinem Oheim heute absagen?«

»Nein, das ist nicht nötig, Thymmo. Ich fühle mich zwar nicht in der Lage, das Bett zu verlassen, aber der Besuch wird stattfinden.«

»Aber wie soll …«

»Du wirst allein dort hingehen.«

»Ganz allein? Ist das Euer Ernst?«

»Ja, ich denke, das bekommst du auch ohne mich hin. Schließlich warst du bei den letzten Terminen an meiner Seite, und außerdem handelt es sich ja um deine Familie – eine gute Gelegenheit für dich zu üben.«

Thymmo fühlte sich geehrt. »Ich danke Euch für Euer Vertrauen!«

»Schon gut, jetzt mach dich auf den Weg.«

»Soll ich Beke noch einmal zu Euch schicken? Begehrt Ihr noch etwas?«

»Nein, ich habe alles, was ich brauche. Sieh du nur zu, dass du heute gute Arbeit als mein Vertreter leistest.«

»Das werde ich! Gehabt Euch wohl. Bis später.« Thymmo verließ die Kurie und trat beschwingt auf die Straße. Unter seinem Arm klemmte eine Schriftrolle mit den bisherigen Notizen, die der Ratsnotar und er auf ihren letzten Besuchen zum Thema Schiffsrecht angefertigt hatten. Seine Hand umklammerte ein Futteral mit Schreibfeder und Tinte. Er grinste, ohne es zu merken. Es bereitete ihm übermäßige Freude, Erkundigungen einzuholen und somit eines Tages zu einem Teil des neuen Stadtrechts zu werden, das aufgrund des auffällig roten Einbandes, der bereits angefertigt worden war, in aller Munde nur noch *dat rode book* genannt wurde.

Sein Weg führte ihn nach Westen über den Berg, vorbei an dem früheren Rathaus über die Brotschrangen und die Zollenbrücke ins Katharinen-Kirchspiel. Natürlich bedauerte Thymmo, dass es eine Krankheit Johann Schinkels war, die seinem heutigen Alleingang zugrunde lag, doch insgeheim hatte er auf eine ähnliche Gelegenheit gewartet. Der Fünfzehnjährige wollte dem Ratsnotar beweisen, dass er in den letzten Jahren viel gelernt hatte. Er wollte ihn mit seinen Kenntnissen beeindrucken und mit seiner sorgfältigen Arbeit erfreuen, denn er konnte sich etwas darauf einbilden, im Namen des Ratsnotars unterwegs zu sein. Und genau aus diesem Grund verspürte er auch keinerlei Scheu, als er an die Tür seines Oheims pochte, der ihn bereits erwartete.

Agnes ließ ihn ein, lächelte und begrüßte ihn absichtlich mit übertriebener Höflichkeit. »Der Herr des Hauses und der Rest der Familie erwarten Euch bereits.«

»Agnes, lass das …«, lachte Thymmo. Dann erst verstand er ihre Worte. »Der Rest der Familie?«

»Ja, sie waren alle so neugierig und wollten dich als Schreiber des Ratsnotars sehen.«

Jetzt machte sich doch etwas Aufregung in Thymmo breit. Doch er bemühte sich, seine Gefühle verborgen zu halten.

»Da ist er ja, unser fleißiger Gehilfe des Rates!«, begrüßte Godeke seinen Neffen, der soeben die Stube betreten hatte, freundlich. Und tatsächlich, sie alle waren da: Ava und Christian, Walther und Runa, Godeke und Oda.

»Ja, da bin ich. Etwas verspätet, aber da!«, sprach Thymmo fahrig, klemmte als Erstes seinen Mantel in der Tür ein und ließ beim Versuch, ihn wieder herauszuziehen, seine Schriftrolle und sein Futteral fallen. Dieses ungeschickte Verhalten ließ nun keinen Zweifel mehr daran, was er eigentlich hatte verbergen wollen. Er war aufgeregt.

Runa wollte sogleich aufspringen, um ihrem Sohn zur Hilfe zu kommen, doch Godeke bedachte sie mit einem bestimmten Blick, der so viel sagte wie, *lass mich das machen, und beschäme den Jungen nicht mit deiner mütterlichen Fürsorge in Gegenwart der Männer.* Sie verstand und blieb sitzen – wenn es ihr auch schwerfiel, ihm nicht den Kragen zurechtzurücken und das Haar zur Seite zu streichen. Zum unzähligen Male hatte sie sich schon gefragt, ob sie diesen Drang jemals würde ablegen können.

»Wo ist der Ratsnotar?«, fragte Walther plötzlich.

»Das wollte ich gerade erzählen. Er ist krank und kann seine Bettstatt nicht verlassen. Und nun soll ich die Arbeit heute allein besorgen.«

Übermütig klatschte Runa in die Hände. »Das ist ja wunderbar, mein Sohn. Ich bin sehr stolz auf dich!«

Abermals konnte Godeke einen ungebremsten Redeschwall Runas mit einem entsprechenden Blick abwenden. »Warten wir erst einmal ab, wie Thymmo sich schlägt. Aber zunächst wird gemeinsam gespeist. Zu Tisch!«, forderte Godeke, worauf sich alle erhoben.

Sie ließen es sich schmecken, nur Thymmo kam kaum zum Essen, da er von den Frauen mit zig Fragen über seine neue Aufgabe gelöchert wurde. Er beantwortete jede geduldig.

»Erzähle uns etwas über das geplante Schiffsrecht«, forderte Oda, die ihre und Godekes Tochter Alma auf dem Schoß sitzen hatte. »Was hat es damit auf sich?«

»Eine gute Idee. Wir wollen es in deinen Worten hören«, ließ Ava verlauten.

Thymmos Herz begann schneller zu klopfen. Jetzt würde sich zeigen, wie viel er gelernt hatte. »Nun, genau genommen soll das bestehende Stadtrecht erweitert werden – um ein dreizehntes Stück – welches dann das Schiffsrecht sein wird. Jenes Recht wird zu großen Teilen einfach auf der Niederschrift des heute angewandten Gewohnheitsrechts beruhen, das ihr ja schon kennt. Demnach wird es nicht viele Änderungen geben.«

»Und welchen Inhalt wird das dreizehnte Stück genau haben?«, fragte seine Mutter jetzt.

»Es geht zum Beispiel um das Verhalten bei Kollisionen mit Schiffen, um das Befrachten und Löschen, um Seewurf, um Bergelohn, um Klagen und so weiter.«

»Und warum führen du und der Ratsnotar diese Unterhaltungen mit den Kaufleuten?«

»Die Gespräche mit den Kauf- und Seemännern der Stadt dienen bloß noch mal dem Abgleich und natürlich der Ideenfindung. Möglicherweise gibt es einzelne Punkte, die es neu zu bedenken gibt.« Sein Blick wanderte zu den Männern. »Darum bin ich hier: um Oheim Godeke zu befragen.«

»Dann lass uns beginnen«, sagte Walther und hob den Becher in seine Richtung, um den letzten Rest Wein in einem Zug zu trinken.

Das Mahl war beendet. Die Frauen begaben sich ins Handarbeitszimmer, sodass die Männer über die Geschäfte sprechen konnten.

Thymmo machte seine Sache gut. Ordentlich trug er alle Ideen zusammen und machte sich Anmerkungen, die er später mit Johann Schinkel besprechen wollte. Schnell vergingen die Stunden, die sie zusammensaßen und redeten. Je später es wurde, desto sicherer fühlte er sich bei den Fragen und desto flotter glitt seine Schreibhand über das Papier. Walther und Godeke nahmen ihn ernst und sprachen mit ihm, als wären sie Gleichgestellte – das war vorher noch nie so gewesen. Als Thymmo das Haus seines Oheims verließ, hatte er das gute Gefühl, alles richtig gemacht zu haben. Johann Schinkel würde zufrieden mit ihm sein.

Am nächsten Tag schlief der Ratsnotar sehr lang. Eigentlich hatte Thymmo ihm gleich vom gestrigen Tag berichten wollen, doch er wollte den Kranken nicht wecken. So hatte er sich mit Beke in die Schreibkammer zurückgezogen, wie sie es immer taten, wenn sie sich allein wähnten.

»Lies mir diesen lateinischen Text vor, und sage mir hinterher, worum es in dieser Urkunde geht.«

Beke nickte. Wie immer vor ihren heimlichen Unterrichtsstunden war sie auch heute wieder sehr aufgeregt gewesen – doch mittlerweile war es ihr unmöglich zu sagen, ob ihre Aufregung dem verbotenen Lesen galt oder aber Thymmo! Er hatte tatsächlich Wort gehalten und ihr nun schon viele Lektionen im Lesen erteilt. Schreibübungen hatten sie bislang nur wenige tun können – es mangelte schlicht an Möglichkeiten und Material. Papier war äußerst kostbar, und jeder Diebstahl wäre sofort aufgefallen. Stattdessen waren sie einige Male unbemerkt in eine versteckte Ecke im Garten der Kurie geschlichen und hatten dort mit Stöcken im Sand geschrieben.

Leseübungen gestalteten sich einfacher, auch wenn das Beschaffen neuer Texte gewisse Gefahren barg. Gerade gestern hatte

Thymmo wieder mal etwas zum Lesen aus dem Rathaus mitgenommen. Seine Gegenwart fiel hier mittlerweile nicht mehr auf.

Beke wusste, dass er dabei stets Kopf und Kragen riskierte, doch ihr Drang zu lernen war einfach unbändig, und so war Thymmo gezwungen, immer neue lateinische Texte heranzuschaffen.

Gemeinsam beugten sie sich über die große Urkunde mit den hängenden Wachssiegeln daran, von denen drei das Wappen der Schauenburger Grafen enthielten. Allein diese Siegel ließen sie wissen, wie wichtig diese Urkunde war, drum wagte sie kaum, sie anzufassen.

»Viris nobilibus, dominis suis, Gerardo, Adolfo & Hinrico, comitibus Holtsacie et de Scouuenborg, consules Hammenburgenses seruicium debitum & honorem. Cum consuetudinis ...« Ihre Stimme erklang ohne jedes Stocken und Zögern. Zwar verstand Beke noch nicht jedes Wort, doch sie las dafür flüssig bis zum Ende. »... et sigilli nostre ciuiatis munimine roborari. Datum anno Domini MCC° nonagesimo tercio, octaua pasche.«

»Sehr gut, Beke. Wirklich! Ich bin ein ums andere Mal begeistert, wie groß deine Fortschritte sind. Du würdest einige der Domschüler blass aussehen lassen!«

»Danke, Thymmo! Für dein Lob und dafür, dass du Wort gehalten hast.«

»Ein Versprechen darf man nicht brechen, oder?«

Beke schenkte ihm ein warmes Lächeln.

»Und nun sag mir, was in der Urkunde steht. Hast du den Inhalt verstanden?«

Wieder beugte sich das Mädchen über die Zeilen, um noch einmal sicherzugehen, was sie glaubte verstanden zu haben. Dann richtete sie sich auf. Etwas unsicher fasste sie zusammen: »Ich glaube, es geht um die Verpachtung der Hamburger Münze.«

»Das ist richtig. Welche Personen werden in der Urkunde genannt?«

»Die Ratsherren von Hamburg und die Brüder Graf Gerhard II., Graf Adolf VI. und Graf Heinrich I.«

»Sehr gut! Und an welchem Datum ist die Urkunde erstellt worden?«

»Am fünften April im Jahre des Herrn 1293.«

»Ganz genau«, stimmte er ihr zu und begann, das Pergament vorsichtig aufzurollen«

»Hast du noch mehr mitgebracht?«, fragte das Mädchen wissbegierig.

»Ja, habe ich.« Thymmo holte eine zweite Rolle heraus und strich sie glatt. »Lies mir das vor.«

Beke nahm ihren rechten Zeigefinger und schwebte die Zeilen entlang, die sie las. Jene Urkunde trug noch mehr wächserne Siegel als die vorherige, was ihre Hand vor Ehrfurcht leicht zittern ließ. Unter anderen Umständen wäre ein einfaches Mädchen wie sie nicht einmal in die Nähe eines solchen Pergaments gekommen, und nun konnte sie diese auch noch lesen! Sie war sich dieser einmaligen Gelegenheit bewusst. »… Concedimus etiam et donamus eisdem ius tale, quod wlgo kore dicitur, statuta mandari …«

»Nein, es heißt *mandare*!«

»… mandare et edicta promulgare secundum …« Beke las den Rest fehlerfrei. An wenigen Stellen hatte sie langsam lesen müssen, um ein besonders schwieriges Wort richtig zu entziffern, doch als sie mit der Nennung der damals gegenwärtigen fünfzehn Männer geendet hatte, von denen einer wichtiger und bekannter war als der andere, blickte sie Thymmo siegessicher an. »Ich weiß, worum es geht!«

»Dann sag es mir.«

»Das ist die Urkunde, in der die fünf Grafen von Schauenburg Hamburg das Recht der freien Kore verleihen.«

»Wieder richtig! Es ist beeindruckend, wie gut du schon verstehst. Ich sage dir, wenn du als Mann geboren worden wärst, dann hättest du einen hervorragenden Schriftgelehrten abgegeben. Vielleicht hätten wir dann die Schreibarbeiten des Ratsnotars gemeinsam erledigen können. Zu schade nur, dass du als Weib mit deinem Können niemals etwas wirst anfangen können.«

Beke ließ sich nicht anmerken, dass Thymmos Worte sie tief trafen. War es das, was er in ihr sah? Die schlechtere Ausgabe eines Mannes? Bereute er wirklich, dass sie nur ein Weib war? Trotzig sagte sie: »Nun, vielleicht kannst du es dir nicht vorstellen, aber ich bin sehr gerne eine Frau! Eines Tages werde ich heiraten und Kinder bekommen, und ich werde lieben – was dir für immer verwehrt bleiben wird!«

Verwirrt blickte Thymmo zu seiner Schülerin. »Warum sagst du so etwas? Habe ich dich gekränkt?«

»Das kannst du gar nicht!«

»Was ... was ist los?«, fragte Thymmo die grimmig dreinblickende Beke. Tatsächlich war er völlig ahnungslos.

»Ach, nichts ist los. Außer, dass du dir offensichtlich wünschst, ich sei ein Mann. Ich hingegen wünsche mir nicht, dass du eine Frau wärst, Thymmo von Holdenstede. Ich wünsche mir bloß, dass du erkennen würdest, was andere Männer um mich herum schon längst erkannt haben. Aber du scheinst ja auf den Augen blind und den Ohren taub zu sein. Oder du bist im Herzen schon ein Domherr, der sich jeder Fleischeslust entsagt und Gott allein verschrieben hat? Was soll's, sei es drum, dann lasse ich mich eben von einem anderen Mann küssen!«

Thymmos Mund wurde trocken. Hatte er richtig gehört? Der alleinige Gedanke daran, dass ein anderer Kerl auf jene bestimmte Weise auch nur in Bekes Nähe kam, schnürte ihm fast die Luft ab.

Sie hatte ihr Gesicht abgewandt und trotzig die Arme vor der Brust verschränkt. Dennoch blieb sie sitzen.

Langsam hob Thymmo eine seiner ewig tintenbekleckstem Hände hoch zu ihrem Gesicht.

In diesem Moment sprang die Tür auf. Johann Schinkel trat, von seiner Krankheit gezeichnet und dennoch wütend, in die

Kammer. Fassungslos blickte er auf Beke und seinen Sohn. »Was ist hier los?«

Thymmo ließ erschrocken seine Hand sinken und starrte zur Tür.

»Habt ihr beide die Sprache verloren?«

Keiner gab Antwort.

Der Ratsnotar wandte sich an Beke. »Verschwinde aus der Kammer, Mädchen, bevor ich mich vergesse! In nächster Zeit wirst du dich Thymmo nicht mehr ohne Gesellschaft nähern. Hast du verstanden? Und wenn du das missachtest, werden deine Eltern hiervon erfahren, dafür sorge ich dann höchstselbst!«

Beke schossen die Tränen in die Augen. Wortlos und mit schamrotem gesenktem Haupt stürmte sie an ihrem Herrn vorbei. Noch bevor sie hinaus war, hörte sie die Worte: »Und später werde ich dir die Beichte abnehmen!«

»Dazu hattet Ihr kein Recht!«, begehrte Thymmo wütend auf und schritt auf den Ratsnotar zu.

Dieser zeigte mit dem Zeigefinger auf ihn und ließ ihn wissen: »Sag du mir gefälligst nicht, was meine Rechte sind. Solange du hier in meiner Kurie wohnst, wirst du unsere Dienerstochter ganz sicher nicht zu deiner Hure machen.«

»Sie ist keine Hure!«

»Ja, noch nicht! Aber so wie es gerade aussah, fehlt nicht mehr viel dazu.«

Thymmo bebte vor Wut. Nie hatte er etwas so begehrt, wie eben noch Bekes Lippen, und nun kam der Ratsnotar, den er liebte und verehrte, und wollte ihm das nehmen.

»Du wirst ein Domherr! Hast du das etwa vergessen? Bedeuten dir all die Jahre, die du nun studiert hast, nichts mehr? Willst du all das aufgeben und dafür mit einer Dienstmagd zusammenliegen?«

Er schwieg. Natürlich bedeutete ihm seine Ausbildung etwas. Aber Beke bedeutete ihm nicht weniger.

»So habe ich dich nicht erzogen. Besinne dich wieder deiner eigentlichen Zukunft – du wirst alles haben können, und dafür musst du dieses eine Opfer bringen! Frauen bedeuten nicht nur Freude, sondern auch großes Leid. Sei lieber froh, dass dir das erspart bleiben wird.«

Thymmo blickte abschätzig nach unten und fragte sich das erste Mal, ob Johann Schinkel falsch lag. Dieser bemerkte die Geste sehr wohl.

»Sieh mich an. Ich bin das lebende Beispiel dafür, dass einzig und allein der Glaube zu Gott, das Licht und die Wahrheit dir die Befriedigung schenken werden, nach der dein sündiger Körper nun dürstet. Und jetzt geh wieder an die Arbeit!«

Der Angesprochene griff nach den Pergamentrollen auf dem Schreibpult und eilte an dem Ratsnotar vorbei, bevor dieser noch bemerkte, *was* er da unter dem Arm trug. Währenddessen stieß er wütend aus: »Was versteht Ihr denn schon von den Frauen und der Befriedigung des Fleisches? Gebt mir besser keine Ratschläge von Dingen, die Euch fremd sind.« Dann knallte er die Tür hinter sich zu.

Johann Schinkel schloss kurz die Augen. Die eben ausgesprochenen Worte waren für ihn eine Marter und eine Qual gewesen – und zudem noch eine Lüge! Er wusste am allerbesten, wie unverzichtbar sich die Liebe anfühlte, wenn sie erst einmal in einem ausgebrochen war. Noch immer konnte er fühlen, wie stark die Fleischeslust einen in die Sünde drängte. Er wollte seinen Sohn vor dieser inneren Zerrissenheit bewahren, die er all die Jahre hatte durchleiden müssen. Doch er sah es schon kommen: Er würde scheitern. Und sehr wahrscheinlich war es sein und Runas schwaches Blut, welches zu jenem Ergebnis führen würde.

Thymmo hastete die Stufen regelrecht hinunter und ließ die Kurie hinter sich. Seine Gedanken rasten, und sein Herz schlug wild. Nie zuvor hatte er sich so gefühlt. So glücklich und verzweifelt zugleich, dass er am liebsten zur selben Zeit gelacht und geweint hätte. Und noch nie war er so zornig auf Johann Schinkel gewesen! Konnte es tatsächlich sein, dass der Ratsnotar ihm seine Liebschaft nicht gönnte, da es ihm selbst ein Leben lang verwehrt geblieben war zu lieben? Oder war er wirklich so selbstsüchtig, dass er Thymmo nicht mit Beke teilen wollte? Nur mit Mühe gelang es ihm, sich zusammenzureißen und seinen Zorn herunterzuschlucken, als er das Rathaus erblickte, wo er die heimlich entwendeten Urkunden zurücklegen wollte. Es war schon später Nachmittag, und sehr wahrscheinlich würde er um diese Zeit niemanden mehr dort antreffen, was ihm natürlich sehr recht war. Ohne viel Aufmerksamkeit zu erregen trat er über die Schwelle des prächtigen Gebäudes. Wenig später befand er sich in der Kammer, in der die Stadtkiste und einige Holzregale mit unzähligen Pergamentrollen lagerten.

Thymmo sah sich noch einmal um. Dann trat er auf die Kiste zu und nahm den Schlüssel Johann Schinkels aus seiner Tasche. Geschickt öffnete er die drei Schlösser und hob den schweren Deckel an. Vorsichtig legte er beide Urkunden wieder an ihren ursprünglichen Platz. Ein letzter Blick auf die Rollen bestätigte, dass alles aussah wie vorher. Erst jetzt konnte er wieder durchatmen. Geschwind verschloss er die Kiste und erhob sich. Nun würde er das Rathaus einfach wieder unauffällig verlassen, und keiner würde je bemerken, dass die Urkunden auf einer kleinen Reise gewesen waren.

Thymmo drehte sich um und machte einen beherzten Schritt. Doch statt aus der geöffneten Tür zu schauen, blickte er zu seinem grenzenlosen Entsetzen direkt in die Augen des Scholastikus'. Gerade eben konnte er einen Aufschrei verhindern.

»Wohin des Weges, Thymmo?«, fragte der Magister mit erstaunter Miene.

»Ich? Ich wollte gerade ... ich habe mich wohl in der Tür geirrt«, log er ungeschickt und kam sich lächerlich dabei vor.

»So? Nun ja, das Rathaus ist auch ganz schön groß, und so lange bist du ja auch noch nicht im Amt als des Ratsnotars Schreiber.«

»Richtig. Ich muss mich noch etwas zurechtfinden. Das ist alles.«

»Das wird schon noch.«

Thymmo schluckte schwer. Hatte der Magister tatsächlich nichts bemerkt? Wollte er jetzt mit ihm plaudern?

»Und? Bist du zufrieden mit deiner Aufgabe?«

»Nun, wie könnte ich das nicht sein? Die Arbeit für den Ratsnotar ist eine Ehre.«

»Wie wahr.«

Kaum wagte er zu atmen. Thymmo fühlte sich so unwohl, dass er sich am liebsten einfach verabschiedet hätte und gegangen wäre, doch der Scholastikus versperrte den Weg nach draußen.

»Du scheinst deine Sache ziemlich gut zu machen. Man hört nur Lob über dich.«

»Ist das so? Das ... freut mich sehr. Ich will mich bemühen, alle Erwartungen der mir Wohlgesinnten weiterhin zu erfüllen.«

»Und was erhoffst du dir davon?«

Thymmo legte die Stirn in Falten. »Ich verstehe nicht, was Ihr meint!«

»Hast du dich je gefragt, ob deine Bemühungen schlussendlich auch zum Ziel führen werden? Bist du da, wo du bist, gut aufgehoben?«

»Ihr meint, bei Johann Schinkel?«

»Möglicherweise ...«

»Natürlich bin ich das! Wo sonst gäbe es für mich bessere Aussichten?«

»Bessere Aussichten? Also wenn ich das aus meiner Sicht betrachte, sind deine Aussichten nicht so blühend, wie sie dir vielleicht erscheinen. Ist dir noch nicht in den Sinn gekommen, dass andere Männer dir vielleicht mehr bieten könnten?«

»Mehr? Was wollt Ihr mir damit sagen?«

»Heute bist du zwar des Ratsnotars Schreiber – ein bedeutender Anfang in der Tat –, aber wie viel gilt diese Stellung schon in der

Zukunft? Wohin führt sie dich? Johann Schinkel wird nicht ewig leben, doch du wirst nicht sein Nachfolger werden. Dazu bist du zu jung und zu unerfahren.«

»Ich werde älter, und ich lerne dazu ...«

»Sei nicht dumm, Junge!«, stieß der Schulmeister aus.

»Wer sagt Euch, dass ich dieses Amt anstrebe?«, gab Thymmo nun in schärferem Ton zurück.

»Alles andere wäre verwunderlich, oder nicht? Beantworte mir eine Frage: Hat der Ratsnotar dir davon erzählt, wie er selbst zum Nachfolger Jordan von Boizenburgs wurde?«

Augenblicklich kam ihm die entsprechende Unterhaltung in den Sinn. »Natürlich hat er das.«

»Und warum hat er das getan? Er wollte dich glauben lassen, dass es bei dir ähnlich laufen könnte. Und lass mich raten – seither tust du deine Aufgaben noch eifriger!«

Jetzt erwiderte Thymmo nichts.

»Ich sage dir, du liegst falsch. Nach seinem Ableben werden andere Männer, fähigere Männer, ältere Männer, seine Aufgabe übernehmen. Und du? Du bist noch nicht einmal ein Domherr, obwohl du es schon längst sein könntest – unter einem anderen Magister!«

Dieser Satz versetzte Thymmo einen Stich. Tatsächlich war es mithin das Einzige, was Johann Schinkel ihm bislang verwehrte, obwohl er die Macht hätte, und was er sich doch so sehr wünschte.

Der Scholastikus bemerkte Thymmos Blick und setzte nach: »Vielleicht ist es Absicht? Ist dir das schon mal in den Sinn gekommen?«

»Woher wollt Ihr das wissen? Ich habe dem Ratsnotar viel zu verdanken. Er hat mir zu vielem verholfen und immer an mich geglaubt. Eure Worte sind unangebracht!«

»Nein, dein blindes Vertrauen ist unangebracht, Thymmo. Glaubst du wirklich, der Ratsnotar handelt aus reiner Nächstenliebe? Ein Mann in seiner Position hat immer einen Hintergedanken, einen Plan, den er verfolgt. Und das tut er schon seit geraumer Zeit, nur warst du bisher einfach zu unerfahren, um die Wahrheit zu erkennen.«

»Das glaube ich Euch nicht. Ihr liegt falsch! Warum sollte alles Berechnung sein? Ich kenne den Ratsnotar. Ein solches Verhalten passt nicht zu ihm. Nennt mir doch nur ein einziges Beispiel ...«

»Du willst ein Beispiel seines fehlerhaften Wesens? In Ordnung. Dann sollst du eines bekommen.«

Thymmo fühlte ein Schaudern. Wenig überzeugend sagte er: »Ihr könnt nichts sagen, das meine Treue zu ihm erschüttert!«

»Nun, wir werden sehen«, ließ der Scholastikus selbstsicher verlauten. »Glaubst du tatsächlich, dass es damals vor acht Jahren bei der Wahl zum Kinderbischof mit rechten Dingen zugegangen ist?«

Thymmo schwieg, ohne eine Miene zu verziehen.

»Du denkst vielleicht, es war eine gerechte Wahl, die dich damals auf den Thron gesetzt hat. So hat er es dir erzählt, oder? Doch das ist falsch.«

Seine Gedanken waren nun bei dem Tag vor acht Jahren. Die Erinnerungen waren bildhaft. Jedes Detail so gegenwärtig, als wäre es gestern erst passiert. Seine Aufregung und der Stolz, den er empfunden hatte. Natürlich waren es die Domherren gewesen, die ihn gewählt hatten. Welchen Grund hätte der Ratsnotar auch gehabt, in dieser Sache zu lügen?

»*Ich* habe dich zum Kinderbischof gemacht, weil Johann Schinkel mir zuvor eine Gefälligkeit erwiesen hat. Du warst also bloß das Zahlungsmittel, die Tauschware! Nicht mehr.«

Ohne dass er es wollte, riss Thymmo die Augen auf und machte einen Schritt rückwärts. »Das ... das ist ... gelogen.«

»Ist es nicht, leider! Genauso wenig ist es gelogen, dass der Ratsnotar schon seit Jahren so mit dir verfährt. Er benutzt dich, und damit du nicht dahinter kommst, gibt er dir das Gefühl, ihm wahrlich eine Stütze zu sein. Doch all seine vermeintliche Liebe wird zu einem jähen Ende kommen, wenn du eines Tages aufbegehrst und nicht mehr das tust, was er verlangt.«

Thymmo lief es kalt den Rücken herunter. Sofort kam ihm die morgendliche Situation mit Beke in den Kopf. Stimmte es etwa, was der Scholastikus da sagte? Wollte der Ratsnotar ihn bloß glauben machen, dass er eines Tages ein Domherr würde und später vielleicht sogar als sein Nachfolger antreten konnte? Thymmos Herz weigerte sich noch immer standhaft, das zu glauben, doch die Worte des Magisters drangen tief in ihn und ließen ihn gegen seinen Willen zweifeln.

»Warum erzählt Ihr mir das? Doch nicht etwa aus Nächstenliebe. Was habt Ihr davon? Erzählt es mir!«

»Du bist wahrlich nicht auf den Kopf gefallen, Thymmo! Ich sage dir, was ich davon habe: Ich brauche eine rechte Hand.«

»Was? Ihr habt doch Ehler?«

Einen Herzschlag lang wirkte der Magister tatsächlich betroffen. Dann aber war dieser Anflug wieder vorbei, und seine Stimme wurde hart. »Ehler ist hasszerfressen und sein Blick dadurch verschleiert. Sein Herz schlägt noch immer für die Nikolaiten, obwohl diese Schuljungenkriege längst Vergangenheit sind. Er taugt nicht mehr als mein Vertreter.«

Ein ungläubiges Lachen entfuhr Thymmos Mund. Diese Situation war einfach zu grotesk, um sie zu glauben. »Und nun wollt Ihr mir tatsächlich erzählen, dass ich seinen Platz einnehmen soll?«

»Überleg es dir. Was ich dir anbiete, ist ehrlich und nicht so verlogen wie die vermeintlichen Angebote des Ratsnotars. Du wirst mein Vertreter, und zudem mache ich dich spätestens im nächsten Jahr zum Domherrn.«

In diesem Moment schaute Thymmo kurz zu Boden und fuhr sich mit der Rechten durchs Haar. Die scheinbar unbeirrbare Selbstsicherheit des Magisters verfehlte ihre Wirkung nicht. Doch er wusste etwas, was sein Gegenüber nicht wusste, und diese Information konnte alles ändern. Noch war sich Thymmo nicht sicher, ob er es aussprechen sollte. Sollte er Johannes von Hamme auf eine letzte Probe stellen? Die nächsten Worte kamen deshalb zögerlich. »Vielleicht seid Ihr es, der sich irrt. Eure Macht ist nicht unantastbar ...«

Der Scholastikus winkte ab. »Mach dich nicht lächerlich, Thymmo. Ich weiß längst, was der Rat noch vor mir zu verbergen versucht. Meine Augen und Ohren sind überall. Oder glaubst du etwa, ich bin zu dumm, um Erkundigungen einzuholen? Ich soll meines Amtes als Oberhaupt der Nikolaischule enthoben werden, und Christian Godonis gilt als mein Nachfolger. Doch dazu wird es nicht kommen. Ich habe viel zu viel Einfluss auf den Erzbischof, dessen erster Brudersohn Ludwig von Brunkhorst das Amt des Propstes Hamburgs anstrebt und dessen zweiter Brudersohn, Florenz von Brunkhorst, sogar begehrt, eines Tages selbst zum Erzbischof gewählt zu werden. Sei wenigstens du nicht so töricht, wie der Rest der Ratsherren zu glauben, dass der Erzbischof diesem Vorschlag je stattgeben wird. Er wird meine Stimme bei den Wahlen nie gefährden.«

Darauf wusste Thymmo nichts zu sagen. Er musste zugeben, dass ihm die Unerschütterlichkeit des Magister Scholarum durchaus imponierte. Ganz offensichtlich hatte dieser Mann nichts zu befürchten – weder vor dem Rat noch vor dem Erzbischof! Er schien genau zu wissen, was er tat und was er wollte, und er schreckte auch nicht davor zurück, sich Ehlers zu entledigen. Der Günstling eines solchen Mannes zu sein, konnte sich durchaus lohnen.

Doch was Thymmo viel mehr noch beschäftigte, war das, was der Scholastikus über Johann Schinkel gesagt hatte. Konnte es wirklich sein, dass der Ratsnotar ihm bloß vorspielte, ihn eines Tages zum Domherrn zu machen? Und was, wenn er es tatsächlich nicht tat? Welches Leben wäre ihm dann bestimmt? Thymmo musste die Wahrheit herausfinden. Das Leben, das er bislang so hoch geschätzt hatte, erschien ihm nun verlogen und unsicher.

Sein Blick schien ihn zu verraten, denn der Scholastikus ging einen Schritt zur Seite und gab die Tür frei.

»Finde selbst heraus, was die Wahrheit ist. Das kannst nur du allein. Ich kann warten.«

5

Es war ungefähr zwei Stunden vor der Vigil, als sich die Tür einer Kammer im Kloster Buxtehude langsam und geräuschlos öffnete. Zu dieser Zeit war die Einsamkeit auf den Kreuzgängen gewiss. Keine der Frauen wollte sich um ihren Schlaf bringen, der durch die Stundengebete und durch die zusätzlichen Regeln der Fastenzeit sowieso schon nicht besonders üppig ausfiel. Tybbe wog sich also in Sicherheit, als sie die Gänge entlangschlich. Die Dunkelheit konnte sie nicht aufhalten. Hier kannte sie sich auch ohne Tageslicht aus. Sie wusste genau, wie sie die Holztüren zu öffnen hatte, damit sie nicht knarrten, und welche Klinken auf welche Weise gedrückt werden mussten, damit sie nicht quietschten. Unbemerkt gelangte sie so zu ihrem Ziel: die klösterliche Küche.

Sie stieg die wenigen Stufen hinab. Hier war es kühl, doch das bemerkte die junge Frau gar nicht. Sie trug all ihre wenigen Kleider übereinander, und die Aufregung brachte ihr Blut in Wallung. Langsam und leise tastete sie sich in nahezu völliger Dunkelheit an den Wänden entlang, bis sie spürte, dass sie an jener Stelle angelangt war, die sie hatte erreichen wollen.

Fast war es ihr, als könnte sie tatsächlich sehen – so viel Zeit hatte sie einst, in den ersten Jahren im Kloster, hier verbracht. Demut sollte die niedere Arbeit und das anschließende Bedienen der Chorjungfrauen sie lehren. Es hatte gewirkt. Aber das war lang her.

Tybbe hatte die Herdstelle zu ihrer Linken bildlich vor Augen, über der ein höhenverstellbarer Kesselhaken hing und um dessen Feuer man Töpfe auf drei Füßen stellte, damit man mehr als einen Topf zur Zubereitung der Speisen hatte. Neben der Feuerstelle stand ein Holztisch mit zwei langen Bänken davor, und dahinter und an den Wänden hingen allerlei Rührstäbe, Schöpfkellen und Stößel. Etliche steinerne Vorsprünge zierten die andere Seite der Wand, auf denen unzählige Mörser, Tonkrüge und Schalen standen. Darüber, an der Decke, befanden sich eiserne Ringe und Haken, an denen Fleisch und Kräuter sicher vor Ratten aufbewahrt wurden.

Hinter einem der Vorsprünge ging Tybbe auf alle viere. Mit ihren Fingerspitzen tastete sie die ungleichmäßige Wand ab. Schnell hatte sie gefunden, was sie suchte. Es war ein ganz bestimmter Stein. Er war von der Größe und der Form nicht von den anderen Steinen zu unterscheiden, und dennoch kannte sie ihn genau, denn er wies eine kleine Vertiefung in seiner Mitte auf. Die Chorschülerin zog den Stein aus der Wand und fingerte dahinter herum. Kurz dachte sie, es wäre verschwunden, doch bevor der Schrecken sich in ihr ausbreiten konnte, ertastete sie das kleine Leinenbündel, zog es hervor und steckte es ein. Geschafft, jetzt musste sie nur noch ein paar Vorräte zusammensuchen.

Tybbe knotete sich ihr Bettleinen um die Schulter. In den so entstandenen Beutel stopfte sie Brot, Käse und ein paar Äpfel. Auch der Feuerstein und das Schlageisen, die wie immer neben der Feuerstelle lagen, gelangten ihr in die Finger. Gerade wollte sie sich auf die Suche nach weiteren nützlichen Dingen machen, als die Tür zur Küche geöffnet wurde. Tybbe erstarrte.

»Nun komm schon, Katharina. Hier unten wird uns niemand hören...«, versuchte eine männliche Stimme die Magd zum Mitkommen zu überreden. Es war der Propst!

»Aber was ist, wenn uns doch jemand hört?«

»So ein Unsinn, nun komm schon!«

Tybbe drückte sich ängstlich an die Wand. Niemals hätte sie geglaubt, dass um diese Zeit jemand die Küche betreten würde und schon gar nicht der Propst und eine der Mägde. Was um Himmels willen wollten sie hier? Sie wagte kaum zu atmen, versuchte zu hören, wo die beiden hintraten. Für einen kurzen Moment packte sie die Angst, dass sie ein Talglicht entzünden würden, doch sie irrte sich. Stattdessen war zu vernehmen, wie die beiden wild übereinander herfielen. Schmatzende Geräusche, das Flattern von zu Boden geschleuderter Kleidung und ein immerwährendes, unterdrücktes Kichern verrieten Tybbe, dass sie abgelenkt waren. Den Geräuschen nach zu urteilen, begaben sich die zwei nun in Richtung Tisch, und ein kurz darauf folgendes rhythmisches Pochen, ausgelöst durch die schweren Holzbeine des Tischs, welche sich auf dem Boden unter den harten Stößen des Propstes bewegten, bestätigte dies.

Tybbe war erschrocken und trotzdem so erleichtert, dass sie es jetzt endlich wagte, die Küche zu verlassen. Unbemerkt schlich sie durch die noch geöffnete Tür hinaus, jedoch nicht ohne die Kleidung der beiden mitzunehmen.

Dann ging alles ganz schnell. Ein letztes Mal betrat sie ihren geliebten Klostergarten. Wie gern hätte sie einen Moment verweilt und sich noch einmal in Ruhe umgesehen. Doch die Furcht davor, dass sie der Mut verlassen würde, war stärker. So ging sie zu der Stelle unter den Obstbäumen, die sie schon einmal genutzt hatte, um über die Mauer zu gelangen. Flink kletterte sie die Äste entlang und sprang schließlich auf die andere Seite. Jetzt, wo zwischen ihr und dem Kloster eine Mauer lag, schaute sie noch einmal zurück. Wehmut erfasste sie. Es waren schöne Jahre hier gewesen, wenn auch die Strenge Mutter Hesekes es ihr nicht immer leicht gemacht hatte. Dennoch, sie hätte sowieso gehen müssen – schließlich sollte sie heiraten. Wenn diese Nachricht sie nicht ereilt, und wenn sie die Spielleute nie getroffen hätte, wäre sie mit Freude für immer geblieben und hätte das Gelübde abgelegt. Doch es war anders gekommen, und nun blieb ihr nur zu hoffen, dass ihr nächster Plan so gut funktionierte wie das Überwinden der Klostermauern.

Es würde noch lange nicht hell werden. Bloß der halbe Mond spendete etwas Licht. Tybbe erkannte die Umrisse der Bäume und des Weges. Sie wusste zwar nicht, wo die Mühle lag, in der Bentz arbeitete, doch sie wusste, in welche Richtung sie gehen musste, um nach Buxtehude zu gelangen. Gott sei Dank konnte sie die Este gluckern hören, welche neben ihr floss. Auch sie würde ihr den Weg weisen – eine Mühle brauchte schließlich Wasser.

Das Glück war ihr auch diesmal hold – jedenfalls bis hierhin –, denn nur kurze Zeit später sah sie das gewaltige Mühlrad im silbrigen Licht des Mondes. Langsam näherte sie sich. Alles schien still zu sein. Auffällig still. Weder hörte sie Stimmen, noch das Knirschen der Zahnräder oder das Rattern des hölzernen Rades. Ganz plötzlich wurde sie daran erinnert, dass außerhalb des Klosters eine andere Zeiteinteilung herrschte. Natürlich war hier noch keiner erwacht und an der Arbeit! Tybbe war der Ablauf des Klosters so geläufig, dass sie ihn einfach vorausgesetzt hatte. Sie kam sich unglaublich dumm vor. Bentz hatte sie damals zu Recht verspottet. In ihren Gedanken hatte sie im Inneren der Mühle tatsächlich ein Licht brennen und aus dessen geöffneter Tür eine immerwährende Staubwolke austreten sehen. Das jedoch war bloß die Vorstellung einer bislang vor der Welt versteckten Chorschwester. Die Wahrheit war, sie hatte überhaupt nicht großartig nachgedacht. Und nun geriet ihr Plan ins Stocken. Entmutigt kauerte sie sich an den Stamm einer Trauerweide, deren Zweige in die Este hingen. Was sollte sie nun tun? Wenn sie noch lange wartete, würde man ihr Fehlen bei der Vigil bemerken. Wenn sie sich aber zu erkennen gab und Bentz zu wecken versuchte, bestand die Möglichkeit, dass sie jemand sah, der sie nicht sehen sollte.

Tybbe lehnte ihren Kopf an den Stamm. Während sie so dasaß und in die Dunkelheit starrte, hatte sie Zeit nachzudenken. Noch konnte sie zurück. Keiner würde je etwas von dieser Nacht erfahren, und alles wäre wie immer. Nein. Blödsinn, schalt sie sich. Gar nichts wäre wie immer. Es gab kein Zurück mehr. Man würde sie holen und auf irgendeine Burg bringen, und dann würde sie niemals erfahren, was sie so gerne wissen wollte. Schnell fasste sie wieder Mut, stieß sich von dem Baumstamm ab und stand auf. Sie würde gehen, jetzt gleich. Es blieb keine Zeit, länger zu warten.

Gerade hatte sie den ersten Schritt getan, da trat ein Mann aus der Mühle. Tybbe konnte einen Schrei im letzten Augenblick noch mit der Hand unterdrücken. Es war Bentz.

Bereits während er lief, fingerte er an seiner Mitte herum. Dann stellte er sich breitbeinig ans Wasser. Es plätscherte.

»Bentz«, flüsterte Tybbe so vorsichtig sie konnte und trotzdem so laut es ging. Die Aufregung ließ sie zittern.

Der Angesprochene wäre vor Schreck fast in die Este gefallen. Im letzten Moment konnte er sich fangen und vor allem sein Gemächt wieder verpacken. »Bei allen Heiligen, Tybbe! Was machst du hier, und wieso erschreckst du mich so? Jetzt habe ich mich angepisst.«

Die Chorschülerin missachtete diese Auskunft und platzte stattdessen gleich mit ihrem Vorhaben heraus. »Ich bin aus dem Kloster geflüchtet, aber versuche nicht, mich wieder zurückzubringen.«

»Du bist *was*? Sag mal, hast du die falschen Kräuter gegessen? Bist du verrückt geworden? Natürlich bringe ich dich zurück!«

»Dann werde ich eben ohne dich gehen.«

»Gehen?«, fragte Bentz erschrocken. »Wohin?«

»Nach Kiel!«

»Was? Warum nach Kiel?«

»Weil der Spielmann sagte, er lernte das Lied in Kiel. Vielleicht bekomme ich dort meine Antworten.«

»Bist du jetzt von Sinnen? Du willst allein den Weg nach Kiel antreten? Willst du etwa von fremden Männern in die Büsche gezerrt werden, du dummes Ding?«

»Nein Bentz, natürlich nicht. Deshalb bitte ich dich: Komm mit mir! Was hast du schon zu verlieren?«

»Bentz!«, schrie es plötzlich aus der Mühle.

Der Gehilfe schaute sich ruckartig um, fasste Tybbe grob am Arm und riss sie mit sich hinter einen Baum. Hier schüttelte der Knecht des Müllers energisch den Kopf. »Du weißt nicht, was du redest, Tybbe! Bevor ich dich kannte, habe ich so gelebt, wie du es gerade im Begriff bist tun zu wollen. Unter freiem Himmel, ohne warme Kleidung und ohne zu wissen, wann ich das nächste Mal etwas Warmes zu essen bekommen würde. Ich habe einiges zu verlieren – und du übrigens ebenso! Wie stellst du dir das überhaupt vor? Du spazierst von hier los und sammelst Brot von den Bäumen? Pah, du redest, bevor du nachdenkst, Mädchen! Geh zurück! Und das am besten noch vor dem ersten eurer zig Gottesdienste, der sicher bald beginnt.«

»Aber ich habe bereits Brot und warme Kleidung. Und etwas zum Tauschen habe ich auch.« Tybbe holte das Leinensäckchen hervor und schüttete den Inhalt in ihre hohle Hand. Zwei Goldringe, eine Kette und ein Armreif kamen zum Vorschein.

»Woher hast du das?«, fragte Bentz fassungslos. »Bist du jetzt auch noch ein Dieb?«

»Nein, es gehörte zu meiner Schenkung, die dem Kloster damals für meine Aufnahme überlassen wurde. Einen Teil habe ich dem Propst übergeben, wie ich es sollte, und einen Teil habe ich einfach behalten.«

»Also gehört es dem Kloster...«

»Etwas, das man nie weggegeben hat, kann man auch nicht stehlen.«

Bentz fuhr sich mit der Hand über sein stoppeliges Kinn. Er war der Verzweiflung nahe. Was sollte er nur tun? Eines war jedoch sicher: Er konnte Tybbe nicht allein lassen!

Die junge Frau spürte, dass der Müllersgehilfe haderte. Sie hatte keine Zeit mehr zu warten. »Wenn du nicht mit mir kommen willst, dann gehe ich allein.« Schon machte sie kehrt. Es war ihr ernst, also ließ sie ihn einfach stehen.

Bentz schaute ihr entsetzt nach. »Tybbe! Tybbe, was hast du vor? Komm sofort zurück! Tybbe!«

Die Chorschülerin hörte nicht auf seine Worte. Sie hatte ein Ziel vor Augen, und sie würde sich nicht mehr aufhalten lassen.

Hin- und hergerissen blickte er ihr nach. Ihr Schritt war so entschlossen, dass er mit einem Mal wusste, er hatte keine Wahl mehr. Niemals würde er sie dazu bewegen können umzukehren. Drum lief er schnell in die Mühle, griff sich unbemerkt seine wenigen Habseligkeiten und rannte ihr hinterher. Er packte ihre Hand und sagte: »Wir müssen zurück zum Fluss. Der Müller hat ein kleines Boot, mit dem wir übersetzen können. Los, komm, es bleibt uns nicht mehr viel Zeit, dann ist er uns auf den Fersen.«

Im spärlichen Licht der Nacht setzten sie über. Auf der anderen Seite des Ufers angekommen, stieß Bentz das Boot mit dem Fuß an, auf dass es langsam flussabwärts schwamm. Von hier aus warf er einen letzten Blick auf sein altes Zuhause. Leise und nur zu sich sagte er: »Lebe wohl Buxtehude, ich werde nie mehr zurückkehren können!«

Sie liefen den ganzen Tag hindurch. Erst als langsam die Nacht hereinbrach, hielt Tybbe Bentz an. »Stopp. Keinen Schritt weiter. Ich kann nicht mehr. Ich muss mich ausruhen.«

»Wir müssen weiter, Tybbe. Was ist, wenn sie uns verfolgen?«

»Das ist mir gleich. Ich kann nicht mehr!«, sagte sie vollkommen außer Atem.

Bentz schaute den Weg entlang, den sie gekommen waren. Schnurgerade führte er durch den Wald. Jedermann, der diesen Weg einschlug, würde sie sogleich sehen können. »In Ordnung. Wir rasten. Aber nicht hier am Weg. Komm mit in den Wald.«

Beide drangen sie tief ins Dickicht vor. Bentz trieb Tybbe weiter und weiter, bis sie endlich eine geeignete Stelle erreichten. Sein Drängen hatte sich gelohnt. Sie waren an einer Waldlichtung angelangt, an deren Rand sich ein kleiner Fluss mit sauberem Wasser schlängelte. Hier ließen sie sich ins weiche Moos fallen. Beseelt von dem sicheren Gefühl, an diesem verlassenen Platz unmöglich entdeckt werden zu können, fiel alle Anspannung von ihnen ab. Ein Blick genügte, um gewiss zu sein, dass der andere ebenso dachte.

Wenig später machte Tybbe sich auf die Suche nach einem bestimmten Pilz, und zu ihrem Glück fand sie nicht weit entfernt von ihrem Lager etwas Zunderschwamm, der halbkreisförmig an Birken und Buchen wuchs. Zusammen mit dem geklauten Feuerstein und dem Schlageisen entfachte sie ein nächtliches Lagerfeuer, an dem sie sich schweigend wärmten und dabei in die gelben Flammen blickten. Nachdem sie noch etwas von ihren Vorräten gegessen hatten, waren beide so erschöpft, dass sie bald darauf in einen tiefen Schlaf fielen.

Als Bentz am nächsten Tag erwachte, lag Tybbe neben ihm in der Sonne. Sie hatte die Augen geschlossen. Ihr Chorschülerinnen-Schleier war nach hinten verrutscht und gab zwei Fingerbreit ihres Haars frei. Es glänzte im hellen Mittagslicht und bildete einen starken Kontrast zu ihrer Haut. Wie schon so oft in den letzten Tagen, da er die Klostermauer ausgebessert hatte, fiel es ihm auch jetzt mal wieder auf: Tybbe war wirklich außergewöhnlich schön! Leider auch außergewöhnlich mutig. Er hatte keine Ahnung, ob es richtig gewesen war, Buxtehude mit ihr zu verlassen, doch eines wusste er dafür ganz genau: Er wollte sie beschützen – und das hatte schon längst nichts mehr mit seiner einstigen Aufgabe zu tun. Als Tybbe erwachte, sagte er zu ihr: »Wir müssen deine Kleidung loswerden. So auffällig kannst du nicht herumlaufen.«

Tybbe grinste. »Ich habe an alles gedacht.« Dann zog sie die Kleidung aus ihrem verknoteten Laken hervor. »Als ich den Schmuck aus meinem Versteck geholt habe, habe ich den Propst beim Liebesspiel mit einer der Mägde ertappt. Dies hier sind ihre Kleider.«

»Du hast ihnen die Kleider genommen?«

»Ja, und ich bin mir sicher, Gott verzeiht mir das, angesichts ihrer Sünde, die ja wohl viel schwerer wiegt als mein Diebstahl.«

Jetzt musste Bentz gegen seinen Willen lachen. Die Vorstellung von zwei Nackten, die im Dunkeln vergeblich nach ihren Kleidern suchten, war einfach zu komisch.

Sie zogen sich um, und wenig später sah Tybbe aus wie eine Magd und Bentz wie ein Geistlicher. Dann machten sie sich wieder auf den Weg. Sie liefen, soweit sie ihre Füße trugen und soweit das Tageslicht sie führte. Dann suchten sie sich ein Nachtlager. Jener Ablauf wiederholte sich Tag für Tag und Nacht für Nacht. Auch wenn sie es am liebsten vermieden hätten, Spuren zu hinterlassen, kamen sie nicht umhin, die ihnen entgegenkommenden Reisenden nach dem Weg zu fragen. So näherten sie sich langsam ihrem Ziel.

Auf ihrer ganzen Reise sprachen sie nur wenig miteinander. Zwar hatte Tybbe viele Fragen auf dem Herzen, doch Bentz schien nicht der Sinn nach Unterhaltungen zu stehen, und so hielt sie sich zurück.

Dass ihm etwas gänzlich anderes Sorge bereitete, als sie vermutete, hielt er geschickt vor ihr verborgen. Jetzt gab es sowieso kein Zurück mehr. Alles, was er nun noch tun konnte, war, Tybbe weiterhin geschickt in die Irre zu führen – jedenfalls eine Zeit lang – und zu hoffen, dass die Jahre alle Zeichen verwischt hatten.

Dann endlich erreichten sie Kiel! Nachdem sie auf ihrem gesamten Weg jegliche Städte und die meisten Dörfer gemieden hatten, kam vor allem Tybbe, die sich mit den Jahren an die klösterliche Einsamkeit gewöhnt hatte, die Stadt mit ihrer Größe und Lautstärke im ersten Moment nahezu unwirklich vor. Mit dümmlich aussehender Miene und offenem Mund schritt sie gemeinsam mit anderen Männern und Frauen auf dem einzigen Landweg der Halbinsel im Osten in die Stadt.

Bentz sah sie von der Seite aus an und lachte. Mit seinem Zeigefinger schob er ihren Unterkiefer wieder nach oben und fragte: »Willst du, dass man uns hier als Bauerntölpel auslacht, die noch nie zuvor eine Stadt gesehen haben?«

Tybbe erwiderte nichts, hielt fortan aber den Mund geschlossen. Nach einer Weile sagte sie: »Wie kann das sein?«

»Was meinst du?«

»Mein halbes Leben lang habe ich im Kloster verbracht, und trotzdem ist die Stadt genau wie in meiner Vorstellung?«

Bentz bemühte sich, gleichgültig zu schauen, während er mit den Schultern zuckte. »Nun, was hast du erwartet? Eine Stadt ist auch nur eine Mauer mit vielen Häusern darin. Wenn man schon mal eine Mauer gesehen hat und ein Haus, dann ist es doch einfach sich vorzustellen, wie eine Stadt aussieht.«

Die Chorschülerin blickte ihren Begleiter kopfschüttelnd an. »Das meine ich nicht …«

»Ist doch auch vollkommen egal«, wiegelte er ab. »Jetzt sind wir hier, und ich habe Hunger. Wie wäre es, wenn wir uns erst einmal eine Bleibe suchen und dann etwas zu essen?«

»Gut, tun wir das«, stimmte Tybbe zu und behelligte ihn nicht länger mit ihren Gedanken, die er offensichtlich nicht nachvollziehen konnte.

Die beiden gingen eine breite Straße am Fuße eines Burghügels entlang, bis sie auf einen Marktplatz kamen. Hier fragten sie ein paar Händler nach einer Unterkunft. Man verwies sie in die Flämische Straße. Tybbe und Bentz brauchten bloß wenige Schritte zu gehen, da kamen sie an ein Haus, über dessen Tür ein hölzernes Schild mit einem Hauswappen hing. *Zum wilden Ross* stand darauf geschrieben, was allerdings nur Tybbe zu lesen vermochte. Bentz jedoch erkannte das übliche Bild einer Herberge mit den grün belaubten Ästen. Sie traten ein und fragten nach dem Wirt. Kurz darauf erschien ein großer Kerl mit einem verschlagenen Blick. »Was kann ich für euch tun?«

»Wir brauchen eine Unterkunft.«

Der Wirt blickte von Tybbe zu Bentz, der mit seiner geistlichen Aufmachung in Begleitung eines Mädchens natürlich Aufmerksamkeit erregte. »Macht ihr mir auch keinen Ärger?«

»Nein, wir sind anständige Leute.«

»Könnt ihr auch bezahlen?«

»Ja«, antwortete Tybbe und holte einen schmalen Goldring hervor. »Wie lange dürfen wir hierfür bleiben?«

Der Wirt bekam ein Blitzen in den Augen und griff nach dem Schmuckstück. »Lange, meine Hübsche. Lange. Gäste mit solcherlei Bezahlung müssen auch nicht im großen Schlafraum nächtigen. Für Leute wie euch habe ich eine Kammer mit bloß zwei Betten. Aber...« Der Mann zögerte kurz. »Ihr zwei... Ich meine... seid ihr...«

»Bruder und Schwester!«, warf Bentz schnell ein.

»Gut, dann kommt mit.«

Sie schritten hinter dem Hünen ein paar Stiegen hinauf, wo sie einen Gang mit vier Türen betraten. Die letzte Tür auf der rechten Seite wies er ihnen zu. »Das ist eure Kammer.« Noch einmal schaute er seine beiden Gäste an. Irgendwas an ihnen war seltsam. »Ich rate euch, verhaltet euch anständig, sonst fliegt ihr raus! Ganz egal für wie lange ihr bezahlt habt. Verstanden?«

Beide nickten, dann traten sie ein. Bis auf zwei mächtige Strohsäcke in zwei gegenüberliegenden Ecken und ein Talglicht in der Mitte, welches auf einer umgedrehten Holzkiste stand, war die Kammer leer. Doch das Stroh roch einigermaßen frisch, und es gab eine geöffnete Fensterluke, aus der sie die Dächer der Stadt sehen konnten.

Während Bentz die Tür schloss und sich sofort auf einen der Strohsäcke warf, ging Tybbe hinüber zur Fensterluke. Eine Weile lang blickte sie stumm von links nach rechts. Immer wieder blieb ihr Blick an etwas haften. Da war ein Kirchturm und dort ein besonders hohes Gebäude, welches sicher das Rathaus war, und natürlich die Burg, die über allem thronte. An den vielen neu anmutenden Häusern der engen Gassen war deutlich zu sehen, dass in der Stadt fleißig gebaut wurde und sich ihr Bild sicher von Jahr zu Jahr stark veränderte. Viele Menschen schienen innerhalb der Mauern zu wohnen, obwohl hier nicht viel Platz war. Mit Sicherheit kannte einer von ihnen Sibot, den sagenhaften Spielmann.

Ein letztes Mal ließ Tybbe den Blick schweifen. Gerade tauchte die untergehende Sonne die Stadt in ein warmes Orange. Fast sah es aus, als würde sie brennen. Ein beeindruckendes Bild, was sie einerseits anzog und andererseits abstieß. Dennoch wäre sie am liebsten gleich hinausgestürmt und hätte sich auf die Suche begeben. Aber was genau suchte sie eigentlich? Sie wusste keine Antwort darauf, denn alles, was sie hierher geführt hatte, war ein einziges Lied – gesungen von einem fremden Spielmann!

Bentz regte sich auf seinem Strohsack. »Komm, wir gehen hinunter und essen etwas. Ich sterbe vor Hunger.«

Tybbe riss sich vom Anblick der Stadt los und schloss die Luke.

»Wohin willst du als Erstes gehen?«, fragte Bentz am nächsten Morgen, und blickte um sich, als sie aus der Herberge traten. Vor ihm lag die Flämische Straße, in der bereits zu dieser frühen Stunde viele Kieler unterwegs waren.

Tybbe schaute einen Moment lang umher, während sie ihre Augen mit der flachen Hand vor dem Sonnenlicht abschirmte. Dann erstarrte sie plötzlich in ihrer Bewegung und rief aus: »Die Burg!« Den Blick fest an einen Punkt in der Höhe geheftet, wo bloß ein Stück des Turms über den Häuserdächern zu sehen war, stellte sie sich auf ihre Zehenspitzen.

»Was meinst du?«

»Ich meine, dass wir zur Burg gehen sollten. Dort kennt man den Spielmann Sibot bestimmt, vorausgesetzt, er war wirklich schon einmal hier, dann war er auf jeden Fall auf der Burg!«

Bentz zögerte kurz, trotzdem sagte er: »Gute Idee, lass uns gleich gehen.« Seine wahren Gefühle ließ er sich jedoch nicht anmerken.

Gemeinsam liefen sie die leichte Steigung hinauf, auf der er fast Probleme hatte, mit Tybbe Schritt zu halten, so beflügelt war sie von ihrem Einfall. Erst als sie kurz vor den Mauern der Burg waren, wurde sie langsamer.

Bentz gab zu bedenken, was auch ihr gerade in den Sinn gekommen war. »Ich glaube nicht, dass wir einfach dort reinspazieren können, Tybbe.«

»Da magst du recht haben. Was schlägst du vor?«

»Bleib du hier, ich werde mit dem Wachmann reden.« Bentz ließ Tybbe zurück und schritt auf den dicken Kerl zu, der ihn schon von weitem ansah, als ob er ihn am liebsten aufspießen würde. Während er näher an den Mann herantrat, legte er sich seine Worte zurecht. Ein letztes Mal blickte er zurück zu Tybbe, die nun außer Hörweite war.

»Was wollt Ihr hier, Kirchenmann?«

Bentz lächelte und hielt mit einer Mannslänge Abstand vor dem Wachhabenden an. »Ich will dir nichts Schlechtes, mein Sohn. Aber du siehst aus, als könntest du eine Beichte vertragen.«

»Wovon sprecht Ihr?«

Er zog eine Augenbraue hoch, schaute auf den dicken Bauch des Mannes und fragte: »Hast du dich in letzter Zeit nicht etwas der Zügellosigkeit hingegeben? Ich könnte dein Gewissen erleichtern – gegen ein paar Pfennig, gegen Wein oder Käse.«

»Was? Ihr habt wohl zu viel Sonne abbekommen. Verschwindet«, sagte der Dicke schon hörbar erbost.

Bentz hatte fast, was er wollte. Nur noch einen Satz brauchte es für seinen Zweck, doch dieser barg besondere Gefahr. Leise, fast schon geflüstert, sagte er: »Wenn du mich nicht entsprechend entlohnen kannst, dann frag doch mal dein Weib, ob sie dir aushilft.«

In diesem Moment schrie der Wachmann auf. »Mach dass du verschwindest, du Hundsfott! Hinfort und zwar schnell, bevor ich dich in meine Finger kriege.«

Bentz rannte los, packte Tybbe beim Arm und hielt erst zwei Straßen weiter an.

Völlig außer Atem fragte Tybbe: »Was war das denn?«

»Ich würde sagen, ein Wachmann mit äußerst schlechter Laune. Ich hatte den Namen Sibot kaum ausgesprochen, da schrie er schon los.«

»So ein Mist«, fluchte sie noch immer atemlos. »Warum mussten ausgerechnet wir an diesen Kerl geraten?« Dann schlug sie vor: »Vielleicht sollten wir zurückgehen und ausharren, bis einer der Dienstboten oder Mägde die Burg verlässt. Das Gesinde weiß doch überall am besten Bescheid.«

»Ha, das kannst du gern alleine tun«, ließ Bentz sie wissen. »Mir hat das eben gereicht. Was glaubst du, was der mit uns macht, wenn wir da wieder auftauchen? Lass uns wenigstens bis zur Wachablösung warten.«

Tybbe wusste, Bentz hatte recht. »Hmm, in Ordnung. Dann sollten wir uns jetzt vielleicht aufteilen und uns in der Stadt durchfragen. Geh du die Straßen um die Burg ab. Erkundige dich überall nach dem Spielmann, wo viele Menschen sind. Schneider, Bäcker, Schmiede – was du finden kannst. Ich laufe am Hafen entlang und frage die Männer dort nach Sibot. Der Wirt sagte mir, dass auf dem Weg dorthin die Schuhmacher ansässig sind. Vielleicht wissen die etwas. Wir treffen uns dann vor der Kirche.«

»Gut, dir viel Glück«, sagte Bentz mit einem Lächeln und versuchte, sich nicht anmerken zu lassen, was gerade in ihm vorging. Erst als Tybbe außer Sichtweite war, hielt er einen Mann an, der seiner Erscheinung nach ein Kaufmann war. Er wusste, wo man fand, was Bentz begehrte. Nicht einmal weit war es bis zu seinem Ziel, welches allerdings fern der Burgstraße lag. Als er davorstand, zögerte er kurz. Es brauchte einen Augenblick, sich zu überwinden. Bentz wusste, dass das, was er jetzt zu tun hatte, seine Pflicht war, doch er wusste nicht, ob er es auch wirklich aus voller Überzeugung tat. Dennoch betrat er wenig später die städtische Botenanstalt. Schnell wollte er es hinter sich bringen. Der Mann, den er fand, war nach eigener Aussage ein guter Reiter. Ihm diktierte er ein Schreiben und entlohnte ihn großzügig, damit der Bote gewillt war, die kurze Strecke vielleicht sogar bis zum Abend zu schaffen. Sofort sollte er sich auf den Weg machen, was der Mann ihm auch mit seinem Boteneid versprach.

Daraufhin ging Bentz gedankenversunken die Burgstraße entlang – jedoch ohne auch nur mit einem Menschen zu sprechen, wie Tybbe es ihm aufgetragen hatte. Als es Zeit wurde, wandte er sich zum Marktplatz, wo er sie auch gleich am Fuße der Kirche erblickte.

»Da bist du ja«, sagte sie mit erwartungsvollem Gesicht.

Bentz fragte als Erster: »Und, konnte dir jemand helfen?«

»Nein, niemand. Absolut niemand«, sagte sie enttäuscht. »Wie war es bei dir?«

»Nichts«, log er. »Wie es scheint, sind die Kieler nicht besonders an Spielleuten interessiert oder an Fremden, die seltsame Fragen stellen.«

Tybbe war plötzlich sichtlich niedergeschlagen. »Das macht alles doch überhaupt keinen Sinn. Was suche ich eigentlich noch hier? Ich suche... irgendetwas«, gab sie sich selbst ihre verdrießliche Antwort.

Bentz lachte bitter auf. »Ja, es ist in der Tat irrsinnig, dass wir überhaupt hier sind, bloß weil ein unbekannter Spielmann ein Lied gesungen hat, was du zu kennen meintest.«

Tybbe antwortete nicht gleich. Sie lehnte sich an eine Häuserwand und schloss kurz die Augen. Den halben Tag war sie nun herumgerannt und hatte zig Leute gefragt, keiner schien den Spielmann zu kennen. Für gewöhnlich war sie niemand, den schnell der Mut verließ, doch letzte Nacht in der Kammer der Herberge war ihr klargeworden, was für ein hohes Risiko sie eingegangen war. Sie konnte nicht mehr zurück ins Kloster, sie war unverheiratet, und ihre Mittel würden nicht ewig reichen. Was hatte sie sich bloß bei ihrer Flucht gedacht? »Wie es scheint, ist es so, wie du es gesagt hast. Die Stadt besteht bloß aus vielen Häusern mit einer Mauer darum. Irgendwie habe ich mir das anders vorgestellt. Ich weiß nicht so recht, was ich eigentlich erwartet habe.«

»Vielleicht hat der Spielmann sich damals auch einen Scherz mit dir erlaubt? Oder er hat sich falsch erinnert und das Lied, welches du erkannt hast, doch irgendwo anders erlernt.«

»Das wäre möglich«, sagte Tybbe mit einem tiefen Seufzen. »Ach, wenn ich doch bloß etwas mehr über den Spielmann wüsste. Wo er sich sonst aufhält. Oder wenn ich doch noch einmal mit ihm sprechen könnte ...«

»Ja, das würde dir sicher weiterhelfen. Doch ich brauche dir wohl nicht zu sagen, wie sinnlos es ist, weiter darüber nachzudenken.«

Tybbe blickte mutlos umher. »Nein, das brauchst du mir nicht zu sagen ...«

»Sei nicht allzu enttäuscht. Wir haben uns ja noch nicht durch alle Straßen durchgefragt.«

»Und *wenn* wir uns durch alle Straßen gefragt haben? Was dann?«

Bentz wurde ernst. »Diese Frage ist berechtigt, Tybbe, und wir sollten darüber reden. Ich werde dir helfen, so gut ich kann. Aber wenn wir hier keinen Hinweis finden, dann wirst du mit mir kommen und diese törichten Gedanken über Spielmänner und Lieder ein für alle Mal vergessen.«

Tybbe blickte ihn an. Kurz wog sie ab, ob er in der Lage war, sie dazu zu zwingen, und beschloss, dass sie keinesfalls ohne ihn auskommen konnte. Ja, sie musste auf seine Forderung eingehen. Es blieb ihr keine Wahl. »Und wohin soll ich dir folgen?«

»Dorthin, wo ich Arbeit finde, und dorthin, wo man uns nicht sucht. Wo man *dich* nicht sucht! In einer Stadt wie Kiel sind wir nicht sicher.«

»Einverstanden!«, sagte sie.

»Gut«, erwiderte er nickend und richtete dann seinen Blick auf die vollgestopften Straßen. »Doch bevor wir weitersuchen, sollten wir uns vielleicht erst einmal stärken. Wir laufen schon seit Stunden umher.«

Tybbe nickte entmutigt und stieß sich von der Wand ab.

Der Bote öffnete die Tür der Burgkapelle. Sein Blick fiel sogleich auf den Betenden, doch dieser hatte die Augen starr nach vorne gerichtet. Er war so vertieft in den Anblick der geschnitzten und bemalten Holzfigur über dem Altar, dass er den Mann zunächst gar nicht kommen sah.

Der Geistliche betete mit offenen Augen, als der Lichtkegel auf die Marienstatue mit dem Jesuskinde im Arm fiel. Dann vernahm er Schritte schräg hinter sich. Schnelle Schritte, die hallend an sein Ohr drangen. Der Kirchenmann erhob sich von seinen Knien und sah sich verwundert um. Außer ihm war niemand hier, der Mann musste also tatsächlich zu ihm wollen.

Mit einer geheimnisvoll anmutenden Geste blickte der Bote sich um und fingerte gleichzeitig nach einem Stück Pergament, das in seinem Mantel verborgen war. »Seid Ihr der Beichtvater des Fürsten?«

»Ja, der bin ich.«

»Das ist für Euch«, sprach der Mann und übergab den Brief.

Schon hatte der Bote wieder kehrtgemacht und verließ eilig die Kapelle.

Der Geistliche hatte nicht die geringste Ahnung, wer der Versender war, weshalb ihn die Neugier das Blatt schnell entfalten ließ. Es war unschwer zu erkennen, dass der Schreiber die Zeilen mit schneller Feder geschrieben hatte.

Verzeiht, dass ich mich kurz fasse und es aus Gründen der Eile an Höflichkeit Euch gegenüber mangeln lasse. Doch obwohl wir uns schon einige Jahre nicht gesehen haben, zwingen mich die Umstände dazu. Der Grund meines Briefs ist leider kein erfreulicher…

Die Augen des Lesenden fuhren immer schneller über das Blatt. Auch wenn er es eigentlich nicht glauben konnte, war ihm schon nach den ersten Zeilen klar, um was es ging.

… schnelles Handeln ist nun unabdingbar, deshalb wird Euch nun die unehrenhafte Aufgabe zuteil, Eurem Herrn zu berichten. Ich hoffe, er weiß, was zu tun ist. Sicher werdet Ihr verstehen, dass ich nichts ausrichten kann.…

Nach den Schlussworten griff sich der Mann ans Herz. Konnte das wirklich die Möglichkeit sein? Jahrelang hatte er schon nichts mehr darüber gehört – fast schon waren die Ereignisse aus seinem Gedächtnis gestrichen gewesen. Nie im Leben hätte er damit gerechnet, dass die Vergangenheit sie alle noch einmal derart einholen würde. Schlagartig wurde ihm bewusst, was das bedeutete, und er mochte sich gar nicht ausmalen, was passieren würde, sollte die Wahrheit je herauskommen!

Der Geistliche musste nicht lang überlegen, um zu wissen, was er zu tun hatte. Es würde ihm keine Wahl bleiben, als seinen Herrn über die Geschehnisse zu unterrichten. So schlug er ein letztes Kreuz mit Blick auf die hölzerne Marienfigur und hastete aus der Kapelle über den Burghof bis zur Halle, wo der Fürst sich des Tages aufhielt. Hier fiel er vor ihm auf die Knie.

»Herr, bitte verzeiht, dass ich Euch störe, doch es gibt eine äußerst wichtige Kunde, die ich mit Euch besprechen muss.«

»Ach ja? Ist sie von solcher Bedeutung, dass Ihr mein Mahl stören müsst?«

»Bedauerlicherweise ja. Die Sache duldet keinen Aufschub. Bitte hört mich an – unter vier Augen!« Als der Graf nicht gleich reagierte, setzte sein Beichtvater noch einmal nach. »Glaubt mir, die Nachricht ist von höchster Dringlichkeit und verlangt absolute Geheimhaltung.« Nun sagte der Geistliche langsam und eindringlich: »Ich bitte Euch, mein Fürst! Die Botschaft kommt aus dem Bistum Verden, von einer Dienerin des Herrn, wenn Ihr versteht, was ich meine.«

Die eben gehörten Worte genügten offenbar, um alle Anwesenden fortzujagen. »Hinaus! Alle! Und zwar sofort.«

Die verblüfften Ritter und Damen, Diener und Mägde begriffen schnell, dass sie besser nicht auf eine zweite Aufforderung warten sollten. Geschwind verließen sie die Halle, und bald darauf fiel die schwere Holzflügeltür in ihr Schloss.

»Nun redet schon, Vater!«

Der Geistliche zitterte am ganzen Leib, was auch seiner Stimme anzumerken war. Er versuchte alles mit knappen Sätzen zu erklären, wusste er doch, dass sein Herr ihm keine Gelegenheit zu langen Erläuterungen geben würde, wenn er erst verstand, um was es ging.

Das Geschrei des Grafen hallte über alle Flure der Burg. Sein zunächst nicht zu deutendes Gebrüll wandelte sich irgendwann in handfeste Flüche und Verwünschungen, die sich bald eindeutiger gegen bestimmte Personen richteten.

Der Kirchenmann kam mit dem Kreuzeschlagen kaum hinterher. Bei den ersten der zahlreichen gottlosen Worte versuchte er seiner Pflicht als Beichtvater noch nachzukommen, indem er den Fürsten ermahnte. Als er aber merkte, dass dessen Zorn so auf ihn überzuschwappen drohte, hielt er sich zurück. Es dauerte eine Ewigkeit, bis ein Durchdringen zu dem aufgebrachten Mann überhaupt wieder möglich wurde. Dann aber waren seine Befehle klar.

Am vergangenen Tage war es so verregnet gewesen, dass sich Tybbe und Bentz kaum aus der Herberge getraut hatten. Strömender Regen und Gewitter waren über Kiel hinweggezogen. Es hatte keinen Sinn gemacht, auch nur einen Fuß vor die Tür zu setzen. Heute jedoch schien wieder die Sonne.

Tybbe war schon kurz nach dem ersten Morgenrot erwacht und sogleich zum Fenster gestürmt. Als sie sah, dass der Himmel wolkenlos war, hastete sie zu Bentz' Strohsack. Hier fiel sie auf die Knie. Eigentlich hatte sie fordernd an seinen Schultern rütteln wollen, damit er aufstand und sie endlich in die Stadt gehen konnten, doch kurz davor hielt sie plötzlich inne. Stattdessen blickte sie ihm eingehend ins Gesicht.

Sein Atem ging ruhig und gleichmäßig. Er lag auf der Seite, seine linke Hand ruhte neben seinem Gesicht. Die rechte Hand an seinem Dolch. Fast schien es, als wolle er Tybbe damit beschützen.

Es überkam sie so plötzlich, dass sie sich selbst darüber wunderte. Aber als sie ihn dort so liegen sah, ward ihr zum ersten Mal richtig bewusst, was er alles für sie getan hatte. Seine Anstellung bei dem Müller und sein damit behagliches Leben hatte er für sie aufgegeben. Einfach so. Nur um ihr zu helfen. Tybbe fühlte sich mit einem Mal so schuldig und so schlecht, dass ihr die Tränen kamen. Sie hatte nie gewollt, dass er ihretwegen schlechter lebte als zuvor. Im Gegenteil! Sie wünschte sich, dass es ihm wohl erging – war er doch ihr einziger Freund auf dieser Welt. Und so nahm sie sich vor, auch etwas für ihn zu tun. Sie würde ihm eine kleine Freude bereiten, doch nicht in diesem Augenblick, denn jetzt galt es, auf die Suche zu gehen. Tybbe wischte sich die Tränen fort und berührte Bentz sanft an der Schulter. Kurz darauf öffnete er seine Augen.

»Guten Morgen!«, sagte er verschlafen und gähnte herzhaft.

»Guten Morgen. Du solltest langsam aufstehen. Heute ist das Wetter endlich wieder schön!«

»Ja, ist es das? Aber sicher nicht so schön wie du!«

Tybbe wich eine Handbreit zurück. Mit einer solchen Entgegnung hatte sie nicht gerechnet. Noch nie hatte er ihr etwas Derartiges gesagt, und sie wusste nicht, wie sie reagieren sollte. Ungewollt stieg ihr die Röte ins Gesicht.

Bentz konnte ihre Verlegenheit sehen und bereute seine unbedachten Worte gleich wieder. Sicher hatte sie sie falsch gedeutet. Er selbst fühlte sich nun unwohl. »Tut mir leid, ich ...«

»Schon gut!«, fuhr sie mit einem aufgesetzten Lachen dazwischen, erhob sich und winkte hektisch ab. »Wir ... sollten jetzt aufholen, was wir die letzten Tage durch den Regen verpasst haben.«

Bentz griff nach seinen Stiefeln und Tybbe nach ihrem Wolltuch, welches sie sich um die Schultern legte. Eine schnelle Mahlzeit in der Gaststube später, traten sie hinaus auf die Straßen. Ihr vierter Tag in Kiel begann.

Auf der Flämischen Straße angekommen, sahen sie sofort, dass an diesem Tage etwas anders war. Die Stadt schien voller als die letzten Tage, und als sie den Platz vor dem Rathaus betraten, sahen sie auch warum – es war Markttag.

Bentz schaute sich um. »Na, heute wird es dir nicht an Leuten mangeln, die du befragen kannst.«

»Du sagst es«, ließ Tybbe angesichts der großen Aufgabe, die vor ihr lag, fast schon mutlos verlauten. Mit großen Augen schaute sie in die dicht gedrängte Menge. Dann straffte sie den Rücken, wandte sich Bentz zu und sagte kraftvoll: »Ich lasse mich nicht abschrecken. Meine Niedergeschlagenheit von vor zwei Tagen ist fort. Lass uns heute die Schneider der Stadt fragen. Wo viele Weiber sind, wird auch viel getratscht.« Tybbe wartete Bentz' Antwort gar nicht ab. Sie hatte ihm gerade den Rücken gekehrt, da lief sie mit Schwung in die Arme einer Frau.

Diese erschrak heftig und fasste sich an ihr Herz. »Heilige Mutter Jesu!«

Auch Tybbe fuhr zusammen und schlug der Magd dabei einen Korb mit Eiern darin aus der Hand. Ihr kläglicher Versuch, den Korb im letzten Moment doch noch festzuhalten, endete im Unglück. Die Eier flogen heraus und landeten zum größten Teil auf Tybbes Kleid, wo sie augenblicklich schmierige Spuren hinterließen.

Einen Moment blickten die Frauen sich nur erschrocken an. Es war nicht recht auszumachen, wer die Schuld an diesem Missgeschick trug. Sie beide hätten besser aufpassen können. Doch für solche Gedanken war es jetzt auch zu spät.

»Ich bin untröstlich ...«, stammelte die Magd zerknirscht.

»Ach was, *ich* habe *dich* umgerannt«, erwiderte Tybbe. »Und nun sind alle deine Eier kaputt. Ich werde sie dir ersetzen.«

»Kommt nicht in Frage! Sieh nur dein Kleid an.«

Tybbe schaute an sich runter. Sie sah schlimm aus, doch es würde nicht lang dauern, da wäre der Geruch ihr größeres Problem.

»Los, komm mit zum Brunnen. Ich helfe dir, deinen Rock zu waschen. Bei diesem Wetter wird er schnell wieder trocken sein.«

Tybbe wehrte sich nicht. Anderenfalls hätte sie bald eine Wolke fauligen Gestanks hinter sich hergezogen.

Wenig später waren alle Spuren der Eier beseitigt, und die Magd richtete sich wieder auf. »So, das hätten wir. Was für ein Missgeschick...« Plötzlich hielt sie inne und schaute Tybbe mit einem eigenartigen Blick an. Sie verengte ihre strahlend grünen Augen und legte kaum merklich den Kopf schief. »Kenne ich dich nicht?«

»Mich? Wie kannst du mich kennen?«

»Ich weiß nicht, kommst du aus Kiel?«

»Nein.«

»Dann muss ich dich wohl verwechseln.«

»Kann ich dir eine Frage stellen?«

»Ja, was denn?«

»Ich muss wissen, ob in den letzten Wochen ein bestimmter Spielmann in Kiel war.«

»Nun, es sind immer wieder alle möglichen Spielleute auf der Burg. Wie soll ich wissen, welchen von denen du meinst?«

»Du warst schon mal auf der Burg?«, fragte Tybbe aufgeregt.

»Aber natürlich«, lachte die Frau. »Ich verdinge mich dort als Magd.«

»Das ist ja großartig«, stieß Tybbe übermütig aus. »Der Name des Spielmanns ist Sibot. Er muss vor nicht allzu langer Zeit hier gewesen sein, und er reiste mit einem Ochsenwagen, der über und über mit bunten Bändern verziert war. Sogar die Hörner des Ochsen waren geschmückt. Bei ihm waren noch zwei Frauen und zwei Männer, die sich sehr ähnlich sahen.«

»Ach, Sibot! Ja, den kenne ich. Er und seine Gefährten kommen regelmäßig hierher.«

»Wirklich? Du kennst ihn?« Aufgeregt klatschte Tybbe in die Hände.

»Wenn ich es dir doch sage...!«

»Wie kann ich ihn finden? Ich muss mit ihm sprechen!«

»Nun, da muss ich dich wohl enttäuschen. Ich weiß nicht, wohin er gezogen ist und auch nicht, wann er wiederkommt. Vielleicht erst in einigen Monaten.«

Tybbe ließ den Kopf hängen. »Das sind keine guten Nachrichten.«

»Tut mir leid.«

»Ich danke dir trotzdem!«, sagte Tybbe traurig.

Wieder musterte die Magd mit den auffallend grünen Augen ihr Gegenüber genau.

Bentz bemerkte dies und wurde zunehmend unruhiger. Warum starrte diese Frau Tybbe so an? »Auch ich danke dir für deine Auskunft. Wir wollen dich nicht länger aufhalten«, sprach er schnell und zog Tybbe aus dem Weg, damit die Magd weitergehen konnte.

Diese blieb jedoch noch einen quälenden Augenblick lang stehen und blickte in Tybbes Gesicht. Dieses Mädchen! Sie kam ihr so bekannt vor, doch ihr wollte einfach nicht einfallen, warum. »Bist du sicher, dass du nicht schon einmal in Kiel gewesen bist?«

Tybbe schaute noch einmal auf. Ihr Gesicht war von großer Enttäuschung gezeichnet. Sie hörte kaum zu, was die Magd fragte und schüttelte nur den Kopf.

»Komm, Tybbe. Hier gibt es nichts mehr für uns zu tun«, drängte Bentz sie weiter.

»Ja, du hast recht«, sagte sie und hinterließ der Magd noch einen letzten Gruß. Dann verschwanden die beiden im Getümmel der Straßen.

Auch die Magd ging wieder ihres Weges, doch sie konnte den ganzen Tag an nichts anderes mehr denken als an dieses Mädchen.

6

Thymmo trug dieses Gefühl nun schon seit Tagen mit sich herum. Es war eine Mischung aus Wut und Enttäuschung, aus Ungläubigkeit und Entsetzen. Konnte es wirklich stimmen, was der Scholastikus ihm erzählt hatte? Über all die Jahre hatte er den Ratsnotar blind verehrt. Niemals eine seiner Taten oder Worte angezweifelt. Schließlich war er stets wie ein Vater zu ihm gewesen, und so wie ein Sohn seinen Vater achtet, so hatte Thymmo Johann Schinkel geachtet. Doch was er erfahren hatte, verwirrte ihn. War das Wesen seines Mentors tatsächlich so fehlerhaft?

Zusätzlich verwirrten ihn die Gefühle, die er für Beke empfand. Eigentlich wollte er sich nicht ablenken lassen, seine Aufgaben waren ihm stets so wichtig gewesen, und doch war gerade nichts wichtiger für ihn als dieses Mädchen.

Das erste Mal in seinem Leben wurde ihm bewusst, was es hieß, ein Domherr zu werden. Entschied er sich für diesen Weg, würde es keine Beke mehr geben, keine Berührungen, keine süße Heimlichkeit. Konnte er darauf wirklich verzichten?

Gedankenversunken schritt Thymmo durch den Bereich der Domimmunität. Er musste nachdenken und wollte alleine sein. Zuerst hatte er den Mariendom ein paar Mal umrundet, war dann den Kattrepel hinaufgelaufen und am äußersten Rand der Kurien am Heidenwall entlangspaziert. Als er bei der Obermühle ankam, hielt er kurz inne. Sein Blick heftete sich an die vielen Mühlräder, wie sie sich unaufhörlich und gleichmäßig drehten und dabei Wasser mit jenem unvergleichlichen Geräusch schöpften. Überall liefen Männer umher und taten ihre Arbeit. Thymmo sah einen, der die ankommenden Getreidesäcke und die ausgehenden Mehlsäcke kontrollierte, und einen, der das Auffüllen der Mattenfässer und Trichter beaufsichtigte. Dazwischen arbeiteten Dustfeger, die das herumliegende Mehl zusammenkehrten.

Als kleiner Junge war er oft mit Johann Schinkel hier gewesen, der schnell gemerkt hatte, dass ihn diese Mühle faszinierte. Sie waren vor allem dann hierhergekommen, wenn Thymmo seine Eltern mal wieder vermisste. Nie könnte er vergessen, wie liebevoll der Ratsnotar stets versucht hatte, ihn abzulenken. Nun war er jedoch kein Kind mehr, und obwohl ihn das Geschehen an der Mühle noch immer fesselte, sah er heute noch etwas anderes, als riesige Mühlräder oder umherwirbelndes Mehl. Thymmo sah die Männer und fragte sich, ob er nicht selbst einer von ihnen sein konnte. Ein einfacher Mann, der mit harter Arbeit sein Brot verdiente und des Abends heimkehrte zu Frau und Kindern. Kein Mitglied des Domkapitels, sondern ein Gemahl und Vater. Vielleicht war es kein schlechtes Leben – fern von Büchern und Schreibfedern, von Gesang und Gebet.

»Ich habe gewusst, dass ich dich hier finde«, ertönte es plötzlich hinter ihm.

Thymmo drehte sich nicht um. »Ihr sucht mich?«, fragte er den Ratsnotar tonlos.

»Willst du reden?«

»Ich wüsste nicht worüber.«

»Halte mich nicht zum Narren, Thymmo. Seit dem Vorfall in der Schreibstube gehst du mir aus dem Weg. Du hast keine drei Worte mit mir gewechselt. Soll das jetzt für immer so weitergehen?«

Thymmo wandte sich dem Ratsnotar zu und blickte in jenes Gesicht, das in der Vergangenheit immer Vertrauen für ihn ausgestrahlt hatte. Jetzt war es eher Unsicherheit, die das Antlitz bewirkte – ein Gefühl, das ihn irritierte, so schaute er lieber wieder auf die Mühle und ihre Männer. Niemand schenkte ihnen Beachtung.

»Ist es wirklich so unverständlich für dich, dass ich dir den Umgang mit Beke verwehre? Kannst du denn überhaupt nicht verstehen, was du dir damit kaputt machst? Dein Leben geht nun mal andere Bahnen ...«

»Ja, die Euren, nicht wahr?«, ergänzte Thymmo mit gleichbleibender Stimme.

»Was willst du mir damit sagen? Habe ich nicht immer alles getan, damit du es eines Tages gut hast?«

Nun fuhr Thymmo wütend herum. »O ja, das habt Ihr – und sogar noch darüber hinaus! Ihr habt mich glauben lassen, ich sei etwas Besonderes, obwohl das nicht wahr ist.«

»Wovon redest du?«, fragte der Ratsnotar verwirrt. »Du *bist* etwas Besonderes, auf jeden Fall für mich!« Johann Schinkel wollte seinen Sohn am liebsten bei den Schultern packen und ihn zwingen, ihm ins Gesicht zu sehen, so sehr meinte er, was er sagte. Doch er wollte jenes zarte Pflänzchen, welches dieses Gespräch noch war, nicht zertreten. Drum fragte er vorsichtig: »Was habe ich getan, das dich so verärgert?«

»Das kann ich Euch sagen. Ihr habt mich all die Jahre zu Eurem Spielball gemacht. Ich lernte, was immer ich lernen sollte, und ich war, was immer ich sein sollte.«

»Aber war es nicht auch das, was *du* wolltest?«

»Pah«, stieß er aus. »Hat Euch das je interessiert?«

»Natürlich hat es das! Du warst stets das Wichtigste für mich, und alles andere stand dem Wunsch nach, dich glücklich zu machen.«

»Ach ja? Wollt Ihr etwa leugnen, dass ich damals nur zum Kinderbischof gewählt wurde, weil Ihr dem Scholastikus eine Gefälligkeit erwiesen habt?«

Johann Schinkel prallte regelrecht zurück und stammelte: »Wer ... wer hat dir davon erzählt?«

»Es stimmt also!«, stellte Thymmo angewidert fest. »Ich konnte es erst nicht glauben, doch nun kenne ich die Wahrheit!«

Der Domherr hatte seine Stimme schnell wieder im Griff. »Nein, Thymmo. Die kennst du nicht. Bitte lass mich erklären. Es gibt eine Sache, die du nicht...«

»Spart Euch das«, sagte er und bedachte den Ratsnotar mit einem letzten wütenden Blick. »Ich habe genug gehört, um zu wissen, dass es Euch in der Vergangenheit in erster Linie um Euren Vorteil gegangen ist. Warum sollte es heute anders sein? Und nun wollt Ihr mir Beke verwehren, da Ihr mir mein Glück nicht gönnt. Doch ich habe mich zum letzen Mal von Euch benutzen lassen.« Dann rauschte er an ihm vorbei.

Johann Schinkel blieb erstarrt zurück. Alles war so schnell gegangen, dass er Mühe hatte, seine Gedanken zu ordnen. Plötzlich fiel sein Blick auf die Männer der Obermühle, die wie gebannt zu ihm herüberstarrten. Sie hatten in ihrer Arbeit innegehalten, um den kurzen Streit zwischen den Kirchenmännern zu verfolgen. Das auch noch! Der sonst so friedliche Ratsnotar polterte: »Was gibt es hier zu glotzen? Habt ihr nichts zu tun?« Dann wandte er sich um und verschwand in der Straße Hinter St. Peter.

Thymmo nahm wieder den Weg am Heidenwall. Sein Blut rauschte laut in seinen Ohren, und sein Herz pochte. Es stimmte also doch, was der Scholastikus zu ihm gesagt hatte! Er war einer schändlichen Lüge aufgesessen. Und wenn der Tag des Kinderbischofsspiels eine Lüge gewesen war, was war noch Lüge? All die Jahre, die er dem Ratsnotar so blind vertraut hatte, schienen mit einem Mal zu Asche zu zerfallen und durch seine Finger zu rinnen. Thymmo wusste nicht, was er nun tun sollte. Was war das Richtige? Sollte er darauf verzichten, Domherr zu werden? Sollte er zu Johannes von Hamme gehen?

Verwirrt schritt er die Stiegen der Kurie hinauf in seine Kammer. Erst als er die Tür hinter sich schloss, voller Wut eine Truhe davorschob und sich daraufsetzte, wurde er langsam ruhiger. Hier würde er nachdenken können.

»In zwei Tagen werden wir die Stadt verlassen, hörst du?«

»So bald also schon...«, murmelte Tybbe leise vor sich hin, die jetzt einen Tag lang Zeit gehabt hatte, sich damit abzufinden, dass ihre Reise nach Kiel erfolglos geblieben war. Es fiel ihr schwer, die Hoffnung gänzlich abzuschütteln, doch wie es schien, war es nun Zeit zu akzeptieren, dass sie sich fortan den Wünschen von Bentz zu fügen hatte. Vorher jedoch wollte sie einlösen, was sie sich selbst versprochen hatte: Bentz eine Freude machen! Die junge Frau lächelte schelmisch. »Gut, ich werde dir folgen, wohin auch immer du mich bringen magst. Heute aber sind wir noch hier...!«

Bentz schaute sie nachdenklich an. »Was meinst du damit?«

Tybbe kramte in den Falten ihres Kleides und holte ihr Leinensäckchen hervor. Dann überreichte sie Bentz die Kette mit einem Anhänger daran. »Du solltest dir vernünftige Schuhe und vielleicht eine neue Cotte besorgen, Bentz. Schließlich kannst du nicht ewig mit der Kleidung des Propstes herumlaufen. Wie es aussieht, hat er das Armutsgelübde sehr ernst genommen. Die Sachen fallen dir ja schon fast beim Laufen vom Leib.«

Bentz blickte zuerst auf seine Schuhe, von denen der rechte schon ein Loch aufwies, und dann auf das Schmuckstück. Eigentlich wollte er die Kette nicht nehmen, denn er schämte sich etwas. Noch nie hatte eine Frau für ihn bezahlt. Und auch wenn Tybbe recht hatte und seine Kleidung löchrig und zerschlissen war, stand ihm zusätzlich nicht der Sinn nach einem Kauf, was auch einen Grund hatte: Seit er bei der Botenanstalt gewesen war, fühlte er sich seltsam in der Bauchgegend, doch er wagte nicht zu deuten, warum. Schließlich hatte er alles richtig gemacht. Er hatte getan, was man von ihm erwartete. Bald schon würde man ihn dafür fürstlich entlohnen – dessen war er sich sicher –, was also sollte sein Zaudern?

»Nun nimm schon, Bentz. Ich will es so.« Als er weiter zögerte, sagte sie: »Komm schon. Du kannst es mir ja eines Tages zurückzahlen. Keine Widerrede. Heute bestimme ich – ein letztes Mal. Ab morgen dann du.«

Er konnte sich nicht gegen ihr Drängen behaupten.

Schon hatte sie seine Hand ergriffen und das Geschmeide hineingelegt.

»Schon gut, schon gut. Ich nehme sie ja schon.«

Jetzt erst schien sie zufrieden zu sein. »Fein, dann treffen wir uns später wieder hier. Zur Mittagsstunde?«

Er willigte nickend ein und verließ die Herberge als Erster. Die Sonne fiel ihm ins Gesicht, und er blinzelte ihr entgegen. Tybbes Antlitz war ihm noch immer vor Augen; wie sie sich gefreut hatte, ihm ein Geschenk zu machen. Ja, sie war anders, als er es gedacht hatte! So liebenswürdig...

... so schickt jemanden nach Kiel, und zwar schnell. Sie ist hier, zusammen mit mir, in der Herberge Zum wilden Ross...

Nach dem Lesen dieser Zeilen hatte sein Herr den zweiten und entscheidenden Brief mit der Faust zerknüllt – allerdings nicht aus Wut, sondern aus Erleichterung, das war offensichtlich gewesen. Sie war gefunden! Auf den Versender des Briefs war scheinbar Verlass. Wegen des Gewitters hatte der Bote zwar einen Tag länger gebraucht, den Brief zu überbringen, doch die Wahrscheinlichkeit, das Mädchen noch immer in Kiel anzutreffen, war hoch.

Daraufhin hatte der Mann seinen Auftrag erhalten. Sein Herr schickte ihn sofort nach Nordwesten, um der Spur zu folgen. Alles konnte sich noch zum Guten wenden, wenn er erfolgreich war. Er und ebenso der Geistliche, der nach Eintreffen des ersten Briefs nach Südwesten zum Kloster Buxtehude und noch darüber hinaus aufgebrochen war. Nicht auszudenken, was geschehen würde, wenn sie scheiterten. Von ihrem Geschick hing viel ab, vielleicht sogar ihr Leben.

Noch vor der Schließung des Stadttors hatte er es erreicht, und noch am gleichen Tag gab er sein Pferd in einem Stall am Rande Kiels ab. Von hier aus ging er zu Fuß weiter, denn er wollte sich nicht durch zu viel Aufmerksamkeit verraten, bevor er tun konnte, was er vorhatte zu tun. Wenn alles nach dem Plan seines Herrn lief, dann würde die Angelegenheit hier in Kiel schnell geregelt sein. Warum auch nicht, schließlich hatte er hier ja einen Verbündeten.

Zu seinem Glück fand er eine Unterkunft ganz dicht neben der Herberge *Zum wilden Ross,* doch dummerweise waren hier im großen Gemeinschaftsschlafsaal alle Strohsäcke belegt. So hatte er mit dem Boden vorliebnehmen und sich des Nachts in seinen Mantel einrollen müssen.

Am nächsten Tag wurde der Mann durch die Sonne geweckt, die durch eine schmale Luke genau auf sein Gesicht fiel. Das gleißende Licht blendete seine Augen, dennoch brauchte er eine Weile, um zu verstehen, wo er sich befand. Nachdem er sich erhoben hatte, sah er für einige Zeit bloß helle Punkte vor Augen. Müde fuhr er sich durchs Haar. Er hatte schlecht geschlafen, doch das zählte jetzt nicht. Seine Gedanken galten einzig und allein der Aufgabe, die vor ihm lag, und so nahm er seine Habe und betrat die Flämische Straße, wo er eigentlich vorhatte, sich unauffällig auf die Lauer zu legen.

Das allerdings wurde ihm erspart. Gerade als er aus der Türe trat, die Herberge *Zum wilden Ross* auf der anderen Straßenseite liegend, sah er den Mann, den er suchte. Dieser schritt gerade über die Schwelle, dann schaute er einen Moment lang in die Sonne.

Schnell wandte er sein Gesicht ab, lehnte sich an die Häuserwand hinter ihm, und wartete mit gesenktem Haupt, bis der Mann an ihm vorbeigeschritten war. Hier war nicht der richtige Ort für eine Unterredung, er würde ihm folgen, in der Hoffnung, dass sich bald etwas Besseres ergab.

Mit einem Mal befand sich Bentz auf dem Marktplatz. Er schaute sich ratlos um, blickte auf das Rathaus links von ihm und in all die Straßen, die von dem Platz abgingen. Dann öffnete er die Hand und schaute die Kette an. Was hielt ihn eigentlich davon ab zu tun, wozu Tybbe ihn aufgefordert hatte? Er konnte sich nicht entsinnen, jemals einfach so losgezogen zu sein, um sich neue Kleidung zu kaufen. Die letzten Jahre hatte er stets alte Sachen von anderen Knechten des Müllers aufgetragen. Heute aber bot sich ihm die Gelegenheit, das erste Mal etwas gänzlich Unbenutztes zu kaufen. Dieser Gedanke stimmte ihn nun doch fröhlich, zumal er sowieso nichts anderes zu tun hatte, außer zu warten. Warum eigentlich nicht? Langsam verschwand jede Scham.

Bentz schaute sich um und hielt einen Mann an, der einen Sack mit unbehandelter Wolle auf dem Rücken trug. »Sagt mir, wo finde ich einen Schneider?«

»Geht entweder in die Pfaffenstraße oder gleich nach links in die Holstenstraße. Wenn Ihr Euch dann wieder links haltet, kommt Ihr auf ein großes Haus mit rot-weiß gestreiften Läden zu. Dort findet Ihr, was Ihr sucht.«

»Habt Dank!« Beschwingt lief er die Straßen hinab, und nur ein paar Schritte später öffnete er die Tür der Gewandschneiderei. Im Inneren des Fachwerkhauses roch es nach dem Holz des Gebälks und nach der kalten Asche der Feuerstelle, die sich weit ab der Tuche befand. Vor allem aber roch es nach Stoffen, die schon lange hier lagerten. Rollen über Rollen türmten sich in den Ecken. Es brauchte einen Moment, bis Bentz begriff, dass sie nicht nach Farben sondern nach Material geordnet waren. Die edelsten und weichsten Stoffe waren in einer Ecke, grobe und ungefärbte Leinen sowie Wolle in einer anderen. Er war überfordert. Zum Glück war er nicht allein.

»Kann ich Euch helfen, Herr?«, ertönte es plötzlich aus einer dunklen Ecke, aus der ein kleiner, dicker Mann hervortrat.

»Ja, das könnt Ihr in der Tat. Ich möchte mir eine Cotte machen lassen.«

»Da seid Ihr bei mir in guten Händen, Herr. Was für einen Stoff wünscht Ihr? Wolle oder Leinen? Oder vielleicht sogar etwas Edleres, was Eurer stattlichen Erscheinung noch mehr schmeicheln würde?« Der Gewandschneider war es gewohnt, seinen Kunden Höflichkeiten zukommen zu lassen, hoffte er doch so auf größeren Gewinn. Doch Bentz ließ sich nicht beirren.

»Ich denke, Leinen ist völlig ausreichend.«

»Wie Ihr wünscht. Und soll sie bis zu den Knien reichen oder doch etwas länger sein, wie es bei den Bürgern mittlerweile beliebt ist?«

Diese Frage brachte Bentz nun doch zum Nachdenken. Zwar war er bloß ein einfacher Mann, und einfache Männer wie Bauern und Knechte trugen kurze Cotten, die sie nicht bei der Arbeit behinderten, doch gab es natürlich auch die Möglichkeit, sich eine längere Cotte mit hohen Schlitzen schneidern zu lassen und deren Enden dann, wenn es sein musste, am Gürtel zu raffen. »Ich denke, sie darf ruhig etwas länger sein«, entschied er. »Zeigt mir euer Leinen. Ich möchte eine Farbe wählen.«

»Nun, da kann ich euch ein tiefes Blau anbieten. Das wird derzeit sehr gerne gekauft – vor allem, weil dieser Leinenstoff von besonders guter und weicher Beschaffenheit ist.«

Der Gewandschneider sprach die Wahrheit. Es fühlte sich wunderbar an, wie Bentz feststellte. »Damit bin ich zufrieden. Wann könnt Ihr damit fertig sein?«

»Gute Handwerksarbeit braucht seine Zeit, werter Herr. Ich werde wohl vier oder fünf Tage für Eure Cotte brauchen.«

»Vier oder fünf Tage? Aber so viel Zeit habe ich nicht.«

Der Gewandschneider bemerkte den zerknirschten Gesichtsausdruck seines Kunden und hatte ein Nachsehen. »Nun, ich könnte es auch früher schaffen, aber das wird Euch einiges kosten.«

»Wie schnell seid Ihr hierfür?«, fragte Bentz und hielt die Kette in die Höhe.

Der Gewandschneider bekam ein Blitzen in den Augen. »Ihr

werdet Euch wundern, wie flink ich nähen kann, werter Herr«, versicherte er. »Kommt morgen wieder.«

»Das klingt wunderbar. Ich weiß Euren Einsatz zu schätzen. Habt Dank, guter Mann!«, sagte Bentz, die Hand auf dem Herzen, und verließ die Schneiderei mit einem Grinsen. So fühlte man sich also als reicher Kaufmann, ging es ihm durch den Kopf. Jener Gedanke wurde von einem bitteren Beigeschmack begleitet. Er hätte ein solches Leben haben können – vor vielen Jahren! Aber er selbst hatte sich damals jede Möglichkeit darauf genommen, als er die falsche Entscheidung traf.

Urplötzlich ging ein Ruck durch seinen Körper. Fast brachte er ihn zu Fall. Bentz wurde gepackt und unvermittelt zwischen zwei Häuser gezerrt. Alles ging so schnell, dass ihm keine Zeit für einen Laut des Entsetzens blieb. Im nächsten Moment fand er sich rücklings an eine Wand gepresst und mit einem Messer an der Kehle wieder, dessen Klinge seine Haut bereits leicht einritzte.

Er war ihm über die Flämische Straße bis zum Marktplatz gefolgt. Hier hielt der Mann, den er beobachtete, jemanden an, auf dessen Geheiß er in eine links liegende Straße einbog. Dann verschwand er in einem Haus mit rot-weißen gestreiften Läden – einer Schneiderei.

Das Gedränge in dieser Straße war groß, sodass der Beobachter redlich Mühe hatte, den Eingang zu überwachen. Währenddessen hatte er Zeit genug, sich umzusehen, und entdeckte eine Häusernische. Der geeignete Platz! Zu seinem Verdruss musste er eine halbe Ewigkeit warten, dann endlich kam der Mann, auf den er wartete, wieder heraus. Nun ging alles ganz schnell.

Ein Griff nach dem priesterlichen Gewand des Mannes reichte aus, um ihn zwischen die Häuser zu ziehen. Sofort setzte er ihm ein Messer an die Kehle.

»Still! Kein Wort, Johannes! Ich bin es, Kuno.« Erst als er sah, dass der einstige Taschendieb aus Münster ihn erkannte und nicht schreien würde, nahm er die Klinge herunter.

»Großer Gott im Himmel, wäre es nicht ein bisschen weniger schmerzlich gegangen«, fragte Johannes von Holdenstede, der seinen echten Namen seit Jahren nicht vernommen hatte, und griff sich an die Kehle, wo seine Haut leicht blutete.

»Tut mir leid«, entschuldigte sich Kuno halbherzig.

»Schon gut. Meine Nachricht hat Plön also erreicht?«

»Ja, Graf Gerhard ist außer sich. Wir sollen das Mädchen so schnell wie möglich einfangen und zu seinen Besitzungen bringen.«

Johannes bekam wieder dieses seltsame Gefühl im Bauch. Doch abermals schob er es von sich, ohne es zu ergründen.

»Sag schon, wo ist das Weib?«

»Sie ... ist ...«, Johannes brach der Schweiß aus. Er wagte gar nicht erst, Kuno zu fragen, was genau mit Tybbe geschehen sollte, wenn sie erst in den Händen der gräflichen Gefolgsmänner war. Eines war aber unmissverständlich: Ihr Schicksal lag nun in seiner Hand.

»Was ist mit dir, Mann? Ist deine Zunge zwischen die Buxtehuder Mühlräder gekommen?«, lachte Kuno ihn aus.

Johannes zwang sich zur Ordnung. Was war nur mit ihm los? Fast schon ärgerlich schüttelte er den Kopf, um seine Gedanken zu befreien, und sich wieder auf seine Aufgabe zu besinnen. Dann gab er Antwort. »Sie ist irgendwo in der Stadt. Ich kann dir nicht sagen wo. Wir treffen uns erst zur Mittagsstunde wieder in der Herberge.«

»Verdammt«, fluchte Kuno. »Warum hast du sie aus den Augen gelassen?«

»Nun ... ich hatte keine Wahl«, begründete Johannes sein Verhalten schlicht und verzichtete auf die Erklärung mit dem Gewandschneider. »Was schlägst du jetzt vor?«

»Lass mich nachdenken«, forderte er in sich gekehrt und biss sich versonnen auf die Lippe. Kuno begann, vor Johannes auf und ab zu gehen. Irgendwann blieb er stehen und teilte seine Gedanken mit. »Uns bleibt nur eine Möglichkeit: Wir müssen sie ohne viel Aufsehen vor die Stadt bringen – schließlich hat unser Herr hier viele Feinde, und die Ritter Graf Gerhards können uns nicht helfen.«

Johannes erschrak. »Was meinst du damit?«

In einem gleichgültigen Ton erwiderte Kuno: »Marquardus und Ulrich, sie warten vor den Toren. Ihre Anwesenheit in der Stadt Johanns II. könnte Aufmerksamkeit erregen. Deshalb bin ich allein gekommen.«

»Das war äußerst klug von dir«, sagte Johannes, dem das Herz jetzt bis zum Hals pochte.

Kuno schien noch immer in Gedanken. »Nun gut. Solange sie hier irgendwo in den Gassen verschwunden ist, kann ich nicht viel tun. Nach all den Jahren würde ich sie wohl kaum mehr erkennen.«

»Wohl wahr«, bejahte Johannes jetzt mit belegter Stimme. Ganz plötzlich hatte er all jene Bilder der letzten Tage vor Augen. Tybbe, wie sie Feuer machte, lachte, schlief oder sich ihr Wolltuch um die Schultern legte. Nein, er konnte nicht zulassen, dass Marquardus und Ulrich sie bekamen! Scheinbar ohne sein Zutun, bewegten sich seine Lippen. »Ich schlage vor, dass du die Stadt verlässt und bis zur Mittagsstunde mit den Rittern dort wartest. Ich gehe sie suchen. Vielleicht finde ich sie vorher. Und dann treibe ich sie euch direkt in die Arme.«

Tybbe war zufrieden mit sich. Ihre Überraschung war ihr gelungen. Bentz hatte sich sichtlich gefreut. Doch das war nicht der einzige Grund für ihre Zufriedenheit. Gleich nachdem er die Herberge *Zum wilden Ross* verlassen hatte, war sie in den Teil der Stadt gegangen, den sie bisher bei ihrer Suche nach Sibot vernachlässigt hatten. Obwohl sie sich selbst versucht hatte einzureden, dass ihre Idee, den Spielmann zu finden, töricht gewesen war, konnte sie nicht davon ablassen. Mit ihrem Geschenk an Bentz hatte sie sich ein wenig Zeit allein verschafft. Zeit, in der sie sich noch ein letztes Mal auf den Weg machen wollte, denn noch immer hegte sie die blasse Hoffnung, irgendwo einen Hinweis zu entdecken, wo Sibot als Nächstes hingezogen war.

Da Bentz und sie sich bislang eher dem südlichen und östlichen Teil der Stadt gewidmet hatten, wollte Tybbe heute im Norden und im Westen nach Hinweisen suchen. Hier gab es zahlreiche Bäcker, Schneider und Knochenhauer, die sie noch befragen konnte. Vielleicht wusste einer von ihnen mehr als die Magd der Burg.

Voller Eifer ging sie von Haus zu Haus, spähte in alle Häusernischen und durch halboffene Tore, um auch jedes alte Müttterchen und die umherlaufenden Kinder zu entdecken. Doch niemand wusste etwas. Sie hatte sich bereits vom Süden bis in den Westen vorgearbeitet, war Weg für Weg abgelaufen und hatte mit vielen Menschen gesprochen, als sie schließlich in die Holstenstraße kam. Tybbe war erschöpft. Ihre bislang erfolglose Suche dauerte nun schon den ganzen Morgen an, und ihre Zuversicht schwand mehr und mehr. Die immer kürzer werdenden Schatten auf der Erde und ein prüfender Blick in den fast wolkenlosen Himmel, wo die Sonne schon hoch über ihr stand, verrieten ihr, dass sie sich bald auf den Weg in die Herberge machen sollte, wo Bentz sie zur Mittagsstunde erwartete. *Diese letzte Straße noch*, sagte sie zu sich selbst, und entschied, danach die Suche entgültig aufzugeben.

Sie war noch am Anfang der Straße, in der viele prachtvolle Fachwerkhäuser mit farbigen Fensterläden standen, als sie mit einem Mal ganz deutlich Bentz' Stimme vernahm. Tybbe stutzte, denn die Laute klangen gepresst. Fast schon war sie gewillt zu glauben, dass ihre Ohren ihr einen Streich gespielt hatten, als sie eine Bewegung zwischen zwei Häusern ausmachte. Vielleicht war es ihr Blick für genau jene Ecken, die heute von so gesteigertem Interesse für sie gewesen waren, doch ganz gleich was es war, sie erkannte Bentz trotz der Dunkelheit, die hier vorherrschte, sofort.

Er war nicht allein. Vor ihm stand ein Mann. Sie redeten miteinander, wirkten fast wie Freunde, doch hatte ihr Gebaren auch etwas Feindliches an sich.

Gerade wollte sie zu ihm gehen, erfreut über den Zufall, dem es wohl gefiel, ihre Wege sich hier kreuzen zu lassen, da blieb Tybbe inmitten der Straße wie angewurzelt stehen. Ihr Mund klappte auf. Ihr Lächeln erstarb. Immer wieder verschwanden beide Männer aus ihrem Blickfeld, da die Straße voll war mit geschäftigen Kielern, die vor ihr umhergingen und die Sicht versperrten. Die Augen starr auf Bentz' vermeintlichen Freund gerichtet, kam es über sie wie ein Schauer: Sie kannte diesen Mann! Seine auffällige Nase hatte ihn verraten.

Tybbe drückte sich in einen versteckten Häuserwinkel auf der anderen Seite der Straße. Nicht zu deutende Gefühle stiegen in ihr auf, die sie mit aller Kraft versuchte niederzukämpfen. Vollkommen verwirrt beobachtete sie von hier aus, wie die Männer ihre letzten Worte sprachen. Dann trennten sich ihre Wege. Sie selbst blieb zitternd und mit trockenem Mund zurück. Eine Weile lang schien es ihr unmöglich, sich zu rühren. Gegen ihren Willen stiegen ihr die Tränen in die Augen. Konnte es sich wirklich um jenen Mann handeln? Und woher kannte er Bentz? War alles vielleicht bloß ein seltsamer Zufall, dem sie zu viel Bedeutung beimaß? Nein! Solche Zufälle gab es nicht.

»Dieser miese Lügner«, flüsterte Tybbe tonlos vor sich hin, während sie gegen ein Gefühl der Übelkeit ankämpfte. »Und ich habe dir vertraut, ich dumme Gans!«

Wie hatte sie sich so in Bentz irren können? Er war ihr Freund! Jedenfalls dachte sie das noch vor wenigen Momenten. Ärgerlich wischte sie sich ihre Tränen von der Wange. Sie durfte jetzt nicht schwach sein, auch wenn ihr zum Heulen zumute war. Doch wohin sollte sie jetzt gehen? Sie kannte außerhalb des Klosters Buxtehude keinen einzigen Menschen – weder hier noch irgendwo sonst! Es fiel ihr nur eine Person ein, die ihr vielleicht einen Rat zu geben gewillt war, und selbst die kannte sie nicht einmal mit Namen. Trotzdem machte sie sich auf den Weg.

Tybbe war erst zögerlich gegangen, dann immer schneller. Mittlerweile hastete sie nur so durch die Straßen. Sie musste sich beeilen, denn genau jetzt erwartete Bentz sie in der Herberge. Es würde nicht lange dauern, bis er merkte, dass sie fort war, und was er dann tun würde, wusste nur der Himmel.

Vollkommen außer Atem erreichte sie ihr Ziel: die Mauern der Burg Kiel. Ohne groß zu überlegen, sprach sie den Wachmann davor an. »He du, kannst du mir vielleicht helfen?«

Argwöhnisch blickte der Wachmann Tybbe an. »Wie soll ich dir denn helfen?«

»Ich suche nach jemandem. Sie verdingt sich hier auf der Burg als Magd.«

»Und nun soll ich dir etwa sagen, welche der unzähligen Mägde du meinst?«

»Nein, natürlich nicht. Lass mich ein, und ich finde sie selbst.«

Der Wachmann lachte auf. »Verschwinde, Mädchen. Was meinst du, was ich für einen Ärger bekomme, wenn ich hier jeden durchs Tor lasse.«

»Aber ich will ja gar nicht bleiben. Auch betteln will ich nicht. Ich muss nur diese Magd finden, und dann gehe ich wieder. Bitte!«

»Hau ab! Ich meine es ernst.«

Tybbe war der Verzweiflung nahe. Was sollte sie denn nun tun? All ihre Hoffnungen, die sie in den letzten Tagen gehegt hatte, schienen sich plötzlich in nichts aufzulösen. Gerade eben hatte sie ihren einzigen Freund verloren, und nun stand sie hier, allein, und niemand wollte ihr helfen. Eigentlich war sie alles andere als weinerlich, doch abermals konnte sie die Tränen nicht mehr zurückhalten. Sie lehnte sich an die Mauer, schlug die Hände vors Gesicht und schluchzte auf.

Der Wachmann sah Tybbe mit hochgezogenen Augenbrauen an. Er wollte sie barsch verscheuchen, doch aus irgendeinem Grund konnte er nicht. Nachdem er ihr eine Weile lang zugeschaut hatte, rief er aus: »Mann... hör schon auf zu heulen. Das hält ja keiner aus.« Das Mädchen ließ sich kaum beruhigen. »He... Verstehst du nicht? Hör auf zu flennen!«

Stotternd erwiderte Tybbe, »J... ja, ich h... höre ja schon a... auf.« Es brauchte tatsächlich all ihren Willen, um sich wieder zu beruhigen. Da winkte der Wachmann sie zu sich.

»Was weißt du denn über die Magd, die du suchst? Ihren Namen vielleicht?«

Tybbe schüttelte den Kopf.

»Herr im Himmel, wieso suchst du ein Weib, das du nicht einmal kennst? Wie sieht sie denn aus?«

»Sie ist ungefähr so groß wie ich, und sie hat grüne Augen. Strahlend grün, wie frisches Gras.«

Nun erhellte sich der Blick des Wachmanns. »Christin! Es gibt nur eine Magd mit solchen Augen.«

»Du kennst sie? Wirklich?«

»Bleib hier stehen, ja? Ich werde gehen und nach ihr schicken. Ausnahmsweise!«

»Hab tausend Dank! Du hast ja keine Ahnung, was für einen Dienst du mir erweist...«

Offenbar hatte der Mann genau gewusst, wen er fragen musste, denn nach kurzer Zeit hörte Tybbe einen Pfiff. Er galt ihr, und er kam aus des Wachmanns Mund, der sie zu sich winkte, während er über den Burghof lief – in Begleitung der Magd. Es war tatsächlich jene Magd mit den grünen Augen!

Tybbes Herz machte einen Sprung. Schnellen Schrittes lief sie über den Burghof. Sie wollte gerade zu einer Erklärung ansetzen, da griff die Magd Christin auch schon nach ihrem Arm. Ohne weitere Worte wurde Tybbe von ihr über den Hof gezerrt, bis sie in der Mitte standen.

Dann drehte Christin sich zu ihr um und fragte fordernd: »Erkennst du hier irgendwas?«

Erschrocken blickte Tybbe die Magd an. »Was meinst du?«

»Wie alt bist du?«, fragte die Grünäugige weiter forsch nach.

»Vierzehn.«

»Das passt«, murmelte die Magd vor sich hin. Dann griff sie nach Tybbes Schultern und sagte: »Sieh mich an! Ich will dein Gesicht betrachten.«

Tybbe gehorchte und versank fast in diesen grünen Augen.

Christin hingegen blickte aufmerksam und innig zurück. Und zwar in zwei bernsteinfarbende Augen. Mit vorsichtigen Fingern fuhr sie Tybbe die Stirn hinauf bis unter die Haube. Dann zog sie eine Haarsträhne heraus, die goldbraun, wie eine frische Kastanie, im Sonnenlicht glänzte. »Du bist es!«

»Ich bin wer?«

»Ich wusste es! Du bist das Mädchen, das vor acht Jahren hier gelebt hat. Nicht lang, nur einige Monate, doch ich erkenne dich trotzdem. Ich hatte dich schon erkannt, als wir uns das erste Mal auf der Straße begegnet sind!«

»Was? Ich ... soll hier gelebt haben?«

»Du warst noch sehr klein, und die Stadt hat sich sehr verändert – ebenso wie die Burg. Aber schau dich doch mal um. Hier ...«, sagte Christin voller Eifer und zog Tybbe mit sich bis zu einem bestimmten Teil des Burghofs. »... hier bist du manchmal auf einem Pferd im Kreis geritten. Erinnerst du dich denn nicht mehr?«

Tybbes Herz setzte einen Schlag aus, als sie die freie Fläche vor dem Palas zu Gesicht bekam. Sie musste sich an einer Mauer festhalten, denn ihre Knie drohten einzuknicken. Es war nicht so, als ob sie sich ganz plötzlich an alles erinnerte, vielmehr war es ein Gefühl der absoluten Vertrautheit, welches sie so plötzlich überkam, dass es sie schwindelte. »Aber ... warum war ich hier?«

»Dein Vater ...«

Tybbe drehte sich ruckartig um. »Was ist mit meinem Vater? Kennst du ihn?«

»Ja, dein Vater war Spielmann auf der Burg.«

Nun gaben Tybbes Knie tatsächlich nach. Sie fühlte sich plötzlich unsagbar schwach. Jene Neuigkeiten übermannten sie schlichtweg. Ein Spielmann also. Deshalb kannte sie das Lied!

Christin zog Tybbe wieder auf die Beine und sah sie besorgt an. »Komm, wir setzen uns dort vorne vor die Küche.« Sie stützte Tybbe bis zur gewünschten Stelle und begann dann unaufgefordert zu erzählen. »Du und deine Eltern habt einige Monate hier verbracht. Dein Vater war der beste Spielmann, den es im Land gab, und der Graf wollte niemand anderem mehr zuhören. Er war sogar so angetan von ihm, dass er ihm eines Tages ein edles Pferd schenkte. Das Pferd, auf dem du dann immer hier geritten bist. Eine Stute. Brun hieß sie.«

»Brun...«, wiederholte Tybbe langsam.

»Richtig. Du konntest nicht genug davon bekommen, auf ihr zu reiten«, erinnerte sich Christin lächelnd. »Dann kam der Überfall, der alles veränderte.«

»Ja, ich erinnere mich an die Flammen und die Ritter.«

»Bei diesem Überfall bist du verschwunden. Niemand hat jemals deine Leiche gefunden, deshalb ging man davon aus, du seist verbrannt oder ertrunken und abgetrieben. Dein Vater wurde nach deinem Verschwinden so sehr von Trübsal übermannt, dass es ihm unmöglich war, weiterhin als Spielmann des Grafen zu dienen und dem Frohsinn zu frönen.«

»Das kann unmöglich wahr sein, Christin. Meine Eltern sind tot. Ich bin eine Waise. Niemand aus meiner Familie hat den Angriff überlebt.«

»Hat man dir das so erzählt?«, fragte die Magd fast schon traurig.

»Ja, aber...« Tybbe traute sich die nächste Frage kaum zu stellen. »Sie sind am Leben?«, kam es bloß gehaucht aus ihrem Mund.

Christin nickte. Auch ihr schnürte es gerade die Kehle zu. »In Hamburg, deiner alten Heimat!«

Tybbe hielt dem Blick der Magd nicht länger stand und vergrub ihr Gesicht in den Händen. »Ich bin... so verwirrt! Das ist alles nicht zu glauben. Warum hat man mich all die Jahre angelogen?«

»Das kann ich dir auch nicht beantworten. Leider! Vielleicht solltest du dich nach Hamburg aufmachen, Freyja.«

Jetzt ruckte ihr Kopf wieder hoch. »Freyja? Bin ich das etwa?«

»Ja, natürlich. Wie nennt man dich denn sonst?«

»Tybbe.«

»Nein, das ist nicht dein Name. Du heißt Freyja von Sandstedt. Ich fürchte allerdings, dass das alles ist, was ich dir erzählen kann.« Christin erhob sich langsam. »Ich muss jetzt zurück in die Burg. Befolge am besten meinen Rat. Geh nach Hamburg, und frage nach Walther dem Spielmann. Dann wirst du deine Familie und deine Antworten sicher finden.« Christin nahm sich ihr buntes Tuch von den Schultern. »Nimm das hier. Ich habe es einst von deiner Tante Margareta und deiner Mutter Runa bekommen. Es soll dir den Weg nach Hause weisen.«

Die beiden Frauen umarmten sich, dann brachte Christin Freyja zum Tor. »Viel Glück!«

Als die Mittagszeit verstrichen war, ohne dass Tybbe sich in der Herberge hatte blicken lassen, lief Johannes die Stufen hinab in die Gaststube. Wie erwartet fand er hier den Wirt.

»Verzeiht, aber habt Ihr meine Schwester heute schon gesehen?«

»Nein, habe ich nicht«, gab der Wirt zurück, ohne seinen Blick lange auf seinem Gegenüber ruhen zu lassen. Er war unübersehbar mit anderen Dingen beschäftigt, denn seine Gaststube war voll besetzt.

»Habt Dank«, murmelte Johannes vor sich hin, dessen anfängliche Verwunderung immer mehr einer quälenden Besorgnis wich. Er trat hinaus und stellte sich unter dem Hauswappen der Herberge auf. Hier blieb er stehen, bis er die Gewissheit hatte, dass Tybbe sich nicht nur in der Zeit vertan hatte. Irgendwann wurde klar, was er sowieso bereits ahnte: Sie war tatsächlich verschwunden. Johannes traute sich kaum weiterzudenken. Hatte Kuno ihn vielleicht reingelegt, weil er ihn durchschaut hatte? War er doch auf die Suche nach Tybbe gegangen und hatte seine Häscher möglicherweise schon längst über sie herfallen und sie zu ihrem unbekannten Ziel verschleppten lassen? Er war der Verzweiflung nahe.

Kurz zog er in Erwägung, sie in den Gassen Kiels suchen zu gehen, doch das war wenig erfolgversprechend. Wo in der Stadt hätte er damit beginnen sollen? Er bräuchte einen halben oder ganzen Tag dafür, um alle Winkel zu durchsuchen.

Eigentlich gab es für ihn jetzt nur noch eine einzige Möglichkeit. Die Idee war ihm nach der Begegnung mit Kuno in der Einsamkeit seines Herbergszimmers gekommen. Zuerst erschien sie ihm unmöglich, dann hatte sie sich in seinem Kopf weiterentwickelt. Nun, nach banger Zeit des Hoffens und Wartens auf Tybbe, fragte er sich nicht mehr, ob sein Vorhaben überhaupt gelingen konnte, sondern rannte einfach los. Vorbei an den Häusern, die er sich mit ihr angeschaut hatte und über die Wege, die sie gemeinsam gegangen waren, bis hin zu den Toren der Burg Kiel.

Der Wächter blickte mittlerweile müde, stand die ersehnte Wachablösung für die Nacht doch kurz bevor.

Johannes jedoch war das egal – er musste eingelassen werden und zwar sofort! Koste es was es wolle! »Lass mich ein!«, sagte er darum atemlos und in barschem Ton.

Der Wächter, der zu seinem Glück nicht jener Mann war, den Johannes beleidigt hatte, blickte ihm ins Gesicht. Dann schaute er langsam an ihm herunter, bis zu seinem löcherigen Schuh. »Warum sollte ich?«

»Es ist keine Zeit für Erklärungen. Ich muss hinein. Jetzt gleich!«

»So? Musst du das? Dann solltest du dir schnell Flügel wachsen lassen und über die Mauer fliegen, du zerlumpter Kerl. Ich lasse dich ganz bestimmt nicht rein.«

Johannes hätte die Antwort kennen müssen. Trotzdem versuchte er es weiter. »Aber du verstehst nicht, es geht um eine äußerst wichtige Angelegenheit, die keinen Aufschub duldet.«

»Wenn das so ist, dann tritt ein«, sagte der Wächter plötzlich einladend.

»Oh ich danke dir...«, stieß er erleichtert aus. Doch als er gerade durch das Tor rennen wollte, prallte er regelrecht gegen den massiven Körper des Wachmanns, der bloß einen Scherz mit ihm getrieben hatte. »Kapierst du's nicht, Kerl? Du sollst verschwinden, bevor ich ungemütlich werde.« Zum zweiten Mal an diesem Tage sagte er den Satz: »Was meinst du, was ich für einen Ärger bekomme, wenn ich hier jeden durchs Tor lasse?«

Johannes schritt wieder ein Stück zurück, doch er war weit davon entfernt aufzugeben. »Bitte, höre mich doch wenigstens an. Ich habe eine Nachricht für Graf Johann II. Es geht um seinen früheren Spielmann, Walther von Sandstedt. Er war hier...«

»Walther von Sandstedt?«, wiederholte der Mann. »Diesen Namen höre ich heute schon zum zweiten Mal.«

Johannes bekam große Augen. »Zum zweiten Mal...?« Als er sah, dass der Wachmann ins Grübeln kam, wagte er zarte Hoffnung zu schöpfen.

»Warte hier. Und zwar *vor* dem Tor, verstanden?«

Wie befohlen rührte er sich nicht von der Stelle, auch wenn er dem Wachhabenden am liebsten hinterhergerannt wäre und ein Loch in den Bauch gefragt hätte. Warum hörte er den Namen nun schon ein zweites Mal?

Als der Wachmann zurückkam, befand er sich in Begleitung der Magd mit den auffallenden grünen Augen. »Hier ist er. Sprich du mit ihm, Christin. Ich habe zwar keine Ahnung, was er will, aber scheinbar kennt er das Mädchen, das heute hier war.«

»Tybbe war hier?«, stieß Johannes unkontrolliert aus.

»Du meinst wohl Freyja«, erwiderte die Magd und legte die Stirn in Falten.

»Du kennst sie?«

Christin antwortete nicht darauf, sondern forderte nur misstrauisch: »Komm mit mir.«

Johannes folgte der Magd, die ihn an jene Stelle auf dem Burghof führte, wo sie kurz zuvor auch mit Freyja gesessen hatte.

»Setz dich«, forderte sie ihn auf, blieb aber selbst stehen. »Und nun wirst du mir erst einmal genau erzählen, was du zu wissen verlangst.«

»Aber ich muss jetzt sofort zum Grafen, verstehst du? Ich habe keine Zeit, um dir das zu ...«

»Dann solltest du besser gleich wieder verschwinden«, sagte Christin streng. »Ich habe keine Ahnung, wer du bist oder was du willst, aber wenn du es mir nicht erzählst, dann muss ich davon ausgehen, dass du nichts Gutes mit Freyja im Sinn hast. Und unter diesen Umständen werde ich dir nicht helfen. Also, warum fragst du nach Walther von Sandstedt?«

Johannes gab sich geschlagen. Man musste wahrhaft keine seherischen Fähigkeiten besitzen, um zu verstehen, dass es an Christin keinen anderen Weg vorbei gab, als jenen, den sie forderte. »Tybbe ...«

»Du meinst Freyja«, berichtigte sie ihn erneut.

»Ja, Freyja, wie sie früher hieß. Sie ist ... Herrgott, wo fange ich an.« Johannes atmete tief durch und begann erneut. »Ich bin hier, um dem Grafenpaar die Wahrheit über eine Sache zu erzählen, die viele Jahre zurückliegt. Vielleicht können sie mir helfen.«

»Meine Herrschaft ist nicht da. Sie sind auf dem Weg nach Hamburg zum Weihefest«, sagte Christin.

»Verdammt, das kann doch nicht wahr sein«, stieß Johannes hervor und hielt sich die Stirn. Er rang um Fassung. Sein einziger Plan war somit gescheitert.

»Wobei sollten sie dir helfen?«

»Freyja ist heute verschwunden, und ich weiß nicht wohin. Aber ich habe Grund zur Annahme, dass sie in großer Gefahr ist. Wenn ich Graf Johann die Wahrheit über die Tochter seines einstigen

Spielmanns berichten könnte, würde er mir vielleicht helfen, sie zu finden. Möglicherweise würde er sie sogar damit retten. Aber das ist jetzt nicht mehr möglich.«

»Ich kann dir sagen, wohin sie gegangen ist.«

Johannes sprang auf. »Was sagst du da? Du weißt, wo sie ist?«

»Ja. Als sie heute zur Burg kam, war sie gänzlich unwissend. Sie hatte keine Ahnung, dass sie jemals hier gelebt hatte, und wusste rein gar nichts über ihre Familie – mit Ausnahme von ein paar Lügen. Ich erzählte ihr dann, was sich damals zugetragen hatte, und riet ihr, nach Hamburg zu ziehen, um ihre Familie zu suchen.«

»Sie ist auf dem Weg nach Hamburg? Ganz allein?«

»Ja, davon gehe ich aus.«

»O großer Gott. Hoffentlich ist sie in Sicherheit.«

Christin erkannte, dass Johannes' Sorge um Freyja echt war. Sie hatte unzählige Fragen, doch sie hielt sie zurück. Zunächst wollte sie bloß eines wissen: »Hast du etwas mit ihrem damaligen Verschwinden zu tun?«

Johannes senkte den Blick. Er konnte sie nicht anschauen, während er die Wahrheit sagte. »Ja, das habe ich.«

»Und nun willst du ihr helfen?«

»Ja.«

»Bist du in sie verliebt?«

»Nein! Um Gottes Willen, nein!«

»Aber warum willst du ihr dann helfen?«

»Ich bin ihr Onkel!«

»Ihr *was*?«

»Ein schlechter Onkel, zugegeben. Aber ich will es wiedergutmachen.«

»Dann solltest auch du dich auf den Weg nach Hamburg begeben und zwar schnell. Ich wünsche dir viel Glück.«

»Und ich danke dir, Christin. Von ganzem Herzen!«

Johannes blickte nicht zurück. Nichts konnte ihn länger hier in Kiel halten. Sein gesamtes Streben war darauf aus, Freyja zu finden, bevor Kuno und die Ritter sie bekamen. Schnell ließ er die Dänische Straße hinter sich, und betrat somit den einzigen Landzugang der Stadt. Hier zog er sich seine Kapuze über den Kopf, um nicht gleich von Kuno erkannt zu werden, der hier irgendwo auf ihn wartete. Überall waren Menschen, die ein- und ausgingen. Johannes schaute sich ihre Gesichter ganz genau an, doch Freyja war nirgendwo zu entdecken. Während er sie suchte, hallte ihm immer wieder die eine Frage im Kopf: Warum war sie einfach ohne ihn gegangen? Bald schon wurde ihm klar, dass er keine Antwort darauf erhalten würde – jedenfalls nicht vom Grübeln allein.

Wie erwartet entdeckte er Kuno und die Ritter kurz hinter der Stadt am Wegesrand. Sie warteten – auf ihren Pferden sitzend – und tasteten die Menschenmenge mit ihren Blicken ab. Ein gutes Zeichen! Nun konnte Johannes sich sicher sein, dass sie Freyja bisher nicht hatten finden können. Offenbar war es den Häschern Graf Gerhards nicht möglich gewesen, sie nach all den Jahren zu erkennen. Er wandte sein Gesicht zur anderen Seite und hoffte, dass sie ihn nicht anhielten. Sein Herz setzte einen Schlag lang aus, als er auf ihrer Höhe war, nur um hinterher gefühlt doppelt so schnell zu schlagen.

Je weiter er sich von der Stadt entfernte, umso leerer wurden die Straßen und umso aufmerksamer sein Blick nach vorne. Er war sich sicher, dass Freyja diesen Weg genommen hatte und sich nicht allein auf Abwegen herumschlug. Viel zu groß war die Gefahr, in unwegsames Gebiet zu gelangen, das einen fraß und nicht wieder herausgab.

Es dauerte nicht lang, da machte sich Erschöpfung in ihm breit. Sein Atem ging schnell. Er musste sich beeilen, wenn er den Abstand zwischen sich und Freyja aufholen wollte, doch ganz gleich, wie viele Frauen hinter den unzähligen Wegbiegungen vor seinen Augen erschienen, seine Nichte war nicht dabei. Vielleicht hatte sie sich einer größeren Gruppe angeschlossen oder war gar nicht mehr zu Fuß unterwegs, sondern hatte mit Glück auf einem Ochsenwagen Platz gefunden. In diesem Fall wäre jede Hoffnung, sie einzuholen, natürlich umsonst.

Erst als die Sonne schon so tief stand, dass sie die Spitzen der Bäume um ihn herum bereits zu berühren schien, tauchte Freyja plötzlich vor ihm auf. Er erkannte sie sofort. Ihre Bewegungen waren unverkennbar für ihn. Erleichtert stieß Johannes ihren Namen aus – jedoch im Flüsterton, denn er wollte vermeiden, dass sie vor ihm davonlief. Auch wenn er bislang noch keine Erklärung dafür hatte, musste er davon ausgehen, dass sie nicht sonderlich gut auf ihn zu sprechen war. Schließlich hatte sie ohne ihn die Stadt verlassen. Darum hielt er sich weiter im Verborgenen und nahm sich vor zu warten, bis sie endlich allein auf den Straßen waren.

Es war bereits Abend, als es endlich soweit war. Nach einer Kurve konnte Johannes ein Stückweit den Weg entlangschauen, der jetzt schnurgerade durch den dichten Wald verlief. Hier wollte er es wagen. »Freyja!«

Die Angesprochene blieb augenblicklich stehen. Dann drehte sie sich um und schaute Johannes an. Ihr Blick war zunächst von Erstaunen gezeichnet, dann aber wurde er zornig. »Du kennst meinen richtigen Namen?«

Johannes hätte sich selbst einen Tritt verpassen können. Ohne nachzudenken, war es aus ihm herausgeplatzt.

Freyja kam langsam auf ihn zu; mit wütend funkelnden Augen, starrte sie in sein Gesicht. »Die ganze Zeit über wusstest du meinen Namen? Was weißt du noch und hast es vor mir verheimlicht?«

Johannes sah die unermessliche Enttäuschung in ihrem Blick und entschied, dass die Zeit der Lügen vorbei war. »Ich weiß alles! Alles, außer woher du es erfahren hast.«

In diesem Augenblick holte Freyja aus und verpasste ihm eine schallende Ohrfeige, die sein Gesicht einen Moment zur Seite fahren ließ. »Ich habe dir vertraut…!«

»Ich weiß.«

»Wer bist du? Und woher kennst du den Mann, mit dem du in aller Heimlichkeit gesprochen hast?«

»Ich kenne ihn durch ...« Zu einer weiteren Unterhaltung sollte es nicht mehr kommen. Das Geräusch galoppierender Pferde ließ Johannes hinter sich schauen. Er dachte nicht lang nach, ergriff ihre Hand und sagte: »Schnell! In den Wald, Freyja!« Sein Versuch, sie mit sich zu ziehen, schlug fehl.

Sie riss sich los und blieb stehen, wo sie war. »Mit dir gehe ich nie wieder irgendwo hin«, stieß sie aus, drehte sich um und rannte den Weg, den sie gekommen war, zurück. Sie hoffte, auf andere Reisende zu treffen, die ihr helfen würden, doch sie rannte in ihr Verderben.

»Nein, Freyja! Bleib hier. Du verstehst nicht ...«

In diesem Augenblick kamen die Reiter um die Ecke. »Das ist sie!«, ertönte Marquardus' Stimme, der Johannes zusammen mit einem Mädchen auf dem Weg sah. Sie musste die Gesuchte sein.

Jetzt erst erkannte auch Freyja die Gefahr, zu spät.

Bloß wenige Galoppsprünge waren nötig, um die junge Frau zu erreichen. Marquardus zügelte seinen Hengst mit einer Hand. Mit der anderen packte er das Mädchen und hievte sie vor sich aufs Pferd. »Los, wir verschwinden«, rief er den anderen beiden Männern zu.

»Was ist mit Johannes?«, fragte Kuno wütend, der den Mann gerade noch im Wald hatte verschwinden sehen.

»Der ist unwichtig. Wir haben, was wir wollten«, entschied der Ritter und galoppierte wieder los. Ulrich folgte ihm auf dem Fuße.

Kuno jedoch hielt sein tänzelndes Pferd noch einen Moment lang zurück. Rot vor Zorn über den Verrat Johannes' blickte er zwischen die Bäume. Dieser Hundsfott hatte versucht, ihn auszuspielen, doch es war ihm nicht gelungen.

Johannes schaute zwischen dem Geäst hindurch. Von hier aus musste er ansehen, wie Freyja entführt wurde. Dann hörte er die laute Stimme Kunos zu ihm sprechen.

»Das war es dann wohl für dich, Johannes. Du bist und bleibst ein elender Beutelschneider – so, wie damals in Münster, wo ich dich kennenlernte. All die Jahre haben nichts daran geändert. Du wirst ebenso einsam und im Dreck der Straßen verrecken, wie du gelebt hast. Wir sehen uns in der Hölle!« Dann gab er seinem Pferd die Hacken und stob den Rittern und Freyja hinterher.

Als sie fort waren, trat Johannes aus seinem Versteck. Der Weg war leer – in beide Richtungen. Das Einzige, was geblieben war, waren frische Hufspuren im Sand des Weges und ein buntes Tuch, welches Freyja von den Schultern geglitten war.

7

Die Stimmung in der Kurie über die letzten Tage war kalt gewesen – so kalt wie noch nie zuvor. Johann wollte mit Thymmo reden, doch er fand keinen rechten Anfang. Gestern hatte er ihn den ganzen Tag nicht gesehen, und nur der Himmel wusste, ob er gerade in seinem Bett lag oder vielleicht sogar das Skriptorium im Mariendom seiner Bettstatt als Nachtlager vorzog. Natürlich hätte er ihn einfach zwingen können, sich in die Schreibstube zu setzen und dem Ratsnotar zuzuhören, doch das war es nicht, was Johann wollte.

So konnte es nicht weitergehen. Um besser nachdenken zu können, war der Ratsnotar noch vor Aufgang der Sonne in seinen Garten gegangen. Hier schlenderte er nun im schummrigen Licht umher und flüchtete sich in Erinnerungen an bessere Zeiten.

Wie oft hatte er Thymmo heimlich hier beobachtet, während er seine geliebten Blätter gesammelt hatte, die dann unzählige Male zwischen den Seiten seiner kostbaren Bücher aufgetaucht waren. Mittlerweile war der Junge groß und sammelte keine Blätter mehr; der Ratsnotar dachte nicht zum ersten Mal, dass er die Blätter zwischen seinen Seiten vermisste.

Gedankenverloren hob Johann seine Hand und zupfte eines der rundlichen Lindenblätter von einem Ast. Er hielt es am Stiel und betrachtete die Maserung, während er es in seinen Fingern drehte. Ja, jene Zeiten waren lange her, und nun hatten er und Thymmo ihren ersten richtigen Streit.

Noch immer konnte sich Johann nicht so recht erklären, woher sein Sohn die Geschichte von der damaligen Kinderbischofswahl erfahren hatte. Zwar war es der Scholastikus selbst gewesen, der die Wahl damals beeinflusst hatte, und somit war dieser für Johann auch verdächtig, doch auch alle anderen der damaligen Domherren hätten Thymmo davon erzählen können.

Es war vertrackt. Nach all diesen vielen Jahren kam die Wahrheit über jenen Tag doch noch ans Licht und warf ihren langen Schatten über Vater und Sohn. Johann musste sich eingestehen, dass er tatsächlich kaum noch an diese Geschichte gedacht hatte, bis Thymmo ihn bei der Obermühle zur Rede stellte. Er war so überfordert gewesen, dass er nichts Gescheites hatte antworten können. Wie sollte er auch. Es stimmte schließlich, dass sein Verhalten damals nicht richtig gewesen war. Törichterweise hatte er gehofft, die Zeit würde seine Tat ungeschehen machen. Aber Gott vergaß nicht! Und nun wurde ihm das Annehmen jener falschen Geste des Dankes vom Scholastikus zum Verhängnis.

Immer wieder versuchte er, eine gute Erklärung zu finden, die seinem Sohn vielleicht deutlich machte, warum er sich hatte kaufen lassen. Doch immer wieder scheiterten seine Überlegungen daran, dass es nur einen einzigen aber ungangbaren Weg aus dieser misslichen Lage heraus gab: Er müsste Thymmo erzählen, dass er sein Vater war und damals nur das Beste für ihn gewollt hatte. Aber konnte man eine Lüge mit dem Beichten einer anderen Lüge tilgen? Bei der Mühle hätte er ihm fast die Wahrheit erzählt. Heute war er froh, es nicht getan zu haben. Runas Leumund wäre auf diese Weise für immer zerstört. Möglicherweise hätte Thymmo ihn dann erst recht zu hassen begonnen. Somit war er jetzt froh über das fluchtartige Verlassen seines Sohnes – auch wenn seither dieses eisige Schweigen herrsche.

Doch ungeachtet dieser Geschichte – Thymmo hatte auch noch andere Dinge gesagt. Er war so wütend gewesen, dass er plötzlich all die letzten gemeinsamen Jahre angezweifelt hatte. Zu seinem *Spielball* sollte Johann ihn gemacht haben! Wie kam der Junge nur darauf? Sah es für ihn tatsächlich so aus? Johann fragte sich, ob er wirklich so selbstsüchtig gehandelt hatte, wie Thymmo es ihm vorwarf. Hatte er tatsächlich nicht hinterfragt, was Thymmo wollte, und ihn so geformt, wie er es für richtig gehalten hatte?

»Herr«, holte ihn eine Stimme aus seinen Gedanken. Es war sein treuer Diener Werner.

»Ist es die Freude auf das heutige Weihefest für das südliche Seitenschiff des Mariendoms, welche Euch den Schlaf raubt?«

Johann hätte leicht lügen können, doch es stand ihm nicht der Sinn danach. »So sollte es sein, nicht wahr? Doch leider beschäftigen mich an diesem Tage weniger die christlichen, denn die weltlichen Angelegenheiten.«

»Herr, auch wenn es mir nicht zusteht, darf ich nach dem Grund Eurer Betrübtheit fragen? Ich stelle nämlich fest, dass Thymmo seit Tagen unter derselben Stimmung zu leiden scheint wie Ihr.«

Der Ratsnotar blickte Werner an und sagte: »Ach, mein treuer Freund. Zu gern würde ich meine Seele erleichtern und mit dir darüber sprechen, doch ich kann nicht.«

Der Diener blieb etwas ratlos zurück. Er hatte seinen Herrn noch nie so gesehen.

»Weißt du noch, wie Thymmo als kleiner Junge immer Blätter gesammelt und sie in meinen Büchern gepresst hat?«

»O ja, wie könnte ich das vergessen? Zeitweise kam ich mir eher vor wie ein Obstbauer, denn wie der Diener eines Domherrn.«

Johann lachte kurz auf. »Damals habe ich noch gedacht, dass Thymmo mir eines Tages nachfolgen wird, und zwar mit Freuden, doch vielleicht habe ich mich geirrt.«

»Was soll das heißen? Thymmo ist doch auf dem besten Wege, ein Domherr zu werden ...«

»Der Meinung war ich eigentlich auch, doch zwischen uns herrscht Uneinigkeit in diesem Punkt. Vielleicht habe ich es mir so sehr gewünscht, dass ich ihn nicht mehr hören konnte. Vielleicht will Thymmo kein Domherr werden.«

»Das ist doch Unsinn«, sprach Werner fest überzeugt. »Sein halbes Leben lang bereitet er sich schon darauf vor ...«

»Das stimmt, doch nun scheint sein früherer Feuereifer für die Schreiberei und all sein Wille sich gegen mich zu richten. Ich komme nicht mehr an ihn heran.«

Werner trat näher. Er nahm seinem Herrn das Lindenblatt aus der Hand und sprach: »Thymmo wird ein Domherr werden, so, wie Ihr es ihm vorgelebt habt!« Dann hob er das Blatt nach oben zwischen ihre Gesichter und sagte: »Ein guter Baum kann nicht arge Früchte bringen, und ein fauler Baum kann nicht gute Früchte bringen. Ihr selbst habt diesen Bibelvers gern in der Vergangenheit gebraucht, nun gebe ich ihn an Euch zurück.« Eindringlich und vertrauenswürdig in einem, schaute er seinen Herrn an.

Der Ratsnotar erschrak. Werners Blick und jener Bibelvers ließen keinen Zweifel: Der Diener wusste um sein Geheimnis!

Dann, fast so, als hätte er nichts weiter von Bedeutung gesagt, gab Werner Johann das Lindenblatt zurück und ließ ihn wissen: »Ich werde gleich zu Dagmarus Nannonis gehen, um den Wein zu holen, den Ihr für heute haben wolltet.«

»Wein ...?«

»Ja, Herr. Ich sollte einen Malvasier besorgen, damit Ihr dem Erzbischof einen angemessenen Trunk anbieten könnt, wenn er Euch nach der Weihe in Eurer Kurie besucht.«

»Richtig, der Erzbischof! Großer Gott, wo habe ich nur meinen Kopf zurzeit?«

»Dafür habt Ihr ja mich.«

Johann nickte und wusste Werners Dienste in jenem Augenblick sehr zu schätzen.

»Wäre es Euch recht, wenn ich alle weiteren Pflichten auf den morgigen Tag verschiebe? Ich würde gern das Grab meiner Tochter aufsuchen, an einem christlichen Festtag wie heute.«

Jene Bitte hatte der Ratsnotar lange nicht mehr gehört. Sie erinnerte ihn schmerzlich an den Tod der kleinen Tybbe, Bekes Zwillingsschwester, die wie viele andere Hamburger den Angriff auf die Stadt damals nicht überlebt hatte. »Aber ja doch, natürlich kannst du gehen«, versicherte Johann. »Und bitte nimm auch Anna und Beke mit dir. Ich werde heute ohne eure Dienste auskommen.«

Darauf verneigte sich Werner kurz und verschwand aus dem Garten.

Als Johann Schinkel wieder allein war, begann er plötzlich einseitig zu grinsen. Was für ein gerissenes Schlitzohr sein Diener doch war! Er hatte es gewusst – all die Jahre – und doch nichts gesagt!

In diesem Moment schaffte es ein schmales Stück der Sonne erstmals über die Dächer und schien auf den Ratsnotar herab, als wollte sie ihm Trost spenden. Johann reckte sein Gesicht mit geschlossenen Augen dem Licht entgegen und wurde innerlich ruhiger. Wenn es stimmte, was der Bibelvers besagte, dann war jede Sorge unbegründet. Thymmo war schließlich auch ein Teil von Runa, und auch heute noch war Johann sich ihrer reinen Seele sicher. Auch wenn sie beide eine schreckliche Sünde begangen hatten, wollte alles in ihm sich weigern zu glauben, dass es tatsächlich etwas Schlechtes sein konnte, so zu lieben, wie sie sich geliebt hatten.

Noch einmal verschlug es ihn gedanklich in das kleine Haus, welches bis zum großen Brand vor sechzehn Jahren ihre Zufluchtsstätte gewesen war. Ihre Geschichte hatte dort seinen Anfang genommen; was hatte er die junge Begine doch begehrt! So sehr, dass aller Anstand und jede Sitte für ihn unwichtig geworden waren und er sie sogar auf offener Straße angesprochen hatte. Kurze Zeit später war es zu ihren Treffen in dem windschiefen Häuschen gekommen. Hier redeten sie das erste Mal, hier stritten sie das erste Mal, und hier liebten sie einander das erste Mal! Diese Tage waren lange vorbei. Dennoch, Johann empfand es als sein größtes Glück, einmal im Leben eine solche Liebe empfunden zu haben – selbst wenn sie das ewige Fegefeuer bedeuten sollte, er würde sich immer wieder genauso entscheiden.

Die schönen Erinnerungen hatten auf ihn eine heilende Wirkung. Es funktionierte immer wieder. Und auch jetzt fühlte er sich wieder kraftvoll genug, um sich weiterhin seinen Aufgaben zu widmen. *Ein guter Baum kann nicht arge Früchte bringen*, daran wollte er festhalten – waren es doch Gottes Worte. Der Streit mit Thymmo würde enden, dessen war er sich nun gewiss.

Der Ratsnotar öffnete die Augen und drehte sich um; das Antlitz Ehlers befand sich nur eine Handbreit vor ihm. Erschrocken fuhr er zusammen. »Ehler, was tust du hier?«, fragte Johann verblüfft und schaute auf dessen nackten Oberkörper, wo die Striemen seiner letzten Geißelung noch deutlich zu erkennen waren. »Warum bist du hier?«, fragte der Ratsnotar nun strenger, doch auch jetzt bekam er keine Antwort.

Stattdessen setzte Ehler sich langsam in Bewegung.

Johann wich zurück. Erst mit einem Fuß, dann mit dem nächsten. Doch ganz gleich wie weit er sich von ihm entfernte, das hasserfüllte Gesicht des jungen Domherrn schien sich ihm fast schon schwebend zu nähern.

»Warum ich hier bin, wollt Ihr wissen? Das kann ich Euch sagen, Ratsnotar«, grollte Ehler mit rauer Stimme. »Ich werde dafür sorgen, dass Ihr mir nicht länger im Weg steht. Ich kenne Eure Pläne, doch zu ihrer Verwirklichung wird es nicht mehr kommen. Das werde ich nicht zulassen. Nicht umsonst habe ich all das auf mich genommen. Ihr werdet nicht verhindern, dass ich bekomme, was mir zusteht.«

Noch immer schritt Johann Schinkel langsam rückwärts und Ehler langsam vorwärts. »Ich verstehe nicht, wovon du sprichst. Was für Pläne meinst du?«

»Ich rede davon, den Scholastikus zu entmachten – zu Gunsten meines vermaledeiten Stiefvaters. Ihr haltet Euch für klug, doch ich bin Euch weit überlegen. Euch, Thymmo, meinem Stiefvater, ja sogar dem Scholastikus!«

Jetzt war die Mauer des Kuriengartens erreicht. Der Ratsnotar prallte rücklings dagegen und blieb stehen. Johann erkannte, wie ernst seine Lage war. Der einstige Nikolait war so zerfressen von Zorn, dass er zu allem fähig schien. Als Einziger hatte er nicht bemerkt, wie das Böse in ihn gekrochen war. Zügellos brach es nun aus ihm heraus, und es richtete sich gegen den Ratsnotar. »Dein Geist ist krank, Ehler. Du brauchst Hilfe. Gott hilft dir, wenn du dich ihm nur zuwendest!«

Ehler lachte boshaft. »Und hilft Gott auch Euch?« In diesem Moment zückte er ein Messer, dessen zweischneidige Klinge im Sonnenlicht blitzte. Sein irrer Blick war starr auf das Gesicht des Ratsnotars gerichtet.

»Nein! Ehler! Nicht...«, versuchte Johann ihn noch aufzuhalten.

Etwas Dämonisches ergriff von ihm Besitz und führte seine Hand.

»Was hast du vor? Tue es ni...« Es machte bloß ein leises Geräusch, als die Klinge bis zum Heft in Johanns Fleisch fuhr. Die Worte auf seinen Lippen erstarben. Es durchzuckte ihn ein Schmerz, der so heftig war, dass sein Gesicht sich zu einer Fratze verzerrte.

Ehler zog das Messer wieder heraus. Umgehend gaben die Knie des Ratsnotars nach. Sein Opfer glitt ein Stück mit dem Rücken an der Mauer des Gartens entlang und fiel dann mit dem Gesicht nach vorne ins Gras. Es war vorbei. So schnell. Ehler begann zu zittern. Kurz betrachtete er den regungslosen Körper vor sich. Dann warf er etwas auf ihn, was er soeben aus seiner Tasche gezogen hatte.

Während er sich unbemerkt aus dem Garten schlich und zurück zur Kurie des Scholastikus' ging, fühlte er sich eigenartig. Das Zittern seines Leibes wollte nicht verschwinden, und das erhoffte Gefühl der Erleichterung blieb gänzlich aus. Plötzlich fiel sein Blick auf seine Hand, die noch immer das blutverschmierte Messer hielt. Der Anblick ließ ihn erschaudern – fast so, als hätte er jene Tat, die damit zusammenhing, nicht getan.

Stoßweise atmend stürzte er zum Brunnen der Kurie, warf das Messer hinein und holte einen Eimer Wasser herauf, dessen kalten Inhalt er sich über den Kopf goss. Eimer um Eimer folgten, bis sich eine große Pfütze um seine Füße gebildet hatte. Sein nackter Oberkörper war von Gänsehaut überzogen, das Zittern wurde stärker, und doch fühlte er keine Kälte.

Der Morgen des Weihefestes begann für Ava mit Schlaflosigkeit. Die halbe Nacht lag sie schon wach. Christian schlief neben ihr. Sie lauschte seinem Atem, während sie über die Zukunft nachdachte.

War es anfänglich bloß ein vager Verdacht gewesen, so hatte sich ihre Befürchtung in den letzten Wochen bestätigt: Sie war schwanger! Schon wieder! Doch anstatt damit zu hadern, nun erneut durch die anstrengende Zeit einer Schwangerschaft gehen zu müssen, stellte sich langsam ein Gefühl der Freude ein. Die kurz aufgeflammte Angst wich mehr und mehr der Vernunft. Was für einen Grund gab es auch, das Kind nicht willkommen zu heißen? Christians Geschäfte liefen gut, und die Geburten waren leichter und leichter geworden, mit jedem Kind, das sie gebar. Eigentlich gab es bloß eine Sache, die Ava, im Gegensatz zu früher, mittlerweile störte: Hannah würde wieder ihren Anspruch auf Christian geltend machen.

Hatte Ava einst gut damit leben können, so fiel es ihr heute immer schwerer, und sie kannte auch den Grund: Die Magd war viele Jahre jünger und hatte keine Kinder. Demnach war ihr Körper straff und schön. Ava hingegen hatte durch ihre vielen Schwangerschaften sichtlich an Schönheit eingebüßt, wenn auch nicht in ihrem Gesicht. Unter der Kleidung allerdings fand man Brüste, die vom vielen Stillen schlaff geworden waren, und einen Bauch, der von zahlreichen Rissen überzogen war. Zusätzlich schien nach jedem Kind etwas auf ihren Hüften zurückzubleiben, was nicht mehr verschwinden wollte. Jedes Jahr brauchte sie größere Kleider, da die alten spannten, was sie an manchen Tagen maßlos ärgerte.

Damals, zur Zeit ihrer Hochzeit, war es gleich gewesen, dass Ava älter war als ihr Gemahl. Heute, fast acht Jahre später, konnte man es deutlich sehen, und es wäre wohl bloß eine Frage der Zeit, bis man dem noch immer sehr gutaussehenden Christian mitleidige Blicke für die runzelige Vettel an seiner Seite zuwerfen würde.

Christian versicherte ihr zwar immer wieder, dass er sie nach wie vor begehrte, doch Ava konnte sich das immer weniger vorstellen. Wie würde sie erst nach diesem Kind aussehen? Dem achten!

Doch all diese Überlegungen waren jetzt überflüssig, denn das Kind war nun mal in ihrem Leib. Auch wenn Ava nicht wusste, wie sie es bei Christians häufigem Verlangen nach Zweisamkeit verhindern sollte, nahm sie sich dennoch vor, dass dieses Kind das letzte sein würde! Nach dieser Schwangerschaft war endgültig Schluss.

Ava beendete das lästige Nachdenken, indem sie das Bett verließ. Leise zog sie sich an und setzte sich dann wieder auf die Kante der Bettstatt. Es gab noch etwas zu tun, was sie die letzten Wochen immer vor sich hergeschoben hatte. Sanft legte sie ihre Hand auf Christians Schulter. »Bist du wach?«

»Hmm?«

»Komm, öffne die Augen. Ich muss dir etwas sagen.«

»Jetzt?«

»Ja, jetzt!«

Christian drehte sich um und sah seine Frau verschlafen an. »Was ist denn so wichtig, dass es nicht warten kann?«

»Wir werden ein sechstes Kind bekommen.«

Mit einem Mal war der Ratsherr hellwach. »Was sagst du da? Du bist schwanger?«

»Ja, ich erwarte ein Kind.«

»Aber... aber so schnell? Ich meine... das letzte ist doch erst...«

»Nun, dann hättest du mich vielleicht etwas länger schonen sollen«, gab Ava leicht beleidigt von sich. »Alleine habe ich es jedenfalls nicht gezeugt.«

»So habe ich das nicht gemeint«, versuchte Christian seine Frau zu besänftigen, richtete sich auf und legte seine Hand auf ihren Arm. »Ich freue mich. Wirklich!«

Ihr Gemahl versuchte wahrlich, seine erste Reaktion wiedergutzumachen, aber Ava konnte das nicht annehmen. »Ja sicher freust du dich, und ich weiß auch warum!«

In diesem Moment ließ sich Christian wieder zurück in die Laken fallen. »Bitte, Ava. Nicht schon wieder. Du weißt doch, dass mir Hannah nichts bedeutet.«

»Das sagst du immer, aber wie kann ich das glauben? Schau mich an. Ich werde immer älter, dicker und faltiger, und sie sieht noch aus wie eine Jungfrau. Irgendwann wirst du mir keine Beachtung mehr schenken…«

»Das ist doch Unsinn! Ich liebe und begehre dich nach wie vor«, versicherte er ihr. »Sonst wärst du ja jetzt auch nicht schwanger, oder?«

Sie nickte, trotz ihres grimmigen Gesichts.

»Und nun Schluss mit diesen Reden, Weib.«

Ava riss sich zusammen. Sie ärgerte sich über sich selbst, denn eigentlich hatte sie keinen Streit gewollt. Es war die Eifersucht, die jene Worte aus ihr rausplatzen ließen. Doch auch das nächste Thema versprach von vornherein Zwietracht, weshalb sie spontan entschied, nicht die ganze Wahrheit zu sagen. »Ich werde vor dem Weihefest noch einmal zum Markt gehen.«

Zu Avas Glück hatte Christian kein Interesse mehr an einem weiteren Gespräch mit seiner verstimmten Gemahlin. »In Ordnung, geh nur. Ich erwarte dich dann vor der Messe hier zurück.«

Avas schlechte Laune hielt noch genau bis zum Markt. Als sie aber all die schönen Sachen sah, vergaß sie ihren Ärger schnell. Tief in sich wusste sie auch, dass sie sich falsch verhalten hatte, doch das konnte sie ja getrost auf ihre Schwangerschaft schieben, wo in der

Regel alle Frauen leichter reizbar waren. Christian würde ihr verzeihen, wie er es immer tat – jedenfalls, was ihre Vorwürfe im Hinblick auf Hannah betraf. Zu ihrem Glück wusste er nicht, wohin ihr Weg sie gleich noch führen würde.

Zunächst aber galt ihr Blick den angebotenen Waren. Sie verlangsamte ihren Schritt und ließ sich willig von den Händlern der Stände in Gespräche verwickeln. Der erste bot Filzhüte, der nächste duftende Gewürze in allerlei Farben an. Ava roch an einigen, hielt den schmeichelnden Worten des Händlers aber stand und ging ohne zu kaufen weiter.

In der Mitte des Marktplatzes machte ein lustiges Gauklerpaar grobe Späße auf ihrem reich verzierten Wagen. Ava ließ sich nicht in ihren Bann ziehen und schritt bedächtig durch die dicht gedrängte Menge. Vorbei an einer alten Frau mit ein paar Körben vor sich, in denen faltiges und wenig frisches Gemüse lag, und einem Mann, der Felle verkaufte. Sein Bart war so dicht, dass dieser selbst fast aussah wie ein Tierfell, und es war nicht auszumachen, wem oder was der beißende Geruch entströmte, der ihr hier in die Nase stieg. Bei diesem Gedanken wandte sich Ava mit verzerrter Miene ab. Ihr Blick fiel auf eine Frau, die zahlreiches Federvieh in hölzernen Käfigen anbot, und die gerade mit dem Marktvogt in Streit geriet. Offenbar hatte sie nicht bezahlt, denn der Mann forderte sie auf, den Platz zu verlassen. Wie es aussah, dachte die Frau aber nicht daran, seinen Anweisungen Folge zu leisten und zeterte lautstark weiter.

Ava ließ sich auch hier nicht länger fesseln, denn sie suchte noch immer nach einem Stand mit Stoffen, wo es Tuche für ein schönes, weites Kleid zu kaufen gab, welches sie bald wieder brauchen würde. Selbst das größte in ihrem Besitz war bei der letzten Schwangerschaft schon recht eng gewesen.

So passierte sie achtlos Schrangen mit allerlei Fleisch und Backwaren und Stände mit Schmuck, Metall- und Handarbeiten, bis sie endlich an einen Stand mit dem Gewünschten kam.

Hier hielt sie lächelnd inne und berührte bedächtig die ausliegenden Tuche. Diese eindeutige Geste ließ den Händler regelrecht um seinen Stand zu seiner Kundin fliegen.

»Edle Dame, was kann ich für Euch tun?«, fragte er und verbeugte sich übertrieben tief.

»Hmm...«, gab Ava versonnen von sich, die äußerst geschickt im Handeln war. Sie hatte auf den ersten Blick gesehen, dass der Mann genau das anbot, was sie gerne hätte, doch das durfte sie ihm nicht gleich zeigen. »Ich möchte etwas besonders Schönes haben. Stoff für ein Kleid, welches meiner Augenfarbe schmeichelt. Aber zu einem guten Preis.«

»Aber, aber! Ich bitte Euch, werte Frau. Bei mir gibt es nur schöne Sachen und nur gute Preise. Ich bin ein Christ, der das Gebot der Nächstenliebe pflegt, und Gewinn kann mir niemals so viel Zufriedenheit schenken, wie der Gedanke, eine solch holde Jungfrau wie Euch glücklich gemacht zu haben!«

Ava musste schmunzeln, denn sie war genauso sehr eine Jungfrau wie er ein Mann, der nur die Nächstenliebe im Sinn hatte. Doch sie behielt ihren überlegenen Ton bei. »Zeig mir zuerst, welchen Zierrat du hast, Händler.«

Der Mann führte sie zum Ende seines Standes, wo er gar wundervolle Borten und Bänder anbot. Ava entschied sich für ein grünes, breites Band mit heller Rankenstickerei darauf, welches sie an den Ärmeln und am Ausschnitt haben wollte. Dann griff sie zu einem passenden grünen Stoff, der die Farbe von dunklem Moos hatte. Nach kurzem Handeln bezahlte sie alles und forderte: »Bring mir Stoff und Bänder nach dem Markt zum Schneider Voltseco von der Mühlenbrücke. Hast du verstanden, Händler?«

»Sehr wohl, edle Dame. Eine gute Wahl – der beste Schneider der Stadt ist für die Verarbeitung eines solchen Tuchs gerade gut genug. Ihr werdet wunderbar in dieser Farbe aussehen. Beehrt mich beim nächsten Markttag wieder.«

»So Gott will, werde ich das tun.« Ava kehrte dem Stand den

Rücken und wandte ihren Blick nach Norden, wo sich ihr nächstes Ziel befand.

Einen Moment lang war sie unsicher, ob es tatsächlich richtig wäre, ihrem inneren Drängen nachzugeben. Vielleicht würde sie es hinterher bereuen? Unbewusst starrte sie auf die Dächer der Kurien, von denen die Spitzen schon zu erkennen waren, und biss sich auf der Unterlippe herum. Der Gedanke, Ehlers Zuhause aufzusuchen, war ihr des Morgens ganz plötzlich gekommen. Sie musste zugeben, dass ihr nicht ganz wohl dabei war. Sein Verhalten bei ihrem letzten Besuch hatte sie so eingeschüchtert, dass sie vorgehabt hatte, ihn vorerst zu meiden. Doch heute war ein christlicher Feiertag, und alles, was sie wollte, war, ihm etwas zu essen vor die Tür zu legen. Ihr Herz war weich – vielleicht deshalb, weil sie wieder schwanger war. Gut, dass Christian nichts von ihrem Vorhaben ahnte, er hätte sie ungeschönt wissen lassen, dass er sie für verrückt hielt.

Mittlerweile konnte Ava die Kurie des Scholastikus' in voller Gänze vor sich sehen. Zögerlich griff sie nach dem Käse in ihrem Korb. Hoffentlich fand er an dieser Speise nichts auszusetzen, dachte sie insgeheim, als ihr das weiße Brot in den Sinn kam, welches sie ihm am Aschermittwoch hatte schenken wollen. Sie war bereits im Begriff, den Käse auf den Stufen zurückzulassen, als sie innehielt und sich dagegen entschied. Hier würde sehr wahrscheinlich der nächste Langfinger danach greifen – das wollte Ava vermeiden. Aus diesem Grunde umschritt sie die Kurie, bis sie vor einer kleinen, oben abgerundeten Tür stand, die durch eine hohe Mauer in den Kuriengarten des Scholastikus' führte. Besser sie hinterließ den Käse hier.

Ava schob die Tür auf. Sie vermutete, dass zu dieser Zeit des Feiertages niemand da sein würde – und insgeheim hoffte sie das auch –, denn schließlich kam sie ungebeten. Vorsichtig trat sie ein und setzte einen Fuß vor den anderen. Der Garten war groß und die vielen Obstbäume versperrten ihr die Sicht. Dennoch wagte sie sich weiter vor und folgte einem verschlungenen Pfad. Ihr Schritt wurde etwas schneller, und schließlich erblickte sie die Rückseite der Kurie. Gerade schaute sie sich nach einem geeigneten Platz für ihre Gabe um, als sie plötzlich ein Geräusch hörte. Ein Klirren, ein Plätschern und ein Prusten.

»Hallo? Ist jemand hier?«, fragte sie verunsichert. Einige Schritte später erblickte sie einen Mann mit freiem Oberkörper, bloß bekleidet mit seiner Bruche. Er stand am Brunnen und kippte sich fortwährend Wasser über den Kopf. Die Striemen auf seinem Rücken machten es für sie unverkennbar, um wen es sich handelte. Ava blieb stehen. Vorsichtshalber aus einiger Entfernung fragte sie: »Ehler? Hast du mich nicht gehört?«

Der Mann hielt inne.

Ava stockte der Atem.

Polternd ließ der Domherr den hölzernen Eimer fallen.

»Soll... soll ich... wieder gehen?«

Ruckartig drehte er sich um.

Ava schreckte zurück. Sein Antlitz war von Wut gezeichnet. Dunkle Ringe unter den Augen stachen hervor. Aus seinem Haar tropfte das Wasser. Sein Blick hatte etwas Bedrohliches.

»Geht es... dir gut?«, fragte Ava zögerlich, die dagegen ankämpfen musste, sich nicht vor ihrem eigenen Sohn zu fürchten.

»Warum bist du hier?«, fragte Ehler.

»Ich wollte dir einen Käse bringen.«

»Habe ich dir nicht verboten zu kommen?«

»Kann man einer Mutter die Liebe zu ihrem Kind verbieten?«

Einen Moment lang sagten beide nichts.

Dann wagte Ava ihre nächste Frage. »Ehler, was ist mit dir? Was habe ich getan? Du warst bei meinem letzten Besuch so zornig. Kannst du dich erinnern...?«

Natürlich erinnerte er sich noch an den letzten Besuch seiner Mutter – ebenso wie an die Worte Hannahs und ebenso wie an das belauschte Gespräch über die Entmachtung des Scholastikus'.

Der Domherr nahm die Frau vor sich nicht mehr als Mutter wahr, er hasste sie aus tiefster Seele, und doch konnte er sich nicht gebärden wie das letzte Mal. Sie hatte keine Ahnung, was er gerade getan hatte und das musste auch so bleiben! Drum wandte er all sein Geschick an, überwand seine Abscheu für einen Moment und rang sich ein freundliches Gesicht ab. Er verlieh seiner Stimme etwas Weiches. »Nein, wie sollte man auch? Kannst du mir noch einmal verzeihen?«

Der Korb mit dem Käse glitt ihr aus der Hand und fiel zu Boden.

»Mein Verhalten war scheußlich. Ich kann es mir nur so erklären, dass kurzzeitig der Schmerz durch meine Geißelung meine Sinne vernebelt hat. Aber nun will ich mich bessern.«

Ava wollte ihren Ohren zunächst nicht trauen, doch ihr Herz hatte sich jene Worte so sehr gewünscht, dass sie nicht gewillt war, auch nur den geringsten Zweifel an seiner Ehrlichkeit zuzulassen. Dennoch fragte sie vorsichtig: »Wirst du dich auch nicht wieder geißeln, mein Sohn?«

»Aber nein, Mutter. Meine Dämonen sind ausgetrieben, und mein Herz ist rein. Alles, was ich jetzt noch wünsche ist, deine Vergebung zu erhalten.« Ehler schritt langsam auf sie zu. Dann nahm er ihr Gesicht in seine Hände und küsste sie auf den Mund. Danach gab er sie wieder frei, kniete sich vor ihr hin und vergrub sein Gesicht in ihrem Schoß. »Vergib mir, damit ich mir selbst vergeben kann.«

Ava war überwältigt von ihren Gefühlen. Konnte dies wirklich ein und dieselbe Person sein? Zu gern wollte sie an seine Reue glauben, weshalb sie ihm, wenn auch zögerlich, ihre Hand auf den Hinterkopf legte. »Ehler, ich bin so glücklich. Natürlich verzeihe ich dir!« Seine unterwürfige Geste zerstreute ihre letzten Zweifel. Sie hatte recht gehabt und Christian unrecht! Ihr Sohn hasste sie nicht, und er bereute sein schlechtes Verhalten zutiefst. Ava musste mit den Tränen kämpfen und verlor. Ungezügelt schluchzte sie.

»Dann kann ich jetzt wieder Frieden finden«, schloss Ehler.
»Und ich habe meinen Sohn zurück.«

Er hob seinen Kopf und blickte in Avas Gesicht. Lange würde er seinen Ekel nicht mehr zurückhalten können, drum stand er auf und geleitete Ava zur Tür hinaus.

»Ich werde dich bald wieder besuchen kommen, Ehler«, ließ Ava verlauten, nahm sich aber gleich wieder zurück. »Das heißt, natürlich nur wenn du das auch willst.«

»Wie könnte ich das nicht wollen?«, log der junge Domherr. Behutsam nahm er ihre Hand in seine Hände und küsste sie.

Dabei blieb Avas Blick an etwas haften.

8

Die Kurie des Propstes bot dem Erzbischof viele Annehmlichkeiten. Eines davon war eine übermäßig breite Bettstatt, mit wenig asketisch weichen Laken und einem Stoffdach aus wunderschön bestickten Vorhängen, die das Sonnenlicht und die Kälte fernhielten. Noch einmal drehte sich Giselbert von Brunkhorst um und schloss die Augen. Er hätte schon längst aufstehen müssen, doch diese Schlafstätte hielt ihn auf die schönste aller Arten gefangen.

Es war aber nicht nur die Behaglichkeit, die ihn träge machte. Es war ebenso die heutige Aufgabe. Obwohl er der Erzbischof war, gehörte das Abhalten von Gottesdiensten und christlichen Festen noch immer nicht zu seinen liebsten Pflichten. Anscheinend hatte er umsonst gehofft, dass das Alter etwas daran ändern würde. Wo er konnte, überließ er die Aufgaben seines apostolischen Auftrags einem seiner unterstellten Kirchenmänner – sei es den Domherren oder den Archidiakonen – und widmete sich den streitbaren Kehdingern oder den widerspenstigen Grafen von Stotel, die sein Land noch immer beschnitten und sich nur zu gerne gegen ihn stellten.

Das Weihen eines Teils des Mariendoms zu Hamburg konnte er allerdings niemandem überlassen, ohne dass man an seiner liturgischen Ernsthaftigkeit gezweifelt hätte, drum streckte er noch einmal die Glieder und schob dann die Vorhänge zur Seite. Seine nackten Füße berührten den Boden. Obwohl es schon Mai war, fröstelte es ihn, und er wäre fast zurück unter die Laken gekrochen; bevor ihn aber sein schwacher Wille übermannte, raffte er sich doch auf und schritt zu seiner Truhe, die ihn überallhin begleitete.

Das übergroße Möbel war weit über eine Mannslänge lang und so schwer, dass es bloß mithilfe von hölzernen Stangen bewegt werden konnte, die durch eiserne Ringe an den Schmalseiten gesteckt wurden. Das Gewicht des Eichenholzes sowie das der darumgeschlagenen Eisenbänder, die mächtigen Scharniere und Schlösser sorgten dafür, dass die Truhe zwei Deckel hatte, die ein einzelner Mann gerade so anheben konnte. In einer Seite bewahrte Giselbert seine liturgischen Gewänder auf, in der anderen Seite seine Dokumente. Keiner seiner Diener durfte ungefragt hineinsehen – was auch schwierig geworden wäre, da der Erzbischof die einzigen Schlüssel immer bei sich trug. Nun nahm er sie zur Hand und öffnete die Seite mit seinen Gewändern darin.

Als Erstes holte er sein Pallium hervor, dann seine Mitra mit den beiden Vittae daran. Diese beiden Dinge würde er heute auf jeden Fall brauchen. Daraufhin legte er noch einige andere Gewänder auf die Bettstatt. Sie alle waren dem heutigen Tage angemessen, doch noch hatte er sich nicht entschieden. Normalerweise ließ er sich an besonderen Tagen von Dienern ankleiden und tat das nicht selbst, doch heute war er schon spät dran, und die übermäßige Vorsicht, die das Gesinde stets im Umgang mit liturgischer Kleidung walten ließ, kostete Zeit – Zeit, die er nicht mehr hatte.

Als Giselbert das letzte Mal zur Truhe schritt, erfassten seine Augen ein Gewand, welches er schon sehr lange nicht mehr getragen hatte. Es war regelrecht in Vergessenheit geraten, und er sah auch gleich warum. Der lange Riss, den er sich am Baugerüst innerhalb des Doms vor ganzen zehn Jahren zugezogen hatte, belebte seine Erinnerung. Der Erzbischof nahm den feinen Zwirn zur Hand. Wieder fühlte er, wie sehr ihn das Missgeschick damals geärgert hatte. Achtlos war das Gewand danach von ihm ganz tief in seiner Truhe verstaut worden. Jetzt nahm er sich vor, es seinem Schneider zu geben, damit er etwas anderes aus dem Stoff machen konnte. Es wäre einfach zu schade gewesen, ihn so zu belassen.

Plötzlich fiel ihm etwas auf die Füße. Es war ein Brief. Erstaunt hob der Erzbischof ihn auf. Ebenso wie das ungeliebte, zerrissene Gewand hatte er auch jenen Ablass vollkommen vergessen. Jetzt aber kam ihm die alte Frau mit der eindringlichen Bitte um Vergebung ihrer Sünden wieder in den Sinn. Giselbert fühlte sich ein wenig schlecht. Er wusste, Gott sah alles und kannte jeden seiner Gedanken. Es war nicht gerade eines Erzbischofs würdig, Ablässe und Beichtbriefe zu vergessen, weil man kirchlichen Dingen eher gleichgültig gegenüberstand.

Jenes schlechte Gewissen war es wohl auch, welches ihn den Brief nach so vielen Jahren wieder entfalten ließ. Seine Augen flogen über die Zeilen, welche ihm ebenso wirr erschienen wie damals. Dann erblickten sie das in großen Worten geschriebene *Lever tod as Sklav!* Unwillkürlich fragte er sich, ob die alte Frau wohl noch lebte, und er hoffte ernsthaft, dass sie Frieden gefunden hatte. Gewissermaßen als Ausgleich seiner Vergesslichkeit nahm er sich vor, später im Dom für sie zu beten. Dann steckte Giselbert den Ablass ein und machte sich für das Weihefest bereit.

Runa, Walther und Margareta hatten sich ebenso herausgeputzt wie alle Hamburger, die mit ihnen zum Mariendom strömten. Vom Norden kamen die Domherren aus ihren Kurien in das Zentrum der ehemals bischöflichen Altstadt, vom Osten her die Fischer, Bauern und die Beginen aus dem Kirchspiel St. Jacobi. Aus dem Süden kamen die Männer und Frauen des jüngst bebauten Katharinen-Kirchspiels und vom Westen die Mönche aus den Klöstern St. Johannis und Marien Magdalenen sowie jene Bewohner aus der einst gräflichen Neustadt, dem heutigen Kirchspiel St. Nikolai.

Sie alle wollten der Weihe beiwohnen, davor oder danach den großen Markt besuchen und die Arbeit mal einen Tag lang ruhen lassen.

Laut hallte der Klang der Glocken durch die Straßen. Mit Absicht ließ man sie heute lange läuten. Immer wieder hängten sich die Männer mit ihrem ganzen Gewicht an die dicken Seile, um sie zum Schwingen zu bringen.

Walther und die Schwestern schritten über den Berg und gingen an der Fronerei vorbei, die Runa schon lange nicht mehr ängstigen konnte. Zwar waren die Erinnerungen an ihre Zeit hier noch immer lebendig, doch war ihr seither noch so viel Schlimmeres widerfahren, dass der Schrecken ihrer Kerkerhaft daneben verblasste. Die drei kamen durch die Filterstraße, wo sie aber nach ein paar Schritten schon stehenbleiben mussten – so dicht drängten sich hier die Hamburger Bürger.

»Ich frage mich, ob wirklich alle diese Menschen in den Dom passen?«, gab Margareta zu bedenken. »Es scheinen mir so viele wie sonst nie zu sein. Wahrscheinlich sind über die Hälfte von außerhalb der Stadt.«

»Ja, ich habe Hamburg auch schon lange nicht mehr so voll erlebt«, erwiderte Walther.

Runa stellte sich auf die Zehenspitzen und versuchte, über die Köpfe hinwegzusehen. »Ich habe das Gefühl, es geht gar nicht weiter da vorne. Nur warum?«

Walther, der um einiges größer war als Runa, reckte nun auch den Hals. Er sah sogleich, woran es lag. »Die Schauenburger kommen gerade an. Das Portal ist umstellt von ihren Männern, die alle aufhalten. Jetzt geht Graf Adolf V. rein und... hinter ihm... schwer zu erkennen.«

»Siehst du Gräfin Margarete und Graf Johann II.?«, fragte Runa.

»Nein, da sind nur die Brüder Heinrich I. und Adolf VI., die Kieler sehe ich nicht.«

Plötzlich wurde der Druck von hinten größer, sodass Walther fast ins Straucheln geriet.

»Platz da! Zur Seite! Aus dem Weg, da vorne«, ertönte es unfreundlich aus der Kehle eines Ritters, der, zusammen mit weiteren Reitern, die schmale Gasse entlangkam. Achtlos schoben sie die vielen Leiber zur Seite.

Margareta, Runa und Walther drehten sich um und sahen nicht weit von sich entfernt das eben gesuchte Grafenpaar.

»Da sind sie«, rief Runa und lächelte.

»Schau sie dir an«, schwärmte Margareta. »Die Gräfin scheint keinen Tag älter geworden zu sein.«

»Ja, du hast recht«, pflichtete Runa ihr bei und versuchte, sich zu entsinnen, wie lange sie Margarete von Dänemark nicht mehr gesehen hatte. Waren es drei Jahre oder sogar schon vier? Das Grafenpaar hatte Hamburg selten besucht und wenn, dann waren sie nie lang geblieben. Runa wusste nicht, ob sie das Interesse an ihnen verloren hatten, seitdem Walther nicht mehr sang und spielte und seitdem Eccard tot war, oder ob sie sich einfach zurückhielten, weil auch sie keine Worte hatten für das, was vor acht Jahren geschehen war. Doch ungeachtet dieser Gedanken löste der Anblick der Kieler Freude in ihr aus.

Die gräflichen Pferde kamen näher. Allen voran ritt Johann auf einem Schimmel. Sein blindes Auge schien über die Zeit weiter in die Höhle gesunken zu sein, und sein Haar war etwas grauer. Ansonsten wirkte alles an ihm wie noch vor ein paar Jahren.

Gräfin Margarete hingegen schien an diesem Tage fast zu leuchten. Das Altern tat ihrer Anmut keinen Abbruch. Ihr mit Gold- oder Silberfäden durchwirktes Kleid schimmerte in der Sonne, fast ebenso wie ihr dickes glänzendes Haar, von dem man das wunderschön geflochtene Ende sah. Erhaben ritt sie auf ihrem Rappen und schaute lächelnd in die Menge. Sie waren schon fast an ihnen vorbei, da bemerkte sie den einstigen Spielmann, dessen Weib und Schwester.

»Mein Gemahl, seht nur ...«, sagte sie und zeigte auf die drei.

Graf Johann wandte sich im Sattel um. Als sein Blick auf Walther fiel, erhellte sich seine Miene sogleich. »Spielmann!«

Walther trat vor und verbeugte sich. »Nicht mehr, wie Ihr wisst, mein Fürst.«

»Richtig. Es ist wohl die Hoffnung, die aus mir spricht. Singt Ihr denn immer noch nicht?«

»Wie vermag ich die Wahrheit zu sagen, ohne Euch zu enttäuschen?«

»Dann schweigt besser«, riet der Graf in aller Freundschaft.

Margarete von Dänemark schaute von Walther zu Runa. »Wie lange haben wir uns jetzt schon nicht mehr gesehen?«

»Zu lange, so viel ist sicher. Aber ich habe häufig an Euch gedacht, Fürstin, und Euch noch viel häufiger in meine Gebete eingeschlossen.«

Die Gräfin lächelte auf diese warmherzige Weise, die Runa immer so sehr gemocht hatte.

»Es wäre mir eine große Freude, euch drei heute zum Festmahl auf dem Kunzenhof begrüßen zu dürfen.« Ihr Blick glitt wieder zu Walther zurück. »Selbst dann, wenn wir auf Euer erheiterndes Lautenspiel wohl verzichten müssen.«

Walther verbeugte sich und Runa knickste. Fast gleichzeitig sagten sie: »Wir werden kommen.«

Graf Johann nickte ihnen noch einmal zu, dann trieb er seinen Schimmel wieder an.

»Euch ein gesegnetes Weihefest«, sprach Margarete von Dänemark lächelnd und folgte ihrem Gemahl in einem langsamen Trab.

Runa hatte schon fast vergessen, wie sich die neidvollen und bewundernden Blicke der Bürger anfühlten. Damals, als sie auf dem Kunzenhof gewohnt hatten, waren sie fast schon selbstverständlich für sie gewesen. Jetzt, nach diesem kurzen Gespräch, fühlte sie sich wieder an jene Zeit erinnert, so stechend war manch ein Ausdruck in den Augen der Frauen um sie herum.

Es dauerte zwar noch eine ganze Weile, doch entgegen Margaretas Befürchtungen schafften sie es irgendwann in den Dom, der so vollgestopft war, dass man meinte, seine Außenmauern würden jeden Moment bersten.

Man hatte das südliche Seitenschiff von allen Gerüsten befreit, die Wände und Säulen gesäubert und mit blühenden Zweigen und Blumen geschmückt. Extra für diesen Tag waren Reliquien nach Hamburg gebracht worden, die nun die festlich anmutenden Altäre auf der Südseite des Doms zierten. Dort, wo die Arbeiten am Seitenschiff ihr Ende gefunden hatten, war ein rotes Weihekreuz mit einem Kreis darum aufgemalt worden.

Runa war noch damit beschäftigt, die Pracht des heute zu weihenden Kirchenschiffs zu bestaunen, als Christian zu ihnen stieß. Sein Kopf war rot vor Anstrengung, die er offensichtlich hatte aufbringen müssen, um sich durch die dicht gedrängten Körper zu schieben.

»Christian, wie schön, dass du zu uns kommst. Wo ist denn Ava?«, fragte Margareta erstaunt.

»Wenn ich das wüsste...«, grollte der Ratsmann. »Bis zum letzten Moment habe ich auf sie gewartet. Sie wollte zum Markt und dann zurückkommen.«

Walther winkte ab. »Weiber! Du hättest sie nicht gehen lassen sollen. Auf dem Markt vergessen Frauen alles um sich herum.«

Christian lachte bitter. »Wie wahr. Wahrscheinlich hat sie dort drei Rollen Tuch geschultert und versteckt diese gerade irgendwo im Haus vor mir.«

Runa konnte sich ein Grienen nicht verkneifen, auch wenn sie natürlich der Meinung war, dass Christian übertrieb.

»Schscht!«, ertönte es plötzlich von hinten, was sie erst darauf aufmerksam machte, dass das Fest begann. Wenig später ertönte der eindringliche Gesang vieler Knabenkehlen. Und erst nach den üblichen Psalmen und Hymnen, die jeder Messe vorangingen, begann die eigentliche Weihe.

Giselbert von Brunkhorst zog mit einem Tross, bestehend aus den Domherren, seinen Archidiakonen des Bistums, den Hamburger Pfarrvikaren, den Mönchen und Beginen, allen Schülern des Marianums und der Nikolaischule, den Ratsherren und den Grafen um den Dom, um die Lustration zu vollziehen. Bei jener symbolischen Reinigung wurden die Außenwände des zu weihenden Seitenschiffs mit Gregorianischem Wasser aus Asche, Wein, Salz und Weihwasser besprenkelt. Dann kam der feierliche Wiedereinzug in das Langhaus, wobei auch der Innenraum auf jene Weise benetzt wurde, bis die Prozession mit ihren Vortragekreuzen, den Baldachinen und den Fahnen wieder den Bereich vor dem Altar erreichte. Hier ehrte der Erzbischof eine besondere Märtyrerreliquie, ein Stück von dem Rost des heiligen Laurentius, und folgte dann dem Alphabetritus, dessen Zeichen auf dem Boden die Besitznahme der Kirche durch Christus kennzeichnen sollten. Dabei ließ der Erzbischof kostbaren Weihrauch und viele Wachskerzen entzünden – auf jedem Altar, an jeder Säule, und alle gleichzeitig. Das warme Licht hatte wahrlich etwas Göttliches, und die darauf ertönenden Gesänge taten ihr Übriges zur feierlichen Stimmung.

Der Hauptteil des Weihefestes war schon längst vorüber, da stieß Runa Christian an. »Da drüben ist Ava. Wie es scheint, ist es einfach zu voll, um hindurchzukommen.«

Ava schaute zu ihnen herüber und machte eine Geste, die genau jene Vermutung bestätigte, woraufhin sie nur ein Augenrollen von ihrem Gemahl erntete, der ohne Zweifel verstimmt wegen ihrer Verspätung war. In seinem Ärger bemerkte er gar nicht, wie blass sie aussah. Niemand bemerkte das.

Ava war allein mit ihren Gedanken, die sie nicht einmal selbst zu ordnen vermochte. Immer wieder glitt ihr Blick zu Ehler, der sich gerade so auf den Beinen zu halten schien. Dabei hörte sie kein Wort des Erzbischofs. Fast war es ihr, als stünde sie allein mit ihrem Erstgeborenen in diesem großen Gotteshaus.

Das letzte Amen, das jeder Gläubige laut und deutlich mitsprach, um seine Zustimmung zu besiegeln, war noch nicht verklungen, als eine Seite der großen, schweren Flügeltür knarrend geöffnet wurde. Alle Köpfe wandten sich um, und sie sahen einen Diener, dem der Schrecken ins Gesicht geschrieben stand.

»Der Ratsnotar!«, rief er fast schon außer sich. »Ich brauche Hilfe. Schnell!« Seine Stimme überschlug sich fast.

Giselbert von Brunkhorst stellte das Kreuz in seiner Hand zurück auf den Altar, ohne den Blick von dem Diener zu nehmen. Ihm war bereits aufgefallen, dass Johann Schinkel fehlte.

Noch bevor der Geistliche etwas sagen konnte, schob Werner die zweite Flügeltür mit beiden Händen auf und begann zu schreien: »So bewegt Euch doch endlich, ihr Leute! Ich sagte, ich brauche Hilfe! Der Magister wurde niedergestochen!« Jetzt war der Blick frei auf seinen blutenden Herrn, den er auf den Schultern durch die menschenleere Stadt zum Dom geschleppt hatte, um ihn vor dessen Portal niederzulegen.

Die Beginenschwestern waren die Ersten, die losliefen, dann die Ratsherren. Wenig später war eine Traube von Menschen um Johann Schinkel versammelt, der regungslos am Boden lag. Jede feierliche Stimmung war in diesem Augenblick dahin.

Der Erzbischof sowie der Bürgermeister eilten den Gang durch die Gläubigen entlang, wo Werner ihnen auch schon entgegenkam.

»Lebt er noch?«, fragte Hartwic von Erteneborg gehetzt.

»Ja, doch sein Herz wird schwächer. Ich weiß nicht, ob er es schafft.«

»Wer? Wer tut so etwas?«, fragte nun Giselbert von Brunkhorst anklagend und schlug ein Kreuz.

Der Diener des Ratsnotars schaute ihm ins Gesicht. Sein Blick war eindringlich, seine Stimme eher unsicher. »Ich befürchte, ich weiß, wer es war.«

»Was sagst du? Woher? Sprich schon!«

Auch Hartwig von Erteneborg forderte nun barsch: »Sag es! Sofort! Was weißt du?«

Werner focht einen inneren Kampf aus. Konnte er es wirklich über die Lippen bringen, was ihm auf der Zunge lag?

»Sprich gefälligst, oder willst du einen solchen Mann auch noch decken?«, fuhr ihn der Bürgermeister an.

»Es bricht mir einfach das Herz«, begann er zögerlich. »Ich möchte es nicht glauben, aber alles spricht dafür.« Werner hob seine Hand, die zur Faust geballt war. Finger für Finger öffnete er sie. Zum Vorschein kam eine kleine Flöte, die an einem zerrissenen Lederband hing. »Sie gehört Thymmo. Ich kenne sie genau, er trug sie viele Jahre lang. Sie lag neben meinem Herrn im Gras.«

Ein Aufschrei ging durch die Menge, wovon ein besonders erschrockener des Erzbischofs Kehle entwich. Der Geistliche schaute zu dem jungen Mann hinüber, den er einst als Kinderbischof und somit als rechtschaffenen Schüler des Marianums kennengelernt hatte. Er konnte es nicht glauben.

Auch Runa schrie ihren Protest nur so heraus: »Niemals! Was redest du da? Das ist nicht wahr!« Während sie ihre Worte rief, kämpfte sie sich ohne Rücksicht durch die Menge. Sie stieß jeden achtlos beiseite – ob Mann oder Frau, ob Kaufmann oder Bauer. Walther folgte ihr auf dem Fuße.

Thymmo selbst stand inmitten der Schüler. Der Kreis um ihn wurde immer größer und die Blicke in seine Richtung immer abschätziger. Eine Weile lang war er zu geschockt, um etwas zu sagen oder sich zu regen.

Runa und Walther hatten es bis zum Bürgermeister, zum Erzbischof und zu Werner geschafft.

Letzterer schaute fast entschuldigend zur Mutter Thymmos, die er jetzt auch schon viele Jahre lang kannte, und hob beschwichtigend die Hände. »Ich kann es doch selbst kaum glauben«, gestand er verzweifelt. »Sagt mir, wie die Tatsachen anders zu deuten sind, und ich werde es mit Freude als die Wahrheit erachten.«

Entsetzt rang Runa um erklärende Worte. »Aber ... was für einen Grund sollte ausgerechnet Thymmo haben, den Ratsnotar niederzustechen? Er ... er liebt ihn!« Ihre Entrüstung verwandelte sich mehr und mehr in Verzweiflung. »Ich weiß, dass er es nicht getan hat! Bürgermeister, Erzbischof, ich flehe Euch Männer an. Das ... ist doch verrückt! Er ist sein ... sein Mündel.« Jetzt wusste Runa nicht mehr, was sie sagen sollte. Von ihrer Erschütterung übermannt, flüchtete sie sich in Walthers Arme.

Plötzlich traten fünf Männer aus der Menge und stellten sich vor dem Bürgermeister auf.

»Wer seid ihr?«

»Wir sind Müllersgehilfen aus der Obermühle.«

»Habt ihr etwas zu diesem Fall beizutragen?«

Der größte unter ihnen gab die Antwort: »Ja. Wir haben sie streiten sehen.«

»Wen habt ihr streiten sehen?«, forderte jetzt der Erzbischof zu wissen.

»Den Ratsnotar und sein Mündel. Und zwar lautstark. Vor einigen Tagen. Nachdem sie fertig waren, gingen sie im Zorn auseinander.«

Runa fuhr herum und schlug die Hand vor den Mund.

Walther herrschte den Mann an. »Und was beweist das? Gar nichts!«

Der Bürgermeister ließ seine Augen kurz auf Walther und Runa ruhen. Dann sah er zu den Männern der Mühle, und darauf auf die Flöte in des Dieners Hand. An die Eltern gerichtet, verkündete er, was die Beweise ihn zu sagen zwangen: »Ich befürchte, ganz so ist es nicht. Wir müssen die Sache prüfen. Und bis dahin...« Er sprach es nicht aus, sondern drehte sich zu den Büttel um. Sein Tonfall war eher traurig, denn zornig. »Ergreift ihn, und bringt ihn in die Fronerei.«

Jetzt erst begann Thymmo sich mit Worten zu verteidigen. Beim Anblick der Büttel wich er ein paar Schritte zurück. »Nein, ich war das nicht! Niemals hätte ich das getan!« Die Männer ergriffen ihn und zerrten ihn in Richtung Portal.

Runa brach zusammen, als man ihren Jungen an ihr vorbeiführte wie einen Verbrecher. Gerade noch konnte Walther sie auffangen.

Margarete von Dänemark reagierte flink und ohne ihren Gemahl zu fragen. Mit einer unmissverständlichen Geste befahl sie einem seiner Ritter: »Schnell, man soll sie zum Kunzenhof bringen!«

»Jawohl«, ließ dieser verlauten und hastete davon.

Den Rest des Tages herrschte Durcheinander in der Stadt, die noch immer voll war von Menschen, welche auf eine Weise plötzlich überflüssig geworden waren. Niemandem war mehr danach, das Weihefest fröhlich zu begehen, allen saß der Schreck in den Knochen. Statt Gebete zu sprechen und Hymnen zu singen, stellte man Mutmaßungen darüber an, was wirklich geschehen war. Es war schwer zu glauben, dass jemand dem allseits so beliebten Ratsnotar etwas so Fürchterliches angetan hatte und dass es allem Anschein nach sogar sein eigenes Mündel gewesen war.

Auch an das vormals geplante Festmahl in der Halle des Kunzenhofs war nicht mehr zu denken, weshalb hier, neben dem Grafenpaar und ihrem Gefolge, nur noch Margareta, Runa und Walther anzutreffen waren.

Die Gräfin hatte gut daran getan, die drei Erschrockenen zum Hof bringen zu lassen. Hier waren sie wenigstens sicher vor all den Blicken und konnten ihre Gedanken ordnen. Leider jedoch gab es nicht viel, was sie sonst tun konnten – weder für Thymmo, der in der Fronerei einsaß, noch für Johann Schinkel, den man in seine Kurie gebracht hatte, wo er derzeit von Priestern, Beginen und Heilern umringt war.

So verweilten sie, warteten gespannt auf Nachricht, die einen stehend, die anderen sitzend, wieder andere gingen unruhig umher. Es war still in der Halle, während im Rathaus laut gestritten wurde und Neuigkeiten zusammengetragen wurden. Jeden Augenblick konnte der Propst eintreffen, der von der Sitzung berichten sollte, in der man Werner, die Müllersgehilfen und jeden anderen Mann, der meinte, etwas zur Sache zu sagen zu haben, erneut anhörte.

Außerdem wurde der Erzbischof erwartet, mit Kunde über Johann Schinkels Befinden.

Runa saß schon seit einer Ewigkeit mit unbeteiligtem Gesicht an der Tafel und nahm nichts um sich herum mehr wahr. Johann war ihr stets so unverwundbar vorgekommen. Und nun? Nun würde er vielleicht sterben – und mit ihm die Wahrheit, die Thymmo, seinen eigenen Sohn, vielleicht noch retten konnte. Möglicherweise würde sogar Thymmo sterben – obwohl Runa von seiner Unschuld fest überzeugt war. Nachdenklich erhob sie sich von ihrem Platz und trat an eines der Fenster, an dem sie vor vielen Jahren häufig gestanden hatte. Sie schaute hinaus auf den Hof. Dabei drängte sich ihr förmlich ein Gedanke auf: Ließ Gott sie beide jetzt für ihre Sünde büßen? Und bestrafte er auch gleich Thymmo mit, als Frucht dieser Sünde? Sie kam zu keinem Ergebnis. Dann erblickte sie den Propst, wie er über die freie Fläche geeilt kam, und dicht hinter ihm den Erzbischof. Endlich! »Sie kommen«, brauchte Runa nur zu sagen. Alle wussten Bescheid und setzten sich unverzüglich wieder an die lange Tafel.

Albrecht von Schauenburg und Giselbert von Brunkhorst setzten sich dazu, nahmen sich jedoch beide keinen Wein. Ohne Verzug begann der Erzbischof zu erzählen. »Der Ratsnotar hat sein Bewusstsein noch nicht wiedererlangt, und es ist fraglich, ob er es jemals zurückerhalten wird – so schwach ist sein Herzschlag, sagen die Beginen.«

Das Entsetzen über diese Kunde war allen Männern und Frauen im Saal anzusehen. Niemand hatte Worte für das, was sie fühlten, doch ein jeder zeigte es auf seine Weise.

Als Walther sich nun an den Propst wandte, machte er sich auf das Schlimmste gefasst. »Und Thymmo?«

»Sie haben ihn für schuldig befunden ...«

»Nein«, hauchte Runa und spürte gar nicht, wie Margareta ihr tröstend eine Hand auf den Arm legte.

Albrecht sprach weiter. »... jedenfalls so lange, bis der Ratsnotar erwacht und etwas Gegenteiliges sagt.«

»Und wenn er nicht erwacht?«, fragte Margareta tränenerstickt.

»Dann wird der Junge sterben!«

Runa schlug ihre Hand vor den Mund und erstickte so das Geräusch ihres Aufschluchzens.

Der Propst schaute berührt, doch erinnerte sich gleich wieder seines Auftrages hier als Kirchenmann auf Erden. »Lasst uns das Einzige tun, was uns jetzt noch zur Wahrheit verhelfen kann – wie auch immer diese sein mag.« Mit einem Nicken übergab er das Wort dem Erzbischof, der von ihnen beiden die höhere klerikale Stellung innehatte.

Giselbert nickte zurück, hob die Hände, sodass deren Innenflächen zum Himmel zeigten, und sprach: »Möge Gott uns beistehen. Oremus!«

Alle Anwesenden falteten ihre Hände und warteten, dass der Geistliche mit seinen trostspendenden Worten begann.

Doch stattdessen hörten sie von außerhalb des Saals plötzlich lautes Gebrüll und Gepolter.

»Was ist da los?«, fragte Graf Johann ärgerlich in die Runde. »Seht nach«, befahl er zwei dicken Wachmännern.

Johannes von Holdenstede wehrte sich mit Händen und mit Füßen. Er hatte sich über die Wege von Kiel nach Hamburg gekämpft, hatte es in die Stadt geschafft, deren Mauer am heutigen Festtage zu seinem Glück nicht so streng bewacht wurde wie sonst, und war bis vor die Tore des Kunzenhofs gekommen. Hier jedoch sollte seine Reise plötzlich enden. Man wollte ihn nicht einlassen, ganz gleich, was er zu seiner Erklärung vorzubringen hatte.

In seiner Verzweiflung sah er nur noch einen Weg: Er musste sich zu Graf Johann II. durchschlagen. So hieben seine Fäuste auf jeden ein, der sich ihm in den Weg stellte. Zwar war er kleiner als die meisten Wachen und weniger kampferprobt, doch er war dafür schneller und wendiger, und das nutzte er zu seinem Vorteil. Zudem beflügelte ihn die Angst um Freyja; für sie war er bereit, einiges einzustecken. Mit dieser Geisteshaltung schaffte er es tatsächlich bis vor den Eingang des Saals, wo er aber schließlich von zwei Wachen überwältigt wurde. Sie wollten ihn gerade fortzerren, da öffnete sich die Tür. Zwei dicke Wachmänner kamen heraus.

Dies war seine letzte Möglichkeit. Johannes schrie aus Leibeskräften: »Herr! Mein Fürst! Hört mich an!«

Die Wachen waren mittlerweile so wütend, dass sie sich nicht mehr beherrschen konnten. Ein gezielter Schlag auf Johannes' rechtes Auge und einer auf seine Lippe reichten aus, um ihn vorerst zum Schweigen zu bringen.

Graf Johann hatte sich zwischenzeitlich erhoben. Mit seinem sehenden Auge blickte er auf die Szenerie und forderte zu wissen: »Was ist das für ein Lärm?«

Einer der Wachmänner kam näher und sagte: »Dieser Eindringling behauptet, eine wichtige Botschaft für Euch zu haben, doch in Wahrheit ist er nur ein zerlumpter Kerl, der nach einer Abreibung bettelt. Verzeiht, wenn er Euch gestört hat.«

»Was für eine Botschaft ist es, die er meint für mich zu haben?«

Nun wurde der Wachmann rot. »Ich weiß es nicht genau. Aber er hat uns sofort angegriffen ...«

»So? Und erst hier habt ihr es vermocht, ihn zu stoppen? Wozu habe ich so viele Wachen, frage ich mich?«

»Herr, er war äußerst skrupellos und hat ...«

»Schweig! Ein Mann, der von solch einem starken Willen beseelt ist, dass er sich gegen mehrere Wachmänner stellt, erscheint mir entweder des Lebens müde, oder er trägt wahrlich Wichtiges mit sich herum. Lasst ihn los. Er soll näherkommen!«

Sichtlich ungern folgte der Wachmann dieser Anweisung. »Du hast noch einmal Glück gehabt, du Mistkerl«, raunte er dem Fremden verärgert zu und verpasste ihm noch einen letzten Tritt.

Johannes rappelte sich mühevoll auf und wischte sich das Blut vom Mund. Sein rechtes Auge hatte sofort begonnen zuzuschwellen. Schon jetzt konnte er dadurch fast nichts mehr sehen; bloß das, was direkt vor ihm lag. So achtete er nicht auf die übrigen

Menschen im Saal und hielt leicht benommen auf das Grafenpaar zu. Kurz vor ihnen blieb er stehen. Er wusste nicht so recht, wie er sich zu benehmen hatte, deshalb verbeugte er sich zuerst vor Johann II., dann noch ein weiteres Mal vor dessen Gemahlin und ein letztes Mal vor einer jungen Schönheit, die neben der Gräfin saß. Sie musste in etwa so alt sein wie Freyja, und Johannes schätzte, dass es die Tochter des Grafenpaares war.

Walther hatte hastig nach Runas Hand gegriffen, als ihm klar geworden war, wer da in die Halle kam. Noch immer hielt er sie fest umschlossen und hinderte seine Frau daran, sich zu ihrem Bruder umzudrehen, zu dem sie beide mit dem Rücken saßen. Langsam schüttelte er den Kopf. Sie verstand, auch wenn ihre Hände daraufhin zu zittern begannen.

Auch Johann II. hatte Walthers Geste gesehen. Er richtete sich ein wenig gerader auf und befragte den Mann, ohne das Wort an seinen einstigen Spielmann zu richten, der offenbar besser im Verborgenen bleiben wollte. »Was willst du hier? Warum kämpfst du mit meinen Wachmännern?«, fragte der Fürst.

Als Johannes Angesicht zu Angesicht mit dem Fürsten stand, überkam ihn plötzlich ein Gefühl der Ehrfurcht und Angst. Fast versagte seine Stimme, so bang war ihm, wenn er daran dachte, was er gleich würde erzählen müssen. Jetzt konnte er nur noch hoffen, dass es eine gute Idee gewesen war, hierhergekommen zu sein, und dass der Graf gnädig mit ihm verfuhr. »Ich habe Informationen, die die Fehdekämpfe vor über acht Jahren betreffen. Sie sind von solcher Wichtigkeit, dass ich sie niemandem anvertrauen kann.«

»Welche Nachricht kann es nach all den Jahren schon geben, die für mich noch von Interesse wäre?«

Johannes kam ins Schwitzen. So wenig interessiert, wie der Graf wirkte, konnte er nicht damit rechnen, besonders lange angehört zu werden. »Mein Fürst, es ist vielmehr eine Art Beichte meinerseits, als eine bloße Nachricht. Sie wird für Euch …«

»Wenn du beichten willst, Fremder, wende dich gefälligst an einen Priester. Und nun kläre mich endlich auf und sprich besser schnell. Ich verliere langsam das Interesse an dir«, forderte Johann II. und wedelte ungeduldig mit der Hand.

»Mein Name ist Johannes, und ich bin heute bloß ein einfacher Mann. Doch vor acht Jahren, als Hamburg mit dem Angriff Eures Vetters am Kinderbischofsspiel einen seiner schwärzesten Tage erlebte, da war ich Euer Feind. Mein Herz ist seither schwer, denn ich habe einen Fehler gemacht. Diesen Fehler wünsche ich jetzt auszumerzen, selbst wenn Strafe mich daraufhin ereilen sollte.«

Graf Johann II. schaute mit seinem verbliebenen Auge auf sein Gegenüber, beugte sich vor und fragte: »Was soll das heißen? Ich kann dir nicht folgen. Was hast du mit dem Überfall zu tun? Erzähle von vorne.«

»In der Zeit, als die Fehde zwischen Euch und Eurem Vetter entbrannte, kreuzte mein Weg den eines Geistlichen und seines Gefährten in Münster. Ich schloss mich ihnen an. Schnell erfuhr ich, dass des Geistlichen Herz voller Hass für dessen Ziehsohn war. Zusammen mit seinem Begleiter erdachte er sich einen Weg, um sich an jenem Mann zu rächen, wozu wir den Grafen von Stotel aufsuchten, dem aus gewissen Gründen ebenso daran gelegen war, des Geistlichen Ziehsohn aus dem Weg zu schaffen. Die Herren von Stotel wiederum schlossen sich für diesen Zweck Eurem Vetter Gerhard II. an und zogen gemeinsam mit ihm an dem besagten schwarzen Tag gegen Hamburg.«

»Was du da sagst, ist kaum zu glauben. Die Grafen von Stotel haben sich meinem Vetter angeschlossen? Warum? Dieses Grafenhaus hat keinerlei Verbindung zu mir – weder feindliche noch freundschaftliche.«

»Das Ganze ist äußerst verworren. Lasst mich weiter erklären, mein Fürst, dann wird es klarer.«

»Gut, sprich!«

»Es stimmt, die Grafen von Stotel hegen keinen Groll gegen

Euch, noch hegen sie freundschaftliche Gefühle Eurem Vetter gegenüber – ihr Ziel war ein anderes, nämlich das Unschädlichmachen eines Eurer Günstlinge.«

»Ich verstehe noch immer nicht«, brauste der Graf nun auf. »Nennt endlich Namen!«

Johannes nickte beschwichtigend. »Der Geistliche, von dem ich spreche, ist Vater Everard, der Beichtvater ...«

»... meines Vetters!«, ergänzte Johann II.

»Stimmt genau. Und der Ziehsohn dieses Geistlichen ist Euer damaliger Spielmann Walther von Sandstedt«, erläuterte Johannes.

»Und was haben die Grafen von Stotel damit zu tun? Warum schließen sie sich einer Fehde an, wegen eines Spielmanns, der der Ziehsohn eines Landgeistlichen ist?«

»Nun, das ist leicht zu erklären. Euer ehemaliger Spielmann Walther ist nämlich weit mehr als nur der Ziehsohn eines Landgeistlichen. Er ist der uneheliche Abkömmling Gerberts von Stotel aus der Verbindung zu einer Stedingerin!«

Johann II. sprang auf. »Das kann nicht sein!« Sofort war ihm die Tragweite der eben genannten Verbindung klar.

Nun war es Walther, dessen Hände anfingen zu zittern – hörte er die so viele Jahre schmerzlich vermisste Wahrheit über seine Herkunft doch jetzt das erste Mal. Konnte das, was Johannes da sagte, tatsächlich wahr sein? Er, der bedeutungslose Junge aus einem friesischen Dorf, war in Wahrheit ein Bastard des Grafen von Stotel? Walther verengte die Augen, während er in Gedanken verfiel. Auf seiner Stirn bildete sich eine steile Falte. *Stotel*. Wo hatte er diesen Namen schon mal gehört? Es wollte ihm noch nicht einfallen.

Von allen unbemerkt, war dem Erzbischof ein gewaltiger Schreck durch die Glieder gefahren. Die Worte des Fremden trafen ihn so hart, wie ein Schmiedehammer ihn niemals hätte härter treffen können. Scheinbar von selbst griff seine Hand nach dem altgewordenen Papier, das ihm heute Morgen aus dem zerrissenen

Gewand gefallen war. Für sich, still und unauffällig, überflog er die Zeilen das dritte Mal in zehn Jahren. Konnte das wirklich wahr sein?

Graf Johann bekam davon nichts mit. Seine ganze Aufmerksamkeit galt dem Herausfinden der Wahrheit. »Sag mir sofort: Woher hast du dieses Wissen? Ist es glaubwürdig, was du behauptest?«, fragte der Schauenburger misstrauisch.

»Der Geistliche selbst hat es mir in einer Schenke in Münster erzählt. Eigentlich hatte er vor dreiundvierzig Jahren einen Eid schwören müssen, den Jungen aufzunehmen und seine Herkunft auf ewig geheim zu halten. Doch er hat seinen Schwur gebrochen und zuerst seinem Gefährten, später mir, und schließlich auch dem Grafen Johannes I. von Stotel davon erzählt, der von dem dunklen Geheimnis seines Vaters nichts geahnt hatte. Bis heute soll selbst Walther von Sandstedt keine Ahnung von seiner Herkunft haben; und er weiß vermutlich ebenso wenig, dass er einer der Gründe für den Ausbruch der Fehde war. Die Wahrheit ist, damals vor acht Jahren entkam er nur knapp dem Tode.«

Jetzt riss Walther die Augen auf. Seine Finger legten sich immer enger um Runas zarte Hand. Doch nicht etwa wegen dem, was Johannes gerade gesagt hatte, sondern weil es ihm eingefallen war. Er hatte es gewusst; er war dem Grafen von Stotel bereits begegnet! Und zwar in Kiel auf dem Turnier. Plötzlich war es wieder vor seinem geistigen Auge. Damals, als Eccard gestürzt und er zu ihm auf den Kampfplatz geeilt war, gab es diese eine Begegnung. Der gegnerische Ritter hatte Walther hinter seinem Helm ganz merkwürdig angesehen und sein Antlitz nicht zu erkennen gegeben. Weder an diesem Tage, noch an dem darauf, wo er ganz plötzlich aus Kiel abgereist war und die Gräfin Margarete dadurch sehr verärgert hatte. Jetzt ahnte Walther den Grund für dieses Verhalten: Sehr wahrscheinlich war ihm und dem Grafen ihre Verwandtschaft anzusehen.

Johann II. war nun weniger barsch in seinen Worten, sondern

vielmehr äußerst interessiert. »Erzähle mir vom Tag des Überfalls auf Hamburg.«

»Graf Johannes I. von Stotel war über die Nachricht, dass der Bastard seines Vaters in Euren Gunsten steht, so beunruhigt, dass er veranlasste, ihn und all seine Nachfahren töten zu lassen. Es kam ihm dabei sehr zupass, dass Ihr Eurem verarmten Vetter gerade die Fehde erklärt hattet. Jene Fehde eröffnete dem Stoteler nämlich die Möglichkeit eines Tauschgeschäftes: Er stellte Gerhard II. die fehlenden Ritter und Münzen und forderte das Beseitigen Walthers und seiner Nachkommenschaft.«

»Welche Aufgabe hattet ihr und der Geistliche mit seinem Begleiter?«, fragte der Fürst nun und versuchte, nicht den Anschluss in dieser verworrenen Geschichte zu verlieren.

»Um herauszufinden, wo Walther von Sandstedt und seine Kinder sich aufhielten, schickte man einen Kundschafter in die Stadt, den niemand in Hamburg kannte. Er heißt Kuno, es war der Begleiter Everards. Durch Kuno wussten wir, dass Thymmo stark bewacht in der Kurie des Ratsnotars lebte, und es schwer werden würde, ihn zu ergreifen. Walther von Sandstedt und dessen Tochter jedoch waren leichtere Ziele. Der Angriff auf Hamburg verlief aber nicht wie geplant. Durch den Überlauf des Ritters Eccard Ribe zu Euch und sein unerwartetes Auftauchen in Hamburg verloren die Männer Gerhards II. und Johannes' I. die Oberhand. Obwohl ein Teil der Ritter schon fast bis zur den Kurien vorgedrungen war, von wo der Junge geholt werden sollte, wurde der Plan des Grafen überstürzt geändert, und sie zogen ab, um nicht noch mehr Verluste zu erleiden. Wenigstens eine von Sandstedt hatte man ergriffen – Freyja, die Tochter.«

In diesem Augenblick sprang Walther auf. Er war so in Zorn, dass er aus dem Stand über die Bank setzte. Dann stürzte er ungehalten auf Johannes zu.

Dieser hatte Walther bislang ebenso wenig bemerkt wie Runa

und Margareta. Seine ganze Aufmerksamkeit war auf das Grafenpaar gerichtet gewesen, nicht auf dessen Gefolgschaft auf der Seite seines mittlerweile gänzlich zugeschwollenen rechten Auges. Er war vollkommen überrumpelt.

Walther packte Johannes am Kragen und hob ihn daran hoch, sodass dieser bloß noch die Zehenspitzen auf dem Boden hatte. »Du hast sie getötet? Du hast meine Tochter auf dem Gewissen?«

»Walther, warte ...«, stammelte Johannes ungehört.

»Schweig du elender Hundsfott!«, schrie Walther außer sich vor Zorn. »Du ... du ...! Ich werde dafür sorgen, dass du dahinkommst, wo deine elende Ziehmutter Luburgis bereits ist. In die Hölle!« Mit diesen Worten ließ er ihn wie einen nassen Sack zu Boden fallen und sprang auf ihn. Seine Finger schlossen sich um Johannes' Hals.

Keiner im Saal hatte das kommen sehen, und es verstrichen weitere Augenblicke, bis der Erste reagierte.

Johannes würgte und röchelte. Schnell färbte sich sein Gesicht rot. Er bekam kaum noch Luft, und seine Zunge trat wie von selbst hervor. Verzweifelt legte er seine Finger um Walthers Arme und zerrte daran, jedoch vergebens. Er war machtlos gegen einen Vater, der glaubte, den Mörder seiner Tochter vor sich zu haben. Mit letzter Kraft löste er seine Rechte und griff sich unter die Kleidung, wo er ein Tuch hervorholte. Es war jenes Tuch, welches Freyja verloren hatte.

Runa stürzte auf Walther zu und zerrte an seinen Schultern. »Hör auf! Walther! Komm zu dir! Sieh doch, das Tuch ...!«

Jetzt forderte auch Johann II.: »Holt ihn von dem Kerl runter. Schnell! Bevor er ihn umbringt.«

Es brauchte zwei Männer, um Walther und Johannes zu trennen. Gerade noch rechtzeitig, wie sich zeigte.

Johannes rollte hustend auf die Seite und rang geräuschvoll nach Atem.

Jetzt riss Runa ihrem Bruder das verdreckte Stück Stoff aus

den Händen. »Woher hast du das? Ich kenne dieses Tuch! Es gehörte...«

»... mir!«, beendete Margareta verblüfft. »Aber ich habe es der Magd in Kiel geschenkt.«

»Nun rede endlich!«, forderte Runa barsch.

Johannes' Stimme war bloß noch ein raues Flüstern. Trotzdem versuchte er zu erklären, wozu er eben nicht gekommen war. »Das Mädchen wurde nur verschleppt. Es... es... lebt!«

Runa schrie auf und schlug die Hände vor den Mund. Mit ganzer Kraft versuchte sie, nicht die Besinnung zu verlieren. Das alles war zu viel für eine Mutter.

»Was sagst du da?«, fragte Walther und wurde blass.

»Ja«, krächzte dessen Schwager. »Freyja wurde jahrelang versteckt gehalten.«

Runas Weinen war nun nicht mehr aufzuhalten. Übermannt von ihren Gefühlen, fiel sie auf die Knie. Freyja war am Leben!

»Warum hat der Graf von Stotel sie nicht getötet, wie er es vorhatte?«, fragte Johann II., der es jetzt genau wissen wollte.

»Nach dem Angriff auf Hamburg scheiterten mehrere Versuche, Walther von Sandstedt zu ergreifen, so verlangte der Graf von Stotel seine Münzen von Gerhard II. zurück. Schließlich war nicht erfüllt worden, was dieser dafür versprochen hatte; und alles, was er besaß, war ein Kind. Erst als der Stoteler hörte, dass der Verlust der Tochter den Spielmann trübsinnig gemacht hatte, und sein ungeliebter Halbbruder fortan nicht mehr in Euren Diensten zu stehen beliebte, ließ er endlich von seinem Vorhaben ab. Walther war ihm ungefährlich geworden, so verlor er das Interesse an seiner Ermordung. Gerhard II., der noch immer bangte, die vielen Münzen eines Tages zurückzahlen zu müssen, brachte den Stoteler auf eine Idee, wie er aus seiner nun lästig gewordenen Beute noch einen Vorteil erwirken könne. So wurde entschieden, Freyja im Kloster Buxtehude zu erziehen, mit dem Ziel, sie eines Tages klug zu vermählen. Von dort aus flüchtete sie aber, nachdem sie hörte, dass der Graf von Stotel nun vorhatte, sie alsbald gewinnbringend zu verheiraten.«

Jetzt richtete Runa das Wort wieder an ihren Bruder. »Sie ist geflüchtet? Wohin? Wo ist mein Kind?«, forderte sie aggressiv und rüttelte an seinem Arm. »Sag mir, wo sie ist, Johannes! Sofort!«, brüllte die Mutter nun.

»Ich weiß es nicht, Runa«, versicherte er und ließ seine Schwester nicht aus den Augen. Sie hatte einen Blick, der versprach, ihn auf der Stelle zu töten, wenn er jetzt das Falsche sagte. »Nachdem man beschloss, Freyja ins Kloster zu schicken, wurde ich von Johannes I. dazu berufen, auf sie acht zu geben – aus der Ferne versteht sich. Sie war plötzlich zu einem kostbaren Gut geworden. Darum ließ ich mich bei dem Müller anstellen, unweit des Klosters, und führte jahrelang ein Leben, was ruhiger nicht hätte sein können. Durch einen Zufall jedoch lernte Freyja mich kennen. Es war nicht geplant, aber sie fasste wohl Vertrauen zu mir. Eines Nachts stand sie plötzlich vor der Mühle. Sie erzählte mir, dass sie flüchten wolle – mit oder ohne mich. Da bin ich mit ihr mitgegangen. Wir verließen Buxtehude Richtung Kiel. Dort habe ich Graf Gerhard heimlich eine Nachricht über unseren Verbleib zukommen lassen, doch das bereute ich schon kurz danach. Als ich mich entschied, Freyja zu helfen anstatt sie auszuliefern, war es schon zu spät. Von einer Magd der Kieler Burg erfuhr sie, wer sie wirklich ist, und wollte nach Hamburg zu ihrer Familie. Dabei haben Kuno und die Ritter sie aufgegriffen. Ich konnte nichts tun, als mich gerade noch in die Wälder zu flüchten. Sie ritten einfach mit ihr davon. Alles, was zurückblieb, war jenes Tuch.«

»Nein!«, flüsterte Runa, die nicht fassen konnte, dass sie dabei war, ihre Tochter womöglich ein zweites Mal zu verlieren.

»Wohin brachten sie das Mädchen?«, wollte der Graf wissen.

»Wenn ich es nur wüsste. In Kiel, als Kuno mich noch zu seinen Verbündeten zählte, sagte er mir, sie solle zu den *Besitzungen* Graf

Gerhards gebracht werden. Doch welche Burg oder welches Gut damit gemeint war, hat er nicht gesagt.«

»Wer waren die Ritter, die du eben erwähntest?«

»Ulrich von Hummersbüttel und Marquardus Scarpenbergh.«

»Ausgerechnet...«, entwich es dem Grafen verächtlich, der nichts von diesen Männern hielt.

Johannes hatte alles gesagt. Er fühlte sich leer und plötzlich sehr erschöpft. Um ihn herum waren ratlose Gesichter. Zu vernehmen war nur Runas endloses Weinen. Er fragte sich, ob er, der hier nur hatte Hilfe für Freyja holen wollen, seiner und ihrer Verwandtschaft mit der Wahrheit bloß noch mehr Kummer bereitet hatte.

»Natürlich weiß ich es nicht mit Gewissheit, doch vielleicht ist sie ja auf Burg Linau. Marquardus Scarpenbergh ist schließlich ein Vasall des Grafen Gerhards, somit gehört seine Burg zu dessen Besitzungen.«

Die Miene des Kieler Fürsten war seit der Nennung der ritterlichen Namen nicht zu deuten. Stumm blickte er auf den noch immer am Boden liegenden Johannes, der mittlerweile einen kümmerlichen Anblick bot, ja, er visierte ihn geradezu an. Langsam legte sich seine Stirn in Falten. Fast hätte der Fremde es geschafft, ihn zu überzeugen, doch mit Mal kamen die Erinnerungen an den Tag des Überfalls zurück. Viele Hamburger hatten damals ihr Leben lassen müssen – ebenso wie einige seiner treuesten Gefolgsleute, deren Schwertarm und tiefe Verbundenheit er bis heute schmerzlich vermisste. Und nun kam dieser Kerl aus dem Nichts, behauptete, dass ein Spielmann ein Graf war und dass eine Tote noch immer lebte; ohne jeden Beweis. »Burg Linau, sagst du? Interessant. Woher weiß ich, dass das kein Hinterhalt ist?«

Johannes war wie vor den Kopf gestoßen. Der plötzlich veränderte Tonfall in der Stimme des Grafen ließ ihn aufhorchen. »Hinterhalt? Wie meint Ihr das, mein Fürst?« Jetzt richtete er sich auf und machte eine abwehrende Geste mit den Händen, denn er verstand. »Bitte, Ihr müsst mir glauben...«

Der Graf streckte seinen Zeigefinger aus und warf ihm einen bedrohlichen Blick zu. »Ich muss dir gar nichts glauben. Du warst schon einmal mein Feind – waren das nicht deine Worte?«

»Ja, aber ...«

»Kannst du das, was du sagst, belegen oder nicht?«

»Nein, aber ...«

»Dann habe ich keinen Grund dir auch nur ein einziges Wort zu glauben. Vielleicht sollte ich dich in den Kerker werfen lassen.«

»Wartet«, sprach nun plötzlich der Erzbischof und stellte sich vor Johann II. auf; das Ablasspapier noch immer in den Händen. »Ich kann es selbst kaum glauben, aber *ich* habe einen Beweis für seine Worte. Er sagt die Wahrheit.«

Die nächsten Augenblicke zogen bloß an Walther vorbei; fast wie im Traum vernahm er die Stimme des Erzbischofs. Offenbar selbst fassungslos über seine Entdeckung, erklärte dieser, auf welche Weise er den Ablassbrief bekam. Dann hörte Walther, wie der Geistliche die Zeilen laut vor allen verlas:

... vor vielen Jahren kannte ich diesen Mann aus dem Norden. Ich war jung, und obwohl alles gegen unsere Liebe sprach, sein Alter, sein Stand, seine Gesinnung, ja sogar seine Ehe mit der Tochter eines meiner ärgsten Feinde, zeugten wir ein Kind. Jenes Kind der Liebe durfte ich nicht behalten. Es wurde an einen mir fremden Ort gebracht, und ich weiß nicht, ob der Junge noch lebt. Der Mann meines Herzens musste mir entsagen – unserem Kind zuliebe, welches in Gefahr vor seinen Söhnen war. Ich habe ihn nie wieder gesehen, nur von ihm gehört, wie man eben von derlei Männern hört. Das ist meine schlimmste Sünde. Ich habe gebeichtet – Gott, vergib mir! Mein Tod ist nah, aber endlich bin ich frei. Lever tod as Sklav!

Es passte alles zusammen, auch wenn es noch so unglaublich klang. Der *Mann aus dem Norden* war Graf Gerbert von Stotel, dessen Burg vom Stedinger Land aus tatsächlich im Norden lag, und die Tochter des ärgsten Feindes war Salome von Oldenburg, deren Sippe bis heute in Feindschaft mit den Stedingern lebte. Keiner konnte leugnen, dass dies ein wahrer Beweis für die Worte Johannes' war – auch nicht der eben noch erzürnte Graf.

»Ich bin mir noch nicht sicher, wie ich über dein Schicksal entscheiden werde. Denn einerseits bringst du mir die überaus nützliche Kunde über das Vorhandensein eines lange unbekannten Feindes, doch andererseits warst du vor vielen Jahren selbst einer meiner Feinde – und das ist unentschuldbar!«

Johannes ließ demütig den Blick sinken. »Ihr sagt es. Meine Schuld ist grenzenlos.«

»Ja, das ist sie. Doch Euer Wille, wenigstens etwas wiedergutzumachen, soll nicht ungesehen bleiben.« Der Fürst schaute auf Walther, der mittlerweile zu Runa gegangen war und ihre Schultern hielt. Voller Hoffnung schauten sie den Grafen an.

In diesem Augenblick legte Margarete von Dänemark ihre Hand auf seinen Arm. Ein Blick seiner Gemahlin genügte; sie brauchte ihre Bitte nicht vorzutragen. An seine Männer gerichtet befahl er: »Sattelt morgen in aller Früh die Pferde, und macht euch bereit. Wir ziehen zur Burg Linau.«

Die Strecke von Hamburg nach Linau war an einem halben Tag zu schaffen, und doch kam sie Walther ewig vor. Sein Herz wollte sich nicht beruhigen und schlug unaufhörlich in einem schnellen Takt. Was würde ihn auf der Burg erwarten? War Freyja wirklich dort? Und sollte es zum Kampf kommen, würden sie dann siegreich sein? Die Männer des Grafen waren dafür gerüstet.

Es war bereits weit nach der Mittagsstunde, da sahen die Männer die Feste auf ihren drei Inseln. Umgeben von einem Wassergraben und hohen Palisadenzäunen, wirkte sie fast uneinnehmbar.

»Macht Euch bereit!«, befahl Johann II. mit beherrschtem Gesichtsausdruck. Er war gefasst und nicht im Geringsten ängstlich. Seine Erfahrung schützte ihn davor. Nun galt es, auf die Burg zu gelangen – wenn möglich ohne Kampf, doch wenn nötig mit Gewalt! Ein letztes Wort richtete der Graf an seinen ehemaligen Spielmann. »Ihr bleibt ganz hinten, verstanden?«

Dieser nickte und wendete sofort sein Pferd, um an das Ende des Gefolges zu galoppieren. Hinter den Bewaffneten ritt er dann auf die hochgezogene Zugbrücke zu. Klappernd, klirrend und schnaufend kamen Pferde und Reiter davor zum Stehen.

Walthers Brust begann unter seinem hämmernden Herzschlag fast schon zu schmerzen, so aufgeregt war er. Von seinem Platz aus konnte er sehen, dass oberhalb des hölzernen Torhauses ebenso wie aus dem mächtigen, steinernen Turm auf der Hauptburg Männer herunterspähten. Man hatte sie also bereits bemerkt. In ihren Gesichtern war grenzenloses Erstaunen zu sehen, denn wer da vor ihnen stand, erkannte selbst der Dümmste an Wappen und Farben. Walther konnte nur erahnen, was für eine Verwirrung jetzt im Inneren der Burg herrschte, und er rechnete fest damit, dass ihnen der friedliche Einlass verwehrt blieb. Welchen Grund sollten die Männer von Graf Johanns Vetter auch haben, ihrem Feind zu öffnen? Trotzdem versuchte es der Schauenburger.

»Lasst sofort die Brücke runter!«, ertönte seine laute Stimme, während er die Hand auf seinen Schwertknauf legte.

Es war plötzlich still auf dem Burghügel. Die Männer Johanns II. starrten gebannt das Torhaus und die aufrechte Brückenplatte an, auf dessen oberster Kante sich plötzlich zwei zwitschernde Vögel niederließen. Eine ganze Weile lang war nichts außer ihrem Gesang zu hören. Dann ließ ein lautes Knacken und Knarren sie erschrocken aufflattern. Die Brücke bewegte sich, ihre Ketten klirrten. Als das Holz krachend den Boden berührte, wurde eine Wolke von Staub und Dreck aufgewirbelt. Das Pferd des Grafen tänzelte verängstigt ein paar Schritte zurück. Dann war es wieder still.

Der Staub legte sich, und die Sicht durch das Torhaus wurde frei. Aus der Mitte der Vorburg-Insel starrte sie bloß ein einziges Paar Augen an. Es waren jene von Ludolph Scarpenbergh, Marquardus' Bruder.

Laut und deutlich sprach er: »Tretet ein, aber lasst Eure Waffen stecken. Wie Ihr seht, bin ich selbst unbewaffnet.« Er streifte seinen Mantel zurück, um seine Worte zu bekräftigen.

Johann II. gab seinen Männern ein Handzeichen, auf dass sie ihre Waffen strichen und ihm langsam über die Brücke auf die erste Insel der Burg folgten. Dabei schauten sie sich wachsam um, jederzeit bereit, einen möglichen Hinterhalt abzuwehren. Doch es geschah nichts dergleichen.

Der Graf blieb vor Ludolph Scarpenbergh stehen und blickte auf ihn herab. Blicke wurden gewechselt, doch der Kieler sagte nichts zu ihm, sondern trieb sein Pferd einfach weiter.

In diesem Moment ergriff der Ritter die Zügel von Johanns Pferd. »Da Ihr Gäste auf meiner Burg seid, wäre es wohl angemessen, mir zu sagen, was Ihr hier wollt, Graf.«

Sofort ritten die Männer des Schauenburgers näher heran und umringten ihn und den Ritter.

»Lasst augenblicklich mein Pferd los, Scarpenbergh.«

Ludolph tat es zwar, stellte seine Frage aber erneut. »Sagt mir, was Ihr wollt. Es muss kein Blut fließen.«

»Das liegt ganz bei Euch. Wir werden uns auf der Burg umsehen. Es ist von Interesse für mich, wen Ihr noch so Euren *Gast* nennt.«

Der Ritter lachte spöttisch, trat zur Seite und verbeugte sich tief mit ausgebreiteten Armen. »Nur zu. Seht Euch um. Ich habe nichts zu verbergen.«

Johann II. ließ seinen Blick weiter auf Ludolph ruhen, als er seine Hand hob und die Männer hinter sich mit einem Wink aufforderte, die Burg zu durchsuchen.

Die gräflichen Gefolgsleute waren schnell und gründlich. Niemand hielt sie auf, als sie über die zweite Brücke auf die Hauptburg ritten und sich die Stallungen, die Wirtschaftsgebäude, den Aufbau über dem Torbogen und sogar den runden, steinernen Turm vornahmen, der bloß durch einen Eingang im zweiten Stock über eine angelehnte Leiter zu betreten war. Sogar die dritte Insel, auf der sich nur der Garten befand, wurde abgesucht. Nichts! Keine Freyja oder auch nur ein Zeichen von ihr.

»Habt Ihr gefunden, was Ihr sucht, Graf Johann?«, fragte Ludolph Scarpenbergh mit einigem Hohn.

»Wo ist Marquardus?«

»Ich schätze dort, wo sein Herr Gerhard II. ist. Und wo sich Euer Vetter und Feind aufhält, solltet Ihr doch wohl am besten wissen.« Jetzt trat er einige Schritte zurück, wies auf den Ausgang und sagte: »Wenn Ihr jetzt alles gesehen habt, gibt es keinen Grund mehr für Euch, länger hier zu verbleiben.« Der eben noch ruhige Ton des Ritters wurde nun etwas strenger – blieb aber gerade noch so höflich, dass er Johann II. keinen Anlass für einen Kampf gab. »Verlasst Burg Linau und nehmt Eure Männer wieder mit. Meine Gastfreundschaft ist endlich.«

Walthers Gefühle waren eine Mischung aus Enttäuschung und Ungläubigkeit. Ein letztes Mal schaute er sich noch um. Wenn Freyja tatsächlich auf dieser Burg wäre, hätten die Männer des Grafen sie gefunden. Als er zwischen den Bewaffneten durch das Torbogenhaus ritt, war er jedes Gefühls der Hoffnung beraubt. Was für ein Misserfolg. Ludolph hatte am Ende recht behalten: Er hatte nichts zu verbergen gehabt.

Graf Johann sprach seinen ehemaligen Spielmann an: »Es tut mir leid für Euch. Doch manchmal ist es gut, Gewissheit zu haben. Selbst wenn das Ergebnis unschön ist.«

Walther blickte den Schauenburger an und erwiderte: »Eure Worte sind wahr. Gewissheit bringt Frieden, doch leider nicht immer Glückseligkeit.«

9

Freyja erwachte, weil ihr ohne Rücksicht ein Haufen bestickter Seide entgegengeworfen wurde.

»Zieh das an!«, forderte der Mann, den man Kuno nannte.

»Was ist das?«, fragte sie und rappelte sich von dem steinharten Boden der Kammer auf, auf dem sie auch schon die vergangenen drei Nächte verbracht hatte.

»Freu dich, es ist dein Brautkleid«, erwiderte Kuno hämisch.

Freyja starrte ihn an.

»Heute ist deine Vermählung.« Fast klang er fröhlich.

»Was? Ich soll heiraten?«

»Ja, dein Zukünftiger wird jeden Moment hier eintreffen. Und dann solltest du als Braut doch bereit sein, oder etwa nicht?« Die Worte Kunos waren offensichtlicher Hohn und Spott.

Nur mühsam kontrollierte die junge Frau ihre Gefühle. »Wen werde ich heiraten?«

»Das wirst du noch früh genug erfahren. Spätestens dann, wenn du vor dem Priester stehst.«

Freyja hätte jetzt weinen oder gar um Gnade bitten können, doch sie tat es nicht. Ihr Innerstes schrie danach, zu betteln und zu winseln, doch was hätte das geändert? Wahrscheinlich gar nichts. Stattdessen klammerte sie sich an den einzigen Gedanken, der sie beherrschte, seitdem sie in der fensterlosen Kammer saß: Flucht! Doch dazu brauchte sie Hilfe. »Ich kann das nicht.«

Kuno sah belustigt auf sie herunter. »Glaubst du wirklich, das interessiert jemanden? Du wirst heiraten, ob du willst oder nicht.«

»Ich meine das Kleid«, sagte sie und hob ein Stück des Stoffs nach oben. »Ich kann es nicht alleine anziehen.«

»Was soll das heißen?«

»Das heißt, dass ich eine Magd brauche, die es mir schnürt.«

»Darauf wirst du wohl verzichten müssen. Hier gibt es keine Magd für dich.«

»Nun gut, dann werde ich wohl noch vor der Ehe den Unbill meines Gemahls auf mich ziehen, weil ich ihm halb nackt unter die Augen treten muss. Nicht gerade das, was man sich von seiner Braut in Gegenwart eines Priesters wünscht.«

Kuno blickte von dem Stoff zu Freyja und wieder zurück. Sein Auftrag war gewesen, irgendein Kleid zu besorgen. Dass er scheinbar ausgerechnet eines herbeigeschafft hatte, das derart schwierig überzustreifen war, ärgerte ihn. Wortlos schloss er die Tür und verschwand.

Eine ganze Weile, nachdem sie die Tür ins Schloss fallen gehört hatte, vernahm Freyja nichts mehr. Irgendwann stieß sie das Kleid wütend von sich. Wie es aussah, würde ihr nichts weiter übrig bleiben, als tatsächlich heute zu heiraten. Doch wenn es schon so weit kommen sollte, dann würde dieser Kuno sie schon selbst in das Kleid stecken müssen.

Als die Tür sich wieder öffnete, war Freyja überzeugt davon, dass sie nun ihrem Zukünftigen in die Augen blicken würde, der ihren Ungehorsam mit einer Ohrfeige anerkannte. Etwas ängstlich rückte sie weiter in eine Ecke, doch es war erneut Kuno, der die Tür weit aufmachte, sodass das Mädchen hinter ihm eintreten konnte.

»Hier hast du deine Magd. Und nun sieh zu, dass du dich endlich ankleidest.«

Dann fiel die Tür wieder zu.

Freyja sprang dem schmutzigen Mädchen regelrecht entgegen, sodass dieses erschrocken zurückwich. So leise und doch eindringlich wie möglich sagte sie: »Du musst mir helfen! Ich werde hier gefangen gehalten. Sobald du gehen darfst, musst du Hilfe holen. Ich bitte dich!«

Das Mädchen sagte nichts, zeigte bloß auf das Kleid.

Freyja folgte dem Finger und schüttelte den Kopf. »Nein. Du verstehst nicht, man hält mich hier fest. Gegen meinen Willen.«

Jetzt zeigte das Mädchen auf die Tür und legte daraufhin ihren Zeigefinger auf den Mund. Damit machte sie Freyja klar, dass man ihr gesagt hatte, sie dürfe nicht mit ihr sprechen und dass man sie beide belauschte. Wieder zeigte das Mädchen daraufhin auf das Kleid.

Freyja schaute die Fremde an und ließ entmutigt die Schultern hängen. So wie es aussah, hatte Kuno sie aus irgendeiner dreckigen Seitenstraße gezogen. Das Mädchen war ein Nichts und ein Niemand, verängstigt und scheu, blutjung und feige noch dazu. Sie würde sicher nicht gegen den Fremden, der ihr entweder etwas versprochen oder etwas angedroht hatte, aufbegehren. Jedenfalls nicht aus bloßem Mitleid. So nahm Freyja das Kleid zur Hand und sagte: »Gut, dann hilf mir jetzt mit den Schnüren.« Als die behelfsmäßige Magd näher kam, um ihr beim Ankleiden zu helfen, packte Freyja sie plötzlich am Oberarm.

Das Mädchen wollte schreien, doch Freyja hielt ihr im gleichen Augenblick einen goldenen Ring genau vor die Nase. Das Schmuckstück war das letzte, welches sie aus ihrem Schatz noch hatte, und es brachte das Mädchen zum Schweigen. Dann näherten sich Freyjas Lippen ihrem Ohr. Sie flüsterte etwas hinein; die Fremde nickte.

Obwohl die vorangegangene Nacht kurz gewesen war, begann der nächste Morgen auf dem Kunzenhof in aller Früh. Aber nicht nur hier hatten die Menschen wenig Schlaf gefunden. Auch das Domkapitel befand sich bereits seit dem Morgengrauen in Zwiesprache mit Gott, um dem niedergestochenen Bruder in Christo göttliches Labsal zukommen zu lassen.

Johann II. und Margarete wollten ebenfalls zum Mariendom,

um sich an den Gebeten für den Ratsnotar zu beteiligen. Ihre Pferde und die ihrer Wachmänner wurden bereits gesattelt.

Runa und Walther traten auf den Hof, wo sie sich vom Fürstenpaar verabschieden wollten. Es wurde Zeit, in ihr altes Leben zurückzukehren – sofern das überhaupt möglich war. Zurück zu Godeke, zu Oda und zu Ragnhild und natürlich zu Thymmo, der sie alle jetzt dringend brauchte. Außerdem hatten Runa und Walther entschieden, Johannes mit zur Grimm-Insel zu nehmen, damit er seiner Mutter und seinem Zwillingsbruder gegenübertrat und ihnen Rede und Antwort stand, wie er es zuvor dem Grafen gegenüber getan hatte. Es würde viel zu besprechen geben, und viele Tränen würden fließen. Keiner vermochte zu sagen, wie das Zusammentreffen ablaufen würde. Ob die Familie bereit war, ihm zu verzeihen, war mehr als ungewiss.

»... und ihr seid euch sicher, dass ihr nicht noch eine Weile hierbleiben wollt?«, fragte Gräfin Margarete entgegenkommend.

Es war Walther, der antwortete: »Euer Angebot ist zu gütig, aber schon jetzt weiß ich nicht, wie ich das, was Ihr und Euer Gemahl für uns getan habt, je vergelten soll.«

»Gar nicht«, sagte sie mit einem traurigen Lächeln. »Ihr seid uns nichts schuldig.« Sie wandte sich an Runa. »Es tut mir so leid. Auch ich habe mir sehr gewünscht, dass man Freyja auf Burg Linau findet. Aber noch gibt es ja etwas Hoffnung. Vielleicht können wir dann erneut helfen. Lasst es uns wissen.«

Runa nickte, brachte aber kein Wort hervor. Natürlich würde sie jetzt, da es ein Lebenszeichen ihres Kindes gegeben hatte, nicht aufgeben und die Suche nach Freyja so schnell es ging fortsetzen. Doch die Tatsache, keinen einzigen Hinweis mehr zu haben, dem sie folgen konnte, raubte ihr die Zuversicht. Sie brauchte dieser Tage all die Kraft ihrer Familie. Gemeinsam würde ihnen etwas einfallen. Darum wollten sie gehen.

»Seid stark und tapfer – es können noch schwere Tage auf Euch zukommen. Vertraut auf Gott.«

Ohne es direkt auszusprechen, war klar, dass die Gräfin Thymmo damit meinte.

»Ich danke Euch. Für alles! Möge Gott Euch beschützen.« Runa wich Margarete von Dänemark mit diesen Worten geschickt aus. Sie schob den Gedanken an Thymmos ungewisse Zukunft noch immer weit von sich, denn all ihre Hoffnung lag auf dem Erwachen seines Vaters.

In jenem Augenblick kam Graf Johann II. auf den Hof. Er nahm sein Pferd von einem Knappen entgegen und gesellte sich zu ihnen. Ruhig fragte er das Offensichtliche: »Ihr wollt gehen?«

»Ja, Herr. Nur habe ich keine passenden Worte des Dankes auf der Zunge. Jeder Satz scheint zu wenig zu sein, um wahrlich auszudrücken, was ich empfinde.«

Johann II. nickte bloß und ging somit über Walthers wortlosen Dank hinweg. Stattdessen sagte er: »Wir haben nicht ganz den gleichen Weg, dennoch biete ich Euch mein Geleit bis zur Grimm-Insel.«

»Das ist wirklich nicht nötig, mein Fürst«, versuchte Walther abzuwiegeln.

»Ich befürchte schon!«, widersprach der Graf deutlich und bestieg dabei seinen Schimmel. »Jedenfalls solange, wie man Euren Sohn für den Mörder des Ratsnotars hält.«

Diese Worte erinnerten Walther und Runa abermals an ihre Lage, und ließ sie erschaudern.

Der Schauenburger und seine Gemahlin trieben ihre Pferde vom Hof, die gemächlich die Altstädter Fuhlentwiete hinabschritten – dicht gefolgt von ihren acht Wachmännern, und von Walther, Runa, Johannes und Margareta. Am Ende der Straße bog die kleine Gefolgschaft nach rechts, schritt am Dom vorbei, wo das eigentliche Ziel der Grafen gewesen wäre. Doch sie hielten sich stattdessen links und dann wieder rechts. Hier betraten sie die Reichenstraße, die von den eifrigen Mägden und Knechten der Wohlhabenden bevölkert wurde. Leider waren sie nicht die Einzigen, die bereits erwacht waren. Runa hätte es sich gewünscht.

Als sie zwischen den großen Kaufmannshäusern hindurchschritten, schauten einige Bewohner aus den Fensterluken. Manche hatte das Hufgeklapper geweckt, andere warteten schon seit einiger Zeit darauf, einen Blick erhaschen zu können. Doch war es weniger der Graf, der ihr Interesse weckte. Nachdem jeder von ihnen der Festnahme Thymmos selbst ansichtig geworden war, hatte sich die Nachricht über das Eintreffen des lange verschollenen Sohnes Johannes von Holdenstede bereits wie ein Lauffeuer verbreitet. Auch die erfolglose Reise zur Burg Linau war ihnen nicht verborgen geblieben. Nun war die Neugier darüber, wie es Walther und Runa erging, in ihren Gesichtern abzulesen. Schaulustig starrten sie auf das Paar herab und gierten geradezu nach ihren Tränen.

Es war eigenartig still in der Straße der Reichen. Bloß hier und da hörte man die gedämpften Stimmen einiger Eheleute, die dem einstigen Spielmann und seinem Weibe jedes Glück und die Gunst der Grafen sowieso nie gegönnt hatten. Jetzt endlich bekamen sie Grund zu reden. Einzig die Gegenwart des Schauenburgers hielt sie davon ab, lautstark auszurufen, was sie dachten.

Runa schaute sich nicht um, sondern hielt die Augen auf den Boden gerichtet. Sie konnte die Blicke der Hamburger nicht ertragen, die sich so offensichtlich an ihrem Unglück labten. Sie hoffte nur, möglichst schnell an ihrem Haus anzukommen, wo sie die Türe hinter sich schließen konnte. Eine ganze Weile lang vermochte sie es, die Flüstereien zu missachten, doch als sie das Haus von Albus Ecgo und seinem Weib passierten, war es ihr unmöglich wegzuhören. Gaffend standen die beiden an der geöffneten Türe.

»Pah! Schau sie dir an, Albus. Jetzt tragen die von Sandstedts ihre Nasen wohl nicht mehr so hoch. Kein Wunder! Da ihr Sohn wahrscheinlich der Mörder des Ratsnotars ist, wird sich bestimmt auch der Graf bald von ihnen abwenden.«

Walthers Kopf fuhr herum. Er war weniger eingeschüchtert als Runa. Herausfordernd blickte er die Eheleute an und wollte gerade etwas erwidern, als plötzlich ein Ruck durch die neun Reiter vor ihm ging. Die Männer waren unvermittelt zum Stehen gekommen – der Grund war von hier aus nicht zu sehen.

Die Ecgos erschraken so sehr, dass sie sich Hals über Kopf ins Haus flüchteten, obwohl das plötzliche Anhalten selbstverständlich nicht ihnen galt.

»Was ist da drüben los?«, wollte Margareta wissen.

Walther entfernte sich ein paar Schritte und sah, wie Johann II. etwas zu einem seiner Männer sagte, der daraufhin zu Walther und den Frauen trabte.

Freyja stand in der Kammer mit leerem Kopf. Immer wieder ruckte und zupfte es an ihr, doch sie nahm es kaum wahr. Nachdem sie dem Mädchen gesagt hatte, was sie für den Goldring tun sollte, waren alle Empfindungen von ihr abgefallen. Sie fühlte sich taub und machtlos. Jetzt konnte sie nichts mehr tun, außer zu hoffen, dass die Fremde Wort hielt. Ihre Zuversicht aber war gering. Warum sollte das Mädchen sich derart in Gefahr begeben, wo sie doch wusste, dass sie Freyja niemals mehr wiedersehen würde? Ganz bestimmt würde sie den Ring nehmen und verschwinden, und Freyja konnte es dem armen Ding nicht einmal verdenken.

Sie schaute an sich herab, sah die feine Seide, die nach einer fremden Frau roch, und versuchte sich zu erinnern, wann sie das letzte Mal ein solch edles Tuch getragen hatte. Ganz bestimmt nicht im Kloster, soviel stand fest. Es war wohl damals in Kiel gewesen, als sie kurzzeitig auf der Burg gelebt hatten. Freyja strengte ihren Kopf an. Seitdem sie von Christin die Wahrheit erfahren hatte, hatte sie mehrmals versucht, die Bilder der Vergangenheit heraufzubeschwören, doch oft konnte sie nicht sagen, ob es Traumbilder oder Erinnerungen waren, die sie sah. Sie war damals so jung gewesen. Dennoch ereilten sie vereinzelt Bilder von einem hellblauen

Kleid mit wunderschönen Stickereien am Kragen. Hatte es dieses Kleid wirklich gegeben? Sie wusste es nicht mit Gewissheit.

Das Mädchen hörte auf, an ihr herumzuzerren, und schritt zur Tür. Sie klopfte zweimal an das Holz, worauf die Tür geöffnet wurde.

»Sie ist angekleidet«, sagte sie zu Kuno, der sichtlich gelangweilt vor der Kammer gewartet hatte.

»Gut, dann verschwinde. Und denk daran, was ich dir gesagt habe. Sprichst du mit jemandem darüber, werde ich dich finden!«

»Ich sage zu niemandem ein Wort!«

Freyja sah, wie das Mädchen verschwand. Ohne einen Blick oder eine Geste, die sie wissen ließ, dass sie ihr Versprechen einlösen würde.

»Komm jetzt, dein Gemahl wartet schon auf dich.« Kuno schleppte Freyja mit sich und redete dabei mit ihr, ohne Antworten zu erwarten. »Einfach unglaublich, wie lange ein Weib braucht, um sich anzukleiden. Das Ausziehen geht bedeutend schneller – jedenfalls, wenn ein Mann zu Hilfe ist. Aber davon verstehst du ja nichts. Das heißt, *noch* nicht! Heute jedoch wird sich das ändern.«

Dann waren sie da. Freyja wurde in einen großzügigen Raum gestoßen. Und zwar genau vor Vater Everard!

Ihr stockte der Atem. Hatte sie es bislang kein einziges Mal geschafft, eine frühe Erinnerung heraufzubeschwören, kamen die Bilder jetzt von selbst. Sie sah sich in einer Küche sitzen und einen Kringel essen. Everard schlug sie hart mit der Hand. Wieder schien ihre Wange zu brennen wie damals. Jetzt öffnete Freyja den Mund. Sie wollte aus vollster Kehle schreien, da knebelte man sie und band ihr die Hände auf den Rücken.

Kuno kam von hinten dicht an ihr Ohr. So dicht, wie Freyja eben an dem des Mädchens gewesen war, und sagte: »Verzeih, aber im Gegensatz zu deiner behaglichen Kammer gibt es hier ein paar Fensterluken, und wir wollen doch nicht, dass du dich möglicherweise selbst um deinen Gemahl bringst, indem du um

Hilfe schreist. Darf ich vorstellen, dein Zukünftiger!« Er nahm ihre Schultern in beide Hände und drehte sie um.

Marquardus sah ihr boshaft lächelnd ins Gesicht. »Das ist eine Überraschung, stimmt's?« Langsam kam er näher. »Gerade habe ich dich noch über die Straßen geschleppt, und jetzt stehe ich hier als dein Zukünftiger. Entschuldige, dass ich dich ganze drei Tage habe warten lassen, aber wir konnten ja schlecht alle zusammen hier auftauchen, das wäre zu auffällig gewesen.« Nun stand er vor Freyja und begutachtete sie wie eine Ware. »Sicher kannst du dir das alles überhaupt nicht erklären, richtig? Nun, da du gleich mein angetrautes Weib sein wirst, will ich unsere Ehe mal mit ein paar Wahrheiten beginnen. Verstehe es ruhig als Zeichen meines Wohlwollens.«

Freyja war starr vor Schreck. Sie hatte Mühe, den Worten des Ritters zu folgen. Und auch das, was sie jetzt hören sollte, machte es nicht besser.

»Ich kann deine Gedanken förmlich hören. Du denkst, dass du doch viel zu nichtig bist, um die Gemahlin eines Ritters zu werden. Gar nicht so dumm von dir«, führte er das Gespräch mit sich selbst fort und umrundete Freyja dabei. »Selbstverständlich wäre eine einfache Spielmannstochter es nicht wert, an meiner Seite zu sein. Doch du bist weit mehr als das. Du trägst gräfliches Blut in dir!«

Freyja verstand kein Wort. Es fiel ihr schwer, überhaupt zu atmen. Der Knebel saß zu eng und war viel zu groß. Ihre Kiefer schmerzten bereits, weil sie so weit aufgeschoben wurden.

»Da staunst du, was? Aber es ist wahr. Dein Vater ist der Bastard des Grafen von Stotel und du somit eine Enkelin desselben. Das ist auch der Grund gewesen, warum man dich vor acht Jahren entführt hat. Mein Herr, Graf Gerhard II., hat damals eine Menge Geld von deinem Verwandten bekommen, um die Fehde zu finanzieren. Zum Ausgleich sollte er dich, deine Brüder und deinen Vater töten. Leider bist du die einzige Unglückliche in deiner Familie, die jener Rache anheimgefallen ist. Und statt dich zu töten, hat man dich in Buxtehude heranreifen lassen, damit du den Verlust des Stotelers eines Tages durch eine kluge Verbindung schmälerst, doch du musstest ja unbedingt von da fortlaufen.« Bei diesen Worten packte Marquardus Freyjas Kinn und drückte ihre Wangen mit Daumen und Zeigefinger fest zusammen. Er schaute ihr in die Augen und zwang auch sie dazu. »Zum Glück haben wir dich wieder erwischt. Denn wärest du verschollen geblieben, hätte das meinen Herrn viel Geld gekostet, das er dem Stoteler hätte zurückzahlen müssen. Doch Graf Gerhard ist überaus gewitzt, musst du wissen. Denn nachdem Vater Everard...«, jetzt zwang er ihr Gesicht in Richtung des Geistlichen, »... von deiner Lehrmutter Heseke einen Brief mit Nachricht über dein Verschwinden erhalten hatte, schickte mein Herr ihn nach Stotel. Eigentlich wollte der Graf dich mit einem Oldenburger vermählen, doch zum Glück hat Johannes I., so heißt dein Verwandter, kürzlich auf die Bitte Graf Gerhards in unsere Ehe eingewilligt. Somit gibt es fortan eine Verbindung zwischen ihnen beiden durch mich.« Jetzt erst ließ Marquardus sie los. Er ging einen Schritt zurück, breitete die Arme aus und sagte: »Und so stehen wir heute hier. Im Angesicht Gottes werden wir gleich vermählt werden. Also lege dein feierlichstes Gesicht auf, meine schöne Jungfrau.«

Der Gefolgsmann Graf Johanns hatte sie nun erreicht. Ohne eine Erklärung forderte er Walther, Johannes und die Frauen auf: »Schnell! Kommt sofort mit.«

Beim Grafen angekommen, folgten ihre Blicke dem ruckenden Kinn des Schauenburgers. Gleichzeitig wandten die vier ihre Köpfe um, richteten die Augen auf das steinerne Gebäude mit seinem schmucken Treppengiebel, neben dem sie standen. Es war das frühere Haus der Sippe von Holdenstede.

Dort, wo die rundbogige Einfahrt durch die Tormauer direkt in den Innenhof führte, blieben ihre Blicke schließlich haften. Ein fuchsfarbenes Pferd war hier angebunden. Es wirkte irgendwie verloren. Ansonsten schien nichts auffällig zu sein.

»Mein Herr, was meint ih…«, begann Walther.

»Wartet!«, unterbrach ihn der Schauenburger, der, hoch oben zu Pferd sitzend meinte, etwas entdeckt zu haben, sich aber nicht sicher war, ob er richtig schlussfolgerte. Wie gebannt starrte er auf den Fuchs, der eben noch mit dem Hinterteil zu ihnen gestanden hatte und sich jetzt langsam umdrehte. Huf für Huf wechselte er seine Position; soweit es der Strick an seinem Zaumzeug zuließ. Dann endlich schaute das Pferd sie an.

Margareta fuhr erschrocken zusammen.

Runa war einer Ohnmacht nahe. All die Träume von Feuer und Pferden schienen hier zusammenzulaufen und an diesem Tag und an jenem Punkt der Stadt zu enden. Feuer hatte sie entzweit, Pferde sollten sie wieder zusammenführen.

»Freyja!«, hauchte Walther nur.

Johannes hörte den Namen seiner Nichte. Er konnte nicht verstehen, wie der Fuchs mit Freyja in Verbindung stand, doch etwas anderes verstand er sofort. Das Mädchen sollte zu den *Besitzungen* Graf Gerhards gebracht werden – jenes Haus gehörte auch dazu!

Das Pferd begann zu wiehern, dann stampfte es mit dem Huf auf und schüttelte dabei seine Mähne, die in viele kleine Zöpfe geflochten war!

»Das Mädchen ist da drin. Holt es raus, und macht keine Gefangenen!«, befahl der Fürst an seine Männer gerichtet.

Dann ging alles sehr schnell. Johanns Wachen ließen sich durch nichts aufhalten. Gemeinsam brachen sie die Tür auf und stürmten in das Kaufmannshaus.

Hinter den Mannen des Grafen stürmte Johannes mit Walther und Runa die ihnen allen so wohlbekannte Treppe hinauf. Lautes Gebrüll erklang. Holz ging hörbar zu Bruch. Als sie das Kontor erreichten, wurden sie Zeugen eines ungleichen Kampfes.

Kuno, Everard und Marquardus waren überrascht worden und

auf einen Angriff nicht vorbereitet – entsprechend schnell fiel der Erste von ihnen.

Tief wurde die Messerklinge in den Bauch des einstigen Taschendiebes gestoßen, aus dessen Wunde sofort Blut rann. Er fiel auf den Boden, wo man ihn achtlos liegenließ.

Marquardus hatte es noch geschafft, sein Schwert zu ziehen, und kämpfte mit zwei Wachmännern des Grafen gleichzeitig. Doch seine Niederlage war bloß noch eine Frage der Zeit.

Mitten in diesem Durcheinander erblickten Runa und Walther ihr Kind. Freyja war geknebelt und gefesselt, und sie stand vor Vater Everard, der dem Mädchen ein Messer an die Kehle hielt. Sein Blick wirkte wahnsinnig. Jetzt, im Angesicht seines Todes, war er zu allem bereit. An Walther gerichtet sagte er: »Nun, mein Sohn. Schau dir deine Tochter noch ein letztes Mal an. Jahrelang war sie fort, und heute, wo sie vor dir steht, wird sie dir wieder genommen.« Er begann zu lachen. »Wenn ich schon sterben soll, dann nehme ich sie mit mir.«

Drei der gräflichen Männer hielten sich bereit zum Angriff.

Walther ließ seinen Blick auf den Hals seiner Tochter gerichtet. »Ich bin nicht dein Sohn, Everard! Hast du das vergessen?«

Der Priester lachte bitter. »Das stimmt. Du bist des Stotelers Sohn, doch der hat dich nicht gewollt. Ebenso wenig, wie dessen Nachkommen dich heute wollen. *Ich* habe dich aufgezogen und dir dein Leben geschenkt, und wie dankst du es mir?«

»Du hattest jedes Recht auf Dank verwirkt, als du mein Weib anklagtest, eine Hexe zu sein. Damals hast du es nicht geschafft, mir zu nehmen, was mir lieb und teuer war, und heute wirst du es auch nicht schaffen. Lass Freyja gehen!«

Everard drückte das Messer noch fester an den schmalen Hals des Mädchens und lachte abermals. »Nur über *ihre* Leiche! Bei der Hexe mag ich vielleicht gescheitert sein, doch nicht so bei deiner Tochter. Es dürfte dich interessieren, dass ich sie soeben mit Marquardus vermählt habe!«

»Das wirst du büßen«, sprach Johannes plötzlich, der in diesem Moment hinter Walther und Runa hervorkam.

Everard schaute auf seinen einstigen Verbündeten. Er war tatsächlich einen Moment lang verdutzt, Johannes hier zu sehen. Nur langsam begriff er. »Du ... du elender Verräter!«

Seine Unachtsamkeit sollte sich auf dem Fuße rächen. Einer der Männer des Grafen stürzte sich auf den Geistlichen und riss ihn zu Boden.

Freyja konnte entkommen. Sie flüchtete in die Arme ihrer Mutter. Sogleich befreite diese sie von dem Knebel und riss sie ungestüm an ihr Herz.

Die übrigen Männer stürzten sich jetzt auf Everard, wobei der Geistliche sein Messer verlor. Er würde es nie wieder brauchen, denn dies war der Moment seines Todes.

Von allen unbemerkt sammelte der sterbende Kuno seine letzten Kräfte. Er griff nach dem Messer des Geistlichen, welches zu ihm geschlittert war. Unter Aufwendung seines letzten Atems hob er den Arm, fixierte sein Opfer und warf die Waffe gezielt.

Die spitze Klinge hatte keinen weiten Weg. Tief drang sie in das weiche Fleisch des Halses ein. Johannes von Holdenstede fiel auf seine Knie, sein Blick wurde starr.

»Bentz!«, schrie Freyja erschüttert jenen falschen Namen, der sich ihr in den Kopf gebrannt hatte. Gerade noch fing sie ihn auf und bettete seinen Kopf auf ihren Schoß.

In diesem Augenblick starb Marquardus. Er hatte sich bis jetzt erfolgreich gegen seine zahlreichen Gegner gewehrt, doch es waren zu viele – selbst für einen Ritter. Man schlug ihm das Schwert aus der Hand. Dann versanken zig Klingen der gräflichen Gefolgsmänner in seinem Körper.

Freyja hatte nichts von alledem mehr wahrgenommen. Ihre Augen waren auf Bentz gerichtet, dessen Blut ihr Kleid langsam durchtränkte. Sie weinte, strich ihm zitternd übers Haar. Mit ihm hatte sie das Kloster verlassen, er hatte sie nach Kiel gebracht. Auch wenn Bentz sie dort verraten hatte und Freyja noch immer nicht wusste, warum, war er nun hier – zusammen mit ihren Eltern! All das konnte nur bedeuten, dass er sie gerettet hatte. Und nun war er schwer verwundet. »Bentz, du darfst nicht sterben. Nicht jetzt, wo alles gut wird«, schluchzte Freyja.

Johannes atmete schwer. Aus seinem Mund kam Blut. Seine Worte waren kaum mehr zu verstehen. »Ich sehe dich!«

»Still«, weinte die junge Frau verzweifelt. »Schone deine Kräfte.«

Johannes hörte nicht auf sie. Sein letzter Satz war bloß ein Krächzen. »Du bist in Sicherheit!« Dann rollte sein Kopf zur Seite.

10

Drei Tage waren vergangen, und auch wenn es vielen der Hamburger angesichts der jüngsten Ereignisse in der Stadt unwirklich vorkam, das Leben musste weitergehen.

Es war das erste Mal seit langer Zeit, dass alle drei Mächte versammelt waren, denn neben dem Rat waren auch der Erzbischof, als Vertreter der Geistlichkeit, und Graf Johann II. zugegen.

Der Schauenburger war es auch gewesen, der darauf bestanden hatte, die Sitzung unter freiem Himmel und für jedermann in Hamburg zugänglich, im Baumgarten des Kunzenhofs abzuhalten. So, wie hier in früheren Jahren auch Gericht gehalten wurde, sollten heute die dringenden Angelegenheiten der Stadt – neue und alte – unter den Augen der Bürger geklärt werden.

Zunächst machten die vielen Menschen um ihn herum Hartwic von Erteneborg unruhig. Für ihn hatte diese Situation etwas Merkwürdiges, und er vermisste die Vertrautheit seines nur begrenzt zugängigen Geheges im Rathaus. Doch der Bürgermeister schaffte es, sich davon zu befreien, und irgendwann fielen die Hamburger ihm gar nicht mehr auf.

»Als Nächstes richtet der Rat das Wort an unseren Erzbischof.« Hartwic wandte sich Giselbert von Brunkhorst zu, der auf einem breiten Lehnstuhl saß. »Wie schon in einem vorangegangenen Schreiben angekündigt, erbitten wir von Euch heute die Erlaubnis zur Ernennung eines zweiten Scholastikus' für die Schule im Kirchspiel St. Nikolai.«

Verstohlen blickten viele der Ratsherren hinüber zu Johannes von Hamme, dessen Miene unbewegt blieb. Zu ihrer Überraschung schien jene Neuigkeit ihn nicht zu berühren. Sie konnten nicht wissen, dass auch er damals, als er durch seine eigenen Kundschafter von den Plänen des Rates erfahren hatte, dem Erzbischof ein Schreiben überreichte. Der Magister war siegessicher.

Giselbert von Brunkhorst nickte. »Ich habe Eure Bitte zu diesem Thema erhalten, meine werten Ratsherren«, sprach der Erzbischof. »Doch ich muss euch sagen, dass Christian Godonis nicht der einzige Vorschlag gewesen ist, der mich erreichte.«

Leises Geflüster war zu vernehmen. Mit dieser Antwort hatten die Ratsherren nicht gerechnet.

»Ebenso schrieb mir der Magister Scholarum, der gleichsam den Einfall verfolgte, einen weiteren Scholastikus in der Stadt einzusetzen.«

Diese Neuigkeit versetzte die Männer in Erstaunen. Es war kaum zu glauben, was sie da hörten, waren sie doch der festen Überzeugung gewesen, der Schulmeister würde sich niemals freiwillig einer Entmachtung seiner Stellung hingeben. Unruhe kam auf.

Der Erzbischof fuhr fort. »In einer weiteren Sache herrschte bei euch Männern Einigkeit: Der zweite Mann sollte ein Nikolait sein.«

Nun verstummte jedes Gespräch. Mit dieser Nachricht hatte nun wirklich niemand gerechnet.

»Mir liegen also die Namen zweier Männer vor, die beide Nikolaiten sind, und mein Entschluss steht fest. Ich habe mich entschieden, dem Vorschlag des Scholastikus' zu entsprechen, und ernenne somit den Domherrn Ehler zum zweiten Magister Scholarum der Stadt Hamburg.«

Jetzt waren die Ratsherren nicht mehr zu halten. Wütend brüllten sie durcheinander. Man hatte ihren Vorschlag einfach abgelehnt – trotz dessen, dass sich der Ratsnotar in ihrem Brief für Christian Godonis ausgesprochen hatte. Ihre Entrüstung darüber, dass die rechte Hand Johannes von Hammes das Amt bekommen sollte, war grenzenlos. Schließlich würde sich so nichts an ihren Problemen ändern.

Beide Bürgermeister mussten sich von ihren Plätzen erheben. Einer von ihnen versuchte, die Ratsherren zu beruhigen, der andere redete auf den Erzbischof ein, um den Unmut der Männer hinter sich in verständliche Worte zu packen. Niemand sah das nachdenkliche Gesicht des Magister Scholarums.

Als er den Brief an den Erzbischof geschrieben hatte, war er davon überzeugt gewesen, die Lösung, Ehler einzusetzen, sei aus seiner Sicht die beste. Es hätte sich fast nichts zu vorher verändert. Heute jedoch hatte er starke Zweifel, was seinen Entschluss betraf. Er wusste, Ehler war nicht geeignet für das Amt als Schulmeister. Der junge Domherr hasste das Marianum, und er hasste dessen Schüler. Ohne Frage wäre sein ganzes Bestreben darauf aus, der Nikolaischule Vorteile zu verschaffen, und es wäre bloß eine Frage der Zeit, bis er mit ihm darüber in Streit geriet. Johannes von Hamme konnte nicht zulassen, dass Ehler auf diese Weise zu Macht kam. Obwohl er nun sein eigenes Wort zurücknehmen musste und das eine Schande für ihn bedeutete, erhob er sich und bat um Ruhe.

»Werte Ratsherrn. Hört mich an!« Es dauerte einen Moment, bis er sich Gehör verschafft hatte, aber als ihm die Aufmerksamkeit der Männer gewiss war, blickte er seinem einstigen Schüler ins zufrieden lächelnde Gesicht. »Ehler.«

Die eben noch zufriedene Miene des Domherrn wurde steinern, als ob er etwas ahnte.

»Es tut mir leid, aber ich muss meinen Vorschlag wieder zurücknehmen.«

»Was?«, entwich es ihm.

Dann richtete der Scholastikus sein Wort an den Erzbischof. »Ich, als einstmals größter Befürworter Ehlers, bitte Euch heute, macht Eure Entscheidung rückgängig.«

»Nein! Was tut Ihr...?«, stieß Ehler verblüfft aus und eilte zu seinem einstigen Lehrmeister. »Ist es nicht das, was wir immer gewollt haben?«

»Ehler!«, ließ der Scholastikus streng verlauten. »Wir wollen nicht das Gleiche. Du kannst alte Feindschaften nicht vergessen. Die Marianer sind im Herzen noch immer deine Rivalen. Nie hast du aufgehört, die Schuljungenschlachten zu kämpfen – selbst jetzt nicht, wo du sie längst alleine kämpfst. Ich kann einfach nicht zulassen, dass du Magister wirst und den alten Streit wieder aufleben lässt.«

»Ihr fallt mir in den Rücken? Ausgerechnet Ihr? Ich glaube es nicht ... Ihr wart wie ein Vater für mich ...«

»Dann höre jetzt auf deinen Vater«, sprach Johannes von Hamme wie mit einem Kind. »Dein Geist ist krank. Ich kann mich nicht mehr für dich verbürgen.«

Nachdem die Worte des Schulmeisters verklungen waren, lag der Platz zwischen den Bäumen des Kunzenhofs in Stille da. Es war sogar so still, dass man das Rascheln des Kleides von Ava Godonis hören konnte, die aus dem Kreis der zuschauenden Bürger langsam in die Runde der Herren schritt und mit einer Mannslänge Abstand vor Ehler zum Stehen kam.

Christian schaute seinem Weib ungläubig hinterher. Was tat sie da?

»Ich weiß es, mein Sohn«, sagte sie mit bebender Stimme.

»Ihr wisst was, Domina Ava?«, fragte Werner von Metzendorp, der zweite Bürgermeister, mit sichtlichem Erstaunen.

Sie achtete gar nicht auf den Mann neben sich, denn sie hatte nur Augen für Ehler. Ihr Erstgeborener sah sie mit einem Blick an, der keinen Zweifel daran ließ, dass er wusste, wovon sie sprach. Seit dem Tage des Weihefestes trug Ava ihre Vermutung nun schon mit sich herum. Nie hätte sie geglaubt, je den Mut zu haben, ihr ältestes Kind auszuliefern. Und doch stand sie jetzt hier und sagte vorsichtig: »... wie du dich am Brunnen gewaschen hast ...«

Jetzt sprang der Domherr auf und schrie: »Schweig gefälligst, du sündiges Weib!«

Ava wich in wohlweislicher Voraussicht etwas zurück. Es war wieder da – sie hatte es geahnt! Jede Herzlichkeit war aus dem Gesicht ihres Sohnes verschwunden. Seine reuevollen Worte damals im Garten waren nicht echt gewesen. Die erschütternde Wahrheit lautete: Er hasste sie, und sie hatte sich etwas vorgemacht. »Du bist es gewesen, nicht wahr? Du hast das Messer mit deiner rechten Hand geführt. Sein Blut klebte noch unter deinen Nägeln.«

Anders als eben noch war seine Stimme jetzt mehr ein leises Fiepsen. »Schweig! Schweig doch endlich!« Er hätte es nicht für möglich gehalten, dass ihn seine Mutter, die ihn doch so grenzenlos liebte, überführen würde.

»Gib es zu, mein Sohn. Es war nicht Thymmo. Du hast seine Flöte dort im Garten zurückgelassen, ist es nicht so?« Langsam ging sie wieder näher an ihn heran, bis sie dicht vor ihm stand. Auge in Auge. Mutter und Sohn. Ava traute sich nicht, ihn zu berühren, aber ihre Stimme wurde sanft. »Der Scholastikus hat recht, du kämpfst noch immer gegen die Marianer, wie auch Thymmo einer ist, aber diese Kämpfe gibt es nur noch in deinem Kopf.«

Jetzt waren es bloß noch seine Lippen, die sich bewegten und die Worte, *schweig doch*, formten.

»Ist es wahr, was deine Mutter sagt?«, fragte der Scholastikus tonlos. Langsam ging auch er auf Ehler zu. »Antworte mir!«, forderte er weiter. Doch es kam nichts von ihm.

Ehler fixierte einen Punkt auf dem Boden.

Stattdessen sagte Ava zu den Bürgermeistern: »Schaut in den Brunnen der Kurie. Da ist das Messer.« Dann blickte sie Ehler ein letztes Mal an. Plötzlich traute sie sich doch, ihm kurz die Hand auf die Wange zu legen, dann wandte sie sich für immer von ihrem Sohn ab, der bereits von zwei Männern ergriffen worden war. Bei ihrem Gemahl angekommen, flüsterte sie: »Gott steh mir bei, ich habe mein eigenes Kind verraten!«

Christian schloss Ava in die Arme. Er wusste, was es sie gekostet hatte, das zu tun. Sie liebte alle ihre Kinder, ob sie nun guten Herzens waren oder nicht. »Du hast das Richtige getan.«

Ehler wurde weggeführt. Es gab keine Unschuldsbekundungen und keine Schreie. Nur das Geräusch des ungleichmäßigen Stolperns seiner Füße über den Boden.

Hartwic von Erteneborg schickte augenblicklich zwei Männer in Begleitung zweier Ratsherren sowie zweier Domherren zur Kurie Johann Schinkels. Sollte das Messer tatsächlich dort im Brunnen gefunden werden, wo Domina Ava es vermutete, war die sofortige Freilassung Thymmos von Holdenstede unabdingbar. Doch noch galten seine Gedanken der Wahl des zweiten Scholastikus'. So richtete der Bürgermeister sein Wort an den Erzbischof. Er wusste, jetzt konnte der Rat nur noch gewinnen. »Nun, Erzbischof, da Euer Vorschlag bedauerlicherweise – aber durch Gottes Fügung – nicht mehr zu verwirklichen ist, wird die Wahl wohl auf den Mann des Rates fallen.« Dieser Satz war mehr eine Feststellung denn eine Frage, und tatsächlich blieb dem Erzbischof nichts anderes übrig. Hätte er Christian Godonis jetzt abgelehnt, wäre zu Recht der Vorwurf der Willkür auf ihn herniedergekommen.

»So soll es geschehen«, sagte Giselbert von Brunkhorst matt. In diesem Punkt musste der Erzbischof nachgeben, aber in einem anderen würde er sich selbst dafür einen Ausgleich schaffen – wenn Gott es zuließ! »Fortan erhält Christian Godonis die Aufsicht über die Schule des Nikolai-Kirchspiels. Er soll frei über die Schulgelder und über zusätzliche Zahlungen des Rates verfügen dürfen, und er soll es auch sein, der die Magister zum Unterrichten der Jungen einstellt und sie besoldet.«

Der Jubel der Ratsherren dauerte an. Endlich, nach zehn Jahren, waren sie frei von der Willkür Johannes' von Hamme. Die Männer hielten sich nicht zurück. In aller Ruhe beglückwünschten sie den eben ernannten neuen Schulmeister, der über das ganze Gesicht strahlte. Die geräuschvolle Freude, welche sich über die Stätte gelegt hatte, zog sich hin, und ihr wurde erst durch das Zurückkehren der fortgeschickten Männer Einhalt geboten. Schon von weitem erkannte man, dass sie ein Messer bei sich trugen.

Dagmarus Nannonis sprach es aus: »Domina Ava hatte recht. Das Messer lag auf dem Grund des Brunnens. Der Domherr befindet sich schon in der Fronerei, und der zu Unrecht eingesperrte Thymmo von Sandstedt …«, bei diesen Worten drehte er sich um, »… befindet sich ab jetzt wieder in unserer Mitte.«

Thymmo, der nicht lang in dem Verließ hatte darben müssen, war unversehrt. Bloß seine Kleidung war schmutzig, und er stank ganz fürchterlich. Dennoch schlossen ihn Walther, Runa und auch Freyja fest in die Arme.

Nannonis sprach den jungen Mann an. »Ich glaube, das gehört dir, nicht wahr?« Es war die Flöte, die er einst von Walther bekommen hatte.

»Ja, das ist meine«, sagte er nickend, und konnte kaum glauben, dass er sie tatsächlich noch einmal wiedersah. Ehler hatte sie ihm damals im Streit vom Hals gerissen. Dabei war das Buch zu Schaden gekommen, und man hatte sie mit Rutenhieben dafür bestraft. Lange schien diese Zeit zurückzuliegen. Thymmo wollte sich nicht daran erinnern. Er verknotete die zerrissenen Enden des Lederbandes, und hängte sich die Flöte um den Hals, wo sie schon viele Jahre nicht mehr gewesen war.

Graf Johann, der sich bislang zurückgehalten hatte, lächelte. Jetzt war sein Moment gekommen. Er hob die Hand und bat um Stille. »Bitte, setzt euch wieder, meine Herren«, forderte er die Anwesenden auf. »Auch ich habe noch etwas zu verkünden.« Dann erhob er sich erstmals in dieser Sitzung von seinem prachtvollen Gestühl. Von hier aus schritt er in die Mitte der Stätte und blickte auf seinen einstigen Spielmann, der so viel mehr war, als alle es je geahnt hatten. »Tretet vor, Walther von Sandstedt.«

Der Angesprochene gehorchte wortlos. Irgendwas im Blick seines früheren Herrn ließ ihn wissen, dass dieser Moment etwas Großes für ihn bereithielt.

»Kniet nieder!«, verlangte der Schauenburger.

Ein erwartungsvolles Raunen ging durch die Menge. Einige von ihnen waren kurz verwirrt, doch die meisten ahnten, was jetzt passieren würde.

Walther beugte die Knie und hob seinen Blick. Das Gesicht des Fürsten hatte etwas Feierliches an sich.

Laut ertönte seine Stimme. Es waren Worte, die er schon oft gesprochen hatte. Sie kamen kraftvoll und besonnen zugleich. »Schwört Ihr, die Ihr gräfliches Blut aus dem Hause Stotel in Euch tragt, mir, Graf Johann II. zu Holstein-Kiel, die Lehnstreue? Gelobt Ihr, mir mit Rat und Hilfe zur Seite zu stehen und mir immer hold und gegenwärtig zu sein, auf dass ich Euch Schutz und Schirm gewähre, wenn Ihr ihn braucht?«

Dem ehemaligen Spielmann stockte der Atem. Sein Mund wurde trocken. Überwältigt, wie er war, wollte er seine Antwort mit Inbrunst geben, dann aber fiel ihm auf, dass er keine Ahnung hatte, was er sagen sollte. Schließlich war er kein Ritter und auch erst seit Kurzem wissentlich von adeliger Herkunft. Zu seinem Glück verstand der kluge Fürst sofort.

»Wenn Ihr bereit seid, mir diesen Eid zu schwören, so sprecht mir nach: Bei meiner Ehre gelobe ich, Walther von Sandstedt, Euch, Graf Johann II. von Holstein-Kiel, die Lehnstreue. Ich werde treu sein, hold und gegenwärtig, und meine Lehnspflichten stets erfüllen, so wahr mir Gott helfe.«

Walther gingen die Worte leicht von den Lippen. Er hatte sie augenblicklich in sich aufgesogen und war sich sicher, sie niemals in seinem ganzen Leben mehr zu vergessen. »Bei meiner Ehre gelobe ich, Walther von Sandstedt, Euch, Graf Johann II. von Holstein-Kiel, die Lehnstreue. Ich werde treu sein, hold und gegenwärtig, und meine Lehnspflichten stets erfüllen, so wahr mir Gott helfe.«

Johann II. nickte zufrieden und ließ sich darauf ein Schwert von einem seiner Ritter geben. »Dann seid Ihr fortan mein Vasall. Nehmt dieses Schwert als Zeichen, ebenso wie diese Übertragungsurkunde, die bestätigt, dass ich Euch mit dem Gut Drake bei Westede und dem dazugehörigen Land belehne.«

Walther nahm beides entgegen.

»Erhebt Euch als mein Vasall.« Der Graf legte Walther eine Hand auf die Schulter, schaute ihm in die Augen und sagte: »Nun noch das Wichtigste. Eure zu erbringende Lehnspflicht wird nicht aus der Heerfahrt bestehen, sondern aus den erwirtschafteten Abgaben Eures Gutes, und, was nicht minder wichtig ist, aus der Hoffahrt. Eure regelmäßige Anwesenheit auf der Burg Kiel ist nicht länger bloß erwünscht, sondern ab heute auch gefordert.« Die nächsten Worte sagte der Fürst lächelnd, da er mit sich äußerst zufrieden war. »Ebenso fordere ich die Anwesenheit Eurer Laute, Spielmann! Ihr habt doch nichts dagegen, dass ich Euch ab heute wieder so nenne, oder?«

Nun begann auch Walther zu lächeln. Sein Blick glitt zu Freyja. Sie war wieder da, und Walther wusste, jetzt würde er wieder singen können. »Nein, Lehnsherr! Das habe ich nicht.«

»Geh zu ihm«, sagte Walther zu Runa, die schon seit einiger Zeit wach neben ihm im Bett lag. Sie dachte wohl, er hätte es nicht bemerkt, doch er hörte es an ihrem Atem, den er so gut kannte.

»Was meinst du?«

»Du weißt, was ich meine. Geh zu ihm.«

Runa schluchzte unvermittelt auf und schlug die Hände vor ihr Gesicht. Eine Weile lang konnte sie nur weinen. Sie war ihrem Gemahl so unendlich dankbar. Nie hätte sie Walther darum gebeten, doch offenbar vermochte er es mit den Jahren, ihre Gedanken zu lesen. Seit Freyjas Rückkehr und Thymmos Freilassung vor zwei Tagen, schien all ihr Tun und Denken beherrscht von dieser einen schrecklichen Sache. »Ich danke dir!«

Walther zog sie noch einmal in seine Arme, dann ließ er sie gehen. Es wurde nicht ausgesprochen, dennoch war klar, dass er sie nicht begleiten würde. Walther hatte sich nie ganz frei von dem stechenden Gefühl der Eifersucht machen können, dennoch sollte Runa diesen vielleicht letzten Moment mit dem Vater ihres Erstgeborenen allein erleben.

Runa lief durch die Stadt, die noch zu schlafen schien. Kühle Mailuft strich ihr wohltuend über das Gesicht. Nur hier und da sah sie ein paar Mägde. Sie war froh darum, ansonsten allein zu sein. Noch einmal sog sie alles in sich auf. Jedes Haus, jede Brücke, jeder Hof in Hamburg war ihr so vertraut. Bald schon würden sie der Stadt den Rücken kehren, um für immer auf Gut Drake zu leben. Runa horchte in sich hinein. Hatte sie Angst vor dem Unbekannten? Was hielt sie hier? Noch vermochte sie es nicht mit Bestimmtheit zu sagen, doch sie vermutete, dass nach Johanns Tod, der unvermeidlich bevorzustehen schien, auch ihre Bande zu Hamburg reißen würden. Vor ihr lag nun ein neues Leben, und sie wollte es willkommen heißen. In den letzten beiden Tagen hatte sie sich häufiger gefragt, wie es sich anfühlte, plötzlich die Frau eines halben Grafen zu sein? Wenn sie ehrlich zu sich war, nicht anders als sonst, und doch würde sich bald so vieles verändern. Vorher jedoch gab es noch einen schweren Weg zu bestreiten.

Runa erreichte die Kurie Johanns. Werner öffnete ihr die Tür.

»Kommt nur herein. Die Beginen sind gerade bei ihm.«

Sie sah dem Diener ins Gesicht. Fast schien es, als hätte er sie erwartet. »Ich danke dir.«

Werner schloss die Tür hinter Runa und blickte sie eindringlich an. Er hatte die Wahrheit schon so lange geahnt, bereits wenige Monate, nachdem Thymmo in die Kurie gezogen war. Doch er würde das Geheimnis weiter hüten, auch wenn es das Letzte war, was er für Johann Schinkel tun konnte.

Der Blick des Dieners war so stechend, dass er Runa verwirrte. Waren es die vielen durchwachten Nächte am Krankenbett, die den Augen des Mannes jenen Ausdruck verliehen?

Geräusche von vier Füßen, die die Stiegen hinab kamen, ließen beide aufblicken.

Kethe war eine von ihnen. Abwechselnd blickte sie zu Runa und zu Werner. Jede Zurückhaltung war nun fehl am Platze. »Er wird bald zu Gott gerufen werden. Sehr bald!«

Der Diener nickte, und Runa hatte alle Mühe, sich zu beherrschen.

»Ihr guten Frauen«, sagte Werner. »Ich danke euch für eure fleißigen Hände, die Arbeit und den Trost eurer Gebete. Wenn der Ratsnotar euch noch einmal brauchen sollte, werde ich Anna oder Beke zu euch kommen lassen.«

»Sollen wir nach dem Priester schicken?«

»Ja.«

Dann verließen sie die Kurie und ließen Runa und Werner allein in der Stille zurück.

Gleichbleibend ruhig und dennoch unverkennbar traurig sagte er: »Geht nur. Ich werde hier unten auf den Priester warten.«

Runa sah ihn an und musste kurz überlegen, ob sie richtig gehört hatte. Sie sollte allein gehen? »Ihr meint...«

Bevor sie nachfragen konnte, ließ er sie wissen: »Der Priester wird eine Weile brauchen. Geht, und verabschiedet Euch.«

Zum zweiten Mal an diesem Tage füllten sich Runas Augen mit Tränen. Im Vorbeigehen flüsterte sie: »Ich danke dir tausendmal!« Dann stieg sie die Stufen hinauf und öffnete schweren Herzens die Tür. Sie hatte Angst vor dem, was sie erwartete, doch ihre Befürchtungen wurden nicht bestätigt.

Die Kammer war nicht befallen von dem Gestank des Siechtums, ebenso wenig war sie stickig oder dunkel. Stattdessen lag er unter weißen Laken, die Augen geschlossen, den Mund leicht offen. Man hatte die Fensterluke weit geöffnet, sodass das aufgehende Sonnenlicht auf die gegenüberliegende Wand fiel und sie hellrot erleuchtete. Es war ein friedlich anmutendes Bild.

Runa setzte sich auf einen Schemel, der neben dem Bett stand.

Ruhig blickte sie Johann an. Er war blass, und sein Haar war etwas wirr. Ansonsten sah er versöhnlich aus. Eine ganze Weile lang saß sie einfach nur da. Immer wieder wischte sie sich ihre Tränen fort. Sie weinte stumm. Nur gut, dass er sie jetzt nicht sehen musste, kam es ihr in den Kopf. Er würde nicht wollen, dass sie um ihn weinte; trotzdem konnte Runa nicht aufhören.

Sie hob eine ihrer Hände und strich ihm das Haar zurück. Dabei begann sie, zu ihm zu sprechen.

»Wo sind nur die Jahre geblieben, Johann? War es nicht erst gestern, da wir uns auf den Straßen begegnet sind?«

Wieder erfüllte Stille den Raum. Und doch kam es Runa so vor, als hörte sie seine Stimme. Was würde sie geben, um sie noch einmal zu vernehmen? Um noch einmal zu hören, wie er ihren Namen sagte?

Ihre rechte Hand ruhte nun auf seiner Wange. Sie war warm. »Du hast gut auf unser Kind aufgepasst. All die Jahre hast du ihn beschützt. Nun ist er zum Mann geworden und kann seinen eigenen Weg gehen. Sorge dich also nicht mehr um ihn.«

Die Finger ihrer Hand glitten zu seinem Herzen – jene Stelle, die sie damals in seinem Pferdewagen berührt hatte. Sein Herz hatte an dem Tag vor acht Jahren fest und kräftig geschlagen, jetzt war es kaum noch zu fühlen.

»Ich werde dich nie vergessen, Johann. Hörst du? Du wirst immer in meinem Herzen wohnen und in Thymmo weiterleben. Ich bereue nichts, das sollst du wissen. Du kannst jetzt gehen.«

Runa nahm seine rechte Hand und legte ihre Wange hinein. So verweilend, schloss sie die Augen und weinte ohne jede Scham und Beherrschung. Irgendwann wurde seine Haut kälter. Runa wusste, sie war nun allein in der Kammer. Vorsichtig legte sie seine Hand zurück und gab ihm noch einen letzten Kuss. Ihr Kummer war so groß, dass sie nicht hörte, wie Thymmo draußen mit dem Rücken an der Tür nach unten glitt. Auch er weinte jetzt – wusste er doch nun, dass die letzten Worte, die er mit seinem Vater gewechselt hatte, im Streit gewesen waren.

EPILOG

Ganze dreißig Jahre war die Beerdigung Jordans von Boizenburg jetzt her. Die seines Nachfolgers Johann Schinkel war dieser mindestens ebenbürtig gewesen. Ragnhild konnte das beurteilen – sie hatte beide erlebt –, was sie wiederum daran erinnerte, dass sie bald fünfzig wurde.

Versonnen blickte sie in das Wasser des schnell fließenden Gröningerstraßenfleets. Sie mochte diesen Platz auf dem Hinterhof von Runas und Walthers Haus – erinnerte er sie doch an jene Stelle am Reichenstraßenfleet, an der sie vor vielen Jahren häufig gesessen hatte. Albert hatte ihr damals einen Schemel und ein kleines Tischchen ans Wasser gestellt, heute jedoch gab es beides nicht mehr. Nahezu alles, was sie und Albert je besessen hatten, war beim Verlust ihres Hauses an Hereward von Rokesberghe abhanden gekommen oder dem Brand der Riepenburg zum Opfer gefallen. Ragnhild trauerte den Sachen nicht mehr nach. Es waren bloß Dinge. Ihre Gedanken schweiften ab, während sie auf das glitzernde Wasser schaute.

Was für ein bewegtes Leben sie doch gehabt hatte. Manches Mal schien es ihr unwirklich, wenn sie daran zurückdachte: Als Säugling hatte ihre Mutter sie nach Hamburg gebracht. Halb verhungert, war sie von der guten Mechthild wie eine Tochter aufgezogen worden. Schon oft hatte Ragnhild sich gefragt, was wohl aus ihr geworden wäre, wenn das Schicksal sie nicht zu ihr getrieben hätte. Möglicherweise wäre sie gestorben. Eines stand jedoch fest, sie hätte Albert niemals kennengelernt. Und dann hätte sie ihre wunderbaren Kinder nie bekommen.

Ragnhild dachte daran, wie Albert und sie sich ineinander verliebt und wie sein Bruder Conrad sie stets verachtet hatte. Sie waren ihm nach dem Tode des Vaters viele Jahre lang ausgeliefert gewesen; er hatte sie voneinander getrennt, doch ihre Liebe hatte alle Hürden überwunden und sie schließlich wieder geeint.

Darauf folgten Jahre des Glücks und der Zufriedenheit. An jene Tage erinnerte sie sich besonders gern. Albert saß im Rat und genoss hohes Ansehen. Thiderich war noch am Leben, Godeke war zum Mann geworden, und Walther hatte Runa geheiratet. Das war die Zeit gewesen, wo sie am Reichenstraßenfleet an ihrem Tischchen gesessen hatte.

Ragnhild rieb sich das schmerzende Knie und legte es auf den hölzernen Eimer, den Runa ihr für diesen Zweck hingestellt hatte. Sie konnte sich kaum noch daran erinnern, wie es gewesen war, einfach loszulaufen und keine Schmerzen dabei zu empfinden. Ohne den Stock, den Godeke ihr eines Tages hatte anfertigen lassen, würde sie manches Mal nicht einmal aus dem Bett kommen.

Das Wasser zog sie schnell wieder in seinen Bann. Ihre Gedanken führten abermals in die Vergangenheit. Diesmal zur Riepenburg, mit der sie glückliche Zeiten verband, jedenfalls bis zu jenem Tag des Überfalls! Ragnhild schloss kurz die Augen und atmete tief ein und aus. Noch immer war es ihr, als haftete der Geruch von Verbranntem in ihrer Nase. Ganz von selbst kamen diese schrecklichen Bilder. Wie oft hatte sie sich in den letzten Jahren schon gewünscht, Albert nicht tot gesehen zu haben? Das Bild von seinem zerschlagenen Gesicht verfolgte sie bis heute.

Nach Alberts Ableben wäre sie am liebsten selbst gestorben, nur um wieder bei ihm zu sein, ganz gleich, ob im Himmel oder der Hölle – Hauptsache bei ihm! Doch sie war am Leben. Ragnhild zwang sich, die Augen wieder zu öffnen, und verscheuchte so die schlimmen Bilder. Ja, sie war am Leben, und es mussten wohl erst ganze acht Jahre vergehen, bis sie daran endlich wieder Freude fand.

Thymmo war frei und die totgeglaubte Freyja zu ihnen zurückgekehrt. Noch immer gab es viele offene Fragen, aber Ragnhild brauchte keine Antworten. Manches Mal war es im Leben bloß das Ergebnis, das zählte. Das war eine Lektion, die sie gelernt hatte.

Unweigerlich erschien in diesem Moment ein Gesicht vor ihrem geistigen Auge. Es war das Antlitz von Johannes, ihrem so lang verschollenen Sohn. Der Preis für das, was er der Familie angetan hatte, war hoch gewesen, und auch wenn die Mutter um ihr Kind trauerte, war sie auf eine absurde Weise auch froh. Seine Sünden waren für sie mit Freyjas Rückkehr getilgt. In ihren Gedanken saß er jetzt zusammen mit seinem Vater zur Rechten Gottes. Ragnhild hatte es sich nicht nehmen lassen, die Totenwache für ihn zu übernehmen – danach war der Friede in ihr Herz zurückgekehrt. Fast war es ihr, als ob sie nun genug in ihrem Leben gelitten und Gott endlich ein Einsehen mit ihr hatte.

»Mutter, kommst du? Wir sind soweit.«

Ragnhild blickte über ihre Schulter in Runas Gesicht. »Ja, ich komme gleich. Geh schon vor.«

»Soll ich dich nicht stützen?«

»Nein, nein. Lass mich noch kurz allein.«

»Gut, Mutter.« Runa verschwand.

Ragnhild wandte sich ein letztes Mal dem Wasser zu. Sie hob ihre Hand und schaute auf einen bestimmten ihrer Finger. Er war noch immer ganz rot. Lange hatte sie des Morgens gebraucht, um den goldenen Ring herunterzubekommen. Doch sie hatte es geschafft, und nun lag er neben dem von Albert in ihrer hohlen Hand. Der Tag, an dem er und sie jene Ringe ausgetauscht hatten, war Ragnhild noch so bildlich vor Augen, dass sie die Schmuckstücke nie wieder brauchen würde, um sich an ihre große Liebe zu erinnern.

Ragnhild wusste, dass sie nicht mehr lebend nach Hamburg zurückkehren würde. Sie wollte das Einzige, was sie von Albert noch besaß, nicht an einen fremden Ort mitnehmen, um dort damit begraben zu werden. Die Ringe sollten hierbleiben – hier in Hamburg – wo ihre Liebe begonnen hatte. Fest schloss sie die Faust um das Gold und hauchte einen Kuss darauf. Dann sagte sie: »Bald komme ich zu dir, Albert. Aber vorher werde ich noch ein paar Jahre in Frieden mit unseren Lieben verbringen. Ich kann sie noch nicht alleine lassen. Das wirst du sicher verstehen.« Darauf warf sie die Ringe in das Fleet. Ein leises Aufplätschern des Wassers war das Letzte, was noch von ihnen zu sehen war.

Ragnhild ging und drehte sich nicht mehr um. Sie fühlte sich gut mit dem Gedanken, ein Stück von sich und Albert hier hinterlassen zu haben. Nun machte sie sich auf in den letzten Abschnitt ihres Lebens. Sie freute sich darauf und hieß ihn willkommen, als sie mühsam in den Pferdewagen stieg.

»Bist du soweit, Großmutter?«, fragte Freyja und umfasste ihre Hand.

»Ja, es kann losgehen«, sagte sie lächelnd und blickte zuerst zu Freyja, dann zu Runa, die den achtjährigen Thido im Arm hielt und dann zu Margareta, die ihr gegenübersaß.

Walther war vorne, zusammen mit einem Mann des Grafen Johanns II., der den Wagen führte.

Ava und Christian mit ihren sechs Kindern, sowie Godeke und Oda mit der kleinen Alma standen auf der Gröningerstraße, um zu winken. Sie alle hatten Tränen in den Augen.

»Wir kommen euch besuchen. Bald schon!«, sagte Godeke zu Ragnhild, der sah, wie schwer es seiner Mutter fiel, ihn zurückzulassen.

»Das ist gut. Und bringt ja die Kinder mit.«

»Das werden wir!«

»Wohin soll es gehen?«, fragte der Wagenführer Walther.

»Zu den Kurien.«

Die ledernen Zügel schnalzten. Dann ging ein Ruck durch sie alle, und die Pferde zogen kräftig an.

Schweigend hielten sie die Hände ihres Nebenmanns und

schauten sich dabei die Stadt noch einmal genau an, die so lange ihre Heimat gewesen war. Sie verbanden viel Freude und viel Leid mit ihr. Überall schlummerten Erinnerungen, keiner verspürte den Drang, sie zu teilen. Der Wagen zwängte sich durch die engen Straßen, die sie zum Berg führten. Von hier aus konnten sie die Kurien schon sehen, und davor stand Thymmo, der wie abgemacht auf sie wartete. Auch er schien sich von Hamburg zu verabschieden, so wirkte jedenfalls sein nachdenklicher Blick.

Runa wurde das Herz schwer, als sie ihren Ältesten sah. Für ihn war die Zukunft am ungewissesten. Jetzt, wo Johann tot war, gab es keinen Grund mehr für ihn, weiter in dessen Kurie zu verbleiben. Mit wenigen Worten hatte er der Mutter klargemacht, dass er Hamburg mit ihnen verlassen würde. Still war er geworden seit seiner Gefangenschaft, und noch stiller seit Johanns Tod. Runa hoffte, dass er in seiner neuen Heimat wieder aufleben würde.

Erst als der Wagen zum Stehen kam, war auf seinem Gesicht ein leichtes Lächeln auszumachen.

Runa öffnete den Wagenschlag und ging zu ihrem Sohn. »Hast du es dir auch gut überlegt? Ich bin mir sicher, dass auch ein anderer Ratsherr einen Schreiber...«

»Mutter«, unterbrach er sie. »Mein Entschluss steht fest. Es ist gut so.«

Sie fühlte, dass ihrem Sohn der Abschied nur noch schwerer fallen würde, wenn sie ihn weiter in die Länge zog. Deshalb sagte Runa: »Einverstanden, dann lass uns fahren«, und stieg wieder in den Wagen. Den Schlag ließ sie hinter sich offen.

Thymmo zögerte einen kurzen Augenblick. Er schaute zurück zur Kurie und sah plötzlich Beke im Eingang stehen. Eigentlich hatte er sich gestern schon von ihr verabschiedet und sie gebeten, nicht noch einmal herauszukommen, um es ihm nicht noch schwerer zu machen. Doch jetzt, wo er sie noch einmal sah, freute er sich darüber. Scheu lächelte sie ihm zu, und er lächelte zurück.

Zwischen ihnen war mehr als bloß dieses Lächeln, das wussten sie und er und natürlich der Ratsnotar, der jenes Wissen aber mit in den Tod genommen hatte. Vielleicht, sagte sich Thymmo, vielleicht komme ich wieder, um sie zu heiraten – eines Tages!

Dann umfasste er mit seiner Rechten das Holz des Wagens und setzte einen Fuß auf den Tritt. Es wurde Zeit zu gehen. Vor ihnen lag noch eine Fahrt von einigen Stunden.

»Halt!«

Der Ruf war so eindringlich, dass Thymmo in seiner Bewegung stoppte. Er hatte die Stimme sofort erkannt. Langsam nahm er die Hand vom Wagen und drehte sich um. In einiger Entfernung stand der Propst, der sich ihm und seiner Familie unbemerkt vom Dom her genähert haben musste. Der Geistliche hatte einen nicht zu deutenden Gesichtsausdruck.

»Du kannst nicht fahren!«

»Was meint Ihr damit?«, fragte Thymmo erstaunt.

»Nun, ich meine, es wäre sicher die falsche Entscheidung. Viele wären enttäuscht.« Jetzt kam er bedächtig näher, und mit jedem Schritt wurde seine Miene zugewandter.

»Wer wäre enttäuscht?«

»Das erkläre ich Euch gerne in Eurer Kurie, Domherr!«, sagte Albrecht respektvoll.

»Was?«, hauchte Thymmo, dem zig Gedanken auf einmal in den Kopf schossen.

»Das Domkapitel hat Euch soeben zum Domherrn ernannt. Ihr nehmt den Platz Ehlers ein und bekommt, wie jeder Domherr, auch eine eigene Kurie. Das heißt, natürlich nur dann, wenn Ihr die Wahl auch annehmt!« Albrecht von Schauenburg lächelte jetzt über das ganze Gesicht.

Alle waren wie erstarrt. Erwartungsvoll schauten sie zu Thymmo, doch der ließ mit seiner Antwort auf sich warten. Sein Blick wanderte noch einmal zu Beke. Er wusste, würde er nun annehmen, musste er ihr für immer entsagen. Wie sollte er sich entscheiden?

Hatte er sich nicht gerade damit abgefunden, keine geistliche Laufbahn einzugehen?

»Diese Entscheidung kommt plötzlich...«, murmelte er vor sich hin und ließ den Propst noch länger warten. Seine Gedanken waren nun bei Johann Schinkel – seinem Vater! Was hätte er gewollt? Thymmo kannte die Antwort. Die letzten acht Jahre hatte der Ratsnotar alles getan, um seinen Sohn auf das Leben als Domherr vorzubereiten. Thymmo hatte es ihm in jüngster Zeit nicht gerade einfach gemacht, was er jetzt bereute, doch das war nun nicht mehr wichtig. In diesem Moment zählte nur die Zukunft, und nicht, was einst war. Mit einem Mal fiel ihm die Entscheidung ganz leicht: Er würde das Erbe seines Vaters fortführen, das war er ihm schuldig! »Ich nehme an!«

Der Propst nickte zufrieden. »Ich habe nichts anderes von Euch erwartet. Der Erzbischof wird erfreut sein, das zu hören. Wenn Ihr so weit seid, bringe ich Euch zu ihm.« Albrecht von Schauenburg ließ den jungen Mann noch eine Weile mit seiner Familie allein und hielt sich im Hintergrund. Sollte er sich in aller Ruhe von ihnen verabschieden – auf ihn warteten schließlich ernste Aufgaben und eine Laufbahn, die ihm in den nächsten Jahren einiges abverlangen würde.

Noch immer war der Propst ein wenig stolz auf sich. Durch sein kirchliches Amt und seine gräfliche Herkunft war er wie kein Zweiter in der Lage, geistliche und weltliche Interessen in seinem Kopf miteinander zu verbinden. Diese Fähigkeit war kürzlich dem Erzbischof zugute gekommen, als der Ablassbrief und die damit verbundene schier unglaubliche Wahrheit über Walthers Herkunft zutage kamen. Durch Tymmo sollte es ihnen nun gelingen, einen tiefsitzenden, störenden Stachel endlich aus dem Fleisch zu ziehen. Der Propst und der Erzbischof legten viel Hoffnung in den ehemaligen Schüler des Ratsnotars. Sie konnten nur beten, dass er stark genug war, damit ihr Plan auch funktionierte.

Der erste Streich war fast schon getan. Giselbert würde dem jungen Mann die Domherrnwürde verleihen, was nach der Bulle von Papst Gregor IX. eine Voraussetzung war, um ihn dann, ein paar Jahre später, zum Archidiakon eines der ihm unterstellten Distrikte im Bistum zu ernennen. Seine Handlung lag im Wunsch nach Frieden begründet, denn heute, wo Walther von Sandstedt ein Lehnsmann Johanns II. war und sein Sohn ein Mann des Erzbischofs, würden die Grafen von Stotel es nicht mehr wagen, ihre ungeliebten Verwandten zu bekämpfen. Der Erzbischof hoffte, dass die jahrelangen Unruhen mit den Stotelern sich auf diese Weise glätten ließen. Schließlich konnte er ihnen immer damit drohen, einen Dispensbrief zusammen mit dem Ablass der Mutter Walthers als Beweis zur Anerkennung der Stoteler Erbfolge Thymmos an den Papst zu verschicken, was ihnen weitaus mehr Scherereien bereiten würde. Doch seiner Vermutung nach würde es so weit wahrscheinlich gar nicht kommen. Der Stoteler Johannes I. war mit Sicherheit froh darüber, dass der ungeliebte Bastard Walther und seine Nachkommenschaft nicht nach seinen Besitzungen trachteten, und würde deshalb die Bedingungen des Erzbischofs zum friedlichen Auskommen akzeptieren. Albrecht von Schauenburg und der Erzbischof waren sich sicher, dass der einstige Schüler des Ratsnotars den ihm vorbestimmten Weg gut meistern würde – er war nicht allein, und er hatte den besten Lehrer gehabt.

»Ich werde dich schrecklich vermissen, mein Sohn«, stieß Runa aus, die sich dieses Mal beherrschen konnte und nicht weinte. »Mach mich und deinen Vater stolz!«

Thymmo löste sich aus ihrer Umarmung und sagte: »Das werde ich!« Niemand bemerkte seinen wissenden Unterton.

Der Wagen rollte über die Steinstraße, vorbei am Beginenkloster. Hier fassten sich Ragnhild und Runa an den Händen und schauten gemeinsam auf die Gemäuer, die sie einige Jahre ihr Zuhause genannt hatten. Das Tor war einen Spaltbreit geöffnet, und Kethe, die Freundin Ragnhilds, schaute heraus. Auf ihrem Gesicht war ein Lächeln zu sehen – wie fast immer. Ihr Winken war der letzte Gruß, den sie empfingen, bevor sie durch das Steintor rollten.

Die Familie schaffte es bis zum Dorf Bramstede, wo sie nächtigten. Dann, am nächsten Tag gegen die Mittagsstunde, befanden sie sich endlich kurz vor ihrem Ziel. Jeder war gespannt auf das Gut Drake, welches nun ihr Heim werden würde.

Herrlichster Sonnenschein begleitete sie durch den Wald, der nicht zu enden schien. Sie waren allein auf den Wegen und hörten bloß das vertraute Poltern der Wagenräder, welche langsam den Weg über die Hügel hoch- und herunterrollten. Immer wieder stoben Rehe vor ihnen davon und verschwanden zwischen saftiggrünen Bäumen, die dicht an dicht den Wegesrand säumten. Nur hier und da schaffte es ein Sonnenstrahl auf die Erde. Erst ein großer See, den sie passierten, bot wieder freie Sicht auf den blauen Himmel darüber, und nur wenig später ließ der Wagenführer die Pferde auf einer Anhöhe stehenbleiben. Sie waren da.

Niemanden hielt es mehr im Wagen – selbst Ragnhild nicht, die kurzzeitig den Schmerz in ihrem Knie vergaß.

Zu ihren Füßen lag das Gut Drake.

Walther ging zu Runa und legte ihr den Arm um die Schultern. »Das ist es also. Meinst du, du wirst dich hier wohlfühlen?«

Runa blickte den Weg hinab, der bis vor die Tür des großzügigen Fachwerkhauses in der Mitte führte. Es war eingefasst in viele kleine Hütten und Häuschen. Weiden mit Vieh waren dahinter zu sehen, ordentlich bestellte Äcker und ein Fluss, der sich hindurchschlängelte. Sie zählte acht, neun, zehn, nein, noch mehr Menschen, welches allesamt fleißig ihre Arbeit taten. Und all das war umringt von diesem friedlichen, leuchtend grünen Wald, aus dem das liebliche Gezwitscher der Vögel drang.

»Es ist wunderschön hier, Walther. Ich bin mir sicher, an diesem Ort werden wir glücklich«, sagte Runa überzeugt, und blickte ihrem Gemahl dabei in die Augen.

»Dann, Liebste, sollten wir gehen und unser neues Heim in Empfang nehmen.«

Sie alle stiegen zurück in den Wagen, und als er losfuhr, ertönten plötzlich die Klänge einer Laute. Walthers Gesang, den Runa so viele Jahre vermisst hatte, kam hinzu und ließ alle Frauen und Männer auf dem Gut zu ihnen herüberschauen. Sie winkten freudig und waren gespannt auf ihren neuen Herrn Walther von Sandstedt, den singenden Vasall und Spielmann des Grafen, von dem sie nur Gutes gehört hatten.

NACHWORT UND DANK

Das Hamburg des 13. Jahrhunderts war im Gegensatz zu dem Hamburg, welches wir heute kennen, zunächst einmal eines – klein! Seine Stadtgrenzen reichten im Norden gerade mal bis zum Jungfernstieg, im Osten ungefähr bis zum Hauptbahnhof, im Süden bis zum äußersten Rande der Cremon-Insel und im Westen bis kurz hinter den Rödingsmarkt. Innerhalb dieses Bereichs lebten zur Zeit des Romans ungefähr fünftausend Menschen, und einige von ihnen trugen entscheidend dazu bei, dass Hamburg zu dem wurde, was es heute ist.

Den drei damals dort herrschenden Mächten sollte in dieser Trilogie ganz besondere Aufmerksamkeit zuteil werden. So befasste sich der erste Band mit den Ratsherren, der zweite mit den Schauenburger Grafen und dieser mit dem Klerus, um eine Übersicht der Regierungsverhältnisse im 13. Jahrhundert zu geben.

Alle genannten Domherren sowie der Kantor Heinrich Bars und der Dekan Gottschalk von Travemünde sind historisch verbürgt und waren auch tatsächlich in jener Zeit in ihrem Amt. Bei dem Schauenburger Propst Albrecht von Holstein allerdings, habe ich widersprüchliche Angaben zu seiner Amtszeit gefunden. Manche Quellen behaupten, er wäre ab 1266/67 tätig gewesen, andere sprechen von der Zeit zwischen 1284 bis 1299, welche ich zugrundelege.

Erzbischof Giselbert von Brunkhorst war einer der wichtigsten Geistlichen seiner Zeit. Da ich immer wieder lesen konnte, dass er sich lieber dem weltlichen Geschehen widmete als dem geistlichen, habe ich ihn auch so dargestellt. Die Konflikte mit den Kehdingern hat es gegeben, ebenso wie die von mir erwähnte Verbindung zu Buxtehude, und seine Brudersöhne Florenz und Ludwig von Brunkhorst, die ihm auch wirklich einige Jahre später auf den Bischofsstuhl, bzw. Graf Albrecht in das Amt des Propstes folgten.

Eine weitere wichtige, klerikale und authentische Gestalt des Romans ist sicherlich Johannes von Hamme, der Scholastikus oder auch Magister Scholarum der Stadt. Ihm habe ich wahrlich einen streitbaren und machthungrigen Charakter verpasst, der aber durch die Quellen auch ähnlich hindurchschien. Tatsächlich hat es seinerseits eher willkürliche Schulgelderhöhungen gegeben, obwohl man ihm nachsagte, den Pflichten seines Amtes nur ungenügend nachgekommen zu sein. Auch ist es wahr, dass er beharrlich versucht hatte, neben der Leitung des Marianums die Oberaufsicht der Nikolaischule an sich zu reißen – was ihm schlussendlich ja auch gelungen ist.

Die Gründung der Nikolaischule wurde in der Tat auf die Bitte der Neustädter hin zunächst durch den Erzbischof und anschließend durch die päpstliche Bulle vom 7. Juli 1281 bewilligt, und dieser Beschluss wurde auch stetig vom Scholastikus bekämpft. Jener dazugehörige, acht Jahre später ausgefochtene Streit mit den von mir im Prolog beschriebenen Ergebnissen, hat sich inhaltlich so zugetragen. Alle Rahmenbedingungen, also die Abhaltung des Gebets in der Krypta und die Debatte im Chor des Mariendoms, habe ich mir dazuerdacht.

Die daraus resultierenden Schuljungenkriege entsprechen den Quellen; sie müssen schlimm gewesen sein, denn in manchen Dokumenten ist sogar von toten Kindern die Rede. Was den Schulalltag der Jungen betrifft, habe ich versucht, ihn so wiederzugeben, wie er laut der Überlieferungen auch gewesen sein soll. Erwähnte

Unterrichtsinhalte und das Singen im *cantus minor* und *cantus major* sind ebenso belegt wie das Abhalten des Kinderbischofsspiels (*ludus episcopi puerorum*). Anfänglich handelte es sich beim *Spiel der umgekehrten Ordnung*, wie es auch genannt wurde, eher um eine Art Narrenspiel, bei dem die Schüler einmal im Jahr in die Rollen der Kleriker schlüpften. Später aber entstand daraus das Nikolausbrauchtum zu Ehren des Nikolaus von Myra, wie wir es heute kennen und am 6. Dezember begehen.

Ehler und Thymmo gehören zu den fiktiven, geistlichen Personen des Romans. Zum Werdegang des Ersten muss gesagt sein, dass ich mir einige Freiheiten erlaubt habe. Ich behaupte beispielsweise, dass er – sowie einige Domherren und der Scholastikus – berechtigt gewesen war, Messen zu halten. Dies war allerdings nur mit einer Priesterweihe durch den Erzbischof möglich, für die es ein Mindestalter gab, welches zumindest Ehler noch nicht erreicht hatte. Ebenso sind die von mir beschriebenen Messen mit Sicherheit nicht zu hundert Prozent korrekt wiedergegeben, da es immer wieder schwer zu rekonstruierende Reformen der Liturgie gegeben hat, die Veränderungen der Lieder, ihrer Melodien und der Gebete in Inhalt und Ablauf zur Folge hatten.

Thymmos geistliche Laufbahn ist ein Produkt meiner Fantasie – jedoch mit einem Quäntchen Wahrheit darin. Tatsächlich konnten Jungen bereits mit sieben Jahren zu Kinderdomherren ernannt werden, was das Verleihen der Domherrenwürde an Thymmo im Alter von fünfzehn Jahren wahrscheinlich macht. Doch ein Amt als Archidiakon nur wenige Jahre später, wie es der Erzbischof am Ende plant, war wohl trotzdem undenkbar.

Was den Dom betrifft, habe ich stets versucht, so genau wie möglich zu sein, auch wenn der von mir verwendete Begriff »Gotik« erst später geprägt wurde. Das betrifft seine Ausstattung, den Bereich des *stallum in choro* und den der Krypta ebenso wie die erwähnten Heiligenaltäre, von denen es zeitweise ganze dreiundvierzig im Dom gab. Auch die genannten Reliquien hat es laut des Reliquienverzeichnisses aus dem 12. Jahrhundert tatsächlich im Hamburger Dom gegeben, und die Existenz der von mir erwähnten Berthold-Bibel ist belegt. Doch ob es das in diesem Zusammenhang genannte Skriptorium gegeben hat, ist laut der Quellen nach wie vor strittig.

Alles, was ich über den Domumbau von der Basilika in eine Hallenkirche geschrieben habe, soll so geschehen sein. Leider lässt es sich nicht mehr zweifelsfrei sagen, wann genau welche baulichen Veränderungen stattgefunden haben. Das Datum des Weihefestes für das südliche Seitenschiff habe ich mir demnach ausgedacht, doch den Ablauf des Festes habe ich versucht, anhand von Texten über Kirchweihen zu rekonstruieren.

Alle Herren des Rates sind historisch verbürgt. Bei der Karriere von Christian Godonis allerdings, der im Hamburger Stadtbuch genannt wird, habe ich etwas übertrieben. Klar ist, dass er im Jahre 1283 ein Ratsherr war, aber die Leitung der Nikolaischule hat er nicht inne gehabt.

Die Familie Nannonis wird vom Schuldbuch und dem Stadtbuch genannt – genauer gesagt die Brüder Dagmarus, Nicolaus und Bernardus –, wovon die ersten beiden vorliegend ein Teil des Rates waren. Othmar dagegen ist meiner Fantasie entsprungen.

Kommen wir nun von den Lebendigen zu den Toten des Buchs. Johannes vom Berge starb wohl auf die schlimmste Weise, und auch wenn es schwer vorstellbar ist, das Rädern war laut des Ordeelboks – des Hamburger Stadtrechts von 1270 – die gerechte Strafe für Mörder und Kirchenräuber, wie jener Text beweist: *Eneme mordere unde eneme kerkenbrekere scal men sine lede to stoten mit eneme rade, unde thar vp setten.* Möge er mir verzeihen, dass ich seine Geschichte derart abgeändert habe, dass der einst wohl reichste und mächtigste Mann Hamburgs zu einem Verbrecher wurde.

Albert sterben zu lassen hat mich viel Überwindung gekostet, schließlich begleitete er mich über drei Bände lang und war auf eine Weise der »Urvater« meiner Geschichte. Doch er starb einen Heldentod, um seine große Liebe Ragnhild zu beschützen; das hat mich etwas mit seinem Dahinscheiden versöhnt.

Seinem Sohn Johannes habe ich gegen Ende der Geschichte mit Freuden einen heldenhaften Anstrich verpasst. Gerne hätte ich ihn – Freyja zuliebe, die als Einzige seine gute Seite kennenlernen durfte – am Leben gelassen, doch seine früheren Taten waren so unverzeihlich, dass ich ein Leben in Eintracht mit ihm und seiner Familie nicht mit mir vereinbaren konnte.

Auch der schreckliche Everard gehört zu den zahlreichen Toten dieses Romans. Alle Details seiner Pilgerreise, wie die erwähnten Reliquien oder die historischen Fakten der von ihm bereisten Orte, habe ich versucht so wiederzugeben, wie ich sie den Quellen entnommen habe.

Hamburgs Ehrenmann Johann Schinkel ist wirklich im Jahre 1299 gestorben, genau genommen allerdings am 23. März und selbstverständlich nicht durch die Hand Ehlers. Ich gebe ihm also noch ein paar Wochen länger Zeit, um seine bemerkenswerte, dreißigjährige Karriere als Ratsnotar von Hamburg zu beenden. An dieser Stelle will ich gestehen, beim Schreiben seiner Todesszene ein Tränchen verloren zu haben. Runas und seine Liebe gingen mir nah, weshalb ich ihn auch nicht ohne sie von der Welt gehen lassen wollte. Seine Diener, Werner und Anna, hat es übrigens wirklich in jenem Amt gegeben. Ihre Kinder Beke und Tybbe sind allerdings fiktiv.

Eccard war mein heimlicher Liebling in diesem Roman, und sein Tod fiel mir besonders schwer – möglicherweise, weil Margareta schwanger war, ebenso wie ich beim Schreiben der Szene. Sein Lehnsherrenwechsel von der bösen zur guten Seite, der schlussendlich ja auch zu seinem tragischen Tode führte, machte ihn für mich zum Märtyrer. Gegen Ende des 13. Jahrhunderts war ein Lehnsherrenwechsel in Holstein durchaus üblich. Manche Vasallen und Ministerialen wechselten bis zu dreimal den Herrn, und das meist wegen politischer Konflikte. Ein heimlicher Wechsel, wie Eccard ihn vollzieht, war aber nicht die Regel. Fest steht, dass Untreue zumeist schlimme Folgen für die Abtrünnigen hatte. Geldstrafen, Vertreibung oder gar die Zerstörung von Burg und Hof waren oft die Folge; so, wie ich es auch mit der Riepenburg habe geschehen lassen. Auch wenn ich sagen kann, dass Eccard Ribe tatsächlich gelebt hat, weiß ich nicht, an welchem Tag er starb und unter welchen Umständen. Seine Riepenburg brennt in meinem Buch 1291 nieder, doch in Wahrheit tauschten die Ribes sie im Jahre 1296 gegen Güter in Lüneburg ein. Die Burg, genau wie die Mühle, deren Erstnennung eigentlich erst 1318 im Kopialbuch des Klosters Scharnebeck war, standen beide noch viele hundert Jahre lang.

Alle Burgen meines Romans haben eine bewegte Geschichte, und nicht immer war es mir möglich, dieser korrekt zu folgen. So ist die Burg Linau beispielsweise im Jahre 1291 zerstört worden und wurde erst 1308 wieder aufgebaut. Jene Burg, die ich beschreibe, war die des Jahres 1308. Sie blieb einundvierzig Jahre bestehen.

Auch die anderen beiden Burgen – Kiel und Stotel – haben mir ein wenig Kopfzerbrechen bereitet.

Burg Kiel hat es an der von mir in der Karte angezeigten Stelle gegeben. Doch ist über ihr Aussehen nichts bekannt, weshalb ich mir diesen Teil frei erdachte.

Fast genauso verhält es sich mit der Burg Stotel. Fest steht, dass sie im Jahre 1213 oder 1214 im Zuge des Stedinger Bauernkrieges zerstört und wenig später an leicht veränderter Stelle, östlich der heutigen Ortschaft Stotel, wieder aufgebaut wurde. In den Zeiten danach war die Geschichte der Feste bewegt. Die Burg wurde verpfändet und als Lehen weitergegeben. Es ist für mich nicht zweifelsfrei nachzuweisen, dass in der Zeit meines Romans auch wirklich Graf Johannes I. von Stotel dort gelebt hat. Was ich aber sagen kann ist, dass dessen Vater der erste Graf von Stotel war und dass dieser auch wirklich Salome von Oldenburg geheiratet hat. Sein Verhältnis mit einer Stedingerin, aus dem Walther von Sandstedt entstanden sein soll, ist von mir frei erfunden. Hätte es jenen Seitensprung aber gegeben, dann wäre der Skandal darüber meiner Geschichte sicherlich nahe gekommen, denn die Stoteler und die Stedinger waren tatsächlich Feinde. Darum ist es nicht verwunderlich, dass Gerbert von Stotel seinen geliebten Bastard fortgab, um ihn vor seinen Söhnen zu schützen, und auch, dass Johannes I. mit allen Mitteln versuchte, seinen Halbbruder unschädlich zu machen.

In Anbetracht dieser Tatsachen war der Wunsch von Walthers Mutter, ihren Beichtbrief (*litterae confessionalia*) dem Erzbischof persönlich zu überreichen, nachvollziehbar. Wie so viele damals glaubte auch sie, nur so von ihrer, aus mittelalterlicher Sicht sehr schweren Sünde, befreit werden zu können. Beichtbriefe berechtigten nämlich dazu, einmal im Leben einem geeigneten Beichtvater um Vergebung aller Sünden zu bitten und somit einen *vollkommenen Ablass* zu erhalten. Dieser einträgliche Ablasshandel begann ungefähr zur Zeit meines Romans und wurde gegen Ende des Mittelalters immer mehr missbraucht.

Um dieses Beichtgeheimnis und somit Walthers Vergangenheit habe ich absichtlich über drei Bände lang ein Geheimnis gemacht und es erst zum Schluss aufgelöst. In gewisser Weise fungiert Walthers Geschichte als Bindeglied zwischen den drei Bänden der Trilogie. Das Lied, welches er auf dem Turnier zum Besten gibt, ist von Ulrich von Liechtenstein, einem Minnesänger aus dem 13. Jahrhundert. Jenes später im Buch, das Tybbe im Klostergarten hört, habe ich selbst gedichtet.

Den Ort Westede, in dem das Gut Drake steht, welches ihm am Ende zugesprochen wurde, hat es tatsächlich gegeben. Er wurde

1217 erstmalig als Wetsstede genannt und ist das heutige Hohenwestedt.

Einige wichtige und historische Ereignisse Hamburgs aus dem Buch möchte ich nicht unerwähnt lassen. Die Münze zum Beispiel wurde tatsächlich an die Stadt verpachtet, was den Bürgern eine Einflussnahme auf den Prägebetrieb ermöglichte. Ich ziehe diesen großen Tag allerdings eineinhalb Jahre vor; in Wahrheit fand die Pachtübertragung am 5. April 1293 statt. Gänzlich an die Stadt verkauft haben die Schauenburger ihre Münze erst im Jahre 1325. Auch die Übertragung der kleinen Alster hat es gegeben, aber ebenso nicht in der von mir genannten Zeit, sondern laut des Hamburgischen Urkundenbuchs am 13. Dezember 1264. Das Schiffsrecht, welches der Rat im Roman durch Thymmo und Johann Schinkel anfängt zusammenzutragen, sollte nachweislich das bislang geltende Gewohnheitsrecht ersetzen. Eigentlich wurde der Gesetzesentwurf für das neue Stadtrecht von 1301 geschrieben, welches in der Tat *dat rode book* genannt wurde, veröffentlicht wurde es aber aufgrund von Streitigkeiten erst im Jahre 1306. Das für Hamburg so entscheidende, lang und hart erkämpfte Recht der freien Kore wurde den Bürgern wirklich erteilt, allerdings lasse ich jenen großen Moment der Stadt im November 1291 geschehen. Vorliegend trug sich das aber am 20. März 1292 zu, also ein paar Monate später. Mit diesem Recht, selbst Gesetze erlassen zu dürfen, gelang den Hamburgern endlich der entscheidende Schlag gegen ihre Landesherren. Man kann behaupten, dass die Stadt danach faktisch unabhängig war.

Das damalige Kiel habe ich versucht, anhand von alten Karten und Straßenregistern zu rekonstruieren. Einzig die Herberge *Zum wilden Ross* hat es nicht gegeben, dafür aber alle genannten Straßen und Gebäude, sowie die Handwerksbetriebe, die laut der Quellen zwar erst etwas später, dafür aber an genau jenen Stellen gestanden haben sollen.

Die Existenz einer städtischen Botenanstalt in Kiel kann ich nicht beweisen – doch in Hamburg hat es zur Zeit des Romans eine gegeben, und ich unterstelle, dass überall dort, wo Boten gebraucht wurden, eine solche Einrichtung vorhanden war.

Dass sich jemals ein Turnier auf dem nordöstlichen Landwege zu Kiel zugetragen hat, wie ich es am Anfang des Romans beschreibe, darf bestritten werden, aber durch Dichtungen und Bilder ist zweifelsfrei nachweisbar, dass sie damals zumindest üblich waren. Bei der Beschreibung habe ich mich an das *Lexikon des Mittelalters* gehalten, da die Quellen sich uneins waren. Oft wurde ein solches Spektakel dazu genutzt, alte Zwistigkeiten aus dem Weg zu räumen. Die Kämpfe waren deshalb meist so brutal, dass viele Männer starben – was der Grund dafür war, dass Ritterturniere von der Kirche verurteilt wurden. Um dem sinnlosen Kämpfen Einhalt zu gebieten, wurde auf dem zweiten Laterankonzil im Jahre 1139 erstmals beschlossen, dass auf dem Turnier gefallene Ritter nicht mehr in geweihtem Boden begraben werden durften. Erst im Jahre 1316 wurde diese Regel wieder aufgehoben.

Weitaus friedlicher ging es auf der Sauhatz zu, die sich höchstens ähnlich, aber sicher nicht exakt so abgespielt hat, wie im Buch beschrieben. Eine interessante Quelle dafür ist das Stundenbuch des Herzogs Johann von Berry aus dem Jahre 1412. Auf dem Monatsbild Dezember sieht man die Szene einer Sauhatz, wie die Meute sich auf den Keiler stürzt.

Die Folge der Jagdszene im Buch – nämlich die Fehde zwischen Johann II. und Gerhard II. – ist von mir frei erfunden. Zwar hat es nachweislich immer mal wieder Zwistigkeiten zwischen den Vettern ebenso wie zwischen den Brüdern gegeben, doch ging es dabei mehr um die Aufteilung der fünf Schauenburgischen Teilfürstentümer nach den Einkünften dieser Ländereien, als um heimlich übergelaufene Lehnsmänner wie Eccard. Dennoch habe ich versucht, mich bei der Beschreibung der Fehde an die belegten Fakten zu halten. Die von mir erklärten Begriffe des Gottes- und Landfriedens, sowie der Sühne, des Waffenstillstandes und der Ehrenkränkung, wurden damals so verwendet.

Ich danke ganz besonders meinem Mann Andrew Tan, der nicht einen Tag an mir und meinen Büchern gezweifelt hat, mir immer zur Seite steht und einfach unermüdlich darin scheint, mich für meine Arbeit zu loben. Außerdem danke ich ganz herzlich meiner Agentur Thomas Schlück, im speziellen Joachim Jessen, auf den immer Verlass ist und den ich zu meiner Schande im letzten Buch vergessen habe zu erwähnen. Ein weiterer Dank gilt Anna-Lisa Hollerbach von Blanvalet, der Lektorin dieses Buchs, die wunderbare Arbeit auf allen Ebenen leistet und selbst das Unmögliche für mich möglich macht. Desgleichen danke ich Ambers Oma Rebecca Tan, die mir viele Stunden Zeit zum Schreiben geschenkt hat und Amber selbst – mein großes Glück – der dieses Buch gewidmet ist! Ebenfalls danke ich Sandra Hugo, die mir stetig ihre ganz spezielle und unbezahlbare Hilfe angeboten hat, und auch Jana Körner und Birgitt Reinhart, die genau wissen wofür. Auch nicht vergessen möchte ich meine geliebte Mutter Iris Pahnke, die da ist, wenn man sie braucht, ebenso wie meine sechs wundervollen Geschwister, Garlef, Tjark, Terence, Yarl, Lara und Sandra. Mein letzter Dank gilt Cisco, ohne den ich viele inspirierende Waldspaziergänge verpasst hätte, die mir zu einigen Passagen in diesem Buch verholfen haben.